Dieter Kühn

Tristan und Isolde des Gottfried von Straßburg

S. Fischer

Das Mittelalter-Quartett

Drittes Buch

Satz: H&G Herstellung, Hamburg
Druck und Bindung: Clausen & Bosse, Leck
Printed in Germany
ISBN 3-10-041508-6

Erster Teil

In Gottfrieds Zeit und Stadt

Eine Reise nach Straßburg, Strasbourg: muß heute nicht mehr beschrieben werden! Aber wie in das »strasburg« kommen, in dem Gottfried lebte und dichtete, vielmehr: in dem er lebt und dichtet? Acht Jahrhunderte, ja, ziemlich genau 800 Jahre Distanz! Wie diesen Zeitraum durchqueren?

In zahlreichen SF-Filmen hat man mit komplizierten, phantasmagorischen Zeitmaschinen operiert, die eine Person fiktiv in eine Epoche der Vergangenheit expedieren. Ich wollte dahinter nicht zurückstehen, habe das TRAJECT DU STRASBOURG entwickelt: eine ZEITSCHLEUSE mit anschließendem ZEITTUNNEL. Die Schleuse (so stellte ich mir das erst einmal, vereinfachend, vor) als so etwas wie eine Pulverkammer für den Abschuß in die Vergangenheit, durch das Kanonenrohr des Zeittunnels; im Schnittpunkt der Raumkoordinaten die Krypta des (damals noch) romanischen Münsters.

Dieses Transfer-Modell habe ich ausgebaut. Als erstes mit einem schienengeführten Rennschlitten. Dieser Skeleton zum Start in der Schleuse positioniert: hier sollte die »chronometrische Schubumkehr« eingeleitet werden, eine Umpolung der Zeitschwingung, eine hochfrequente Retro-Datierung. Diese chronometrische Transformation fortgeführt im Zeittunnel, der lückenlos ausgestattet ist mit mächtigen Zeit-Inversions-Magneten. Der gesamte Prozeß basierend auf meiner hausgemachten Reversibilitäts-Theorie: Transfer, TRAJECT durch ein Schwarzes Zeitloch. Vor allem durch Inversions-Schwingungen der Retro-Datierungs-Magnete wird Zeit resorbiert, rückwirkend: Stunden, Jahre, Epochen ...

Nach solchen Voraussetzungen, auf solcher Basis habe ich den Entwurf schreibend fixiert. Bei mentalen Probeläufen jedoch entwickelten sich Ängste. Die Angst, in einer Zeitkurve vom Transfer-Skeleton abgeworfen oder in eine Zeitnische geschleudert zu werden ... Die Angst, in einen Zeitstau oder in eine Zeitflaute zu geraten ... Die Angst, im heiklen Innenohrbereich könnte sich übermächtiges Zischen, Blubbern oder Pochen entwickeln nach dem Chrono-Druckausgleich … Die Angst, die Orientierung zu verlieren, kopflos zu werden im gefürchteten Zeitvortex … Die Angst, ein spirituelles und mentales Schleudertrauma zu erleiden beim jähen, zeitpunktgenauen Abbremsen des Skeletons … Die Angst, nach der Ankunft unter vegetativen Arrhythmien zu leiden – schließlich wird durch den Transfer die biologische Uhr erheblich und nachhaltig gestört, es kann zu gefährlichen Interferenzen kommen, über die mich kein Beipackzettel informiert.

So gebe ich es auf, dieses »Traject du Strasbourg«. Schreibzeit (damit nun auch Lesezeit) sparend umgehe ich es, mache die Zeitreise zum ZEITSPRUNG. Ich durchquere, mit *einem* Schritt, eine ZEITMAUER. Auch das ist mir in SF-Filmen vorgeführt worden: Der Zeitüberläufer schreitet oder springt durch eine Zeitmauer, ist »drüben« in Gedankenschnelle, ja, so rasch wie mit einem Mausklick. Was die Zeitmauer für mich durchlässig macht: diffundierende Informationen über die Zeit hinter ihr. Die Zeitmauer wird selbstverständlich auch durchlässig für alle, die mir folgen. Luft geholt, tief Luft geholt, kurzer Anlauf – und durch!

Schon stehe ich genau dort, wo ich auskommen wollte: in der Krypta. Dort ist die andere Welt noch nicht völlig fremd für mich, schließlich habe ich zuvor schon die eine und andere Krypta aufgesucht, die ebenfalls im elften Jahrhundert erbaut worden ist. Also eine fast schon vorbereitete Raumerfahrung.

Und der Zeitpunkt? Falls auch chronometrisch eine Punktlandung erfolgt ist, befinde ich mich, befinden wir uns im Jahr 1207. Warum gerade dieses Jahr der Dekade? Die Sieben als heilige, zugleich magische Zahl des Gelingens; solchen Schutz brauche ich, brauchen wir nach dem Zeitsprung. Und: in dieser Zeit dürfte Gottfried (zirka 1170 geboren) mit größter Wahrscheinlichkeit (schon oder noch) an seiner Version des Tristan-Romans arbeiten.

Zu sehen ist vorerst fast gar nichts: nur wenig Licht, von einer Treppe, nein, von zwei Treppen her. Und es flackern zwei Öllämpchen. Ich atme die Luft aus, die ich aus meiner Zeit noch in den Lungenflügeln habe: ich hatte die Luft angehalten beim Diffundieren der ZEITMAUER, und, wie im Reflex, während der ersten Sekunden unter dem Chorraum des Münsters …

Ich taste mich vor. Ein hörbar, spürbar nicht besenreiner Raum: Knirschen, Scharren. Das erste Öllämpchen vor einem Sarkophag. Ich lege eine Hand auf den Steindeckel, drücke ein Knie an die Seitenwand mit Halbreliefs: habe mich achthundert, fast genau 800 Jahre zurückversetzt, berühre nun Stein, der wiederum achthundert Jahre, womöglich 1000 Jahre zuvor bearbeitet worden ist – beispielsweise für einen römischen Provinzialbeamten von höherem Dienstgrad, später umgewidmet, umgearbeitet für einen Bischof, vermutlich.

Den Raum muß ich nicht erkunden, ich habe mich vorbereitet, eingestimmt: dreischiffig die Krypta, Tonnengewölbe; den Fries von Rebblättern und Weintrauben kann ich nicht sehen, auch nicht die Fischgrat- und Rautenmuster in Stein, dafür aber, so langsam: Pfeiler, Säulen, Würfelkapitelle … Ja, der Raum scheint heller zu werden. Ferne Geräusche, durch massives Mauerwerk gefiltert, noch nicht identifizierbar. Kurzes, heidnisches Stoßgebet; ich gehe zur nächsten Treppe.

Nach einigen Stufen bleibe ich stehn, blicke an mir herab: bin ich passend gekleidet? Eine Kostümbildnerin der Kölner Bühnen hat mein Mittelalter-Outfit hergestellt, nach Vorlagen: das Untergewand über der Unterhose (»bruoch«); das Obergewand (»rok«), das die Unterschenkel freiläßt; Beinkleider habe ich mir nicht anlegen lassen – der Zeitsprung im Sommer; für den Fall, daß es jenseits der Zeitmauer dennoch kühl sein sollte: ein weiter, leidlich wetterfester Umhang mit Kapuze – Kleidung einer Person, die über große Distanz angereist ist. Nicht stilecht, aber notwendig: Innentaschen. In ihnen sorgsam gefaltete Seidentücher und zwei faustgroße Knäuel gezwirnten Seidenfadens – der wird, in übertragenem Sinn, zum roten Faden, der mich (als »Seidenhändler«) durch die (vorerst wohl) labyrinthische Welt jener Handelsstadt führen soll.

Ich steige die Treppe weiter hoch, komme aber nicht, wie erwartet, im Chorraum aus, sondern in der Sakristei. Atme noch mal tief durch. Registriere Kirchengerät. Eine Kirchenmaus an einem Schranksockel, sie hat es nicht sonderlich eilig. Auch ich lasse mir Zeit, rücke die Kleidung zurecht, fühle nach den Seidentüchern, Seidenknäueln. Verlasse noch nicht den Raum: ja, Kelche, Schalen, Monstranzen. Die könnte ich, mit Kataloghilfe, später genau beschreiben, aber nun winke ich ab. Ziemlich hoch ein Fenster, in romanischer Bogenführung: Licht des ersten Jahrzehnts des 13. Jahrhunderts durch farbiges Glas schätzungsweise des 11. Jahrhunderts. Kein Glockenschlag, erst recht kein Glokkenläuten, wie es mir gefallen würde zur Begrüßung. Eine Tür, halb offen: muß in den Chorraum führen. Hinübergehend entdecke ich eine Kiste – kann ich als improvisierten Marktstand gut brauchen! Ich stelle sie neben der Sakristeitür ab, gehe in den Chor, stehe im Düstern. Raumkonturen zeichnen sich nur vage ab. Beizender Ammoniak-Geruch von Urin. An einem der Riesenpfeiler der Vierung hockt eine Frau vor einem Tuch, auf dem sich so etwas wie Plaketten oder Broschen reihen. Zwei Hunde jagen sich mit echostarkem Gebell. Ich lehne mich an Mauerwerk, spähe ins Hauptschiff. So etwas wie Buden – seh ich recht? Dämmerlicht auch dort, freilich nicht so verdichtet wie im Chor. In meiner Aufregung kann ich den Blick nicht scharf genug fokussieren: Details verschwimmen.

Der Sakristeitür gegenüber eine weitere Tür, geöffnet. Und der Ansatz einer Treppe. Die könnte in den Turm führen: erst mal Überblick gewinnen! Ich gehe am Altar vorbei, steige, entschlossen, die Treppe hoch: habe nun gleichsam Fuß gefaßt in der noch fremden Welt.

Die Stiege führt zum Ansatz einer Wendeltreppe. Eine Türöffnung, ich husche vorbei, steige die Wendeltreppe hoch. Nach einigen Spiralwindungen weitet es sich: eine Holztreppe. Die ist mit Taubenkot bedeckt; der liegt an den Rändern knöchelhoch, mit Federn durchmischt. Gelegentlich ein Taubenkadaver, farblich vom Taubenkot kaum zu unterscheiden. Noch kein Fenster mit Ausblick auf die Stadt. Die Treppe führt zickzack hinauf zum Glockenstuhl; so hoch hinaus will ich freilich nicht, mein Aufenthalt ist auf einen Tag begrenzt, danach könnte es schwierig werden, die Zeitmauer erneut zu durchdringen, zu diffundieren, chronologisch zurück/voraus, also mache ich kehrt, tapse die Holzstufen, die Steinstufen hinab, verharre diesmal in der Türöffnung. Ein Saal mit regelmäßig gereihten Liegen unter einem Tonnengewölbe. Schwaches Licht kleiner Fenster – romanische Bögen. Keine Rahmen eingesetzt mit Ölhaut oder anderem Glasersatz: schließlich ist Sommer!

Niemand im Raum – die Mönche wohl bei der Arbeit. Von einem der Fenster will ich hinunterschauen in die Gasse oder Straße – doch da nehme ich eine (verdächtige?) Bewegung wahr, seitlich von mir. Ein Stufensockel. Ein Mönch vor kleiner Maueröffnung. Ich kratze mein Schullatein zusammen, begrüße ihn, stelle mich vor als Britannen. Zurückhaltender Gegengruß. Ich verkürze den Abstand.

Wohl zur Begründung, weshalb er allein im Raum ist, murmelt er: »Vigigallus sum.« Weil ich nicht verstehe, wiederholt er, mit kleiner Variante: »Vigiligallus sum.« Auch jetzt nicht die erwartete Reaktion, und so imitiert er, heiser, ein Krähen. Und fügt einige Wörter hinzu, wie zur Auswahl: »Apocrisiarius ... bursarius ... sacrista...« Endlich ein Wort, das ich verstehe: Sakristan, aha. Und der weckt seine Mitbrüder? Demnach wäre er ein »Weckhahn«?

Weil ich, an ihm vorbei, in die Zelle zu lugen versuche, muntert er mich mit knapper Handbewegung auf, näher zu treten. Und geht vor mir her. Ich ziehe den Kopf ein, krümme den Rücken, bin in der Zelle. Kein Fenster: offenbar ist die Zelle hineingebaut in massives Mauerwerk. In einer Wandnische blakt eine Öllampe. Die Zelle kaum länger als das Lager des Sakristans – die freie Fläche daneben nur armbreit. Obwohl der Mönch klein ist und in der Mitte der überwölbten Kammer steht, bleibt nur geringer Abstand über seiner Schädelkuppe. Er will nicht länger zulassen, daß ich vorgebeugt herumstehe, fordert mich auf, Platz zu nehmen auf der Lagerstätte.

Durch die Türöffnung nur sehr wenig Tageslicht. Die Zelle wie hineingemeißelt in ein Felsmassiv: Sockel eines Ostturms? Die Wände rußschwarz; weiterhin blakt das Öllämpchen. Nachts jedoch, so erfahre ich, brennt hier jeweils eine Kerze. Dies sagt der

Sakristan nun auf mittelhochdeutsch, freilich mit stark alemannischer Einfärbung. Da muß ich mich erst einhören.

Eine quadratische Öffnung im kleinen Tonnengewölbe; ein Seil herab (oder hinauf), es endet am Kopf des Lagers. Hier werden die Nacht-Horen eingeläutet. Er darf die Mitbrüder auf keinen Fall mit Verspätung wecken! Gleichmäßig lange, gleichförmig dicke Kerzen machen das Vergehen der Zeit sichtbar. Einer der früheren *vigigalli* hat an der rechten Seitenkante der Nische eine vertikale Markierungsleiste eingemeißelt: waagrechte Striche in regelmäßigen Abständen zum Ablesen von Zeit. Er stellt die Kerzen übrigens selber her – ist sowieso zuständig für Kerzen im Kloster, damit für Wachs, ebenso für das Öl der Leuchten, des weiteren für Weihrauch, und nicht zuletzt muß er sich um Bücher, Gefäße, Gewänder der Liturgie kümmern.

Am wichtigsten aber: sein Nachtdienst in dieser Zelle des *horologium*. Ist der jeweilige Zeitpunkt zum *officium nocturnum* erreicht, greift er zum Seil, das hinaufführt zu einer kleinen Glocke, läutet sie, geht mit der Öllampe ins Dormitorium, zündet zwei Leuchten an, steigt hinunter in den Chorraum, macht einige Kerzen an, wartet, bis die Brüder, schlaftrunken, Hände in den Kuttenärmeln, heruntergestiegen sind und sich gesetzt haben, kehrt in die Zelle zurück, hört von unten das Beten, das Singen. Ihm ist erzählt worden, daß ein anderer Sakristan in seiner Zelle ein Fensterchen hat, durch das er in die Kirche schauen kann; darum beneidet er den Kollegen aber nicht, denn was gibt, was gäbe es dort schon zu sehen? Jeder der Brüder auf seinem Stammplatz im Chorgestühl; diese Sitzordnung ändert nur der Tod. Und: was ihm von dort unten zu Ohren kommt, das hat er schon hundertfach, tausendfach, vieltausendfach gehört. Zum Ausgleich kann er dorthin gehen, wohin die Mitbrüder nicht dürfen, auch nicht wollen: steigt hinauf zur Empore des Chors, blickt hinunter, schaut hinein in das Langschiff, steigt weiter hinauf zur Zwerggalerie, nachts, um, bei klarem Himmel, das Vergehen der Zeit an den Sternen abzulesen.

Freilich, bevor er dort hinaufblickt und hinaufhorcht, ja, hinaufhorcht, ein rascher Blick nach Norden: Feuerschein, wieder

Feuerschein hinter den Hügeln, den Bergen...? Und tagsüber: steigt Rauch auf, weitflächig? Ziehen wieder Truppen des Welfen heran, niederbrennend, was sie beim vorigen Mal noch nicht niedergebrannt haben? Wird erneut eine Blide aufgebaut, die Felskugeln in die Stadt schleudert und Brandsätze? Gerät bei einer zweiten Belagerung mehr als ein Stadtviertel in Brand? Ja, er hat Angst vor Feuer! Ist ja wohl auch berechtigt! Wie oft schon brach hier Feuer, eine Feuersbrunst aus...! Vor dreißig Jahren, vor ziemlich genau dreißig Jahren der Brand des Münsters: die Holzdecke verascht! In der Mitte des vorigen Jahrhunderts gleichfalls ein Brand; zehn Jahre früher ein weiterer Brand; vier Jahre zurück ein vierter Brand; ein ganz großer Brand, als schon einmal zwei Männer um den Königsthron kämpften, Krieg führend, ein Heinrich, mit dem Bischof dieser Stadt verbündet, ein Hermann, und der drang mit seinen Truppen in die Stadt ein; seine Söldner steckten sofort auch dieses Gotteshaus in Brand. Ein Mann, der Alleinherrscher des christlichen Imperiums werden wollte, er ließ es zu, daß seine Rotte Korah das Münster ansteckte – worauf ist noch Verlaß?! Feuersbrunst um Feuersbrunst um Feuersbrunst zurückgestaffelt in vergangene Zeiten und Feuersbrunst um Feuersbrunst um Feuersbrunst sieht er hinausgestaffelt in künftige Zeiten – er sehnt sich nach einer langen, ruhigen Zeit, in der Feuer nur in Herden, in Öfen brennt. Vergeblicher Wunsch, denn wieder und wieder bricht Feuer aus Öfen und Herden hervor, wieder und wieder wird der rote Hahn auf Häuser, Kirchen, Klöster gesetzt, offenbar kann kein Gebet davor schützen.

Ist dort oben kein Feuerschein zu sehen, kein Sturmläuten zu hören, fern oder womöglich wieder nah, dann erst, ja erst dann hebt er den Blick, und er beginnt wieder Stille wahrzunehmen, die sternhohe Stille. Hat er sich erst lang genug, tief genug eingehört in die Nachtstille, Sternstille, so versucht er, aus ihr den Klang der Planetensphären herauszuhören, die Sphärenmusik, die Gott, der *archimusicus*, auf seiner Harfe spielt mit den sieben Saiten. Diese Musik grundiert vom Bordunklang der Fixsternsphäre, die sich – weil mit dem weitesten Umfang – am langsamsten dreht. Ihr gleichmäßig tiefes Schwingen wird von Planetensphäre auf Planetensphäre übertragen, von Kristall-Hohlkugel auf Kristall-Hohlkugel, und all die Klänge in Intervallen harmonisch abgestuft: eine Quarte zwischen Venus und Mars, zwischen Merkur und Jupiter, und eine Quinte zwischen Mond und Mars, zwischen Venus und Jupiter, zwischen Merkur und Saturn, und eine Quarte wiederum zwischen Sonne und Saturn, zwischen Sonne und Mond. So ist die Erde im Mittelpunkt der Schöpfung umhüllt von der Harmonie der Sphären. Und der Mensch muß, bei völliger Stille, in seine Seele horchen, damit Resonanz entsteht auf die große Klangharmonie des *archimusicus*.

Aber: die hat er noch nicht wahrgenommen. Immer wieder lauscht er hinaus, nordwärts – rauhes Gebrüll, schrilles Geschrei? Sturmläuten? Seine Angst, auch die Glocken im Turm dieses Münsters könnten bald wieder Sturm läuten – wie soll man in dieser Furcht die Harmonie der Sphären vernehmen, sich in sie einstimmen können?

Auch wenn noch keine Sphärenresonanz in ihm entstanden ist – er wird ruhig, völlig ruhig, wenn er dort oben steht. Dann lehnt er den Hinterkopf ans nachtkühle Gestein und schaut hinauf zu den unsichtbaren Kristallsphären mit den Planeten und Sternen. Vor allem im Sommer klettert er, nachdem er zur Matutin geweckt hat, gern hinauf zu seiner Warte; wenn er durchs Gemäuer hindurch den letzten Ton der Hore vernimmt, und im Osten zeichnet sich allererstes Morgengrauen ab – wenn beides genau zusammentrifft, atmet er erleichtert auf und steigt wieder herab, streckt sich aus.

Ja, er bleibt freigestellt von so mancher Arbeit, wegen der Nachtwachen. Er hat etwas mehr Schlaf als die Mitbrüder, die ständig müde sind. Doch die Gelenke tun ihm genauso weh wie den meisten: im Winter strahlt das Mauerwerk Kälte ab, im Sommer schwitzt es, fast alle Mitbrüder leiden unter Gelenkschmerzen, und mehr als Ende Zwanzig, Mitte Dreißig wird kaum einer. Immerhin ist er selber bereits 37 Jahre alt. Und doch wird er sich, so Gott will, noch oft in diese schwarze Zelle begeben. Und er nimmt, Nacht um Nacht, das Vergehen von Zeit wahr, und dies Woche um Woche, Monat um Monat, Jahr um Jahr. Wie viele

Kerzen mögen bereits niedergebrannt sein in dieser Zelle tief im Mauerwerk? Wo er liegt, mit Blick auf Docht und Meßstriche, dort lag schon ein anderer, mit Blick auf Docht und Meßstriche, und wo der gelegen hat, dort hatte bereits ein anderer gelegen, mit Blick auf Docht und Meßstriche…

Freilich, wenn er noch älter wird im Dienst, wird er wohl kaum noch den Aufstieg im Turm schaffen; bis dahin muß das *horologium aquae* funktionieren, das ihn weckt, falls er doch einmal verschlafen sollte. An dieser Wasseruhr arbeitet er, wenn die Mitbrüder auf den Feldern sind vor der Stadt oder im Skriptorium. Seine *clepsydra*…! »Wie das alles mug ergan, das wollen wir dich wißen lan; des darf dich nicht wunder nehmen, wir dirs besunders us legen wellen.« Ein Topf mit Wasser; auf dem Wasser ein Schwimmer; regelmäßig tropft Wasser aus dem Topf in einen anderen Topf; der Schwimmer sinkt mit dem Wasserspiegel; schließlich löst der gesunkene Schwimmer eine Sperre und es fällt ein Gewicht; dieses Gewicht hängt an einer starken Schnur; diese Schnur ist um eine Walze gewickelt; fallend versetzt das Gewicht die Walze in Drehung; mit einem Zapfen schlägt die Walze eine Glocke an. Ganz einfach und im widerspenstigen Detail doch sehr, sehr schwierig!

Wenn er nachts darüber nachdenkt, muß er sich nicht weiter bemühen, wach zu bleiben – liegt auf dem Rücken und sinnt und sinnt und sinnt, während im Dormitorium die Mitbrüder allerlei Geräusche erzeugen. Schon mehrfach hat er Gottes Segen herabgefleht für das Gelingen einer regelmäßig und zuverlässig laufenden Wasseruhr. Aber Gott, trotz Seiner Allmacht, läßt ihn allein mit all den Konstruktionsproblemen. Damit will Er wohl seine Beständigkeit prüfen. Und doch, er träumt zuweilen von einem Engel, der ihm geschickt wird mit einigen hilfreichen Hinweisen zur Konstruktion. Als er vorhin die Schritte, meine Schritte hörte im Dormitorium, als er meine etwas fremdartige Erscheinung sah, machte er sich Hoffnung, es könnte ihm doch einmal geholfen werden. Oder ob ich zufällig doch Ratschläge geben könnte, wie das Wasser der Uhr eine Gleichmäßigkeit des Fließens erreicht, die der Gleichmäßigkeit der Planetenbewegungen entspricht?

Nein, mit diesem Problem bin ich nicht vertraut.

Als hätte den Mönch bisher die Hoffnung aufrecht und wach gehalten, er könnte ein kleines Wunder erleben, setzt er sich mit einem Seufzer neben mich. Und schweigt.

Ich habe zwar die Kleidung, nicht aber meine Denkmuster gewechselt, und so stelle ich, nach angemessenem Intervall, die Frage, ob in diese Zelle nicht doch etwas zu wenig von der Welt dort draußen hereindringt? Immer nur abbrennende Kerzen neben unveränderlichen Markierungen, immer nur die Matutin einläuten und die folgenden Gebetszeiten, immer nur das Grübeln über Konstruktionsfragen des *horologium* – entsteht nicht zuweilen etwas wie ein Sog, ein Sog hinaus?

Der Mönch starrt mich an, als würde ihm nun endgültig klar, daß ich aus einer anderen Welt komme. Aber ist die Britannie, von »strasburg« aus gesehen, nicht schon eine andere, eine fremde Welt? Soll ich einige Mitteilungen über die Britannie nachtragen, falls die Irritation des Mönchs zu groß wird?

Momentan scheint das nicht, noch nicht notwendig zu sein, der Sakristan setzt an zu einer Antwort: Welt wird ihm vermittelt! Auch tagsüber, wie bereits erwähnt, steigt er schon mal hinauf in den Turm – nicht nur, um Ausschau zu halten nach Rauchsäulen am Horizont. Sein Blick richtet sich eher auf Zeichen des Lebens dort oben im Höhenreich von Fledermaus und Turmfalke, von Marder und Iltis. Im Sims des von ihm bevorzugten Turmfensters krabbelt schon mal ein Käfer mit leuchtendem Panzer oder er sieht davor einen Falter im Gaukelflug. Beugt er sich hinaus, so sieht er, wie hier eine Blume aus einem Spalt des Gemäuers wächst und dort ein kleiner Busch. Ja, jeder Spalt, jedes Loch als Versteck oder Wurzelgrund, und er schaut sich satt an den nur scheinbar kleinen Pflanzen, kleinen Tieren. Gesättigt von Eindrücken steigt er wieder herunter.

Mit einem Seufzer lehnt der Mönch sich zurück. Er hat wohl schon lange nicht mehr so viel, so intensiv gesprochen, nun holt ihn Erschöpfung ein. Ich gebe das karge Lager frei; der Sakristan streckt sich aus, murmelt eine Segensformel, scheint sofort einzuschlafen. Ich stehe leicht vorgebeugt, lasse die von seinen Atemzügen betonte Stille auf mich einwirken, Stille, die aus dem Mauerwerk herabzusickern scheint in diese Höhlenzelle, Zellenhöhle.

Mit beinah waagrechtem Oberkörper durch die Türöffnung; das Podest mit Blick ins Dormitorium; ich kann mich aufrichten, endlich; über die schmale Steinstiege in den Chorraum; absichernd schau ich mich um: keiner in der Nähe, der mich mißtrauisch beobachtet. Ich hole die Kiste, gehe durch den Chorraum; die Frau kauert noch immer an der ausgebreiteten Decke – es sind offenbar Pilgerzeichen, die sie anbietet. Gang durch das Hauptschiff; die ›Buden‹ erweisen sich als kleine Kapellen – als wäre hier ein Weihnachtsmarkt aufgeschlagen! Das geöffnete Westportal.

Ich steige über die hohe Schwelle, lehne mich erst mal ans Mauerwerk, im Halbschatten, schließe die Augen. Eine kompakte Mischung von Geruch und Gestank schlägt mir entgegen wie eine brechende Brandungswoge. Es stinkt, nun erst recht, nach Urin, stinkt nach Kot, riecht nach frischem Brot, riecht nach Gebratenem. Schon krabbeln ein, zwei Dutzend Fliegen auf dem Gesicht – eine erste von vielen Schlenkerbewegungen der Schreibhand. Dumpfes Rumpeln – ein Mann rollt ein Faß auf der unregelmäßigen Pflasterung des Münster-Vorplatzes. Ein Junge treibt mit einem Stock einen Holzreifen vor sich her. Ein Pferd zieht einen kleinen, einachsigen Wagen, der mit Ballen beladen ist. Ein Mädchen auf einem Steckenpferd, und das ist wirklich nur ein Stecken, ohne geschnitzten Pferdekopf. Eine Frau trägt zwei Brote. Ein Mönch oder Priester geht dahin, gemeßnen Schritts. Vor einem Haus werden von zwei Männern Steinblöcke bearbeitet: der eine hantiert mit der Doppelspitze, der andre mit Schlageisen und Holzklipfel.

Um mich von neuen Eindrücken nicht gleich verwirren zu lassen, wende ich mich dem Mauerwerk zu, lehne die Stirn ans kühle Gestein: Quadern, im elften Jahrhundert zurechtgemeißelt und verfugt. Wie soll ich jetzt vorgehn?

Auch diesmal, diesmal erst recht, erscheint mir der einfachste Weg als der heikelste: die Stadtburg des regierenden Bischofs zu suchen; in ihrer Nähe die Häuser von Mitarbeitern gehobener

Positionen: Gottfried könnte (!) hier eine Tätigkeit ausgeübt, könnte (!) demnach in der Nähe der Domburg gewohnt haben. Falls dies Fakt und Gegenwart ist: mich durchfragen zu *Godefridus poeta* ? An seine Haustür klopfen? Mich der eventuell öffnenden Frau als Britanne vorstellen? Fragen, ob der Dichter zu Hause sei und ob ich ihn sprechen könne? Derart frontales Vorgehen wäre einem Gottfried sicherlich fremd, dies zumindest.

Eher zum Ziel könnte ein Umweg führen. Die geplante Begegnung muß wie zufällig erscheinen, damit könnten Hemmnisse oder Hindernisse der Verständigung verringert werden. Ich mache mir erneut bewußt: In dieser Stadt mit ihren knapp 10000 Einwohnern wird sich rasch herumsprechen, daß wieder mal ein Fremder aufgetaucht ist, einer diesmal, der Seide mitgebracht hat und eine Geschichte über die Herkunft dieser Seide. So könnte auch Gottfried angelockt werden, schließlich erweist er sich im Roman als Kenner seltener und seltenster, kostbarer und kostbarster Seidengewebe.

Arbeitstagebuch. Ich habe schon einmal, vor zwölf Jahren, einen Band mit diesem Titel veröffentlicht: *Tristan und Isolde des Gottfried von Straßburg.* Auch dort ein VorBuch, doch das unterscheidet sich völlig von der Neufassung, die ich hier vorlege: ich suche nun einen eher erzählerischen Zugang zur Ära, in der Gottfried seine Version des Tristan-Romans verfaßt hat. Damit ziehe ich eine Konsequenz aus dem Faktum, daß auf die Person des Dichters nur vorsichtige Rückschlüsse möglich sind – aus seinem Werk wie aus seiner Zeit. Ich dokumentiere diesen »biographischen Diskurs« im Anhang: nun als Nebenweg der Annäherung. Für dieses VorBuch habe ich eine neue Erzählmethode entwickelt.

Zur virtuellen Erkundung des Stadtambientes, in dem der DICHTER gearbeitet haben könnte, gearbeitet haben dürfte, nun – gleichsam parallel – eine weiträumige Annäherung an sein WERK. Dazu schicke ich eine junge Frau auf den langen Weg von Kraków nach Straßburg.

Wieso Kraków? Im Historischen Museum Berlin kaufte ich den dreibändigen, einige Kilo schweren Katalog zur Ausstellung »Europas Mitte um 1000«. Als ich las, daß es bereits zu jener Jahrtausendwende Verbindungen gegeben hatte zwischen dem französischen Königreich und dem polnischen Herzogtum, daß Geistliche von Auxerre nach Kraków gezogen waren, daß dort die erste Geschichte »Polonias« von einem französischen Geistlichen geschrieben worden war, da stand bald schon fest: In Kraków muß die zweite Fortsetzungs-Geschichte beginnen.

Eine junge Frau, Wanda: sie wird von der Weichsel zum Rhein ziehen, mit einem Karren, einachsig, vor den ihr Hund gespannt wird, ein Bernhardiner. Der ist nicht stark genug, um auch sie zu ziehen, doch immerhin, er befreit sie für eine Reise von mehr als tausend Meilen von der Last des Gepäcks. Der Karren muß freilich noch beladen werden; das wird auf dem Burghügel von Kraków geschehn. Doch zuerst eine kurzgefaßte Vorgeschichte.

Ihr Vater, so entwerfe ich: ein Waffenhändler, aus dem deutschen Teil des Römischen Reichs. Er importierte Hieb- und Stichwaffen (lukrative Handelsartikel zu jener Zeit!) vor allem aus dem Rheinland, aus der Region von Solingen. Er hat sich gegen russische und nordische Konkurrenz durchgesetzt im Herzogtum Kraków. Ein Faktor, der dabei mitwirkte: er ist nicht nur Geschaftspartner des Herzogs, er ist mit ihm befreundet. Was sie verbindet, ist vor allem die Jagd. Wandas Vater genießt das Privileg, ein Haus auf dem Burghügel bewohnen zu dürfen, in der Nähe der Residenz des Herzogs.

Die Mutter, so entwerfe ich weiter: eine Polin. Von ihr hat Wanda Kenntnisse über Heilkräuter erworben, im Garten auf dem Wawel-Hügel. Die Tochter wird unterwegs Heilkräuter sammeln, wird dafür jeweils Unterkunft oder Verpflegung oder Hundefutter erhalten, in der noch weithin üblichen Tauschwirtschaft. Hinzukommt als Motivation: ihre Mutter würde gern

Heilkräuter kennenlernen, die es dort im Westen gibt – die soll Wanda trocknen, pressen, mitbringen.

Wanda: sie war auf der Klosterschule zu Kraków. Hat also ein wenig Latein gelernt und das Singen nach Neumen. Und sie hat – in jungen Jahren – den Vater auf einer seiner Handelsreisen begleitet, mußte unterwegs alles tun, womit er sonst den Sohn beauftragt hätte, der aber war fünf Monate nach der Geburt gestorben. An seiner Stelle hat Wanda Reise-Erfahrungen gesammelt, und die wird sie brauchen. Ihr Vater, an Gicht leidend, gegen die noch kein Kraut gewachsen ist, er hat keine Lust mehr auf Reisen, die länger dauern als einen Tag. Er gibt seiner Tochter einen Brief mit an einen befreundeten Handelspartner in Nürnberg.

Auf die Reise geschickt aber wird sie von Kaszimierz, dem jüngeren Bruder des Herzogs. Der gibt nichts ab von seiner Herrschermacht; nicht einmal einen Feldzug darf der jüngere Bruder anführen. Kaszimierz betont gern, daß er auch gar kein Interesse daran hätte. Denn er hat Wichtigeres zu tun: er sammelt Geschichten. Die meisten Geschichten muß man erst nach Polen locken. In unseren Klöstern, so sagt er schon mal, in unseren Klöstern wird wenig gedichtet, und wo es doch geschieht, sind es lateinische Strophen über die Muttergottes, die wir alle verehren und anbeten, sind es ausführliche Liedtexte geistlichen Inhalts, ist es die gereimte Vermittlung von Lebensregeln. Ja, und Viten von Bischöfen und Äbten. Hier auf dem Burghügel aber sind vor allem Geschichten von Helden, von Eroberern beliebt. Sein älterer Bruder, der Herzog, hört am allerliebsten die Geschichte von Alexander dem Großen, der bis Indien gezogen war und sich ein Reich erobert hatte, verglichen mit dem Polonia recht klein und das Herzogtum Kraków winzig ist, auch wenn es ostwärts erweitert wird, überwiegend von Missionaren, denen der Weg mit dem Schwert gebahnt wird.

Er aber, Kaszimierz, liebt Geschichten, in denen mehr von LIEBE als von Kampf erzählt wird. Wer ihm und seinem Anhang eine Geschichte dieser Art erzählen kann, darf mit angemessner Gabe rechnen: ein noch nicht abgetragenes Kleidungsstück oder einen Sattel mit Gebrauchsspuren oder ein Paar Schuhe. Eine Geschichte, die er besonders gern hörte und deren Fortsetzung er *unbedingt* kennenlernen möchte, sie hat ihm ein Wandermönch erzählt, der kürzlich aus Dijon, Königreich Burgund, über Straßburg und Nürnberg nach Kraków gekommen war, um mitzuwirken bei der Verbreitung des rechten Glaubens – eine Geschichte, die dem erzählenden Mönch unterwegs zu Ohren gekommen war. Nur hat er – Gott seis geklagt – nicht genau genug hingehört, konnte deshalb die Namen der Titelträger nicht nennen.

Es ist die Geschichte über ein Lied vom Geißblatt und vom Haselbusch, und wie es entstanden ist. Diese Geschichte geht so: Es war einmal ein junger Mann in Wales, der liebte die junge Frau des Königs von Cornwall – insgeheim, völlig geheim, versteht sich. Dennoch, es begannen am Hof Gerüchte zu kursieren, die den König zwangen, den jungen Mann, den er eigentlich sehr schätzte, wegzuschicken. So zog er heim nach Wales. Er hielt es dort nur ein Jahr aus, kehrte zurück ins Land des Königs und seiner jungen Gemahlin, versteckte sich tagsüber in Wäldern, kam nur heraus, um eine Unterkunft, einen Unterschlupf zu suchen für die Nacht, und: weil er Neues hören wollte über den König, das heißt, über dessen Frau.

Eines Abends erfuhr er, der König werde am nächsten Tag mit Gefolge auf der nahgelegenen Straße zu einer seiner Burgen reiten. Da brach der junge Mann einen Zweig ab von einem Haselbusch, ritzte seinen Namen (Fluch dem Mönch, der ihn vergessen hat!) mit der Messerspitze ins Holz, legte den Zweig auf die Straße. Zuvor schon hatte er der Königin heimlich einen Brief zukommen lassen, in dem stand, daß er sie sehen wolle, sehen müsse, er könne ohne sie nicht leben. Er und sie, sie seien wie Geißblatt und Haselbusch: das Geißblatt, das sich an Zweigen des Haselbuschs emporranke, Jelängerjelieber. Wollte man versuchen, beide zu trennen, so werde die Hasel sterben und das Geißblatt dazu. »So ist es mit uns: du kannst nicht ohne mich leben, ich kann nicht ohne dich leben.«

Die Königin, auf dem angekündigten Ritt, erspähte auf der Straße, was anderen nicht weiter auffiel: den Haselzweig, ließ ihn von der Zofe aufheben, sah das Zeichen, gab vor, sie sei müde, sie müsse rasten. Dabei entzog sie sich der Gesellschaft, traf im Wald den Mann, den sie liebte. Lange und eindringlich sprachen sie miteinander; beim Abschied weinten sie sehr. Denn sie wußte, daß sie sich so bald nicht wieder treffen konnten: zu viele wachsame Augen am Hof. So mußte er, vorerst, wieder in sein Land zurück. Dort schrieb er das Lied vom Geißblatt und vom Haselstrauch.

Dies aber – und davon war Kaszimierz sofort überzeugt – dies kann die *ganze* Geschichte nicht sein! Es muß eine Geschichte geben, die zu dieser Erzählung hinführt und eine Geschichte, die von dieser Erzählung aus weiterführt. So hat er den Frater noch mal kommen lassen, hat ihn eingehend befragt. Und es stellte sich heraus, nach einiger Zeit: Ja, er hat etwas läuten gehört von einem Meister in Straßburg, der irgendwas dieser Art ausarbeitet. Genaueres hat der eher an der Heilsgeschichte interessierte Mönch leider nicht vermitteln können. So viel er ihm auch versprochen hat für einen genaueren Hinweis: er konnte keinen einzigen Namen nennen – nicht für den Liebenden, nicht für die Liebende, nicht für den König. Hat die Namen von Heiligen, Bischöfen, Äbten im Kopf, natürlich, aber diese Namen, diese so entscheidend wichtigen Namen, die sind ihm entfallen auf der Wanderung vom Rhein an die Weichsel. Er hingegen, Kaszimierz, er muß, *muß* diese Namen haben, dann wird es entschieden leichter sein, die Geschichte zu finden. Die Geschichte einer Liebe, einer *leidenschaftlichen Liebe* – es müssen nicht immer Feldzüge und Turniere sein, die von Sängern und Erzählern gefeiert werden! Wenn sie, Wanda, diese Geschichte mitbringt oder wenigstens einen Teil, einen größeren Teil, so wird er einen Klerikus zu finden wissen, der sie ins Polnische überträgt, und zwar gereimt, wie sich das gehört; diese polnische Fassung wird er ins Reine schreiben und mit schönen Initialen, mit Miniaturen verzieren lassen, in einem Kloster, dem er gebührend Dankbarkeit erweisen wird. Diese polnische Version in illuminierter Handschrift wird sich mit seinem Namen verbinden: der Name des Auftraggebers, der Name des Patrons, der Name des Mäzens! Diese Geschichte wird dem Herzogtum Kraków alle Ehre machen – und sein großmächtiger, großmäuliger, manchmal großkotziger Bruder wird ihn mit ganz anderen Augen sehen! Nur darf hier nicht allzuviel Zeit verlorengehen! Herren in Böhmen haben sich bereits der Geschichte vom Herzog Ernst bemächtigt, haben sie in Tschechische übertragen lassen. Und schon beginnen die umtriebigen Magyaren nach solch einer Geschichte zu schielen. Solange es kleine Herzog-Ernst-Geschichteln bleiben, sei es ihnen vergönnt. Er denkt hier in anderen Dimensionen als in Verserzählungen! Eine Geschichte muß es sein, die einen lange Zeit in Bann schlägt! Wandas Aufgabe ist es, diese Geschichte aufzuspüren! Und nicht nur diese eine Geschichte! »Sammle, sammle Kräuter und Geschichten, sammle Geschichten wie Kräuter, sammle von mir aus Geschichten, die wild ins Kraut schießen, nur bring mir Geschichten, die zur großen Geschichte der Liebenden führen, die auch in unserer Sprache heimisch werden sollen – dafür werde ich denn sorgen mit allem, was mir zur Verfügung steht.«

Und wie soll sie diese Namen, diese Geschichte finden? Als Frau, die sich nur mit Heilkräutern auskennt?

Gerade über Heilkräuter wird sie Zugang finden zu Menschen, die Gedichte und Geschichten kennen! Die werden sich helfen lassen und sie wird sich erzählen lassen. Wenn sie erst mal in Straßburg ist, dort bekannt wird als Frau, die polnische Mischungen von Heilkräutern kennt, wie sie am oberen Rhein noch unbekannt sind, so wird sie Zugang finden zu Kreisen, in denen man weiß, wer am großen Roman schreibt über die Liebenden, die sich auch im Lied von Geißblatt und Haselstrauch begegnen. Wer mit einer so langwierigen Arbeit beschäftigt ist, wird zwischendurch sicherlich schon mal ein Kapitel vorlesen oder vortragen – am ehesten geschieht so was auf einem Fest. Bei solch einer Gelegenheit könnte man also wie von selbst dieser Geschichte begegnen. Falls sie den Dichter nicht dazu bewegen kann, vorweg ein Kapitel aus der Hand zu geben, so wird sie gewiß einen schreibkundigen Mann finden, der auf dem Fest genau zuhört, danach aus dem Gedächtnis alles getreulich niederschreibt und ihr, auf Wachstafeln oder Pergamentblättern, einen Teil, wenigstens einen Teil der großen Geschichte der Liebenden mitgeben kann. Für diesen, allein für diesen Zweck wird er ihr zwei schwergewichtige Goldmünzen mitgeben, die sie besonders gut verstecken muß. Wenn er, Kaszimierz, erst mal ein Faustpfand der großen Geschichte besitzt, wird er entweder selbst nach Straßburg reiten oder seinen Majordomus dorthin schicken.

Ah, er sieht schon vor sich, was im Prolog oder am Schluß der polnischen Fassung vermerkt wird: Ich (und es folgt der Name des polnischen Meisters) habe diese Geschichte getreulich nacherzählt, und es war Kaszimierz, der den Auftrag dazu erteilt hat. Was ja wohl letztlich entscheidend sein dürfte! »Also, verschaff mir diese Geschichte! Sobald du über sie verfügen kannst, kehr so schnell zurück, als wären dir – wie dem heidnischen Gott Merkur – an den Fußgelenken kleine Flügel gewachsen, die deine Schritte schwebeleicht machen. Ja, bring sie mir, diese Geschichte, ich werde dich reich dafür belohnen!«

Sie ist bereits an der Tür, da ruft er sie zurück. »Noch einmal: bring auch andere Liebesgeschichten mit! Denn ich will sicher sein, daß du mir die *richtige* Geschichte bringst – dazu muß ich vergleichen können. Es darf nicht passieren, daß ich später einmal von einer Geschichte erfahre, die besser ist oder mir noch besser gefällt als die Geschichte, die ich übersetzen lasse...«

Arbeitstagebuch. Zeitmarkierungen machen mir (erneut) Distanzen bewußt zur Welt, in der ein Gottfried lebte und dichtete.

Die erste dieser Zeitmarkierungen in meinem Eifelort: Nideggen. Auf langgestrecktem Hangrücken zwischen Städtchen und dominierender Burgruine liegt, betont auf freier Fläche, die romanische Kirche, die etwa ab 1170 erbaut wurde und deren Altarweihe 1192 stattfand – in Gottfrieds Zeit also.

In ihrer exponierten Lage war sie in der letzten Phase der Schlacht um die Nordeifel (»Hürtgenwald«) Zielpunkt amerikanischer Artilleristen, und leider haben sie auch getroffen – schwere Beschädigungen. Die sind mit dem Wiederaufbau der Kirche freilich unsichtbar geworden. Der romanische Raum nun wieder ohne Breschen, Lücken, Löcher. Die Rundbogen-Arkaden über den Säulenreihen im Rhythmus, den die Baumeister jener Zeit bestimmten. So artikulierte sich Gottfrieds Ära in umbauten (sakralen) Räumen, so wurde damals gegliedert, rhythmisiert: Säule und Bogen, Säule und Bogen, Säule und Bogen … Raumstruktur wirkt ein auf Bewußtsein, so lehren Architekten. Also nähere ich mich, den Raum durchschreitend, dem Raumgefühl auch eines Gottfried.

Eine Zeitmarkierung ohne Kriegsblessuren: die romanische Basilika von Maria Laach. Bei Fahrten auf der linksrheinischen Autobahn südwärts oder nordwärts bin ich mehrfach abgebogen nach Maria Laach: Landstraße, die ein paar Kilometer hangaufwärts führt, dann, nach einem sanften Sattel, wieder hangabwärts zum beinah kreisrunden See, und zur Linken das Kloster mit der dominierenden Basilika. Ein Ambiente, das Rückblick nicht erschwert durch gestaffelte Zeitkulissen, hier ist nur wenig gebaut worden für Bewirtschaftung, Gastronomie, Hotellerie. Ein wahrhaft geschlossenes Bild: das Kloster am kraterförmigen See, bewaldete Hänge ringsum. Fast wäre aus diesem Rahmen ein Stück herausgebrochen worden, brutal: Baustoffindustrie wollte hier Bimsstein freilegen. Der nötigende Hinweis auf Arbeitsplätze verfing ausnahmsweise nicht, das Natur- und Kunstbild wurde vor dem unwiderruflichen Einschnitt bewahrt. Weiterhin der grüne Hanggürtel um den See, und wie eine kostbare Schließe: die Klosterkirche.

Am liebsten suche ich sie auf an einem späten Nachmittag: kaum noch ein Auto auf dem Parkplatz seewärts, kaum noch jemand in der Kirche. So lenkt nur wenig ab von der Vorstellung: Diesen zwischenzeitlich nicht ruinierten, nicht einmal lädierten Raum hätte Gottfried aus Straßburg bei einer Reise betreten können, und er hätte ähnliche Raumerfahrungen machen können wie ich. Denn diese Kirche ist, im wesentlichen, einige Jahrzehnte vor Beginn seiner Arbeit am Tristan-Roman vollendet worden, 1177. Das Atrium mit Brunnen kam etwas später hinzu, aber der Bau selbst blieb so, wie er damals entstanden war. Dieselben Säulen, dieselben Rundbögen, dieselben Pfeiler, dieselben Kirchenjoche. Dekorative Zutaten, vor allem wilhelminische, ja, aber: wenn ich eine Wandfläche, eine Säulenrundung berühre mit flacher Hand, berühre ich gestalteten Stein aus jener Zeit. Ich kann mich anlehnen, mit Schulter oder Rücken, kann mich umschauen, kann hochblicken – ich bleibe von Raum umgeben, der auch Gottfried hätte umgeben können.

Gelegentliche Abstecher … In meiner Stadt hingegen, in Köln: kein Spazier- oder Besorgungsgang, der nicht an einer der romanischen Kirchen vorbeiführt. Und wiederholt auch hineinführt: *zeitlicher Seitensprung* in die Epoche der Romanik.

Jedesmal freilich muß ich mir bewußt machen: Bis auf Maria Lyskirchen ist das Dutzend romanischer Kirchen bei den wiederholten Flächenbombardierungen schwer beschädigt, ja vollständig vernichtet worden – Türme eingestürzt, Gewölbe herabgestürzt, Mauern zusammengestürzt. Und dann das Wunder, als viel zu selbstverständlich hingenommen von der Öffentlichkeit: in vier Jahrzehnten wurden diese zerschlagenen, zerstampften Kirchen (bis auf zwei) wieder aufgebaut, ja rekonstruiert. Ob St. Pantaleon, St. Gereon oder Maria im Kapitol (meine Lieblingskirchen): nun erinnert nichts mehr an die Zerstörung, die Kirchen sind, nach heutigem Verständnis, weitgehend stilrein (stilbereinigt) wiedererstanden.

Nur *eine* unter den Rekonstruktionen läßt noch Assoziationen zu an die Zerstörung: Groß St. Martin. Hier wurde das Innere nicht so edel verputzt, so dezent eingetönt wie die anderen Rekonstruktionen, hier sind an Pfeilern des Chorraums noch Spuren des großen Feuers zu sehen.

Weggebrannt wurde hier auch die gesamte, farbige Innenhaut, die im 19. Jahrhundert der Baurat August Ritter von Essenwein, Direktor des Germanischen Museums zu Nürnberg, für Wände, Böden, Gewölbe entworfen hatte, in der Vorstellung, damit sei der Stil der Romanik in reiner Form wieder präsent (gemacht); seine Arbeit, wie er betonte, »im Sinne des Mittelalters«, »im Geiste eben jener Zeit«, ja: »als Mitglied der Malerschule des XIII. Jahrhunderts fühlen wir uns«. Friedrich Fischbach fand in seinem Nachruf auf Essenwein eine prägnante Formulierung: »Als wären 7 Jahrhunderte ohne Änderung verrauscht« … Eine

Zeitlang war tatsächlich erwogen worden, auch dieses neoromanische Dekor (muß gewirkt haben wie eine flächendeckende, farbige Tätowierung…) ebenfalls zu rekonstruieren, aber das wäre allzu aufwendig und kostspielig geworden.

Auch wenn die Bauform dieser Basilika wie leergebrannt wirkt: mich umgibt, mich überkuppt eine romanische Hülle. Doch mit Bauwunden, schlecht vernarbt: geschundener Bauzeuge aus der Zeit zwischen 1150 und 1250.

Und zugleich Ausgangspunkt für eine weitere ZeitEtappe zurück. Etwa zwei Dutzend Stufen abwärts, und ich bin unter dem Chorraum der Basilika. Baureste aus römischer Zeit herauspräpariert, gleichsam herausgeputzt in der Gesamtkonzeption des Architekten Joachim Schürmann. Pfeilersockel, über denen luftiger Freiraum ist; Mauersegmente, sogar aus Basalt, die nichts mehr abstützen oder verbinden. Freigelegt auch ein Teil der plattierten Fläche einer römischen Sportanlage, ein Teil eines Schwimmbeckens – bei gestiegenem Rheinpegel steht hier Wasser. Römische Subwelt … Die präparierten, isolierten Bauelemente verbinden sich freilich erst in Zeichnungen und Texten miteinander, vermitteln nur so eine ungefähre Vorstellung von ehemaliger Realität, die Zeichen setzte bis in unsere Gegenwart.

Ich lege, fast rituell, die Handfläche an die Flanke der Pfeilersockel: Stein, zur Zeit der Spätantike bearbeitet. Nicht nur Sichtkontakt, auch taktikle Verbindung mit einem Rudiment einer Zeit vor Gottfrieds Zeit, einer Zeit, die einwirkte in Gottfrieds Zeit, einwirkte in Gottfrieds Bewußtsein: er war offensichtlich belesen, auch in römischer, in lateinischer Literatur.

* * * *

Rekonstruieren von Vergangenheit, zumindest einer Phase von Vergangenheit: ich sehe hier eine Parallele zu eigenen Intentionen. Selbstverständlich überwiegen Arbeitsphasen, in denen ich Gegenwärtiges artikuliere oder Vergangenes, das noch zu meiner Lebenszeit gehört. Aber doch, insgesamt, mehrere Jahre intensiven Rekonstruierens. Wo lagen, wo liegen hier meine Motivationen?

Ich habe noch die ersten Bombenangriffe auf Köln miterlebt, nicht aber das Zertrümmern der Innenstadt. Doch lebte ich als Schüler in einer Stadt, die vollständig ausgelöscht worden war: Düren, zwischen Köln und Aachen. Eine Kreisstadt, 1944 mit etwa 40000 Einwohnern, in zwanzig Nachmittagsminuten des 16. November von mehreren hundert Bombern ausgelöscht. Als meine Familie vier Jahre später nach Düren zog, war die Stadt noch weithin Trümmerwüste. Düren, so sehe ich in Statistiken, lag an der Spitze der Zerstörungsskala – nur dreizehn Häuser blieben stehn. Luftbilder zeigen eine von Bombentrichtern zernarbte Wüstenfläche mit Ansätzen zu Ruinen. Ich wundere mich zuweilen, daß man diese Wüste nicht einfach den Birken überlassen und, ›nebenan‹, die Stadt ganz neu erbaut hat. Eine Zeitlang soll man das tatsächlich erwogen haben. Aber dann wurden Eigentumsfragen virulent, erste Keller und Erdgeschosse wurden ausgebaut, der Wiederaufbau setzte ein, mit weitflächiger »Enttrümmerung«. Die damaligen Stadtplaner, Baudezernenten haben sich nicht viel einfallen lassen: was hochgezogen wurde, war und blieb eine weithin gesichtslose Einkaufsstadt.

Ja, die Stadt hat ihr Gesicht verloren: sie wurde »bis zur Unkenntlichkeit zerstört«. Das Gewandhaus des 15. Jahrhunderts: spurlos verschwunden; das Renaissance-Kornhaus von 1588: spurlos verschwunden; das Doppelgiebelhaus von 1622: spurlos verschwunden; das Kapuzinerkloster am Altenteich: spurlos verschwunden; die Annakirche, spätgotisch, mit Chorgestühl von 1562: spurlos verschwunden; die barock gestaltete Lutherkirche von 1799: spurlos verschwunden; das klassizistische Rathaus: spurlos verschwunden; die alten Fachwerkhäuser am Buttermarkt, in der Kämergasse: spurlos verschwunden; die repräsentativen Villen der Gründerzeit: spurlos verschwunden. *Tabula rasa.*

Als meine Familie nach Düren zog, war ein großer Teil der Stadt bereits »enttrümmert«, aber es waren noch Gleise der Feldbahn verlegt, die weiterhin Schutt transportierte zu einem anwachsenden Hügel vor der Stadt; urtümliche Bagger der Vorkriegszeit füllten Feldlore um Feldlore. Nicht nur von Architekten wird hervorgehoben, wie gebautes Ambiente einwirkt auf Lebensformen, Bewußtseinsmuster – in Düren war ich mit *Leerflächen* konfrontiert. Nichts mehr an historischer Bausubstanz, an historischen Bauzeugen, in die Gegenwart hereinragend, Wahrnehmung und Selbstgefühl, Identitätsgefühl mitprägend.

Eins der wenigen Gebäude, das nicht bis auf die Grundmauern zerstört war: eine repräsentative Villa der Gründerjahre, einige Jahre nach dem Krieg in ein Hotel umgewandelt. Die Gesellschaft des Wiederaufbaus auch als Abriß-Gesellschaft, und so wurde dieses stattliche Gebäude entfernt für einen funktionellen Neubau des Finanzamts; nur das frühere Eingangsportal wurde integriert. So weitete sich der leere Raum.

Ich will hier keinen Privatmythos konstruieren, aber zuweilen frage ich mich, ob meine langdauernden Versuche, die Ära des hohen Mittelalters (konzentriert auf das erste Jahrzehnt des dreizehnten Jahrhunderts) und eine Phase des späten Mittelalters (begrenzt auf die Lebenszeit des Oswald von Wolkenstein) zu vergegenwärtigen, nicht so etwas wie *Kompensation* ist. Viele Jahre das Leben in einer Stadt, in der die Vernichtung am kargen, am kahlen Ensemble von Neubauten überdeutlich ablesbar bleibt: subjektive, ja, zugegeben: *subjektive* Voraussetzungen für Akzentuierungen auch in diesem VorBuch.

So, und nun wird der Karren beladen, auf dem Burghügel von Kraków! Über der Achse eine Kiste, beinah wetterfest, nach Maß gearbeitet von einem Zimmermann der Stadt. Der Deckel in doppelter Bretterschicht. Dazwischen die Goldmünzen.

Und was kommt in die Kiste? Eine Decke, ein Umhang, eine lederne Kappe, für Schlechtwetterlagen. Ein zweites Paar Schuhe, mit den üblich dünnen Sohlen jener Zeit. Ein Brevier. Ein Säckchen Roggenschrot, für sie und den Bernhardiner. Eine Fäßchen Wein, für Kräutertränke. Ein Krug Öl, sowieso. Ein Mörser, ein Stößel. Ein Tuch zum Durchseihen von Pflanzensud. Ein Daubennapf mit Ringelblumensalbe, für Fußschrunden, Wunden.

Der Kastendeckel wird geschlossen, ein aufgerolltes Zelttuch wird verzurrt. An den Deichselansatz wird ein Säckchen gehängt mit ausgesucht scharfkantigen Steinen zum Verscheuchen von Hunden. In einer Halterung ein Knüppel.

Der Aufbruch steht nah bevor: letzter Rundblick auf dem Wawel-Hügel? Der Palast des Herzogs an der nordöstlichen Ecke des leicht ansteigenden Plateaus. Hier auch die Palastbasilika St. Maria von Ägypten. Die Domkirche, in damaliger Bauform, in der Mitte die Kirche St. Michael. Über die Fläche ungleichmäßig verteilt: Rotunden, Kapellen, Häuser. Eine Rampe, die hinabführt in die eingetiefte Kornkammer. Ein Schatzhaus für Kriegsbeute.

Ein jüngerer Bruder taucht wenigstens hier einmal auf, richtet aus, der Vater könne zum Abschied nicht erscheinen, die Schmerzen im Bein zu groß, sie solle zu ihm kommen.

Und er humpelt ihr entgegen im Zimmer, betont womöglich noch sein Humpeln, als wolle er demonstrieren: Nun muß die nächste Generation die Fernreisen übernehmen. Setzen sie sich an ein Fenster, mit Blick auf eine der Kirchen oder Kapellen? Darauf wird man weniger geachtet haben, dazu waren die Fenster meist auch zu klein. Der sonst eher schweigsame Vater hat ihr einiges zu sagen.

Er wünscht ihr den Erfolg, den sie braucht. Ihr Erfolg könnte auch wichtig werden für sein eignes Ansehn, nicht nur auf dem Burghügel. Zwar wird man stets gebraucht als Kaufmann, vor allem in seiner Branche, aber geachtet ist man leider nicht so, wie es einem zustünde. »Das Gewerbe des Händlers ist Gott nicht wohlgefällig.« Denn man ist zuviel unterwegs. Schon das erscheint manch einem verdächtig – so, als würde man zu den reisenden Unterhaltungskünstlern zählen. »Der Handel hat Schimpfliches an sich…« Und es wird drohend ausgemalt, wie es einem Händler, einem »Wucherer«, in der Hölle ergehen wird: Dort stopfen einem Büttel die Backen voll mit glühenden Münzen. Solche Drohungen können ihn freilich nicht vom Weg abbringen, der ihm richtig scheint. Nur: es wäre schon eine kleine Wohltat, eine verdiente Linderung, wenn man etwas freundlicher von ihm sprechen würde. Das wird bestimmt der Fall sein, wenn seine Tochter jene hocherwünschte Geschichte ausfindig macht, sie womöglich in einer Abschrift mitbringt, damit Prinz Kasimiercz sich gebührend feiern lassen kann. Wenn die Herren zufrieden sind, strahlt meist auch etwas von ihrer Zufriedenheit ab, und das kann sich für ihn auszahlen, direkt oder indirekt.

Prägt er ihr nun, reiseerfahren, die (ungefähre) Route ein? Das könnte sich wie folgt anhören: »Du folgst erst mal dem Fernweg Richtung Ostrawa, das jenseits der Berge liegt; von Ostrawa aus am besten Richtung Olmütz; dann – auf einer Strecke, die ungefähr so weit ist wie diese beiden Abschnitte zusammen – nach Prag; von dort aus über Pilsen nach Nürnberg. Dort gibst du diesen Brief ab, bei meinen Handelspartner. Er wird dich gastlich aufnehmen, er ist mein Freund. Weiter dann Richtung Stuttgart, ebenfalls der Handelsroute folgend, und von Stuttgart aus durch die Ebene oder durch den Wald nach Straßburg.«

Notiert sie sich die Stationen, auf einer Wachstafel oder merkt sie sich die paar Angaben? Sie wird sich ohnehin durchfragen müssen: kein einziger Wegweiser unterwegs, nicht einmal dort, wo Straßen sich teilen. Da muß sie halt fragen, am besten Leute, die ihr entgegenkommen; die wissen in der Regel, woher sie kommen.

Weil alles so ungewiss, so unsicher weil unbekannt ist, braucht sie viele Segenswünsche für die Reise. Spricht man ein gemeinsames Gebet? Steckt er ihr ein »Heimwehbrot« zu, an dem sie unterwegs zuweilen schnuppert und sie fühlt sich wie am heimischen Tisch? Betont er noch einmal, wie wichtig es sei, den Brief in Nürnberg abzugeben, im genau bezeichneten Haus? Und daß sie dort notfalls Hilfe erwarten kann? Seine Hoffnung aber, daß zuvor keine Söldner ihren Weg kreuzen. Aber für den Notfall wird Mutter ihr ja etwas mit auf den Weg geben…

Erneute Umarmung? Kann auch er, in jener tränenreichen Zeit, die Tränen nicht zurückhalten? Man löst sich voneinander. Der Bruder könnte vor dem Haus gewartet haben, geleitet sie zurück. Gemeinsam steigen sie noch einmal auf den Umfassungswall: hoch aufgeschüttet das Erdreich. Und sie schaut hinunter zur Weichsel, die mäandernd den Wawel-Hügel auf drei Seiten umgibt.

Zurück denn zum Karren. Nun wird, eventuell mit Hilfe der Mutter, eine Ziege hinten festgebunden: sie soll Milch geben. Und der Bernhardiner wird eingespannt. Sein Kennzeichen: weiße Linie zwischen den Augen, das Schwarz gleichsam aufteilend; die Bauchfläche weiß, die Läufe hinten schwarz und vorne braun, weiß markiert. Die Pfoten sind eventuell schon eingefettet – dürfen nicht rissig werden auf den vielen Meilen.

Die Mutter hängt Wanda ein Amulett um, dem sie besonders vertraut: mitgebracht von einer Wallfahrt nach Gniezno, zum Grab des heiligen Adalbert. Der glatte Stein mit seinen Gravierungen wird in den Halsausschnitt des fast knöchellangen Schlupfkleids gesteckt. Dieses Amulett müßte ausreichend schützen vor dem Biß eines tollwütigen Hundes oder Fuchses. Und sollte sie von einem Mann, von Männern bedroht werden: den Dolch zücken, den sie Wanda nun überreicht. Die Spitze ist eingeschwärzt: Gift, von der Mutter sorgfältig gemischt, mit einem gehörigen Anteil Arsenik. Also wird der Dolch vorsichtig in eine Scheide gesteckt. Umarmung ... Tränen auch diesmal?

Und nun die ersten Meter (damals noch keine Maßeinheit) von reichlich tausend Meilen hinaus in die Welt, an deren südlichen wie westlichen Enden die Antipoden tanzen.

Die erste Etappe wird relativ klein bleiben – wiederholt muß Wanda stehenbleiben und Auskunft geben. Um mir die Arbeit zu erleichtern, schaut sie sich nicht weiter um in Kraków – mit »strasburg« wird ja nun eine Stadt jener Zeit beschrieben, also läßt sich hier aussparen.

Und es wird in Fortsetzungen berichtet, wie Wanda nach Straßburg wandert mit Karren und Hund. Nun erst mal, auf der Landstraße Richtung Ostrava, durchquert sie, in Tälern, die Bergkette, zu der auch das Riesengebirge gehört – wie hieß es damals? Eine Information, die uns nicht weiterbrächte.

Zu skizzieren, wie Wanda durch weithin unbewohnte Gebiete wandert, auf tief ausgefahrenen Fernwegen, wie sie darauf achten muß, daß ihr Wägelchen nicht umkippt: dies ist, dies wäre noch relativ leicht. Schwieriger wird es, sobald sie zu einem Dorf kommt: wie sieht es aus? Noch schwieriger: wie wird die fremde Frau empfangen?

Das Aussehn eines Dorfes zu Beginn des 13. Jahrhunderts läßt sich nur entwerfen nach Bildern des Spätmittelalters, aber: Veränderungen vollzogen sich in jenen Jahrhunderten auch in Baubestand und Bauformen äußerst langsam. Also läßt sich rückschließen: das Dorf vor Wanda ohne klare Struktur. Weder ein Dorf, in dem die Häuser sich, in lockeren Abständen, die Hauptstraße entlang reihen, noch ein Dorf, dessen Mittelpunkt die Kirche bildet, vielmehr: die Kirche, das Kirchlein steht, etwas abgerückt, an einer Hangschräge, und am Ansatz dieser Fläche ein Haus hier, eines dort, ein Haus hüben, eines drüben. Und jedes der Häuser von Zaun, Hecke oder Palisaden umgeben.

Nun aber: was geschieht, wenn eine Frau mit kleinem Karren und großem Hund am Dorfrand auftaucht? Erst mal werden Hunde heranwetzen, mit rasendem Gebell; erste Steinwürfe, Knüppelhiebe werden notwendig – der Bernhardiner ist nicht eben bißfreudig, läßt sich von anderen Hunden eher einschüchtern. Werden die Kläffer zurückgepfiffen? So viel Rücksichtnahme wäre damals kaum zu erwarten gewesen, also: kleiner Chor kläffender, drohend bellender Hunde.

Und dann: Kinder. Bestaunen sie eine Frau, die mit einem Hundewägelchen im Dorf einzieht? Oder wird sie verspottet, verhöhnt, womöglich bedrängt, geschubst? Und die Erwachsenen, die vor die Häuser treten (soweit sie nicht auf Feldern arbeiten oder in Wäldern sammeln): rufen sie ihre Kinder zur Ordnung? Oder werden die eher angestachelt, angefeuert? Wurde eine Frau mit Wägelchen, Bernhardiner und Ziege zur Gruppe der Verachteten gezählt? Oder genügte schon das Winken mit einem Büschel Heilpflanzen, um so etwas wie Respekt, womöglich Ehrfurcht zu fordern? Eine Frau, die man zu jener Zeit als »weise Frau« bezeichnet hätte – hier würden wir, sinnentsprechend, eher sagen: eine naturkundige und heilkundige Frau.

Ich setze auf diese Möglichkeit. Doch was könnte diese Frau Ende März schon anbieten? Sie wird ja nicht gleich an den ersten Tagen ihrer Wanderung den Weg verlassen, über Wiesen streifen, an Hecken, Waldrändern entlangziehen, um Blutwurz, Meisterwurz, Veilchen zu sammeln, ich setze voraus, sie hat das in Kraków vorweggenommen, in der reichen Pflanzenwelt rund um die Stadt. Vor allem wird sie, diesseits und jenseits der Weichsel, Veilchen gesammelt haben, Veilchenblüten, einen Beutel voll. Hat dann, im Haus auf dem Wawel-Hügel, die Blüten in Wein aufgekocht, hat die Flüssigkeit geseiht, den Klartrank abgefüllt. Und höckrige Wurzelstöcke der Blutwurz-Staude hat sie zu Saft zerstoßen, hat ihn, in einem Tongefäß, mit Wein übergossen und ziehen lassen. Und Wurzeln des Meisterwurz hat sie zerhackt, in Wasser eingelegt, die Nacht über stehen lassen, dann ebenfalls abgefüllt. So führt sie einige kleine Behälter mit, kann Hilfe anbieten.

Heilkraut als Friedenszeichen: sie könnte – weiterhin umbellt, umtobt – sogleich zu einem Haus geführt werden, in dem eine alte Frau nicht mehr aus dem Bett kommt. Ein Modell, für Wanda entwickelt: sie hilft Kranken – die sich oft gleich schon besser fühlen, wenn jemand mit kundigen Fragen auf sie eingeht. Und weitere Besserung, zumindest subjektive, sobald ein Pflanzensud getrunken oder eine Pflanzenkompresse aufgelegt ist. Dafür darf Wanda sich sattessen. Auch für den Bernhardiner, den gefräßigen, dürfte gesorgt sein. Und die Ziege angepflockt auf einer Wiese, sie kann im Kreis grasen. Der Helfenden, zumindest Lindernden wird sicherlich ein Nachtlager angeboten: in einer Scheune, in einem Stall. Und der Bernhardiner liegt – sattgetrunken, vollgefressen – vor dem Haus, in exemplarischer Ruhe.

Arbeitstagebuch. Zwischendurch lese ich, in Übersetzungen, einige (Vers-)Erzählungen, (Vers-)Novellen des Hoch-Mittelalters: begleitende Lektüre mit Einwirkungen auf das VorBuch. Denn dies, zum Beispiel, wird zur nachwirkenden Lese-Erfahrung: Wie das Reich der Realität unmittelbar angrenzte an das Reich der Fabel.

Zum Beispiel die Vers-Erzählung *Orendel*: Die gleichnamige Hauptfigur bricht mit einem Heer auf, die Schiffe fahren die Mosel abwärts nach Koblenz, dann den Rhein hinab zum Weterischen Meer – offenbar einer Variante der Nordsee; die Schiffe segeln hinaus, geraten in den obligatorischen Sturm, werden ins »Lebermeer« getrieben, diesen Schrecken aller Seefahrer – prompt bleiben die Schiffe bis auf weiteres stecken. Vor dem Lebermeer hatte es mir als Kind gegruselt: ich stellte mir darunter ein Meer vor, das aus lauter Lebern bestand, wie sie gelegentlich in die Pfanne kamen. Nun sehe ich hier so etwas wie Sülze oder Aspik; darin fahren Schiffe sich fest und können nur mit Gottes Hilfe wieder flottkommen. Die Textdistanz zwischen »Koblenz« und »Lebermeer«, zwischen Fakt und Fabel: nur wenige Verszeilen!

Solche mehr oder weniger jähen Übergänge wiederholen sich in der Literatur jener Zeit. Tristan, naheliegendes Beispiel, kämpft gegen einen Landesfeind, der Tribut, damit Unterwerfung fordert, und er kämpft gegen einen Drachen, der flammenwerfend Reiter und Rösser tötet. Oder: Derselbe Herzog Ernst, der mit einer veritablen Hofintrige, einem höfischen ›Mobbing‹ zu kämpfen hat, tritt den Kampf an gegen Kranich- oder Großohrmenschen.

Damit bietet sich eine weitere Antwort an auf die Frage: Warum Mittelalter? Es ist, in diesen Texten, das Faszinosum einer völlig anderen Wahrnehmung, Deutung, Darstellung dessen, was wir »Realität« nennen. Hier öffnen sich Freiräume.

Zum ersten Mal seit der Kindheit lese ich nun auch wieder die Geschichte von *Herzog Ernst*. In diesem Text, der (in einer ersten, mittelfränkischen Fassung) ungefähr aus dem Jahr 1180 stammt, finden sich zwei Welten auf relativ engem Erzählraum. Die Vers-Erzählung beginnt mit erstaunlich konkreten Angaben und führt in eine phantastische Welt.

Am Anfang der Aufruf, hinzuhören, herzuhören. Und die Versicherung, es sei schriftlich überliefert, was nun vorgetragen werde. Es beginnt denn auch wie in einer Chronik: König Otto wird eingeführt, wenn auch ohne Begleitzahl; berichtet wird, daß er Slaven unterworfen hat und Friesen. Und: er hat das Erzbistum Magdeburg gegründet.

Dieser König heiratet in jungen Jahren, wird früh schon Witwer, beauftragt die Herren seines Hofstaats, eine Nachfolgerin zu vermitteln – beliebtes Erzählmuster, bis hin zum Tristan-Roman. Die Herren empfehlen ihm Adelheid, eine Witwe mit Sohn. Die Hochzeit findet statt auf dem Festplatz vor der Stadt Mainz: Pracht, Pomp, Prunk. Vor den hohen Herrschaften treten zahlreiche Unterhaltungskünstler auf – es werden also wohl Lieder vorgetragen, Erzähltexte rezitiert, es wird Akrobatik präsentiert.

Und Herzog Ernst wird eingeführt, der Sohn der neuen Königin. Sein Stiefvater schätzt ihn und beweist das, indem er ihm großzügig Lehen überträgt. Als Gegenleistung soll Ernst für gute Verwaltung sorgen, für Ordnung und Frieden. Silber und Gold bestätigen, wie sehr der Stiefsohn geschätzt wird.

Das weckt Neid. Es kommt zur Intrige, zur Hofkabale: Heinrich, Pfalzgraf bei Rhein, redet dem König ein, Herzog Ernst sei in Wirklichkeit sein Feind, wolle ihn stürzen. Das wird ohne Beweis geglaubt, dem Stiefsohn wird der Krieg erklärt, die Durchführung übernimmt der Pfalzgraf. Der geht vor auf damals übliche Weise: marschiert ein in Gebiete des Herzogs, verwüstet weitflächig. Brandschatzung, Raub. Schließlich belagert Heinrich das Opfer seines Rufmords in Nürnberg. Auch rund um diese Reichsstadt wird alles verheert. Ein Vermittlungsversuch über die Mutter scheitert. Sechs Jahre lang Krieg im Land. Bei einem Hoftag in Speyer (weiterhin die genauen Ortsangaben!) will Herzog Ernst die Fehde durch ein Kommando-Unternehmen beenden: mit Wetzel, seinem Freund und bewährten Mitkämpfer, dringt er in das Pfalzgebäude ein, abends; der König kann in die Kapelle entfliehn, sein Gesprächspartner verliert, wortwörtlich, den Kopf; den beiden Kombattanten gelingt die Flucht aus der Pfalz und aus Speyer. Die Reichsacht wird über Herzog Ernst verhängt. Regensburg nimmt ihn auf und wird belagert. Fortsetzung der weitflächigen Zerstörungen. Die Auseinandersetzungen werden immer brutaler: Herzog Ernst läßt Gefangene erst verstümmeln, dann ermorden. Als er schließlich erkennt, daß er der Reichsmacht nicht gewachsen ist, verläßt er das Land, gelobt eine Kreuzfahrt, zieht mit Wetzel und einem zuverlässigen Trupp durch Ungarn und Bulgarien, kommt nach Konstantinopel, wird

Gast des Königs von Ost-Rom, will von dort aus nach »Syria« segeln. Diese Fahrt wird zum gleitenden Übergang in eine andere Welt.

Sturm, der übliche Sturm, das Schiff wird, irgendwie, vom Mittelmeer in den Ozean getrieben, die Irrfahrt dauert ein Vierteljahr, endlich Land in Sicht, das Schiff legt an vor einer märchenhaft reichen Stadt: sogar die Zinnen der Stadtmauer sind von Gold und Edelsteinen bedeckt. Ernst und Wetzel erkunden die gespenstisch menschenleere, aber sichtlich bewohnte Stadt. Betont wird ihre Sauberkeit: keine Abfälle auf den Straßen, wie üblich, der Müll wird regelmäßig durch eingeleitetes Wasser weggeschwemmt. Ein Wunschtraum.

Die beiden Männer streunen weiter durch die Stadt, gelangen in einen Palast, bedienen sich an einer reich gedeckten Festtafel, nutzen die Annehmlichkeiten eines luxuriösen Badehauses. Die Stadtbewohner kehren – nach einem Festakt im Freien – zurück, mit König und Königin. Es handelt sich um Kranichmenschen: die Körper von Menschen, die Köpfe von Kranichen. Die Königin ist keine Kranichfrau, die Schöne stammt aus Indien, wurde entführt, leidet nun im Kranich-Exil. Ihre heikle Lage wird auch deutlich bei einem Kuß: der König steckt seinen Schnabel in ihren Mund. Die beiden Männer beschließen sofort, sie zu befreien, malen sich dabei aus, wie leicht es sein wird, mit ihren Schwertern dünne Kranichhälse zu durchschlagen. Die Befreiungsaktion mißlingt freilich: als die beiden Männer ihr Versteck verlassen, wird die Königin mit Schnabelhieben getötet; vor ihrem letzten Atemzug kann sie den beiden freilich noch danken. Ernst und Wetzel richten ein Massaker an unter den Kranichmenschen.

Was folgt: die Fahrt zur Insel mit dem Magnetberg, dem sich auch das Schiff der beiden nicht fernhalten kann, es wird zum Wrack neben zahlreichen Wracks. Wie die Flucht von der menschenleeren Insel ohne Nahrung gelingt, das hat auf mich als Kind schon Eindruck gemacht: man näht sich in Rindshäute ein, wird von einem Greifen gepackt und als Futter zur Greifenbrut auf dem Festland eingeflogen.

Nach der Flucht aus dem Greifenhorst weitere Schwierigkeiten, Hindernisse: ein Fluß in einem Gebirgstal, unüberwindbar. Ein Floß wird gebaut. Die Fahrt führt durch eine Klamm, dann durch eine Höhle, die aus edlem, lichtem Gestein besteht – einer der Steine, als Souvenir mitgenommen, wird später in die Kaiserkrone eingesetzt. In diesem Zusammenhang wird erneut betont, daß historische Wirklichkeit beschrieben wird. Die Wahrheit lasse sich in Bamberg beweisen durch eine lateinische Chronik!

Es folgt eine Heerschau von Fabelwesen, der Reihe nach bekämpft, reihenweise niedergemacht von den Waffenbrüdern und ihrem Trupp. Als erstes sind Plattfüßler dran. Ihre Füße gleichen den Flossen von Schwänen; die Schwimmhäute zwischen den Zehen sind notwendig im Sumpfland. Auf der Vernichtungsliste folgen Menschenfiguren mit Riesenohren – die sind so lang, so weit, daß sie umhanggleich um die Körper gelegt werden können. Diese Panotier werden gleichfalls hingemetzelt. Darauf kommen Riesen dran, in einem Wald, in dem sie mit ihren Kampfbalken nicht mehr um sich schlagen können in bewährter Weise. Dreihundert von ihnen werden zur Strecke gebracht; einer von ihnen, ein Jungriese, wird als Anschauungsobjekt mitgenommen, zusätzlich zu den Belegexemplaren eines Plattfüßlers und eines Panotiers. Staunen begleitet seither den Trupp auf der weiteren Reise, die zuletzt doch nach »Syria« führt.

Vom Heiligen Land aus erreicht den König die Nachricht, Herzog Ernst sei wieder aufgetaucht. Begnadigung und damit die Möglichkeit der Rückkehr. Über Bari geht es nach Rom; Visite des Petersdoms. Dann weiter nach Bayern; auf dem Hoftag zu Bamberg finden Begegnung und Versöhnung statt.

Diese kurze Nacherzählung sollte ausreichen, um zu demonstrieren, wie Pseudo-Chronik und echtes Fabulieren zusammenfanden. Wiederholt wird beteuert: Was hier erzählt wird, stimmt mit der Überlieferung überein, ist also wahrheitsgemäß. Diverse Schnittstellen von ›Chronik‹ und Fabel.

Hier ist also nicht der springende Punkt: Damals wenig Information in langsamer Rezeption, heute (zu) viel Information in rasendem Durchlauf. Vielmehr: Was damals von den Köpfen (auch gebildeter Zeitgenossen) wahrgenommen, aufgenommen wurde und was heute von Köpfen (auch gebildeter Mitmenschen) aufgenommen wird, das unterscheidet sich wesentlich. Es fand eine ständige Vermischung statt von Realität und Fiktion, genauer: von den Parametern, die wir heute als *Realität* und als *Fiktion* bezeichnen. Schon solch eine Unterscheidung wäre gebildeten Menschen des Mittelalters unverständlich gewesen, denn alles war vermischt. In Chroniken floß Legendenhaftes ein. Geographie als Zuordnung von Städten und zugleich von Stätten des Heilsgeschehens – Jerusalem als geographisches Zentrum der Welt. Immer mehr Karten für Seefahrer und zugleich ein Großaufgebot von Meeresbewohnern wunderlichster Art – zuweilen sogar wiedergegeben auf Kartenrändern.

Stimulation: der Umgang mit Texten jener Zeit setzt frei. Die heute streng gezogenen Grenzlinien zwischen Fakten und Fiktionen können überspielt werden. Die sogenannte Wirklichkeit darstellen »wie sie ist« – hat es das jemals gegeben ohne ein mehr oder weniger starkes Ferment des Fiktiven? Im Mittelalter war das schon gar nicht möglich: entweder wirkten religiöse Wunder ein in die Welt der Gläubigen oder fabulöse Phänomene drangen ein in Romane wie in Chroniken. Es würde dem ›Geist der Zeit‹ des dreizehnten Jahrhunderts kaum entsprechen, nur rational erfaßbare, wissenschaftlich verifizierbare Realität zu beschreiben.

Und prompt nähert sich ein Geisterreiter: ist auf der Straße aufgetaucht, als wäre er hochgehoben worden durch eine Öffnung, die sich sofort wieder schloß. Kommt näher mit sehr gleichmäßigen, leicht ruckhaften Bewegungen des Pferdes, begleitet von mechanischem Hufschlag. Der Reiter hält eine Lanze waagrecht, wie bereit zum Stoß, ist aber nicht gewappnet.

Der Reiter nun auf gleicher Höhe. Das Gesicht leer wie auf der Phantomzeichnung eines Steckbriefs. Das rotblonde Haar gleicht einem Toupet, die Augen gleichen durchbohrten Metallscheiben. Mit einem Zügelruck bringt der Reiter das Roß zum Stehn. Mit nur gering modulierter Artikulation stellt er sich vor als Pixelmann auf Pixelpferd. Und: er ist über das Computerspiel THE

Quest auf die Spielebene gekommen oder eher: geraten. Die Lanze hat er sich – nach einigen Umwegen zu einem Schmied gelangt – anfertigen lassen, was freilich eine Zeitlang dauerte, weil die ersten beiden Lanzenspitzen Ausschuß wurden. Diese Lanzenspitze nun gleicht einem halben Schwert, ist auf entsprechend starken Schaft montiert. Das Pixelpferd hat er nachts auf virtueller Weide gestohlen. Sein erster Versuch, sich eine Rüstung zu beschaffen, war allerdings fehlgeschlagen. Er hatte vor, einen voll gerüsteten Ritter vom Pferd zu stoßen, um dessen Rüstungsteile zu übernehmen, hat den Impact des Gegenangriffs jedoch unterschätzt: der Gegner kam in vollem Galopp auf ihn zu, traf ihn mit einer Wucht, daß die Lanzenspitze durch ihn hindurch fuhr und er zum ersten Mal in dieser Partie sein Leben verlor. Aber er hat noch sechs »Bonus-Leben«. Auf dem weiteren Weg zur Burg mit der geheimnisvollen Statue wird er sicherlich noch das eine und andre Leben verlieren, ist aber fest entschlossen, in diesem *einen* Durchgang das Ziel zu erreichen.

Fast hätte er dabei viel, zuviel Spielzeit verloren, denn bei der Suche nach einer Truhe, in der ein erster Hinweis zu den Koordinaten der Burg für ihn bereitliegen muß, bei seinem Eindringen also in das Haus mit Truhe wäre er fast einem Mädchen verfallen, das eine Knieharfe spielte und ein Lied sang, das ihm zu Herzen ging. Dabei sang sie, wie in einer Endlosschleife, immer nur den Refrain. Er ließ sie aufstehn und ans Fenster treten, um die verlockende Erscheinung im durchsichtigen Kleid deutlicher zu sehen, versetzte sie aber, vorsichtshalber, in eine halbe Drehung nach rechts, sah prompt ihren Schreckensrücken des Verfalls: durch offenliegendes Fleisch krochen Maden, wie er im Zoom erkannte. Umgehend verließ er das Haus, begann die nächste Sequenz des Ritts, den er gleich fortsetzen wird.

Zuvor aber noch: Was er finden soll, finden muß, unbedingt, es ist vorgegeben durch eine Skizze, die er jener Truhe entnahm: eine siebentürmige Burg; in ihrer Mitte ein Saal, rund, mit hoher, weiter Kuppel; auf einem hochglanzpolierten Steinsockel, unter der Lichtquelle hoch droben, zwei Statuen, die ein Paar bilden. An der rechten Hand der männlichen Figur ein Ring, der sich ablösen läßt; im Ringinnern ist ein kurzer Text eingraviert; wer den entziffern kann, besitzt den Code, mit dem sich der ›Nebenbuhler‹ von der Bildfläche entfernen läßt. Ja, wie mit einem Klick kann man ihn verschwinden lassen und man versetzt sich an seine Stelle, steht der märchenhaft schönen, sehr jungen Frau gegenüber. Die hält in der Linken einen Stab, auf den sich ein Vogel gesetzt hat, gesetzt zu haben scheint, der so lebensecht wirkt, als wäre er soeben erst in den Saal geflogen. Dieser Vogelroboter kann die Flügel bewegen, kann mit dem Kopf ruckeln, kann den Schnabel wetzen. Wirklicher ist nur die Wirklichkeit...! Sein Gesang, so authentisch er klingt, ist als Signalfolge zu deuten; erst, wenn einem die Decodierung gelingt, kann man die naturgetreu geformte Frauenstatue zum Sprechen bringen.

Und noch etwas: In ihrer rechten Hand ein sichtlich kostbares Kristallglasgefäß mit einer spezifischen, einer speziellen Essenz, die eine starke innere Verwandlung bewirken soll – welche, das merkt man erst, wenn man das Glas virtuell an die Lippen setzt. Und dann, ja dann soll ein wahres Wunder geschehn...!

Und der Reiter zieht vorbei, mit wiederum, mit weiterhin leicht ruckender Bewegungsweise des Pferdes. Die Lanze, zuvor abgesenkt, sie wird nun wieder waagrecht gehalten. Schon verschwindet der Geisterreiter, wie mit einem Mausklick, von der Spielfläche.

Ich trete aus dem Schatten der Basilika heraus, schwenke ein an der Nordwestecke, spähe in die Straße: werde ich beobachtet...? Falle ich auf...? Und: wo finde ich einen Ausgangspunkt für meine Suche nach Gottfried...? Nur an der Grenze des Sehfelds nehme ich wahr: keine ›geschlossene Bauweise‹ von Steinhäusern, vielmehr Häuser, die aus Holz und Lehm zu bestehen scheinen, und lückenlos stehen sie auch nicht.

Am Münster entlang Händler mit Holzlöffeln, Holzschälchen, Holzschüsseln, Holzfäßchen. Und, bei geschärftem Seitenblick: Tabletts, Teller, geschnitzte Löffel, auch Schöpfkellen. Am Beginn (oder ist es der Abschluß?) dieser Reihe von Marktständen,

Marktbuden setze ich die Kiste ab. Die Straße, das nehme ich jetzt erst wahr, ist hier nicht gepflastert: hartgestampfter Lehm, aufgeschütteter Sand. Auf der Kiste breite ich eins der Seidentücher aus, lege die beiden Seidenknäuel drauf, gehe hinter dem improvisierten Stand in die Hocke, warte auf Reaktionen.

Ja, ich werde beobachtet, erst mal vom Händler am Stand neben mir. Er kommt, nach kurzem Zögern, heran, befühlt das Seidentuch, den Seidenfaden, stößt einen offenbar anerkennenden Knurrlaut aus, begibt sich wieder zu seinem Stand. Ich habe nicht den Eindruck, daß er etwas gegen mich unternehmen will. Oder wird man mich nach einiger Zeit doch auffordern, mich zum Tuchhaus zu begeben? Gibt es hier so etwas wie Marktaufseher? Für den Fall, daß ich nach Herkunft und Berechtigung gefragt werde, habe ich mir zurechtgelegt: Ich stamme aus der Britannie, komme nun jedoch aus Venedig, habe neue Seidenware mitgebracht, von der hier allerdings nur eine kleine Auswahl angeboten wird.

Genauer befragt, könnte ich mit einem Stöckchen den ungefähren Verlauf der französischen Küste am Ärmelkanal in den Sand ritzen, dann den ebenso ungefähren Umriß Englands, könnte dort aufs Geratewohl einen Punkt markieren und als meinen Ort bezeichnen. So wäre ich ein Sohn der Britannie, die mit Britannien und der Bretagne nur in relativ kleinen Ausschnitten identisch ist: das Angevinische Reich von Schottland bis zu den Pyrenäen. Ich als ›Sohn‹ dieses Landes: dies dürfte als Erklärung ausreichen dafür, daß meine Aussprache des Mittelhochdeutschen fremdartig klingen wird, vor allem unter Alemannen.

Einige Neugierige sind mittlerweile vor mir stehngeblieben. Nun kann ich mir Aufschub nicht länger leisten, ich wickle eine Armlänge Seidenfaden von einem der Knäuel, führe vor, wie fein verzwirnt, demnach reißfest er ist – als wäre dies eine Vorgabe für den roten Faden, den ich bis ins damals unvorstellbar weit entfernte China ziehen würde. Ja, selbst in dieser Handelsstadt mit ihren weitreichenden Verbindungen dürfte China so unwirklich sein wie eine Fata Morgana.

In jenem China, so berichte ich, begannen diese Seidenknäuel ihre Reise. Zwei unter Tausenden von Seidenknäueln eines Karawanentransports. Und nun liegen sie hier auf dem Seidentuch, das ebenfalls aus China stammt.

Und ich rufe, schon ein wenig sicherer, den Namen des Startpunkts: Sian, Chian, Sian, spiele erst beide Formen der Aussprache gegeneinander aus, setze dann mit Betonung auf Chian, Chian, weil hier »China« mitklingt, mitschwingt. Und ich halte eins der Tücher straff an der Seitenkante, schwenke es – Assoziationen sollen sich einstellen an Seidenfahnen, die feindliche Eroberer über sich flattern lassen im Sturmwind eines Eroberungsgalopps. Chian, wiederhole ich, Chian! Denn erst einmal muß Resonanz geweckt werden für diesen Namen, von Chian geht alles aus, was ich berichten will. Und ich schwenke, mittlerweile stehend, meine Seidentuchfahne. Weil ich fast alle um Haupteslänge überrage, wird das Zeichen auch weithin wahrgenommen, lockt noch mehr Zuschauer, Zuhörer an. Und ich wiederhole den Namen, beschwörend, rufe Lanzhou, Lanzhou!, setze nach mit dem Stadtnamensruf Wuwei, Wuwei!, schwenke weiterhin die Seidenfahne, registriere, daß der Halbkreis sich fortlaufend verdichtet, erweitert, rufe Dunhuang, Dunhuang! Rufe dann den fast magischen Namen Takla Makan, Takla Makan: die »Wüste ohne Wiederkehr«, die Wüste, die von Seidenkarawanen nördlich oder südlich umgangen wird, und so ist es an der Zeit, Kashgar, Kashgar! zu rufen, dort kommen die nördliche und die südliche Route wieder zusammen. Und dann, so klangvoll wie Takla Makan: Samarkand. Mit diesem Namen beende ich das Schwenken der Seidenbahn, wiederhole silbentrennend Samarkand, Samarkand, fast will sich aus der Namensfolge ein Lied entwickeln mit Takla Makan, Kashgar, Samarkand ... Und Buchara kommt hinzu, und Teheran und Hamadan, Hamadan. Und vorbei an Bagdad oder durch Bagdad hindurch geht es Richtung Antiochia und das Mittelmeer wird erreicht. Nach den Monaten, eher: den Jahren mit wechselnden Karawanen werden die Seidenknäuel, Seidengewebe in einem Schiff verstaut: nach Italien ... nach Hispanien ... in die Britannie ... Und ich halte, den Ruf Britannie! wiederholend, die Seidenfahne mit gestreckten Armen über den Kopf, rufe erneut Britannie!, senke das Tuch vor meinen Kopf, vor meinen Oberkörper, vor meine Hüfte, vor meine Oberschenkel, breite es auf der Kiste aus.

Nun sehe ich keine Verschiebungen, Veränderungen mehr im Halbkreis meiner Zuschauer, Zuhörer, nun kann ich, nach dem Überblick, erneut ansetzen bei Xi'an, Sian, Chian, hätte jetzt gern einen riesigen chinesischen Gong, dessen Klang in alemannischen Magengruben nachschwingt, und es tut sich auf: die Weite der Stadt Chian. Dort wird die Karawane aufbrechen zu den ersten Etappen einer Reise, die über fünftausend Meilen weit führt: Karawanenjahre ... Weil ich unter den vielen Köpfen im Halbkreis noch immer nicht den Kopf entdecke, der meinem Phantombild von Gottfried entsprechen könnte, setze ich, nach der Namens-Intrada, an zum Bericht über den Transport auch des Seidenstücks, das ich demonstrierend wieder hochhebe, fange erneut von vorn an, rufe, wie eine Überschrift, mein: Chian, Chian!, rufe, daß in dieser Stadt neun Straßen von Norden nach Süden führen, jede dieser Straßen so breit wie die Basilika hinter mir lang ist, ja noch breiter, und Bäume an den Rändern, Bäume, Bäume, schattenspendend. Dreizehn ebenso breite Straßen von Osten nach Westen. Und eine Mauer umgibt diese Stadt, fünf Meter hoch; dreizehn Tore in dieser Mauer, das Haupttor mit fünf Durchlässen. In dieser Stadtfestung die wiederum von Mauern umgebene Kaiserstadt, die ebenfalls von Mauern umgebene Palaststadt; hier auch der Drachenhügel; auf seiner Kuppe der große »leuchtende Palast«.

In diesem Chian der weite Platz am Westtor, hier werden die Karawanen zusammengestellt: dreihundert, vierhundert, fünfhundert Kamele jeweils, und zahlreich die Kamelführer, Kameltreiber, zahlreich die Kaufleute, Begleitsoldaten, und es beginnt das große Abenteuer, die *aventiure*.

Immer unbefangener schaue ich mich, weiter erzählend, im Halbkreis um: etliche hocken, die meisten stehen. In einer der hinteren Reihen entdecke ich endlich einen Mann, der zu meinem Phantombild von Gottfried passen könnte: den stelle ich mir vor als klein, dunkelhaarig, agil. Ich habe den Eindruck, er will weitergehn, also unterbreche ich die Seidensaga, künde an, ich würde sie bald fortsetzen, stecke die Seidenbahn, die Seidenknäuel in die Innentaschen des Umhangs, nehme die Kiste mit. Dies nicht aus Mißtrauen, sondern einer Überlegung folgend: mit einer – wenn auch leeren – Kiste in der Hand wirke ich geschäftig, zielstrebig, da finden Zweifel, Fragen so leicht keinen Ansatz.

Ich folge dem Mann, ohne auf die Umgebung zu achten, mein Blick fixiert auf Hinterkopf, Nacken, Schultern. Er bewegt sich so rasch, wie ich mir das vorgestellt habe. Was ich freilich nicht erwartet hätte: er geht in eine Kirche. Dennoch folge ich ihm.

Die Kirche noch düstrer als das Münster. Und der Mann scheint spurlos verschwunden. Der Raum ist auch unübersichtlich genug: Trennwände, Zwischenwände im Hauptschiff, in den Seitenschiffen – zahlreiche Kapellen auch hier eingebaut. In einem der sakralen Kabäuschen wird eine Messe gelesen, die vier Personen hören. Auch in dieser Kirche der durchdringende Gestank von Urin. Dreingemischt ein Hauch Weihrauch; Duftschwaden von heißem Bienenwachs.

In einer der Kapellenbuden entdecke ich ihn wieder, ›meinen‹ Mann, sehe ihn freilich nur schräg von hinten: er hält eine Frau umklammert, die ihre Hände in sein Haar geschoben hat. Gleichzeitiges Flüstern und Keuchen – offenbar bin ich einer heißen Spur gefolgt.

Kurz noch verharre ich im kapellenbudenreichen Kirchenraum. Im Dämmerlicht sind romanische Bauformen zu ahnen, aber: die Raumwahrnehmung ist nicht nur gestört, sie ist verstellt. In der Kapelle ist das Keuchen nun rhythmisch geworden, der Kopf der Frau schlägt an die Holzwand. Spielt hier die Fama mit, daß in Kirchen gezeugte Kinder von Fortuna begünstigt werden? Die Messe, ein paar Kapellen weiter, ist beendet, die wenigen Teilnehmer verlassen die Kirche. Das wird der keuchende, zuweilen grunzende Mann kaum wahrnehmen. Auch nicht, daß ich nun das Portal schließe.

Ich kehre nicht, mit der erneut aufgegriffenen Kiste, auf dem kürzesten Weg zurück zum Münster, mache vielmehr einen kleinen Umweg, will mich umschaun in der Stadt, die zwar damals schon »strasburg« hieß, mir aber noch so fremd erscheint, als läge sie im Königreich Nepal. Möglichst viel will ich von der Welt kennenlernen, in der Gottfried lebt und wirkt – vielleicht schärft das meinen Blick auf sein Werk: Abbilder...? Gegenwelten...?

Die Häuser, so habe ich den Eindruck, stülpen alles nach außen – vor allem die Häuser von Handwerkern. Da wird zwischen Haus und Gosse gesägt, gehämmert, gedengelt, geflochten, gewalkt – Verben für Tätigkeiten in jeweils verschiedenen Straßen. Auch Küchen stülpen sich nach außen: vor einem Haus wird gebuttert, vor einem anderen Gemüse geputzt, und Reste fliegen gleich in die Straßen- oder Gassenmitte. In den gesammelten Küchenabfällen wühlen freilaufende Schweine, die den Fleischwalzen meiner Zeit freilich kaum gleichen, eher verkleinerten und verschlankten Wildschweinen, denen man noch nicht das Borstenfell weggezüchtet hat. So erscheinen diese Hausschweine erstaunlich hochbeinig – nützlich im tiefen Abfall. Zu den Schweinen zahlreiche Ratten. Und Fliegen bedecken fast lückenlos die Innereien von Hühnern, Hasen, Fischen, die von Frauen ebenfalls auf die Straßen geworfen wurden. Die Fliegen als Plage: schon haben sich meine Hände selbständig gemacht als Fliegenklatschen.

Ein Schwerlastkarren wird an mir vorbeigezogen, von einem Ochsengespann: vier eisenbereifte Räder und auf der Ladefläche ein grob behauener Steinquader. Zwei Fässer werden gerollt. Schleifen, von Pferden gezogen – wie Schlitten mit breiten Kufen; auf den kleinen Holzflächen: Ballen oder Kästen. Männer spielen Karten, spielen Tric-trac. An einem Brotstand ein Streit. Offenbar will eine Frau das Brot nicht annehmen, das ihr gereicht wird. Es wird an einer Wand an eine spindelförmige Kontur gehalten, in den Stein gemeißelt; Länge und Breite des Brotes scheinen mit dem Umriß übereinzustimmen, das Augenmaß der Frau wird in Frage gestellt, so glaube ich zu hören und an der Gestik abzulesen, die Frau reicht eine Münze über den Tisch, der Fall scheint geklärt.

Auf jeder Straße, in jeder Gasse, an jeder Ecke: Bettler. Gekrümmt, ausgemergelt, mit zerfetzten Kleidungsstücken und lädierten Gliedmaßen. Achselkrücken, aber mit unbequem geradem Querholz, keine Anpassung an Achselmulden. Wägelchen mit winzigen Rädern, auf denen Beinlose sich mit kurzen Stöcken vorwärtsschieben. Ich bin noch münzenlos, muß erst Seide umsetzen, dazu hat sich bisher keine Gelegenheit ergeben, so bleibt es bei einem Gruß, der zuweilen mit einem Fluch beantwortet wird.

Eine Baustelle. Mit einer Hacke wird Mörtel in einer Wanne gemischt. Mit geschultertem Back trägt ein Arbeiter Mörtel eine Laufschräge hoch, in einem zerbrechlich wirkenden, fast windschiefen, offenbar aber doch zuverlässigen Holzgerüst. Ziegel werden in Körben geschleppt. Oben ein Auslegergerüst; auf der Arbeitsebene wird mit Kelle und Speis, mit Richtscheit und Lot gearbeitet. Ein Steinquader, von eiserner Krallenzange gepackt, wird über eine Rolle hochgehievt, langsam emporruckend. Ich senke den Blick, schaue mich um, würde gern einen Steinmetz beobachten, der soeben sein Signet in einen Quader meißelt, das könnte ich denn interpretieren als Zeichen, das helfen soll bei der Abrechnung im Stücklohn oder als Zeichen für wachsendes Selbstbewußtsein auch von Facharbeitern. So etwas scheint sich hier aber noch nicht auszuprägen. Und schon gar nicht bekomme ich zu sehen, wie ein Bildhauer auf einem Kapitell herausarbeitet, wie er, knieend, einem huldvoll herabgebeugten Herrn ein Kapitell überreicht, auf dem er, knieend, einem huldvoll herabgebeugten Herrn ein Kapitell überreicht. Ich gehe weiter.

Und komme in eine Gasse der Goldschmiedezunft. Hier sind die Häuser eng aneinandergerückt. Aber auch sie bestehen nicht alle aus Stein – einige sind nur im Erdgeschoß aus Quadern gesetzt; darüber Fachwerkkonstruktionen. Die Steinhäuser, die ja immer stattlicher werden sollen nach diesem Jahrhundertbeginn, sie werden am Markt stehen – aber wo ist hier der Markt? Ich werde mich nicht durchfragen müssen, ich bin sicher, daß ich in dieser kleinen Stadt bei meinen Suchgängen wie von selbst auf den Markt stoßen werde, und dann erwarte ich Steinbauten in drei Geschossen – repräsentative Selbstdarstellung von Bürgern, die reich und stolz werden, selbstbewußt im Einfordern von Rechten.

Auch hier in der Goldschmiedegasse: die Werkstätten zur Straße hin geöffnet. Im Vorbeigehn registriert: Goldschmiedearbeiten mit vegetabilem Dekor ... mit gestanzten Medaillons ... Perlen, auf Golddrähte gezogen ... Reliefs von Fischen und Muscheln ... farbige Kristalle in Fassungen ... An einem der Arbeitstische bleibe ich stehen: der Meister arbeitet an einer flächigen Darstellung im Format eines Buchdeckels. Ein Kreuz in der Mitte, zwei Gestalten in knöchellangen, faltenreichen Gewändern rechts, zwei ähnliche Figuren links vom Gekreuzigten. Natürlich erschiene es mir stimmiger, wenn der Goldschmied an einer weltlichen Darstellung arbeiten würde, beispielsweise an einem Paar, das aufeinander zugeht oder sich bereits umarmt. Noch stimmiger wäre es, wenn auf einem Ornamentband, Schriftband die Namen TRISTAN und ISOLDE schon mal angedeutet würden. Aber das ist, wahrhaftig, ein Wunsch-Bild.

Arbeitstagebuch. Ein Wunsch, der die Arbeit an diesem Band begleitet: wenigstens ein Phantombild von Gottfried zu entwickeln! Aber hier stellt Reflexion ein Warnschild auf: Vorsicht, wir befinden uns in einer Epoche, die als »portraitloses Zeitalter« definiert wurde! Das Herausarbeiten individueller Züge war damals nicht erwünscht!

Dabei war schon ein Jahrtausend vor dem 13. Jahrhundert die Kunst des Portraitierens hoch entwickelt, vor allem in Büsten: römische Charakterköpfe mit betont individuellen Zügen! Aus dem Katalog zur Ausstellung »Bilder vom Menschen in der Kunst des Abendlandes« eine charakterisierende Beschreibung der Büste eines Unbekannten, ungefähr aus dem Jahr 130 v. Chr.: »Der Dargestellte ist ein korpulenter Mann mittleren Alters; von der faltendurchzogenen Stirn ziehen sich hohe Geheimratsecken in das bereits gelichtete Haar; von Falten gezeichnet sind auch die kleinen Augen unter den kraftvollen, buschigen Brauen; breit und stark ist die Nase, breit auch die fleischigen Wangen; fließend geht der massige Kopf in den feisten Hals mit dem schweren Doppelkinn über.« So weit hatte man sich also vorgearbeitet: die

»naturalistischen Darstellungsweisen« des zweiten Jahrhunderts...

(Auch) am Portraitieren war Europa nach dem Untergang des Römischen Imperiums vorerst nicht mehr interessiert. Das Hoch-Mittelalter als Ära einer durch christliche Doktrin auferlegten Selbstbescheidung: strikte Zurücknahme jeder Form von Selbstdarstellung, Selbstakzentuierung. Ein Kommentarsatz des Katalogs: »Portraittreue im Sinne einer Individualität setzt einen Selbstwert des Körpers voraus, der mittelalterlich-christlichem Denken widersprach.« So wurden auf Bildern von Menschen individuelle Züge nicht mehr berücksichtigt: damit hätte man gegen Werte einer Gesellschaftsordnung verstoßen, die man als gottgegeben sah.

Unter diesen Vorzeichen waren es auch Lebensdaten nicht wert, überliefert zu werden – es sei denn, man war Bischof oder Herrscher. In solch einem Fall war sogar individualisierende Beschreibung erlaubt! In seiner (erstaunlich kurzen) *Vita Caroli Magni*, bereits im neunten Jahrhundert verfaßt, skizziert Einhard, Hofmann Karls des Großen, einen (im Alter) bauchigen, feistnackigen Hünen mit überraschend hoher Stimme, die fast unablässig zu hören war – ein Mann, der sich gern reden hörte, bis zur Erschöpfung des Gefolges. Das konnte auch einbezogen werden in die Schwimm-Exerzitien des gichtkranken Herrschers, der sich in seinen letzten Jahren vor allem in Aachen aufhielt, wegen der Thermalquellen: das Hofgefolge, einschließlich Leibwächter(!), mit ihm im Bassin...

Wenn Einhard seinem Dienstherrn in der Vita individuelle Züge zuschrieb, so ist mein Wunsch, individuelle Züge auch bei einem Gottfried zu entdecken, doch wohl nicht ganz anachronistisch. Aber hier bleibt eine Grenzlinie gezogen: zwischen Herrschern und Dichtern. Damit ist das Stichwort gegeben für eine *Relativitätstheorie der Biographik.* Bescheidener formuliert: Gottfried als Anlaß, über Grenzen biographischen Schreibens nachzudenken.

Diese Grenzen werden allerdings sehr weit hinausgesteckt bei einem Oswald von Wolkenstein, dem Dichterkomponisten, der ungefähr zwei Jahrhunderte nach Gottfried geboren wird, 1377, und der bereits mit Betonung herausstellt, was man heute als *Image* bezeichnen würde. Die Arbeit an der Biographie dieses Mannes an der Zeitschwelle vom Spät-Mittelalter zur Renaissance hat Wünsche geweckt, die ich gern auch im Umgang mit Dichtern des Hoch-Mittelalters erfüllt sähe. Aber, noch einmal: zu Beginn des 13. Jahrhunderts war man eher an der Beschreibung von Typischem, von Standesüblichem als von Individuellem interessiert.

Freilich, kein Prinzip läßt sich über lange Zeit hinweg völlig konsequent durchhalten. Wolfram von Eschenbach stellt schon mal, in Zwischenbemerkungen seines *Parzival*-Romans, eine (stilisiert) individualisierte Erzählfigur heraus, die mit dem Dichter verwandt, aber nicht unbedingt identisch ist. Bei Neidhart aus dem »Reuental« wird das Spiel noch weitergetrieben: er rückt wiederholt, ja ständig eine Spielfigur namens Neidhart in den Vordergrund; dieser »Herr Neidhart« ist mit dem Dichter, Komponisten, Sänger, Instrumentalisten Neidhart zumindest verwandt, sehr wahrscheinlich auch weithin identisch, trotz aller Stilisierungen, Brechungen. Gottfried hingegen nimmt sich, hält sich exemplarisch zurück. Zwar sagt er im Prolog des Tristan-Romans etwa dreißigmal »ich«, und etliche Formulierungen lassen hohes Selbstbewußtsein erkennen, aber nur in zwei pseudoautobiographischen Einschüben des Versromans scheint er von sich selbst zu reden, unter dem Vorzeichen: Auch ich habe geliebt, auch ich weilte im Höhlenbau der Liebenden, ich weiß, wovon ich rede ... Hier findet indes nicht Selbstenthüllung statt, hier ist Stilisierung, Maskenspiel.

In dieser autobiographischen Keuschheit, Enthaltsamkeit sind wir mit einem Zeitmuster konfrontiert, das sich bei Gottfried möglicherweise mit einem Charakterzug verbindet. Nicht nur, weil biographische Fakten fehlen – hier ist ein Grundgestus, der eine biographische Verzichterklärung nahelegt. Ich will einen Gottfried (wie einen Wolfram, wie einen Neidhardt) aus jener, aus ihrer Zeit heraus sehen und beschreiben – wieso dann Phantomen nachjagen, die nie und nimmer Phänomene werden können? Es wäre doch gar nicht im Sinne Gottfrieds, ihn, den Dichter der deutschen Bearbeitung eines französischen Versromans, herauszustellen als Person; nimm also Gottfried zum Anlaß, Grenzen biographischer Annäherung kritisch zu reflektieren; du hast dich ihm zugewendet ohne biographische Lockmittel, womöglich Köder, also konzentrier dich auf den Versroman, dessen Suggestion du bereits als Student erlegen bist, mit Langzeitwirkung; beweise erneut, daß es dir primär um das Werk geht; das Werk nur lockt dich zur Person, zum Schatten der Person, die sich entzieht; daraus solltest du Konsequenzen ziehen, inhaltlich und formal; du willst doch neue Erfahrungen machen auf dem Weg zu einem Werk, zu einer Person einer vergangenen Epoche, hier ist solch eine Erfahrung: Es kann auch belanglos sein, biographische Details zu suchen oder zu erschließen. Also, da capo: Halt dich ans Werk!

Simulation der Vermittlung eines Werks. Einleitend eine Anmerkung: es liegen verschiedene Fassungen des Tristan-Romans vor. Fragmentarisch überliefert ist die Version des Béroul, ebenfalls fragmentarisch die von Thomas aus der Britannie – beide aus der zweiten Hälfte des zwölften Jahrhunderts. Diese Versromane basieren, so wird in weitem Konsens vorausgesetzt, auf einem Ur-Tristan, der heute verschollenen »estoire«, etwa 1150 verfaßt. Von dieser »estoire« abgeleitet die Konkurrenz-Fassung zu Gottfrieds Versroman, die eher unterhaltsame Version des Eilhart aus Oberg (bei Braunschweig).

In der nun folgenden Simulation wird der Inhalt der »estoire« vermittelt. Ihr anonymer Dichter soll hier, auf Widerruf, einen Namen erhalten: Giraut. Das erleichtert sprachlich den Umgang. Giraut – kein Berufsdichter, sondern Mitarbeiter der Verwaltung eines Barons – besucht ein Kloster, das beispielsweise an einem südlichen Nebenfluß der Loire liegen könnte.

Zur Ausgangssituation: ein Mönch hat eine Kompilation gebracht, eine Sammlung von Verserzählungen. Der wochenlange Transport des Codex fand statt, weil der Baron den Prior gebeten hat, die Handschrift besorgen zu lassen; der Auftraggeber hat dafür eine angemessene Dotation in Aussicht gestellt, hat eventuell vorab schon ein Geschenk gemacht, das sich sehen ließ.

Und nun ist der Codex im Hause, nun kann Giraut Einblick nehmen: ist die Vorlage (oder: sind die Vorlagen) aus der britanischen Sagenwelt, aus der »Matière de Bretagne«, geeignet für eine Bearbeitung, für eine Neufassung in Form eines Versromans?

Vor dem Anlesen, vor ersten Stichproben eine Plauderei mit dem Mönch, der für Bibliothek und Skriptorium zuständig ist: Bruder Lucas. Ja, die sehr große Kälte bis vor kurzem: der Fluß zugefroren, Kinder und Erwachsene auf Knochen-Schlittschuhen und auf Schlitten, und die Großen führten sich genauso kindisch auf wie die Kleinen, auch die Stimmen waren kaum zu unterscheiden ... Die Kälte so groß, daß der Mönch nicht weiter in der Schreibstube arbeiten konnte, obwohl er dauernd in die Küche ging, um an der Feuerstelle die klammen Finger zu wärmen. Ah, und die Finsternis, diese lang anhaltende, für die Arbeit so lästige Finsternis! Er hat sich mehrfach den leuchtenden Stein gewünscht, von dem Bruder Lambertus berichtet hat, in einem seiner Schreiben aus dem Konvent zu Utrecht: ein Karfunkel von einer derartigen Leuchtkraft, daß es selbst um Mitternacht in der düstersten Burg so hell sein soll wie draußen am Mittag. Diesen Karfunkel hätte er sich gern ausgeliehen! Doch es blieb bei der gewohnten Finsternis, bei der gewohnten Kälte, und wochenlang kamen keine Reisenden in die Stadt, ins Kloster, wochenlang keine Nachrichten. Heißt der Papst immer noch Innozenz? Hat ein Gelehrter in Paris eine neue Schrift verfaßt? Hat Gott der Herr irgendwo ein weiteres Zeichen gesetzt für den mit Sicherheit bevorstehenden Untergang der Welt?

Rufe von Männern am kleinen Fluß in der Nähe – ein flaches Lastboot wird getreidelt. Und damit endlich wieder: Wechselrufe zwischen Schiffer und Pferdeknecht auf dem Treidelpfad. Ja, eine Flußreise müßte man machen ... Oder einen Ritt nach Paris, dort soll es in der großen Bibliothek der Gelehrten und der Studierenden mehr als tausend Bücher geben! Und hier?!

Giraut wird in den Raum geführt, in dem etwa zwanzig Bücher, meist als umschnürte Pergamentpacken, auf drei Brettschrägen liegen – jeweils eine Handbreit Abstand. Ein weiterer Codex hinter einem Schranktürchen an der Seite des Regals. Der Mönch deponiert diesen Block auf der kleinen Fläche des Kastens mit dem aufgesetzten Lesepult. Hat Lucas bereits reingeschaut in das Werk?

Aber ja! Er mußte sich freilich erst einlesen, der Schreiber zeigt Besonderheiten, ja Sonderlichkeiten, die man hier im Skriptorium nicht kennt. Und der Mönch erklärt sich bereit, beim Einlesen zu helfen.

So steht er, vorläufig, hinter Giraut, der das Lesepult zurechtrücken mag, damit vom (glaslosen) Fenster mehr Licht auf die Pergamentfläche fällt. Wenig wahrscheinlich, daß er systematisch zu lesen beginnt, er wird erst mal ›reinschauen‹ wollen. Lucas legt ein Blatt auf die hochgeschrägte, an den Rändern bemalte Lesepultfläche. Halblaut vor sich hin sprechend, gehen sie einige Zeilen durch, Silbe um Silbe.

Car Mark il rois ce set il bien
Le haoit sur trestoute rien
Et s'il vif prendre le pooit
Il set bien que il l'ociroit.

Und schon eine Unterbrechung! Der Prior hat erfahren, daß Giraut (in dem man bisher weniger einen Dichter als einen »Dienstmann« sieht) im Kloster weilt, und so nutzt er die Gelegenheit, trägt ein Problem vor, das ihm nicht aus dem Kopf will. Ja, er würde sich lieber, sehr viel lieber mit einem anderen, einem ganz anderen Problem beschäftigen – Bruder Lucas kann das bezeugen! Aber zwischen dem Kopf und dem Projekt ein schändlicher Graf namens Bernart und dessen ebenso schändliche Familie.

Seit mehreren Generationen hat sie das Lehen inne für zwei ausgedehnte Weinberge, seit Generationen wird dem Kloster dafür Zins entrichtet, nominell bestehend aus einem Fuder Wein. Herr Bernart beruft sich indes seit Jahren auf eine Abmachung, die vor langer, sehr langer Zeit getroffen worden sei und über die man sich erst etwas spät kundig gemacht habe, mit Hilfe von Zeugen: demnach betrage der Zins nur ein dreiviertel Fuder. Trotz aller Mahnungen: seit Jahren kommt nur das dreiviertel Fuder ins Kloster; mit der jeweils angemahnten Zusatzforderung stößt man bei Monsieur Bernart auf taube Ohren. Mit größter Selbstverständlichkeit jedoch nutzt er den Weg durch das Tal der Sägemühle des Klosters und hat die Stirn, zu behaupten, auch dies sei verbrieftes Recht. Die Geduld ist nun allzu stark strapaziert – was ließe sich tun?

Giraut könnte als erstes die Frage stellen, ob die Höhe des Zinses schriftlich festgelegt sei. Das wird verneint. Dies wundert Giraut nicht weiter – alte mündliche Abmachungen sind üblich, sind zumindest üblich gewesen, das beginne sich aber zu ändern. Er schlägt vor, einen Vertrag aufzusetzen, in dem das Fuder als Zinsleistung festgeschrieben wird. Um diesen Herrn dahin zu bringen, daß er den Vertrag ebenfalls mit seinem Siegel versehe, könnte man als Druckmittel das Wegerecht geltend machen – ob seine Fuhrleute einen weiten Umweg zur Straße machen müßten, falls sie nicht mehr durch das Gelände der Sägemühle fahren könnten?

Ja, ein zeitraubender Umweg, verbunden auch noch mit einer langen Steigung, die bei Herbstregen kaum, im Winter lange Zeit nicht mehr befahrbar sei, schon gar nicht beim Transport schwerer Fässer.

Nun, so könnte Giraut folgern, könnte alles klar und vor allem verbindlich geregelt werden: Falls Bernart den neuen Vertrag nicht besiegelt oder einhält, wird ihm der Weg versperrt. Notfalls könnte ein Posten der Forderung des Konvents Nachdruck verleihen, bis Herr Bernart begreift, daß nun eine andere Partie gespielt wird: Nur solange er den Zins in der festgelegten Höhe anliefert, darf er durchs Tal, sonst nicht. Und der Besucher, vom Beifall des Priors stimuliert, könnte ergänzen: Bei einem so hartnäckigen Lehnsmann empfehle es sich, im Vertrag einen Punkt festzuschreiben, den man in anderen Fällen eher ausklammern könnte, und zwar müßte geregelt werden, was geschieht, wenn der Lehnsherr stirbt, der »Herrenfall«, oder wenn der Lehnsmann verscheidet, der »Mannfall«, und wenn ein Erbe um Erneuerung des Lehens nachsucht, die »Lehnsmutung«. Es darf sich bei Bernart nicht die Vorstellung festsetzen, das Lehen sei persönlicher Besitz; es muß ihm klar werden, daß ein Lehen eingezogen und anderweitig vergeben werden kann.

Dieser Vorschlag motiviert den Prior zur Bitte, die er vorab begründet: Giraut sei dem Kloster ja nun verpflichtet, ihm werde Einblick ermöglicht in so manches Werk, an das er sonst wohl kaum herankomme – ob er diesen Vertrag nicht formulieren wolle, zumindest auf einer Wachstafel, und im Skriptorium erfolge die Niederschrift auf Pergament?

Zögert ein Giraut mit der Zusage? Sagt er klar oder ausweichend zu? Um eine Zusage wird er letztlich kaum herumkommen, und so könnte er gleich noch auf einen zusätzlichen Punkt hinweisen, zur Absicherung, da Herr Bernart wohl bald wieder nach einem Ausschlupf, einem Hintertürchen suchen werde: das Klostersiegel solle mit einer Schnur befestigt werden, die von kundiger Hand geflochten werde – am besten im hiesigen Nonnenkloster. Diese Schnur müßte aus möglichst verschiedenfarbenen Schnüren zopfähnlich geflochten werden. Auf diese Weise müsse verhindert werden, von vornherein, daß die Schnur auseinandergedröselt und das Siegel mit einem Schnurstück verflochten werde, das an einer Urkunde mit ganz andrem Wortlaut hänge. Man müsse bei solchen Details sehr auf der Hut sein in dieser Zeit. Selbst Papst Innozenz zupfe, wie man höre, an der Siegelschnur aller Verträge, die für die Kurie wichtig sein könnten; er muß ein besondres Fingerspitzengefühl entwickelt haben für neue Verknüpfungen, die man auf den ersten oder zweiten Blick gar nicht wahrnehme, so geschickt würde in dieser Hinsicht oft gearbeitet, durchweg von Nonnen. Die Erfahrung lehrt nun: Je zahlreicher die Fäden, desto geringer die Möglichkeit, ein echtes Siegel an ein gefälschtes Dokument zu hängen. Kein Krüglein Wein darf vom vereinbarten Zins abgezogen werden! Wobei tunlichst auch eine Regelung über die Qualität des Weins in den Vertrag aufgenommen werden sollte – darf nicht vermischt werden mit irgendwelchem Saft, darf nicht zu sehr gekälkt werden, und so weiter.

Der Prior, der sich gut beraten sieht, könnte mit einem Angebot danken: Falls Herr Bernart den Vertrag besiegelt, erhält Giraut, für das erste Jahr der neuen Regelung, das neu gewonnene Viertelfuder des hoffentlich auch noch verbesserten Weins.

Und der Prior verabschiedet sich: Ist nun endlich das Problem losgeworden, das ihn belastete, zusätzlich zu all den Fürsorgepflichten hier im Konvent, nun kann sich in seinem Kopf wieder der Mühlstein zu drehen beginnen, der wahre, der aus Diamant! Und er fordert Bruder Lucas auf, die Vorbereitungen zum Einschub so bald wie möglich fortzusetzen. Mit einem Segensgruß schreitet der Prior hinaus.

Weil sich keine Tür schließt bei seinem Abgang, wartet Giraut ein wenig, fragt dann: Mühlstein – Diamant – Einschub…? War das ein Gleichnis?

Nein, es geht um den Bau einer Mühle, wie die Welt sie noch nicht gesehen hat! Eine endlich durchdachte Beschreibung dieser Mühle werden sie einfügen in die Kopie des Sendschreibens des Erzpriesters Johannes, das, aus Indien kommend, in einer der sicherlich schon zahlreichen Abschriften auch diesen Konvent erreichte. Ein hochwillkommenes Schreiben…! Denn hier wird Hilfe angeboten für einen weiteren Kreuzzug! Bis auf den ersten blieb ja nun jeder Kreuzzug erfolglos, und jetzt bietet der Erzpriester Gold und Soldaten an! Und es gibt dort im Osten Gold in Hülle und Fülle! Allein im Palast des Königs von Indien ragt ein halbes Tausend goldener Säulen empor! Von diesen Säulen hängen Weinreben herab mit Blättern aus Gold und Trauben aus Kristall. Und im größten aller Säle sitzt der König auf einem Thron aus purem Gold. Dieser Thron kann mittels einer geheimen, von Vergil entwickelten Mechanik in die Höhe gehoben werden, vorbei an einem goldenen Lindenbaum, und der Glückliche erreicht ein hohes, weites Gewölbe, in dem alle Planeten leuchten, die ganze Nacht hindurch, den weiten Saal erhellend.

Ein Wunder ist auch die Residenz des Erzpriesters: in ihrem sechsten Stockwerk der Saal, in dem er sich mit seinen Herren berät – dieser Saal kann sich drehen, von Pferdegespannen im Stockwerk unterhalb über eine mächtige Achse in Bewegung versetzt. Auch das Schlafgemach des Erzpriesters, im siebten, im obersten Stockwerk: es kann sich drehen! Nicht nur das: an der weiten Kuppel dieses Raums sind der Mond und die Planeten zu sehen, *luna cum septem spheris planetarum*, und dieser Mond und diese Planeten bewegen sich sogar: *hoc est artificialiter factum.* Eine Wunderwelt, eine wahre Wunderwelt!

Lambertus Okkenius hat ihn, in diesem Zusammenhang, auch hingewiesen auf eine Schrift, in der ein Saal in der Burg des Herrschers von Byzanz beschrieben wird, den der Kreuzfahrer aller Kreuzfahrer, Karl der Große, besucht. Er wird mit seinem Gefolge in den Saal geführt, dessen Decke von hundert Marmorsäulen getragen wird und hundert lebensgroße Figuren setzen Hörner an, in die Windstöße fahren, durch geheime Rohre geleitet, denn draußen, vor den Kristallfenstern, kommt ein Sturm auf, mit Hagel oder Schnee, dieser Sturm versetzt auch ein riesiges Luftmühlenrad unter dem Saal in Bewegung und damit den Saal; dessen Drehung wird so rasch, daß Karl der Große sich nicht mehr auf den Beinen halten kann, er muß sich auf den Boden setzen, und die Männer seines Gefolges, ebenfalls sitzend, halten sich die Augen zu, weil sich der Saal schwindelerregend schnell dreht – bis zuletzt Hugo,der Hausherr, erscheint und Karl den Großen und seine Männer zu einem frugalen byzantinischen Festmahl bittet.

Auch dieser Drehsaal: ziemlich genau beschrieben...! Was aber noch immer nicht genau genug beschrieben wurde, das ist die goldene, kugelförmige Mühle, die so viel Getreide vermahlt, daß nicht nur dieser Konvent hinreichend mit Mehl versorgt wäre, sondern auch die benachbarte Stadt, und, mittels Flußkähnen, noch weitere Städte! Ja, die Beschreibung dieser Mühle fehlt noch im Sendschreiben des Erzpriesters Johannes! Was in der Überlieferung nur angedeutet ist, das muß er, gemeinsam mit Prior Chastelain, genauestens durchdenken, auf daß es angemessen wiedergegeben werden kann in der notwendigen, längst überfälligen Erweiterung des Sendschreibens aus Indien.

Und woher, wenn nicht von Johannes, weiß man von dieser Wundermühle?

Aus einer kleinen Schrift, ebenfalls vermittelt von Bruder Lambertus, der im Konvent hoch angesehen ist. In dieser Schrift wird übrigens auch berichtet von König Artus und seiner rotierenden runden Tafel, an der sich die berühmten Ritter versammeln: »La Table Reonde, qui tornoie conme le monde.« O Wunderwelt der Drehbewegungen...! Die erfaßt auch die besagte Mühle!

Diese Mühle steht auf vier goldenen Pfeilern, im Viereck postiert mit jeweils zwanzig Fuß Abstand – die Pfeiler vierzig Ellen hoch und zehn Ellen dick. Oben, im Schnittpunkt der Diagonalen zwischen den Pfeilern, ist mit kräftigen Streben ihr kugelförmiges Gehäuse angebracht, das kein Fenster aufweist, also kann Mehlstaub nicht nach außen dringen, sich über die Stadt verteilen. In diesem Gehäuse der Mühlstein, hart wie Diamant. Er wird angetrieben von einem großen Rad auf starker Welle, die sich derart rasch dreht, daß man kaum hinschauen kann; wer es entgegen allen Warnungen dennoch tut, kann wirr im Kopf, ja blind werden, denn sie besteht aus schimmerndem Metall. Durch einen hohlen Pfeiler wird – es muß noch geklärt werden, wie – Getreide hochgeführt, das auf Karren angeliefert wird, die, laut Quelle, von Hähnen gezogen werden, so groß wie Straußenvögel. Das ließe sich hier aber auch mit Eseln oder Ochsen bewerkstelligen. Das von ihnen herangeschaffte Getreide wird von mehreren Männern in eine untere Pfeileröffnung geschaufelt und nach oben verbracht. Das gemahlene Mehl wird sodann über einen anderen hohlen Pfeiler nach unten geführt, direkt zu einer großen Bäckerei. Man müßte das Rohr natürlich fest anschließen, damit niemand etwas vom Mehl abzweigen kann. In der Bäckerei ein riesiger Backofen – vorgeschlagen werden zehn Klappen, an denen zehn Bäcker arbeiten. Für die hiesige Region aber würden drei, vier Klappen genügen mit drei, vier Bäckern, denn der Ofen entwickelt große Hitze – die Innenwände aus Asbestos, der Boden aus grünem Topas.

Ein Problem, ein zwischen dem Prior und ihm selbst, dem bescheidensten Diener Christi, noch immer nicht zufriedenstellend geklärtes Problem, ist der Antrieb dieser Mühle! Nach der vorliegenden, leider nur skizzenhaften Beschreibung wird ein zwanzig Meilen langes Rohr aus der Hauptwindrichtung herangeführt; an dieses Rohr werden, der Wechselhaftigkeit der Winde entsprechend, Rohre aus anderen Richtungen angeschlossen. Die Hauptzuleitung endet in einem goldenen Rohr mit Tülle, so daß die gesamte Windkraft auf das Antriebsrad mit Luftschaufeln einwirkt. Dies erscheint dem Prior und ihm allerdings, mit Verlaub, etwas windig. Sie zerbrechen sich die Köpfe, wie ein besserer Antrieb beschaffen sein könnte. Wahrscheinlich müßte man die Kraft fließenden Wassers nutzen, die dann mit langer Achse zum Antriebsrad unter der Mühlenkugel geleitet wird.

Bruder Lucas seufzt, schweigt kurz. Sobald sie genau wissen, wie im einzelnen ablaufen soll, was in der kleinen Schrift meist nur angedeutet wird, kann die Beschreibung aufgenommen werden in den ausführlichen Brief des Erzpriesters, den er, Lucas, dann kopieren wird. Dieser Einschub wird sich wie selbstverständlich einordnen in den Duktus des gesamten Schreibens. Spätere Kopisten werden hier einen ganz selbstverständlichen Passus des Sendschreibens sehen. So werden Prior Chastelain und er selbst, als bescheidenster Diener Christi, den Wundern, die Erzpriester Johannes aufzählt, dieses weitere Wunder zur Seite stellen, und die Überzeugungskraft dieses Sendschreibens wird wachsen!

Auch er liebt Einschübe aller Art, mag Giraut nun erklären, doch ihm wäre sehr lieb, wenn die gemeinsame Lektüre nun doch so langsam mal fortgesetzt werden könnte. Bruder Lucas, mit leichtem Seufzen, verabschiedet sich vorerst vom Mühlenplan, wendet sich wieder dem Codex zu. Sie lesen weitere Stichproben, Silbe um Silbe, halblaut wie üblich.

Feindre moi fol faire folie
Donc n'est ce sens et grant voidie?

Arbeitstagebuch. Ich werde betonen müssen, daß es keinesfalls selbstverständlich sein dürfte, einem (fiktiven) Autor namens Giraut einen Versroman der »Matière de Bretagne« in Auftrag zu geben, es könnte genausogut eine epische Arbeit aus dem weiten Umkreis der »Matière de Rome« sein, etwa als Aeneas-Roman.

Denn: auch das Königreich Burgund gehörte, neben Italien,

zum Römischen Reich. So war also auch Gottfried ein Bürger des erneuerten *Imperium Romanum*. Das darf nicht bloß erwähnt werden, also bringe ich einige Informationen ein.

Mich in die Geschichte der Spätantike einlesend, muß ich schematische Vorstellungen aufgeben: Als wäre das Römische Imperium von germanischen Stämmen überrannt worden – erst der Limes durchbrochen, dann Vormärsche plündernder Truppen bis Rom ... Dieses Schema, das ich wahrscheinlich seit der Schulzeit im Hinterkopf habe, muß ersetzt werden durch ein »fließendes Modell« – ein Begriff, den ich von moderner Archäologie übernehme, die mit immer neuen Funden zu Revisionen von Erklärungsmodellen gezwungen wird. Dieses fließende Modell nun beschreibt einen vielfach recht undramatischen Übergang vom römischen zum fränkischen Imperium.

Jahrhundertelang waren die Nordprovinzen, inklusive Rheinland, von Römern besetzt; die weithin liberale Besatzungsmacht fand mehr Bewunderung als Ablehnung, lange Zeit jedenfalls. Germanen verschiedenster (vielfach miteinander verfeindeter) Stämme wünschten sich oft nichts mehr als: Söldnerdienste leisten zu dürfen in der römischen Armee. Das verschaffte einem Ansehen und sicherte Einkünfte. Man konnte in den Offiziersrängen aufsteigen; es gab sogar den einen und anderen germanischen Heerführer in der römischen Armee.

Das Römische Imperium zerfiel – es war zu groß geworden. Germanen besetzten das Machtvakuum. Etwa um die Jahrtausendwende dann die *renovatio Imperii Romani*; Initiator war Kaiser Otto. Einer der großen Repräsentanten des Römischen Reichs wurde dann Friedrich, genannt Barbarossa. Der Staufer war etwa 1124 geboren.

Er hatte einen doppelten Leitstern: Karl den Großen und Caesar – zwei Eroberer. Friedrich legte Wert darauf, als Caesar angesprochen zu werden und übertrug diesen Titel später auf seinen Sohn Heinrich. Als »Caesar«, als »Imperator« akzentuierte man Führungsanspruch.

Friedrich bekam allerdings zu spüren, wie schwer es war, das

Konzept des Römischen Imperiums auch südlich der Alpen durchzusetzen. Georges Duby: »Es bezeugt die Macht des Trugbilds, dieses obsessiven Traums: das Rom der Caesaren wieder zu errichten.«

Weite Gebiete Italiens waren erobert worden, aber die Unterworfenen wollten partout nicht lernen, sich als steuerpflichtige Bürger eines Römischen Reichs zu sehen, dessen Machtträger irgendwo nördlich der Alpen von Residenz zu Residenz zog. Speziell die Herren lombardischer Städte (allen voran Mailand!) sahen nicht ein, weshalb sie nicht (mehr oder weniger) selbständige Stadtstaaten bleiben sollten, statt dem jeweiligen Herrn im Norden finanziellen Tribut zu entrichten. Darum vor allem ging es!

Ich habe schon im VorBuch zum *Parzival* des Wolfram von Eschenbach darauf hingewiesen, daß der allergrößte Teil des (insgesamt bescheidenen) ›Staatshaushalts‹ aus Einnahmen bestand, die südlich der Alpen eingetrieben wurden. Mit diesen Geldern wurden primär die Feldzüge finanziert, mit denen das *Regnum Italiae* unter Zahlungsdruck gehalten, das *Imperium Romanum* erweitert wurde. Ohne Einnahmen aus dem *Regnum Italiae* wäre es beim *Regnum Theutonicum* geblieben – eventuell erweitert durch das Königreich Burgund. Erst Italien ermöglichte, territorial und fiskalisch, die Bildung und Erhaltung des Römischen Reichs, das *dominium mundi* werden wollte: lockend das Ziel der Weltherrschaft!

Und wie kam der König oder Kaiser in Italien an die Gelder? Raubte man öffentliche Kassen aus? Bei Peter Csendes lerne ich, wie das im Detail funktionierte: Rechte, die längst schon kommunalisiert waren, sie wurden den Kommunen abgenommen und ihnen wiederum als Privilegien verkauft. Vor allem Friedrich Barbarossa war es, der alles daran setzte, »die Verfügung über die Regalien, die materiell nutzbaren Hoheitsrechte des Reiches, wie Maut und Zoll, Münze und Geleit, Gerichtspacht, Gebühren für die freie Wahl städtischer Konsuln oder die Ernennung von Notaren« zu übernehmen und »aus ihrer Verleihung Nutzen zu ziehen«.

All dies waren keine freiwilligen Kontributionen enthusiastischer Bewunderer deutscher Kaiser, und so wurden Italienzüge und Italienfeldzüge zum festen Programm von Königen und Kaisern. Wieder und wieder mußten sie über die Alpen marschieren, um den Herren im Süden einzubläuen, daß sie ihre Untertanen seien: Italien als »Reichsitalien«. Kaum aber war ein zurückerobernder, ein strafender König oder Kaiser wieder im fernen Norden, wurde das deutsch-römische Reich zum Phantom. Mit Waffengewalt mußte es denn in die Realität zurückgeholt werden.

In der Literatur allerdings war das Römische Reich präsent geblieben. Auch wenn das klassische Latein durch das Mönchslatein ersetzt und fortgesetzt wurde – hier bestand Kontinuität, hier blieben Werke der Vergangenheit präsent. Ja, Figuren der römischen Geschichte wurden zu Erzählfiguren höfischer Erzählgedichte.

Die »Matière de Bretagne« freilich setzte sich gegenüber der »Matière de Rome« mehr und mehr durch – man orientierte sich vor allem nach Westen. Dies auch in Ländern Mitteleuropas, in Polen, Böhmen, Ungarn.

Schon kommt mir ein Rabe in den Sinn, aus der Verserzählung von König Oswald, der später ein Heiliger wurde. Der Rabe ist – außerhalb des mittelhochdeutschen Textes – nach Ungarn geflogen, steht dort auf einem Tisch eines Raumes einer Burg auf einer Insel in Ufernähe des Balaton. Und der Herr der Burg, Fürst von Zalavár, spricht auf den Raben ein wie folgt: Du brauchst jetzt nichts zu sagen, wir kennen die Geschichte vom heiligen König Oswald und dir, dem Raben! Wir kennen sie aus berufenem Munde! Einer der hohen Herren von Salzburg, die uns seit Jahrhunderten mit ihren Aufenthalten hier auf der Burginsel beehren, bevor sie weiter ostwärts ziehen, um das Missionieren weiterzutreiben, einer dieser Herren hat uns eingehend von euch erzählt!

Und der Fürst von Zalavár streicht über das rabenschwarze, glänzende Gefieder des majestätischen Vogels, der die Huldigung gelassen entgegennimmt. Er ist ja auch imposant: zwischen rabenschwarzem Schnabel und rabenschwarzen Schwanzfedern fast so lang wie der Unterarm des Fürsten.

Auf der Tischfläche liegt Schmuck ausgebreitet: Filigranverzierte Bandfingerringe … ein Ohrringpaar mit beidseitigem Traubenanhänger … Schläfenringe … farbige Glasperlenketten…

Wir wissen, sagt nun der Fürst, daß du für König Oswald tagelang übers Meer geflogen bist, in besonderer Mission. Auch wenn du ein mittlerweile alternder Rabe bist – dir dürfte der Flug vom Balaton zum Oberrhein kaum zu weit werden. Dort wirst du die Geschichte aufspüren, die ich gleich näher bezeichnen werde, wirst sie mir überbringen, auf daß ich sie weiter vermittle. So werden wir einem gewissen Herrn in Krakau zuvorkommen. Wir haben, wie sich das gehört, unsere Kundschafter an den wichtigsten Höfen in Böhmen wie in Polonia, und so ist mir zuverlässig berichtet worden, daß der kleine Bruder des großen Fürsten von Krakau eine Frau auf den Weg geschickt hat, eine notorische Quacksalberin, die ihm die Geschichte einer großen Liebe mitbringen soll, in ihrem Karren, den ein Bernhardiner zieht, dem eine Ziege folgt. Aber du wirst schneller sein als dieses Zuckelgespann! Ich habe ein Vorrecht auf diese Geschichte! Ich bin nicht nur ein angelnder, jagender, zuweilen auch lesender Prinz, ich bin Fürst, auf den man hört, hier in Pannonia! So erteile ich dir den Auftrag, mir die Geschichte zu besorgen, über die ich mehr weiß als der Pole, der ja nur geistliche Zuträger aus Burgund hat, während wir Zuverlässiges erfahren durch die hohen Herren aus Salzburg. Demnach gibt es in Straßburg einen Mann, der sich noch keinen Namen gemacht hat, sich aber einen Namen machen könnte mit der Arbeit an einer Geschichte über einen jungen Mann und die Frau seines Onkels – eine Frau, die fast noch Mädchen ist. A fiatal lány olyan volt, amilyen egy fiatal lány legyen: scinos és gazdag … Mit diesem Mädchen, das so ist, wie Mädchen sein sollen, hat der junge Mann eine Beziehung, die in ihrer Leidenschaftlichkeit ohnegleichen ist. So etwas können wir Magyaren besser nachvollziehen als gewisse Herrschaften aus der Diözese Krakau. Damit du diese Geschichte leichter findest, präg dir ein: Es geht um Tri-stan und I-sol-de. Diese Geschichte, und keine andere, will ich haben, wenigstens schon mal im Überblick oder als längeres Probestück. Ich will, ich muß die Geschichte *vor* dem polnischen Fürstenbrüderl haben. Also, beschaff uns im Flug den neuen Versroman! Dir muß und wird das gelingen! Hast ja selbst mal erwähnt, wie du es verstehst, mit Dichtern umzugehn. Hast, nach eigenen Worten, bei einem deiner Überlandflüge einen reitenden Dichter und Sänger umkreist, eine Zeitlang, hast auf seiner Schulter gesessen, zeitweise, während des Ritts, hast dir von diesem Neidhart erzählen lassen über dessen Reisen, über dessen Auftritte bei höfischen Festen – wenn du derart vertraulichen Umgang mit einem reitenden Sänger gehabt hast, wirst du auch Zugang finden zu unserem Mann in Straßburg; auch er muß sich dir anvertrauen, und du wirst ihm die Geschichte entlocken, zumindest dieses und jenes Kapitel, und du bringst das mit, auswendig gelernt oder in einer Schriftrolle fixiert. In langem Fliegen geübt, wirst du uns leicht wiederfinden, wirst deinen bekannt sonoren Ruf vorausschicken, und ich werde dir, wie weiland König Oswald, im Burghof einen kostbaren Mantel ausbreiten, und du wirst darauf landen. Ich persönlich werde dich hier in den Saal bringen, und alles, was dir nun an Schmuck, an Geschmeide vor Augen liegt, werde ich dir eigenhändig, unterstützt nur von meiner derzeitigen oder künftigen Geliebten, ins Gefieder binden, so, wie wir hohen Herren bei Festlichkeiten Ringe und andre Schmuckstücke in den Bart binden, nach Tatarenart. Du wirst dann erst recht zur prachtvollen Erscheinung, die Huldigungen meiner Familie und meines Gefolges entgegennehmend. Nur verschaff mir diese Geschichte, wie auch immer. Ich will sie übersetzen lassen, damit endlich, unter all den Sprachen hier in Pannonia, unser Magyarisch gebührend zu Ehren kommt. Von lateinischen Texten haben wir genug in unseren Klöstern. Auch im Hadrianskloster auf der Sandinsel nebenan: viel Marienlob und Marienklage in Latein! Aber bald wird es heißen: Fürst Ajtony von Zalavár hat die *Geschichte von Tristan und Isolde* ins Magyarische übersetzen lassen; ihm gebührt der Rang, dies als erster getan zu haben im wahren Herzen Europas!

Wanda unterwegs, mit Hund, Karren, Ziege, vor oder hinter Ostrava. Meist schaut sie auf den Boden, und das ist notwendig, denn weiterhin und bis zuletzt bleibt die Handelsroute ein tief ausgefahrener, entweder staubiger oder verschlammter Weg; also muß sie den Hund um Rinnen und Furchen, um Mulden herumführen.

Zuweilen darf der Bernhardiner, ermüdet von der neuen Bewegungsweise, eine Zeitlang stehnbleiben, wird damit – vom Geschirr befreit und nur noch angeleint – zum Bewacher des Gefährts. Und sie streift, in diesem beginnenden April, über Wiesen, durch lichte Auwälder, sammelt Dolden von Schlüsselblumen – für die Wurzeln wird sie sich erst im Herbst interessieren. Die Schlüsselblumen holen ihre Kraft von der erneuerten Frühjahrssonne, und so helfen sie vor allem gegen Melancholie, die leicht zu Gotteslästerungen führt.

Was sie gesammelt hat, kommt in den Kasten oder wird, als Büschel, als Strauß mit dem Zeltbündel auf dem Kastendeckel verzurrt. Und der Bernhardiner zieht weiter den Karren, und sie wandert nebenher, und die Ziege trippelt hinterdrein. So bleiben sie nicht lange allein: Wanda wird überholt, Reisende kommen ihr entgegen, jeweils Zurufe, dies zumindest, meist aber tauscht man Erfahrungen aus, hilfreiche Hinweise.

Auch Begleitung ergibt sich unterwegs: jemand holt sie ein oder sie holt jemanden ein, und es wird ein Gespräch erst im Stehen geführt, dann im Gehen fortgesetzt. Und weil der Weg weit, weit, weit ist, wird gesprochen, gefragt, erzählt, zuweilen auch gesungen. Zwischendurch ellenlange Flüche.

Als erster soll ein Mönch die Frau mit dem Karren begleiten – auch er holt sie ein, mit ausgreifendem Schritt. Gleich die Frage nach der Herkunft. Ah, Kraków…! Aha, Gniezno…! Und sie, immerhin, vom Bruder des Herzogs auf die Reise geschickt … Und er, immerhin, für ein halbes Jahr beurlaubt – mit Blick auf besondere Aufgaben, versteht sich. Er hat eine (selbstverständlich lateinische) Vita seines kürzlich verstorbenen Bischofs abgeschlossen und will nun einen Mitbruder besuchen, der die Vita seines Abtes verfaßt, und zwar gereimt! Wechselseitige Verständigung ist hier erwünscht, ja notwendig, denn er soll demnächst eine zweite Vita verfassen über einen hohen geistlichen Herrn, und die soll, auf dessen Wunsch, ebenfalls gereimt sein. Das Reimen greift um sich!

Gern erzählt der Mönch von seiner Tätigkeit, es sprudelt gleichsam aus ihm heraus. Er redet sogar weiter, wenn sie ihn als Wache neben Hund, Karren, Ziege stellt, weil sie sowieso mal in die Büsche muß oder wenn sie, mit ihren Kenntnissen von Wuchsbedingungen der Heilpflanzen, das Gefühl hat, rechts oder links der Straße ließe sich finden, was anderen helfen kann, womit ihr selbst wiederum geholfen wird. Der Mönch, der Wache hält, er könnte zwischendurch auch mal singen. Das klingt dann aber nicht nach gregorianischem Gesang, es könnte eher ein Hohn- oder Spottlied einer »Eselsmesse« sein, die einmal im Jahr zugelassen wird, vor allem für Novizen.

Ja, der Mönch wird aufleben! Allein schon, daß er auf der Reise ausschlafen kann, in Heuschober, Stall oder Pfarrhaus. Sonst wird auch er knapp gehalten mit Schlaf: hat zuweilen Schwierigkeiten, sich zu konzentrieren. Und im Winter kalte Finger, kalte Füße: Morgenwäsche mit eiskaltem Brunnenwasser, das Refektorium nicht geheizt, nicht einmal das Skriptorium, in dem auch er arbeitet – zuweilen geht er in die Küche, um das in der Kälte spröde gewordene Wachs seiner *tabella* geschmeidig zu machen für die Spitze des Schreibstifts. Ja, Wachstafel um Wachstafel hat er beschrieben, und sobald er sie dem Schreiber vorgelegt, manchmal auch diktiert hat, glättete er die grüne Fläche und ritzte die Fortsetzung ein. So wuchs die Vita des Bischofs heran, der bedeutend genug war für eine Lebensdarstellung *sub specie aeternitatis*.

Freilich, er hat auch einen Beitrag dazu geleistet, daß sein Bischof die Bedeutung erlangte, die eine Vita rechtfertigt: er half – auf seine Weise – mit, die bischöfliche Hoheitsgewalt zu erweitern, im Weichselbogen. Der dortige Graf hatte sich allzu selbstherrlich breitgemacht in einem Gebiet, in dem der Bischof längst schon den Forstbann beanspruchte, mit Recht, und in dem er die Gerichtsbarkeit besaß, aber: der Grundbesitz des Bischofs war zu weit verstreut im Weichselbogen, ein lehnspflichtiger Hof hier, ein Gutshof dort, das alles sollte nun zusammenrücken zu einem flächendeckenden bischöflichen Territorium; dazu mußten freilich erst die rechtlichen Grundlagen erarbeitet werden.

Mit Gottes Segen wurde rechtzeitig eine in Vergessenheit geratene Urkunde gefunden. Nach deren Wortlaut hatte, bereits zwei Jahrhunderte zuvor, der Papst den König Otto dazu bewogen, dem Bischof von Kraków die Ländereien im Weichselbogen zu übertragen, zu überstellen, zu überschreiben.

Dieses Schreiben war in Vergessenheit geraten, wobei die Grafenfamilie das Vergessen über die lange Zeit hinweg gefördert hatte. Durch die wundersame Wiederentdeckung dieser königlichen Urkunde aus dem Jahre 1000 konnte alles neu geregelt werden, und zwar definitiv. Denn selbstverständlich wurde der Fund eingearbeitet in die Urkunde, die dem Bischof Verfügungsgewalt und Besitz zuschrieb mit Rechten, die nun entschieden älter sind als die Rechte des Grafen.

Er will und darf hier nicht weiter ins Detail gehen, betont der Mönch, will nur festhalten: Mit dieser Urkunde vergrößerte sich, auf einen Streich, die bischöfliche Lehnsmannschaft im Weichselbogen. Eine Landnahme mit Hilfe sorgfältig erarbeiteter Formulierungen. Tinte statt Blut … Federzüge statt Feldzüge …

Eigentlich, dies muß er zu Ehren des Bischofs sagen, eigentlich hätte er das Gebiet im Weichselbogen ohne weiteres auch mit einem Feldzug unter seine Vorherrschaft bringen können, schließlich hatte er schon mehrere Feldzüge erfolgreich durchgeführt – freilich eher zur Verteidigung der Diözese. Dabei bewies er stets die notwendige Härte. Eine Stadt, von der ein Feldzug gegen ihn ausgangen war, die hat der Bischof erobert, hat dann befohlen, sie niederzubrennen und alle noch lebenden Männer zu enthaupten. Und er hat die Stadtmauern abreißen und Salz auf die verbliebenen Sockel streuen lassen, zum Zeichen, daß dort nie wieder etwas erbaut werden sollte. Solche Entschiedenheit verschaffte ihm die Anerkennung vieler, nicht nur in der Kirche. Mit der elaborierten Urkunde nun hat er, der bescheidenste Diener Christi, dem Bischof einen weiteren Feldzug erspart. Das war dem hohen Herrn durchaus recht, plagte ihn doch bereits die Gicht; er wollte nicht wieder, und das womöglich für längere Zeit, aufs Pferd, ins Zelt, in die Rüstung.

Allerdings, und hier war er als Autor der Vita in besonderem Maße zur Gerechtigkeit verpflichtet: es waren nicht nur die Gicht und eine verständliche Grundmüdigkeit, die den Bischof bewogen, von einem weiteren Feldzug Abstand zu nehmen, es wirkte sich auch eine Erfahrung aus, die zur Selbstbesinnung geführt hatte. Nach einem langen Streit um Weg- und Mautrechte einer Straße samt Brücke sah sich der Bischof gezwungen, mit seinen Söldnern gegen die Burg eines (anderen!) Grafen zu ziehen. Dabei wurde er von einem Trupp des Feindes in einen Hinterhalt gelockt. Der triumphierende Graf ließ den Bischof ins Verlies werfen – der Kerker im Sockel des Bergfrieds, mit einer nur schmalen Luftöffnung. Die einzige größere Öffnung befand sich im Deckengewölbe, aber die war mit einer Platte verschlossen. Gelegentlich nahm der Graf sie weg, um von oben herab – zum Zeichen seiner Macht auf einem Faltstuhl sitzend – mit dem Gefangenen zu sprechen, vor allem über die Höhe des Lösegeldes. Es war dies eine Zeit sehr großer Belastungen und sehr starker Anfechtungen für den Bischof. Das Stroh im Verlies faulig und zahlreich die umherhuschenden Ratten und unerträglich der Gestank. Der Bischof fragte sich, ob hier und auf diese Weise, nach 32 Jahren, sein Leben enden werde. Und er stellte sich die Frage, welche Wege und Irrwege ihn in diese ebenso bedrohliche wie quälende Lage geführt hatten. Es geschah in dieser Bedrängnis (aus der er sich freikaufen mußte), daß er den grundsätzlichen Verzicht auf weitere Feldzüge verkündete – freilich nur im engsten, allerengsten Kreis. Denn die Gegner sollten sich nicht allzu sicher fühlen.

Der Verzicht auf weitere Feldzüge bedeutete freilich nicht den Verzicht auf notwendige Erweiterungen der Diözese. So ging ein guter Teil der Belastung, die der Bischof nicht mehr auf sich nehmen wollte, über auf ihn, den bescheidensten Diener Christi. Wieviel mußte er lesen, wieviel mußte er abschreiben, um die Urkunde zu erarbeiten, die den Gebietsanspruch des Bischofs sicherstellte – seine oft müden, jetzt immer noch müden Augen! Arbeit vielfach schon in der Morgendämmerung, oft noch in der Abendämmerung, die beiden Fenster im Skriptorium klein, und: die schwarze Schrift, die schwarze Tinte, sie scheint Sehkraft aufzusaugen. Augenermüdung, Schwächung des Augenlichts, zuweilen Augendruck, Augenschmerzen – er bittet Wanda um Hilfe.

Diese Bitte stellt er zur rechten Jahreszeit, denn auch mit Veilchen läßt sich müden Augen helfen: sie wird am Abend Veilchen mit Öl zu einem Brei aufkochen und den auf die Augen streichen – die werden dann wieder frisch und klar, ja sie werden funkeln! Zum Lohn muß er ihr eine Geschichte erzählen – nicht eine Geschichte, in der ein geistlicher Herr im Mittelpunkt steht, sondern eine Geschichte, die sie dem Bruder des Herzogs in Kraków erzählen kann.

Der Mönch, die Augen halb schließend, in sich blickend, er sagt, daß er ihre Bedingung erfüllen kann: Geschichte gegen Veilchenbrei. Er hat ja sonst nichts anzubieten, als Mönch auf Wanderschaft, als Mensch ohne irdischen Besitz. Aber eine Geschichte – ja, einverstanden!

Doch was er nun erzählt, fällt anders aus, als sie das erwartet, erhofft, erbeten hat: wieder ist vom Bischof die Rede. Der war stets schon der Meinung, sagte das auch öffentlich, er hätte römisches Blut in den Adern, und zwar das Blut einer herausragenden Persönlichkeit der Zeit, da Rom noch von Römern beherrscht wurde. So hat er dem Herrn Bischof einen Stammbaum erstellt, der sich sehen lassen kann: wird zurückgeführt auf Vespasian, der, mit ungefähr sechzig und schon zahnlos, die Macht an sich gerissen hatte. Die Linie ab Vespasian weitergezogen zu einem der Provinzherren hier nördlich der Alpen; dieser Repräsentant Roms ehelichte eine Frau der Region am Rhein; die Kinder pflanzten sich fort und fort, zu der Zeit, als längst die Sachsen und die Franken herrschten, und das ging so weiter, bis einer der Ahnen sich einem Grüppchen irischer Missionare anschloß, die sich lange in Auxerre aufgehalten hatten, und so kam der Vorfahre nach Polonia, zeugte dort die Männer, die weiterzeugten bis hin zur Zeugung des Kindes, das Bischof wurde und zugleich Feldherr, was, wie gesagt, auf römisches Blut in polnischen Adern schließen läßt.

Der Nachweis dieser Abstammung hat den Herrn Bischof sehr zufriedengestellt, das zeigte sich auch an einem noblen, einem fürstlichen Geschenk, nämlich einem goldenen Trinkgefäß mit eingravierten Figuren. Und es beweist den Feinsinn des sonst oft rigorosen Schenkers, daß hier Gestalten zu sehen sind aus der alten römischen Geschichte von Aeneas, der seinen Vater aus der brennenden Stadt trug – und so weiter. Unsere römischen Wurzeln! ruft er, Unsere römischen Fundamente … ! Sein Wunsch ist es, einmal nach Rom zu pilgern. Nur legen sich leider die Alpen quer, diese von unten bis oben häßlichen, nichts als häßlichen Alpen, die jeder Reisende möglichst rasch hinter sich bringen will, was freilich viel zu oft durch heftigen Regen oder dichten Schneefall erschwert, manchmal sogar durch Eis verhindert wird. In Rom schließlich doch angekommen, würde er gern die Grabstätte des Kaisers Otto sehen, der einstmals nach Polen geritten war, vor zweihundertundsieben Jahren, und die letzte Strecke war er, in Gniezno, barfuß zum Grab des heiligen Adalbert geschritten; er war mit diesem Bischof befreundet gewesen, der beim Missionieren das Martyrium erlitten hatte und seither dargestellt wird mit dem Kopf in der Hand. Natürlich hatte Otto die Reise auch unternommen, um Boleslaw Chrobry, den Herzog, zu treffen, dem er die Königswürde verlieh. Boleslaw schenkte Otto einen Arm des heiligen Adalbert, Otto wiederum schenkte Chrobry einen Nagel vom Kreuz Christi und die Lanze des heiligen Mauritius.

Der Wandermönch schweigt. Schaut dabei drein wie jemand, der zufrieden ist mit dem, was er gesagt, berichtet, erzählt hat. Wanda ist es freilich nicht. Das sagt sie ihm auch: Die Herren Bischöfe sind ihr nicht sonderlich wichtig, weder der mit seinem ›verbrieften‹ neuen Besitz noch der mit dem Kopf in der Hand. Sie möchte eine Geschichte hören, wie sie Prinz Kaszimierz erwartet. Eine Geschichte, die hinführt zur Geschichte einer leidenschaftlichen Liebe, in die Geißblatt und Haselnuß hereinspielen. Für eine Bischofs-Geschichte hingegen wird sie kein Gran Veilchenpaste auftragen!

Der Mönch hat vorausgesetzt, sie würde sich auch für dieses

Kapitel interessieren, schließlich hat sie anfangs recht aufmerksam zugehört. Zumindest hatte er diesen Eindruck. Aber bitte, er will ihr eine andere Geschichte nicht schuldig bleiben. Schließlich wünscht er sich für diesen Abend, daß sie ihm Veilchenpaste auf die geplagten, die gequälten Augen streicht.

Arbeitstagebuch. Beim Betrachten von Bildern, meist Buch-Illuminationen, jener Zeit fällt mir auf das Vorherrschen von *Symmetrie*.

Die zeigt sich schon in der Anordnung von Kontinenten auf damaligen Weltkarten: Die Erde als Scheibe, vom Wassergürtel umgeben, so sagten die einen, die Erde als Kugel, als *globus*, so sagten die anderen. Die Erdkugel wird von einem äquatorialen Ozean-Wasserband aufgeteilt in eine nördliche und südliche Halbkugel. Diese Halbkugeln wiederum halbiert, nun vertikal: das Wasserband des meridionalen Ozeans. Drei der Viertelkugeln sind bewohnt: Europa, Africa, Asia. Der vierte Erdteil ist unbekannt, dort kommt niemand hin, schon wegen der ungeheuerlichen Sonnenhitze, die alles schwarz macht, auch die Lebewesen dort, die als Antipoden bezeichnet werden.

Symmetrisch auch der Baum der Laster mit seinen herabhängenden Blättern und ebenso symmetrisch der Baum der Tugenden mit seinen hochragenden Blättern. Symmetrisch der Baum der Leiden des Herrn. Symmetrisch, überwiegend symmetrisch, was damals in Metall graviert, in Elfenbein geschnitten wurde. In der Mitte vorzugsweise das Kreuz, und links Maria und schräg hinter ihr *Ecclesia*, und rechts Johannes und schräg hinter ihm *Synagoga*. Und die vier Evangelisten, symmetrisch arrangiert: der linke mit Blickrichtung rechts, der rechte mit Blickrichtung links, und links steht das Wort REX, der König, und rechts steht das Wort PAX, der Frieden, und links das Wort LUX, das Licht, und rechts das Wort LEX, das Gesetz, und PAX und REX, und LEX und LUX, und LUX und PAX, und REX und LEX – Symmetrien, Symmetrien!

Symmetrische Grundmuster auch in der Menschheitsgeschichte! Joachim von Fiore (Zeitgenosse Gottfrieds, Gründer des Klosters Fiore in Kalabrien, berühmt als Geschichtstheologe, wiederholt als Prognostiker konsultiert von Richard Löwenherz wie von Kaiser Heinrich VI.), er hat ein Muster der Symmetrie erdacht für die sieben Zeitalter der Geschichte, die als Heilsgeschichte interpretiert wird. Das erste Zeitalter von Adam bis zur Sintflut, das zweite von Noah bis Abraham, das dritte von Abraham bis David, das vierte von David bis zur Zerstörung Jerusalems, das fünfte von der Babylonischen Gefangenschaft bis Christus, das sechste von Christus bis zur Gegenwart des (hohen) Mittelalters; hier schließt sich ein siebtes Zeitalter an. Alles nach dem Gesetz der Symmetrie: 21 Generationen von Adam bis Abraham, dann das Reich des Vaters: zweimal 21 Generationen. Nach diesen 63 Generationen: Christus. Nach der Zeitenwende wieder zweimal 21 Generationen bis zur Jetztzeit des Hochmittelalters, danach 21 Generationen, nehme ich an, in der Zeit des Verfalls – aber Umkehr ist möglich.

Die Symmetriebildungen scheinen mir so charakteristisch für jene Zeit, daß ich mich entschloß, früh schon, diesem VorBuch eine (ungefähr) symmetrische Struktur zu geben. Nicht nur durch Vermittlung von Inhalt, auch durch Gestaltung von *Form* will ich mich jener Zeit annähern.

Dabei muß ich einen zweiten Parameter einbeziehen: *Diskontinuität*. Denn in größeren und großen Erzähltexten jener Zeit herrscht eher Reihung vor als Verknüpfung. Kausale Verbindungen waren beim Publikum offenbar (noch) nicht so recht gefragt. Große Erzähltexte (›in progress‹ oder bereits abgeschlossen), sie wurden auch kaum je sukzessive vorgetragen, es dürfte jeweils bei Rezitationen von Ausschnitten, von ›Kapiteln‹ geblieben sein. Das förderte Textsprünge.

Im umfassenden, übergreifenden theologischen Gesamt-Interpretations-Muster der Welt, der Schöpfung, in aller konstruierten Kontinuität, bleibt Literatur ein Bereich, in den Diskontinuität hereinspielt. Erst Großmeister damaliger Erzählkunst wie Gottfried, sie begannen, kausale Verbindungen herzustellen, Motivierungen zu entwickeln. Es reichte aber nicht zur vollen Konsequenz, es blieben Brüche, Sprünge. Damit ergeben sich jeweils neue Ansätze: Exkurse und Episoden ... Was dennoch entwickelt wurde in der Kunst des Motivierens und Verknüpfens, das ging im Spät-Mittelalter vielfach wieder verloren: mehr Reihung als Entwicklung.

In jener theologisch durchkonstruierten Welt, in der, unter dem Aspekt und Zeichen des Schöpfers, alles mit allem zusammenhing, in dieser Welt wurde in Erzähltexten geringer Wert auf logische Verbindungen gelegt, auf Konsequenz und Kontinuität. Es mußte nicht alles zusammenpassen, mußte nicht eins aus dem andren hervorgehen, mußte nicht eins ins andre überleiten; zuweilen lagen sperrige Textobjekte quer im Lesepfad. Es liierten sich Kontinuität und Diskontinuität. Auch damit öffnen sich neue Freiräume!

Und schon nähert sich dem Betrachter ein Pferd, auf dem kein Reiter zu sitzen scheint. Es kommt heran im Zuckeltrab, als wäre es sehr lang schon unterwegs. Erst als das Pferd auf gleicher Höhe ist, zeigt sich: ein Zwerg sitzt hinter Kopf und Nacken, ein Zwerg in höfischer Kleidung, selbstbewußter Haltung. Mit leisem Ruf hält der Geisterreiter an.

Auch er, so sagt er, betont er, auch er möchte in das Panorama aufgenommen werden – dies aber keinesfalls in der Rolle des Narren, die man ihm und seinesgleichen aufdrängt, ja aufzwingt.

Nein, ruft er, man behandelt uns nicht gut! Die hohen Herren lassen uns hüpfen, tanzen, singen, sie drücken uns Narrenkeulen in die Hände, damit wir aufeinander losdreschen, auf daß man wiederum, dazwischenfahrend, auf uns eindreschen kann. Und sie bespucken uns, bewerfen uns mit Speiseresten, begießen uns mit Wein, haben ihren Spaß, wenn die überall in den Burgen, erst recht in den Festsälen streunenden Hunde nach uns schnappen. Und es prasseln Kopfnüsse herab, wenn die Späße nicht spaßig genug, die Sprünge nicht weit und hoch genug sind, trotz der Kleinheit unsrer Körper. Überhaupt, unsere körperliche Kleinheit wird oft schamlos von Menschen höherer Ränge ausgenutzt, um unsereins zu Spitzeldiensten zu verlocken, ja zu verdammen. Fallen die Berichte nicht aus wie erwartet, droht Strafe, und die ist meist handfest, faustgroß, knüppelhart. Offenbar ist es eine Wonne, einem Zwerg aufs Maul zu hauen, in den Rücken zu stoßen, in den Hintern zu treten. Und wie oft werden wir ausgepeitscht.

Nun aber hat er sich auf den Weg gemacht, um dort, wo man es hören will, von der wahren, besseren, schöneren Welt der Zwerge zu erzählen, in jenem Reich auf der unteren Hälfte der Weltkugel, in der Zone der Antipoden. Dort leben Zwerge mit schönen Gesichtern, weißen Händen, blonden Haaren. Und es muß ins Reich der Fabel verwiesen werden, was über unseren König erzählt wird, sogar schriftlich: Er reite auf einem Ziegenbock, doppelt so groß wie er selbst, und der Kopf des Königs gerötet, und rot der Bart, und die Brust glänzend wie ein Tierfell. Ja, und dieses Königs Untertanen, *quos Graeci Pygmaeos vocant*, sie sollen in einem Dämmerreich dahinvegetieren, in einem Schattenreich, weil Tag für Tag eine dichte Wolkenschicht liege zwischen Sonne und Pygmäen, und nachts herrsche Finsternis, so mondlos, so sternlos, wie man sich das in der hiesigen Welthälfte gar nicht vorstellen könne. Weil alles derart düster am Tag, derart finster in der Nacht sei im Zwergenreich, brauche der König viele, viele Fackelträger...

Ebenso Wunderliches wird erzählt über den Seeweg, der zu uns führen soll, vorbei an der gefürchteten Wasserkante, vorbei an der Region, in der die Schwarzen wohnen, vorbei an der Region, die nur voller Sand und Schlangen ist – jenseits dieser »ausgeglühten Zone« das Inselland, in dem unsereins im Düstren, im Finstren hausen soll.

Selbstverständlich ist alles ganz anders! Der Weg zu uns führt allein durch eine Höhle: lange Wanderung im Finstern. Schließlich erreicht man eine Welt, die so hell ausgeleuchtet ist wie die Welt vor dem Eingang zur Höhle. Wer einmal nach ihrer Durchwanderung bei uns eingetroffen ist, wird alles ganz anders sehen, denn bei uns *ist* alles anders! Bei uns wird kein Fleisch gegessen; bei uns wird die Wahrheit gesagt, und die müssen wir nicht beeiden; bei uns hat man nur Verachtung übrig für den oft verzehrenden Ehrgeiz der sogenannten Großen.

Bezeichnend auch dies: die Form, in der wir uns am liebsten zusammenfinden, ist der Kreis, die geometrisch vollendete Kreisform. Die ergibt sich – ohne Hilfen, ohne Berechnung – wie von selbst, sobald wir uns zusammensetzen, um uns, rundherum, Geschichten zu erzählen. Damit jeder zu Wort kommt, bevor Ungeduld sich einstellt, erzählen wir uns Geschichten, die nicht allzu lang sind. Zum Beispiel die Geschichte vom Geißblatt, in der die Liebenden Tristan und Isolde für kurze Zeit zusammenfinden, ehe sie sich wieder einmal trennen müssen, ohne sich innerlich voneinander zu entfernen: das Geißblatt bleibt um die Haselnußgerte gerankt…

Gern erzählen wir uns auch die Geschichte von den Riesen, die eine Felshöhle zu einem riesigen Hohlbau ausmeißeln, rund, mit hoher Kuppel, und in der Mitte des Hohlbaus das riesige Bett, auf das sich der König der Riesen mit seiner riesigen Herzenskönigin legt, und sie finden riesiges Vergnügen an allem, was sich nun entwickelt. Diese Freude aber ist bedroht, denn durch die Lichtöffnung hoch droben in der Kuppel zwängt sich – aber solche Geschichten sollen jetzt nicht erzählt, sie dürfen nur genannt werden, sonst wird der Aufenthalt zu lang…

Mit leisem Schnalzen läßt er das Pferd wieder loszuckeln. Ohne sich umzudrehen, ergänzt der Zwerg: Bei der Rückkehr schließlich bestätigt sich, welches Wunder unsre Welt ist! Wandert man namlich durch die Höhle zurück und tritt aus ihr wieder heraus, so steht die Sonne noch immer genau an dem Punkt ihres Scheitelbogens, an dem sie stand, als man die Höhle betrat. Ob sieben Stunden in unserem Reich oder deren siebundzwanzig: alle Schatten sind genauso lang wie zuvor; man könnte die Schattenränder vor dem Aufbruch penibel mit Hölzchen und Stöckchen markieren – es würde sich nach der Rückkehr keinerlei Abweichung zeigen, nicht mal daumenbreit…

Und der Reiter wird unsichtbar, samt Pferd – schlagartig, wie weggezaubert.

Auch Wanda ist weiterhin unterwegs, mit Hund, Karren, Ziege. April: sie nähert sich Olmütz. Kalte Tage zwischendurch, mit nassem, schwerem Schnee, der Äste knacken läßt. Sie hat den Lederhut aufgesetzt und geht rascher. Das Bernhardinerfell zottig. Sie wünscht sich eine kranke Frau in einem Haus, in dem sie, Heilmittel bereitend, Unterschlupf findet, bis das Wetter sich bessert. Doch zum nächsten Dorf wäre es noch weit – zu weit, wie sie von einem Reiter erfährt, der ihr entgegenkommt, also wandert sie zu einem Bauernhof, den sie von der Straße aus sieht, in der Ferne.

Den haben auch andere Reisende gesehen; im Hof ein Wagen, die Pferde schon ausgespannt. Ein Mann trägt Bündel in die Scheune und grüßt nur knapp.

Sie geht ins Bauernhaus und bietet Hilfe an. Die wird auch hier gebraucht: der alte Mann hat sich vor Tagen verletzt, die Wunde am Daumen schwärt; sie bietet ein Salbenpflaster an. Dafür spendiert seine Tochter schon mal im voraus, was Wanda für eine Suppe brauchen kann, vor der Scheune zu kochen, in der sie auch übernachten kann.

Diese Scheune ist, nun im April, fast völlig leer. Auf den Brettern liegt eine Frau, die sich zur Begrüßung leicht aufrichtet und gleich wieder zurücksinken läßt. Ihr Mann: seine Frau sei so kraftlos und mutlos, daß ihr zuweilen die Vernunft entschwinde. Mehr will er nicht sagen.

Also geht sie ins Bauernhaus, mit dem Salbenpflaster, am Karrenkasten bereitet, bindet es um den Daumen fest, hört sich dabei an, wie es zur Verletzung gekommen ist.

Wieder draußen, setzt sich Wanda zum Reisenden, der inzwischen ein Feuer gemacht hat vor der Scheune. Dort werfen sie zusammen, was eine Suppe ergeben soll. Sie möchte wissen, woher er kommt, wohin er zieht. Das erste will er nicht sagen, das zweite weiß er noch nicht so recht. Sicher ist nur: weiter Richtung Osten, voraussichtlich nach Polen. Dort jedenfalls, wo er sein Gewerbe wieder ausüben kann, als Steinmetz. Denn dies wird ein christlicher Steinmetz auch im Osten nicht hinkriegen: das Einmeißeln von Inschriften mit hebräischen Buchstaben in Steinsäulen oder Steinplatten. Das lernen die nie und nimmermehr, hebräische Buchstaben sind viel zu zart für Schlageisen von Christen. Auch Blumenmuster beherrschen die nicht und Flechtbänder. Das müssen sie Meistern wie ihm überlassen. Aber dort, wo er herkommt (und der Name der kleinen Stadt will ihm nicht über die Lippen!), dort wo sie herkommen, wollte man sie nicht mehr haben. Dort in der Ferne, östlich wie westlich des Rheins, haben sich vor vier Jahren wieder Kreuzfahrer versammelt, zur bewaffneten Kreuzfahrt, und dort werden sich zu einem späteren Zeitpunkt bestimmt auch wieder Kreuzfahrer sammeln – ein Gerücht, das sich hält. Und etliche, die von der bewaffneten Kreuzfahrt zurückgekehrt sind, sie wollen die Erinnerung an das Metzeln lebendig halten, indem sie weiterhin metzeln. Dazu genügen dürftigste und windigste Vorwände. Es braucht nur das Wasser eines Brunnens einen schlechten Beigeschmack zu kriegen, was ja kein Wunder ist, und man ist bedroht, sofern man nur schon in der Nähe dieses Brunnens wohnt oder in der Nähe des Brunnens gesehen wird. Noch schlimmer wird es, wenn es heißt, Meßwein sei vergiftet worden; ob nun wirklich vergiftet oder nur einfach schlecht geworden – gleich wird die Parole ausgegeben, Juden hätten den Wein, ausgerechnet den Meßwein verdorben. Und wenn jemand getötet wird, was ja andauernd vorkommt, aus geringsten Anlässen – gleich heißt es, das müssen Juden getan haben. Selbst, wenn man die Gelegenheit dazu erhielte – wie soll man seine Unschuld beweisen? Vor Richtern, die einem sowieso nicht glauben?

Er schweigt. Sie schweigt mit. Der Suppe auf dem Feuer wird noch etwas Zeit gelassen. Was ist ihm, was ist ihnen zugestoßen?

Er hat Pfeiler bearbeitet für den Festsaal einer Burg, und Jahre später hieß es, er hätte an verborgener Stelle ein Zeichen eingemeißelt, das Unheil brachte über die Familie des Burgherrn: Kinder starben, die Frau erkrankte schwer. Ein böses Omen auch für ihn. Eines Abends Geschrei vor dem Haus, wildes Geschrei, und der Stall wurde angezündet, nachdem man sein Reitpferd rausgeholt und weggetrieben hatte – die beiden Zugpferde seiner Werkstatt waren nicht am Haus untergestellt, sie sind ihm, sind ihnen geblieben. Während er versuchte, sein Pferd zurückzuholen, drang ein zweiter Trupp ins Haus ein und nahm allerlei mit, sogar die Sabbat-Lampe aus Messing; die Chanukka-Lampe, aus Irdenware, aus schön glasierter Irdenware, die wurde zerschlagen. Aber viel schlimmer war, was mit seinem Weib geschah. Man hat sie geschlagen, nicht sehr, eigentlich nur im Vorbeigehn, Vorbeilaufen, Vorbeitoben, aber es hat sie verstummen lassen, erst einmal. Dies erst recht, als sie hörte, wie man in der Nachbarstadt eine Jüdin getötet hat: wurde von einem Pöbelhaufen an den Brüsten aufgehängt. Sobald sie, in der Zeit nach dem Überfall, Stimmen vernahm vor dem Haus, mehrere Stimmen, verfiel seine Frau in einen Krampf, brachte kein Wort mehr hervor. Schon ihr zuliebe mußte er die Stadt verlassen. Und so ziehen sie dorthin, wo er wieder Stein bearbeiten kann, mit Blumenmustern, Flechtbändern, hebräischen Buchstaben.

Wieder Schweigen, anhaltend. Wanda rührt im Kessel über dem Feuer, schließlich ist die Suppe fertig. Und es wird die Frau gerufen, sie setzt sich zu ihnen, löffelt mit. Kaum hat sie gegessen, kehrt sie in die Scheune zurück, legt sich hin. Wanda weiß, was in solch einem Fall zu tun ist; der April hat ihr Gundelrebe angeboten, vor Hecken und Büschen, die hat sie voriger Tage – als die Sonne schien und die Blüten offen waren – gesammelt, und dieses von der Kälte frisch gehaltene Kraut kocht sie auf dem nun kleineren Feuer auf, läßt das Süppchen zu Mus eindicken, den sie der Frau auf Stirn und Brust streichen wird.

Zuvor aber soll ihr der Steinmetz, solange das Gundelrebensüppchen köchelt, eine Geschichte erzählen – nur bitte keine Geschichte, in der es um Kreuzfahrer geht, die schon im eignen Land das Schlagen, Schinden, Töten üben, es sollte eine Geschichte sein, die sie nach ihrer Rückkehr auf dem Wawel-Hügel anbieten kann, eine Geschichte, die erzählt, was zwischen Männern und Frauen geschieht oder geschehen kann.

Dazu fällt ihm nur eine ziemlich kurze Geschichte ein: die von der Frau des Kaufmanns, und was sie erlebte, als er wieder einmal auf Reisen war. Ein Händler, ja, und zwar ein christlicher. Der liebte seine junge und schöne Frau, um die ihn viele beneideten, bei der so mancher eine Chance erhoffte. Ergab die sich nicht mit der Abreise, der erneuten, des Fernhändlers? Briefchen wurden ihr zugesteckt, Angebote wurden ihr zugezischt, Grobheiten folgten. Da ritt sie hinaus zu einem Dominikanerkloster, hörte die Messe. Anschließend nahm ihr der Abt persönlich die Beichte ab; noch im Beichtstuhl bot er ihr zehn Silbermark an, wenn sie mit ihm schlafe. Sie sagte, sie wolle sich das überlegen, dazu brauche sie ein wenig Zeit, und ritt davon. Sie wendete sich einem Franziskanerkloster zu, suchte Zuflucht im geistlichen Gespräch mit dem Prior; der bot ihr zwanzig Silbermark an, wenn sie mit ihm schlafe, und er drängte sie, das sofort, auf der Stelle, zu tun: »Ich bin liebeskrank, nur du kannst mich heilen. Sag ja, und ich bin genesen.« Auch hier wieder erklärte sie, das würde sie sich überlegen, sie brauche ein wenig Zeit dazu, und machte sich davon. Schließlich wendete sie sich, ihr Leid klagend, an den Pfarrer ihrer Gemeinde, und der hatte, so zeigte sich, schon lange auf sie gelauert, der bot ihr dreißig Silbermark an, und schon drängte er sie zum Bett: »Die Liebeslust macht mich krank; hilf mir, und ich besorge es dir, schließlich fehlt dir der Mann.« Auch diesmal konnte sie sich herausreden.

Und? fragt Wanda. Und dann?!

Nichts mehr, das war schon die Geschichte: Wie Christenmenschen tun, was sie Juden vorwerfen, die ja so wild aufeinander sein sollen, Frauen auf Männer, Männer auf Frauen, und welche Rolle, nicht wahr, spielt bei ihnen das Geld...!

Eine gute Erklärung, aber eine schlechte Geschichte. Mit solch einer Geschichte kann sie dem Bruder des Herzogs nicht kommen. Für so etwas hat er sie nicht auf den langen Weg geschickt. Wenn sie ihm solche Geschichten vorträgt, reißt er ihr die Brust ab – er kann genauso jähzornig werden wie sein Bruder, der Herzog, in ihrem Jähzorn kennen die sich nicht mehr. Also, erzähl mir eine andre Geschichte. Schließlich bereite ich etwas Gutes vor für deine Frau, unter deinen Augen; so kannst du sicher, ganz sicher sein, daß nicht gepfuscht, nicht gepanscht wird. Also, im Tausch, eine schöne Geschichte...!

Was er an schönen Geschichten kannte, das hat er zurückgelassen. Er kann höchstens noch von einem erzählen, der den Verrückten spielte. Die Geschichte eines jungen Mannes, der nicht (wieder) zu seiner Geliebten vordringen konnte, zur Königin. Das Verhältnis war nämlich von einem Zwerg entdeckt und verraten worden; der vor Eifersucht rasende König hatte gedroht, er würde den Ehebrecher töten, umgehend, falls er noch einmal wagen sollte, am Hof zu erscheinen.

Aber, so fragte sich der junge Mann, was macht es mir schon aus, wenn ich getötet werde? Tag um Tag, Woche um Woche sterbe ich fast vor Sehnsucht nach ihr. Es macht mich verrückt, daß ich in ihrer Nähe bin, und sie weiß nichts davon. Und daß ich nicht weiß, wie ich auch nur ein paar Worte mit ihr wechseln kann. Ja, das macht mich schier verrückt. Ich werde verrückt vor Liebe nach ihr. Also muß ich versuchen, was noch nie versucht worden ist: ich tu so, als wär ich verrückt. Das wird mir nicht schwerfallen, ich bin sowieso von verrückten Menschen umgeben. Alles hier ist zum Verrücktwerden, jaja, alles verrückt, verrückt, total verrückt, da spiele ich halt auch verrückt, jajaja, ich werde einen Verrückten spielen, jaja, jaja, ich bin verrückt genug, einen Verrückten zu spielen. Ist das nicht die höchste Form der Weisheit?

Als landstreichender Narr, mit einer großen Keule auf der Schulter, erscheint er am Hof. Pagen rennen auf ihn zu, toben um ihn herum: Schaut, ein Verrückter, ein Verrückter, hepp, hepp, hepp! Es werden Brennholzscheite auf ihn geworfen, sie knuffen ihn, treten nach ihm. Er wehrt sich wie ein Verrückter: wird er von rechts geschlagen, schlägt er zurück nach links. Schließlich sieht ihn der König, der an der Tafel sitzt: Da kommt aber einer, der meschugge ist! Er soll näher treten. Und der Liebende in der Rolle des Narren humpelt heran, Keule auf der Schulter, die hoffentlich eisenbeschlagene, dick mit Eisen beschlagene Keule. Wo kommst du her, was suchst du hier?

Ich will dir sagen, woher ich komme und was ich hier suche. Meine Mutter war ein Walfisch, sie lebte im Ozean wie eine Meerfrau. Ich weiß also nicht, wo ich geboren wurde, weiß aber, wer mich großgezogen hat: eine riesige Tigerfrau. Übrigens habe ich eine Schwester, die ist ausnehmend schön. Wenn du willst, so geb ich sie dir. Nur mußt du mir dafür deine Frau geben.

Der König lachte schallend: Wie bitte?! Ja, Herr König, ich biete meine schöne Schwester an für deine Frau, die ich liebe. Laß uns ein Tauschgeschäft machen, wir profitieren beide davon. Es tut immer gut, eine andere Frau auszuprobieren. Du bist deiner Frau sicherlich schon etwas müde geworden, also solltest du dir zwischendurch eine andre nehmen. Ich mach dir diesen Vorschlag nur, weil ich dich fußfällig liebe.

Der König lachte und lachte, der Narr gefiel ihm. Gut gelaunt fragte er: Angenommen, ich übergebe dir die Königin – sag, was würdest du mit ihr anfangen? Und vor allem: wohin würdest du sie bringen?

Der Steinmetz unterbricht die Erzählung, wendet sich ab, ganz kurz. Die Antwort des ›Narren‹ kann er nur stoßweise wiedergeben und mit plötzlicher Heiserkeit. Edler König, dort droben im Himmel habe ich eine Halle, in der wohne ich. Sie ist weit und hell, besteht ganz aus Glas. Sie hängt unter den Wolken, aber kein Wind, nicht einmal ein Sturm bringt sie zum Schaukeln. Neben der Halle bewohne ich ein Zimmer, das hat einen kostbaren Estrich und die Wände bestehen aus Kristall. Wenn die Morgensonne aufgeht, füllt sich das Zimmer mit Licht.

Jäh wendet sich der Flüchtling wieder ab. Sein Schluchzen kann er nicht unterdrücken. Schließlich geht es über in Weinen. Selbstvergessen rührt Wanda im Gundelrebenmus. Er weint reglos und lautlos. Das will nicht mehr aufhören.

Arbeitstagebuch. Ich stelle einige Notizen zusammen über Beatrix von Burgund – eine der großen Frauen jener Zeit. Sie fordert zum Vergleich heraus mit literarischen Figuren.

Die Herzogin von Burgund war zwischen zwölf und vierzehn, als sie von Kaiser Friedrich Barbarossa zur Frau genommen wurde. Der zuvor vom Papst geschiedene Gatte war über dreißig.

Die junge Königin erwies sich recht bald als »starke Frau«, wie wir heute sagen würden. Damit paßt sie überhaupt nicht zu den halb ätherischen jungen Damen, die uns Buchilluminationen jener Ära suggerieren.

Die ›Französin‹ hatte eine gute Ausbildung erhalten: Latein und Italienisch gehörten zum Curriculum. Ebenfalls Reit-Unterricht: auch hier eine wichtige Voraussetzung für ihr künftiges Amt.

1156 wurde Beatrix zur deutschen Königin gekrönt; eine Woche später fand, auf einem großen Hoftag zu Würzburg, die Hochzeit statt. Das Königreich Burgund war, seit der Ära Karls des Großen, mit dem Reich zumindest assoziiert; mit der Heirat fand also keine Gebietserweiterung statt. Dennoch Machtgewinn: Beatrix führte ihrem Mann 5000 Ritter zu.

Die ›Kindfrau‹ wurde rasch zu seiner Helferin. Friedrich konnte nicht lesen und schreiben, und so übernahm sie es bald, ihm wichtige (vertrauliche) Briefe vorzulesen. Offenbar wirkte sie in solchen Fällen auch mit bei der Konzeption von Antwortschreiben.

Weiter: als Friedrich, zwei Jahre nach der Hochzeit, bei einem Italienfeldzug vor Mailand in Schwierigkeiten gerät, führt sie ihm Verstärkung zu. 1167 nimmt sie an Friedrichs viertem Italien-Unternehmen teil, wird bei dieser Gelegenheit in Rom zur Kaiserin gekrönt: *Imperatrix Romanorum semper augusta.* Doch die schon beschriebene Grundproblematik der Angliederung Italiens an das Reich bestätigt sich in erneuten Kämpfen – Beatrix gerät, im Apennin, unter so dichten Pfeilbeschuß, daß sie Schutz suchen muß hinter zwei Schilden. Beim Italienfeldzug von 1174 nimmt sie teil an der Eroberung von Susa; es ist bezeugt, daß sie Genugtuung empfindet, als ihr Mann die aufständische Stadt niederbrennen läßt. Zwei Jahre später, bei einem erneuten Italienfeldzug, geht der Rückmarsch in Flucht über, das Ehepaar wird dabei getrennt, Beatrix setzt sich nach Burgund ab, findet erst nach langem Umweg zu ihrem Mann zurück. Ein, wortwörtlich, bewegtes Leben.

Nicht nur Chroniken, auch Dokumente bezeugen, daß sie nicht bloß nominell Kaiserin war: sie zeichnete mehrere Urkunden mit ab. Friedrich wurde bald schon als *vir uxoris* tituliert, als

Mann seiner Frau – in dieser Ehe dominierte er nicht. Zeitgenossen rühmten neben ihrer Schönheit und Freundlichkeit auch ihre Klugheit. Überliefert ist weiter, daß sie Literatur förderte: lud Troubadours ein zu Auftritten am Hof, schien entstehende Arbeiten auch finanziell zu unterstützen.

In ihrer *vita activa* brachte sie, nach elf Schwangerschaften, zehn Kinder zur Welt. Freilich unter Schwierigkeiten. Bei der Öffnung ihres Grabes im Dom zu Speyer zeigte sich, daß die Überlieferung zutraf: sie war klein und zierlich. In den ersten Ehejahren keine Geburt. Vielmehr wurde Hildegard von Bingen konsultiert, mit der Bitte, sie wolle sich in diesem Anliegen für sie bei Gott verwenden. Sechs Jahre nach der Hochzeit das erste Kind, ein Mädchen; nach weiteren zwei Jahren ein Junge, Friedrich. Als viertes Kind denn: Heinrich, der spätere König und Kaiser. Er wird 1165 in der Kaiserpfalz von Nimwegen geboren, in der schon Karl der Große residiert hatte.

Als Heinrich 19 ist, stirbt Beatrix, mit etwa vierzig. In einem Nachruf heißt es, sie habe Venus an Schönheit, Minerva an Verstand, Juno an Macht übertroffen und hätte nur der Muttergottes den Vorrang gelassen.

Simulation zwei: Giraut wieder im Kloster, diesmal aber nicht im Skriptorium, sondern im Klostergarten, gemeinsam mit Chastelain, dem Prior.

Der Vertrag, den Giraut entworfen hatte, er wurde vom Grafen Bernart tatsächlich besiegelt (wobei Druckmittel angewendet oder zumindest angedroht wurden). Nun bittet Giraut seinerseits den Prior um Vermittlung – in Sachen Literatur. Gemeinsam mit Bruder Lucas hat er einen Codex mit Verserzählungen studiert, hat zudem die Ohren offengehalten bei Auftritten von Vortragskünstlern am Hof seines Barons – vor allem, wenn sie Erzählendes rezitierten. Über verschiedene Quellen also hat er einen – zumindest ungefähren – Überblick gewonnen über die Geschichte von Tristan und Isolde; er ist sicher, daß sie bisher noch nicht zusammenhängend niedergeschrieben wurde; er bittet den Prior –

über seine sicherlich sehr zahlreichen Verbindungen, die bis auf die englische Insel reichen sollen –, Kontakt aufzunehmen mit dem Hof zu London, mit Königin Eleonore, die schließlich, in weiterem Sinne, aus der hiesigen Region stamme, als Herzogin von Aquitanien. Wie man höre, unterstütze sie Liedersänger ebenso wie Erzähler, honoriere die einen nach Auftritten, unterstütze die anderen bei der Arbeit an größeren Erzählungen, an Romanen – die sonst wohl kaum Aussicht hätten, ausgeführt zu werden.

Prior Chastelain bestätigt, daß er regional weitreichende Verbindungen hat, auf Umwegen sogar mit London. Um für einen empfehlenden Brief die rechte Überzeugungskraft entwickeln zu können, muß er voraussetzen, daß Giraut ihm erzählt, zumindest kurzgefaßt, worum es im Versroman geht oder gehen soll.

Giraut wird sich, so betont er, nicht lange mit einem Prolog aufhalten, wird – verschiedene Quellen kombinierend – gleich mit der Geschichte der Eltern von Tristan beginnen: Wie Riwalon, noch jung an Jahren, zu König Marke in Cornwall zieht, wie er ihn – gegen angemessenen Sold, versteht sich – im Krieg gegen Schottland unterstützt. Und wie er sich gleich nach dem Sieg in die schöne Schwester des Königs Marke verliebt, in Blanchefleur. Erst verheimlichen sie ihre Liebe, schließlich aber offenbart sich Riwalon dem königlichen Dienstherrn und Verbündeten. Marke ist mit der Eheschließung einverstanden. Bald darauf ist Blanchefleur schwanger, und Riwalon bittet den Schwager um Erlaubnis, Blanchefleur nach Hause mitnehmen zu dürfen. Kaum sind die Eheleute auf dem Schiff, setzt Unwetter ein, mit den ersten Böen die ersten Wehen, Blanchefleur stirbt vor der Geburt, Tristan muß aus dem Leib geschnitten werden. Zu Hause angekommen, vertraut Riwalon das Söhnchen einer Amme an. Wenige Jahre später übernimmt Courvenal, ein Erzieher, die Aufgabe, den Jungen im Lesen und Schreiben zu unterrichten, im Reiten und Werfen, im Ringen und Laufen, im Kampf mit Schwert und Lanze. Und es wird ihm eine (kurzgefaßte!) Lehre höfischen Benehmens vermittelt, mit einigen Stichworten: Ehrlich sein, freigebig sein, demütig sein, die Frauen ehren. So blühend sein Aussehen ist, so nobel soll sein Verhalten werden.

Kaum hat er den Zögling in höfischem Sinne ausgebildet, gibt ihm Courvenal den Rat, den Vater um Erlaubnis zu bitten für den Aufbruch in die Welt. Er soll sich nicht »verliegen«, soll nicht im Bequemen verlottern. Der Vater erteilt die Erlaubnis, der Sohn bricht auf, segelt nach Cornwall, reitet dort zum Hof des Königs Marke, verrät allerdings nicht, daß sein Vater an des Königs Seite gekämpft hatte, fragt nur, ob er Marke dienen dürfe. Das wird gestattet. Tristan wird untergebracht bei einem Herzog Thinas.

Und es kommt Morold aus Irland, ein Mann mit den Kräften von vieren. Er fordert von Marke Tribut, der ihm allzulang nicht mehr entrichtet wurde, fordert, unter Kriegsandrohung, die Auslieferung zahlreicher Knaben und Mädchen von fünfzehn: Knaben für offenbar eigenen Bedarf, Mädchen für Freudenhäuser, die ihm Geld einbringen.

Der Prior könnte sich ein wenig verwundert zeigen über diese Motivation, doch Giraut betont gleich, daß die Forderungen des Iren selbstverständlich abgelehnt werden. Und das heißt Kampf. Tristan, der sich rasch zum Ritter schlagen läßt, will diesen Kampf für Marke übernehmen. Nun erst verrät er dem König, wer seine Eltern sind. Marke ist hoch erfreut, zugleich bedrückt – schließlich steht der Kampf mit dem überlegenen Morold bevor; er bittet Tristan, davon Abstand zu nehmen. Doch Tristan will sterben oder siegen.

Auch Morold, dem er sich auf einem Inselchen vor der Küste stellt, möchte dem schönen jungen Mann den Kampf ausreden: Er solle lieber mitkommen nach Irland, dort würde er allen Besitz mit ihm teilen, ihn zum Erben machen. Tristan geht auf den Vermittlungs-Vorschlag nicht ein, der Kampf beginnt. Rasch hebt oder hebelt er Morold aus dem Sattel, wird aber von der Lanze des Iren verwundet: ihre Spitze ist vergiftet. Fortsetzung des Kampfs zu Fuß und mit Schwertern: Morolds Schläge sind derart wuchtig, daß Tristan in die Knie geht, doch er berappelt sich, hackt dem Iren die Schwerthand ab. Morold ergreift die Flucht, Tristan hinter ihm her, und noch im Lauf durchschlägt er den Helm des Iren.

Die Leiche wird nach Irland geschafft. Königstochter Isolde, bekannt durch ihre Kenntnisse der Heilkunde, auch ihr Können als Wundärztin, sie untersucht die Todeswunde, findet im Schädel ein Stück von Tristans Schwert, bewahrt es auf. Tränen, Tränen, Beerdigung. Der König von Irland bricht zusammen am Grab seines besten Kämpfers und erteilt die Order: Jeder, der künftig von Cornwall nach Irland kommt, wird gehängt, auf der Stelle.

Tristan indes geht es immer schlechter. Kein Arzt in Cornwall kann ihm helfen: die Wunde schwärt und stinkt. Auswärtige Ärzte wissen gleichfalls keinen Rat. Die einzige Person, die helfen könnte, wäre Isolde, aber die, so weiß er, würde ihn eher töten als heilen. So läßt er sich an der Küste eine Hütte bauen, um keinen mehr mit seinem Wundgestank zu belästigen. Dann aber beschließt er, doch etwas zu unternehmen, auf gut Glück: er läßt sich in ein Boot tragen, nimmt nur Schwert und Harfe mit, läßt sich bei wechselnden Winden treiben.

Die eigentlich unberechenbaren Winde schieben Tristans Boot nach Irland, zur Hauptstadt; es setzt am Strand auf. Dort geht zu dieser Zeit der König spazieren, sieht, ein Stück weiter, das Boot, schickt Diener vor, und die berichten von einem so gut wie toten Mann im Kahn. Der König schaut sich nun den Fremden an, fragt, wer er sei, woher er komme. Tristan behauptet, er sei ein Spielmann namens Pro, sei bei einem Überfall von Seeräubern schwer verwundet worden, man hätte ihn in diesem Boot ausgesetzt und zufällig sei er hier an der Küste gelandet. Der König beauftragt seine Tochter, dem Fremden ein Wundpflaster zu bereiten. Das geschieht, sie läßt es dem ›Spielmann‹ überbringen. Es hilft aber nicht. Also ein zweites Wundpflaster. Auch das hilft nicht. Sie zieht daraus den Schluß, die Wunde sei vergiftet, und nun findet sie gleich das rechte Arkanum, läßt es gleichfalls überbringen. Die Wunde schließt sich.

Der Prior könnte hier unterbrechen. Er versteht den Ablauf so: Isolde schickt dem Mann, den die Piraten verwundet und auf dem Meer ausgesetzt haben, einen Verband mit aufgestrichenem Heilkrautmus; als die Wunde nicht verheilen will, schickt sie eine zweite Kompresse; als auch die nicht hilft, läßt sie ihm einen

Trank überbringen – sicherlich Wein mit Heilkräutern. Ist angegeben, in der Vorlage, ist zumindest angedeutet, welche Blüten, Blätter oder Wurzeln der Trank enthält?

Nein, das wird nicht weiter erwähnt.

Aber wäre nicht wichtig, zu erfahren, wie Isolde die schwärende und stinkende Wunde geheilt hat? Eine Frau, die herausfindet, was gegen ein bestimmtes Gift hilft, sie muß doch wissen, woraus dieses Gift gemischt ist. Die kuriert ja nicht aufs Geratewohl. Mutter und Tochter Isolde wären demnach nicht nur Heilerinnen, sondern auch Giftmischerinnen. Womöglich, ja wahrscheinlich hat Isolde, die Königin, ihrem Bruder Morold das Gift bereitet, das auf der Lanzenspitze aufgetragen wurde. Oder: die junge Isolde hat es hergestellt, für ihren Onkel. Als sie erkannte, daß der Fremde nicht an einer gewöhnlichen Verwundung litt, wußte sie offenbar sofort, welcher Trank solch ein Gift bekämpft. Müßte das im Roman nicht mit erörtert werden?

Giraut befürchtet, das Publikum könnte sich bei solchen Ausführungen langweilen. Dies müßte vermieden werden! Es genüge sicherlich, festzuhalten: Tristan wird geheilt, wie auch immer.

Nun braucht auch sein königlicher Schutzherr Hilfe: Hunger herrscht in Irland. Er wendet sich an Tristan, bittet um Rat, und der will die Einfuhr von Korn aus England vermitteln. Reichlich mit Geld ausgestattet, kauft er Getreide ein, läßt es nach Irland verschiffen. Und kehrt zurück zur Burg Tintagel. Von Courvenal, seinem Lehrer, und von Marke, seinem Onkel, wird er freudig empfangen. Seine Position als Günstling weckt freilich bald Neid unter diversen Höflingen, vor allem, als der König seinen Neffen zum alleinigen Erben bestimmt. Ihnen wäre entschieden lieber, Marke würde heiraten und möglichst bald einen Erben zeugen. Stellt sich nur die Frage: mit wem soll der König die Ehe schließen?

Und jetzt, so könnte Giraut emphatisch ausrufen, jetzt ereignet sich ein wahres Wunder! König Marke sieht zufällig, wie sich zwei Schwalben zanken und wie einer dabei ein goldenes Haar entfällt, das sie im Schnabel getragen hat. Marke hebt dieses Haar auf und sagt: Er will nur die Frau, die zu diesem Haar gehört! Wenn man ihm diese Frau nicht vermitteln kann, ist das Thema

Heirat für ihn erledigt! Eine schwierige Mission! Da ist Tristan der rechte Mann als Brautwerber: er soll, anhand des goldenen Haars, die Frau in der Ferne aufspüren.

Wie auf Stichwort wird nun zum Gebet geläutet. Chastelain, der Prior, fordert den Besucher auf, den Bericht über die Historie nächstes Mal fortzusetzen.

Ich kehre zurück zu meinem Platz an der Basilika, stelle die Kiste ab. Auch diesmal sind mehrere Frauen und Männer geblieben, sie stehen und hocken in lockerem Halbkreis – ließen offenbar Zeit verstreichen in vager Erwartung. Erneut breite ich ein Seidentuch aus, lege die Seidenknäuel drauf, ziehe, beinah rituell, ein Stück Faden stramm, führe meine Gruppe erzählend auf den jahrhundertelang frequentierten Karawanenweg, zu dem es Nebenwege gab, doch ich bleibe bei der Hauptroute, und die führt von Chian zum Gelben Fluß, den ich einmal auf erstaunlich langer Brücke in einem Speisewagen mit der Innendekoration der fünfziger Jahre überquert habe. Sogar ein Sonnenuntergang wurde dargeboten über dem weiten, trägen Wasser – da gewannen die Spitzendeckchen der Rückenlehnen, gewannen die künstlichen Blumen auf den Tischen an Glanz, und die Speisen in den zahlreichen Schüsselchen wurden von Abendlicht übergossen. Der Gelbe Fluß, breiter als der Rhein bei Mainz, breiter als der Rhein bei Köln, breit wie ein Rhein und ein zweiter Rhein und ein dritter Rhein nebeneinander: So weit muß man sich, müßt ihr euch diesen Fluß vorstellen...!

Der hat bis Lanzhou diese Weite freilich noch nicht erreicht: es führte, beim Kloster an der Felswand, eine Steinbrücke über den Fluß, und jede Seidenkarawane zog über diese Brücke. Am anderen Ufer die ersten Ausläufer der Wüste Gobi.

Wüste Gobi ... ? Keine erkennbaren Reaktionen in meinem Publikum, also muß Sand, Sand, Sand eingebracht werden, dazu erste Skelette, zumindest erste Knochen in dieser Wüstenlandschaft, von der sich weiter nichts erzählen läßt, es sei denn, die Erzählung würde sich zur Monotonie entschließen, aber ich will meine Zuhörer, Zuschauer im Halbkreis halten, der sich verdichtet.

Die meisten Gesichter hier kenne ich schon, aber nun fällt mir ein Mann auf, neu hinzugekommen, der noch intensiver als seine Nachbarn zu lauschen scheint, die Augen halb geschlossen. Die Brauen dieses Mannes etwas buschiger, als ich das erwartet habe, die Wangen fleischiger, das Kinn nicht ganz so betont, die Stirn zur Hälfte bedeckt von der weichen Krempe eines Filzhuts. Ich versuche, diesen Mann im Blick zu behalten, ohne ihn zu fixieren.

Um vom Halbrund noch mehr Aufmerksamkeit einzufordern, schlinge ich die Seidenbahn wie eine Schärpe diagonal um den Oberkörper, rufe Wuwei, betone: Das *silberne Wuwei*, Umschlagplatz für Karawanen. Das gab es ja nicht, daß eine einzige Karawane auf der gesamten Seidenstraße dahinzog, es wurden, in den verschiedenen Ländern oder Herrschaftsgebieten, jeweils neue Karawanen zusammengestellt, und das hieß: wiederholt Umschlagplätze, Stapelplätze, an denen sich, mit denen sich Geld verdienen ließ. So wurde aus Wuwei das silberreiche Wuwei.

Und ich setze den Bericht über den Scheintransport meiner Seidenproben fort, die Karawane zieht weiter, kampiert am Mondsichelsee, der umgeben ist von Wanderdünen, die es aber nicht schaffen, den See zu verschütten, es verändert sich nur ständig der Uferverlauf dieses Sees im »Meer des fließenden Sandes«. Also lagert auch ›meine‹ Karawane an diesem See; alles trinkt sich satt, denn vom nahen Dunhuang aus beginnt die Wüste Takla Makan, die »Wüste ohne Wiederkehr«, in der schon so viele Karawanen verschwanden, spurlos im fließenden Sand. Diese Wüste muß in bergigen, in weiterhin wüstenreichen Regionen umgangen werden, in einem nördlichen oder südlichen Halbkreis; in ihrem westlichen Schnittpunkt, in Kashgar, werden ›wir‹ uns wieder einfinden. Doch zuvor werde ich ausführlicher über die Wüste Takla Makan sprechen: ein Name, der das Fürchten lehrt, ein Name, der zittern läßt – wie viele tausend Menschen sind in dieser Wüste verdurstet, verhungert, verreckt ... Fortsetzung folgt.

Und ich rücke, als würde ich damit meinen neuen Aufbruch vorbereiten, die Seidenknäuel zurecht, wünsche mir, daß jener

Mann herankommt, in die Hocke geht, die Seide befühlt, sich als Seidenkenner erweist, und weitere Stichworte ergeben sich wie von selbst. Aber der Mann geht weg. Rasch falte ich das Seidentuch zusammen, stecke die Knäuel ein, nehme die Kiste mit, folge ihm.

Er geht zielstrebig, ohne nach rechts oder links zu schauen. Ich verkürze den Abstand, will ihn im Gewimmel, Gewusel nicht aus dem Blick verlieren. Noch immer kein Blick, kein Auge für Stadtarchitektur. Und das kann ich vor mir rechtfertigen: Ich bin nicht durch die Zeitmauer gedrungen, um Fassaden zu betrachten, sondern um ein Gesicht zu finden, das zum Phantombild paßt, das mich begleitet.

Ich folge dem Mann in ein engbrüstiges Haus. Dampf schlägt mir entgegen, ein Schwall von Geschrei und Gelächter. Eine Reihe von fünf, sechs Badezubern, in denen jeweils ein Mann und eine Frau sitzen, zwischen ihnen, von Zuberrand zu Zuberrand, ein Brett, und darauf: Fladenbrot, Geflügelstücke, Becher. Ein Musiker geht an den Zubern entlang und singt ein Lied.

Regelmäßiges Rumpeln in einem Nebenraum, zu dem die Tür nur angelehnt ist. Eine dickliche Frau in fast durchsichtigem Hemd übernimmt vom Mann die Kleidungsstücke in der Reihenfolge, in der er sie ablegt, deponiert sie auf einem Hocker, das Paar steigt in den noch freien Zuber. Eine Alte bringt ein Brett, legt es auf, es folgen ein Trinkgefäß, eine Schüssel und – ein Schachbrett, die Figuren bereits aufgestellt. Ein sichtlich oft benutztes, selten gesäubertes Hurenhaus-Schachbrett. Die Partie wird eröffnet – rasche, konventionelle Züge. Eins der Paare verläßt triefend den Zuber, geht in den Nebenraum, heftiges Rumpeln setzt ein. Der Schachspieler wirft mir einen Blick zu, ebenso kurz wie beiläufig, ich scheine ihn weder zu interessieren noch zu stören. Die beiden trinken aus dem Holzbecher, setzen die Partie fort. Und unablässig: Lachen, Plantschen, Kichern, Fleischklatschen in den anderen Zubern. Der Sänger trägt eine weitere Strophe eines Liedes vor, sich selbst auf kleiner, am Gürtel befestigter Trommel begleitend.

Ich warff ihr den meinen zweig
Do vil palde.
Sie hebt und tet mir einen zwick.
Sie sprach ich will haben sick
Vor dem walde.
Do begund ich mit klugen zwicken zwergen.
Sie sprach herr kunt Ihr ein spill wennelinck pergen.
Ia das kann ich schon tut euch unterr.
Secht darumb ich es nit lies
Meinen wenlick ich Ir sties
Zwuschen pain als sie mich hies.
Do sie des empfandt sie nam sie wunder.

Das schachspielende Paar scheint sich für diese Begleitmusik nicht weiter zu interessieren. Die Frau umspielt mit einem Fuß das steife Glied. Geschlagene Schachfiguren schwimmen im trüben Wasser – es wird eher Räuberschach gespielt. Um nichts zu versäumen, stelle ich meine Frage nach Gottfried, Godefridus; der Mann verweist, kauend, auf seinen Ständer, macht den nächsten Schachzug. Ich verlasse den Raum, das Haus.

Arbeitstagebuch. Auf meinen Fahrten vom Eifelhaus zur Kölner Stadtwohnung komme ich jeweils an Zülpich vorbei – eine Kleinstadt, Kleinststadt. Zur Römerzeit lag Tolbiacum am Schnittpunkt zweier Fernstraßen – eine führte von Köln nach Reims. Eigentlich war Tolbiacum damals nur ein befestigter Straßenposten mit einigen Gebäuden, Häusern, aber selbst in dieser winzigen Siedlung auf dem Lande: eine Therme mit den Ausmaßen des heutigen Stadtmuseums! Im Kellerareal lassen sich die Abmessungen der Fundamente bestaunen: ein Gebäudekomplex mit Kaltwasserbad, Warmwasserbad, Heißwasserbad, Schwitzbad, mit Warmlufträumen und einem offenen Gymnastikhof. Die Anlage wäre kaum überfüllt gewesen, wenn sich alle Einwohner der Ansiedlung gleichzeitig hier eingefunden hätten. Und solch eine Anlage in einem Nest in der römisch-germanischen Provinz

… Und dann erst mal Rom …! Dort gab es, zur Blütezeit, an die neunhundert Thermen – großenteils öffentlich zugänglich, gegen Eintritt oder kostenlos (dies bei Stiftungen).

Ich sage mir: Hätte man nördlich der Alpen wirklich in einem erneuerten Römischen Reich gelebt, man hätte, selbstverständlich, die Thermen und die Wasserleitungen zu Städten und Dörfern in Betrieb gehalten, hätte sie notfalls erneuert. Daß dies für Baumeister und Bauarbeiter des Mittelalters kein Problem gewesen wäre, zeigen ihre Leistungen beim Bau neuer Brücken, gerade in Gottfrieds Zeit, und – erst recht – beim Bau immer größerer Kirchen, Münster, Kathedralen. Aber die Akzente waren anders gesetzt: Riesenbauten für Geistliches; Anlagen, so klein wie möglich, für Körperliches. Im Namen der christlichen »Monokratie« hatte man weithin verabschiedet, was für das primär gesetzte Seelenheil nicht förderlich, ja abträglich schien. In einer konsequenten Fortsetzung des Römischen Reichs auch nördlich der Alpen wäre ein Tristan regelmäßiger Besucher der jeweils nächstgelegenen Therme gewesen – auch in kleinen Städten, in Städtchen, in denen man auf Fernritten übernachtete.

Tristan in einer Therme – wenn schon Römisches Reich, dann auch bitte mit Thermen! So wäre folgender Ablauf für Tristan, beispielsweise für Tristan (und, während besonderer Besuchszeiten, auch für Isolde) zur lieben Gewohnheit geworden: Man betritt den geheizten Vorraum, in dem Badeartikel, Würfel, Spiele, Erinnerungsstücke verkauft werden und in dem man seine Kleidung in Verwahrung gibt. Man geht, auch in einer weit nördlich gelegenen Version der Anlage, in das Frigidarium, das Kaltbad. Waschbecken mit ständig laufendem Wasser, eventuell auch hier Dekoratives: Wandreliefs … eine Statue … eine Stiftertafel. Das Wasserbecken, mit einer »Füllhöhe« von neunzig bis hundertvierzig Zentimetern; eine gemäuerte, durchlaufende Stufe erleichtert das Hineinsteigen, ermöglicht das Sitzen. Und man geht ins Trepidarium, ins Laubad. Hier genießt man, vor allem im Winter, die auch in fernsten Römerprovinzen gewohnten Vorzüge der Raumheizung: Heißluftkanäle unter dem plattierten Boden, der etwa 25 Grad warm ist. Die Heißluft wird vielfach auch durch

»Zugkanäle der Wandheizung aus rechteckigen Hohlziegeln« geleitet. Nach dem Laubad das Caldarium, das Warmbad, auch als Schwitzbad angelegt. (Das Wasser, das aus diesem gestaffelten System schließlich abfloß, es wurde vielfach unter gemauerte Latrinen geleitet, als Dauerspülung.) Weder im Laubad noch im Warmbad, Heißbad wäre Tristan in der Nähe von Fenstern durch Kaltluft behelligt worden, Ingenieure und Baumeister hatten keine Schwachstellen zugelassen, also: Doppelfenster, Doppelverglasung! Tausend Jahre vor Gottfried: Doppelfenster, Doppelverglasung!

Details, die mir bewußt machen: Auch wenn im Mittelalter im deutschsprachigen Bereich die Kontinuität mit dem Römischen Reich in vielfacher Hinsicht gewahrt, betont, gefeiert wurde – in der Hygiene blieb man stehn auf früher Stufe. Den Körper betonen durch kaltes, laues, warmes, heißes Wasser...?! Sich massieren lassen ... ?! Die Haut einölen...?! Sich anschließend in luxuriösen Räumen entspannen ... ?! Selbst in Villen der rheinischen Provinz, in Blankenheim oder Froitzheim: Ausstattung mit diversen Marmorsorten aus Belgien, Italien, Nordafrika ... Und jede *villa rustica* mit einem Badehaus, integriert oder separat. All diese Errungenschaften fielen einer *damnatio memoriae* anheim, wie Römer gesagt hätten, einer verordneten Auslöschung jeglicher Erinnerung.

Noch einmal zum Stichwort Fensterglas: gewiß, das gab es weiterhin, vor allem in Kirchen, gelegentlich auch in Refektorien, Dormitorien, zuweilen auch schon in Häusern, in Burgen hoher geistlicher und weltlicher Herren, aber es wird noch bis zum Beginn des 14. Jahrhunderts dauern, ehe Verglasung sich wieder durchsetzt, auch in Wohnhäusern. Bis dahin: Tierblasen, auf Rahmen gespannt ... Tierhaut, bearbeitet ... präparierte Leinwand...

Und noch einmal das Stichwort Bad: statt großer Wasserbecken nun kleine Badezuber, aus Holz. Auf Bildern sind sie öfter zu sehen: Zuber in Badehäusern, Zuber in Bordellen. Nur ein Kaiser konnte sich in einer Pfalz ein Bassin leisten – wie der bewegungswütige Karl, genannt der Große. Solche Schwimmbäder waren oder wurden aber nicht üblich, schon gar nicht in öffentlichen Einrichtungen. Denn: was dem Körper wohltat, das war nicht mehr erwünscht, offiziell. Die römischen Fundamente, die römischen Bauelemente: selbstverständlich in neue Gebäuden einbezogen. Erhaltene Gebäude der Römerzeit: vielfach umgewidmet, umgebaut in Kirchen. Römische Straßen: weiterhin genutzt, wenn auch nicht mehr ausgebaut. Römische Brücken: benutzt, bis sie einfielen, aber dann baute man neue Brücken, Steinbrücken von geradezu altrömischer Qualität, die (wie in Regensburg) tausend Jahre überstehen. Römisches Recht: assimiliert, adaptiert. Lateinische Literatur des Römerreichs: präsent schon in Schulen. Die Hinwendung zur Antike (in der Renaissance später gefeiert), sie war im Mittelalter längst Tradition: gleitende Übergänge.

Ausgespart, ausgeschlossen aber wurden: Einrichtungen zur Pflege des Körpers. Im Umgang mit Wasser und Wärme fanden Einschränkungen statt bis zur Schmerzgrenze. Gefeiert wurde nicht der Leib, der sich pflegte, gefeiert wurde der Leib, der sich kasteite – durch Fasten, Dürsten, durch Selbstbestrafung mit Ruten oder Ketten. Der Körper wurde zum »Bruder Esel« degradiert, der sich störrisch zeigt auf dem Weg der Seele zum Heil, deshalb mit »schwerer Arbeit unterworfen, oft mit Peitschen geschlagen und mit schlechtem Futter ernährt werden« muß. Zur Leibfeindlichkeit jener Ära werde ich noch einiges schreiben müssen; hier aber muß schon mal erwähnt werden, daß jede Einrichtung, die zu Gesundheit und Wohlgefühl beitrug, als »Teufelswerk« erschien. Also ließ man die 80 Kilometer lange Hauptwasserleitung von der Eifel nach Köln als »Teufelsrinne« verfallen. Dem Verfall preisgegeben auch die Thermen. In einer Übergangsphase wurden sie meist zweckentfremdet. Die Anlage in Zülpich, zum Beispiel: benutzt als Töpferei. Andere Anlagen waren nur noch gut genug zur Gewinnung von Baumaterialien – dafür mußte auch der Wasserkanal nach Köln herhalten, auf langen Strecken. Noch einmal: technisch wäre es kein Problem gewesen, dafür zu sorgen, daß solche Anlagen und Einrichtungen weiterhin funktionierten, aber das wäre nicht im Sinne der herrschenden Religion, der Kirche gewesen, die Selbstkasteiung forderte, statt Selbstentfaltung zu fördern.

* * * *

So habe ich das geschrieben, so lasse ich das auch stehn, aber: es wird eine Ergänzung notwendig. Auslösend der Besuch, Januar 2003, einer Ausstellung im Gropius-Bau Berlin: »Archäologie in Deutschland«. Eine überzeugend inszenierte Präsentation. Mein Blick allerdings fixiert auf die Zeit des Großprojekts Mittelalter.

Ich fange aber gar nicht erst an, über die Ausstellung zu berichten, denn die für mich entscheidenden ›Entdeckungen‹ mache ich anschließend im Katalog: aufarbeitende Lektüre. Auch in diesem Begleitbuch zur Ausstellung: Forschung auf dem neuesten Stand!

Die große Überraschung für mich in einem Beitrag von Gabriele Isenberg: »Fortschritt aus dem Kloster«. Ein Bericht über Ausgrabungen im Fundamentbereich des vor langer Zeit schon abgetragenen Klosters Roden, ganz in der Nähe der Reichsabtei Corvey. Ein kleines Kloster, in dem nicht, wie weithin üblich, eingreifende Umbauten erfolgt waren, besonders im Barock; so wurde die Rekonstruktion damaliger Einrichtungen erleichtert. (Es hat, so muß ich ergänzen, eine »Schwerpunktverschiebung« stattgefunden: früher hat man sich bei Ausgrabungen von Klöstern auf den zentralen Kirchenbau konzentiert, heute legt man mit gleicher Akzentuierung den Klausur- und Wirtschaftsbereich frei. So wie man sich bei Burgenanlagen nun auch für Vorburgen interessiert – und damit: für das Alltagsleben nicht nur der Herrschenden, sondern auch der Dienenden.)

Hier nun das Beispiel Wasserversorgung. Ich lese von einer »Wasserleitung aus Blei, die mit Druck arbeitete und Frischwasser von einem weit außerhalb des Klosters gelegenen Wasserstaubecken durch den Kreuzgang in den Nordflügel leitete«.

Zur guten Versorgung mit Frischwasser eine vorbildliche Entsorgung von Abwasser: in einem Kanal wurden Küchenabfälle weggeschwemmt und Fäkalien der Klosterlatrine. Ein Standard also wie in einer der vielbewunderten römischen Villen auf dem Lande in der römischen Nordprovinz, zum Beispiel am Silberberg in Ahrweiler (ein Panoramafenster von einssiebzig Breite, mit Blick ins Ahrtal ... !)

Zweites Stichwort: Heizanlage. Jeder Raum im Osttrakt konnte »mittelbar oder unmittelbar beheizt werden«, mit Feuerstellen, Wandkaminen oder einer »Warmluftheizung«. Eine *Warmluftheizung*, in einem fast bedeutungslosen Kloster des zwölften Jahrhunderts! Ein größerer Raum mit Fußbodenheizung! Hoher, fast schon wieder römischer Standard der zivilisatorischen Installationen in einem »Kleinkloster«! Bei großen Abteien sah es offenbar nicht anders aus, das »belegen vor allem Klöster der Reformorden in England und Frankreich, deren hervorragende Innenausstattung heute noch an den Ruinen abgelesen werden kann«. Hier muß ich erheblich revidieren!

Und nicht nur hier! Ich lese auch den anschließenden Katalogbeitrag über »Archäologie in den Hansestädten. Das Beispiel Lübeck«. Hier bestätigt sich vieles, was ich über Abort- und Abfallgruben des Mittelalters in einem der beiden Szenarien des VorBuchs zu *Parzival* geschrieben hatte, in der Rekonstruktion des Alltags eines Ministerialen, der ungefähr die gesellschaftliche Position eines Wolfram aus Eschenbach eingenommen haben dürfte. Ich hatte betont, daß in jener biologisch noch intakten Umwelt das Trinkwasser in den Städten oft schlecht war: in Medizinbüchern jener Zeit spielen Erkrankungen des Magen-Darm-Trakts eine besondere Rolle. Dies, so glaubte (auch) ich, ließ sich leicht erklären: Aufgegebene Brunnenschächte wurden zu Abfall- und Abortgruben, und gleich nebenan wurden neue Brunnen gegraben – so war reger Transfer von Coli-Bakterien gewährleistet.

Das schien mir ein plausibles Erklärungsmodell. Aber auch dies muß ich, nach neusten Forschungsergebnissen, künftig etwas anders sehen.

Um diesen Lernprozess zu dokumentieren, ein Zitat aus dem Beitrag von Manfred Gläser und Doris Mührenberg: hier fühle ich mich – indirekt – angesprochen. »Es ist häufig die Vermutung geäußert worden, Brunnen seien in Sekundärnutzung zu Kloaken geworden. Hingegen erbrachten die neueren flächendeckenden

Ausgrabungen den Nachweis, daß die meisten Kloaken von vornherein als Entsorgungsschächte geplant worden waren. Zudem erhob sich die Frage, weshalb Brunnen und Kloaken zuweilen nebeneinander auf den Grundstücken gefunden werden, so daß zu befürchten war, daß die Fäkalmassen einst das Wasser verseucht hatten. Neue Forschungsergebnisse belegen aber, daß es sich mitnichten um zeitgleiche Anlagen handelt, so daß die jüngeren Kloaken keine Gefahr mehr für bereits vorher aufgegebene Brunnen darstellten.«

Der Besuch der Ausstellung, die Lektüre von Katalog-Beiträgen hat direkte Auswirkungen auf dieses VorBuch: ich verwarf einige Sequenzen über damalige Lebensumstände. Zu schnell geriete ich hier in Problemzonen. Einerseits mag ich mich nicht einengen lassen, will nicht zum Spezialisten regredieren. Andererseits muß ich mir den Weg zum MA-Generalisten verstellen durch Warn- und Verbotsschilder. Schritte, zu denen ich bereits angesetzt habe, sie unterlasse ich nun doch. Ich muß die Methode meinen Voraussetzungen anpassen.

Und meiner Lust. Primär waren nicht solche warnenden Einsichten, primär war der Impuls, einen (für mich) neuen Weg der Annäherung an das Hoch-Mittelalter zu suchen. Die Ausstellung zwang mich, der Katalog zwingt mich zu noch größerer Konsequenz im Verfahren, das ich für dieses Buch entwickle: zwischen Fakten und Fabeln diverse Schnittstellen zu schaffen, wie sie für das Mittelalter charakteristisch waren.

Und beinah programmgemäß nähert sich ein Geisterreiter, allein auf langer Wegstrecke. Der Umriß des Reiters ist auch bei wachsender Annäherung nicht deutlich auszumachen – ein weiter Umhang, irgendwo oberhalb der Schultern aufliegend? Gemächlicher Ritt, dennoch scheinen die Flanken des Reiters zu beben, zu schwingen – fast so etwas wie Schlottern bei jedem Hufschlag.

Auf gleicher Höhe, auf meiner Höhe zeigt sich: die Ohren des Mannes hängen herab bis zu Hüfte und Sattel, ja, noch tiefer: bis zum unteren Rand der Schabracke. Ohren, doppelt so lang wie Elefantenohren und mindestens so weit.

Der Reiter hält an, beginnt zu sprechen: Eigentlich, letztlich, letztendlich müsse er sich nicht näher vorstellen, sei ja nun, wie seinesgleichen, häufig genug dargestellt, abgebildet worden, zumeist auf Pergament, zuweilen in Stein. Kürzlich noch habe er Ohrenmann, Ohrenfrau und Ohrenkind auf dem Türsturz der Abteikirche Sainte-Madelaine in Vézelay betrachtet, gleich rechts über dem Westportal, aber da könne er nur sagen: Na ja … So richtige Panotier sind das nicht, dafür sind die Ohren zu klein geraten, man hat diesen Figuren nur etwa die Hälfte der wahren Ohrenfläche gegönnt. Immerhin aber: verewigt in Stein. »Somit dürfte es sich erübrigen, mich und meinesgleichen vorzustellen. Erst recht dürfte überflüssig sein, unsere Existenz zu erklären oder zu rechtfertigen, mit einem Hinweis auf Gottes undurchschaubaren Weltenplan: ich bin, einfach, ganz Ohr … Bin von Kopf bis Fuß auf Hören eingestellt … Mit meinen Riesenohren vernehme ich, was keiner sonst hört: das Gras, wie es wächst, den Floh, wie er hustet … Aber hier kann ein feines Gehör zur Plage werden: das Massenhusten von Flöhen in Gasthäusern … Und wie dünn sind die Decken in den Häusern, die Wände zwischen den Häusern! Schon Menschen mit normalen Ohren kriegen mit, wenn im Nebenhaus jemand hustet oder niest. Unsereins hingegen ist dazu verdammt, so etwas durch sechs, sieben Häuser hindurch zu hören! Und all die nächtliche Flüsterei noch dazu! Überall in dieser Welt wird geflüstert, in Hütten, in Häusern, in Burgen, in Kirchen. Heiseres Flüstern, stoßweises Flüstern. Man mag gar nicht wiedergeben, was einem dabei noch zusätzlich zu Ohren kommt: Wörter, Silben garniert um »fudtnoll«, um »wenlink«, um »gimpel-gempel« – und immer so weiter in dieser Tonart! Dazu das Geräusch von Fleisch an Fleisch, ja sogar das Geräusch von Haut an Haut!

Sehr viel lieber als dieses grundierende Geräusch hören wir Geschichten. Unsere Ohren sind hier wie Reusen, wie sehr weite Reusen! Alle Welt will Geschichten hören, und bei uns Panotiern finden die sich besonders zahlreich ein. Also haben wir viel zu erzählen. Wie gern man sich erzählen läßt, das hat sich, wieder einmal, bestätigt in einer kurzen Geschichte aus dem Valle Sancti Petri. Der dortige Abt, Gerardus, hielt vor dem Konvent eine Predigt, und als er merkte, daß ein Bruder nach dem anderen einschlief, daß manch einer sogar zu schnarchen begann, rief er plötzlich: »Hört, Brüder, hört! Ich kenne eine schöne Geschichte! Es war einmal ein König, der hieß ARTUS!« Sogleich wachten, ja fuhren alle auf in der Erwartung, der Abt würde nun eine der Geschichten aus dem Artuskreis erzählen, sei es von Gawain, sei es von Parzival, aber es kam anders.

Dennoch, hier war ein Zeichen gesetzt: Geschichten finden das stärkste Echo, Geschichten haben den längsten Nachhall, und ganz besonders ist das der Fall bei Geschichten, in denen auch geflüstert wird, heiser geflüstert, stoßweise geflüstert, im Gras, im Heu, auf Streu, auf Bank, auf Tisch und Bett. Von dieser Art sind die Geschichten, bei denen unsre Zuhörer rote Ohren kriegen.

Gleichsam gedankenverloren richtet er sich im Sattel auf, schlägt die Ohren um den Oberkörper, schließt sie bis zum Kinn, läßt zweckmäßigerweise aber Mund, Nase, Augen frei. Und beginnt wieder zu reiten.

Unterwegs, weiterhin unterwegs mit Hund, Karren, Ziege: Wanda. Die Fernwege, Fernstraßen, Handelsrouten führen auch durch Städte. Die junge Frau wird aber nicht jeweils vor einer Stadt einhalten, etwa auf einem Hügel, um ein Gesamtbild zu gewinnen und zu vermitteln, sie wird sich auch nicht genauer umschauen innerhalb der Umfassungsmauern, Festungsmauern damaliger Städte, um Details zu sichten, die charakteristisch sind. Es ist für dieses Szenario nicht wichtig, ob in der jeweiligen Stadt eine Burg auf einem Hügel thront oder auf einem Felssporn, ob dieser Hügel oder Felssporn am Ufer eines Flusses liegt oder am Rand einer Ebene, ob auf diesem oder jenem Hügel oder Felssporn ein Bergfried dominiert oder der Turm einer Basilika oder eines Münsters. Prag, jetzt, zum Beispiel: selbstverständlich könnte ein Stadtbild entworfen werden, rekonstruierend, aber wozu würde das beitragen? Was in »strasburg« zu sehen ist, zu sehen sein dürfte, das läßt sich auf weitere Städte übertragen.

Zudem: die Perspektive einer Stadtbesichtigung würde kaum zu einer Wanda passen. Schon beim Durchqueren der äußeren Stadtzonen wird sie eher wegblicken als hinschauen. Denn hier drängeln sich Hütten, Buden, Büdchen, in denen viele hausen, die ihre Dörfer verlassen haben, auf ein besseres Leben in der Stadt, der jeweiligen Stadt hoffend. Viele Menschen werden in Städten gebraucht, Färber oder Gerber, Schmiede oder Schreiner, Ziegelformer oder Zimmerleute, aber es kommen zu jener Zeit (und die Entwicklung wird sich beschleunigen) sehr viel mehr Menschen in die Städte, als gebraucht werden können, und so stehen jeden Tag Unbeschäftigte auf (dafür vorgesehenen) Plätzen, hoffend, daß jemand vorbeikommt, der einen Handlanger braucht oder ein paar Männer, die eine schwere Last transportieren. Auch auf diesen Plätzen: mehr Männer, als jeweils gebraucht werden. So wächst die Not, nimmt Hunger zu. Und es gibt hier nicht mehr hilfreiche Verwandte, Nachbarn, es gibt nicht mehr das dörfliche Miteinander (im ebenso selbstverständlichen Gegeneinander), das Solidarität verbürgt, hier, in den Vorstädten mit ihren Hüttchen und Buden, wird nicht mehr aufgefangen, hier ist einer des anderen Feind. Hier wüßte auch eine Wanda nicht, wo sie ansetzen sollte bei all den Krankheiten, die sich ringsum zeigen. Es wären auch keine Gegengaben zu erwarten. Also geht sie weiter, schräg hinter dem Bernhardiner, der sich den Weg freibellt im Vorstadtgetümmel.

Sie sucht und findet einen Gasthof, will mal wieder in einem Bett schlafen – nicht immer gelingt es ihr ja, Unterkunft zu finden im Haus einer kranken Person, oft genug muß sie im Zelt oder in einer Scheune oder in einem Stall lagern. Also endlich mal ein Gasthof, auch wenn sie das Bett mit anderen Reisenden teilen muß, wie üblich: zwei, drei Bettgenossen, es können auch vier werden, und die liegen dicht an dicht, auf Laken, auf denen zuvor schon Dutzende gelegen haben; Gasthofbetten, und nicht nur sie, als Tummelstätten von Läusen, Flöhen, Wanzen. Gegen Läuse könnte Lavendel helfen, aber Lavendel blüht noch nicht. An Erlenblätter kommt sie hier nicht; auf denen bleiben Flöhe brav sitzen, bis man sie rausgetragen hat. Vogelleim hat sie auch nicht mit. Und kein Tuch, das so rauh ist, daß Flöhe nicht mehr davon loskommen. Sie kann nur ein helles Tuch ausbreiten, auf dem Flöhe leichter zu sehen sind. Und nun kann sie knacken. Ein Grundgeräusch jener Epoche: das leise Zerknacken von Flohpanzern. Überall: geflöht, geflöht, geflöht. Und Flöhe zerdrückt, Läuse geknackt, Wanzen zerquetscht.

Sie wird den Aufenthalt in einer Stadt wie Prag auch nutzen, um sich endlich einen Zahn ziehen zu lassen. Schmerzen in den vergangenen Tagen, pochende Schmerzen. Sie kochte Eisenkraut auf, preßte es aus, stopfte es in ein Leinensäckchen, drückte das an den schmerzenden Zahn, doch das milderte nur ein wenig. Und ihr Blick blieb, vorerst, fixiert auf geöffnete Münder: wie viele braune, krumme Zähne mit Lücken, wie viele Lippen, bereits eingesunken über zahnlosen Kiefern! Wie viele Klagen kamen ihr zu Ohren über schmerzende, dauernd schmerzende, fast unablässig schmerzende Zähne. Und nun will sie sich vom pochenden, bohrenden, auch Gedanken durchbohrenden Schmerz befreien lassen; ein Mann hält ihren Kopf fest, während der Bader den Zahn herausmurkst. Sie spuckt Blut aus. Immerhin, sie weiß, wie man Wunden behandelt, auch eine Wunde im Zahnfleisch – das muß hier freilich nicht ausgeführt werden. Können eigentlich, so mag sie sich nun fragen, können eigentlich auch Hunde Zahnschmerzen kriegen, womöglich sogar Bernhardiner? Woran könnte man das feststellen? Noch nie hat sie gesehen, daß einem Hund ein Zahn gezogen wurde. Also: keine weiteren Gedanken darüber?

Auch das Wetter hält sie, etwas länger als vorgesehen, in der Stadt Prag: der Mai beginnt, exemplarisch, kühl und nass. Doch dann: steigende Temperaturen, der Himmel wird hoch, Wanda bereitet sich vor auf die Fortsetzung der Reise westwärts. Noch einmal fettet sie die Pfoten des Bernhardiners ein. Und: sie füllt Heilmittel ab, die sie in den Ruhetagen vorbereitet, zubereitet hat, in der Küche des Gasthauses. Das wurde ihr sogar angeboten, denn der Wirt erwartete ein kleines Deputat. Während es kochte und köchelte, eindickte und trocknete, wusch sie ihre Kleidungsstücke, schmierte sogar die Karrenachse. Und an einem hellen, hohen, warmen Maitag bricht sie wieder auf, Richtung Pilsen.

Auch auf dieser Strecke: viele sind unterwegs, meist zu Fuß, oft im Sattel, zuweilen auf Karren. Auf denen werden aber meist Waren transportiert, in Ballen, in Fässern. Da fällt sie doch auf mit ihrem kleinen, vom Bernhardiner gezogenen Wagen, die Ziege hinten angebunden. Weit ausgreifende Schritte der Frau, die sich erholt hat und vor der noch viele Meilen liegen. Wieder muß sie Auskünfte erteilen über die Strecke hinter ihr und holt Auskünfte ein über die Strecke vor ihr: Hochwasser in querlaufenden Bächen oder Flüssen …? Räubergefahr …? Wölfe …?

Und es stellt sich ein Begleiter ein, für die nächste Etappe: ein Pilger. Daß er sich auf einer Wallfahrt befindet, muß er ihr nicht erklären, das sieht sie sofort: beinah vorschriftsmäßig sein Erscheinungsbild. Läuft barfuß – hätte, im Winter, die Füße mit Lappen umwickelt, hätte, bei sehr strengem Winter, Holzschuhe über dünne Lederschuhe geschoben. Doch nun, am kühlen Sommertag: barfuß. Sein Gewand aus rauher Wolle. Eine Pelerine. Sein Pilgerhut aus Filz, mit breiter Krempe; er hat sie vorn hochgeschlagen. Sein langer, kräftiger Pilgerstab, der ihn vor allem gegen bissige Hunde schützen soll. Am Gürtel sein Lederbeutel, noch prall.

Kaum ist er, sie einholend, auf gleicher Höhe, beginnt er zu sprechen. Ja, er hat einen weiten, weiten Weg vor sich, will bis ans westliche Ende von Spanien, nach Santiago de Compostela. Wird sich freilich mit anderen zusammentun auf dem Jakobsweg. Für die lange Strecke bis zum Treffpunkt hat er den Beistand des Himmels erfleht in einem Kloster, zu dem ihn ein Abstecher führte. Ein Gnadenort, von dem man in jüngster Zeit erst hörte: ein Blutwunder …! Nein, nicht Blut am Himmel über dem Kloster, auch kein Blut, das aus einem frisch angeschnitten Brot lief, es waren Bluthostien …!

Ein ziemlich neu gegründetes Nonnenkloster, und es fehlte noch einiges, unter anderem eine Monstranz. Die adligen Nonnen legten Schmuck zusammen, den sie von ihren Familien kommen ließen, dekorierten damit ein Seidenkissen, auf dem, in der

Mitte, eine Hostienbüchse stand. Ein Dieb drang nachts in die Kirche ein, raffte zusammen, was auf dem Kissen lag, warf die Hostienbüchse draußen weg. Erst mehrere Tage später entdeckte ein Kirchgänger, sich in die Büsche schlagend, die Pyxis, ließ sie liegen, wo sie lag, sagte jedoch der Äbtissin Bescheid. Die zog hinaus mit allen Nonnen und Novizinnen, auch mit dem amtierenden Probst, der gerade im Hause weilte. Am Fundort offenbarte sich das Wunder: Die fünf Hostien in der Büchse hatten sich in fünf Stück Fleisch verwandelt, und die Büchse war aufgefüllt mit klarem Blut. Rasch verbreitete sich die »wahrhaftige Nachricht von dem Heiligen Blut Christi, welches bei den Jüngern in hohen Ehren gehalten wird«. Und bald schon trafen erste Pilger ein im Kloster, an dem Reisende bisher meist vorbeigezogen waren. Es wurde Ziel ausgedehnter Wallfahrten. Das Kloster blühte auf. Eine besonders kostbare Blutmonstranz wurde in Auftrag gegeben.

Sie fragt ihn, warum er, auf der Wallfahrt nach Santiago, jetzt auch noch die Wallfahrt zu jenem Kloster unternommen hat.

Nun, er hat die Mutter Gottes, die ein geneigtes Ohr zeigt für jenes Kloster, um Schutz gebeten: schließlich nähern sie sich der Region, in der wieder und weiterhin Krieg geführt wird. Im Winter hat der Krieg geschlafen, dieser seit Jahren durch die Lande ziehende Krieg, nun aber, im Frühjahr, werden die Pferde wieder gesattelt, wird die Kriegsfackel weiter umhergetragen, und Scheunen, Hütten, Häuser werden in Brand gesteckt. Er hat das kürzlich erst wieder gesehn, eines Nachts: Feuerschein hinter Hügeln. Wer weiß, was dort in der Ferne geschah. Der eine König zieht gegen den andren König, ein Fürst gegen einen andren Fürsten, ein Graf, der die Seite gewechselt hat, gegen einen, der notfalls rasch die Seite wechseln wird. Und Angst, die Welfen kommen zurück – wie viele würden dann getötet von denen, die bisher Philipp unterstützt haben? Und wie viele, die für Philipp gekämpft haben, werden entlassen und ziehen in Banden umher? Berauben womöglich auch Pilger, stechen sie ab? Er hat gelobt, fünfzig Seelenmessen zusätzlich zu stiften, wenn er die weite Reise heil übersteht.

Deshalb dieser Abstecher zum Gnadenort. Es gab freilich noch einen anderen Grund: Die zusätzliche Wallfahrt hat beträchtlichen Ablaß eingebracht – zwanzig Jahre werden ihm erspart im Fegefeuer vor der Höllenpforte. Wer die durchqueren muß, kommt nie mehr raus, dem werden höchstens Höllenfeuerpausen gewährt, von der neunten Stunde des Sabbats bis zur ersten Stunde des Montags, so wie Erzengel Michael das von Christus erbeten hat. Aber so schlimm, daß er ins Höllenfeuer muß, sind seine Verfehlungen nun doch wieder nicht. Und die Zeit des Fegefeuers, vom Beichtvater auferlegt, sie wird immer kürzer – in diesem Kloster hat er sich noch fünf weitere Ablaßjahre erkauft. Ein Schreiben des Bischofs hat diesem Ablaßhandel den Segen erteilt. Zwar wird gemunkelt, keiner hätte dieses Schreiben je gesehn, ja, ganz böse Zungen behaupten, der Bischof selbst hätte es nie zu Gesicht bekommen, aber es droht ein Schandpfahl an der Klosterpforte allen, die Böses reden. Das Gerede kümmert ihn sowieso nicht weiter; wenn etwas dran wäre an den Gerüchten (übrigens von einem anderen Kloster verbreitet, in dem sich noch immer kein Wunder ereignet hat), würde die Zahl der Pilger nicht unablässig zunehmen…! Außerdem: das Geld für den Ablaß dient einem gottgefälligen Werk, es soll verwendet werden für den Bau eines stattlichen Kirchturms, der weit ins Land hinaus zum Wegweiser wird. Sobald dieser Turm errichtet ist, wird man wohl darangehen, die Klosterkirche zu erweitern – was sicherlich ebenfalls gefördert wird durch den Verkauf von Ablässen. Ein Vierteljahrhundert Fegefeuer-Nachlaß hat ihm allein dieser Abstecher gebracht! Der größte Ablaß aber wird ihm zugesichert, wenn er die Pilgerreise nach Santiago vollendet.

Nun weiß sie schon so einiges über seine Pläne. Und er fragt sie, wohin des Weges. Ah, wirklich, nach Straßburg…?! Sobald er seine Pilgerreise beendet hat, wieder an den Oberrhein kommt, wird er sich nach Straßburg wenden. Dort soll ja das Münster abgerissen und durch eine Kathedrale ersetzt werden, wie man sie bisher noch nicht gesehen hat! Die wird hoch, sehr hoch, unvorstellbar hoch, hat ihm ein Baumeister erzählt, und innen wird sie viel, viel heller, als man das bisher gewohnt war, die Fenster so groß wie noch nie in einem Kirchenbau weit und breit. Bestimmt wird man dort einen Mann wie ihn brauchen, der sein Handwerk versteht. Überall werden Handwerker gebraucht! Brücken werden gebaut … Burgen werden gebaut oder neu ausgebaut … Neue, solide Stadtmauern werden gebaut, und die schließen sich um erheblich erweiterte Städte … Überall im Land sind Steinmetze am Werk – wenn Gott vom Himmelsthron herablauscht, hört er, durch die Sphärenmusik hindurch, das ständige Geräusch von Schlageisen auf Stein – so gleichmäßig wie Regentropfen auf einer Wasserfläche. Ja, es wird gebaut, gebaut und gebaut, aber alle Bauten werden überragt, weit überragt, himmelhoch überragt von den neuen Basiliken, den neuen Münsterkirchen, den neuen Domen, Kathedralen – die Spitzen ihre Türme werden fast das Himmelreich berühren! Zumindest wird himmlischer Glanz die Spitzen, die Kreuze auf den Spitzen vergolden. Welch eine Zeit, die so Grandioses erdenken und errichten kann! Die Menschen, die dies planen und ausführen, sie könnten zu sich selbst aufblicken, wären sie nicht so demütig. Man wird sehen, wozu der Mensch fähig ist, in Gottes Namen. Noch in einem Jahrtausend wird man bewundern, was Menschen in diesem noch neuen Jahrhundert hervorbringen werden, unübersehbar! Ja, er wird nach Straßburg wandern, auf dem Rückweg – vielleicht ist bis dahin das alte Kirchengebäude schon abgerissen, und man hat mit dem Neubau begonnen. So unendlich hoch ragende Pfeiler…! So weit geschwungene Bögen und Gurte…! Jener Baumeister geriet in Begeisterung beim Beschreiben des Plans, von dem man ihm berichtet hat, und diese Begeisterung hat sich übertragen.

Aber vor dieser Reise nach Straßburg: die große Pilgerfahrt! Er hat eine wahre Gebets- und Fürbittenliste mit, die er in Santiago abarbeiten muß. Dafür haben die Verwandten und Bekannten freilich auch zusammengelegt. Er rechnet mit anderthalb Jahren, bis er dort ist und ebensolang der Weg zurück – falls er nicht per Schiff die Küste entlang bis Francia fährt, damit hätte er ein gutes Stück Weg verkürzt. Er ist gespannt, was ihn erwartet, er hat

Schönes und Schlimmes gehört. Schon die Wärme und das Licht…! Und womöglich findet sich eine Pilgerin, die sich ihm anschließt, und sie treiben ein bißchen Unzucht. Kinder, auf dem Jakobsweg gezeugt, sollen ja Glückskinder werden. Und so manche Frau pilgert nach Santiago, weil sie noch kein Kind geboren hat. In solch einem Fall könnte man nachhelfen. Ja, so eine Pilgerin wäre ihm sehr recht! Und er wäre ihr wiederum recht, schließlich würde sie Schutz bei ihm finden. Den bräuchte man auch: dort in Yspania kommt man durch Gebiete, in denen die Bewohner nicht sprechen, sondern bellen. Auf schrecklich heisere Art bellen sie. Sollen auch sonst wie wilde Hunde sein, wollen einem alles entreißen, wollen einem womöglich Fleisch von den Knochen reißen – man wird sich, zusätzlich zum Pilgerstab, einen mächtigen Knüppel besorgen müssen, am besten einen eisenbeschlagenen Knüppel und: dazwischenfahren bei diesem Heidengezücht! Nein, man darf Feinde nicht schonen, schon gar nicht die Ungläubigen unter ihnen! Viele von denen schlägt Gott schon mit Krankheiten, mit Gebresten und Geschwüren, raubt manch einem auch den letzten Rest von Verstand, aber das alles genügt noch nicht: Wenn die sich nicht bekehren lassen, muß man denen die Schädel spalten bis hinab zu den ohnehin schon gespaltenen Zungen, muß man denen Schwerter in die Leiber rammen, daß die Spitzen am Rücken wieder zum Vorschein kommen. Alles andre nützt nichts. Solange die nicht getauft sind, machen die, was sie wollen. Erst wenn sie getauft, im christlichen Glauben erzogen sind, kann man sie beherrschen. Und er schweigt.

Nach einer halben Meile etwa fragt sie ihn, welche Tätigkeit er zu Hause ausübt oder bisher ausübte. Eine sitzende Tätigkeit! Sitzt und sitzt vorgebeugt an seinem Tisch mit der Vorlage, einer Holztafel, die schwarzen Rißlinien eines Bildfensters aufgemalt, und er schneidet das gefärbte Flachglas mit dem glühenden Trenneisen zurecht, legt die Stücke zur Probe auf die vorgezeichneten Felder, schaut, ob genügend Zwischenraum geblieben ist für die Bleiruten, die er zurechtbiegt, dann verlötet. Ein Christus als Blüte der Wurzel Jesse … Manchmal besteht die Vorlage aus Pergament, damit arbeitet er genausogern, Pergament hat den Vorteil, daß man die

Fläche zwischendurch vors Licht halten kann, und die Konturen werden noch deutlicher. Andrerseits ist eine Holztafel günstiger für das Zurechtschieben der Glasstücke und für das Einpassen der Bleiruten. Verkündigung an Maria ... Besonders konzentrieren muß er sich beim Verlöten mit dieser Mischung von Blei und Zinn, seine Nase im Dampf, der von der Lötstelle aufsteigt. Moses am brennenden Dornbusch ... Die Figuren schließlich eingefangen, eingefaßt von seinem Bleinetz, dort kommen sie nicht mehr heraus. Roboam und Jakob in einem Jesse-Fenster ... Die fertige Scheibe wird in Blei eingefaßt und in den Fensterrahmen gesetzt. Das Ganze mit Windstangen versteift.

Aber mit dieser Tätigkeit ist es erst mal vorbei, er kann sich aufrichten, endlich, kann sich wieder frei bewegen, endlich, kann sich aushusten. Sein oft quälender Husten. Und das Atmen wird ihm zuweilen schwer. Noch dazu die heimtückischen Schmerzen. Schmerzen, die bestimmt von all dem Sitzen kommen, es haben sich Knubbel gebildet im Arsch, die plagen ihn sehr. Ein wenig besser ist es geworden bei der Wanderung, aber noch immer fühlen sich die Knoten an wie Erbsen – wäre da Hilfe möglich, wenigstens Linderung?

Zumindest Linderung, das wohl doch. Sie wird – die Zeit ist günstig dafür – blühendes Kraut der Bachbunge sammeln, wird einen Mus kochen, den er auf die Knoten streicht. Dafür muß er aber auch etwas bieten! Muß ihr eine Geschichte erzählen, am besten die Geschichte einer Liebe, einer womöglich großen Liebe. Er kennt doch wohl hoffentlich solch eine Geschichte!

Ja, er lernt die eine und andere Geschichte von den Herren kennen, mit denen er zu tun hat. Viele Herren, geistliche Herren, haben sich über seine Arbeit gebeugt, haben die Vorlagen auf Holz oder Pergament verglichen mit dem Werk, das aus Glas und Blei entstand. Er wird von diesen Herren respektiert, wird zuweilen sogar eingeladen, etwa zu einem Fest in einer Domburg, und es treten Jongleure auf, ja, auch Jongleure, obwohl die verachtet, manchmal sogar verfemt werden wie Feuerspucker, die ja aussehn wie Söhne der Hölle. Es treten freilich auch Sänger auf und Geschichtenerzähler. Die eine und andre ihrer Geschichten hat er behalten, wenigstens teilweise. *Eine* Geschichte aber hat sich ihm besonders eingeprägt, weil in ihr ein Gitter, ein Eisengitter so wichtig ist – da sah, da sieht er gleich ein Bleirutengitter vor einem Fenster in einem Glasfenster. Das Eisengitter in der Geschichte wurde allerdings auseinandergebogen, einige Eisenstäbe wurden aus dem Mauerwerk gelöst, aber es wäre für ihn kein Problem, das auseinandergebogene Gitter nachzuformen, mit gebogenen Bleiruten.

Die Geschichte geht ungefähr so: Ein Ritter namens Lancelot verliebte sich in die Frau des Königs Artus, an dessen Hof, an dessen Tafelrunde zahlreiche Ritter von Rang und Namen zusammenkamen, von Gawain bis Parzival. Die Gattin des höchsten aller Ritter verliebte sich ebenfalls. Das durfte eigentlich nicht sein, und doch geschah es.

Aber nun: wie sollten sie zusammenkommen, die Königin und der Ritter? Überall Menschen in der Burg des Königs, kein Raum, in dem sie sich heimlich treffen konnten. Schwierigkeiten eines Ehebruchs, aber die werden von Lancelot mit Geschick und Kraft gelöst, am Eisengitter, das sich ihm, dem Pilger, eingeprägt hat, und das er so gern mit Bleiruten nachformen würde – es wäre sein Hauptstück! Aber wer würde solch ein Bildfenster einsetzen, in einem Kirchbau?! Und in Burgen gibt es solche Fenster leider nicht. Also bleibt er bei der Geschichte.

Königin Guinivere zeigt, im Burggarten, dem Ritter das Fenster, ebenerdig, hinter dem sie schläft. Das zeigt sie nicht mit angehobener Hand, ausgestrecktem Arm, so etwas könnte auffallen, sie deutet es an mit einem Augenzeichen. Vor diesem Fenster das Eisengitter. Hinzu kommt: sie hat das Zimmer nicht für sich allein, auf einem zweiten Bett kuriert Seneschall Keye eine Verwundung aus. Und vor der Tür liegt nachts ein Knappe des Seneschalls, auf einem Strohsack. Sie können sich also nur am Fenster treffen, sie drinnen, er draußen. Aber sie können sich dann wenigstens, so sagt sie, mit Händen und Lippen berühren.

Und doch, ihm wird der Tag zu lang, auf dessen Abend er wartet, der Tag kommt ihm vor wie hundert Tage, aber endlich, endlich wird es dunkel. Durch eine Mauerlücke dringt er in den

Burggarten ein, zu dem sich das Fenster öffnet. Die Nacht ist sternklar, aber mondlos. Die Frau des Königs Artus wartet hinter dem Gitter. Sie flüstern sich die Begrüßung zu, berühren sich durch das Gitter hindurch, küssen sich, und mit den fortgesetzten Berührungen und Küssen wächst die Lust, er verlangt nach ihr, sie verlangt nach ihm, er will das Gitter bezwingen, das hält sie für unmöglich, die Eisenstangen zu stark, auch werden die allzu fest sitzen im Mauerwerk. Doch er will, er muß zu ihr. Sie zieht sich ins Zimmer zurück, überzeugt sich wahrscheinlich davon, daß der verwundete Seneschall tief genug schläft, und Lancelot beginnt, Eisenstangen zu lockern, löst sie aus dem Mauerwerk, mit bloßen Händen, die bald bluten; an einer der Eisenstangen verletzt er sich so sehr, daß das Fleisch bis zum Nerv aufgeschnitten wird, doch das bemerkt er nicht, noch nicht. Die letzten Stäbe biegt er, in seiner Ungeduld, auseinander, schlüpft in den Raum, und dort erwartet ihn Guinivere in ihrem Bett. Nun muß alles leise, womöglich lautlos vor sich gehn, aber ihr Glück ist vollkommen, sie umarmen, umarmen, umarmen sich, alle Wünsche erfüllen sich, die der Herzen, die der Körper, das geht so bis zum ersten Morgengrauen, dann muß Lancelot sich zurückziehen. »Sein Körper geht, sein Herz bleibt«; er muß, mit seinen lädierten Fingern, die Eisenstangen wieder gradebiegen, die herausgelösten Stangen wieder einsetzen, auch dies lautlos, sämtliche Spuren müssen verwischt werden, aber: es bleiben Blutspuren im Bett der Königin. Aber die hat sie, wohl erschöpft schlafend, noch nicht bemerkt. Bei Tageslicht werden die Blutspuren entdeckt; die Königin wird von Nasenbluten sprechen, aber das glaubt man ihr nicht, eher vermutet man, der Seneschall hätte sich ihr genähert und dabei seien die kaum vernarbten Wunden aufgeplatzt.

Aber das ist schon eine andere Geschichte. Die Hauptgeschichte ist für ihn, wie Lancelot das Eisengitter löst und auseinanderbiegt, um zur Königin vorzudringen, um in sie einzudringen, es muß eine unvergleichliche Nacht gewesen sein, die Macht der Liebe erneut offenbarend…

Ja, dies ist eine Geschichte, die man auf dem Wawel-Hügel an der Weichsel gern hören wird! Also wird sie ihn belohnen!

Und auf Sumpfwiesen, an seichten Bächen, in feuchten Gräben sammelt sie das blühende Kraut der Bachbunge, zersaftet es im Mörser, kocht, als sie genug beisammen hat, Mus über einem vom Pilger gemachten und unterhaltenen Feuer. Und es ergibt sich wie von selbst, daß sie miteinander schlafen. Etliches von der Heftigkeit der Liebenden in der Geschichte scheint sich zu übertragen auf den Pilger und die Frau.

Arbeitstagebuch. In einer früheren Fassung war das hier beginnende Kapitel die Kurzfassung einer Biographie des Kaisers Heinrich, eines dominierenden Zeitgenossen Gottfrieds. Nun, in einem weiteren Arbeitsgang, konzentriere ich mich auf vier Punkte, die für den Mann und vor allem: für seine Zeit charakteristisch sind.

Erstes Stichwort: *Ein Herrscher als Literat*. Hier muß ich erst mal seinen Weg zur Herrschaft skizzieren. Kaiser Friedrich Barbarossa ließ, zur Sicherung der Nachfolge, seinen erst vierjährigen Sohn Heinrich krönen. Der kleine *rex Romanorum* erhielt eine gute Ausbildung: er konnte Latein lesen und lateinisch schreiben. Gottfried von Viterbo, Kaplan, führender Mitarbeiter der ambulanten Administration von Konrad III. und Friedrich I., anschließend auch Heinrich verbunden, er nennt ihn im »Königsspiegel« einen »philosophierenden König«. Wir werden sehen, welche Art Philosophie er in die Tat umsetzt.

Als Heinrich sechs war, wurde er von seinem Vater bei einem der »Italienzüge« mitgenommen. Der dauerte vier Jahre. So lernte er früh schon das Land kennen, in dem er sich überwiegend aufhalten wird: »Reichsitalien«.

Vater Friedrich arrangierte die Eheschließung des gekrönten Sohnes mit Konstanze von Hauteville, Tochter des berühmten Königs Roger II. von Sizilien – die Normannen hatten die ›Sarazenen‹ von der Insel vertrieben. Konstanze war elf Jahre älter als der damals 19jährige Heinrich – ein reifes Paar, nach damaligen Relationen. Die Hochzeit fand in Mailand statt. Konstanze brachte das Königreich Sizilien ein – dies bestimmte weithin das künftige Lebensprogramm ihres Mannes. Er war der Überzeugung, »das Königreich Sizilien und Apulien« sei »nach uraltem Reichsrecht, aber auch nach dem Erbe der Kaiserin Konstanze dem Reich zugefallen«. Das sahen Herren auf Sizilien anders; sie wollten sich nicht einem König unterwerfen, der sich einige Monatsreisen weiter nördlich in wechselnden Residenzen aufhielt.

Auch der Papst betonte seine Autonomie. Heinrich unternahm einen Feldzug gegen das *Patrimonium Petri,* die Vorform des Kirchenstaats. Heinrich belagerte Orvieto, vergeblich; weite Gebiete rund um die Stadt ließ er verwüsten: Olivenbäume gefällt, Weinstöcke abgehackt, Wirtschafts- und Wohngebäude niedergebrannt; sicherlich wurden auch Einwohner umgebracht. In Chroniken auch über diesen Feldzug wiederholen sich drei Stichworte: *vastare, destruere, abstulere,* also: verwüsten, vernichten, wegnehmen.

Der Feldzug war relativ erfolgreich. Heinrich blieb bis 1187 in »Reichsitalien«, vor allem damit beschäftigt, Fehden und lokale Kriege (sie waren zahlreich!) zu beenden oder zu verhindern: erfahrene Richter zählten zum Troß des Königs. Aber auch Dichter wie Friedrich von Hausen – er hatte bereits zum Gefolge Barbarossas gehört. Bei Gastauftritten von Troubadours am vagierenden Hof lernte Heinrich neue literarische Formen kennen, die im südlichen ›Frankreich‹ entwickelt worden waren und die von Trouvères im Norden, von »Minnesängern« im Westen weitergeführt wurden: Liedkunst in deutscher Sprache entstand weithin nach okzitanischen und französischen Vorbildern – hier, wie in der Epik, wurden prägende Muster vermittelt.

Unter Friedrichs Einfluß, sicherlich auch mit seiner direkten Unterstützung, begann Heinrich selbst zu dichten und zu ›vertonen‹. Die wenigen Lieder, die ihm zugeschrieben (und von Philologen nicht wieder entzogen) werden, sie dürften zwischen dem großen Mainzer Hoftag 1184 und dem Ende des Italien-Aufenthalts entstanden sein. Charakteristisch sind »Wechsel«, »Wechselstrophen«: fingierte Dialoge zwischen Herren und Damen im Lied. Ich übersetze den wohl berühmtesten Liedtext des Königs (der sich hier schon – selbstbewußt vorwegnehmend – als Kaiser bezeichnet).

Ich grüße mit Gesang die Schöne –
ich kann und mag von ihr nicht lassen!
Daß ich sie mündlich grüßen konnte,
ach, leider, das ist lang schon her!
Wer dieses Lied auch vor ihr singen mag
(die mir so sehr, so schmerzhaft fehlt)
ob Mann, ob Frau – man grüße sie damit von mir.

Die Länder und die Herren sind mir untertan
solange ich bei ihr, der Liebsten, bin;
sobald ich sie jedoch verlassen muß,
ist alle meine Macht, mein Glanz dahin.
Was mir dann bleibt, ist Sehnsucht, Schmerz.
Erheben kann ich mich im Glück – und stürzen.
Ich nehm den Dialog im Lied, ach, mit ins Grab.

Die ich so sehr, so herzlich liebe,
die stets, die ständig bei mir ist,
in meinem Herzen, meinem Kopf
(wenn manchmal auch mit vielen Klagen) –
wie belohnt sie mich dafür, die Liebste?
Sie macht sich selbst zum fürstlichen Geschenk!
Eh ich auf sie verzichte, verzicht ich auf die Krone!

Zweites Stichwort: *Ambulantes Regierungsgewerbe.* Heinrich wird zu einem typischen Repräsentanten des »Wanderkönigtums, Wanderkaisertums«. Ein Charakteristikum seit der Ära Karls des Großen. Es ist geschätzt worden, daß der »Rex Francorum et Langobardorum atque patricius Romanorum« in den 47 Jahren seiner Regierungszeit fünf bis sechs Lebensjahre im Sattel verbracht hat und, zusammengerechnet, etwa hunderttausend Kilometer geritten ist – das Zweieinhalbfache des Erdumfangs!

Gottfried von Viterbo widmet dem jungen König Heinrich eine Weltgeschichte, *Memoria saeculorum.* Hier bringt der hohe geistliche Administrator auch Erinnerungen ein an Leben und Arbeit vor allem in der Zeit des Kaisers Friedrich: Streß im Mittelalter! Ich zitiere nach Joachim Bumke: »Mein geduldiges Bemühen und die Großartigkeit der behandelten Gegenstände und der Umfang des Werks mögen um so mehr Beachtung finden, als ich dies geschrieben habe in den Winkeln des kaiserlichen Palastes oder unterwegs zu Pferd, unter einem Baum oder tief im Wald, wie die Zeit es erlaubte, bei der Belagerung von Burgen, in den Gefahren von mancherlei Kämpfen. Nicht in der Einsamkeit oder im Kloster oder sonst an einem Ort der Stille habe ich dies verfaßt, sondern ständig in großer Unruhe und im Wirrwarr der Geschehnisse, im Krieg unter kriegerischen Verhältnissen, im Lärm eines so großen Hofs, wo ich täglich zur Stelle sein mußte, als Kaplan, bei Tag und Nacht, zur Messe und zu allen Stundengebeten, bei der Tafel, bei Verhandlungen, beim Ausfertigen von Briefen, bei der täglichen Bestellung neuer Unterkünfte, bei der Sorge um den Lebensunterhalt für mich und die Meinen, bei der Durchführung sehr bedeutender Gesandtschaften, zweimal nach Sizilien, dreimal in die Provence (*Provintia*), einmal nach Spanien, mehrfach nach Frankreich, vierzigmal aus Deutschland (*Alemania*) nach Rom und zurück, in jeglicher Anstrengung und Unruhe ständig mehr gefordert, als einer meiner Altersgenossen am Kaiserhof es ertragen hätte.«

Das Herumreisen des Kaisers Friedrich und seines Gefolges wird sich bei Heinrich konsequent fortsetzen. In einem Jahr, in dem er sich – ausnahmsweise – im deutschen Teil des Imperiums aufhalten wird, 1193, sieht sein Itinerar so aus: Ende Januar residiert er in Regensburg, Mitte Februar in Würzburg, Ende März in Speyer, Anfang April in Hagenau, am 9. April in Straßburg (sieht ihn dort Gottfried?); noch im selben Monat geht es wieder in die Kaiserpfalz von Hagenau im Elsaß, dann weiter nach Boppard; im Mai nach Mosbach, nach Würzburg, nach Gelnhausen – in die neu erbaute Pfalz, die er als erster Herrscher bewohnt; Mitte Juni nach Koblenz, Ende Juni nach Worms, Anfang Juli nach Kaiserslautern, Mitte August residiert und regiert er in Worms, Ende August wieder in Straßburg, Mitte September in Kaiserslautern, Mitte Oktober in Würzburg. Man bleibt, in der Regel, so lange, bis alle Repräsentationspflichten erfüllt, alle Streitigkeiten geschlichtet, alle Vorräte aufgezehrt sind. Dann geht es weiter: im November nach Sinzig, Aachen, Kaiserswerth; Anfang Dezember wieder nach Gelnhausen, Mitte Dezember nach Frankfurt; Weihnachten (der »Weihnachtshof«) schließlich in Gelnhausen. Viele im Römischen Reich werden es so sehen: als käme ein Komet daher mit mächtigem Schweif, und der verharrt, nach Kometenart, über einer Stadt, einer Pfalz, Licht verbreitend, um bald weiterzuschweben, in die Nacht.

Drittes Stichwort: *Der Kaiser als Erpresser*. Heinrich (offiziell: *Henricus dei gratia Romanorum imperator semper augustus*) war ein Mann des resoluten finanziellen Zugriffs. Ein Beispiel vorweg: Unter dem Vorwand, der Kronschatz des normannischen Königreichs sei in Palermo nicht sicher genug gelagert, nicht einmal in Burgen im Innern der Insel, ließ er den gesamten Fundus auf etwa einhundertfünfzig Maultieren nordwärts transportieren und in der Burg Trifels, Pfälzer Bergland, deponieren.

Für seinen nächsten Beutezug hätte er freilich weitaus mehr als einhundertfünfzig Maultiere gebraucht…

Kurz zur Vorgeschichte. Sein Vater, Friedrich Barbarossa, mit einem Heer auf dem Marsch durch Kleinasien Richtung Heiliges Land, ertrank 1190 bei einem Bad im Fluß Saleph. Der französische König Philippe und der angevinische König Richard »Löwenherz« wurden nun zu dominierenden Figuren des Kreuzzugs – wobei sich der hünenhafte, charismatische Richard in den Vordergrund schob. Philippe neigte eher zum Kränkeln als zu Kraftakten, schien eher resignativ als aggressiv.

Man erreichte, in zwei Flotten, die Küste des Heiligen Lands, traf sich bei Akkon, das lange schon belagert wurde, vor allem von deutschen ›Pilgern‹. Die Stadt wurde unter Richards Führung nun rasch erobert. Anschließend kam es bei der Verteilung der Beute zur Konfrontation, zum Affront: Philippe und Richard wollten Halbehalbe machen, doch Herzog Leopold von Österreich meldete ebenfalls Ansprüche an, im Namen der deutschen Teilnehmer. Die waren nach dem Tod des Kaisers freilich meist zurückgekehrt, der Rest war auf dem weiteren Vormarsch stark dezimiert worden – militärisch war die Heeresgruppe damit bedeutungslos. So blieb der Herzog von der Teilung der Beute ausgeschlossen.

Hinzu kam eine symbolische Beleidigung: Richard und Philippe hatten die beiden Burgen in der Stadt beschlagnahmt; der Herzog meldete auch hier seinen Anspruch an, ließ sein Banner neben dem Banner von Richard aufpflanzen, offenbar auf einem Turm. Richard, in einem seiner berüchtigten Wutanfälle, ließ das Banner nicht nur entfernen, sondern zerfetzen und in den Burggraben werfen. Der Herzog, tödlich beleidigt, reiste ab.

Philippe, erst kränkelnd, dann (nominell oder faktisch) krank, reiste ebenfalls nach Hause. Richard kämpfte mal hier mal dort gegen Truppen des Sultans, mit Teilerfolgen. Zugleich führte er Verhandlungen mit Saladin wegen eines Lösegelds für 2700 Gefangene, die seine Truppen bei der Eroberung Akkons gemacht hatten. Als es so aussah, als würden nicht alle seine Bedingungen erfüllt, ließ er sämtliche Gefangenen niedermetzeln, auch Frauen und Kinder. Das große Massaker von Akkon! Das Kreuz auf den Waffenröcken der Herren war eher Dekoration.

Das eigentliche Ziel, Jerusalem, es wurde nicht erreicht. In Verhandlungen über einen Waffenstillstand wurde den Kreuzfahrern nur ein schmaler Küstenstreifen zwischen Tyrus und Jaffa zugestanden – abgeflachter Brückenkopf. Ein Korridor nach Jerusalem wurde ihnen verwehrt. Nur unbewaffnete Einzelpilger hatten Aussicht, die Heilige Stadt zu erreichen.

König Richard mußte nun eilig nach Hause – sein jüngerer Bruder John (»Ohneland«) hatte, entgegen verbindlichen Abmachungen, das Machtvakuum genutzt, um seine Position zu verbessern, also stand mal wieder eine Familienfehde bevor. Trotz Winterstürmen segelte Richard mit kleinem Gefolge los (waren es tatsächlich Piraten?), landete bei Aquileia, verkleidete sich, marschierte mit seinen Leuten nordostwärts (wollte er das deutsche Territorium umgehen?). Kurz vor Wien wurde er in einem Gasthof erkannt und von Männern des Herzogs Leopold in der Küche verhaftet. Damit begann ein Staats-Krimi. (Ich folge nun, weithin, der Heinrich-Biographie von Peter Csendes.)

Herzog Leopold V. von Österreich ließ seinen neuen Todfeind

auf einer seiner Burgen einsperren und streng bewachen. Und nahm Kontakt auf mit Kaiser Heinrich, der sich in Thüringen aufhielt. Man traf sich in Regensburg und faßte den Entschluß, das Angevinische Reich (›England‹) zur Ader zu lassen: die Höhe des Lösegelds wurde festgesetzt auf 100 000 Mark.

Eine Mark war damals Rechnungseinheit; sie entsprach, nach Kölner Maß, einem halben Pfund Barrensilber. Die Barren glichen freilich noch nicht unseren Klötzchen, es waren eher Fladen, in der Mitte verdickt – die »Gußkuchen«, handflächengroß. In welcher Form auch immer: die einhunderttausend Mark waren etwa fünfzigtausend Pfund Feinsilber, sprich: 25 000 Kilo, sprich: 25 Tonnen. Und Silber war sehr viel rarer, damit erheblich teurer als heute…

Csendes zu den Konditionen: »Die Hälfte der Summe sollte bis Michaeli, also bis zum 29. September dieses Jahres entrichtet und zwischen Kaiser und Herzog geteilt werden; für die Aufbringung des verbleibenden Rests standen weitere fünf Monate – bis zum Beginn der nächsten Fastenzeit – zur Verfügung. Durch Geiseln, die der Kaiser stellte, ließ sich Leopold für den Fall absichern, daß der Kaiser stürbe, ehe Richard die Freiheit erlangt hätte.« Die hohen Herren sahen offenbar wenig Grund, einander zu trauen!

Von Richards Mutter, der resoluten Eleonore (von Aquitanien), mit Nachdruck dazu aufgefordert, raffte der Papst sich schließlich dazu auf, Kaiser und Herzog zu exkommunizieren. Davon offenbar wenig beeindruckt, stockten sie ihre Forderungen auch noch auf! Kaiser Heinrich verlangte, »daß Richard fünfzig Kriegsschiffe, wohlausgerüstet, und eine stattliche Truppe von hundert Rittern und fünfzig Schleuderern zur Eroberung Siziliens zur Verfügung stellen und sich persönlich mit gleicher Streitmacht an diesem Unternehmen beteiligen sollte. Der englische König hatte dafür seinerseits Geiseln an Heinrich zu stellen, außerdem sollte er für die Lösung Leopolds vom Kirchenbann intervenieren.« Richard sollte zweihundert adlige Geiseln stellen.

Richard forderte den Obersten Richter Englands in einem Schreiben dazu auf, das Lösegeld bereitzustellen und durch seine Mutter transferieren zu lassen. Es wurde, unter ihrer Leitung, eine

Art Komitee einberufen, das für das Requirieren des Silbers sorgen sollte. Das war nur möglich durch hohe (zusätzliche!) Belastung der gesamten Bevölkerung: ein Zehntel bis ein Viertel der Einkünfte wurde eingezogen, als ›Notopfer‹. Auch Klöster mußten zahlen.

Es dauerte einige Zeit, bis das alles abgewickelt war, obwohl die energische Eleonore die Koordination übernommen hatte. Richard, weiter in Haft, schien gelegentlich daran zu zweifeln, daß man ihn wirklich freikaufen würde. Er verfaßte und vertonte einen seiner Liedtexte. (Es zeigt sich auch hier: im französischen Sprachraum neigte man weniger zum Stilisieren als etwas später im deutschen Teil des Römischen Reichs: Konkretes, Faktisches wird benannt.)

Kein Gefangner kann sein Leid so recht
beschreiben, spricht sein Herz nicht mit.
Nur unter Druck kann solch ein Lied entstehn.
Die Zahl der Freunde: groß, die Hilfe: klein.
Sie solln sich schämen: wegen Lösegeld
sitz ich den zweiten Winter schon gefangen.

Dies wissen meine Lehensmänner und Barone
in England, Normandie, Poitou, Gascogne:
Ich ließe keinen armen compagnon
im Verlies, aus finanziellen Gründen.
Ich mache keinem damit einen Vorwurf,
jedoch: ich sitze weiterhin gefangen.

Den compagnons, die ich geliebt und liebe,
denen aus Caen und Percherain –
verkünde ihnen, Lied: sie sind nicht sicher!
Noch nie belog, noch nie betrog ich sie –
sind sie nun gegen mich, so sind sie Schurken.
Noch immer sitze ich gefangen ...!

Nach und nach wurde das Silber in der Krypta der Londoner St.-Pauls-Kathedrale zusammengetragen. Dort wurde der Hort von kaiserlichen Abgesandten (die sich erheblich Zeit ließen bis zur ersten Inspektion) genau geprüft und taxiert. Zwischenzeitlich fanden geheime Verhandlungen statt; wie sich später herausstellte, bot der französische König dem Kaiser eine entsprechende oder noch höhere Summe dafür an, daß Richard weiterhin eingesperrt blieb. Kaiser Heinrich hatte seine Forderungen freilich selber schon erhöht: Die aktive Teilnahme an der Eroberung Siziliens sollte Richard zwar erlassen werden, dafür aber wurde eine Zahlung in Höhe von weiteren 50000 Mark fällig, sprich: von zwölf Tonnen Feinsilber.

Als die erste Rate von 50000 Silbermark beisammen war, organisierte Eleonore, mittlerweile etwa 72, den Transport über den Ärmelkanal: solide Schiffe, zuverlässige Seeleute, ein schlagkräftiger Sicherungstrupp waren notwendig, denn: ein Akt der Piraterie war nicht auszuschließen. Auch konnte Frankreich versuchen, den Staatsschatz zu kapern. Doch unter Eleonores Leitung wurde das Silber nach Köln gebracht. Hier verzögerte sich die Auslieferung des Gefangenen. Denn: als Heinrich den Silberstreif am Horizont sah, legte er eine weitere Forderung nach, und die schien grundsätzlich nicht akzeptabel: Der König des riesigen Angevinischen Reiches von den Cheviot Hills bis zu den Pyrenäen sollte ihm den Lehnseid leisten und jährlich 5000 Pfund Tribut zahlen. Man hatte indes keine andere Wahl, man mußte dem kaiserlichen Erpresser nachgeben. Richard leistete den Eid *consilio Alienor matris suae*, wie ein Chronist vermerkte, also auf den Rat seiner Mutter Alienor (gleich Eleonore). Sie sah hier offenbar nur eine Formalität – entscheidend waren letztlich die Machtverhältnisse.

März 1194 konnten Mutter und Sohn nach London reisen. Großer Jubel der Bevölkerung – die Story hatte Richard (der sich früher in England kaum mal gezeigt hatte) zum Volkshelden gemacht. Um die lange Demütigung der Machtlosigkeit zu kompensieren, wurde er ein zweites Mal gekrönt.

Mit seinem Anteil am Silberschatz baute Herzog Leopold die Stadtmauern von Wien aus. Heinrich finanzierte damit weitere Italien-Abenteuer. Sein Ziel war offenbar die Weltherrschaft – er nahm bereits die afrikanische Küste ins Visier.

Und nun das vierte Stichwort: *Grausamkeit.* 1194 kam es zu einem Aufstand der Herren von Sizilien gegen den Kaiser aus dem Norden. Früh schon wurde die Vermutung geäußert, dieser Aufstand sei von Heinrich fingiert worden, um die Verhältnisse ein für allemal zu regeln, in seinem Sinne.

Der kleine, schon gekrönte Sohn des sizilianischen Königs Tancred wurde, mit mehreren hohen Herrschaften, deportiert; in Vorarlberg wurden dem Kind mit glühendem Eisen die Augen ausgebrannt; andere Gefangene wurden, sicherlich auf Heinrichs Weisung, ebenfalls geblendet.

Zwei Jahre später revoltierten sizilianische Herren gegen die übermäßige steuerliche Belastung und gegen weitere Verpflichtungen. Heinrich schlug den Aufstand brutal nieder. Durch Verrat fiel ihm Graf Richard von Acerra in die Hände. Er ließ ihn von einem Pferd durch die Stadt schleifen, »der geschundene Körper wurde noch lebend mit dem Kopf nach unten aufgehängt, wobei der Hofnarr Heinrichs noch grausige Scherze getrieben haben soll.« Weitere Herren bekamen die »Wut des Nordwinds« zu spüren – so formulierte das der Papst. Nach dem Bericht eines Chronisten (die manchmal, aber nicht ständig übertrieben) ließ Heinrich sizilianische Herren an Pfähle fesseln und verbrennen; ließ er anderen Pflöcke durch den Leib in den Boden schlagen; ließ er einem von ihnen die Haut abziehen und »verprügelte« ihn dann; ließ er einem Burgherrn eine Scheinkrone aufsetzen und an den Schläfen festnageln. Das Königreich Sizilien wurde ›befriedet‹.

Und der Kaiser konnte sich wieder den Künsten zuwenden, konnte wieder seiner (standesüblichen) Jagdleidenschaft frönen. Er infizierte sich (sehr wahrscheinlich Malaria) und starb 1196 in Palermo, zweiunddreißigjährig.

Kurzer Nachtrag. Sogleich zeigte sich, wieder einmal, wie labil, wie instabil die Konstruktion »Römisches Reich« war: Aufstände in Italien, man wollte wieder selbständig werden. Philipp von Schwaben, jüngerer Bruder des Verstorbenen, befand sich zu dieser Zeit auf dem Weg nach Sizilien. Aufgeschreckt durch die Nachricht vom Aufstand wollte er Heinrichs Sohn abholen – der dreijährige Friedrich schien in Palermo nicht mehr sicher. Doch Philipp mußte umkehren, sich nordwärts durchschlagen; sein Begleittrupp erlitt Verluste.

Philipp, zurück in Deutschland, wollte die Regentschaft übernehmen für den kleinen Friedrich (der später als »Wunder der Welt« gefeiert wird), doch er ließ sich dazu überreden, sich selbst krönen zu lassen. Hier aber entstand Konkurrenz! Eleonore war sich mit Lieblingssohn Richard darin einig, einen Welfen zu unterstützen – indirekte Rache am Staufer, der das Angevinische Reich geschröpft hatte. Es war vor allem Eleonore, die Otto favorisierte, den Sohn ihrer Tochter Mathilde und Heinrichs des Löwen. Der junge Mann, in der Normandie (dem zeitweiligen Exil seines Vaters) aufgewachsen, er war körperlich ein Hüne, war ein gefeierter Schaukämpfer auf höfischen Festen, war damit ganz nach Richards Geschmack. Von Eleonore und Richard war Otto zum Grafen von Poitou ernannt worden, hatte damit einen Teil der riesigen Erbschaft seiner Großmutter übernommen, wurde in einigen Urkunden sogar schon als Herzog von Aquitanien bezeichnet. Dieser junge Mann sollte künftiger Kaiser des Römischen Reichs werden! Im nun folgenden Kampf um die Alleinherrschaft wurde Otto von London finanziell unterstützt. Und Paris engagierte sich für Philipp: künftiger Einfluß auf das Römische Reich sollte gesichert werden. Machtpolitik.

Simulation drei: der Ministeriale und der Prior auf einem Ritt. Chastelain ist zu einer Jagd eingeladen; Giraut als sein Begleiter. Hinter ihnen, mit einigen Pferdelängen Abstand, zwei Knechte, ebenfalls beritten; sie führen ein Lastpferd mit, das Jagdwaffen trägt: zweimal die Armbrust, zweimal der Bogen, einmal der Sauspieß. Und ein Bratspieß – für den Fall, daß es unterwegs gelingen sollte, rasch mal einen Hasen zu erlegen. Dazu müßten die Herren freilich erst mal schweigen und Ausschau halten, doch auch sie wollen sich die Zeit verkürzen mit Gespräch und Erzählung.

Einleitend, überleitend könnte Chastelain, der Prior, Vorfreude äußern über die Jagdpartie. Glücklicherweise sollen die Gäste nicht in der Burg des Gastgebers untergebracht werden, sondern im kleinen Sommerlager auf der Fläche vor der Ringmauer – dort, wo bei einer Belagerung mit Sicherheit ein Großkatapult montiert würde ... Aber nun, in dieser ausnahmsweise einmal friedlichen Zeitphase: Zelte, Laubhütten ... In denen wird man den Sommer erst richtig genießen können – in der Burg müßte man selbst bei dieser Jahreszeit mit wollenem Umhang herumlaufen. Und dann die Enge! In jedem noch so kleinen Raum Betten, mehrere Betten – alles ausgenutzt bis in den letzten, düstersten Winkel. Wieviel Platz dagegen zwischen den Zelten, den Laubhütten...! Und dann die Jagd...! Wasservögel...! Wild...!

Reisende unterwegs, zu Fuß, zu Pferd, auf Karren – zwar eine Nebenstrecke, aber wiederholt werden Grüße ausgetauscht, wird Bericht erstattet, kurzgefaßt oder langatmig. Keine Nachrichten über einen kürzlich oder soeben erfolgten Überfall. Höchstens die verfaulende Leiche eines Straßenräubers an einem Baum: Straßenräuber haben nicht mal den Galgen verdient, die werden, falls gefangen, umgehend aufgeknüpft – das erst recht, wenn sie einen waffenlosen Pilger oder Mönch überfallen haben.

Ein ruhiger Tag also, der ruhig zu bleiben verspricht. So kann das Gespräch weitergeführt werden – überleitend zur Fortsetzung des Berichts über den Roman, dessen Ausarbeitung der Prior gern selbst honorieren würde, aber sämtliche Mittel des Klosters werden benötigt für den geplanten Bau einer Kirche im neuen Stil mit spitzen Bögen. Doch nun: wo war man stehngeblieben?

Giraut berichtet: bei Tristans Fahrt auf dem Meer, zu einem Ziel, das er noch nicht kennt. Denn er weiß nicht, in welcher Himmelsrichtung er die Frau mit dem Goldhaar suchen soll. Das Geschick greift ein, entfacht einen Sturm, und der schiebt das Schiff zur irischen Küste, direkt zur Hauptstadt. Wieder ist es der König, der Tristans Ankunft in Dublin als erster registriert; er schickt den Marschall los mit dem Auftrag, die gesamte Mannschaft des eingelaufenen Schiffs gefangenzunehmen und zu enthaupten. Der Marschall aber ist bestechlich: ein goldener Pokal als Geschenk von Tristan, und alles sieht gleich ganz anders aus. Dies um so mehr, als Tristan wieder mit einer seiner bewährten Lügengeschichten aufwartet: Er heiße Tantris, sei einer von zwölf Händlern, die von der fortwährenden Hungersnot in Irland erfahren und ihre Schiffe mit Getreide beladen hätten, um es gewinnbringend zu verkaufen. Unterwegs aber seien sie von einem anderen Seehändler gewarnt worden: Auch Getreidehändler würden in Irland geköpft. Um herauszufinden, ob das stimme, habe er, Tantris, sich entschlossen, den anderen vorauszufahren und die Lage zu erkunden. Und er bittet darum, am Leben gelassen zu werden, dann käme auch das dringend benötigte Getreide ins Land.

Während der besänftigte Marschall sich zur Selbstberatung zurückzieht, erscheint jemand und berichtet Tristan vom Drachen im Hinterland und daß die Königstochter als Preis ausgelobt sei für den Sieger im Kampf mit dem Ungeheuer, das schon viele Kämpfer verschlungen oder zumindest in die Flucht gejagt hätte. Tristan nutzt die Wartezeit und erlegt den Drachen. Dabei gerät er in die Feuerhitze aus dem Drachenmaul, die Rüstung wird fast zum Glühen, wenn auch nicht zum Schmelzen gebracht, Tristan sucht umgehend Abkühlung, springt erst in einen Sumpf, aber da wird die Rüstung zu sehr verdreckt, er sucht und findet ein Brunnenbecken. Und ihm schwinden die Sinne.

Mittlerweile behauptet am Hof ein Truchseß, der unbedingt die schöne Königstochter haben will, er hätte den Drachen getötet. Um sich vor seinem Anspruch zu schützen, reiten Königin Isolde, Tochter Isolde und Zofe Brangaine zum Ort des Geschehens, und dort sieht es schlimm aus: zwar ist das Monster tot, aber vor ihm liegt ein angebratenes Pferd und ein Schild, derart versengt, daß man keine Farbe mehr erkennen kann, geschweige denn ein Emblem. Und der Kämpfer? Fortgesetzte Suche, bis Brangaine den Mann im Brunnenbecken findet. Den schaffen sie klammheimlich in die Burg von Dublin. Sie können nicht wissen, wer das ist – Isolde, die jüngere, hat ihn zwar, mit Hilfe der älteren Isolde, beim ersten Aufenthalt in Irland geheilt, nach Morolds

Stich mit der vergifteten Lanzenspitze, hatte ihn aber nicht selbst gesehen, hatte ihm Wundpflaster und Kräutertrank überbringen lassen. Nun aber hat sie Gelegenheit, sich den Fremden genauer anzuschauen: sie zieht ihn aus, bereitet ihm ein Bad im Zuber, säubert ihn vom Rüstungsrost, vom Ruß des Drachenmaulfeuers. Anschließend streicht sie Salbe auf Brandwunden.

Während sie ihn behandelt, denkt Tristan an das goldene Haar und findet, daß es eigentlich zu ihr passen würde. Ein Lächeln zeichnet sich ab auf seinem Gesicht, ein Lächeln, das Isolde nicht recht deuten kann, ein Lächeln, das ihm bald vergehen wird, denn Isolde dehnt ihre Dienste aus, will das Drachenblut vom Schwert wischen, entdeckt dabei die Scharte, ihr fällt der Schwertsplitter ein, den sie aus dem Kopf ihres Onkels gezogen, dann aufbewahrt hat, sie fügt den Splitter ein in die Scharte und er passt genau! Der Mann, der ihren Onkel getötet hat, er sitzt im Zuber! Rache...! Brangaine, rechtzeitig hinzukommend, verhindert durch klugen Einspruch den Meuchelmord. Für Isolde sieht bald darauf alles wieder ganz anders aus: der Gast, nach dem Bad standesgemäß eingekleidet, wird zur strahlenden Erscheinung. Bei seinem Anblick vergißt Isolde allen Zorn und Haß, legt die Arme um ihn, küßt ihn auf den Mund.

Nur ein Versöhnungszeichen? fragt Chastelain. Ein Friedenskuß oder doch schon etwas mehr – und das *vor* dem Liebestrank?

Wahrscheinlich, sehr wahrscheinlich, höchst wahrscheinlich war es »etwas mehr«. Sie hat den Fremden ja ausgezogen und gebadet; es wird zwar nicht erzählt, wie das auf sie gewirkt hat, bei Tristans vielfach beglaubigter Schönheit, aber verwunderlich wäre schon, wenn dieser Eindruck fürs erste nicht mit einem Kuß, wenigstens mit einem Kuß besiegelt würde.

Giraut will nun abkürzen – noch mehr abkürzen, könnte er überleitend sagen –, und so berichtet er nicht im einzelnen über die Auseinandersetzungen in der Frage, wer denn wirklich den Drachen getötet habe. Um es kurz zu machen: Tristan legt schließlich die Drachenzunge vor, damit ist der Fall entschieden. Und: er darf Isolde mitnehmen nach Cornwall, als Siegesprämie und zugleich als Braut seines Onkels. Isoldes Vater ist sicher, daß während der Überfahrt nichts Unziemliches passieren wird zwischen den jungen Leuten, schließlich haßt Isolde den Mann aus Cornwall, weil er ihren Onkel getötet hat, wenn auch in regulärem Zweikampf.

Hier könnte Chastelain das Stichwort *Liebestrank* einbringen. »Si doucement ne fu trahis nus hom …«

Ja, ruft Giraut, dieser von der Königin gemischte Kräuterwein, versehentlich vom Paar getrunken, für den er *nicht* bestimmt war…! Und die bekannte Wirkung…! Und dies für die Dauer von vier Jahren…! Danach läßt sie aber keineswegs nach; die Liebe, die Leidenschaft hört nicht einfach auf, sie setzt sich fort, lebenslang. Ein Feuer, das nicht zu löschen ist: mal schwelt es, mal flammt es empor. Doch zuerst einmal schwelt es, ein paar Tage lang, im jungen Mann und im Mädchen; sie können nicht essen, trinken, schlafen, sie sind liebeskrank. Darüber sprechen sie mit Brangaine, und die macht es möglich, daß sie zusammenkommen. So erhält das schwelende Feuer die rechte Luft, den rechten Zug, sie entflammen, sind Feuer und Flamme für einander.

Die Jungfrau wird Frau. Weil König Marke eine Jungfrau erwartet in der Hochzeitsnacht, wird ihm – im vorsorglich verdunkelten Zimmer – die jungfräuliche Brangaine untergeschoben, und der König, in seiner Gier, in seinem Drang, er merkt es nicht. Währenddes schläft Tristan, im selben Zimmer, mit Isolde, die erst im Morgengrauen das Bett wechselt: der Leib für den König, das Herz und der Leib für Tristan…

Bei jeder Gelegenheit setzen sie fort, was ihnen Lust bereitet, aber schließlich werden sie, trotz aller Geschicklichkeit, ertappt: der König kommt in sein Zimmer, und dort stehen Tristan und Isolde am Bett, in enger Umarmung, beim Kuß. Augenblicklich wird Tristan vom Hof verwiesen. Er kann froh sein, daß er nicht auf der Stelle getötet wird – wofür der Hof sicherlich Verständnis hätte. Aber Marke läßt bei aller Strenge doch Milde walten: Tristan darf in der Nähe der Burg bleiben. Zumindest wird das stillschweigend geduldet. Erneute Begegnungen freilich sind äußerst erschwert, bleiben jedoch möglich, weil Brangaine hilft. Dennoch, der Verdacht von König Marke kann zerstreut werden, ja, er faßt wieder Vertrauen in Tristan. Er darf sogar sein Bett in die Kemenate der jungen Königin stellen! Und prompt nutzen sie jede Gelegenheit, um miteinander zu schlafen. Marke wird doch wieder verunsichert. Sein Verdacht wächst, sein Verdacht schrumpft, sein Verdacht nimmt zu, sein Verdacht nimmt ab! Ein Zwerg muß her, Mehl muß her, Mehl, auf den Boden des Zimmers gestreut, in dem Marke, Isolde und Tristan schlafen. Als Marke einmal vor ihnen aufsteht, springt Tristan hinüber zu Isoldes Bett, setzt zwischendurch aber mal auf, hinterläßt einen Fußabdruck. Und der Teufel, der im Zwerg steckt, der den Fußabdruck sieht und sogleich den König holt, er triumphiert. Marke eilt heran mit einigen Männern, Tristan werden die Hände auf den Rücken gebunden, er wird abgeführt, soll gerädert werden. Und Isolde soll verbrannt werden! Kurzer Prozeß, von einem rasch eingesetzten Gremium durch ein gleichlautendes Urteil bestätigt.

Tristan wird zur Stätte der Folterung und Hinrichtung geführt. Der ihn begleitende Trupp kommt an einer Kapelle vorbei, die an der Oberkante einer Steilwand steht, fast lotrecht über brausendem Meer. Tristan bittet darum, in der Kapelle kurz allein sein zu dürfen mit seinem Gott; das wird gestattet. Und er tut, was keiner erwartet, befürchtet hat: zwängt sich durch ein schmales Fenster im Chor, springt hinaus. Er kann sich auf der schmalen Felskante nicht halten, taumelt, fällt tiefer, findet Halt an einer Felsnase der Steilwand; unter ihm schäumt das Meer, ganz in der Nähe der noch ahnungslose Begleittrupp; Tristan wartet auf den Moment, in dem sich nicht wieder eine der hohen Wogen aufwölbt, die ihn gegen die Felswand schleudern würden, womöglich knochenbrechend.

Arbeitstagebuch. Die Geschichte, die man in Polen, die man auch in Ungarn hören möchte, es ist die einer leidenschaftlichen Liebe: »amour fou«. Eine im 13. Jahrhundert sehr erfolgreiche Geschichte – die große Zahl von Abschriften dokumentiert das.

Aus dem Erfolg dieses Romans (wie anderer Romane der höfischen Literatur) zieht Georges Duby den Schluß, »daß sie einen Widerschein der Wirklichkeit darstellten, daß die in Szene gesetzten Personen auf ihr Publikum nicht allzu fremd, nicht allzu sehr ins Phantastische entrückt wirkten, als daß die Ritter und die Damen, die den Ablauf der Liebesabenteuer mit Spannung verfolgten, in ihnen nicht einige ihrer eigenen Züge oder Haltungen hätten wiedererkennen und sich im Traum mit ihnen identifizieren können«. Die literarische Fiktion also in Sichtkontakt oder Sichtverbindung mit damaliger gesellschaftlicher Realität?

Ich lese noch einmal »Abaelards Briefwechsel mit Heloisa«. Vor allem unter diesem Aspekt: Wie hat sich eine Frau des hohen Mittelalters über (ihre) Liebe geäußert? Lassen sich Sätze, die Gottfried (der französischen Vorlage folgend) Isolde zugeschrieben hat, mit authentischen Sätzen einer Liebenden jener Zeit gleichsam unterlegen?

In seiner *Historia calamitatum*, dem Trostbrief an einen Freund, schildert Petrus Abaelard die Geschichte seiner Entwicklung und die Geschichte seiner Liebe. Die ist oft genug nacherzählt worden, ich kann es kurz machen.

Abaelard lernt das sechzehnjährige Mädchen über ihren Onkel, den Vormund kennen, bei dem sie lebt; der ebenso selbstbewußte wie sinnliche Abaelard wird ihr Hauslehrer; sie verlieben sich ineinander; er schreibt, im Namen dieser Liebe, einige Liedtexte über Liebe; auch Heloise wird von Sinnlichkeit überwältigt, sie schlafen bei jeder Gelegenheit miteinander; sie wird schwanger, er entführt sie; sie bringt einen Jungen auf die Welt; Abaelard bietet dem Onkel an, sie zu heiraten; Heloise versucht, ihm das auszureden, mit Blick auf seine Arbeit als philosophischer Schriftsteller, die sei wichtiger als ein – womöglich beengendes – Familienleben, sie wolle lieber seine Buhlerin als seine Gattin sein; schließlich der Racheakt des Onkels: zwei Männer, ausgerechnet vom Diener Abaelards assistiert, überfallen in seinem Auftrag Abaelard im Schlaf, schneiden ihm die Hoden ab; er zieht sich in ein Kloster zurück. Auch Heloise geht in ein Kloster.

Der autobiographischen Skizze (die chronologisch weitergeführt wird) schließt sich der Briefwechsel an, und hier nun die berühmten Schreiben, in denen sich vor allem Heloise so erstaunlich offen äußert: grandiose Sätze, die von der Überlieferung angeboten werden! »Meine Liebe schlug um in solchen Wahnsinn … Gott rufe ich als Zeugen an: wollte mich heute der Kaiser, der Herr der Welt, der Ehre seines Ehebetts würdigen und mir zusichern, für immer über die ganze Welt gebieten zu können – für süßer und würdiger achtete ich es, deine Buhlerin zu heißen als seine Kaiserin … Mein Herz war ja nicht mehr mein, sondern bei dir. Und wenn es jetzt auch bei dir nicht mehr ist, ist es nirgendwo, denn ohne dich kann es überhaut nicht mehr sein. Ach, laß es bei dir geborgen sein, ich beschwöre dich! … Als ich des Fleisches Lust in deinen Armen genoß, da durften die meisten unsicher sein, ob ich es aus Liebe oder aus Lüsternheit trieb. Jetzt aber zeigt ja der Ausgang, unter welchem Vorzeichen ich begann … Jene Wonnen der Liebenden, die wir miteinander genossen, waren mir so süß, daß sie mir weder mißfallen noch eben aus dem Gedächtnis schwinden können. Wohin ich mich auch wende, immer stehen sie mir vor Augen und wecken sehnsüchtiges Verlangen. Nicht einmal in meinem Schlummer verschonen mich die lockenden Phantasien. Mitten im feierlichen Hochamt, wo das Gebet reiner sein soll als sonst, haben mein armes Herz so ganz jene wollüstigen Phantasiegebilde eingenommen, daß ich nur für ihre Lüsternheiten offen bin, nicht für das Gebet. Die ich aufstöhnen müßte über das Begangene, seufze lieber nach dem Vergangenen.«

Diese Sätze, solche Sätze würden bestens in den Kontext des großen Liebesromans passen, *aber*: ich muß zur Kenntnis nehmen, daß sie nicht mehr als authentisch gelten. Sie wurden erst anderthalb Jahrhunderte später formuliert.

Darüber informiert mich ein Aufsatz des Mediävisten Peter von Moos. Schon seit längerem wurde angenommen, daß die Briefe Abaelards und die Briefe der Heloise vom selben Verfasser stammen. Das haben linguistische Untersuchungen bestätigt: gleiche Sprachformeln, Stileigenheiten, Satzschlüsse in allen Briefen. Computerisierte Wortfrequenz-Analysen erbrachten eine weitere Bestätigung. Und: sachliche Unstimmigkeiten, Anachronismen wurden erkannt.

Resümee: Hier haben nicht zwei Personen Briefe gewechselt, hier hat eine Person einen Briefdialog inszeniert – noch einmal: etwa einhundertfünfzig Jahre danach! Aus der Zeit davor sind keine Aufzeichnungen des Briefwechsels überliefert, auch nicht rudimentär. Was so authentisch erscheint für die Emotionen einer jungen Frau in der zweiten Hälfte des zwölften Jahrhunderts, das dürfte von einem Mann formuliert worden sein: »fabrizierte Fiktion«. Zwar sind die Personen der großen Liebesgeschichte hinreichend dokumentiert, ihre Äußerungen jedoch scheinen (weithin) nachproduziert – dabei könnten dem Kompilator, dem Autor originale Texte vorgelegen haben, die er dann allerdings nicht nur redigiert, sondern umgeschrieben hat. Eine Meisterleistung der Ära, für die eine große Zahl von Fälschungen charakteristisch ist.

Wanda: in Fortsetzungen unterwegs mit Bernhardiner, Karren, Ziege. Inzwischen ist es Juni, und sie nähert sich der Region von Nürnberg. Wieder macht sie halt in einem Dorf, auch um den Zughund zu schonen – es dürfen sich keine Druckstellen unter dem Geschirr bilden.

Er soll sich aber auch keine Bißwunde zuziehn in diesem (ebenfalls) hundereichen Dorf: die Köter umtoben ihn mit rasendem Gebell; der Bernhardiner läßt sich einschüchtern, knurrt nicht einmal zurück, also muß Wanda pfeifen und schreien, muß Steine werfen, den Knüppel schwingen. Einer der Hunde verbeißt sich dennoch im Fell des Bernhardiners, Wanda reißt den Köter am Schwanz hoch, da kippt er zur Seite, trollt sich. Die anderen Hunde werden nun doch zurückgepfiffen, zurückgerufen – der beherzte (schon mehrfach bewährte) Zugriff hat Wanda offenbar Respekt verschafft. Zurufe, ein erstes Gespräch, bald darauf eine Einladung.

Das Dorf besteht aus einzelnen Höfen, jeweils von einem Dornkrautzaun oder von Palisaden umgeben. Zwischen diesen

Bauernhäusern, Bauernhäuschen: Weide- und Brachflächen. Das Dach des Hauses, in das sie geführt wird, ist so tief herabgezogen wie bei den Nachbarhäusern. An einem sehr kleinen Fenster, dem einzigen, sitzt der Vater der jungen Frau, ein (nach damaligem Begriff) alter Mann von Mitte Vierzig. Der hockt dort immer, sagt sie. Im Winter starrt er auf die Tierhaut im Rahmen. Im Sommer schaut er hinaus zu den Bäumen. Manchmal weiß er nicht mehr, wo er sich befindet, gelegentlich vergißt er sogar ihren Namen. Diese Vergeßlichkeit, dieser Fluch der Vergeßlichkeit...!

Wanda verspricht ihr, am nächsten Morgen Pflanzen zu sammeln, die dem Vater ein kleines Licht aufstecken könnten im Verdämmern. Gegen dieses Versprechen darf sie im Haus übernachten. Es besteht, wie alle Bauernhäuser des Landes, aus einem einzigen Raum: die Wohnung ist vom Stall nicht (mehr) abgetrennt (wie das zur Zeit der Römer üblich war). Nun freilich ist das Vieh draußen, also ist unter diesem Dach auch Platz für den Bernhardiner. Der wird im umgrenzten Areal nicht angegriffen: zwei kleinere Hunde in der Umfassung, und die versuchen, mit ihm zu spielen, aber dazu läßt er sich nicht herausfordern, da kann sich ein anderer Hund flach vor ihm hinlegen und unablässig bellen, er ist nicht aus seiner fast schon majestätischen Ruhe zu bringen. Manchmal schiebt er, reglos stehend, seine ›Möhre‹ heraus.

Der nächste Morgen beginnt mit einer dringlichen Bitte um Hilfe: eine Frau, ein paar Häuser weiter, hat gehört, es sei eine »weise Frau« im Dorf, so kommt sie, klagt und fleht. Ihr Kind, es hat beinah die ganze Nacht über geschrien, wieder einmal. Kaum mal eine ruhige, halbwegs ruhige Nacht. Dabei war es in den ersten Wochen ein so sanftes, so ruhiges Kindchen. Doch plötzlich, über Nacht, war es völlig verändert. Sie glaubt langsam auch, was man in ihrer Familie seit längerem sagt: Das eigene Kindchen ist ihr gestohlen worden, weil es so sanft, so ruhig ist, es wurde ausgetauscht gegen ein andres Kind, das seine Eltern am liebsten ausgesetzt oder erstickt hätten. Ein Wechselbalg! Ein schändlicher Wechselbalg!

Aber wer sollte das Kind ausgetauscht haben? Eine Nachbarin?!

Nein, hier im Ort würde keiner so etwas wagen, dafür kennt man sich zu gut. Es war eine Fee, die ihr den Wechselbalg untergeschoben hat.

Eine Fee?! Weshalb soll eine Fee, ausgerechnet eine Fee so etwas tun?! Weiß sie überhaupt, was eine Fee ist? Die können fliegen!

Dann ist es ja noch leichter, solch eine Tat zu vollbringen, in der Luft hinterläßt man keine Fußspuren.

Wenn sie noch weiter einer Fee etwas Böses unterstellt, schaut sie sich das Kind gar nicht erst an!

Es muß ja nicht unbedingt eine Fee gewesen sein. Manche sind der Meinung, das Kind wäre von einem Dämon besessen.

Ob Dämon oder nicht – was tust du, wenn es so anhaltend schreit? Schaukelst du es? Singst du ihm was vor?

Seit sie weiß, es könnte ein Wechselbalg sein, faßt sie es nur noch an, wenn es unbedingt sein muß.

Dann wird es Zeit, daß wir es uns mal ansehn. Und sie betreten das Haus, in dem das Kind eher quengelt als schreit – das behält es sich offenbar für die Nacht vor. Es liegt in der Wiege, im fensterlosen Haus, die Wiege muß erst mal zur Tür getragen werden, nur hier ist Licht. Das Haar ist ja ganz struppig! Das klebt ja beinah fest am Schädel! Hast du es so lang schon nicht mehr gebadet?

Das Kind soll gegen einen weiteren Dämon geschützt werden. Da hilft solch eine Schicht auf dem Kopf. Die kann ein Dämon so leicht nicht durchdringen.

Wickel es mal aus.

Und die Mutter beginnt, das Leinenband abzuwickeln, mit dem ihr Kind von den Füßen bis zum Kinn umhüllt ist. Auch so eine Mühsal: immer das Kind auswickeln, immer das Kind einwickeln...

Aber das ist gut so, dann fühlt das Kind sich warm und sicher. Und die Gliedmaßen werden nicht verdreht. Aber nun: was ist denn das?!

Die Haut gerötet zwischen Nabel und Knien; kleine Geschwüre am Po; aus zweien dringt, schon bei gelindem Druck, etwas

Eiter und eine wäßrige Flüssigkeit. Und da soll es nicht schreien?! Setz Wasser auf, du wirst es jetzt erst mal baden. Dann wird es gesalbt. Und ein Fluch soll dich treffen, wenn du ihm von jetzt an nicht oft genug die Windeln wechselst und es einmal am Tag badest! Dann wird der Wechselbalg auch wieder dein eignes Kind. Und spiel gefälligst mit ihm. Beweg ein Knöchlein oder sonst was vor seinen Augen, damit es etwas sieht, wonach es später greifen kann.

Sie verläßt das Haus und beginnt, in der Umgebung des Dorfs Brennesseln zu sammeln. Wieder im Haus, in dem sie übernachtet hat, stampft sie aus den Brennesseln Saft heraus, fügt Öl hinzu, und mit dieser Mischung reibt sie, am nächsten Abend, die Schläfen des Bauern ein, der das mit wohligem Seufzer genießt. Und gleich fällt ihm wieder dies und jenes ein, er versucht, Wanda zwischen die Beine zu greifen; sie entzieht sich dem Zugriff. So etwas hat er also doch nicht vergessen! Weitres könnte ihm wieder einfallen, wenn jeden Abend seine Schläfen mit Brennessel-Sud eingerieben werden.

Wanda bereitet sich vor auf einen neuen Aufbruch. Die Tochter gibt ihr reichlich Fladenbrot mit, Käse, Hundefutter. Auch die Mutter des schon etwas ruhiger gewordenen Kindchens bringt mit, was Wanda dringend brauchen wird. Denn die Reise wird nun durch eine Region führen, die von Heuschrecken kahlgefressen wurde. Dort halten die Bauern zurück, was sie noch auf die hohe Kante legen konnten – es steht ein harter Winter bevor.

Und sie wird sehen, was sie bereits aus Erzählungen kennt: Felder, Felder, die kahlgefressen sind. Der Himmel – so hört sie weiter –, der Himmel war fast verdunkelt, als die Myriaden von Heuschrecken anflogen. Und wie auf ein Zeichen ließen sie sich nieder, begannen sofort zu fressen. Erst, als weit und breit alles vernichtet war, hoben sie ab, auch jetzt wie auf ein Zeichen, flogen weg als Wolke, die anderen zur Bedrohung wurde.

Möglichst rasch durchquert sie dieses Gebiet. Andere auf der Straße beschleunigen gleichfalls ihre Schritte, Reiter lassen die Pferde traben. Und mit unflätigen, mit gotteslästerlichen Flüchen treiben Fuhrleute das Gespann eines Schwerlastkarrens an, der eine neu gegossene Glocke trägt. Ein Wandermönch mit verspeckter Kutte, kleinem Reisebündel.

Sie will sich nicht als heilkundige Frau zu erkennen geben in diesem Gebiet, man würde hier, einen Hungerwinter erwartend, nur sehr wenig, viel zu wenig hergeben für Heilkraut-Mischungen, soweit man die nicht selbst zusammenstellen kann, also schaut Wanda kaum nach rechts und kaum nach links, zieht westwärts, westwärts.

Und atmet auf, als sie ein Waldgebiet erreicht. Dort haben die Heuschrecken nichts weggefressen vom Laub, hier ist die grobe Veränderung beendet. Als der Wald endlich aufhört, sie wieder ins Freie kommt, steht die Sonne schon recht tief. Ein gutes Stück von der Straße entfernt: ein Dorf. Sie nimmt den nächsten Weg, der dort hinführt, und wundert sich: keine Wagenspuren, Hufspuren, Fußspuren. Eins der Dörfer, die verlassen wurden, weil der Boden ringsum nicht mehr genug hergab? Aber ein Dach über dem Kopf wird selbst ein ausgestorbenes Dorf bieten, also zieht sie weiter, zur Linken die Sonne, die sich rot aufbläht.

Das Dorf muß lange schon aufgegeben sein: Dächer eingestürzt, Mauern eingefallen – die Stroh- und Lehmfüllung der Gefache hat sich aufgelöst, Holz ist gefault. An einer der Ruinen ist das Dach freilich erst zur Hälfte eingestürzt; der Gebäuderest sieht nicht so aus, als würde er gleich in der folgenden Nacht nachkippen. Die überdachte Fläche ist groß genug für sie, für den Karren, den Bernhardiner, die Ziege, die in diesem Textabschnitt endlich mal gemolken werden muß, damit ihr Schattendasein im narrativen Umfeld motiviert wird. Gestärkt streift Wanda umher im toten Dorf. Findet einen Brunnen, der noch Wasser gibt. Sammelt Holz für ein Feuer. Zerrt große Äste zum Unterschlupf, errichtet eine provisorische Barrikade an der aufgebrochenen Seite des Hauses: Wölfe könnten angelockt werden vom Geruch des Bernhardiners; eventuell umherstreifende Räuber sollen aufgehalten werden, bis sie ihnen die dunkle Einfärbung der Dolchspitze vorhalten kann.

Doch kein Überfall, keine Attacke in der Nacht, nur ein paar verdächtige, fürs erste verdächtige Geräusche. Am nächsten Morgen unternimmt sie einen Streifzug. Am Wegrand entdeckt sie

Fünffingerkraut, beginnt zu sammeln, wird auch fündig auf einem von Heidekraut überwucherten Gebiet außerhalb des kleinen Dorfs, bringt die Kräuter zum Unterschlupf, breitet sie auf einem Leinentuch aus, läßt sie in der Sonne trocknen. Ja, sie macht diesen Tag zu einem Ruhetag, hat Brot, Käse, Hundefutter genug dabei.

Und weiter geht es, am nächsten Tag, Richtung Nürnberg. Wieder stellt sich ein Begleiter ein, aber der ist ihr nicht willkommen: rastet am Straßenrand, steht auf, als sie näher kommt, schließt sich an, grüßt mit einem Knurrlaut, bleibt stumm. Mit diesem finsteren Gesellen ist sicherlich kein Tauschgeschäft zu machen: Heilmittel gegen Geschichte.

Erst nach mehreren Meilen löst sich seine Zunge. Ist viel herumgekommen … war auch Seemann … die Nordsee … Edinburgh … zwei Jahre dort … stand im Dienst eines Panzerreiters … war »kipper« …

Nun stellt sie doch mal eine Frage, und damit scheint ein Bann gelöst, er nuschelt nicht mehr vor sich hin, teilt sich mit. Wenn sein Herr, der Panzerreiter, bei einem Turnier gesiegt, den Gegner aus dem Sattel gehoben hatte, war die Reihe an ihm: er nahm sich den gestürzten Panzerreiter vor, schlug mit einem Prügel so lange ein auf den Helm, das Kettenhemd, bis der Besiegte die Rüstung hergab oder eher: bis der sich nicht mehr wehrte, und man konnte den Helm lösen, das Kettenhemd ausziehn, die Beinschienen losschnallen. Freilich, nicht immer gab ein Besiegter klein bei – eigentlich müßte man in so einem Fall mit einer Stahlstange zuschlagen! Aber dann würde zu sehr der Helm verbeult, auf den der Sieger berechtigten Anspruch hat. Wiederum: mit solch einer Stahlstange könnte man jedem Kämpfer das Schwert aus den Händen schlagen, selbst ein Doppelgriffschwert; gegen solch eine Stahlstange käme letztlich keiner an.

Doch, sagt sie vorsichtshalber, *ihre* Waffe kommt oder käme dagegen an: der Dolch, den sie bei sich trägt und dessen Spitze vergiftet ist, und zwar mit dem stärksten und schlimmsten aller Gifte. Wer damit auch nur angeritzt wird, ist dem Tode geweiht. Damit ruht das Thema vorerst.

Und ein anderes Thema stellt sich ein: der grobknochige Begleiter hat Probleme mit den Zähnen. Das war ihm schon beim Sprechen, erst recht beim Schwadronieren anzusehn. Und nun erfährt sie: Zahnfleisch fault, Zähne wackeln ... Sie soll, sie muß ihm helfen. Er traut keinem Bader mehr! Einer brach den Zahn ab, den er ziehen sollte, und schon war der Hundsfott verschwunden, wie weggezaubert. Wenn er den mal erwischt, schlägt er ihn tot.

Sie gibt etwas von ihrem Wein her, fügt Reben-Asche hinzu, reibt sein Zahnfleisch ein. Und der ehemalige Kipper zeigt Geduld, ja Sanftmut. Und hat nach der Behandlung erneut Lust aufs Sprechen: er will vom nächsten Tag an wieder Jonglieren üben. Drei Kugeln hat er im Bündel. Jede dieser Kugeln zeigt eine kleine Eigenheit, müßte eigentlich einen Namen erhalten. Die ließen sich nicht auswechseln. Manchmal hat er einen schlimmen Traum: die Kugeln kollern einen Hang hinab und in ein Gewässer, es spritzt dreimal auf, und er steht da mit leeren Händen.

So ganz leer scheinen die Hände dieses Mannes aber nicht zu sein. Er sucht etwas in seinem Lederbeutel, legt dabei zwei Messer auf die Seite, einen Bohrer, drei verschiedene Schlüssel, zwei Eisenhaken. Dann, fast achtlos dazugestellt, ein silberner Becher mit Halbedelsteinen – ein Abendmahlskelch? Schließlich findet er, tief in der Tasche, was er suchte: einen kleinen, geschmiedeten Angelhaken, und er beginnt, die Spitze sorgsam nachzufeilen. Bei dieser konzentrierten Tätigkeit sieht der Mann beinah friedlich aus.

Dennoch, sie schläft auf der anderen Seite der Scheune, die ihnen eine Bäuerin zugewiesen hat, die Wandas Hilfe braucht.

Am nächsten Morgen hat er das Gefühl, die Reben-Asche in Wein hätte ihm gut getan, und er verkündet den Entschluß, mit ihr weiterzuziehn, und zwar so lange, bis das Zahnfleisch bei härteren Bissen nicht mehr schmerzt. Und er schweigt, trottet einen langen Junitag hinter Karren und Ziege her. Er scheint erst richtig wach zu werden, als er wieder eine Kirche sieht. In die geht er hinein, aus der kommt er rasch wieder heraus, holt sie ein, schweigt. Sie sucht einen Ausweg.

Der ergibt sich in der folgenden Nacht: sie nutzt die Phase seines tiefsten Schlafs, schirrt den Bernhardiner an, kehrt eine Strekke zurück auf der Straße, die sie gekommen war – sie ist sicher, daß der Mann im Eilmarsch westwärts weiterziehn wird, um sie einzuholen, zu stellen. Also wird er, bei gleichbleibendem Tempo, bald hinreichend Vorsprung haben, und sie kann sich auf dem Fernweg wieder sicher fühlen, wenigstens vor ihm.

Wenigstens vor ihm! Denn als sie in der Ferne die Turmspitzen von Nürnberg sieht und schon aufatmen will, humpeln von einem abgelegenen Haus zwei Männer auf sie zu mit forderndem Geschrei, bleiben vor ihr stehn: Lippen geschwollen, Augenbrauen haarlos und ebenfalls geschwollen, die Gesichter von Knoten, Geschwüren befallen, auch die Hände, die Füße. Schreiend, weiterschreiend fordern sie Hilfe. Haben sich gleich gedacht, als sie den Karren sahen, daß sie eine heilkundige Frau sein muß; hat in diesem Kasten bestimmt eine Salbe, die Geschwüre schrumpfen läßt.

Auch das schreien sie, weil nun selbst der geduldige Bernhardiner zu bellen begonnen hat, also muß Wanda brüllen: Sollen aus dem Weg gehn, sollen verschwinden!

Nein, sie muß ihnen helfen. Soll endlich den Kasten öffnen. Und sie rücken näher heran.

Wanda hat den Dolch gezogen: Schaut euch die Spitze an, die ist schwarz, schwarz von Gift! Wen die Spitze auch nur berührt, der kriegt eine schwarze Haut, und der Körper schwillt an, platzt auf!

Doch die beiden Leprakranken wollen unbedingt, daß sie den Kasten öffnet und die Salbe herausholt, die ihnen helfen kann.

Ihnen kann niemand helfen, schreit sie, während der Bernhardiner sein tiefes Bellen fortsetzt. Selbst, wenn sie Fee Morgaine wäre – sie könnte ihnen nicht helfen. Denn ihre Körper sind aussätzig, weil ihre Seelen aussätzig sind. So aussätzig, daß kein Heilkraut dieser Welt, nicht mal ein Heilkraut aus dem Paradies helfen, reinigen, zumindest lindern könnte. Ihr werdet zerfressen von eurer Geilheit. Wenn dieser vergiftete Dolch nicht wäre, würdet ihr am liebsten über mich herfallen. Oder über den Hund. In eurer Geilheit macht ihr, was Christenmenschen verabscheuen. Man sieht euch an, welcher Schmutz in euch ist!

Die beiden Männer wollen nicht aufgeben, auch nicht, als ein schwerbeladener Karren mit Doppelgespann auf der Straße stehenbleibt. Die beiden Fuhrleute schreien vom Bock herab auf die Männer ein: Runter von der Straße!

Die beiden Leprakranken aber bestehen darauf, daß man ihnen hilft; im Karrenkasten ist bestimmt eine Salbe oder ein Trunk für sie. Schon springen die beiden Fuhrleute vom Wagen, Knüppel in den Händen, dreschen auf die Männer ein. Blutend und nun erst recht schreiend, humpeln sie querfeldein zum abgelegenen Siechenhaus. Der Hund bellt ihnen nach, anhaltend. Wanda bedankt sich: Ist nicht sicher, daß sie sich der Kerle auf Dauer hätte erwehren können, da kamen die Fuhrleute wie gerufen!

Ach, ruft einer der beiden, sie wären noch viel zu gnädig gewesen...! Man müßte solchen Dreckskerlen ein Schwert in den Bauch rammen! Aber dann käme nur Jauche heraus, Jauche mit Eiter. Wahrscheinlich stammen die aus Litauen oder aus Norwegen, die hatten so eine komische Aussprache. Wenn ihnen noch mal solche Gestalten in die Quere kommen, werden die totgeschlagen, auf der Stelle...! Und der schwerbeladene Wagen ruckt an.

Arbeitstagebuch. Was soll das für ein Mittelalter-Buch sein, frage ich mich, in dem nichts über Jagd zu lesen ist? Geschichten über Liebe, die Geschichte einer leidenschaftlichen Liebe, ja, aber selbst Liebende gingen auf die Jagd – soweit sie den höheren Rängen der höfischen Gesellschaft angehörten. Also: ein Horn angesetzt, das einem der Trinkhörner gleicht, und so wenig wie ein Trinkhorn hat ein Jagdhorn jener Zeit Löcher, also kann nur ein einziger Ton geblasen werden, kurz und lang, lang und kurz, langlang, kurzkurz.

Eröffnungssignal einer Sequenz über das Jagen? Mit dem Pfeil, dem Bogen? Hier ließe sich mit dem Kleinsten anfangen in der Beschreibung: bei Pfeilspitzen. Oder gleich die Beschreibung einer Armbrust? Man brauchte Kraft, um das Gerät schußbereit zu machen: den Schaft mit beiden Händen schräg nach unten halten – und dann? Den rechten Fuß in einen Bügel schieben? Wie war das noch? Müßte ich nachsehn in Okkens Gebrauchsanweisung, lasse ich bis dahin offen, notiere aber schon mal, daß die Sehne schließlich an der »Nuß« einrastet, und es kann der zwanzig oder dreißig Zentimeter lange Bolzen eingelegt werden, die Pirsch mag beginnen. Wasservögel ... Rotwild ... Schwarzwild!

Ein angeschossenes Wildschwein wird mit der Saufeder erlegt, mit dem Jagdspieß, wobei sich das waidwunde Tier durchaus wehren kann mit seinen gefährlichen Hauern – Jagdunfälle! Die Krone der Jagdtrophäen aber ist nicht der Eberschädel, sondern das Hirschgeweih. Möglichst kapitales Geweih eines ausgewachsenen Hirschs. Zuvor die »Drückjagd« mit Hunden, bis zur Erschöpfung von Wild und Mensch. Die Hunde umringen zuletzt den Hirsch, versuchen, ihn zu beißen, zu reißen, doch er wehrt sie ab mit dem Geweih. So empfiehlt sich, daß der Jäger von hinten an den Hirsch heranschleicht, ihm die Kniesehnen durchschneidet; sofort werfen sich die Hunde über den Hirsch, beißen zu, und das wird eine Zeitlang geduldet, weil es die Meute scharf macht. Darauf wird der Hirsch »abgenickt«: von oben her ins Rückenmark gestochen, zwischen Haupt und erstem Halswirbel oder von der Schulter her ins Herz. Sogleich werden Jagdhörner angesetzt. Und der Hirsch wird aus der Decke geschlagen; dazu wird ein langer Schnitt gezogen vom – aber das ist nun wirklich nicht mein Thema!

Mit mächtigen Flügelschlägen ließ Oswalds Rabe den See im Karpatenbecken hinter sich, flog zu den Alpen, spähte Täler aus, die vor nicht allzu hohen Pässen endeten, schwebte dahin über dem Alpenvorland, bis er die Donau erreichte, flog den Fluß entlang bis Regensburg, zu erkennen an den zahlreichen Wohntürmen und an der neuen Steinbrücke, ließ die Stadt links liegen, setzte den Flug fort bis zur Einmündung der Naab, folgte dem Nebenfluß nordwärts bis zur querlaufenden Straße zwischen Pilsen und Nürnberg. Weil ihm sein präziser Sinn für Raum und Zeit sagte, daß die Frau aus Polen so weit noch nicht gekommen sein dürfte, schwenkte er ostwärts ein, folgte der Landstraße, bis er die Frau neben dem Karren erspähte, mit Hund vorn, Ziege hinten. Er zog er einige Kreise über ihr – nur beiläufig blickte sie mal hoch. Er überlegte, ob er geradenwegs auf dem Deckel des Karrenkastens landen sollte, entschloß sich aber, wieder ein Stück westwärts zu fliegen und die Frau, auf einem Ast sitzend, zu erwarten.

Was denn auch geschieht. Der Schritt der Frau ausgreifend, raumgreifend, doch weil sie klein ist, relativiert sich das wieder. Er grüßt sie vom Baum herab – ein sprechender Rabe scheint sie nicht übermäßig zu verwundern in jener Welt blühenden Wunderglaubens.

Er sei, nach langem Flug über die Alpen, erschöpft und frage höflich an, ob er sich kurz mal auf den Kasten setzen dürfe. Er werde dabei keins der festgezurrten Kräuterbündel zerdrücken – so schwer sei er ja nun doch nicht.

Ihr zögerliches Nicken genügt ihm, er breitet die Flügel aus, landet auf dem Deckel. Zu schwer sei er nicht, aber doch beschwert ... Und zum ersten Mal kommt der Schmuck zur Sprache, der ihn begleitet, seiner Erscheinung Glanz verleihend: eine Glasperlenkette um den Rabennacken, zwei silberne Schläfenringe im Gefieder. Kurz vor dem Abflug hatte er darauf bestanden, daß ihm wenigstens ein Teil des in Aussicht gestellten Schmucks mitgegeben werde. »Zwecks Bestechung«, hatte er behauptet; Bestechung sei ja nun weithin üblich, und so komme er eventuell auch nur durch Bestechung an die erwünschte Geschichte.

So steht er mit seinem Schmuck auf dem Karren und registriert Leuchten in den Augen der jungen Frau – Kette und Ringe vom schwarzen Untergrund betont.

Wie bist du an den Schmuck gekommen?

Man könnte es so erzählen: »Ich bin, bei einem Aufenthalt in Székesfehérvár, in einen Raum geflogen, in dem eine magyarische Prinzessin saß. A fiatal lány olyan volt, amilyen egy fiatal lány legyen: csinos és gazdag. Sie hatte reichen Schmuck auf einem Tisch ausgebreitet, aber nicht, um das schönste Stück auszuwählen für den hellen Tag, sondern: sie suchte Schmuck aus als Grabbeigaben für ihre kürzlich verstorbene Mutter. Ich sah aber nicht ein, daß diese Pracht für immer in der Erde verschwinden sollte: kein Licht mehr auf das Silber, kein Licht mehr auf die blau und gelb gefärbten Glasperlen magyarischer Herstellung, auf Silberkettchen gereiht mit Kauri-Muscheln, von arabischen Händlern ins Karpatenbecken eingeführt, und so verkleinerte ich, mit blitzschnellem Schnabelzugriff, die Zahl der Grabbeigaben. Und schwupps war ich zum Fenster hinaus!« Er bittet sie, ihm eine Erleichterung zu verschaffen, ihn während der – bestimmt nur kurzen – Flugpause von der Last des Schmucks zu befreien. Gleichsam schelmisch fügt er hinzu: »Auch würde ich gern sehen, wie der Schmuck auf deiner Haut, an deinem Haar zusätzlich an Glanz gewinnt.«

Wanda läßt sich nicht zweimal bitten, löst die Kette, hängt sie sich um. Zu den Schläfenringen braucht sie eine kurze Gebrauchsanweisung, die sie sogleich umsetzt in eine rasche Folge von Handgriffen.

Ob sie ihm etwas anbieten könne, fragt sie nun, die Wangen leicht gerötet.

Nein, er habe unterwegs ausreichend genippt und gepickt, sei nur etwas flugmüde. Doch nicht sprechfaul: zu viele Stunden habe er, vor allem im Bereich der Alpen, schweigen müssen – dabei erzähle er so gern. Ob sie Geschichten möge, fragt er scheinheilig.

Sie lacht nur auf und ruft dem Bernhardiner guttural etwas zu, das polnisch klingt. Der Karren ruckt an, doch der Rabe hält souverän die Balance. Sie mag nicht nur Geschichten, sagt sie dahinschreitend, sie ist hinter Geschichten her! Vor allem hinter Geschichten über Menschen, die sich lieben. Ganz besonders ist sie hinter einer Geschichte her von zwei – für sie leider noch namenlosen – jungen Leuten, die sich leidenschaftlich lieben.

Er könne ihr, sagt er, nur die Geschichte erzählen, wie er zwei Menschen zusammenführte. Und der Rabe erzählt, kurzgefaßt, die Geschichte, die ihn mit König Oswald verbindet. Die geht so: Ein junger König namens Oswald, irgendwo draußen im weiten Westen, liebt Frauen, ist aber noch nicht fest mit einer Frau liiert. Die Herren seines Gefolges geben ihm den Rat, endlich eine Ehefrau zu nehmen. Kein ganz selbstloser Rat, fügt der weltkluge Rabe hinzu, denn solche Herren fühlen sich bedeutend sicherer in ihren Positionen, wenn ein Thronfolger gezeugt ist. Sie können auch gleich eine Empfehlung aussprechen: Pamige, Tochter des Königs Aron. Die wohnt allerdings »jenseits des Meeres« und wird wegen ihrer weithin gerühmten Schönheit vom Vater so streng behütet, daß kein Werber an sie herankommt – und lebend davonkommt, sollte er es, alle Warnungen in den Wind schlagend, dennoch versuchen.

In dieser kniffligen Lage bot er, als damaliger Hofrabe, seine Vermittlerdienste an. Das wurde mit königlichem Jubel begrüßt. Und er wurde glanzvoll ausstaffiert für die Mission: von einem berühmten Goldschmied wurden seine Federn vergoldet, ein Krönlein wurde maßgefertigt. Nach drei Tagen und beinah drei Nächten war das Werk vollendet. Tagelang flog er, hochdekoriert, über das Meer. Bei einem Zwischenhalt auf einer Felsinsel mit Einsiedler wurde er von Seefrauen überrascht und in die Tiefe gezogen; er sollte mit seiner sonoren Stimme etwas vorsingen. Er konnte sich freilich mit einer Finte befreien und den Flug fortsetzen. Durch ein hochgelegenes Fenster flog er schließlich in die sichtlich unbezwingliche Burg an der Felsküste, landete auf der Tafel und rief: Gesegnete Mahlzeit! Staunen, so läßt sich denken, auch Verwirrung, so läßt sich ebenfalls denken, Fragen, wie zu erwarten. Als er seine Mission auch nur andeutete, wurde der König zornig: Man solle den vorwitzigen Raben erst fesseln, dann hängen! Die Tochter jedoch drohte dem Vater an, sie werde mit einem Spielmann durchbrennen, falls er ihr den Gast nicht überlasse. In ihrer Kemenate übermittelte er ihr die geheime und brisante Botschaft. Sie zeigte sich gewogen – vielleicht auch, um endlich aus der Vaterburg herauszukommen. König Oswald könne sie allerdings nicht leicht erringen: er müsse mit 72 Schiffen kommen, auf jedem zahlreiche Ritter, der Mast des Flaggschiffs mit lichtstarken Edelsteinen bestückt, die nachts voranleuchten.

Mit dieser Botschaft und einem Verlobungsring flog er übers Meer zurück, verkündete seine Ankunft mit sonorem Ruf aus der Höhe. König Oswald hatte nur auf dieses Zeichen gewartet, eilte in den Burghof, legte einen Mantel aus Hermelin und Zobel auf den Boden; er landete darauf, ließ sich in die Burg tragen, erstattete Bericht. Sofort traf der König seine Vorbereitungen für die Brautfahrt. Nach vielen Tagen auf hoher See eine sichere Landung, danach aber diverse Probleme, die sich hier aussparen lassen. Schließlich und endlich gelangte die Braut auf Oswalds Flaggschiff. Sofort legte die Flotte ab. Doch König Aron verfolgte sie, wutentbrannt, mit seiner Flotte. Er holte die Entführer ein, es kam zur Schlacht. Sämtliche Ritter des Verfolgers kamen um, entsprechend hoch auch die Verluste in Oswalds Heer. Notgedrungen versöhnten sich die Könige. Die Hochzeit konnte stattfinden.

Der Rabe schweigt. Wanda bleibt stehn. Und jetzt? Beginnt nun die richtige oder beginnt nun so richtig die Geschichte?

Nein, die Geschichte ist eigentlich zu Ende – er halte sich hier streng an die Überlieferung. Was folgt, ist nur noch dies: In der Nacht, in der die schöne junge Frau und der schöne junge Mann endlich, endlich beisammen sind, in dieser unter größten Mühen und mit zahlreichen Toten so teuer erkauften Nacht aller Nächte – »hast du genug Vertrauen zu mir, um zu glauben, daß ich die Geschichte so erzähle, wie sie verbrieft und besiegelt ist?«

Aber ja! Und jetzt sag schon: Was geschieht in der Hochzeitsnacht? Was treiben die beiden?

Nichts! Denn Christus erscheint in der Hochzeitskammer. Er kündigt den beiden an, sie hätten noch eine Lebensfrist von zwei Jahren. Und, vor allem: sie kämen nur in den Himmel, wenn sie die Ehe nicht vollzögen. Für den Fall, daß Lust sie packen, sie überkommen sollte, empfehle Er ein bewährtes Mittel: Einen Zuber mit kaltem Wasser neben das Ehebett stellen und bei Bedarf hineinsteigen, zur Abkühlung.

Der Rabe beginnt zu lachen. Wanda stimmt, eine Oktave höher, mit ein. Soll das der Schluß sein …?!

Ja, das ist eigentlich der Schluß. Es könnte höchstens noch erwähnt werden, und es wird auch so überliefert: daß dieses Paar die Bedingungen erfüllt. So wird Oswald zum Heiligen. Nach zwei Jahren holen Engel ihn und Pamige ab, geleiten sie in den

Himmel. »So, und jetzt werde ich mal nachsehn, ob das Paar wenigstens im Himmel glücklich vereint ist...!«

Mit starken, raschen Flügelschlägen hebt der Rabe ab, fliegt eine Runde um Wanda, die mit der rechten Hand die Glasperlen am Hals bedeckt, mit der linken Hand den Schläfenring. Der Rabe verbietet sich ein Auflachen, fliegt eine zweite Runde um die junge Frau mit Bernhardiner, Karren, Ziege, und noch immer hält sie Kette und Ring bedeckt, als wäre ein Rabe besonders vergeßlich oder verstreut. Und er schwenkt ein in Flugrichtung Westen.

Dafür naht wieder ein Geisterreiter, allein auf weiter Strecke. Er hält Großflächiges vor Gesicht und Körper – ein Schild, wie sich bei näherem Hinsehn zeigt. So reitet er heran, in scharfem Trab – was auf einer Landstraße doch auffällt.

Auf gleicher Höhe, auf meiner Höhe, senkt der Reiter den Schild ohne Emblem, und es zeigt sich ein Mohr. Das ebenfalls schwarze Pferd parierend, beginnt er zu sprechen: Er ist unterwegs zu Klöstern und Burgen. Überall dort wird er willkommen sein, denn er weiß eine Geschichte zu erzählen, die in diesem Land noch keiner kennen dürfte: Die Geschichte eines Mannes von reiferem Alter, seiner entschieden jüngeren Frau und seines ebenso jungen Bruders, und wie sich leidenschaftliche Liebe entwickelt zwischen den Jüngeren, und welche Folgen sich hier ergeben ... Was Fakhreddin hierzu in Persien zusammengefügt oder erdacht hat, das gelangte nach Arabien, wurde dort übersetzt, und von Arabien fuhr die Geschichte übers Meer ins Spanien der Muslime, wurde dort ebenfalls übersetzt, und nun bringt er diese Geschichte von Toledo in den Norden. Irgendwo, irgendwann, da ist er fast sicher, wird man auch in diesem Land die Geschichte von Môbad, dem Schah, von Wîs, seiner Frau, von Râmîn, dem Bruder aufschreiben, wiederum übersetzt, und diese Niederschrift wird womöglich, ja hoffentlich begleitet von schön gemalten Initialen, von Miniaturen ... Eigentlich hätte er es dann verdient, in der ersten der Initialen – in der schön weiten Rundung eines D, womöglich eines O – abgebildet zu werden als Vermittler aus dem Morgenland, dem Mohrenland, dem Maurenland...

Und er setzt den Ritt fort. Der Schild, den er während seiner Ausführungen auf den Rücken geschoben hat, läßt die Sonne in einem derart starken Reflex aufgleißen, daß die Erscheinung überblendet wird.

Arbeitstagebuch. Hier wird ein Kapitel fällig über (höfische) Liebe im Hochmittelalter.

Einsetzen könnte, müßte ich bei der *Ars amatoria* des Publius Ovidius Naso. Das kleine Buch war ein ›Klassiker‹ unter den Werken jener lateinischen Autoren, die in der Wertschätzung des gebildeten Publikums jener Zeit höchsten Rang einnahmen. Was könnte hier weitergewirkt, könnte eingewirkt haben auf die Konzeption höfischer Liebe?

Die *libri tres* als bunte Folge von Empfehlungen. Wie man sich in einer Arena am günstigsten neben eine Frau plaziert, auf die man es abgesehen hat. Wie man das Gespräch einleitet, dabei Themen aufgreifend, die gerade aktuell sind. Wie man mit dem Benennen namhafter Personen Eindruck macht oder Eindruck schindet, mit Namen von Fürsten beispielsweise – man bringe hier richtige Namen ein, soweit man sie kenne, falls nicht, erfinde man passende. Wie man Liebesbriefchen auf die üblichen Wachstafeln, *tabellae*, schreibt oder schreiben läßt – wobei darauf zu achten ist, daß frühere Beschriftung mit dem Spatel vollständig gelöscht wird. Und daß man als Mann sauber sein soll und gebräunt. Und keine Haare aus den Nasenlöchern ragen lassen! Und bloß nicht Mundgeruch! Vorsicht mit Alkohol! Tränen nicht unbedingt zurückhalten, Tränen können Wirkung zeigen. Die gewünschte Frau nehmen, notfalls mit Gewalt, das haben junge Frauen bekanntlich gern, *grata est vis ista puellis*. Aber auch: wenn das Mädchen kalte Händchen hat, soll man die an der Brust, der eigenen, wärmen. Nett sein auch zu Mägden, freundlich zu Knechten. Empfiehlt es sich mit Versen, mit Verslein zu operieren? Lieber nicht; mit Gedichten legt man nicht allzuviel Ehre ein, *non multum carmen honoris habet*. Männer sollen sich durchaus amüsieren, doch bitte mit der nötigen Diskretion. Man sollte gemeinsam und gleichzeitig den Höhepunkt der Lust erreichen – das ist eher mit Frauen als mit Knaben möglich. Ein nur aus Pflichtgefühl vorgetäuschter Orgasmus *non est mihi grata*. Und Lust soll hörbar werden, in der Stimme der Frau. Die beste Entfaltung ergibt sich erst mit hinreichender Erfahrung; man kommt immer besser mit den Jahren. Zwischendurch ein Lob der Gegenwart. Und Frauenaugen umranden mit pulverisierter Holzkohle. Früher hat Ovid ein kleines, doch sorgfältig erarbeitetes Büchlein, *libellum*, verfaßt zum Thema Schönheitspflege. Erst nach dem Frühstück den Mund aufmachen in der Nähe der geliebten Person. Und wie halten wir es mit dem Würfeln? Dichter wollen vor allem eines: den Ruhm. Zur Hingabe muß auch schon mal Verweigerung kommen, das intensiviert. Unsichtbare Schrift produziert man am besten mit frischer Milch; der Empfänger streut dann Holzkohlenpulver aufs Blatt. Ist eine Frau klein, so reitet sie am besten auf dem Mann. Ist sie groß gewachsen, dann hinknien. Das Haar lösen, macht sich gut! Zeigen sich bereits Falten am Leib: ebenfalls auf dem Mann reiten, aber mit dem Rücken zu ihm. Das Spiel ist aus, *lusus habet finem*. Wer etwas gelernt hat von dieser Liebeslehre, soll den Verfasser preisen: *Naso magister erat.*

Diese und weitere Tips konnten im hohen Mittelalter so direkt nicht übernommen werden, obwohl Ovid als Autorität auch in Fragen der Liebe galt. Denn: offiziell, kirchenoffiziell wurde nicht die Entfaltung von Lust gefeiert, sondern Enthaltsamkeit. Der wahre Christ übt Askese. Gilt doch der Körper als ein nur minderwertiges Behältnis, ja als Gefängnis der Seele – um die es vorrangig geht. Mit einem lange Zeit geläufigen Vergleich: Die Seele wird vom Körper angesteckt wie von einer Krankheit; erst, wenn sie sich vom Leib befreit hat oder wenn sie vom Leib befreit wird, findet sie wieder ihre Lebensform, Lebenskraft. Oder: Die Seele wird im Körper, vom Körper besudelt; von dieser Besudelung, diesem Schmutz muß, nach dem Tod, die Seele gereinigt werden, vor allem durch Feuer – begrenzter Aufenthalt im Fegefeuer oder unbefristetes Schmoren in der Hölle.

Das Ausmaß der Strafen kann freilich durch Lebensführung beeinflußt werden: Wer Gutes tun will für seine Seele, für ihr Heil, der muß den Körper schlecht behandeln, ja mißhandeln. Hier wurden Heilige als Vorbilder gepriesen. Zum Beispiel Christina (*mirabilis* – eher die Verwunderliche als die Bewundernswerte oder Wunderbare): mit 15 bereits Waise; mit 30 eine Phase körperlicher Erstarrung; von da an begann ihr Programm der Selbstkasteiung, auf Schloß Loon, im Kloster St. Trond. So ließ sie sich, wahrscheinlich nackt, von Hunden durch Dorngestrüpp hetzen, stieg in die Maas, auf der Eisschollen schwammen, übergoß sich, zur Abwechslung, mit heißem, womöglich kochendem Wasser, ließ sich neben einem Gehängten an ein Gerüst fesseln, zumindest eine Nacht lang. Und so weiter!

»Wir müssen unseren Körpern alles Schlechte antun, wenn wir sie zum vollendeten Glanz der Seele führen wollen.« Also: fasten, tagelang. Nichts mehr trinken. Und falls man sich nach mehreren Fastentagen doch mal dazu hinreißen läßt, ein Häppchen zu essen, ein Schlückchen zu trinken: einen Fenchelstengel in den Mund, in den Schlund stecken und alles wieder auswürgen. Sich selbst geißeln, mit Ruten oder Ketten, bis Blut fließt; weiterhin blutend auf den Knien verharren bis zum Umkippen. Sich Wunden zufügen, die den Wunden Christi gleichen, in der Flanke, in den Handflächen, Fußrücken. Sich ein Kreuz auf den Rücken binden, aus dem dreißig Nägel ragen. Das einzig Gute an den Körpern ist, daß man sie zu Bußübungen heranziehen kann. Das Fleisch schwächen, damit den Geist stärken...! Das Fleisch aufreißen, damit den Geist, die Seele freisetzen...!

Im Sinne der Prediger oder der Verfasser von Traktaten waren dies optimale Formen des Umgangs mit dem eigenen Körper. Sexualität hingegen wurde kleingeschrieben, war letztlich abgeschrieben. Akzeptabel war sie höchstens als vorsätzlicher Zeugungsakt. Ansonsten fand sie am besten gar nicht erst statt. Falls sich das doch nicht ganz vermeiden ließ, so nur in der Grundausführung, später als »Missionarshaltung« bezeichnet. Ovids Empfehlung, daß die kleinwüchsige Frau auf dem Mann reitet – schon ein Posten im Katalog der Kirchenbußen! Oder: coitus a tergo – wurde bereits zur Sodomie gezählt! Orale Zusatzpraktiken: strengstens verboten!

Ein sexuell äußerst repressives System – zumindest in der Lehre, der Theorie. Die Praxis sah anders aus, wie vielfach bezeugt ist, auch für obere Ränge der kirchlichen Hierarchie. Aber gefordert, gefordert, gefordert wurde unablässig, in Predigten wie in Traktaten. Entsprechend kümmerlich war das Menschenbild in der Malerei der Mönche: Körperliches durfte nur allegorisch dargestellt, nicht verlockend herausgestellt werden. Männer wie Frauen in der Buchmalerei: geschlechtslose Schemen.

Und in der Literatur wurde »Minne« gefeiert. In diesem Gesellschaftsspiel für höhere Kreise pries ein Mann mit seinen Liedern eine Dame, die im Rang über ihm stand, also hatte er keine Aussicht auf Erhörung – schließlich wurde Ehebruch einer Dame drakonisch bestraft! So war denn Sublimation gefordert, strengste Affektkontrolle.

Ein literarisches Muster, das sich reproduzieren ließ – was im Minnesang beinah inflationär geschah. Und so entwickelte sich bald schon ein Gegenmuster: Vorreiter war hier Neidhart, der mit dem Namen Reuental in Verbindung gebracht wird. Er besang nicht mehr spirituell abgehobene Minne, sondern körperlich betonte Liebe.

Und wie war es in der Bildhauerei? Die griechische, die römische Antike, in der Skulpturen nackter Körper gezeigt wurden in schönsten Entfaltungen, dann die lange Phase, in der das Darstellen nackter Körper beinah tabuisiert war, bis, in der Renaissance, mit der Antike auch der Akt wieder entdeckt wurde? Ich lese Evangelia Kelperis Schrift *Die nackte Frau in der Kunst* und lerne, daß sich hier kaum in Epochen abgrenzen, also schematisieren läßt. Schon in der Spätantike, auch der heidnischen: es »verlor die Nacktheit in der Plastik allmählich an Bedeutung … sexuell repressive Epoche … Porphyrius, der Schüler des neuplatonischen Philosophen Plotin, plädierte für eine relative Enthaltsamkeit in der Ehe … lustfeindliche Einstellungen…« In der bildenden Kunst des frühen

Mittelalters: »eine enorme Zensur der Sinnlichkeit ... der Körper als Objekt erotischer Begierde fand keinen Eingang mehr in die Kunst...« Freilich, mit Beginn des 13. Jahrhunderts scheint sich eine Änderung der Grundeinstellung abzuzeichnen: »Aufwertung des weiblichen Körpers ... Wiederentdeckung der Körperlichkeit...« Die fand vor allem in der Literatur statt.

Nachtrag: ein Liedtext aus dem romanischen Sprachraum, ein Liedtext mit damals wiederholter Aktualität: eine junge Frau beklagt die Trennung vom Geliebten, der an einem Kreuzzug teilnimmt. Ein Lied, das – auch in seiner betörenden Melodie – mit Recht zu den Favoriten von Gruppen gehört, die sich auf Rekonstruktion oder Nach-Erfindung mittelalterlicher Musik spezialisiert haben: Guiot de Dijon, »Chanterai por mon coraige...« Bei meinem Versuch der Vermittlung stütze ich mich auf Übersetzungen ins Englische.

Singen werd ich für mein Herz,
das ich damit trösten möchte,
denn ich will in meiner Angst
nicht irre werden oder sterben,
seh ich doch vom Wilden Land
(wo der weilt, der mir schon Trost ist,
wenn ich von ihm reden höre)
keinen schon nach Hause kommen.
  Gott, bei ihrem Ruf »Nun los!«
  steh dem Pilger bei, oh Herr!
  Bin von Angst um ihn erfüllt:
  Sarazenen sind verschlagen!

Ich bleibe beim Familienstand
bis zum Tage seiner Heimkehr –
ist er doch auf Pilgerfahrt!
Gott gewähre ihm die Rückkehr.
Trotz der Stimmen von Verwandten

such ich nicht das Angebot
einer andren, falschen Ehe.
Davon reden ist beschämend.
  Gott, bei ihrem Ruf »Nun los!«
  steh dem Pilger bei, oh Herr!
  Bin von Angst um ihn erfüllt:
  Sarazenen sind verschlagen!

Was mir aber Hoffnung macht:
daß er mich so sehr verehrte.
Wenn von jenem schönen Land
(wo er weilt, den ich so liebe)
mich ein sanfter Wind umfächelt,
zeige ich ihm mein Gesicht,
und schon spüre ich, wie er
unter meinen Mantel greift.
  Gott, bei ihrem Ruf »Nun los!«
  steh dem Pilger bei, oh Herr.
  Bin von Angst um ihn erfüllt:
  Sarazenen sind verschlagen!

Was ich wirklich sehr bedaure:
nahm nicht teil an seinem Aufbruch!
Seinen Pilgerrock erhielt ich:
soll den in die Arme nehmen.
Nachts, wenn mich Begehren quält,
zieh ich ihn zu mir ins Bett und
fest an meinen nackten Leib,
um so meinen Schmerz zu lindern.
  Gott, bei ihrem Ruf »Nun los!«,
  steh dem Pilger bei, oh Herr.
  Bin von Angst um ihn erfüllt:
  Sarazenen sind verschlagen!

Bedrohte Liebe: hier sehe ich ein Signum (auch) jener Zeit. Die jungen Partner der meist sehr jungen Frauen waren fast ständig gefährdet – auf Kreuzzügen, in den zahlreichen Kriegen, bei den weiträumigen wie bei den regionalen Feldzügen. Es war eine Zeit, in der Erfüllung vielfach auf sich warten ließ, eine Zeit sehnsüchtigen Harrens und Ausharrens.

Solche mit Angst vermischte Sehnsucht wird auch im Liedtext artikuliert. Ein Rollenspiel, inszeniert von einem Dichter – doch es bleibt in Sichtverbindung mit Realitäten der damaligen Ära. Ein Zeitgefühl wird zur Sprache gebracht – ein Zeitgefühl zumindest in der Gesellschaft derer, die literarische Stilisierungen von Erfahrungen liebten. Zusätzlich die musikalische Stilisierung: solche Texte wurden schließlich gesungen! Dennoch waren sie nicht abgelöst von gesellschaftlichem Kontext. Und der war hier: zahlreich die Phasen von Bedrohung. Hier besaßen – in der Mentalität vieler Menschen jener Zeit – Drachen eine Realität, die vergleichbar schien mit der von Sarazenen oder (später) Tataren.

Das Bild des bedrohten Paars auf dem Buchumschlag wird zum ersten Mal im Druck reproduziert. Entdeckt habe ich es im Berliner Kupferstichkabinett. Eine Abbildung im »Handbuch zur Sammlung« des Hauses machte mich, während der Vorstudien zur Merian-Biographie, auf den Codex aufmerksam. Ich habe ihn mir, im genauen Wortsinn, vor-legen lassen. Das mußte erst einmal begründet werden, mündlich; es wurde die Luftfeuchtigkeit im Raum gemessen; es wurde ein kleines Lesepult auf den Tisch gestellt, wurden weiße Handschuhe bereitgelegt; es kam, wie eine Reliquie hereingetragen, das (in späterer Zeit) gebundene Buch. Staunen schon beim ersten Blättern: eine hervorragend erhaltene Handschrift von außerordentlicher Qualität. Flandern, Beginn des 14. Jahrhunderts – also, nach damaligen Relationen – durchaus noch in Gottfrieds Ära. Eine Handschrift, deren zahlreiche Illuminationen noch nicht in den allgemein zugänglichen Bilderfundus aufgenommen wurden – von meiner Entdeckung mußte erst mal ein Ektachrome angefertigt werden. Dabei erfuhr ich vom Fotografen, daß auf lange Sicht eine Faksimile-Ausgabe geplant sei – Bestätigung der unübersehbaren, bisher aber nur von Experten registrierten Qualität.

Vor allem: hier ist nichts vom jener Mittelalter-Idyllik, wie sie populäre Bilder des Manesse-Codex vermitteln: Männer und Frauen mit den gleichen Milch-und-Honig-Gesichtern, dazu reichlich Dekoration – etwa als Blumenmuster im Hintergrund eines Liebespaares. Im Codex des Alexanderromans zeigt sich, laut Handbuch, eine »härtere, robuste Formensprache«. Dargestellt sind auf dieser Miniatur nicht Tristan und Isolde, aber: eine junge, bekrönte Frau wie Isolde, und der Partner im Bett könnte ein Tristan sein (oder ein Marke?). Mein Titel, meine Bildlegende: *Bedrohte Liebe*.

Es waren ja nicht nur Kreuzzüge und Feldzüge, die Beziehungen unmittelbar bedrohten, es kamen hinzu die Spielregeln, die Umgangsformen einer Gesellschaftsschicht, in der die Schwelle zur Anwendung von Gewalt sehr niedrig lag. Eine Beziehung außerhalb einer Ehe, eine womöglich ehebrecherische Beziehung, war vielfach eine Geschichte auf Leben und Tod. Das ist in Erzähltexten des zentraleuropäischen Raums häufig zu lesen, auch in persischen Werken, auch, beispielsweise, in der georgischen Version der »Geschichte der Liebe von Wîs und Râmîn«. Das Ungeheuer, es lauert...

Auch diesmal wähle ich nicht den kürzesten Weg zurück zum Münster, ich setze, die Kiste tragend, den Streifzug fort in Nebenstraßen. Und mein Blick wird freier – was ich nun registriere, ist eine Mischform von Stadt und Dorf. Obstbäume hinter Häusern, Gemüse weitflächig angebaut. Ja, es wird innerhalb der Stadtmauern sogar Landwirtschaft betrieben: ein Getreidefeld, stark von Unkraut durchwachsen; ein Bauernhof, mit kleinem Hauptgebäude, großem Wirtschaftstrakt; eine Mauer umgibt das Gehöft.

In Sichtnähe zum Hof ein Wohnturm. Im Erdgeschoß Fenster so klein wie Schießscharten späterer Zeiten; im ersten Stock allerdings relativ große Fenster. Einen starken Steinwurf entfernt ein weiterer Turmbau: befestigte Wohnsitze innerhalb der Stadtfestung. Gegen Feinde von innen oder gegen Feinde, denen es gelingt, in die Stadt einzudringen?

Ich gehe weiter, Richtung Münster. Häuser, die enger aneinanderrücken. Und wieder schlägt mir Ammoniakgestank von Urin entgegen – offenbar wird jede Hauswand bepißt. Und Küchenmüll in den Gassen: langbeinige, borstenreiche Schweine wühlen, fette Ratten huschen. Ein Pferd, vor einem Haus angebunden – ich bleibe daneben stehn, Körperhöhe vergleichend, und bin sicher: der Widerrist liegt mindestens zwei Handbreit tiefer, als ich das von meiner Zeit her kenne. Pferde kleiner, Kühe kleiner...

Eine Straße, in der sich Steinhäuser durchzusetzen beginnen. Unter dem Vorbau eines vergleichsweise stattlichen Hauses sind drei Tische aneinandergerückt: auf ihnen ist eine Leinenbahn ausgelegt, etwa einen halben Meter breit. Sie wird von Frauen bestickt: Nadeln und Wollknäuel, in verschiedenen Farben.

Ich sehe alles auf dem Kopf: Frauen, Männer, Reiter, Bäume, auch Beischriften, ebenfalls mit Wollfäden gestickt. Wie beiläufig trete ich an die Stirnseite des Tischs, sehe schablonenhafte Gesichter, auch bei ausgeführten Figuren; schablonenhaft auch die Konturen der Personen; Bäume und Türme als Trennzeichen. Mehrfach ist eine Frau dargestellt auf den schätzungsweise sieben Metern, eine Frau von hohem Rang, wie ihre Kleidung zeigt, und stets ist ein Mann in ihrer Nähe – in einem der Abschnitte faßt er sie unters Kinn. In »Leserichtung« gehe ich die Leinenbahn entlang, über die Schultern von Stickerinnen blickend; die teils ausgeführten, teils erst mit Kohlestrichen angelegten Figuren sagen mir noch nichts. Schließlich aber hilft mir, am oberen Rand, eine Beischrift, auf der glaube ich »Guiniver« zu lesen und auf einer weiteren »Lancelot«. Die Beischrift setzt sich fort, wird nach rechts aber kleiner, offenbar hat sich die Stickerin verschätzt.

Ich nenne die beiden Namen, wie ich sie gelesen oder mir zurechtgelesen habe, füge hinzu: »Hartman zOuwe«. Es scheint die Frauen nicht weiter zu wundern, daß ich Hartmann von Aue als Autor der Vorlage dieser Bildgeschichte kenne. Doch es geschieht Überraschendes: eine ältere Frau, die offenbar Aufsicht führt, erteilt zweien der Stickerinnen eine Anweisung, sie gehen ins Haus, kommen mit einer Leinenrolle zurück, breiten sie auf der Arbeitsfläche aus.

Eine bereits fertige Bahn; ich erkenne die Figuren wieder, die Schablonen erleichtern das, auch die Beischriften, und der Zusammenhang wird klar. Sobald die Bahnen fertig sind, wird man sie aneinandernähen und in einem Burgsaal, einem Palas, aufhängen in Sichthöhe – wahrscheinlich über Eck. Denn es wird sogar eine zweite Rolle geholt und ausgebreitet. Eine ornamentreiche vertikale Leiste markiert den Anfang – mit der wird, wohl auf einer vierten Leinenbahn, eine ähnliche Schlußleiste korrespondieren. Dazwischen die Bildgeschichte, in Leserichtung abzuschreiten. Ich nenne, freilich nur halblaut, einige Stichworte: Guiniver, Gattin des Königs Artus ... Ritter Lancelot ... Fenstergitter, das er auseinanderbiegt ... Liebesnacht ...

Eine der Frauen bringt mir, wie zur Bestätigung, einen Becher mit einer Flüssigkeit, die weder Wasser noch Wein ist: eingetrübt, süßlich riechend. Nach dem ersten Schluck weiß ich: Molke. Und trinke den Holzbecher gierig leer – hab schon lang nichts mehr getrunken. Ich bedanke mich noch mal, den Becher zurückreichend, stelle aber auch jetzt noch nicht die Frage nach Gottfried, im Kopf umherwirbelnd wie ein unerlöster Flaschengeist.

Der Zeitpunkt wäre aber auch ungünstig, denn es reitet eine Dame heran, auf die eine der Frauen zugeht; die andren halten in der Arbeit ein. Sie alle grüßen untertänig, wie mir scheint. Die eine Stickerin hält das Pferd am Zügel fest, während die Besucherin vom Damensattel herabrutscht und lässig elegant aufspringt. Die Herrin begutachtet, mit der Aufseherin sprechend, die Arbeit, scheint nicht mit allen Details zufrieden, moniert auch die Beischrift, deren Buchstaben zusehends kleiner werden; sie besteht offenbar auf einer kürzeren Fassung oder auf geänderter Raum-Aufteilung.

Das Fachgespräch wird sich noch hinziehn, also verabschiede ich mich mit einem Wink, den freilich nur die Frau am Pferd wahrnimmt. Ich kehre zum Münster zurück, an ›meinen‹ Platz, der fast schon Stammplatz ist, setze die Kiste ab. Noch immer hocken, stehen einige Männer und Frauen in der Andeutung eines Halbkreises. Ich nicke grüßend, frage mich zugleich, ob Nicken in solch einer Situation als Gruß verstanden wird, hebe winkend die Hand. Auf der Kiste breite ich eine der Seidenbahnen aus, lege die Seidenknäuel drauf, schwenke, weitere Zuhörer anlockend, eine zweite Seidenbahn. Nun endlich interessiert sich jemand für meine Ware: herantretend prüft ein Mann den Seidenfaden, kauft beide Knäuel. Ich lasse mir Münzen auf die Handfläche legen, akzeptiere die Zahlung in blindem Vertrauen, bin endlich solvent.

Nach diesem Verkauf künde ich die Fortsetzung der Seidensaga an mit dem Stichwort, Lockwort »Takla Makan«, füge das ebenso klangvolle »Samarkand« hinzu, markiere mit der rechten Hand Takla Makan, markiere, mit ebenfalls gestrecktem Arm, Samarkand, lasse die Hand von der Markierung Samarkand zurückschwingen zur Markierung Takla Makan, entfalte, »Takla Makan!« rufend, wieder die Seidenbahn, mache sie zur Seidenfahne, lasse sie hin und her schwingen, Takla Makan, Takla Makan, beschwöre den sicherlich oft schon beschworenen heißen Wind der Wüste Takla Makan, die, so weit das Auge reicht, aus Sandhügeln, Sandkegeln, Sanddünen besteht. Jede Hufspur, Fußspur wird dort von Sand überweht, die Karawanenwege bleiben höchstens markiert durch Skelette, Knochen: Skelette, die zu Knochen zerfallen, Knochen, die im Sand verschwinden; Jahre oder Jahrzehnte später können sie wieder sichtbar werden, um erneut überweht zu werden. Sobald Lastentiere auf dieser Route zusammenbrechen, verenden, werden sie rasch, ganz rasch von Ameisen abgenagt bis auf die Knochen, die zuletzt blanken Knochen. Die Ameisen sollen sogar Gold fressen! Ja, die Gold fressenden Ameisen der Wüste Takla Makan und die heißen Winde der Wüste Takla Makan und die Dämonen der Wüste Takla Makan. Dazu die Stimmen Unsichtbarer in der Wüste Takla Makan: heisere Schreie von Männern, die beim Transport von Seide gestorben sind oder von Räubern niedergemacht wurden. Wen die nicht umbringen, wen Hitze, Hunger, Durst nicht töten, den kann der Schwarze Wirbelwind, der Schwarze Wirbelsturm in den Tod treiben: plötzlich, urplötzlich wird es finster, ein Sandsturm kommt auf, sogleich müssen die Kamele in die Knie gezwungen werden, sogleich muß man sich seitwärts neben die Kamele legen, sogleich muß man, in dieser Deckung, den Kopf mit Tüchern umhüllen, und das deute ich an, indem ich mich hinter die Kiste kaure, den Kopf mit dem Seidentuch umhülle, und ich spreche, rufe, schreie weiter durch das Seidentuch, denn dieser Sturm, Sturm, Sturm schleudert nicht nur Sandkörner, sondern Steinchen, ja Steine durch die Luft, das kann sich über Stunden hinweg so fortsetzen.

Langsam stehe ich auf, halte dabei Ausschau, ob sich ein Mann hinzugesellt hat, der dem Phantombild Gottfried entsprechen könnte, aber der stellt sich nicht ein. Also setze ich die Erzählung fort: sie soll in dieser Sequenz noch in die Region der Flammenden Berge führen, jener rotbraunen, völlig kahlen Berge, die vor allem die Oase Tufan umgeben und diesen kleinen Ort mit Karawanserei zum »Feuerloch« machen, zum allerheißesten Ort dieser Route; so ist der kleine See dort nur noch Salzsee, flirrend, gleißend. Wenn sich über dieser desolaten Region doch einmal Wolken zusammenziehen und es tatsächlich zu regnen beginnt, so erreichen die Tropfen nicht den Boden, sie verdampfen in der Luft. Weil man sich das am Oberrhein kaum vorstellen kann und weil man mich wohl nicht mit jedem Wort versteht, lasse ich mit flirrenden Fingern Regentropfen vom (hier blauen) Himmel fallen, und die Tropfen wie weggewischt, wie weggeblasen. Kein Tropfen, so betone ich durch Wiederholung, kein Tropfen erreicht den Salzsee, erreicht Tufan, erreicht die Flammenden Berge.

Von diesen rot flammenden Bergen ist es noch weit, weit bis Kashgar mit der großen Karawanserei, in der viele Geschichten erzählt werden, von denen eventuell die eine oder andere in meiner Fortsetzung folgen wird, in meiner späteren, denn nun mache ich eine Pause, muß unbedingt was essen. Ich falte die Seidentücher zusammen, stecke sie ein, nehme die Kiste mit, diesmal schon aus Gewohnheit, gehe zu einem Gasthof, den ich beim Streifzug geortet habe.

Eine Tafel für alle. Ein Tischtuch: grobes Leinen, bekleckert. An einem noch freien Platz liegt ein kleines Fladenbrot bereit – Seitenblicke zeigen mir, daß es als Ablage benutzt wird für Fleischstücke; die weich gewordenen Brotabschnitte werden nach und nach mitgegessen – je weiter fortgeschritten das Mahl, desto kleiner der ›Teller‹. Nur ein Holzbecher pro Tischseite, der wird hin und her gereicht. Zwei gedrechselte Schüsseln in der Mitte: eine mit Hühnerfleisch in Soße, die andre mit Rindfleisch. Kein Gemüse, kein Salat – Fleisch und Brot beherrschen die Tafel. Die Männer am Tisch spießen Fleischstücke mit Messern auf, führen die zum Mund. Daran habe ich nicht gedacht: mir ein Messer mitzunehmen. Mit den Fingern zugreifen? Zwischendurch jeweils das Messer eines Nachbarn ausleihen? Fleisch mit einem der geschnitzten Löffel essen, die in der Tischmitte bereitliegen? Ab und zu nimmt ein Gast einen der Holzlöffel, füllt ihn mit Soße, schlürft sie weg, wischt den Löffel am Saum des Tischtuchs ab, legt ihn zurück. Wäre es unpassend, ein Fleischstück mit einem Löffel aus der Schüssel zu nehmen? Der Wirt sieht meine Verlegenheit, legt ein Messer vor mir ab. Ich spieße ein Stück Hühnerfleisch auf.

Nagend, kauend versuche ich mich einzuhören in ein Gespräch, das auf der anderen Seite der Tafel geführt wird. Der das Wort hat, scheint Bootsbauer zu sein, drunten am Rhein. An diesem Tag ist seine Arbeitsmotivation offensichtlich gering: Ausstrahlung eines Mannes, der sich Zeit läßt. Wörter, Fachausdrücke, die dem Nebenmann offenbar etwas sagen, mir aber nicht. Doch aus dem Kontext schließe ich, worum es geht. Und so höre ich vorerst nicht mehr hin. Das Gespräch neben mir ist allerdings (fast völlig) unverständlich; mit meinem angelernten Mittelhochdeutsch komme ich mir vor wie mit meinem Englisch, wenn ich im fernen Nordwesten Irlands bin, an der Donegal Bay…

Zwischendurch austreten: ich finde, der Nase folgend, die kleine Latrine des Gasthauses, sehe den hellen Hintern eines kauernden Mannes im beinah finsteren Raum – Assoziationen an die Latrine eines abgelegenen chinesischen Klosters: mehrere helle Hintern schimmerten, im Düstern, über der glitschigen Betonfläche mit Löchern. Ich mache kehrt, gehe in den Hof, stelle mich vor eine Schuppenwand, an der schon viele gestanden haben müssen, kehre zurück in den Gastraum. Nun erst fällt mir auf, daß nicht geraucht wird – dennoch dicke Luft. Die Fenster klein; Ölhaut in den Rahmen, kein Blick hinaus. Luftaustausch allein durch die Tür, die offensteht? So dringt etwas mehr Licht in den niedrigen Raum, dessen Wände fast so dunkel sind wie in einer Räucherkammer.

Der Bootsbauer erläutert nicht mehr, er beginnt zu erzählen – es scheint um Hitze und Sand zu gehen. Ich horche nun doch wieder hinüber, verstehe freilich nur einzelne Wörter, Satzteile. »Suchten Brot, Wasser, Fleisch ... trieben Schafe zusammen ... schleiften Männer hinter den Pferden her ... Pferdekadaver, von Hungernden abgeschält ... Hals rauh ... Zunge wie aus Holz ... die kamen auf schnellen, wendigen Pferden ... schlugen zu, trabten davon ... Pferdeknöchel im Steingeröll gebrochen ... zu Fuß weiter ... Verwundete, Kranke über die Sättel geschwungen ... alles von Staub überzogen ... krepierte Pferde, gefledderte Leichen ... Fliegen, Fliegen, Fliegen ... immer wieder von Trupps überfallen ... hohe Verluste ... Durst ... schrie nach Wasser ...« Einordnen, zuordnen kann ich das nicht: geht es um einen Feldzug, etwa im südlichen Italien, geht es um einen Kreuzzug?

Die Schüsseln bald leer, das Tischtuch noch stärker bekleckert. Keine Krümel. Ich halte dem Wirt auf flacher Hand einige Münzen hin, er bedient sich. Gestärkt entschließe ich mich nun doch zu aktiver Suche. Ich gehe auf den nächsten Kirchturm zu: auch dort ein Klostergebäude neben der Kirche? In einem der Klöster der Stadt könnte Gottfried eventuell arbeiten oder sich zuarbeiten lassen.

Ein kleines Fenster im Mauerwerk neben der Pforte. Ich begrüße den Pförtner – im kleinen, dämmrigen Raum ist er kaum zu erkennen. Ich frage, ob in diesem *monasterio* jemand namens Godefridus, Gottfried arbeitet. Der Mönch zieht den Laden zu. Ich rufe in die Ritze, ob Gottfried, Godefrid, ein *clericus*, in diesem Kloster weilt, hier arbeitet, als Gast, doch der Laden bleibt geschlossen.

Im Klosterbau setzt ein Chor ein: eher Sprechgesang als Gregorianik. Ein Wiederholungsmuster, doch ich verstehe kein Wort. Ich klopfe an die Holzklappe – sie bleibt zu. Fortgesetzt der Sprechgesang ... Das Fließgeräusch eines kleinen Flusses ... Das

Plicken von Meißeln auf Steinquadern … Der Sprechgesang bricht ab.

Ich beschließe, zu warten – Hartnäckigkeit muß ich mir nicht aufzwingen. In einem Abschnitt, in dem es ausnahmsweise kaum nach Urin riecht, setze ich mich, lehne mich zurück an eine Mauer, behalte die Klosterpforte im Blick. Nacheinander beschnüffeln mich ein paar Hunde, trollen sich wieder. Vorbeigehende Frauen und Männer scheinen mich nicht zu beachten, Kinder werden offenbar von mir ferngehalten. Gleichmäßig das Geräusch fließenden Wassers. Irgendwo wird weiterhin Stein bearbeitet. Nach ein paar hundert oder tausend Schlägen öffnet sich die Klosterpforte, und heraus tritt ein Mann. Er kommt nach kurzem Zögern auf mich zu. Jäh beschleunigter Herzschlag. Ich stehe auf, halte ein Seidentuch in beiden Händen wie eine Opfergabe. Der Mann streicht über das Gewebe, gönnt mir ein freundliches Lächeln, geht weiter.

Und jetzt? Zurückkehren zum Münster? Daß die gesuchte Person von einer Fortsetzung der Seidensaga geködert werden könnte, dies erscheint mir nun recht unwahrscheinlich. Nicht einmal die Flammenden Berge, das Feuerloch, der Mondsichelsee konnten einen Gottfried anlocken. Was könnte ich jetzt noch einbringen? Geschichten von Überfällen? Von Geiern auf Leichen? Von abendlichen Erzählrunden an Feuern in Höfen von Karawansereien?

Ich schiebe eine Entscheidung auf, will erst mal eine Apotheke suchen. Der Magen hat spürbar Mühe, das Essen zu verarbeiten – die Brühe zu fett? Ich werde meiner Nase nachgehn: Wahrnehmung eingestellt auf den konzentrierten Duft getrockneter Kräuter.

Eine Straße wieder, in der zwischen Fachwerkhäusern vereinzelt Steinhäuser stehen. Vor einem vergleichsweise stattlichen Haus, das einem der Straßburger Fernhändler gehören könnte, spielen zwei Buben mit Ritterfiguren. Gleich vergesse ich das Magengrummeln, Magenkneifen, bleibe stehn, schaue zu. Auf einer Tischfläche schieben die beiden Jungen an waagrechten Stäben Ritter und Rösser aufeinander zu. Roß und Reiter jeweils aus Holz, sorgsam geschnitzt, und mit Applikationen: der Stoff eines Waffenrocks, das Blech eines Helms. Die Figuren sind nicht starr:

Hüftgelenke, Schultergelenke. Auch die Angriffshaltung scheint bei den Reitern korrekt wiedergegeben: die Beine schräg vorgestreckt in langen Bügeln, die Oberkörper vorgebeugt, der Winkel zwischen Oberkörper und Beinen etwa 45 Grad.

Die Kaufmannssöhne simulieren eine Tjost, den Zweikampf hoch zu Roß: von den Stirnseiten des Tischs her werden die Reiter erneut aufeinander zugeschoben, beide Lanzen waagrecht, eine dieser »eingelegten« Stoßlanzen trifft den Schild der andren Reiterfigur, aber das bleibt ohne Wirkung. Die Figuren werden in die Ausgangspositionen zurückgezogen, werden gleich wieder aufeinander losgeschoben, nun schon schneller, heftiger, aber keine der beiden Figuren fällt vom Pferd. Das wäre auch gar nicht so leicht, denn der Sattel ist jeweils in der damals üblichen Form geschnitzt: ein Sattelknauf vorn, ein Sattelbogen hinten, also können die Panzerreiter nicht, hart getroffen, vom Sattel rutschen und über die Kruppe hinweg nach hinten stürzen, sie können, wortwörtlich, nur aus dem Sattel »gehoben« werden; es gelingt den Spielern aber nicht, die Lanze genau auf die Kinnpartie des andren Reiters zu richten und so die Figur aus der Sattelmulde schräg aufwärts zu stemmen.

Obwohl die Anläufe, die Attacken heftiger werden – es bleibt kaum jemand stehen, und schon gar nicht bildet sich ein Kreis: in dieser Händlerstadt scheint man sich nicht sonderlich für Ritterkämpfe zu interessieren, auch nicht in modellhaften Abläufen. Ich gehe weiter.

Arbeitstagebuch. In der S-Bahnstation »Unter den Linden« wartend, betrachte ich, über das Gleis hinweg, die Großreproduktion eines Kupferstichs: Berlin 1688. Die Stadt als gewaltige Festungsanlage, mit Bastionen.

Eine Stadt als Festung: immer noch...! Im Mittelalter war jede Stadt, zumindest nördlich der Alpen, von Mauerwerk mit Türmen umgeben. Und die Wohnsitze der Herren waren enge, düstere Burgen. Ein Zeitalter, in dem man sich offenbar permanent bedroht fühlte, in dem man sich unablässig schützen mußte:

Burgmauern wie Stadtmauern bezeugen das. Vor dem Mauerwerk: latentes Krisengebiet, potentieller Kriegsschauplatz.

Die Bedingungen, gesellschaftlich, zivilisatorisch, unter denen Liedtexte und Versromane entwickelt wurden, sie scheinen mir extrem hart. Man lebte *zwischen Alptraum und Traum.* In einer Zeit kollektiven Alptraums der literarische Traum von nobler Grals-Gemeinschaft, edlem Grals-Königtum: *Parzival.* In einer Zeit kollektiven Alptraums der literarische Traum von einer Liebe, die sich primär setzt: *Tristan und Isolde.*

Ich stelle Daten einiger der Kämpfe und Kriege zusammen für das halbe Jahrhundert vor der Zeit, in der Gottfried an seiner Fassung des Versromans gearbeitet haben dürfte.

Elfhundertachtundfünfzig: Friedrich Barbarossa, wie schon erwähnt, marschiert mit einem Heer in Oberitalien ein, um die lombardischen Städte mit Gewalt daran zu erinnern, daß sie zum Römischen Reich der Deutschen gehören und damit zu (erheblichen) Zahlungen verpflichtet sind.

In den Jahren 1166 und 1168 besiegen die Erzbischöfe Rainald von Köln und Christian von Mainz die aufsässigen Italiener von Tusculum. Und Friedrich Barbarossa erobert Ancona. Eine Seuche bricht aus und dezimiert das kaiserliche Heer, auch Rainald stirbt. Erneute Fehde zwischen Heinrich dem Löwen und seinen Nachbarn, der Kaiser muß schlichtend eingreifen. Der dänische König erobert Rügen. Sechs Jahre später wird ein weiterer »Italienzug«, Italienfeldzug fällig: sie gehören, wie sich schon zeigte, zum Standardprogramm deutscher Könige des Mittelalters.

Zwischenresümee von Georges Duby: »So blieb die Vorstellung eines vollständig unter der Leitung des Kaisers als einzigem Führer vereinigten christlichen Volkes eine Angelegenheit der Schwärmerei.«

1176 wird erneut ein kaiserliches Heer Richtung Mailand in Marsch gesetzt – und zurückgeschlagen. Drei Jahre später führt Heinrich der Löwe Krieg gegen den Erzbischof Philipp von Köln. Ein Jahr darauf der Reichskrieg gegen Heinrich. 1189 der mittlerweile dritte Kreuzzug – verlustreiches Debakel wie der Kreuzzug zuvor. Es folgen die Feldzüge des Kaisers Heinrich: zweimal sein Marsch nach Sizilien. Seine Kämpfe im Norden.

1198 die Wahl seines Nachfolgers, dies freilich doppelt. Und damit: mehr als ein Jahrzehnt lang Krieg im nördlichen Teil des Römischen Reichs. Philipp (nach seinem extrem grausamen Bruder Heinrich eine offenbar freundlichere Erscheinung) kann sich mit Feldzügen, Bestechungsgeldern, der Vergabe von Privilegien mehr und mehr durchsetzen, doch dann wird er 1208 ermordet, aus privatem Motiv.

Und damit Redaktionsschluß für diese verkürzte Auflistung von Kriegen, die auf deutschem Gebiet stattfanden oder vom Römischen Reich ausgingen oder an denen sich das Römische Reich beteiligte. Georges Duby: »Das europäische Mittelalter lebte während seiner ganzen Geschichte in einem dauernden Krieg.«

* * * *

Kritische Gegenlektüre dieser Auflistung. Sie ließe sich erweitern durch regionale Kriege, durch Belagerungen von Städten und Burgen. Doch auch in der verkürzten Form dürfte die Liste etwas aussagen über jene Zeit.

Oder sagt sie eher etwas aus über *meine* Zeit? Während einer längeren Phase der Arbeit an diesem Buch werde ich fast täglich konfrontiert mit Nachrichten über Vorbereitungen zum Krieg im Irak – kurz nach dem Krieg in Afghanistan, nach den Kriegen im ehemaligen Jugoslawien ... So frage ich mich, ob ich Erfahrungen aus meiner Zeit in jene Zeit übertrage.

Für uns gewinnt selbst der regional entlegenste Krieg (Falkland-Inseln!) Präsenz durch Medien. Was hingegen erfuhr man in Straßburg (wo mit all den Waren auch Nachrichten eintrafen) zum Beispiel über den soundsovielten Italienfeldzug des Friedrich Barbarossa? Oder über die Eroberung der Insel Rügen? Wie lange wäre eine Nachricht von dieser Insel unterwegs gewesen bis zum Oberrhein – auf Füßen, Hufen oder Rädern? Mußte diese, mußte solch eine Nachricht auf der langen Zeitstrecke nicht an Bedeutung verlieren? Sich gleichsam verkrümeln?

Bei weiträumigem Überblick hat ein Gottfried seine Version

des Tristan-Romans, hat ein Wolfram seine Version des Parzival-Romans, hat ein Neidhart, hat ein Walther seine Liedtexte *in tempore belli* verfaßt. ABER: Wieviel haben Menschen jener Zeit von den Kriegen jener Zeit eigentlich wahrgenommen? Selbst der lange Kampf der beiden jungen Männer um die Alleinherrschaft: im Winter ruhte auch dieser Krieg, und in wärmeren Jahreszeiten schlief er wiederholt ein. Kam es tatsächlich zu Kampfhandlungen, so wurden die nur in der jeweiligen Region realisiert.

Nur einmal wurde dieser Thronkrieg zur Erfahrung für einen Bewohner der Stadtfestung Straßburg. Gleich zu Beginn des offen ausgetragenen Machtkampfs, im August 1198, ließ Philipp durch seine Truppen einige Orte im Elsaß zerstören, ließ er weithin die Ernte auf den Feldern vernichten. Im darauffolgenden Jahr kam er wieder, erneut wurden Landstriche verwüstet, und ab Juli die Belagerung der Stadt, deren Bischof Partei ergriffen hatte für den Welfen Otto – dies vor allem aus Familieninteressen. Die Vorstädte (Vorstädtchen) wurden besetzt und niedergebrannt, der Sturm auf die Mauern des Stadtkerns wurde vorbereitet – schon durch Beschuß mit einer Blide, einem der Großkatapulte? Die Bürger sahen voraus, daß Verteidigung sinnlos sein würde, heftige Auseinandersetzungen mit dem Bischof, der unbedingt den Kampf fortführen wollte; sie zwangen ihn, mit König Philipp Frieden zu schließen. Der garantierte, daß die Stadt nicht weiter beschädigt würde. Und gewährte Privilegien.

Von da an blieb der Krieg für einen Bewohner dieser Stadt wohl eher präsent in (noch) sichtbaren Folgen. Die niedergebrannten Vorstädtchen mußten aufgebaut, die offenbar beschädigten Stadtmauern repariert werden. Dabei entschloß man sich zu einer großzügigen Lösung: das Stadtgebiet auszudehnen auf die gesamte Insel zwischen Ill und Breusch. Die Stadt war zu Beginn des 13. Jahrhunderts also weithin Baustelle. Sicherlich kam schon mal die Angst auf, der Krieg könnte zurückkehren, aber es wird, es muß lange Phasen gegeben haben, in denen für einen Stadtbürger nicht einmal der ›Bürgerkrieg‹ Präsenz besaß – der spielte sich weit jenseits des Horizontes ab...

Also: die aufgelisteten Kriege und Feldzüge waren zweifellos

Realität, historische Realität. Aber sie waren wohl nur zum Teil oder bloß gelegentlich oder lange Zeit überhaupt nicht Realität für Zeitgenossen. Wo jede Nachricht wochenlang unterwegs war, und im Winter auf der Strecke bleiben konnte, da verlor vieles an Relevanz, das für uns aktenkundig ist.

Kurzer Nachtrag. Die hohe Bereitschaft zur Anwendung von Gewalt, die dichte Folge von Kriegen, die oft tödlichen Kampfspiele: all dies könnte Rückwirkungen gehabt haben auf die Mentalität damaliger Zeitgenossen. Auffällig oft wird in Chroniken das Zerstückeln von Körpern und Leichen erwähnt. Hier sehe ich einen Zusammenhang mit dem Fighter Tristan, der Morolds Leichnam in drei Teile zerlegt und den Gefolgsleuten des Besiegten als »Präsente« anbietet.

Literarische Fiktion in historischem Kontext. Denn: das Zerteilen von Leichen höherer Herrschaften war weithin Ritual. Als Friedrich Barbarossa in einem kleinasiatischen Fluß ertrunken war, wurde sein Leichnam aufgeteilt. Herz und Eingeweide wurden in Tarsus, dem heutigen türkischen Adana, beigesetzt; das Fleisch wurde in Antiochia bestattet, in der Kathedrale St. Peter; die Gebeine schließlich, deren Transport problemlos war, sie wurden in der Kathedrale von Tyrus beigesetzt, nördlich von Akkon. Der Leichnam wurde also weit verteilt: an die heutige türkische, syrische und israelische Küste.

Was in diesem Fall mit bedacht werden muß: Friedrich starb im Juni; die Leichenteile wurden demnach über Hunderte von Kilometern hinweg bei großer und größter Hitze transportiert – die Konditionen für die Begleitmannschaft dürften hart gewesen sein.

Das Zerstückeln einer Leiche konnte auch Mittel von Machtpolitik werden. König Stephan I. von Ungarn hatte, nach dem Tod seines Vaters, eine der weithin üblichen Familienfehden auszufechten: er führte Krieg gegen den Familienältesten, der Ansprüche stellte nach dem Tod des Königsvaters. Stephan besiegte den Onkel, ließ die Leiche vierteilen, die Stücke in verschiedene

Richtungen transportieren und wiederholt ausstellen, zur Abschreckung potentieller Insurgenten.

Das Zerstückeln fast als Obsession. Als Papst Silvester (»auch Gerbert geheißen«) spürte, daß es mit ihm aufs Ende zuging, rief er einige Kardinäle zusammen, gestand ihnen, daß er in seinem Leben schwer gesündigt habe, er wolle dies in der Stunde seines Todes büßen, um nicht in die Hölle, sondern nur ins Fegefeuer zu kommen, und so forderte er die hohen Herren auf, ihn schon vor seinem natürlichen Hinscheiden zu zerstückeln und Glied um Glied vors Haus zu werfen.

Weitere Beispiele dieser Art ließen sich aufspüren, aber die hier reichen wohl.

Simulation vier. Giraut soll Chastelain, dem Prior, weiter berichten, wie er den Tristan-Roman fortzuführen gedenkt, nach den Quellen, die er studiert, von Bruder Lucas beraten. Ein Gespräch im Klostergarten, unter einem der Obstbäume, an einem hochsommerlichen Tag? Ein Gespräch in einem Klosterraum, weil es seit Tagen regnet und es steht eine Flut bevor, die in einer Chronik Erwähnung finden wird?

Wo und wie auch immer – Chastelain muß sich erst einmal etwas von der Seele reden, ehe er sich der Fortsetzung der Geschichte widmen kann. Eine der ihn oft sehr bedrängenden Fürsorgepflichten ... In diesem Fall war es seine Aufgabe, einen der Novizen aufzurichten, der von jener Traurigkeit befallen war, die er, Chastelain, in jungen Jahren auch einmal erlebt, erlitten hatte auf der Inselwelt des Klosters, fernab von Dorf und Stadt. Auch diesem Novizen erschien das monastische Leben in einer jähen Anfechtung als sinnentleert, ja, er begann zu zweifeln an der Existenz Gottes. Zwar erinnerte er den Novizen an die Grundsätze, die sich in solchen Fällen von selbst aussprechen: Ausdauernd zu sein im Studium der Heiligen Schrift, vorbildlich im Gehorsam, aufopferungsvoll in der Nächstenliebe und dafür in den Genuß der Kontemplation zu kommen. Doch hörte er aus dem anhaltenden Schweigen heraus, daß diese Hinweise nicht weiterhalfen. Ein Zustand der Verwirrung, der ihn an eigene, frühe Erfahrungen erinnerte, gleichsam rückwirkend. In der Nacht, die dem letztlich vergeblichen seelsorgerlichen Gespräch folgte, fand er keinen Schlaf. Irritationen, Perturbationen…

Ja, er hatte solche Nöte selbst erlebt. Schließlich war er nicht von Kindesbeinen an dazu bestimmt, in ein Kloster zu gehn. Über seinen Vater hatte er Gefallen gefunden an einer ganz anderen Welt. Conon war Zimmermann, und er stellte nicht nur Truhen her oder baute Dachstühle, er konstruierte Bliden. Sobald sein Vater von einem Feldzug, von einer Belagerung hörte, packte er seine Bündel und ritt los, errichtete jeweils am Ort der Belagerung eins seiner riesigen Katapulte, für die er weithin bekannt war. Das hieß erst einmal: Zimmermannsarbeit mit riesigen Hölzern – vor allem die Schleuderwippe mußte sehr sorgfältig hergestellt werden; besonders genau mußte der Punkt austariert werden, an dem die Achse durchgezogen wurde. Auch hier zeigte Conon Augenmaß, wahrhaftig Augen*maß*.

Das hat ihn früh schon beeindruckt; als er zehn war, durfte er zum ersten Mal mit auf die Reise. Das geschah nicht zum Vergnügen, er mußte seinem Vater zur Hand gehn, war ja nun auch alt genug dazu. Vor allem bestand seine Aufgabe darin, den Kasten des Gegengewichts mit Steinen zu füllen. Auch hier brauchte man ein sicheres Auge, eine sichere Hand: auf das Pfund genau mußte das Gegengewicht stimmen für den grob bearbeiteten Steinbrocken, der genau dorthin geschleudert werden mußte, wo die Bresche entstehen sollte. Manchmal, wenn Vater rechnete oder skizzierte, stand er vor der Wippe, die ihm als Kind besonders groß erschien, und er stellte sich vor, er selbst würde in hohem Bogen hinauf- und hinausgeschleudert, würde fliegen, fliegen, fliegen, um schließlich in einen benachbarten See zu platschen … Wäre alles zu berechnen gewesen!

Ja, er entwickelte schon in frühen Jahren das rechte Augenmaß für das Füllen des Kastens, der nach dem Lösen der Arretierung niedersauste und das längere Ende des Wippbalkens hochschnellen ließ, mit der Schleudermulde, mit dem bearbeiteten Steinbrocken. Meistens trafen sie. Und so hätte er, in der Nachfolge seines zuletzt gichtkranken Vaters, bis ans Lebensende genug Aufträge gehabt zum Bau von Katapulten, wäre es nicht zu seiner Bekehrung gekommen. Nicht durch eine Vision, auch nicht durch Predigt oder Traktat, sondern durch eine Geschichte.

Er war unterwegs zu einer weiteren Stätte der Belagerung; es traf sich, durch Gottes Fügung, daß er zwei Tage lang mit einem Novizenmeister dahinzog – der freilich ein ganz anderes Ziel hatte. Er nutzte jedoch die Gelegenheit und lud den jungen Begleiter ein, sich seinem Konvent anzuschließen.

Es gelang ihm allerdings nicht, ihn mit Argumenten auf den rechten, auf den wahren Weg zu bringen. Dies erkennend, erzählte ihm der Novizenmeister die Geschichte vom Wunder bei Clairvaux. Als Mönche dort bei großer, ja größter Hitze Getreide schnitten, ihr Los beklagend, da schritt die Mutter Gottes, begleitet von Anna und Maria Magdalena, von den Bergen herab, und sie wischten den Mönchen Schweiß von den Stirnen, fächelten ihnen Kühle zu. Diese Geschichte berührte, ja bewegte ihn so sehr, daß er versprach, er werde, sobald er seinen Auftrag erfüllt hätte, zum Kloster kommen, dort um Aufnahme bitten in den heiligen Konvent. So geschah es auch.

An all dies wurde er erinnert in der schlaflosen Nacht. Und: wie ihn, auch nach Jahren im Konvent, zuweilen Unruhe befiel, wie er gelegentlich zu zweifeln begann, ob er wirklich für das monastische Leben bestimmt sei. Überwach nahm er an den Vigilien teil, und noch während er sang, genauer: während er sich wie von fern her singen hörte, verwirbelten sich in seinem Kopf aufs Neue diverse *perturbationes*. Doch nun hofft er, trotz der Übermüdung, ja Überreizung, wieder Ruhe zu finden beim Anhören der Geschichte, die Giraut, hoffentlich unbehelligt von Perturbationen, weiterentwickelt haben wird. Bis zu welchem Punkt war man gekommen?

Giraut nennt das Stichwort Flucht – Tristans Flucht aus der Kapelle, in der seine Bewacher ihn beten ließen, wie sie glaubten, doch er arbeitete sich durch eins der sicherlich schmalen Fenster im Chor hinaus, blieb eine Zeitlang an einer Felsnase der Steilwand hängen, ließ sich in einem geeigneten Moment ins Meer fallen. Weit schwimmen und lange laufen mußte er offenbar nicht, der wackere Courvenal wartete am rechten Punkt zur rechten Zeit, beritten und mit dem Pferd seines Schülers, seines Herrn; so fällt es Tristan leicht, sich den Verfolgern zu entziehen, die sofort ausschwärmen werden nach alarmierenden Wutschreien der getäuschten Bewacher vor der Kapelle.

Bedrohlich hingegen sieht es aus für Isolde; sie befindet sich auf dem Weg zum Scheiterhaufen, offenbar außerhalb der Stadt oder Burg errichtet. Ein Fremder nähert sich dem Trupp, an dessen Spitze König Marke reitet und hinterdrein Isolde, in härenem Gewand, in Fesseln. Der Reiter, der sich der kleinen Kavalkade nähert, ist ein Herzog, den Lepra entstellt hat. Mit zerfressenen Lippen spricht er den König an: Er habe erfahren, die Frau dort hinten solle einen möglichst schlimmen Tod erleiden und deshalb lebendigen Leibes verbrannt werden. Das aber, sagt der Herzog, sei viel zu milde in Anbetracht ihres Verbrechens, er hätte einen anderen Vorschlag.

Und zwar? fragt der König. Der Herzog: Herr, übergebt mir Eure Frau, ich werde dafür sorgen, daß sie den allerschlimmsten Tod erleidet, der sich denken läßt. Ich werde sie zum Siechenhaus bringen, dort sind hundert Männer und mehr, die schon lange keine Frau mehr hatten, die werden sie der Reihe nach schänden, und dies so oft und so lange, bis sie stirbt.

Der König fragt, ob der Herzog völlig sicher sei, daß Isolde sterben werde, wenn all die Aussätzigen ihr Gewalt antun würden.

Der Herzog will sich für den Tod der Königin verbürgen. Sollte sie diese Massenschändung wider Erwarten überleben, so könnte der König ihn, den Herzog, seine Söhne, sein Gefolge und alle Männer aus dem Leprosenhaus töten lassen.

Darauf übergibt der König seine Frau dem aussätzigen Herzog. Der nimmt sie vor sich aufs Pferd und reitet los, gefolgt von Söhnen und Anhang.

Nun aber geschieht, was zu erwarten war: Tristan taucht auf als rächender Engel. Er spaltet mit einem Schwerthieb den Herzog bis zur Brust, flieht gemeinsam mit Isolde. Oder, zutreffender: er setzt die Flucht fort, nun gemeinsam mit Isolde. Diese Flucht führt in einen ebenso weiten wie dichten Wald. Dort bauen sie sich einen Unterschlupf, unterstützt von Courvenal, der hier wieder erwähnt wird, später aber bis auf weiteres aus dem Text verschwindet. Es ist nicht mal eine Hütte, die dort im Wald entsteht, es ist ein Unterschlupf aus Holz, Gras, Laub. Ihre Bleibe für die nächsten Jahre.

Warum, wieso, weshalb dieses erbärmliche Leben, könnte Chastelain nun fragen. Warum nur dieses Gehäuse aus Ästen mit Blättern? Da kann sich doch jeder denken, wie es in solch einem Unterschlupf zugeht: Regen tropft, Schnee rieselt durchs Geäst, später kommen Reif und Eiszapfen hinzu. Das schöne Paar sicherlich bald ausgemergelt, womöglich von Frostbeulen geplagt. Dabei hätte dieses Paar, jenes Paar – um hier den *advocatus diaboli* zu spielen – in einem so weltlichen Roman weitaus eher jede Form von Schutz verdient. Der Prior denkt hier an einen Garten, umschlossen von einer Ringmauer, die von einer zweiten Ringmauer unablässig umkreist wird: »La Mule sans frein« …

Nach der Lektüre dieses Versromans – gemeinsam mit Bruder Lucas, der einen gut entwickelten Sinn für schwierige Konstruktionen hat – stellt sich Chastelain den Zufluchtsort für Liebende im Detail so vor: Ein *hortus conclusus,* umgeben von der schon erwähnten Ringmauer im genau kreisförmigen Grundriß und mit nur einer einzigen Toröffnung; diese Ringmauer ist, in geringem Abstand, von der zweiten Ringmauer umgeben, auch sie mit nur einer einzigen Toröffnung. Und nun: ein starker Mühlbach treibt ein Wasserrad an, das seinerseits, über diverse Zahnräder etcetera, die äußere Ringmauer in Rotation versetzt.

Diese beiden Ringmauern kann man nur passieren im lidschlagkurzen Moment, in dem die Toröffnung der äußeren Ringmauer genau vor der Toröffnung der inneren Ringmauer vorbeikommt. Wer zu Fuß ist, müßte Anlauf nehmen; wer reitet, müßte rechtzeitig aus dem Stand losgaloppieren. Wenn man rennend nicht genau den rechten Moment abpaßt, wird man von den Kanten der Toröffnungen zerquetscht oder zerrissen. Und ein Pferd, ein Roß würde halbiert, der Reiter würde zumindest seine Schulterblätter verlieren und sein Hinterteil. Dies wären noch gelinde

Folgen; wer im falschen Moment losrennt oder losreitet, wird zerschmettert, denn mit eherner Regelmäßigkeit dreht sich die äußere Ringmauer um die innere.

Ganz anders wäre die Situation, wenn sich ein Liebespaar in den schützenden inneren Mauerbereich begeben wollte: die beiden könnten, wie von einem Schutzengel im rechten Moment auf die Schultern getippt, nebeneinander – selbstverständlich nur nebeneinander – die lidschlagkurze Doppelöffnung durchschreiten, ohne daß die zweite Ringmauer in ihrer Umdrehung langsamer würde.

Sobald die Liebenden die für alle Feinde der Liebe gefährliche Öffnung leichten Schritts durchquert haben, wird schon das Atmen zum Genuß: die Luft ist balsamisch gewürzt. Und es erwartet sie, so stellt er sich das jedenfalls vor, der Anblick eines wahren Wunders: in der Mitte, genau in der Mitte des überraschend weitläufigen Gartens ragt der Goldene Baum empor. Der ist unmittelbar umgeben von einer kniehohen, ebenfalls kreisrunden Mauer, die aus Hyazinth und Rubin besteht. Dieses Mäuerchen ist von Zinnen gekrönt wie jede Burgmauer, Stadtmauer; zwischen den Zinnen aber stehen Bäumchen aus rotem Gold. Und der Boden ist ausgelegt mit einem kostbaren, in allen Farben leuchtenden Mosaik.

In der Mitte nun dieser Baum aller Bäume, aus getriebenem Gold. Auf den Ästen zahlreiche Vögel, auch sie aus Gold. Und das Laub aus feinstem Blattgold, das sich bei leisestem Lufthauch bewegt. Unabhängig von äußeren Luftbewegungen aber singen die Vögel, die Amseln und Drosseln gleichen, Buchfinken und Distelfinken, Lerchen und Nachtigallen.

Soll ich das Geheimnis verraten? fragt Chastelain und wartet, in seinem Enthusiasmus, die Antwort gar nicht erst ab. Unter diesem Wunderwerk ein versteckter Kellerraum, in dem pumpen sechzehn Männer an acht Blasebälgen Luft durch Rohre und Röhrchen in jeden Ast und weiter in jeden Vogelleib mit den eingebauten kleinen, ja winzigen Pfeifen ... Diesen Raum mit den womöglich schwitzenden Männern an den Blasebälgen werden die Liebenden freilich nicht zu sehen bekommen, aus dem werden sie auch keinen Laut vernehmen, nichts darf ablenken vom vielstimmigen Vogelkonzert im goldenen Wunderbaum. Besonders abends, wenn die Vögel gemeinsam den Tag verabschieden, finden sich hier die Liebespaare ein, die in Zelten und Hütten dieses *hortus conclusus,* dieses *locus amoenus* wohnen, lassen sich nieder auf dem kostbaren Mosaik, lauschen, meist eng umschlungen, dem Singen der Vögel aus Gold ... Nun, was sagt unser Kompilator dazu?

Ach ja, seufzt Giraut, er würde dies allzugern übernehmen, doch er muß bei der Tradierung bleiben, zumindest in den Grundzügen, sonst ergibt sich nicht der Übergang zum weiteren Geschehen: der Entdeckung des Paares. Davor schützt es keine kreisende Ringmauer mit lidschlagkurzer Öffnung, vielmehr: bei einer seiner Jagden wird König Marke von einem Hirsch immer tiefer in den Wald gelockt. So entdeckt er, beinah zufällig, den Unterschlupf, sieht das Paar, schlafend. Was ihn irritiert: Tristan hat (übrigens auch diesmal) sein Schwert zwischen sich und Isolde gelegt. Das beruhigt den Ehemann. Wie zum Gruß legt er einen Handschuh auf Isolde, schiebt sein Schwert an die Stelle von Tristans Schwert, nimmt es mit.

Das Paar kann, nach dem Aufwachen, die Zeichen nicht recht deuten. Aber es ist klar, wer sie hinterlassen hat. Sofort brechen sie auf, wollen den König einholen. Das gelingt ihnen nicht, statt dessen stoßen sie auf eine Einsiedelei. Mittlerweile leben sie vier Jahre fern vom Hof, sie können die Armut nicht länger ertragen, wollen nicht weiter ausgeschlossen bleiben von der höfischen Gesellschaft, und so bitten sie den Einsiedler, dem König einen Brief zu schreiben, in dem sie Reue bekunden und die Erlaubnis zur Rückkehr erflehen. Der Eremit setzt das Schreiben auf, verlangt aber, daß Tristan es persönlich überbringt. Am Hof erklärt er sich denn auch mündlich bereit, Isolde dem König zurückzugeben.

Das wird positiv bewertet, dennoch wird er verbannt, diesmal für immer. Der Abschied. Tristan läßt sein Herz bei Isolde zurück. Er reitet los in Richtung Britannie, will zum Hof des Königs Artus. Doch er begegnet einer anderen, ebenfalls schönen jungen Frau, die gleichfalls Isolde heißt...

* * * *

Nachtrag: es schließt sich keine Fortsetzung dieser Geschichte an, die Giraut projektiert. Zwar bewähren sich die guten Beziehungen, Verbindungen des Priors, seine Anfrage wird an den Londoner Hof von Henry II. weitergeleitet, erreicht dort Eleonore, dessen Gemahlin, aber sie läßt ausrichten, wohl mit dem Ausdruck des Bedauerns: Sie hat bereits einen Tristan-Roman in Auftrag gegeben, ebenfalls an einen Landsmann, an Thomas. Er wird freilich – so hat er bereits angedeutet – nach einer anderen Quelle oder Vorlage arbeiten. Eleonore von Aquitanien, Königin von England, will und kann diesen Auftrag nicht kündigen, will aber auch nicht einen zweiten Tristan-Roman ausarbeiten lassen.

Mit dieser für Giraut enttäuschenden Nachricht könnte sich eine erfreuliche verbinden: Der Bischof (den Chastelain um Vermittlung gebeten hat) würde die Geschichte gern kennenlernen; er scheint bereit, die Ausarbeitung zu honorieren. Bei seiner Entscheidung könnte mitspielen, daß der Bischof gegenüber der sehr resoluten Frau in London Vorbehalte hat, nach einer Erfahrung, die er als schroffe Zurechtweisung, ja Zurückweisung empfunden hat. Giraut solle sich das Erzählen der Fortsetzung dieser Geschichte aufsparen für den anstehenden Besuch beim Bischof.

Er selbst, Prior Chastelain, möchte am gegenwärtigen Punkt der Geschichte innehalten. Denn nach dieser Begegnung mit der zweiten Isolde dürfte mit Sicherheit geschehen, was Ovid in den *Remedia amoris* empfiehlt: Heilung von der Liebeskrankheit, indem man eine Freundin oder deren zwei nimmt statt der einen Geliebten … Oder: einem mächtigen Fluß die Kraft nehmen, indem man ihn aufteilt in mehrere Wasserläufe. Mit einem weiteren Vergleich: *Saevaque diducto sipite flamma perit*, Wildes Feuer erlischt bei zerteiltem Brand … Erst das große Feuer, die verzehrende Leidenschaft, dann nur noch kleine Feuer … Weniger Nahrung für ihre Flammen … Erlöschen … Schließlich kein Feuer, keine Glut mehr in der Asche … Ja, so wird es, so muß es kommen. Nicht wahr?

Arbeitstagebuch. Ich muß mir wieder mal bewußt machen, daß Gottfried Struktur und Figuren eines Romans übernommen und bearbeitet hat – in einer Zeit freilich, in der von einem Schriftsteller, einem Dichter nicht die Entwicklung eines Originalstoffs erwartet wurde, sondern Weiterführung einer Überlieferung. Originalität wurde nicht vorausgesetzt, wurde nicht erwartet, Originalität entwickelte sich gleichsam als Spaltprodukt.

Was freilich bei Wolfram aus Eschenbach so wenig wie bei Gottfried aus Straßburg ausschloß: daß man sich so weit wie nötig und so viel wie möglich an einen überlieferten Text hielt. Wichtig, ja entscheidend war, welcher Tradierung man sich anschloß. Gottfried hat den Stoff nicht in der Version übernommen, die ich (quasi als Kontrastprogramm) in den »Simulationen« vermittelte, er hat sich an Thomas aus der Britannie gehalten. Die entschieden bessere Wahl, und sie wurde bewußt getroffen: Gottfried betont selbst, daß er geprüft, also verglichen hat!

Noch einmal sollte ich hervorheben, daß seine Vorlage nur in Bruchstücken überliefert ist, die, zusammengenommen, etwa ein Sechstel des Gesamtumfangs ausmachen. Und: daß die Fragmente überwiegend dort einsetzen, wo Gottfrieds Version endet. Ein paar kleinere Fragmente des ersten Teils aber lassen Vergleiche zu, und das Ergebnis: Gottfried hat die Vorlage ausdifferenziert und damit im Umfang deutlich erweitert.

Auch Thomas hat, wie Béroul, nach einer Vorlage oder nach verschiedenen Vorlagen gearbeitet. Hauptquelle aber dürfte die »estoire« gewesen sein, etwa in der Mitte des zwölften Jahrhunderts verfaßt: gleichsam der Ur-Tristan, zusammengefügt aus verschiedenen Sagen und Geschichten, und dies überwiegend aus dem keltischen Sprachraum. Dessen Grenzen waren weit gesteckt: zwischen der Bretagne und Irland. So läßt sich kaum rückschließen auf das Gebiet, in dem diese Geschichte ihren Ursprung hatte, ihren Anfang nahm. Es gibt denn auch zwei lokale Tradierungen: in der Bretagne und in Cornwall.

Zu betonen ist: Mit Thomas der Quantensprung, in der Qualität, von der keltischen Geschichte (oder von zusammengeführten keltischen Sagen) zum höfischen Roman. Der zweite Quantensprung vom Tristan-Roman des Thomas zum Tristan-Roman des Gottfried.

Thomas hat in der Hofsprache Französisch geschrieben. Also im heutigen Frankreich oder im heutigen England – selbst englische Könige des Mittelalters waren nicht immer auf der Insel geboren, vielfach kamen sie vom Festland. Die Hofsprache, also auch die Literatursprache, war zu jener Zeit noch Französisch – auch in London. War Thomas eher an Paris oder an London orientiert?

Englische Philologen, vor allem Arthur T. Hatto, haben Schlüsse gezogen mit einem hohen Grad an Wahrscheinlichkeit. So hat Thomas in seinem Roman die Stadt London gepriesen. Dieses Lob ist freilich derart pauschal ausgefallen, das hätte man auch auf dem Festland formulieren können. Andrerseits: Warum hätte man London preisen sollen vor einem Publikum auf dem Festland? Das Lob Londons war sicherlich eine Verbeugung vor lokalem Publikum. Hinzu kommt: Thomas beschreibt eine Schiffs-Anfahrt auf London recht exakt (für damalige literarische Verhältnisse!), von der Einfahrt in die Themse-Mündung über das Anlegen in einem Zwischenhafen und der Fortsetzung der Fahrt per Boot bis zur Londonbrücke mit ihren versammelten Händlern. Folgerung: Thomas stammte, wie Mitglieder des Königshofs, vom Festland, hatte sein Publikum aber in London.

Zu ergänzen bleibt: Thomas dürfte in London den Auftrag erhalten haben, einen Tristan-Roman zu erarbeiten. Epische Werke wurden nicht für einen freien Markt verfaßt, in privater Initiative, sie entstanden ›nach Absprache‹. Und mit wem wurde diese Absprache getroffen? Es gibt ein heraldisches Zeichen, auf das in diesem Zusammenhang gern hingewiesen wird: Das Wappen des goldenen Löwen auf rotem Grund, das Tristan zugeschrieben wird, es ist das Wappenzeichen des angevinischen Hofs. Ein sehr direktes Angebot zur Identifikation: Tristan gehört zu uns!

Die das signalisieren konnten, waren König Heinrich (Henry) II. und seine Gemahlin Eleonore von Aquitanien, eine der herausragenden Frauen jener Zeit.

Ich muß zumindest andeuten, daß in ihrer Biographie vieles hinführt zur Rolle einer literarischen Vermittlerin. Ihr Großvater Guillaume war der wohl erste namhafte Troubadour. Liedtexte dieses Herzogs, Dichters, Komponisten, Sängers sind bis heute präsent geblieben; Anthologien mit ›Gedichten‹ der Troubadours werden meist mit Texten von ihm eröffnet. Eleonores Vater ließ an seinem Hof Troubadours auftreten, förderte sie. Es gab also eine Familientradition in der Verbindung zur Literatur. So war der Troubadour Marcabru zeitweilig etwas wie ein Hausdichter, ebenso Bertran de Born. Eleonores Engagement für Literatur war weithin bekannt. Zwei Töchter folgten ihrem Beispiel, nahmen sie zum Vorbild: Mathilde, in jungen Jahren mit Heinrich dem Löwen verheiratet, hat in späteren Jahren möglicherweise die eher unterhaltsame Version des deutschsprachigen *Tristan* gefördert, die Eilhart aus Oberg verfaßte. Und Marie de Champagne wurde von Chrétien de Troyes im Lancelot-Roman als Mäzenin gefeiert. Überhaupt waren es vorwiegend Frauen, die Literatur förderten, Literatur rezipierten.

Der Frage nachgehen, wie es zur Arbeitsbeziehung zwischen Eleonore und Thomas gekommen sein könnte. Eventuell kannte man sich von früher her, aus der Zeit in Aquitanien. Oder: einer der Dichterkomponisten, die sich zeitweilig am Londoner Hof aufhielten, stellte die Verbindung her. Thomas wurde dann wohl eingeladen zu einem Gespräch. Man wird von einer Tristan-Geschichte wohl nur Vages gehört haben, also mußte sicherlich erst mal Überzeugungsarbeit geleistet werden. Denn Eleonore förderte auch Literatur der »Matière de Rome« – nicht nur der »Matière de Bretagne«. Thomas wird in ihr Begeisterung geweckt haben für die Matière de Tristan, und so wird Eleonore ihm schließlich den Auftrag erteilt haben: Diese »matière« zu bearbeiten in der Form eines hofgerechten Versromans.

Zu konstatieren bleibt hier noch: Eine Mäzenin war zugleich so etwas wie eine Verlegerin. Ihr Beitrag zum Entstehen und Gelingen eines Werks dürfte vor allem darin bestanden haben, daß sie durch regelmäßige Zahlungen (oder durch Vergabe eines Lehens, etwa in Form eines Bauernhofs) dem Dichter die kontinuierliche Arbeit am Erzählwerk möglich machte.

Sie hat wohl auch die Herstellung der Reinschrift vermittelt. Hier war man auf die Mitwirkung eines Mönchs angewiesen – auch beim Abschreiben eines Romans einer leidenschaftlichen, einer ehebrecherischen Liebe. Das Kopieren erfolgte nicht für Gotteslohn – das Kloster mußte honoriert werden, durch Geschenke, durch eine Stiftung oder durch ein neues Privileg. Schreibkräfte auf dem freien Markt wird es kaum gegeben haben – höchstens konnte man einen schriftkundigen Mitarbeiter einer Verwaltung für die Arbeit gewinnen. Der war aber wohl kaum als Kalligraph ausgebildet. Also kam eher ein Mönch eines Skriptoriums in Frage. Das heißt nun, und das ist für mich als Autor eine beängstigende Vorstellung: Die Verbreitung und Tradierung eines Werks hing ab vom Geschick erst mal einer einzigen Handschrift. Dies in einer Zeit, in der häufig Brände entstanden, häufig Feuer gelegt wurde. Nur ein erfolgreiches Buch wurde mehrfach kopiert.

Die Verbindung Thomas – Gottfried als weiterer Beleg dafür, welche Bedeutung Literatur des romanischen Sprachraums für die entstehende deutschsprachige Literatur hatte. Das dokumentierte sich besonders bei Hartmann von Aue, der vor allem Chrétien de Troyes nachdichtete, umdichtete. Das entfaltete sich glanzvoll bei Gottfried und Wolfram. Das setzte sich fort bis zu umfangreichen Prosaromanen des 14. oder 15. Jahrhunderts, die ebenfalls nach französischen Vorlagen erarbeitet waren – wie der vielbändige Roman über die Liebe des Ritters Lancelot zur Gemahlin des Königs Artus und über seine, auch seine Suche nach dem Gral.

Und hier ist er wieder: der Rabe! Er will nicht, daß wir ihn aus dem Blick verlieren, also bringt er sich in Erinnerung mit einer Zwischenlandung beim Flug nach Straßburg.

Auf einem der Fernwege entdeckt er, in bewährter Vogelperspektive, einen Reiter, dessen Erscheinungsbild ihm bekannt vorkommt: Mann mit rotem Umhang – passend zum kühlen Nieselwetter. Näher heranfliegend, erkennt der Rabe auch das Lederfutteral auf dem Rücken. Bei weiterer Verkürzung der Distanz zeichnet sich darin der Umriß der Knieharfe ab. Das Gesicht des Reiters freilich bleibt, von oben gesehen, verdeckt durch die weite Krempe einer Kopfbedeckung aus Filz (oder ist es abgeschabtes Leder?). Geknurrt wird die Aufforderung: Setz dich auf meine Schulter! Red!

Das läßt sich der Rabe nicht zweimal sagen. Und berichtet, daß er diesmal nicht im Namen von König Oswald unterwegs ist, sondern im Auftrag eines magyarischen Fürsten. Dieser Auftrag muß allerdings geheim bleiben. Denn: Was er, der Rabe, vermitteln wird, das soll später als Entdeckung des Fürsten gefeiert werden, soll sich für alle Zukunft mit dessen Namen verbinden, zumindest in Pannonien.

Er hat bei der Erfüllung des fürstlichen – auch fürstlich dotierten – Auftrags allerdings Zeit verloren: wollte auf einem Baum an einem Waldrand ein wenig rasten, wurde aber gleich als Eindringling betrachtet, es kam zum Kampf. Infolgedessen sieht das Gefieder etwas gerupft aus, wie ein Seitenblick zeigen mag. Die Verletzungen durch Schnabelhiebe der feigen Übermacht von Krähen sind inzwischen freilich verheilt. Bis zu diesem Zeitpunkt mußte er die Fortsetzung der Luftreise aufschieben, Zuflucht findend in einem Kirchturm. Hat dort seine Flügel erst mal hängen lassen ... Hatte das Gefühl, man hätte ihm die Flügel gestutzt ... Als es ihm, vom Hunger getrieben, endlich gelang, mal wieder ein kleines krankes Lamm zu schlagen, ging es ihm gleich besser. Als er dann sogar ein kleines Kalb schaffte, beflügelte ihn das zu neuen Taten.

Er fürchtet allerdings, daß eine Frau, die er unterwegs kennengelernt hat, in der Zwischenzeit entschieden weitergekommen ist auf dem Weg zum letztlich gemeinsamen, jedoch keineswegs verbindenden Ziel. Es wäre eine große Erleichterung für ihn, wenn Herr Neidhart berichten könnte, daß er eine Frau mit Wägelchen überholt hat, mit einem Bernhardiner vorne, einer Ziege hinten dran.

Solch ein Gespann wäre Neidhart sicherlich aufgefallen ...

Sollte er diese Frau im weiteren Verlauf der Reise einholen, werde er das selbstverständlich berichten – vorausgesetzt, der Rabe taucht noch mal auf.

Ob man, zur besseren Abstimmung, erfahren darf, wohin die Reise geht?

Richtung Rhein ... Vielleicht nach Speyer, eventuell nach Worms ... Hängt ab von den jeweiligen Herrschaftsverhältnissen...

Und er zieht zum ersten Mal rheinwärts?

Der Reiter lacht auf. »Von der Elb uncz an den Rein, von der Thunaw an das Pfaw, die land, die sein mir alle kundt!« Er reitet dorthin, wo er gutes Echo zu finden hofft. Je näher man zum Rhein kommt, desto stärker wird die Resonanz auf Lieder. Nur fragt er sich, ob das auch für *seine* Lieder gilt, die man vor allem südlich der Donau feiert. Dies wird zu erkunden sein.

Der Rabe fragt höflich an, ob Herr Neidhart nochmal eins seiner Lieder für ihn singen würde. Am liebsten wäre ihm natürlich wieder ein erotisches Lied...

Nein, heute wird nicht gesungen! Hab bitte Verständnis dafür: ich trete unterwegs oft genug auf, singe, spiele, mache den Vortänzer – da möchte man zwischendurch mal eine Zeitlang den Schnabel halten.

Verstehe, sagt der Rabe. Und er wünscht Glück für die weitere Reise, hebt ab.

Arbeitstagebuch. Zu den zahlreichen Informationen, die ich für dieses VorBuch verarbeite, gehören auch Informationen über das Verarbeiten von Informationen.

In einer Zeit, die ihren hohen »Informations-Umsatz« feiert, zuweilen auch beklagt (ein Freund sprach von Rezeptions-Depression), gewinnt die Frage an Relevanz, wie viele Bücher ein belesener, also ein gelehrter Mann des beginnenden 13. Jahrhunderts insgesamt gelesen haben mag, gelesen haben könnte, beispielsweise in Straßburg. Damit zugleich die Frage: Wie lange mag er sich jeweils auf ein Buch (etwa eines antiken Klassikers) konzentriert haben? Und angekoppelt die Frage: Wie viele Bücher könnten ihm zur Verfügung gestanden haben, in einer geistlichen Bibliothek, womöglich im eigenen Haus?

Vicenzo Catena hat um 1500 den heiligen Hieronymus in seiner Studierklause gemalt: ein Gemälde im Städel, Frankfurt am Main. Ich habe es mir genau angeschaut, habe die Bücher gezählt, die in einem kleinen, nicht vollständig geöffneten Wandschrank zu sehen sind (waagrecht abgelegt, noch nicht senkrecht aufgereiht), und bin auf ein knappes Dutzend gekommen. Eine genauere Zahlangabe ist nicht möglich, weil das eine und andere Buch hinter dem zugeklappten Schranktürflügel liegen könnte.

Als Reproduktion dann eine französische Illumination des 14. Jahrhunderts: Skriptorium mit Klosterbibliothek. Die ist nicht größer als ein Zimmer. Das zeigt sich auch im ehemaligen Zisterzienserkloster Le Thoronet, Südfrankreich: vom Kreuzgang aus ist der Bibliotheksraum zu erreichen. Ich habe ihn nicht mit Schritten ausgemessen, aber Erinnerung souffliert mir: es dürften nicht mehr als etwa drei mal vier Meter sein. Das paßt zu den Proportionen, Dimensionen des Bildausschnitts der französischen Buchmalerei.

Eine Vergrößerung macht deutlich: Die Bücher waren zumeist nicht gebunden, sie lagen als Packen von Pergamentseiten auf dem Bord, leicht angeschrägt. Ein (Holz-?)Deckel darunter, ein Deckel darauf, das Ganze jeweils mit einem Riemen zusammengehalten. Auf den beiden unteren Brettern des Regals (vor das sich offenbar Türen schwenken ließen) drei solcher Packen, auf den oberen zwei Borden jeweils vier Buchblocks, im Format etwas kleiner. Vierzehn Buchblöcke, und ein fünfzehnter in einem separaten Kasten auf dem ›Bücherregal‹ und ein sechzehntes Buch, sichtlich gebunden, wird von einem der fünf anwesenden Mönche in Brusthöhe gehalten, aufgeschlagen. Offenbar ist hier die vollständige Klosterbibliothek abgebildet. Eine idealtypische Bibliothek? Der Rahmen des Üblichen, des Durchschnittlichen weder unterschritten noch überboten?

Ein Katalog zur Ausstellung »Die Kunst des Lesens« wurde mir von der Leiterin des Mainzer Gutenberg-Museums überreicht bei einem unserer Gespräche – als »Stadtschreiber« wohnte ich zeitweise im Dachstudio des Hauses. Frau Hanebutt-Benz hat den Katalogbeitrag zum Mittelalter verfaßt. Sie schätzt, daß ein belesener, also ein gelehrter Mann jener Zeit in einem Jahr ungefähr so viel las wie unsereins in einer Woche. Bei der zunehmenden Beschleunigung des anwachsenden Datenflusses (mittlerweile auch noch das Internet und die Flut von Ausdrucken!) nehme ich nun sogar an, daß wir in ein paar Tagen lesend rezipieren, quantitativ, was zu Gottfrieds Zeit noch Jahrespensum war.

Die Lektüre muß auch bei belesenen Frauen und Männern sehr, sehr langsam gewesen sein. Das hatte auch technische Gründe. »Die häufig schwer entzifferbare Schrift der berufsmäßigen Schreiber, das Fehlen von Satzzeichen, zahlreiche Zusammenziehungen von Wörtern (Kontraktionen), Schreibfehler und dialektgeprägte unterschiedliche Schreibweisen gleicher Begriffe machten das Lesen an sich schon schwierig. Darüber hinaus erhielt der Mensch in den Jahrhunderten vor der Einführung der Druckkunst die meisten Informationen über das Ohr, nicht, wie in späterer Zeit, durch das gedruckte Wort. Man las langsam, Buchstabe für Buchstabe. In mancher Hinsicht befand sich der mittelalterliche Leser – mit einigen Ausnahmen – im Zustand des lernenden Schulkindes, das jedes Wort, das es aufnimmt, vor sich hin murmelt, um sich seiner zu vergewissern.«

Wenn ein *clericus*, ein lateinisch Gebildeter jener Zeit, nicht in einer Kloster-Bibliothek arbeitete, als Gast (was bei den relativ lockeren Konditionen leicht möglich gewesen sein dürfte), sondern zu Hause – wie könnten, wie dürften die äußeren Voraussetzungen gewesen sein?

Ein Studierzimmer, Arbeitszimmer in einem privaten Haus ist wohl zum ersten Mal um 1400 abgebildet worden: Petrarca in seinem »studiolo« – Miniatur einer Pergamenthandschrift. In einem Studierzimmer (nach diesem Bild zu schließen: sehr eng!) war vielfach auch eine Sammlung untergebracht (damit wurde es noch enger!). Das Modell eines besonderen Raums, in den man sich zu konzentrierter Arbeit zurückzog, es wurde nicht von Petrarca allein entwickelt, hier gab es Vorläufer, aber: durch Petrarca wurde dieses Muster gleichsam fixiert, knapp zwei Jahrhunderte nach Gottfried und damit: zu Lebzeiten Oswalds von Wolkenstein. Dieses Modell läßt sich freilich kaum rückübertragen, auch nicht in jener Ära sehr langsamer Veränderungen. Selbstverständlich sähe ich Gottfried gern in solch einem Gehäuse abgebildet, an einem kathederähnlichen Tisch sitzend, das ›work in progress‹ auf schrägem Pult, Textvorlagen auf einem Zusatzpult (bei Petrarca sogar als Drehpult für mehrere Bücher!), aber das wäre anachronistisch.

Wanda, mit Hund, Karren, Ziege: sie zieht ein in Nürnberg. Dort will sie als erstes den Auftrag ihres Vaters erfüllen, fragt sich durch zum Haus des Händlers. Und bleibt auf der Straße stehn: zwischen Häusern aus Holz und Lehm ein mächtiger Steinbau, ein Wohnturm. Dicke Buckelquader im Sockel, besonders starke Quader an den Ecken; nur schlitzförmig die Fenster. Dafür aber, im ersten Stock, weite Fensterbögen, jeweils auf ein Säulenpaar gestützt; etwas kleinere Fenster im Stockwerk darüber; ein Zinnenkranz als Abschluß. An der Flanke des Wohnturms ein Holzbau, in gleicher Höhe.

Wanda geht um das Steinmassiv herum, gelangt in einen Hof. Stall, Schuppen, Fachwerkhaus. Dort tritt eine Frau hervor, ist erst mal unfreundlich, beinah abweisend: die Fremde mit dem Hund vor dem Karren ist ihr verdächtig. Doch Wanda läßt sich so rasch nicht abwimmeln, sie besteht, sie beharrt; schließlich holt die Wirtschafterin, maulend, den Hausherrn aus dem Steinbau.

Nun genügt schon, daß sie den Namen ihres Vaters nennt, und der Empfang wird herzlich. Der Karren wird in den Hof geleitet, der Hund vom Geschirr befreit; Volkmar, der Kaufmann, hilft persönlich. Die Wirtschafterin muß Wasser und Futter holen für den Bernhardiner.

Wanda wird in den Steinbau geführt, ins Kontor. Die schlitzförmigen Fenster lassen nur wenig Licht herein, und so flackert eine Öllampe auf dem Tisch. Pergamentrollen, teils mit drangehängten Siegeln. Eine Rechenhilfe mit Kügelchen auf straffen Drähten. Zusammenklappbare Feinwaage mit Gewichtsatz in Kästchen aus Bronze. Ein Schreibpult mit Tintenhorn; auf einer Ablage einige Federn, ein Schaber. Eine Truhe, wohl als Archiv für Briefe und Verträge. Ein Haus-Altärchen mit dem Bild eines Patrons der Kaufleute: der heilige Mauritius, dargestellt als gewappneter Mohr hoch zu Roß.

Herr Volkmar geht vor ihr her in einen Nebenraum: Sättel liegen aufgereiht. An der Wand gegenüber mehrere Schwerter. Eins von ihnen nimmt er in die Hand, hält es waagrecht. Parierstange … Blutrinne … Und schau mal: tauschiert! Als Tochter eines Waffenhändlers weiß sie, worauf sie zu achten hat, bestaunt die Einlegearbeit in Kupfer, betastet sie. Als Steigerung wird ihr ein Schwert gezeigt mit Silbertauschung. Wiederum als Steigerung: ein Schwert mit beidseitiger fischgrätenförmiger Damaszierung. Werden alle gebraucht, die Schwerter, auch diese teuren: Herren gegen Herren, Herren gegen den König, König gegen König, König gegen Papst. Und er lacht auf: braune Zähne mit Lücken. Die Waffen bezieht er, wie ihr Vater, zumeist aus der Gegend von Solingen; die damaszierten Hieb- und Stichwaffen dagegen stammen aus Hispanien. Die Sättel wiederum werden in Colmar gefertigt. Die verkauft er rheinabwärts; die Schwerter finden ihre Abnehmer meist in der Lombardei – dort braucht man sie vor allem, um sich, vom Papst ermutigt, der ›römischen‹ Kaiser zu erwehren. Wieder das Auflachen.

In einem anderen Raum: Lanzen und Speere, an die Wände gelehnt. Auch hiervon wird ein großes Deputat beim nächsten Transport über die Alpen geschafft. Armbrüste, wiederum für den Bedarf im eigenen Land. Diese Waffe wird von hohen Herren abgelehnt: Soldaten, die mit Armbrüsten anrücken, werden leicht mit Räubern verglichen. Der Papst will die Armbrust generell verbieten – ausgenommen bei der Jagd. Dennoch, diese Waffe hat eine sichere Zukunft: ihre Bolzen durchschlagen selbst das stärkste Kettenhemd, durchschlagen womöglich Schild *und* Kettenhemd. Wieder das bellende Auflachen, die braunen Zähne auf Lücke.

Sie verlassen das Erdgeschoß, wechseln über in den Holzanbau, steigen eine knarrende Treppe hoch, betreten einen Saal. Hier werden Feste gefeiert, finden Empfänge statt. Wie es im Stockwerk oberhalb aussieht, das wird sie von Krakau her kennen. Also muß er nicht unnötig die Stufen hinauf, er geht lieber treppab. Sie überqueren den kleinen Hof. Der Saal, berichtet er, läßt sich überhaupt nicht heizen, die Wohnung darüber nur schlecht, drum wohnt er meist im Fachwerkhaus.

Der Händler liest nun das Schreiben, legt es auf den Tisch. Ja, mit ihrem Vater verbindet ihn mehr, als sie in Krakau gehört haben wird. Sie haben, in jungen Jahren, etliche Reisen gemeinsam unternommen, haben es sogar mit dem Seehandel versucht, auf der Ostsee, aber dort hatten Schweden und Russen zu viele Vorteile; zu diesen Schwierigkeiten auch noch ein Überfall durch Piraten. Jedenfalls: mehr Verlust als Gewinn, sie waren froh, als sie – in jeder Hinsicht – wieder festen Boden unter den Füßen hatten. Sie zogen weit umher, kamen auch ins Französische, bis Troyes – wichtige Messe dort! In Troyes zudem eine besonders schöne Frau, die er gemeinsam mit ihrem Vater – nun ja, er will nicht ins Detail gehn, jedenfalls: sie verbindet wahre Freundschaft.

Und er nimmt Wanda, wie zur Bestätigung, in den Arm, in beide Arme. Küßt sie. Spürt, daß ihre Lippen trocken sind. Ja richtig, sie ist heute schon lang unterwegs, da wird sie Durst und Hunger haben. Sie wechseln den Raum.

Die Wirtschafterin setzt der Besucherin vor, was hier nicht weiter aufgezählt wird. Denn auch dem Händler ist ein anderes Thema wichtiger. Während sie ißt und trinkt, soll sie ihm sagen, was sie tun wird, nachdem sie den Auftrag hier erfüllt hat. Wird sie gleich zurückkehren, mit einem Brief an den Vater? Oder hat sie noch weitere Briefe abzugeben?

Sie berichtet vom Auftrag, mit dem sie Prinz Kaszimierz auf den weiten Weg geschickt hat.

Da staunt der Kaufmann: Eine Liebesgeschichte …? Alles nur, um an eine Liebesgeschichte zu kommen …?! Und nicht, wie sich das für einen Herrn, einen hohen Herrn gehört, eine Geschichte von Alexander, dem aus Mazedonien? Oder eine Geschichte von Aeneas, dem aus Rom? Wirklich und wahrhaftig eine Liebesgeschichte? Aus der Zeit Karls des Großen oder aus der Ära von König Artus? Womöglich eine Geschichte über Menschen, die von der Liebe um den Verstand gebracht werden? Ja, so eine Liebe kann einen um den Verstand bringen! Man ist wie von einem Dämon befallen oder besessen oder wie das heißen mag! Und so etwas will der hohe Herr in Krakau hören? Will sich das womöglich in aller Ausführlichkeit vorlesen lassen? Wirklich?! Was ihn betrifft, er hat an sich selbst erlebt, damals, früher, wie einen die Liebe um den Verstand bringen kann. Man erkennt sich nicht wieder! Auch andere erkennen einen nicht wieder. Plötzlich, wie auf einen Schlag, ist unwichtig, was vorher wichtig war. Man wird konfus. Man verkauft das Falsche am falschen Ort zur falschen Zeit. Man hat plötzlich keine Lust mehr an Handel und Wandel. Man macht Verluste. Noch schlimmer: man macht sich zum Narren, wirklich zum Narren! Selbst in besten und höchsten Kreisen: man macht sich zum Narren! Es gibt eine Geschichte, in der steckt die ganze Wahrheit über das Begehren und das Verlangen und das Lieben: die Geschichte vom Philosophen, der sich als Reittier hergibt für eine, wenn auch schöne, Frau. Er besitzt viele Fähigkeiten, nicht aber die Fähigkeit, eine Geschichte zu erzählen. Dennoch, er möchte ihr diese Geschichte mit auf den Weg geben. Also wird er den Schreiber holen lassen, den er seinen Sklaven nennt: hat Lesen und Schreiben in der Klosterschule gelernt, ist aber nicht zum Priester geweiht, fertigt ihm Verträge aus, schreibt Briefe. Der kann, der soll diese Geschichte erzählen, damit ihr die Augen aufgehn! Und damit sie dem Herrn in Krakau die Augen öffnen kann.

Noch am selben Abend läßt er den ›Sklaven‹ kommen. Der sieht nicht aus, wie Wanda sich einen Sklaven vorstellt, nämlich klein und struppig. Vielmehr tritt ein stolzer junger Mann auf, der offenbar einige Becher Wein getrunken hat. Der Kaufmann legt zur Begrüßung den Arm um ihn und fragt, ob er schon wieder gehurt hätte. Da lacht der Schreiber nur auf und greift zum Wein, der ihm vorgesetzt wird. Nun los, erzähl vom Philosophen, der den Verstand verliert!

Der ›Sklave‹ beginnt zu erzählen, wendet sich dabei an Wanda:

Alexander ...! Du kennst wohl den König, den griechischen Herrscher Alexander, der – so las ich das zweimal und deshalb weiß ich das auswendig – »viele Königreiche zerstörte, viele Fürsten besiegte und ein gewaltiger Krieger war. Alles, was er eroberte, schenkte er seinen Untertanen; er führte nur Krieg, um zu erobern und das Eroberte wieder zu verschenken. Dieser König von Griechenland und Ägypten hatte nun auch Indien unterworfen und wollte in diesem schönen Land bleiben.« Und wenn du fragst, warum er im fernen Indien bleiben wollte, wo er doch in Griechenland zu Hause war, so ist die Antwort rasch gegeben: »Er hatte eine Geliebte gefunden, die war so schön, wie er sich das nur wünschen konnte. Mit ihr wollte er auf immer beisammenbleiben. Liebe ist die Herrin über jedermann.« Die Liebe hatte denn auch Alexander derart in Bann geschlagen, daß er sich nicht mehr befreien konnte. »Er wollte sich um nichts und niemanden mehr kümmern als um seine schöne Geliebte.« Er wollte, er konnte nicht mehr ohne sie sein. Es gab nur noch *sie* für ihn. Um seine Herren, um seine Offiziere kümmerte er sich nicht weiter – so, als wären sie gar nicht mehr auf der Welt. Darüber begannen die Herren und Offiziere zu murren, doch keiner traute sich, Alexander so etwas ins Gesicht zu sagen. Seinem Lehrer Aristoteles aber, der ihn auf dem Indien-Feldzug begleitet hatte, ihm kam das zu Ohren, und so ermahnte er seinen Schüler und Herrn: Er könne, dürfe, solle sich nicht einzig und allein der Geliebten zuwenden, er dürfe die Staatsgeschäfte nicht so sträflich vernachlässigen.

Alexander war hier anderer Meinung. Diejenigen, die ihn tadelten, hätten wohl nie erlebt, wie es einem ergeht, der »echte Liebe im Herzen fühlt. Der vergißt alles andere.«

Doch Aristoteles wollte sich damit nicht zufriedengeben. Er sagte, es sei eine Schande, daß der König nur noch bei seiner Geliebten sei, keine Feste mehr veranstalte, keine Kämpfe mehr führe. »Ich glaube, die Liebe hat Euch ganz verblendet. Man könnte Euch wie ein Tier auf die Weide führen, Ihr würdet es nicht merken. Ihr seid nicht bei Verstand, daß Ihr Euer Herz nur an dieses Mädchen hängt und alles andere darüber vergeßt. Ich rate Euch, ändert Euren Sinn, sonst wird Euch großer Schade entstehen.«

Alexander erzählte dies alles seiner Geliebten. Phyllis nahm sich vor, Rache zu üben: »Morgen soll dieser alte, kahlköpfige Mann meine Macht spüren. Seine Grammatik, seine Dialektik, seine Philosophie, das alles wird ihm nichts nützen. Er soll eine bittere Erfahrung machen. Und Ihr, Ihr sollt dabei zuschaun. Der soll nicht umsonst über unsere Liebe gelästert haben. Seid morgen früh am Fenster Eures Turms, und Ihr werdet ein herrliches Schauspiel erleben.«

Sie hält das Versprechen. Am nächsten Morgen spaziert sie, bloß mit einem Seidenhemd bekleidet, das die schönen Formen ihres Körpers mehr als nur erahnen läßt, im Garten umher. Aristoteles, im selben Turm wohnend wie sein junger Herr, freilich im unteren Geschoß, er widmet sich seinen Studien, doch es ergibt sich, daß sein Blick auf sie fällt. Sie tut so, als fühle sie sich nicht beobachtet, beugt sich vor über Blumen, richtet sich auf, dreht sich herum, beugt sich wieder vor, richtet sich auf –

Genauso treiben sie es, ruft der Hausherr, genauso! Hör gut zu! Was jetzt kommt, das erzähl deinem polnischen Herrn da. So eine Geschichte, diese Geschichte ist das einzige – das einzige, wie heißt das noch, etwas mit A...

Arkanum? Antidotum?

Nein, Arkanum! Hier ist das beste Arkanum, das du dem Herrn in Krakau bringen kannst. Erzähl weiter!

Nun denn, Aristoteles kommt mit seinen Studien nicht weiter, er wünscht sich nur noch, das schöne Mädchen käme noch näher. Zwar will er auf keinen Fall, daß ihm dieses Geschöpf den Kopf verdreht, den Sinn verwirrt, doch er kann sich nicht wehren gegen seine Wünsche – so betagt er auch ist, so alt er sich auch fühlt. Sollten alle Studien der Dialektik und Logik umsonst gewesen sein, in dieser Lage, gibt es keine Hilfe für ihn?

Und der Schreiber schweigt. Weiter! ruft Herr Volkmar und stößt ihn mit der Faust an die Schulter, als müsse er einen Schlafenden wecken. Weiter!

Aber Aristoteles weiß nicht weiter...! Als Phyllis an der Tür seines Zimmers vorbeigeht, packt er sie am Arm, er kann nicht anders, und versucht, sie an sich heranzuziehn. Sie tut so, als wehre sie sich. Darauf sagt er ihr, er werde ihr alles geben, alles, wenn sie ihm … wenn er sie … ja, wenn er sie »erkennen« dürfe, wie man so sage, sobald man, sofern man –

Das, so gibt sie zur Antwort, das kann sie nicht verstehn. Er war es doch, der ihren Liebsten jedesmal tadelte, wenn er zu ihr ging, im Namen der Liebe. Und nun dieses Angebot?

Aristoteles verspricht, seinen Schüler nie mehr zu tadeln, wenn sie jetzt nur zu ihm ins Zimmer komme, um ihn von der Krankheit zu heilen, die ihn jäh überfallen habe. Er sei zu allem bereit.

Das soll er ihr erst mal beweisen! »Ich verspüre große Lust, auf Eurem Rücken ein wenig durch den Garten zu reiten.«

Sogleich kniet der alte Mann hin, läßt das Mädchen auf den Rücken steigen, und sie reitet auf ihm durch den Garten, singt dabei. Alexander muß nicht erst durch ihren Gesang ans Fenster gelockt werden, er hat auf diesen Anblick gewartet, ja gelauert. Als er sich am Schauspiel satt gesehn hat, beugt er sich im Fenster vor und ruft hinunter: »Bei Gott, was muß ich sehn?! Seid Ihr toll geworden?! Vor kurzem noch habt Ihr mir verbieten wollen, daß ich zu ihr gehe. Und nun tragt Ihr Sie auf dem Rücken wie ein Pferd seinen Reiter.«

Aristoteles ruft hinauf, ja, er hätte recht. Aber er selbst hatte ebenfalls recht, als er ihn vor der Liebe warnte. Nun ist er schon so alt und konnte doch nicht widerstehn. Wie mag es da erst einmal den Jungen ergehn? Und er schwört, seinen Herrn nie mehr zu tadeln, wenn er sich zur Geliebten begibt.

Da steigt Phyllis von Aristoteles und geht hinauf zu Alexander.

Erzähl noch, wie es weitergeht!

Was Aristoteles betrifft, so packt er seine Siebensachen, verläßt die indische Burg, zieht sich auf eine Insel in einem See zurück und schreibt ein kleines Buch über »Weiberlist«.

Der Hausherr bricht in ein Gelächter aus, das sich beinah selbständig macht. Ist das nicht die Geschichte aller Geschichten über die Liebe?! Wenn man diese Geschichte kennt, muß man all die andren Geschichten gar nicht erst weiter zur Kenntnis nehmen. Eigentlich kannst du gleich den Rückweg antreten und dem polnischen Vogel diese Geschichte zu Füßen legen. Dann schlägt der sich hoffentlich alle Geschichten über Liebe, *Liebe*, LIEBE aus dem Kopf! Und du hättest wirklich mal jemanden geheilt!

Und er spricht weiter über die Verwirrung, in die ein Mann gebracht werden kann durch Begehren und Verlangen. Man macht sich zum Narren! Man wird zum Narren! Man möchte nur noch mit Narrenkappe, Narrenkeule, Narrenzepter durch die Welt laufen! Wird denn auch laufend zum Narren gehalten! So redet sich Herr Volkmar mehr und mehr in Rage, läßt, bis auf weiteres, weder die Besucherin noch den Schreiber zu Wort kommen.

Erst am nächsten Tag kann der Schreiber in Ruhe mit Wanda sprechen. Der Hausherr ist beschäftigt: ein Händler hat zwei Kisten mit Kriegsmessern gebracht, die werden eingehend geprüft, Klinge um Klinge. So setzt sich der Schreiber mit Wanda auf dem Hof in die Sonne. Er will hören, welcher Geschichte sie auf der Spur ist.

Sie erzählt ihm die kurze Geschichte aus der großen Geschichte. Doch wie sich »Geißblatt« und »Haselnuß« verbinden, das hat er noch nie gehört. Dafür kennt er die Geschichte von den drei Wünschen, die Geschichte von der Wiener Meerfahrt, die Geschichte von König Oswald – Geschichten, die man auf einem Fest leicht erzählen kann, nachmittags. Was sie hingegen sucht, ist offenbar eine Geschichte, für die man mehrere Nachmittage braucht. Vielleicht kann ihr jemand weiterhelfen, von dem zu hören ist, daß er an einer Geschichte arbeitet, die mehrere Nachmittage erfordert, wenn man sie erzählt oder vorliest. Den Namen dieses *poeta* kennt er freilich nicht, er weiß nur, daß er aus einem Ort kommt oder in einem Ort wohnt, der nicht weit von hier entfernt ist, ein Städtchen direkt an der Straße Richtung Stuttgart: heißt »Eschilbach«. Dort werde sie den Mann sicherlich leicht finden – sofern er sich im Ort aufhalte, zur Zeit. Falls ja, kann er ihr bestimmt sagen, welche Geschichte sie eigentlich sucht. Solche Geschichtenschreiber laufen sich ja bestimmt schon mal in den Weg...

Weil Herr Volkmar es genau nimmt mit dem Prüfen der Ware, können Wanda und der ›Sklave‹ das Gespräch noch fortsetzen. Er beneidet sie, weil sie weiter, immer weiter wandern wird; er würde auch gern zu einer großen Wanderung aufbrechen, nach Cordoba oder Toledo. Er möchte dort Astrologie studieren und vor allem Nekromantik. Und der Schreiber gerät ins Schwärmen: »Die kunst nigromancie, ane die mug ez niht ergan!«

Einen Tag oder zwei, drei Tage später bricht Wanda erneut auf, mit dem ausgeruhten Bernhardiner vorn, der Trippelziege hinten am Karren. So kommen sie nach Eschenbach. Selbstzitat, aus dem VorBuch zum *Parzival*: »Winzige Häuser, meist lehmhell, erdbraun; die Dächer mit Ried oder Schindeln gedeckt; Fachwerk. Der Turmstumpf der Kirche.«

In der Nähe dieser Kirche findet sie Unterschlupf: ein Familienvater, der Hilfe braucht, ihn plagen und beunruhigen Herzstiche. Also sammelt sie, vor Toresschluß, draußen noch Disteln, bereitet Saft aus Distelsamen, gibt dem alten Mann zu trinken. Auch als er zufrieden aufächzt, will ihm nicht die rechte Antwort einfallen auf ihre Frage, er hat nur mal von diesem Wolfram gehört: einer, der sich mit einer Geschichte befaßt aus ferner Zeit. Weiteres kann er nicht sagen, es scheint ihn auch nicht zu interessieren.

Also macht sie sich auf zu einem Rundgang durch die winzige Stadt. Die beiden Tore der Handelsstraße sind geschlossen an diesem frühen Abend; um diese Zeit ist niemand mehr unterwegs, bis auf einen verdächtigen Fremden, der bereits am Nachmittag vor dem Palisadenzaun erschienen war – man hatte ihn mit Steinwürfen vertrieben. Dieser offenbar hartnäckige Mann ist wieder aufgetaucht, löst erneut Geschrei und Gebell aus am mannshohen Palisadenzaun mit zusätzlichem Flechtwerk aus Dornenästen. Wieder wird ihm zugerufen, er solle abhauen, doch der Fremde hält die Hände trichterförmig vor den Mund und ruft »Wolfram ... Rhein ... Köllen ... Wildenberg ... Graf von Wertheim«. Steine fliegen, als der Fremde noch ein paar Schritte näher kommt. Er hebt eine Silbermünze hoch, ruft, so laut er kann: »Wolfram, hier aus Eschenbach!« ruft es, jede Silbe betonend, gleich noch einmal, winkt mit der Münze: »Torgeld, ich will Torgeld zahlen, laßt mich rein!« Doch es bleibt bei Gebell und Geschrei, bei Steinwürfen. Noch einmal schreit der Fremde, so laut er kann: »Wolfram!«, als wolle er einen Bewohner aus einem der Häuser locken, aber es steigert sich nur wieder das Gebell und Gebrüll und noch dichter fliegen die Steine. Da gibt er auf, trollt sich.

Die Männer ziehen sich von der Palisadenwand zurück; nun kann sie ihre Frage loswerden. Ja, Wolfram, Wolfram, jaja, gewiß, kennt man, aber der sei wohl wieder in Wertheim, beim Grafen, oder in Thüringen, beim Landgrafen, aber eventuell doch eher in Wertheim ... Sie winkt ab, kehrt zurück zu ihrer Bleibe, wenigstens für die eine Nacht.

Dem alten Mann geht es besser, kaum noch Herzstiche, vielleicht hat ihn die Unruhe im Ort abgelenkt, das Geschrei, das überall zu vernehmen war, das rasende Gebell. Sie reicht ihm Distelsaft nach, füttert und tränkt noch mal den Bernhardiner, legt sich in die Scheune, in der frisches Heu noch nicht eingelagert ist.

Am nächsten Morgen wird dem Bernhardiner das Geschirr angelegt, wird die Ziege an den Karren gebunden, und es geht weiter, durch das geöffnete Westtor von Eschenbach. Auch in dieser Region läßt sie ihren Blick nicht, zwischendurch mal, auf Hügelkonturen ruhen, in Talmulden, meist schaut sie auf die weiterhin sehr unebene Oberfläche der Straße, auf die Füße, Hufe, Räder, die ihr entgegenkommen, auf die Räder, Hufe, Füße, die sie überholen oder die sie überholt, und rasch aufblickend ergänzt sie: Beine, Rümpfe, Köpfe.

Jemand holt sie ein, überholt sie aber nicht, geht neben ihr her: ein Bote. Ein Schreiben eingeklemmt in einen Spalt am Ende des Botenstocks; den hält er so, daß der Brief über seinem Kopf schwebt, als Zeichen.

Er hat gleich gesehen, daß sie eine naturkundige Frau sein muß: das Kräuterbündel auf dem Kastendeckel. Er geht aber nicht neben ihr her, weil er Hilfe braucht: ist nicht wundgelaufen, hat keine Schmerzen, möchte sich nur kurz neben ihr erholen – zwar nicht im Gehen schlafend, aber bei langsamerem Schritt ein wenig ausruhend. Es zieht, es lockt ihn nicht zu seinem Ziel. Nie weiß man vorher, wie die Empfänger sich verhalten. Ist es ein guter Brief, können sie manchmal nicht zu sich kommen vor Jubel –

sogar Tränen der Freude! Kommen einer Person die Tränen, so kommen anderen Personen ebenfalls die Tränen – Tränen zu Tränen, Tränen über Tränen! Ärgert den Empfänger hingegen ein Brief, so schreit er, wirft ihn auf den Boden, trampelt auf dem Brief herum, beschimpft ihn, den Boten, mit unflätigsten Worten, würde ihn am liebsten massakrieren, droht zumindest an, er würde ihn krumm und blau schlagen – da macht er sich rasch wieder auf den Weg und kann letztlich froh sein, wenn man nur Dreck hinter ihm herwirft. Auch diesmal wird es wüst, denn er muß ein Fehdeschreiben (eine »rechte Fehde« betreffend, die Wartefristen, die fehdefreie Fest- und Feiertage berücksichtigt) auf einer Burg abgeben, auf der er schon einmal war. Eine Wasserburg, deren Graben völlig versuppt ist! Bei starker Sonne steigt ein Gestank auf, der ihm Übelkeit bereitet: seit Generationen wird von den vorkragenden Abort-Erkern in den Graben geschissen, und nie wird Wasser abgelassen oder abgepumpt, wird der Graben gesäubert: die Scheiße scheint zu gären in der Hitze, Blubberblasen steigen zu Tausenden auf – als würde es auf die Wasserfläche regnen, aber von unten, von den Antipoden her.

Sie hält an, öffnet den Karrendeckel, kramt, gibt ihm eine kleine Handvoll getrocknetes Salbei – soll er sich in die Nasenlöcher stopfen, wenn der Gestank zu arg wird. Und nun, da sie voreinander stehen, zeigt sich, daß er nicht bloß langsamer neben ihr hergehen wollte, er drängt sie, mit ihm ein Stück seitwärts ins Gehölz zu gehn. Da gibt sie gerne nach – sie hat ein Kraut dabei, mit dem sie sich nachträglich schützen wird.

Nach dem Vögeln im Gehölz gehen sie längere Zeit nebeneinander her, im Bernhardiner-Trott. Sie ist fröhlich gestimmt; wenn er ihr schon keine Geschichte erzählt, wird sie ihm eine Geschichte erzählen, eine Geschichte, die ihr in Kraków als Wegzehrung mitgegeben wurde: wenn ihr alles schwer wird, schwerfällt, sie schwer belastet, dann soll diese Geschichte sie beflügeln, im Kopf.

Ganz fern im Westen, jenseits des Ozean-Wasserbandes, liegt Avalon, die Insel der wundersamen Apfelbäume; jedermann dort kann sich von den erstaunlich großen, überaus wohlschmeckenden Äpfeln ernähren, auch wachsen reichlich Trauben und was sonst Antipoden so brauchen. Die müssen nicht pflügen, eggen, säen, alles wächst ihnen zu.

Auf dieser Insel, auf der man keinen Hunger kennt und keine Kälte, lebt die Fee Morgaine, die mit allen Heilkräutern des Erdballs vertraut ist. Denn sie kann fliegen. Das gefällt Wanda besonders gut: daß die Fee fliegen kann, und zwar mit eignen Fittichen. Wenn ihr das zu anstrengend wird, kann sie einen Wagen benutzen, der von einem geflügelten Drachen durch den Himmel gezogen wird. Mit diesem Wagen erreicht die Fee jeden Ort, an dem sie Heilkrautblüten pflücken oder Heilkrautwurzeln ausgraben will. Die verarbeitet sie auch: zerstößt – zum Beispiel, nur mal als Beispiel – zerstößt Lilienwurzeln, zerreibt Lilienzwiebeln, macht die Essenz mit Schweinefett zur Salbe – und so weiter, immer so weiter...

Ihre vielfältigen Kenntnisse kommen schließlich ihrem Bruder zugute, dem König Artus. Der wird in der Schlacht von Camlan verwundet, und zwar so schwer, daß kein Arzt ihm helfen kann – wahrscheinlich war die Waffenspitze vergiftet. Hilfe kann er nur noch bei seiner Schwester finden, die so weit, weit entfernt wohnt. Barinthus, ein Kampfgefährte, der Meere und Sterne kennt, er bringt Artus zur Apfelinsel. Fürstlich der Empfang durch Morgaine; sie bietet dem Bruder das eigene, das goldene Bett an, untersucht seine Wunde, sagt schließlich, sie könne ihn heilen, wenn er nur lang genug bei ihr bleibe. In der Tat, sie erfüllt ihr Versprechen. Damit er nicht noch einmal verwundet wird, dann eventuell tödlich, wird ein Feenzauber über ihn gesprochen: auch wenn er ohne Rüstung einherkommt, ist er geschützt, denn in den Augen seiner Gegner schimmert an seinem Leib eine Rüstung, wie sie keine Pfeilspitze, Lanzenspitze, Schwertspitze durchdringen könnte. Kein Wunder, daß einer, der so gefeet, so gefeit ist, auch die südliche Halbkugel beherrscht, mit den dortigen Antipoden, die schwarz sind, außer an den Fußsohlen.

Und sie gehen etliche Schritte schweigend – eingeschwärzte Fußsohlen und dicke Hornhaut wohl auch bei ihm. Manchmal, so spricht Wanda weiter, manchmal, wenn sie sehr müde, wenn sie erschöpft ist, hält sie Ausschau, ob nicht die Fee durch die Luft fährt, auf dem vom geflügelten Drachen gezogenen Himmelswagen, und wo auch immer die Fee – sicherlich mit Falkenaugen, Rabenaugen – Heilkräuter sieht, setzt sie zur Landung an. Eigentlich, so meint Wanda, eigentlich könnte man sich mal in einer Lichtung oder auf einer Wiese treffen, und die Fee lädt sie ein, im Drachenwagen mitzuschweben, und sie kann alles von oben, von hoch oben herab sehen: Städte und Dörfer, Wälder und Felder, Berge und Flüsse, Seen und Teiche. Und sie wird schließlich abgesetzt auf einer Wiese vor einem der Stadttore von Straßburg...

Ja, so was denkt sie sich unterwegs schon mal aus, aber: wohin dann mit dem Karren, dem Hund, der Ziege? Könnte der Karren an die Luftkutsche gehängt werden, und er schwebt mit? Oder baumelt der Karren dann gefährlich herab, der Kastendeckel öffnet sich, alles kippt raus und runter? Die Ziege würde sie ja gern verschenken vor solch einem Flug, aber der große Bernhardiner – würde der noch reinpassen in die Luftkutsche? Wenn sie dies zu Ende gedacht hat, senkt sie den Blick, hält Ausschau nach dem Heilkraut des Monats.

Wieder viele Schritte. Das wäre ein wahrer Traum, sagt schließlich der Bote, wenn in solch einem Himmelswagen ein dritter Platz frei wäre und man könnte zur Burg des stinkenden Grabens fliegen, und man läßt den mit einem Stein beschwerten Brief in den Burghof fallen – wie einen der Himmelsbriefe, in denen dieser oder jener Heilige den Bau einer Kirche, zumindest einer Kapelle fordert, genau an dem Punkt, an dem der Brief vom Himmel fällt. Aber: keine Fee in Sicht mit einem Drachenwagen, also wird er sich wieder sputen müssen. Kleiner Abschied. Er beschleunigt seine Schritte; noch auf größere Entfernung sieht sie das gefaltete Pergament über der Straße wippen.

Dann fächert ihr Blick wieder aus: was blüht im August? Wo sind Samen reif? Wo ist der Zeitpunkt gekommen, Wurzelwerk aus dem Boden zu ziehn? Auf Wiesen, die nicht üppig sind, sammelt sie Andorn; den wird sie aufkochen beim nächsten Aufenthalt.

Und der rückt näher: eine weitere Tagesreise will beendet sein. Wieder zieht sie von der Straße aus ein Stück landeinwärts, gelangt zu einem Weiler. Beim ersten Bauernhaus wird sie harsch abgewiesen: Soll, in drei Teufels Namen, zum Nachbarn gehn, einen Steinwurf weiter! Auch hier will man ihr nicht Einlaß gewähren. An einem dritten Haus aber sieht eine Frau die antrocknenden Heilkrautbüschel auf dem Karrenkasten, stellt eine Frage. Der Antwort folgt die Einladung. Die Frau selbst braucht keine Hilfe, aber ihr Kind. Es verläßt kaum noch das Haus, weil es sonst gleich wieder beschimpft und verhöhnt wird – sobald es stehenbleibt, zu zucken beginnt, fliegen Steine. Und keiner ruft oder pfeift die Hunde zurück, die das Kind wie rasend umbellen. Hier ist jeder dem andren sein Teufel, sagt sie, während sie Wanda hilft, den Bernhardiner vom Geschirr zu befreien.

Es ist so düster im fensterlosen Haus, daß Wanda das Kind erst gar nicht sieht. Es hat sich klein gemacht, hockt in einer Ecke, Knie hochgezogen, Arme um die Beine geschlungen. Der Bub wird von der Mutter ins Tageslicht gezerrt; er soll zeigen, wie er zuckt, wie er hampelt, aber das ergibt sich nicht auf Anforderung. Wanda will versuchen, dem Jungen zu helfen, wenn sie im Haus mit übernachten darf. Das Vieh (auch hier) auf der Weide, also ist im Stalltrakt Platz genug für Hund und Karren. Die Ziege soll auch mit rein, später, denn es wird viel gestohlen in der Gegend, es hält sich allerlei Gelichter auf in den nahen Wäldern, dort würde die Ziege sofort geschlachtet.

Gemeinsames Löffeln von Roggengrütze. Sie hat mit ihrem unglücklichen Sohn eine Pilgerfahrt gemacht, hat dafür in der Verwandtschaft Geld gesammelt, mit dem Versprechen, am Heiligtum für sie alle zu beten. Der Bub war damals fünf Jahre alt, und es war äußerst mühsam, mit ihm zu reisen, beinah vier Wochen lang; zuweilen ritt er auf dem Pony; wenn er zu zappelig wurde, mußte er absitzen und zu Fuß gehn. In der Kirche dann war es sehr schwer, bei all dem Gedrängel und Getümmel, an das Reliquiar heranzukommen. Ach, so viel Elend, so viel Leid … Allein schon die tauben Kinder…! Und Kinder, auf einem Auge blind, und noch mehr Kinder, die gar nichts mehr sehen … Und Kinder mit Hasenscharten und Kinder mit Buckeln und Kinder, die einen Arm nicht bewegen können oder ein Bein … Und alle Eltern versuchten, sich mit ihren Kindern vorzudrängen zum Priester, der das heilende Wasser austeilte – auf dem Weg dorthin kriegte der Bub etliche Knüffe und Püffe ab, weil viele dachten, er wäre übermütig, wolle nach vorn tanzen und hüpfen. Der Priester endlich, am Reliquiar, er hat sich ihr freundlich zugeneigt, hat zugehört, aber dann hat er die Hand aufgehalten, und erst, als seine Hand sich zufrieden schloß, träufelte er das heilige Wasser auf die Arme und Beine ihres Zappeljungen, doch es war alles umsonst. Die wundersamen Heilungen wohl nur in Zeiten, in denen man gerade nicht am Gnadenort ist. Wenn am Reliquiar wenigstens einer der beiden Zuckarme ruhig geworden wäre oder eins der Schlenkerbeine, so wäre sie mit einem Kind heimgekehrt, das sich halbwegs richtig bewegt, aber nein, es wurde noch ärger, als hätte ein böser Geist vollends von ihm Besitz ergriffen. Wenn sie ihn zurechtwies, beschimpfte er sie mit Worten, die sie nicht wiederholen mag. Schrie die bösen Wörter hinaus auf den Straßen, daß sie sich am liebsten ins nächste Gebüsch verkrochen hätte. Warum nur ist Gott so ungerecht? Kehrt Er seiner Welt den Rücken, gemeinsam mit Seinem gen Himmel gefahrenen Sohn und dem Heiligen Geist, sofern der einen Rücken hat? Und all die Heiligen, die sie angefleht hat, der Reihe nach: kehren der Welt die Rücken, weil sich alles so entwickelt, wie es in den Schöpfungstagen gewiß nicht vorgesehen war? Und die Schutzengel klappen die Flügel nach vorn, verbergen hinter ihnen die Gesichter, die schreckensstarr geweiteten Augen?

Sie hätte den Bub am liebsten gleich vor der Klosterkirche ausgesetzt, aber dafür war er schon zu groß, eigentlich kann man nur Säuglinge aussetzen; ein Bub dagegen, der bereits eine Hilfe sein müßte, statt Hilfe zu brauchen, für den hätte man bestimmt auch im Kloster keine Verwendung gehabt. Also ist sie mit ihm, nach vielen vergeblichen Gebeten, zurückgekehrt, und die Strecke schien ihr doppelt so lang, dreimal so lang, und die Wege aufwärts steiler als zuvor und die fließenden Gewässer noch reißender, und die Sonne schien noch erbarmungsloser auf sie herab, und der Durst war noch größer, und es gab Tage, an denen sie nichts zu essen hatten, und trotzdem wurde der Bub nicht ruhiger – es ist ein Kreuz mit ihm, ein wahres Kreuz. Nach der Rückkehr wurde auch im Dorf alles nur schlimmer, nun sagte man laut, was zuvor getuschelt wurde: Solch ein Kind beweise, daß der Vater die Mutter begattet habe an einem der Tage, an denen die Kirche das verbietet. Nun erst recht wurde sie böse auf Gott, hat ihn gefragt: Warum hast du ihn von meinem Leib nicht direkt ins Grab genommen?

Sorgsam stellt Wanda einen Trank zusammen, reicht ihn vor dem Schlafengehn. Am nächsten Morgen gleich wieder der Trank. Doch kaum ist der Junge auf der freien Fläche vor dem Haus, beginnt das Zucken, der böse Tanz. Und Hunde bellen, Weiber schreien, Steine fliegen. Wanda legt dem Jungen eine Kompresse auf, die über Stirn und Schläfen beruhigend einwirken soll, aber auch das scheint so schnell nicht zu wirken. Nun beginnt auch die Mutter zu schreien. Eine weitere Kompresse wird aufgelegt, ebenfalls vergeblich.

Darauf packt Wanda ihre Sachen zusammen, spannt den Bernhardiner ein, verläßt das Haus, verfolgt von den Flüchen der Mutter, die sogar Steine wirft. Wanda schleudert einige der scharfkantigen Steine zurück, die sie im Beutel mitführt; einer scheint zu treffen, jetzt schreien auch andere Frauen hinter ihr her, schmeißen Steine. In raschem Schritt kehrt sie zurück zur Straße.

Und freut sich auf einen ereignislosen Reisetag. Der Hund, erst noch dem Fluchtreflex folgend, wird langsamer, findet in seinen Trott zurück – der Körper leicht geschrägt in der Bewegungsrichtung, der weiß markierte Schwanz zuweilen erhoben. Auf dem Kastendeckel festgebunden die Kräuterbündel, die sie im Dorf, im Haus nicht aufbereiten konnte.

Ein Reiter holt auf, gefolgt von einem Jungen, ebenfalls beritten, der an langem Seil ein Lastpferd führt, auf dem Schild, Lanze, Kettenhemd verzurrt sind. Der Panzerreiter trägt an diesem heißen Augusttag einen Leinenrock. Sein Schwert waagrecht auf dem Sattelknauf – fürchtet er einen Überfall, oder will er zeigen, welchen Standes er ist?

Noch grüßt er nicht. Reitet ein Stück voraus, reitet auf gleicher Höhe, reitet hinter dem Karren, der Ziege her, scheint Wanda nicht aus den Augen zu lassen. Erst nach ein, zwei Meilen fragt er, ob sie dem Jungen helfen könne: er habe sich einen Holzsplitter in die Handfläche gerammt. Er habe den Splitter zwar rausgezogen, es müsse aber ein Stück im Daumenballen steckengeblieben sein.

Kleiner Zwischenhalt. Sie säubert die Wundränder; der Junge zieht hörbar Luft ein, gibt aber sonst keinen Laut von sich, auch nicht, als sie Eiter ausdrückt, die Wunde mit Wein säubert, mit einer Zange den Holzsplitter-Rest herauszieht. Sie trägt Ringelblumensalbe auf, schlingt einen Leinenstreifen um die Hand.

Die nun gemeinsame Reise wird fortgesetzt. Wieder Schweigen, meilenlang. Dann seine Frage, ob auch ein Kraut gewachsen sei gegen innere Wunden. Eine Wunde, die man von außen nicht sieht, eine Wunde in der Brust; zuweilen schmerzt sie sehr.

Sie läßt sich das genauer beschreiben. Sagt dann, wenn er bei ihr bleibt, sie notfalls beschützt auf dieser verrufenen Strecke zwischen Nürnberg und Stuttgart, wird sie beginnen, für ihn Schafgarbe zu sammeln.

Und ihr Blick fächert wieder aus. Sobald sie die Hand hebt, bleiben die beiden Reiter mit ihren drei Pferden stehn, und sie kann das beinah hüfthohe Kraut sammeln; das Bündel wird dem Schildknappen übergeben. Der Panzerreiter fängt an zu berichten.

Er hat die innere Wunde nicht beim Feldzug erlitten, von dem sie kommen, sie stammt von einem der Turniere, an denen er früher oft teilgenommen hat, etwas zu oft. Nun zischt und dröhnt es in den Ohren, dauernd, andauernd, und fast unablässig Kopfschmerzen. Was ihn aber besorgt macht, das ist die innere Wunde. Die ist ihm nicht geheuer, schon gar nicht in den Nächten, in denen er wach liegt. Zuweilen sagt er sich dann, er könne eigentlich froh sein, daß er nicht schon tot sei. Wie viele Tote hat er bereits gesehn bei Turnieren...! Und wie viele wurden mit schweren Verletzungen davongetragen. Vor allem bei Reiter-Schaukämpfen: wenn ein Trupp den andren Trupp durchbrechen will, da bleibt, beim äußerst harten Zusammenprall der Galoppierenden, so mancher im Sand oder Staub liegen, steht nie mehr auf, auch nicht mit Hilfe. Das Ohrensausen, die Kopfschmerzen, das knirschende Kniegelenk, ja, ja gewiß, aber: er hat bisher überlebt. Doch dieser Trost hält nicht in jeder Lage vor.

Sie fragt ihn nach dem Alter. Er ist fünfundzwanzig und fühlt sich manchmal sehr alt; mehr als fünf oder zehn Jahre werden ihm kaum noch bleiben. Schon als Kind wurde er aufs Pferd gesetzt, vom Vater, mußte im Schritt, im Trab, im Galopp, im Renngalopp reiten, mußte lernen, die Lanze einzulegen, sich mit dem Schild zu decken. Mit fünfzehn die ersten Tjosts. Seine beste Zeit hatte er mit einundzwanzig, zweiundzwanzig. Da hat er reichlich Siegesprämien kassiert: Pferde und Waffen von Besiegten. Wer sich nicht rechtzeitig in die Schutzstätte zurückziehen konnte, mußte ordentlich Lösegeld zahlen. Ein paar Jahre lang lief das sehr gut so – abgesehn von einigen Blessuren. Erst zuletzt hat es ihn schlimm erwischt: die (glücklicherweise bekrönte) Lanzenspitze traf ihn, bei der vollen Wucht des Renngalopps, am Helm, zwischen Hals und Kinn, sein Kopf wurde jäh zum Nacken hin abgeknickt – seither Kopfschmerzen. Nicht immer gleich stark, aber sie begleiten und belasten ihn mehr, als ihm recht sein kann. Anhaltende Folgen auch nach einem Schwertkampf, bei dem er tüchtig ausgeteilt hat, aber auch mächtige Schläge einstecken mußte, es dröhnte, dröhnte im Topfhelm – seither das Zischen, Schrillen, Tosen in den Ohren, im Kopf. Er hat schon mal geträumt, daß er seinen behelmten Kopf auf einen Amboß legen muß, und der Helm wird mit glühender Zange gepackt, und ein mächtiger Hammer saust auf ihn herab wie in einem der Walk- und Stampfwerke. Nach dem Aufwachen hatte er nur einen Wunsch: die Köpfe von Turniergegnern zum Dröhnen zu bringen, damit das Dröhnen im eignen Kopf etwas schwächer wird. Aber eigentlich ist er für Turniere schon zu alt. Seine Angst, das Getöse in den Ohren könnte noch stärker werden, wenn ihn weitere Schwerthiebe treffen. Und die Schmerzen in der Brust verlassen ihn nie wieder, wenn hier noch mal eine stumpfe Lanzenspitze aufprallt, im Renngalopp der beiden Rösser. Und der

Panzerreiter schweigt, als hätte er für diese Litanei alle Wörter verbraucht, vorerst.

Sie wollen in einer verlassenen Mühle übernachten, auf einem Hügelkamm. Andere Reisende haben es sich dort allerdings schon eingerichtet, doch der Schildknappe erhält den Auftrag, das Grüppchen zu verjagen. Was denn auch geschieht. Der nächste Auftrag für ihn: einen Hasen schießen.

Früher hat er viel gejagt, berichtet der Panzerreiter, der es sich bequem gemacht hat, während Wanda einen Aufguß von Schafgarbe vorbereitet. Er bevorzugt die Bogenjagd. Schwalbenschwanz-Pfeilspitzen aus Knochen sind gut für Wasservögel. Bei Pelztieren sind kleine, spitze Pfeile besser, damit das Loch nicht zu groß wird. Solch eine Pfeilspitze, aus Eisen, kann freilich auch einen Kettenpanzer durchschlagen. Beim Feldzug, von dem er kommt, wurden Bogen und Pfeile allerdings kaum eingesetzt. Sie belagerten eine Burg. Brannten Häuser, Ställe, Scheunen ab, fällten Obstbäume, zertrampelten Gärten. Warteten darauf, daß die große Steinschleuder herangeschafft und aufgebaut wurde, das Katapult; das dauerte Wochen.

Sie hat inzwischen Feuer gemacht, kocht die Schafgarbenblüten. Der Duft scheint den Panzerreiter zu beleben, er fängt wieder an zu sprechen. Als das Katapult endlich stand und grob zurechtgemeißelte Felsbrocken schleuderte, da wollte und wollte keine Bresche entstehn. Ums Verrecken nicht! Also wurde ein Schleuderlöffel mit Scheiße gefüllt, und patsch gegen die Burg! Und eine Ladung von stinkendem Aas – sollte die dort drin krank machen. Und wieder geschah tagelang nichts: Felsbrocken mußten bearbeitet werden, in etwa kugelförmig – dann treffen sie am besten. Zwischendurch wurde nur mal ein Kundschafter gefangen. Nachts hatte er die Burg durch einen geheimen Ausschlupf verlassen, doch er wurde aufgegriffen und angemessen bestraft. Ein Eisen wurde im Feuer erhitzt, die Augen wurden ihm ausgesengt. Und sie ließen den Schreienden frei: Such deinen Weg zurück! Sie mußten ihm mit Tritten und Schlägen auf den Weg helfen. Weil er sich so dumm anstellte, schlugen sie weiter auf ihn ein, bis er zusammenbrach. Sie ließen ihn liegen, in Sichtnähe der

Burg, das sollte denen eine Warnung sein. Die Belagerten aber rächten sich durch einen nächtlichen Ausfall, bei sie dem mehrere Mann raubten. Die ließen sie, gefesselt, von den Zinnen herab und in halber Höhe vor der Mauer hängen, in der Nähe des Tors, dort, wo die Bresche geschlagen werden sollte. So mußte das Brockenschleudern eingestellt werden – das Schreien, Jammern, Flehen der Gefangenen an der Mauer war nicht zu ertragen. Zum Abschied freilich schnitten sie einem Gefangenen den Kopf ab und schleuderten den mit der Blide zur Burg.

Sie sagt ihm, daß sie solche Geschichten nicht interessieren. So etwas will der Bruder des Herzogs nicht hören. Von solchen Kleinkriegen hat man im Herzogtum genug. Und sie nennt ihre Bedingung: Heilkräuter gegen richtige Geschichten – am besten von Menschen, die sich leidenschaftlich lieben.

Er glaubt, nach dem Schafgarbentrunk schon leichte Besserung zu spüren, wird eventuell auch belebt durch den Duft des endlich geschossenen Hasen über dem Feuer, wird animiert durch die Aussicht auf zusätzliche Hilfe: den Mus aus Andorn. Den streicht sie, nach dem gemeinsamen Essen, auf ein Leinentuch, legt das erst über die Stirn des entspannt Ausgestreckten, dann über beide Ohren. Er läßt in sich einwirken. Und beginnt wieder zu sprechen.

Ja, selbstverständlich kann er als Gegengabe eine Geschichte bringen, er kennt Geschichten genug. Am liebsten sind ihm Geschichten von Rittern. Diese Geschichten kann er zwar nicht lesen, doch er hört sie gern, für sein Leben gern. Wieviel schöner, reiner, besser erscheinen ihm diese Erecs, Gaweins, Lancelots! Die leiden offenbar nie unter dröhnenden Kopfschmerzen, schrillenden Ohren – von den Zähnen einmal ganz zu schweigen! Die wurden vom Schöpfer offenbar nur deshalb in die Kiefer gepflanzt, um einen möglichst viel zu plagen – davor schützt auch nicht der beste Helm, der größte Schild. Als würde ein winziges Teufelchen sich einnisten in den Kieferknochen, und es kriecht mal hierhin, mal dorthin, entfacht ein Höllenfeuer auf einer Fläche, die kleiner ist als der Nagel vom kleinen Finger, vom kleinen Zeh, ja, eher vom kleinen Zeh. Und mit glühendem Atem bläst der Kleinteufel vor allem nachts in das Feuerchen und es –

Aber er wollte, sollte ihr doch eine Geschichte erzählen! Eine richtige Geschichte!

Also gut, eine Geschichte. Eine Geschichte, die ihm gerade so in den Sinn kommt. Jetzt, zum Beispiel, wo er so angenehm daliegt mit der Andorn-Packung auf der Stirn, jetzt fällt ihm die Geschichte ein vom Ritter, der sich ziemlich lange Zeit fast nur im Bett aufgehalten hat, mit seiner Liebsten, seiner neuen Frau, um dann doch wieder – nein, das nimmt er jetzt nicht vorweg.

Der Reihe nach! Ein junger, ganz junger Ritter ist verliebt in ein noch jüngeres Mädchen, dessen Schönheit unvergleichlich ist: Erec und Enite. Ihrem verarmten Vater gegenüber hat er sich als hinreichend ritterlich erwiesen. Und: sie hat, von ihm unterstützt, einen Preis für ihre Schönheit gewonnen. Und: er hat in einem Kampf gesiegt, den er seiner Ehre schuldig war. Das alles gehört zur Vorgeschichte, er will aber dort ansetzen, einsetzen, wo auch der Erzähler ansetzte, einsetzte, bei einem Fest, auf einer Burg.

Die Tochter des schuldlos verarmten Edelmanns wird von der Gemahlin des Königs Artus neu eingekleidet, nach einem ausführlichen Bad. Ihre Bekleidung wurde ausführlich beschrieben, der Panzerreiter hat aber nur einzelne Wörter behalten: Weißes Seidenhemd … Schlupfkleid in französischem Schnitt … grüne Seide … bestickte Borten … Halsausschnitt, zusammengehalten von einer Spange mit Rubin … Seidenumhang, gefüttert mit Hermelin, abgesetzt mit Zobel … Wenn er so was nur schon hört – es tun sich gleich ganz andre Welten auf!

In schönster Kleidung also tritt die Schönste vor die Tafelrunde des Königs Artus. Hier ist alles versammelt, was Ritterruhm errungen hat: Iwein … Gournemans … Tristan … Titurel … Ither … Gawein … sicherlich auch Parzival. Als sie vor diesen Herren erscheint, erheben sie sich, wie auf ein Zeichen. Ein Kuß von Artus als erneute Anerkennung ihrer Schönheit.

Artus richtet auch die Hochzeits-Feierlichkeiten aus, in einer seiner Burgen. Das Fest selbstverständlich angesetzt auf die Pfingstwoche. Die Zeit bis dahin kommt dem jungen Mann endlos vor, er kann es kaum erwarten, die erste Nacht mit Enite zu verbringen. Ihr geht es genauso. Beide denken: Es gibt kein

Glück für mich, ehe ich nicht zwei, drei Nächte bei dir gelegen habe.

Das Hochzeitsfest, vierzehn Tage lang; es wird wegen des großen Erfolgs um weitere vierzehn Tage verlängert. Zu Hunderten die Gäste von hohem Rang, in großer Gala: Seide ... Pelz ... Goldblech ... Ein blondierter Zwergenkönig mit großem Zwergengefolge aus dem Zwergenland ... Keine Delegation von Ohrenmenschen – die haben noch nichts von diesem Fest gehört. Dafür aber drei Mohren in Kettenhemden, aus dem Maurenland, Mohrenland, Morgenland ... Eine Riege von Alten, geschlossen auftretend; der allerjüngste einhundertundvierzig Jahre alt ... Zwischen Zwergen, Mohren, Greisen: stattliche Grafen und Barone ... Groß die Zahl schöner Frauen ... Vernarbte Messerwerfer treten auf, humpelnde Seiltänzer, heisere Feuerspucker. In einer ruhigeren Phase des Festes, nach dem opulenten Essen, tragen Sänger eigene Lieder vor, präsentieren Rezitatoren Geschichten, denen Fortsetzungen folgen.

Und es wird von Herolden ein Ritter-Schaukampf angekündigt. Erec hebt ein halbes Dutzend Teilnehmer mit großer Kampferfahrung aus den Sätteln und wirft sie, in oft hohem Flugbogen, in den Sand. Diesem jungen Mann sagt man daraufhin eine große Zukunft voraus, zumindest als Kämpfer. Aber es kommt, fürs erste, ganz anders.

Wieder zu Hause, wird er gekrönt. Und Enite wird Königin. Der junge König, die noch jüngere Königin sehen ihr Königreich freilich nur noch im Bett. Er will allein für sie dasein, sie allein für ihn. Morgens bleiben sie im Bett und lieben sich, bis zur Messe geläutet wird. Anschließend der Imbiß. Sobald die Tafel aufgehoben ist, ziehen sie sich zurück, ins Bett, lieben sich weiter, lieben sich weiter, lieben sich weiter. Das geht so dahin bis zum Abendessen. An Rittertaten, Rittertum, Ritterruhm verschwendet er keinen Gedanken mehr, Turniere schaut er sich gar nicht erst an, hat aber nichts dagegen, daß sein Gefolge an Turnieren teilnimmt, das unterstützt er sogar – da stören ihn seine Leute nicht weiter. Seine Welt bleibt das Bett, seine Welt bleibt die junge Frau, sie kommen nicht mehr voneinander los.

Das wird erst mit Staunen, dann mit Verwunderung zur Kenntnis genommen, schließlich setzt Kritik ein, in der hohen Welt. Besucher bleiben weg: Das Paar liege ja sowieso nur im Bett … Das Gefolge beginnt die Stunde zu verfluchen, in der ihr Herr der jungen Frau zum ersten Mal begegnet war. Man setzt keine Hoffnungen mehr auf ihn, man gibt ihm keine Zukunft mehr. So die vorherrschende Meinung.

Er merkt nichts von diesem Stimmungswechsel: es gibt weiterhin nur *sie* für ihn. Sie aber hört dies und jenes. Die Kritik an ihrem Mann verletzt sie, belastet sie. Als sie wieder einmal, am hellen Tag, im Bett liegen, und er schläft kurz mal ein, da beklagt sie halblaut, im Selbstgespräch, daß er so oft verurteilt, so sehr verflucht wird. Das vernimmt Erec denn doch. Er fragt, was los sei. Sie will nichts gesagt haben, doch er bleibt hartnäckig. Und sie gibt wieder, was ringsum geraunt, gemunkelt, gelästert wird. Da sagt er: Nun reicht es!

Und legt seine Rüstung an, aber heimlich; ein Überwurf verbirgt sie. Er gibt vor, einen Spazierritt zu machen, begleitet von seiner Frau – er kann sich auch jetzt nicht von ihr trennen. Er macht freilich mit ihr aus, nein, er befiehlt ihr, während des Ausritts nicht zu sprechen – was auch immer geschehen mag. Hält sie sich nicht daran, so hat sie ihr Leben verwirkt. In Anbetracht dieser Drohung geht sie darauf ein.

Sie reitet, wie verabredet, voraus. Die Straße führt in einen dichten Wald, der von drei Räubern beherrscht wird, die alle Reisenden überfallen, ausrauben, umbringen. Die sehen nun die ausnehmend schöne Frau und, in einigem Abstand, den Ritter. Der merkt nichts von der Falle, sie hingegen sieht die drei auf der Lauer. Sie darf aber nichts sagen. Doch wenn sie ihn nicht warnt, gerät er in Lebensgefahr. Sie ringt mit sich, doch rasch ist die Entscheidung klar: Lieber will ich von seiner Hand sterben als zusehen, wie er hier sein Leben verliert. Also warnt sie ihn.

Die drei Räuber, bisher so erfolgreich, sehen sichere Beute nahen. Der Anführer will die Frau, als erste Wahl. Die beiden anderen wollen die Rüstung und die Pferde übernehmen. Der Anführer greift an, wird gleich beim Anritt von Erec getötet. Auch die beiden anderen Räuber bleiben auf der Strecke. Die Siege wurden Erec leicht gemacht, weil die Räuber nur wenig gepanzert und nur einfach bewaffnet waren.

Erec nun macht seiner Frau Vorwürfe: Habe ich nicht gesagt, daß … ?! Wieso müssen Frauen mit Vorliebe tun, was ihnen verboten wird?! Sie weist hin auf ihre Liebe, ihre große, ihre treue Liebe und daß sie gar nicht anders konnte, als ihn zu warnen. Er wiederholt sein Verbot und erlegt eine Buße auf: sie muß von nun an Aufgaben eines Schildknappen übernehmen und sich vor allem um die Pferde kümmern, auch um die drei erbeuteten Pferde der Räuber.

So wird der Ritt fortgesetzt. Kaum sind sie einige Meilen weiter, kommen sie wieder in einen Wald, und der wird von fünf Räubern beherrscht, die mit den bereits getöteten Räubern zusammengearbeitet hatten: wer den dreien entkam, fiel den fünfen zur Beute. Auch der Anführer dieser Bande will nur die schöne Frau; die anderen teilen vorweg schon mal Rüstung und Pferde unter sich auf. Wieder muß Enite ihren Mann warnen, der seine Augen offenbar woanders hat, schon setzt der erste der fünf Räuber an zur Attacke…

Die Fortsetzung, so der Panzerreiter, wird folgen, sobald er merkt, daß die Andorn-Packung Wirkung zeigt. Solange stehn die Räuber bereit zum Angriff. Wanda stöhnt auf.

Es nähert sich ein Geisterreiter, mit den sehr regelmäßigen, doch leicht ruckhaften Bewegungen eines Pixelpferds des Jahres 2002. Das Phantom-Gesicht ist leer geblieben, bis auf eine feuerrote Narbe von der linken Schläfe hinab zum Backenknochen. An die Brust gedrückt ein Helm mit mächtigem Schmuck-Aufsatz; schimmernd ein Kettenhemd; waagrecht die Stoßwaffe mit der lanzettförmigen Spitze, auf der sich getrocknetes Blut zu zeigen scheint. An einer Leine ein Ersatzpferd, offenbar mit Beute bepackt.

Der Geisterreiter erreicht so etwas wie die Lichtschranke der

Präsenz, bringt das Pferd mit ruckhafter Bewegung zum Halten, beginnt zu sprechen mit gestanzten Silben: Hat die Burg mit dem Kuppelsaal der lebensechten Statuen noch immer nicht gefunden, verfügt aber noch über zwei Bonus-Leben, hofft, nun endlich auf der rechten Spur sein in THE QUEST. Zwischendurch ist er mal irritiert worden durch ein Schreiben, das er in einem hohlen Baum gefunden hat, der durch fahles Leuchten auf sich hinwies. Entweder hat er das Schreiben nicht richtig verstanden, die Skizze nicht recht gedeutet, oder er wurde bewußt in die Irre geführt. Die Burg jedenfalls, die er nach der Beschreibung fand, sie schien mit ihren sieben Türmen der rechte Ort zu sein für die geheimnisvollen Statuen, doch zu sehen waren sie nirgends.

Über eine entgegenkommend gesenkte Zugbrücke ritt er in den Burghof, band das Pferd fest, stieg eine Außentreppe hoch, betrat einen Saal, in dem sich vorerst niemand zeigte. Der Boden leuchtete grün wie ein riesiger Smaragd. Eine Tafel, festlich gedeckt. Er legte, einige der silbernen und goldenen Prunkgefäße beiseite schiebend, die Lanze auf den Tisch und griff zu. Ein Chor von Mönchen trat auf; im sonoren Klang der Gregorianik sangen sie einen ersten von mehreren Hits. Ein geisterhafter alter Mann mit weißem Bart trat auf und wieder ab. Ein wunderschönes Bademädchen in durchsichtigem Kleidchen, mit einem Holzbottich in der Hand, durchquerte den Raum, doch er folgte ihr nicht, hätte sich sonst womöglich in eine Nebenhandlung verstrickt. Er fühlte sich dem Ziel sehr nah; auch die Hits in gregorianischem Klanggewand schienen Gutes zu verheißen. Nach dem Mahl stand er auf, um die Suche nach der verlockend schönen Frauenstatue fortzusetzen, als es zu einem *Dimensions-Riß* kam und eine wahre Kollektion von Monstern in den Saal platzte. Er bohrte die Lanzenspitze einem geflügelten Drachen in den zu weit aufgerissenen Schlund, brachte einen aus Schleim bestehenden Qualli zum Platzen, was allerdings die Festtafel kontaminierte, erledigte zwei Wesen, die menschengroßen, gerupften Hühnern glichen, hätte im weiteren Verlauf bei fortgesetztem Andrang von Monstern allerdings mehr zu tun gehabt, als er verkraften konnte, setzte sich ab durch eine rechtzeitig entdeckte kleine Tür, hinter der eine Wendeltreppe hinunterführte.

Am Fuß der Treppe hätte er in der Eile beinah den Kasten übersehen, zu dem der Universalschlüssel seiner Grundausstattung paßte, und er fand, wie zu erwarten, eine Botschaft.

Der Geisterreiter, Pixelmann auf Pixelpferd, zieht weiter. Er will, er muß, er wird den Kuppelsaal finden, und wenn es ihn das vorletzte *Bonus-Leben* kosten sollte, er muß, er wird der männlichen Statue den Ring vom Finger ziehn, wird den eingravierten Hinweis lesen, wird die Stelle dieser Figur einnehmen, vor der schönen Frau mit dem Vogelstab in der einen, mit dem Kristallglasflacon in der anderen Hand, und es wird sich ergeben, wird sich entwickeln, was hier programmiert ist.

Und der Geisterreiter verschwindet von der Bildfläche, als wäre er auf einem *beam* entrückt.

Arbeitstagebuch. Noch einmal die Frage, mit der ich die Arbeit (auch) an diesem Buch begleite: Warum die Hinwendung, wiederholt, zum Mittelalter? Darauf habe ich bereits eine Antwort zu geben versucht, im Neidhart-Buch. Ich greife hier nur ein Stichwort auf: Kontrastmittel-Theorem. Die Beschäftigung mit einer Epoche der Vergangenheit gleichgesetzt mit der Injektion eines Kontrastmittels, das auf dem Röntgenschirm Konturen eines Organs deutlicher macht, damit eine Diagnose erleichtert. Dieses Kontrastmittel wurde in fortgesetzter Beschäftigung mit dem hohen und dem späten Mittelalter gleichsam angereichert; damit differenzierten sich Konturen.

Hier möchte, hier muß ich betonen, daß auf diese Weise nicht nur Verluste (etwa an Buntheit, Direktheit, Überschaubarkeit) deutlich werden, es zeichnen sich auch Entwicklungen ab, die zum Positiven, wenigstens zum Positiv*eren* führten. Etwa im Bild, in der gesellschaftlichen Rolle der Frau. Hier pendelten man damals zwischen Extremen: die Frau als sündige Eva, im Teufelsdienst der Verführung – die Frau als Gottesmutter, als Muttergottes ... Die Frau, von Geistlichen gering geachtet, sie hat in der Kirche zu schweigen, darf keine Ämter übernehmen – die Frau als Verkörperung der Kirche, als (vielfach in Stein gemeißelte)

Ecclesia ... Die Frau im Rechtswesen fast eine Unperson – die Frau von Literaten vielfach und vielfältig gefeiert, ja hochstilisiert ... Im weiten Spektrum zwischen den Extremen: Verachtung und Verehrung ist mittlerweile nachgearbeitet worden – zumindest in Teilen der Welt.

Weitere Beispiele fanden sich, weitere Befunde ergaben sich im Verlauf der fortgesetzten Arbeit am Großprojekt. Etwa dieses Beispiel: Ich lebe in einer Gesellschaft, deren emotionale Binnentemperatur deutlich sinkt; ich lese schon mal, wir würden nah am »Kältepol« leben. Aus diesem frostigen Ambiente blicke ich zurück, blicke ich hinüber in eine Gesellschaft, in der Gefühle umgehend sichtbar gemacht wurden. Wut, zum Beispiel, setzte sich abrupt in Aktion um – man schlug oder stach zu. Und versöhnte sich wieder, unter Tränen. Die Übergänge konnten sehr rasch erfolgen.

Anderes Beispiel: als Friedrich Barbarossa bei einem seiner Italienfeldzüge in Bedrängnis geriet, bat er Heinrich den Löwen um Hilfe. Dies nicht staatsmännisch formell, vielmehr: der Kaiser warf sich vor dem Herzog auf den Boden, lag hingestreckt, bat um militärische Unterstützung. Man gab damals Regungen offenbar rasch und leicht nach, war emotional expressiv; das Expressive konnte sich leicht zum Explosiven verdichten; Regulierungs-Mechanismen griffen noch nicht so recht. Umgangssprachlich: alles kochte rasch hoch und wurde heiß gegessen.

Nicht nur im spontanen Reagieren, auch in rituellen Verhaltensmustern war man erheblich direkter. Als Heinrich (Henry) II., König des Angevinischen Reichs, einsehen mußte, daß er durch eine zweideutige Äußerung die Ermordung seines früheren Kanzlers Thomas Beckett ausgelöst hatte (der bald darauf heilig gesprochen wurde), pilgerte er zu dessen Grab, barfuß, im Büßergewand, und ließ sich – zumindest symbolisch – von Mönchen geißeln, krasser formuliert: auspeitschen. Auch so etwas wäre bei einem heutigen Staatsoberhaupt nicht mehr vorstellbar.

Wanda unterwegs, im Monat September, zwischen Stuttgart und Straßburg, in einem nördlichen Ausläufer des Schwarzwalds. Reisende haben ihr geraten, dringend, den beschwerlichen und gefährlichen Weg durch den Schwarzwald zu meiden, statt dessen über Pforzheim an den Rhein zu wandern, sich flußaufwärts treideln zu lassen. Das kam für sie aber nicht in Frage, schließlich muß sie weiterhin Brot und Schrot erwerben, Käse und gelegentlich Fleisch, und das ist nur möglich mit Gegengaben von Heilpflanzen, deren Blüten sich entfaltet haben oder deren Samen schon reif sind oder deren Wurzeln sie bereits ausgraben kann. Von Wasserpflanzen hingegen kann sie keinen Tee aufgießen, keine Paste, keinen Mus bereiten. Außerdem, so schnell wie Pferde oder Pferdegespanne oder lustlos seilziehende Männer auf Treidelpfaden ist ihr Hund immer noch. Er wäre in seinem Bernhardinerherzen sicherlich beleidigt und hätte noch mehr Schuppen im Fell, dürfte er nicht auch das letzte Stück der langen Reise den Karren ziehen. Dafür hat sie ihn ja auch beschützt, hat Hunderte von Steinen geschleudert zu seiner Verteidigung, hat Hunderte von Schlägen ausgeteilt mit dem Knüppel und bestimmt dutzendfach hat sie Hunde, die ihn angriffen, am Schwanz hochgerissen, auf die Seite geschwenkt. Nun soll er das letzte Stück auch noch dahintrotten, die ein oder zwei Wochen bis Straßburg.

Wanda also doch auf dem Fernweg im Schwarzwald. Der Bernhardiner, der Karren, aber nicht mehr die Ziege. Die hat sie zuletzt schlachten lassen, denn Fleisch wurde rar: nur selten war ihre Hilfe gefragt, zu viele Quacksalber unterwegs, zu viele verfälschte Heilmittel im Umlauf – sie mußte oft lange reden, ehe sie Zutrauen gewinnen konnte.

Was erschwerend hinzukam: große Trockenheit, eine entsprechend schlechte Ernte. Wo man sie zuvor noch gerufen hätte, versuchte man sich nun zu helfen mit Hausmittelchen, die sich bewährt hatten oder bewährt zu haben schienen.

Doch es bleiben die dringlichen Fälle! So wird sie, von der Straße weg, zu einem Sterbenden gerufen. Familie und Nachbarschaft haben sich am Bett versammelt, so zahlreich, daß Wanda kaum zu ihm vordringen kann. Mit fordernden Rufen, rudernden Ellbogen endlich am Bett angekommen, sieht sie sofort: das Familienoberhaupt ringt nicht nur nach Atem, es ringt mit dem Tode. Zumindest das Atmen will sie ihm leichter machen; gegen den Tod aber ist, auch hier, kein Kraut gewachsen, nicht einmal Fee Morgaine könnte helfen. So drängt sie sich wieder hinaus, holt aus dem Karrenkasten einen Rest von Gundelrebenmus. Die Blühzeit der Gundelrebe ist vorbei, seit Ende August, sie kann frisches Kraut nicht mehr aufkochen, kann dem Sterbenden aber sommerwarmen Mus auf die Brust streichen, da kriegt er eventuell etwas mehr Luft und damit Kraft im Todeskampf.

Wieder arbeitet sie sich zum Bett vor, streicht die Gundelrebenpaste auf, versucht, dem etwa fünfzigjährigen Greis noch etwas vom Tee einzuflößen, der bereitsteht. Aber deutet sich nicht Kopfschütteln an? Das wiederholt sich: er will nicht mehr. Sie bleibt dennoch, hält ihm die Lippen feucht mit Kräutertee, wischt Schweiß von der Stirn. Und plötzlich, mit kleinem, schnappendem Geräusch, hört das Atmen auf.

Nun will sie nicht länger bleiben, muß Unterkunft suchen in einem Haus, in dem sie noch helfen kann. Doch sie wird am nächsten Tag wiederkommen, zum Totenmahl – sie hat dem Sterbenden den Weg in die andere Welt etwas leichter gemacht, dafür will die Familie ihr danken.

Sie muß nicht lange suchen: im Dorf hat sich herumgesprochen, daß von fern her eine heilkundige Frau eingetroffen ist, mit rollender Apotheke. Ein Kind nun, das heftig fiebert: fast scheint die Luft über dem Bett zu flimmern. Sie bietet wieder an und es wird verabredet: Hilfe gegen Unterkunft, Essen, Hundefutter. Unterstützt von der Mutter, stellt sie denn Meisterwurz-Törtchen her.

Am nächsten Tag kehrt sie zum Totenhaus zurück, wird empfangen, als gehöre sie zur Familie oder wenigstens zur Nachbarschaft. Tröstende Worte werden von ihr nicht erwartet: auch dieser Tote ist vorangegangen in jene Welt, in der sich alle wieder treffen werden, sofern sie nicht ins Höllenfeuer gesteckt oder ins Fegefeuer geschickt werden. Das ist bei ihm aber nicht zu befürchten: man hat mit dem Erwerb von Ablässen hinreichend vorgesorgt.

Wanda wird zur langen Tafel geführt im Raum, in dem sich die Familie versammelt. Der Tote, mit Seilen an der Stuhllehne festgezurrt, scheint an der Stirnseite der Tafel zu sitzen; die andere Schmalseite ist freigehalten für Arme des Dorfs. Gläubige Gewißheit, an der Wanda teilhat: Der Tote ist nicht hinabgestürzt in bodenloses Dunkel, er ist aufgestiegen in lichte Regionen.

Am nächsten Tag wird die Reise fortgesetzt. Weil der Schwarzwald zum Fürchten ist, hält Wanda Ausschau nach einem Reisenden, der sie begleitet. In dieser armen Region kommt es noch häufiger als sonst zu Überfällen: hiesige Wegelagerer gelten als besonders rabiat. Zur Angst vor dem Raubmord die Angst vor Bären. Und vor Wölfen, die umherstreifen mit triefenden Lefzen.

Erleichterung demnach, als ein Kanonikus sich ihr anschließt. Erleichterung auch für ihn, mit Blick auf die Heilkrautsträuße, Heilkrautbündel, Heilkrautbüschel auf dem Karrenkasten. Gibt es etwas, das sein Augenlicht wieder aufhellt, ein wenig? Zunehmende Augentrübung; die Welt scheint einzudunkeln, wie in langsamer Abenddämmerung.

Ja, gegen Augentrübung gibt es ein Kraut: Alant. Was bei dieser Pflanze hilft, kommt weder aus den goldgelben Blüten noch aus den doldenförmigen Rispen noch aus den breiten, unterarmlangen Blättern, es kommt allein aus den Wurzeln, und auf die hat die Sonne in den letzten Tagen hinreichend eingewirkt, es hat sich heilender Stoff angesammelt – sie kann das schon am Geruch der Wurzeln feststellen. Alant kann die Augen reinigen, ja, kann auch starke Kopfschmerzen lindern.

Alant, ja Alant, bitte Alant…! Bei der nächsten Rast legt sie in einem der Holzgefäße Alantwurzeln ein, übergießt sie mit Wein, verschließt den Topf. Nun können die Wurzeln für den Rest des Tages ihre Kräfte an den Wein abgeben, werden dazu auf holprigem Fernweg hinreichend geschüttelt, geschwenkt, gerüttelt. Die Sonnenwärme im Kasten wird gleichfalls günstige Wirkung haben. Bis dahin: Geduld…!

Die Aussicht auf Besserung macht seine Schritte größer, macht das Sprechen frei und leicht. Er muß, muß davon sprechen: Ihm ist Unrecht widerfahren! Und dies im Chorherrenstift, dem er damals angehörte! Er ist einer Irrlehre bezichtigt worden! Man warf ihm diabolisch dialektisches Spiel vor; er spintisiere sich etwas zurecht; er maße sich an, in der Heiligen Dreifaltigkeit herumzustöbern; er wiederhole Fehler, die längst verurteilt oder eingeschläfert worden seien. Diese Vorwürfe wurden freilich nur indirekt ausgelöst von seiner Predigt über die Dreifaltigkeit und den Heiligen Geist, es war ein Akt der Rache, einer verspäteten Rache. Man hatte nur auf ein passendes Stichwort gewartet. Denn schon Jahre zuvor hatte er die Zustände im Kloster beklagt – vor allem, daß Mitbrüder sich gegenseitig bestahlen. Es war so weit gekommen, daß jeder Mönch hinter seinem Sitz im Refektorium einen kleinen Schrank hatte, in dem er Teller, Schüssel, Becher, Löffel verschloß. Und im Dormitorium hatte jeder, fast jeder eine Truhe. Sobald man vom Kastellan geweckt war, steckte man sein Bettzeug in dieses Behältnis und schloß es ab, bevor man gemeinsam in die Kirche zog. Die armen, in jeder Hinsicht armen Mitbrüder, die noch keine Kiste oder Truhe besaßen, sie wurden bestohlen, mußten also zeitweilig ohne Bedeckung schlafen, bis auch sie die Fähigkeit oder Fertigkeit des unauffälligen Diebstahls entwickelten und auf diese Weise für Ausgleich sorgen konnten. Novizen hingegen brauchten nur mal zur Latrine zu gehen, schon waren sie einen Teil ihres kleinen Besitzes los.

Mit dieser Klage, mit solchen Anklagen fand er beim Abt und den Seinen kein Echo. Die nehmen zwar nichts weg vom Besitz anderer, das haben sie nicht mehr nötig, sie haben genug gerafft, sie nehmen sich nun Freiheiten, die sie über solche »Quisquilien« hinwegblicken lassen, sie leben fröhlich dahin mit ihren Metzen, ihren Buhlen, ihren gelegentlich entstehenden Kindern – für diese Herrschaften läutet der Kastellan umsonst die Glocke, die schlafen lang nach ihren Ausschweifungen.

Ach, er war auf taube Ohren gestoßen. Die stehlenden Mitbrüder, der hurende Abt, sie warteten, sie lauerten nur darauf, sich an ihm zu rächen, und das Stichwort dazu nahmen sie sich mit der, wie es hieß: »verabscheuungswürdigen Irrlehre, daß der Heilige Geist nicht von der Substanz des Vaters sei«. Es gab da auch weitere strittige Punkte, aber er will ja nur zeigen, wie man sich seiner entledigt hat. Obwohl es so viele ernsthafte Probleme gibt, denen man sich zuwenden müßte! So hätten die Herren des Chorstifts lieber mal einen Konzilsbeschluß beantragen sollen gegen die Landplage der falschen Mönche – es genügt ja schon, sich eine Tonsur schneiden und eine Kutte schneidern zu lassen, und man kann unter den heuchlerischsten Vorwänden Geld sammeln für sich selbst. Statt dessen die Frage, wie man sich seiner entledigen könnte...

Er verließ den Konvent, zog sich zurück in die Wildnis, wurde Einsiedler. Nicht mehr mit Menschen rechts und links den Lebensweg beschreiten, nicht mehr in Gemeinschaft, in fast ständiger Gemeinschaft sein, vielmehr: draußen im Wald leben, allein auf sich angewiesen – nur die Verrückten und die Einsiedler wollen für sich sein...! Er wollte aber nicht für verrückt erklärt werden, verkündete deshalb, ein Heiliger sei ihm im Schlaf erschienen, hätte ihn aufgefordert, das Leben eines Eremiten zu führen, als Buße für seine Verfehlungen, seine Irrlehre.

Und es ist eine Buße, in der Tat: allein beten, allein essen, allein schlafen, allein in heiligen Texten lesen – je länger dieser Zustand dauert, desto leichteres Spiel hat Satan. Doch zur rechten Zeit fanden sich Bewunderer ein, schlugen in seiner Nähe Hütten und Buden auf – für ihn ein Glück, denn nicht mal mit einer Geliebten will man auf Dauer fern von allen Menschen sein! Nun konnte man gemeinsam essen, gemeinsam beten, gemeinsam singen, gemeinsam jagen, gemeinsam anbauen, bearbeiten, ernten...

Wie nicht anders zu erwarten, wurde von Kirchenoberen mit Unmut registriert, wie die Ansiedlung wuchs; es kam der Vorwurf auf, hier versammelten sich Ketzer, es bilde sich eine Sekte. Das war nicht völlig unberechtigt, auch wenn sich alles wie von selbst ergeben, entwickelt hatte. Je mehr die Kirche verfällt, verkommt, verludert, desto mehr spricht für diejenigen, die sich von ihr lösen und neue Gemeinschaften bilden. Nur müssen sie damit rechnen, daß sie gleich zu den Ketzern gezählt werden. »Weißt du, woran man einen Ketzer erkennt, der nicht wie die anderen Christen lügen und Fleisch essen will? Man fordert ihn auf, ein Huhn zu töten. Verweigert er das, kommt er an den Galgen oder ins Feuer. So einfach ist das! Töte ein Huhn oder töte dich selbst. Zwischen dir und dem Tod, dem grausamen Tod ein Huhn, dem man mit der Handkante den Kopf abschlägt.« Auch ohne solch eine Probe – sie wurden blindlings den Ketzern zugeordnet. Und die sollen ja nun möglichst schnell den Weg vom irdischen ins ewige Feuer nehmen.

Doch bevor man sie, zwecks Bestrafung, zusammentrieb oder in alle vier Winde verscheuchte, wurde – für sie zur rechten Zeit – aufgerufen zur Teilnahme an einer bewaffneten Kreuzfahrt ins Heilige Land. Nicht die Kreuzfahrt vor drei Jahren, die nach Byzanz fehlgeleitet wurde, sondern die Kreuzfahrt davor.

Eine Zäsur ergibt sich hier von selbst, eine Pause: der Hund bleibt stehn, Wanda setzt sich ab in den Mischwald, der Kanonikus lupft die Kutte. Weil er danach, wie angewurzelt, neben dem Karren stehenbleibt, setzt Wanda den Abstecher fort, schaut sich um nach Heilkräutern, am Rand einer Lichtung. Mariendistel? Die Früchte mit blaßgelbem Rand … Blutwurz? Die niedrige Staude, der höckrige Wurzelstock … Fünffingerkraut? Weit ausgebreitet, und die Blattränder erinnern an eine Säge … Und die Schlüsselblume – diesmal aber nur ihre Wurzeln … Und das Veilchen – im Herbst ebenfalls die Wurzeln …

Mit einer kleinen Kollektion von Heilpflanzen kehrt sie zurück. Erstaunlicherweise stellt der Kanonikus nun doch mal eine Frage: Was sie mit all den Pflanzen und Wurzeln zu tun gedenke?

Die wird sie verarbeiten, in Straßburg! Dort wird sie nach ihrer Ankunft als erstes ein Haus suchen, in dem es ein Zimmer für sie gibt und einen Hof für den Bernhardiner, damit der geschützt ist vor bissigen Stadtkötern. Voraussetzung auch: sie muß tagsüber in der Küche wirtschaften können. Getrocknete Blüten oder Blätter oder zurechtgeschnittene Wurzelstücke in Wein einlegen … bereits angetrocknete Wurzelstücke im Backofen nachdörren lassen … im Mörser zerstoßen … pulverisieren … zu Klartrank reinigen … mit Honig oder Salbei anreichern … in Leinensäckchen einlegen … mit Schweinefett zu Salbe verarbeiten…

Sie wird dafür einige Wochen brauchen – erleichtert, daß sie nicht immer wieder aufbrechen muß. Herbststürme, erster Frost – dies in einem Haus, unter einem dichten Dach erleben … Vorräte anlegen für den Winter … Auf Verlangen Wunden behandeln, wie sie das gelernt hat – als rechte Wundärztin, nicht bloß als ›Buchärztin‹…!

Erst allmählich, der Winter ist lang, wird sie sich umhören: Wer und wo ist der Dichter der Geschichte, die Prinz Kaszimierz unbedingt hören möchte? Die Geschichte, die er ins Polnische übersetzen lassen will von einem der Patres oder Fratres, die aus Burgund kamen?

Sie wird, hier ist der Kanonikus ganz sicher, sie wird ihre Geschichte finden! Denn: hat es je eine Zeit gegeben, in der so großartige Geschichten erzählt wurden?! Wird es das je wieder geben?! Selbst die Werke gefeierter ›Dichter der römischen Antike‹ – von klugen Mönchen unserer Zeit niedergeschrieben! Die haben denn auch Namen erfunden wie Ovid oder Seneca! Man dürfte es doch gar nicht wagen, eine Liebeslehre zu schreiben und lüsterne Geschichten, könnte man so etwas nicht einem erdachten römischen Autor zuschreiben! Allein schon die Geschichte vom Ehebruch, den Gott Jupiter in Gestalt des Ehemanns beging: dazu mußte ein Plautus erfunden werden! Wenn man solche Werke einem römischen Autor zuschreibt, gewinnen sie sogleich hohen und höchsten Rang! Doch geschrieben, das möge sie ihm glauben, geschrieben wurden sie von Geistlichen!

Ja, und eine *Geschichte* ist er ihr bisher schuldig geblieben. Noch ist der Alant-Trank im Karrenkasten. Er schuldet ihr eine Geschichte, in der es vor allem darum geht, wie eine Frau und ein Mann zusammenfinden und zusammenbleiben. Die *Geschichte einer Liebe*…!

Er wird ihr solch eine Geschichte nicht schuldig bleiben! Zuvor aber: nicht irgendeine Geschichte, sondern noch ein wenig aus *seiner* Geschichte! Die wird nämlich wie von selbst hinführen zur Geschichte, die sie hören will.

Er muß, in diesem Sinne, kurz noch mal von seiner Einsiedelei sprechen, die zu einem Kranz von Einsiedeleien angewachsen war. Menschen hier, die ein einfaches, apostolisches Leben führten, das für prassende Kirchenfürsten, für raubgierige Prälaten eine unerträgliche Herausforderung war. Denn diese Herren hatten nicht, wie in einem Traktat zu lesen steht, die hohen kirchlichen Ämter angestrebt, »um zu nähren, sondern um genährt zu werden; nicht, um zu dienen, sondern um bedient zu werden; nicht, um zu säen, sondern um zu ernten; nicht, um zu arbeiten, sondern um zu ruhen; nicht, um die Schafe vor den Wölfen zu schützen, sondern um, noch schlimmer als die Wölfe, die Schafe zu zerreißen«. Oder wie sagte noch Hildegard, die aus Bingen? »Die Prälaten sind Räuber der Kirche; ihre Habgier verschlingt alles, was sie erreichen können; sie machen uns mit ihren Bedrückungen arm und beflecken sich und uns.«

Vor allem mit Blick auf diese Konditionen: er ist sicher, daß der Bischof, der Prälat der Region einen Trupp gegen sie in Marsch gesetzt hätte, wäre nicht rechtzeitig von den Kanzeln der Aufruf zur Teilnahme an jener bewaffneten Kreuzfahrt ins Heilige Land erlassen worden. Diesem Ruf folgte er, diesem Ruf folgten die meisten seines Grüppchens, denn versprochen wurde den Pilgern der große, der allgemeine Ablaß.

Er zog, mit seinen Begleitern, über die Alpen, und von Venedig aus fuhren sie mit dem Schiff ins Heilige Land, um es wieder einmal von den Heiden zu befreien oder um wenigstens den Zugang zu den heiligen Stätten zu sichern, sei es durch Verhandlung, sei es durch Kampf. Den Kämpfen hielt er sich allerdings fern, er diente im Küstenbereich der gemeinsamen Sache, indem er die Verwaltung eines Getreidelagers übernahm. Es war eine gute Zeit, für ihn. Diese wunderbare Wärme...! Schöne und schönste Frauen kreuzten den Blick ... Vielfältige Begegnungen, intensive Gespräche – nicht nur mit denen, die Getreide anlieferten oder abholten ... Von Wein belebt, entwickelten sich die Gespräche manchmal zu hitzigen Disputen: Wie kann all das Unrecht in die

Welt kommen, wenn Gott allmächtig ist? Duldet, ja fördert Gott das Unrecht, das oft zum Himmel schreiende Unrecht? Dies wäre ein Widerspruch in sich: das *summum bonum* und das *summum malum*. Er sieht hier nur diese Lösung: Nachdem Gott das Werk Seiner Schöpfung vollendet hatte, zog Er sich zurück und überließ die Lenkung Seiner Schöpfung der Natur. Also auch der Natur des Menschen. Diese Natur ist vielfach, ist weithin dergestalt, daß man sich besser über sie ausschweigt.

Und er schweigt tatsächlich. Das nutzt Wanda, um ihn an die Abmachung zu erinnern. Ja, die Geschichte folgt, die Geschichte naht! Er hat sie nämlich gehört von einem der Männer, mit denen er in der Hafenstadt beisammensaß. Der Betreffende war Seidenhändler. Der wollte nicht bloß aufkaufen, was an der osmanischen Küste zuletzt so angeboten wurde, der ritt der Rohseide, den Seidentüchern, Seidenbahnen entgegen bis Persien, um dort die bessere, die beste Auswahl zu finden – womöglich zu günstigen Preisen. Der Seidenhändler schwärmte von seiner Ware, und mit Begeisterung erzählte er Geschichten. Eine dieser Geschichten dürfte die angemessene Gegengabe sein für den Alant-Trunk am Abend. Es ist die Geschichte von einem König oder Schah, von dessen Bruder, von der schönen, jungen Frau des Schah. Mobad heißt der Schahinschah; sein Bruder Ramin könnte, dem Alter nach, sein Neffe sein – Mobad liebt ihn wie einen Sohn, hat ihn zu seinem Erben bestimmt. Und Wis ist der Name des Mädchens, dessen Mutter der Schah in frühen Jahren einmal geliebt hat. Fast auf den Tag genau sind Wis und Ramin im selben Alter.

Mit einer Reise fängt alles an, auch hier! Im Namen und Auftrag seines Bruders holt Ramin die künftige Schwägerin ab. Sie wird in einer Sänfte getragen, in diese Sänfte darf er nicht, kann er nicht hineinblicken, während er neben ihr herreitet, die Seitenfensterchen sind verhängt. Doch ein leichter Windstoß schiebt kurz mal das Gewebe beiseite, Ramin sieht das märchenhaft schöne Gesicht der Wis. Und wie von einem Blitzstrahl getroffen, sinkt er in sich zusammen, fällt vom Pferd, liegt reglos, das Gesicht gelb, die Lippen blau. Nur langsam kommt er wieder zu sich, mit Tränen in den Augen und völlig verstummt. Nach einiger Zeit erst kann er sich wieder in den Sattel schwingen, hinter der Sänfte herreiten. Zuweilen erreicht ihn ein Hauch des Dufts ihres Gesichts. Und er wünscht sich, er wäre einer ihrer Sänftenträger.

Die Hochzeit wird mit allem Prunk des reichen Hofs gefeiert, Schalen von Edelsteinen werden vor dem Paar ausgeschüttet. Ramin aber ist verzweifelt; einsam streift er umher in den Nächten, in denen er keinen Schlaf findet. Wie mit feinen Nadeln kratzen seine Lider über die Augäpfel ... Er fühlt sich im Garten wie in einer Wüste, unter Freunden wie unter Feinden ... Er hat nur den einen Wunsch: Wis zu begegnen. Er küßt jede Rose, denkt dabei an Wis.

Schießlich zieht er die Amme ins Vertrauen, die zugleich Freundin der Geliebten ist, bittet sie um Vermittlung. Die spricht mit Wis, aber sie will nichts hören von der Liebe des Schwagers. Die Amme versucht, Mitleid zu wecken mit dem Liebenden: er hätte aus dem Giftbecher der Liebe getrunken. Und: Wis und Ramin seien wie die Hälften einer geteilten Frucht. Weil Worte allein nicht wirken, lädt die Amme ein Amulett auf mit Zauberkraft: es soll Wis und Ramin zusammenführen.

Als Wis den Schwager doch wieder sieht, in seiner Schönheit, ist es auch um sie geschehn. Sie kann nur noch an ihn denken. Sitzt auf dem flachen Dach des Palastes, hält Ausschau nach ihm. Endlich finden sie zueinander: »Sie umranken sich wie zwei wilde Weinreben.«

Sie suchen und finden Gelegenheiten, sich zu treffen am Hof, an dem keiner sie verdächtigt, vorerst; ihre Liebe findet Erfüllung, sie schlafen miteinander; sie können nicht anders, als wieder und wieder miteinander zu schlafen. Einmal, als sie sich wieder sehen wollen, sehen müssen, und der Schah will gleichfalls mit seiner schönen jungen Frau schlafen, da bitten sie die Amme, sich zu ihrem Herrn zu legen, und sie erweist ihnen diesen Liebesdienst. Bevor aber Mobad merkt, was mit ihm gespielt wird, ist Wis zur Stelle, löst die Amme ab; der liebesblinde Mann ist ein wenig irritiert, aber noch nicht verwirrt.

Freilich, es kann nicht ausbleiben, daß dem Schah etwas zu

Ohren dringt, daß er kleine, verdächtige Zeichen wahrnimmt. Aber selbst, als er ahnt, zu ahnen beginnt, was geschieht, er kann nicht strafend eingreifen, denn er hat seinen jüngeren Bruder gern, und er liebt seine Frau, ständig begehrt er sie. Nein, er will nicht wissen, was zwischen seiner Frau und seinem Bruder geschieht, und doch, er muß das wissen, unbedingt muß er das wissen, denn am Hof beginnt man zu munkeln über die Liebe zweier Brüder zu einer Frau. Also befiehlt der Schahinschah eine Feuerprobe, bei der Wis – vor Wesiren und Großwesiren – nackt durch ein offenes Feuer schreiten soll, um zu beweisen, daß ihr Leib rein geblieben ist. Wis entzieht sich der Feuerprobe, flieht mit Ramin. Sie reiten die Nacht hindurch und geraten in eine Wüste, in der es nur Drachen aushalten. Doch für die Liebenden, endlich unter sich, ist diese Wüste ein blühender Rosengarten, ein Paradies. Die jungen Leute lieben sich, gehen auf Jagd – Ramin als geschickter Jäger, auch in der Wüste. Wenn sie nicht jagen, wenn sie sich nicht lieben, so plaudern sie, oder Ramin spielt auf seiner Harfe, singt. Es sind Lieder über Liebende.

Der Schahinschah weiß, daß die Liebe ihn blind gemacht hat, und doch möchte er seine junge Frau wiedersehen. Er ist bereit, ihr alles zu verzeihen, wenn sie nur wieder zurückkehrt. Auf Dauer können und wollen auch die Liebenden nicht in der Wüste bleiben, und so folgen sie der Einladung an den Hof. Eine Zeitlang scheint Verständigung, scheint Versöhnung möglich, doch bei einem Streit zeigt sich, daß diese drei nicht an einem Hof leben können, Ramin muß ihn verlassen.

Von Wis getrennt, kann er sie nicht vergessen, muß aber lernen, sie zu vergessen, wie will er sonst weiterleben? Er befragt einen weisen Mann, und der rät ihm, sich in eine gleichfalls schöne, junge Frau zu verlieben.

Und Ramin begegnet einer wunderschönen jungen Frau, sie heißt Gul, die Rose, die rote Rose, er verliebt sich in sie. Gul weiß, daß er Wis mehr liebt als sein Herz und seine Seele, daß seine Liebe zu Wis so wenig aus ihm entfernt werden kann wie das Rot aus einer Mohnblüte, und doch finden sie zueinander. Sie besteht allerdings darauf, daß er von Wis Abschied nimmt in einem Brief und sie nie mehr erwähnt. So schreibt er Wis, er sei müde geworden ihrer verzehrenden Liebe, er hätte ein unvergleichlich schönes Mädchen geheiratet.

Zeit des Glücks. Das Paar wird es nicht satt, sich wieder und wieder zu lieben, doch nach einiger Zeit ist Ramin übersättigt von diesem Glück, Wis kommt ihm wieder in den Sinn. Er sucht das Gespräch mit ihr, doch Wis möchte vorerst nichts mehr von ihm wissen, zu groß war das Leid, das er ihr zugefügt hat. Ramin versucht, sich zu rechtfertigen: er habe Gul geheiratet, um die Leidenschaft durch Liebschaft zu verdrängen, aber nun ist er dieser Liebschaft überdrüssig.

Viele Briefe werden gewechselt. Ein langes Gespräch im Schneetreiben. Die frierenden, die durchfrorenen Körper finden wieder zusammen. Erneut eine Zeit des Glücks. Dieses Glück will nicht im verborgenen bleiben, eine Entscheidung muß fallen. Ramin beteiligt sich an einem Aufstand gegen den Schah, oder zettelt er diesen Aufstand an? Wie auch immer: Wis unterstützt Ramin, und Mobad überlegt acht Tage lang, zurückgezogen, ob er gegen seinen jüngeren Bruder kämpfen soll. Doch es geht alles anders aus, als die Brüder das erwarten: ein Eber, ein wilder, schäumender Eber dringt in Mobads Lager ein, tötet ihn. Nun ist für Wis und Ramin – der Erzähler bricht ab mit einem Seufzer. Man soll, fügt er nach einer Pause hinzu, nicht jede Geschichte zu Ende erzählen.

Von den Höhen des Schwarzwalds über flachem Land nach Westen fliegend, sieht der Rabe nach vielen Flügelschlägen den Rhein: aufgleißend ein Bündel von Wassersträngen, mit fischförmigen Inseln in der Strömungsrichtung. Der Rabe, konsequent die vorgeschriebene Vogelperspektive einhaltend, überfliegt einen ersten Nebenarm des Rheins, der aber, nach einigen Mäandern, nordwärts zum Strom zurückfindet, von dem sich wiederum Seitenflüsse lösen, und so gleicht der Strom einem lokker geflochtenen Zopf aus zwei, drei, zuweilen vier Strängen. Die halten oft weiten Abstand voneinander: dort dehnen, strecken sich Inseln. Keine Brücke aber, die Insel mit Insel verbände in Richtung Stadt, die der Rabe bereits erkennt oder zu erkennen glaubt.

Den aus mehreren Flüssen bestehenden Strom überquerend, sieht der Rabe, wie ein Boot mit Mast, doch ohne Segel, eine Kiesschräge hinaufgezogen wird von einem Pferd und mehreren Männern. Wie Pferde, fast bis zum Bauch im Wasser, von Dreck befreit werden. Wie ein Prahm, mit Weinfässern beladen, flußaufwärts getreidelt wird. Der Rabe folgt im Flug der Straße, die an der Schiffslände beginnt. Kleine Auwälder unter ihm; Riedflächen; breit angeschwemmte Bahnen Sand und Kies; ein toter Nebenarm mit dunklem Wasser; Schilf; ein Tümpel, beinah moosgrün. Viele Schwalben. Und erste Felder, klein, von Holzzäunen umgeben, in denen Geäst hängt, vom letzten Hochwasser: niedriger, von sehr viel Unkraut durchwachsener Roggen, sogar ein Feld mit Weizen, gleichfalls durchwachsen von Unkraut, für das der Rabe keinen Blick, also keine Namen hat. Mit gelassenen Flügelschlägen weiter sonnenwärts fliegend, sieht er im Gegenlicht die Konturen einer großen, doppeltürmigen Kirche. Schaut dann, die Brennweite verkürzend, hinunter zur Piste, die Stadt und Fluß zu verbinden scheint. Diese Piste wird von einem, von zwei Fahrwegen begleitet, die offenbar das Muster des Rheinstroms nachahmen: ein Fahrweg löst sich vom Fahrweg, begleitet ihn parallel, nähert sich ihm wieder an, schon löst sich ein weiterer Fahrweg von ihm, drei Fahrwege in losem Zopfmuster; auf diesem Weggeflecht ein Reiter.

Der Rabe überquert ein Flüßchen, das von Südwesten heranmäandert; es scheint, aus der Entfernung gesehen, die Stadt durchflossen zu haben – oder hat es sie nur berührt? Mehr Felder als zuvor, durchweg Roggen – auch hier macht Unkraut sich breit zwischen Ähren, die klein wirken. Erste Weinfelder. Weiden mit Kühen, auch Pferden. Wickenflächen.

Aus seiner Vogelperspektive erkennt der Rabe nun, daß in das Flüßchen, das er vor allem mit dem linken Auge sieht, ein weiteres Flüßchen mündet: die Fläche der Einmündung aufgleißend. Beide Flüßchen (für die selbst dieser reisekundige Rabe keine

Namen hat) scheinen ein Oval zu bilden, und auf dieser Insel die Stadt, die er anfliegt. Weiterhin Felder; Gärten, vor allem mit Obstbäumen; Bauernhäuser, die nur geringe Firsthöhe erreichen. Auch wenn die Felder zersaust, durchwachsen, wie gerupft wirken, der Rabe sieht sie gern, denn er hat auf dem Flug hierher viel Wald überquert, finster-struppigen. Der Rabe schickt einen sonoren Ruf voraus in Richtung Stadt. Aus seiner Perspektive sieht er bereits: das südliche Flüßchen wird auf der Insel begleitet von einer Mauer; auch das nördliche Flüßchen ein Stück von Mauerwerk gesäumt, aber bald verspringt diese Mauer, verbindet sich mit der Mauer am südlichen Flüßchen.

Der kluge Rabe folgt dem Entschluß, über der nördlichen Stadtmauer zu fliegen. Also sieht er: unmittelbar hinter dem Mauerwerk kleine Häuser – sie unterscheiden sich nicht von den Häuschen, die er oft schon gesehen hat, nicht nur in dieser Tiefebene. Einige Häuser sind dicht aneinandergerückt, andere halten Abstand. Und Gärten in der Stadt, kleine Felder; Pferde und Kühe; suhlende Schweine zwischen Frauen, Männern, Kindern. Auf dem Flüßchen, weiter westwärts, wird ein Schiff gezogen: vor einem Seil ein Pferd auf dem Treidelpfad, den der Rabe aus dieser Entfernung nicht erkennen kann, das Seil schon gar nicht, aber Treideln hat er bereits öfter gesehen in seinem Rabenleben, so kann er Details ergänzen. Rasch wieder löst er den Blick vom Flußnachen; er fliegt nun bereits tiefer über der Stadt, bewahrt jedoch die Vogelperspektive, die hier wörtlich genommen wird. Jetzt erst sieht der Rabe, was im Gegenlicht nicht zu erkennen war: etliche Häuser außerhalb der Stadtmauer sind abgebrannt; verkohlte Balken – erstaunlich wenig Asche, die solch ein Haus hinterläßt. Ein Stapel Bauholz, ein neues Haus wird errichtet – der Rabe hört Hämmern und Sägen. Und sieht weitere arbeitende Männer: sie errichten eine Mauer, wo bisher die Mauer das nördliche Flüßchen noch nicht begleitete, auf der Stadtinsel. Der hellhörige Rabe vernimmt nun auch das Plicken von Schlageisen auf Stein. Ja, von vielen Stellen schnellt dieses Geräusch des Steinmeißelns zu ihm hoch, und von vielen Stellen hört er Hämmern, Sägen.

Nach eleganter Schleife fliegt der Rabe wieder ostwärts, zum größten Gebäude der Stadt, langgestreckt mit zwei hohen Westtürmen, zwei kleinen Osttürmen. Aus Häuschen, die sich innerhalb der Stadtmauer zu ducken scheinen, werden domwärts Häuser, die sogar ein erstes, ein zweites Stockwerk tragen. Gärten und kleine Weiden auch im Innern des Stadtovals. Brunnen. Und Schweine auf den Straßen, die zum Raben hochstinken.

Waren, ausgestellt auf Holzplatten. In einigen Straßen wird gesägt, gehämmert: der kundige Rabe sieht einen Böttcher, entdeckt einen zweiten Böttcher, einen dritten – offenbar werden viele Fässer gebraucht in dieser Stadt. In der Nähe des Münsters einige Steinhäuser; auch vor ihnen Marktstände. Ein Karren mit Bauholz, das Pferd wird mit Geschrei und Peitschenschlägen angetrieben, wird aber nicht schneller. Ein Zuschauerkreis, in dem sich zwei Männer mit wild zuckenden Bewegungen prügeln; hochgetriebenes Geschrei. Einige Reiter, viele Fußgänger. Zahlreich die Personen, die herumhocken, umherstehen und plaudern. Zu seinem Bedauern stellt der Rabe fest, daß nirgendwo im Sichtkreis Menschen unterhalten werden: keiner spielt auf, keiner führt Zaubertricks vor, keiner zeigt, wie sein Bär tanzen kann. Also fliegt der Rabe ohne Zwischenschleifen zum Münster. Und stößt einen seiner bekannt sonoren Rufe aus – vielleicht wird der Bischof, der die Geschichte vom Raben und dem heiligen König Oswald kennen dürfte, vor eins der größeren Häuser treten und einen kostbaren Mantel ausbreiten, wird den Boten aus dem fernen Karpatenbecken ins Haus geleiten, wird ihm einen Trunk reichen lassen, einige Rabenleckerbissen, und sie werden bald schon eine Abmachung treffen: Der Rabe erzählt, wie es mit der Missionierung voranschreitet von Pannonien aus ostwärts; dafür wird er sich vom Bischof erzählen lassen aus der Geschichte, die im Magyarischen erst ihren vollen Klang entwickeln wird, der Geschichte von Tristan und Isolde. Ja, er wird diese Geschichte aufspüren, wird sie – wie auch immer – nach Ungarn bringen, zum Fürsten, der ihn mit dem Geschmeide belohnen wird, das längst für ihn bereitliegt.

Der Rabe setzt an zum Gleitflug auf den nächsten der Westtürme, ruckelt sich auf der Turmspitze zurecht. Über das Dach des Kirchenschiffs in die Richtung blickend, aus der er angeflogen war, sieht er am Chor ein Auslegergerüst, auf dem Männer arbeiten. Der Rabe schließt die Augen, lauscht: Steine werden gemeißelt … Weiterhin das hochgetriebene Geschrei: also noch immer die zuckenden Bewegungen in der Mitte des womöglich noch dichteren Menschenkreises … Hähnekrähen … Ein Glockenschlag im Turm, auf dessen Dach der Rabe sitzt; er nickt, spreizt wohlig das Gefieder, denn nun gleich, so lehrt ihn Erfahrung, wird ein zweiter Glockenschlag folgen, und erneut werden alle Geräusche dieser Stadt wie eingeschmolzen in schwingende Bronze; erst im Verschwingen wird der Glockenklang die Geräusche wieder freigeben.

Und ich setze die Suche fort nach der Apotheke, spüre sie auf. Sie ist zur Straße hin geöffnet. Gestaffelt kleine Schubladen; gefüllte Leinenbeutelchen auf einem Bord; Fläschchen aus blasenreichem Glas; ein Mörser, ein Stößel; eine Waage. Der Apotheker berät einen Mann in mehlbestäubtem Überwurf. Also dürfte eine Mühle in der Nähe sein – der Stadtmauer aufgesattelt?

Der Apotheker nickt mir zu, setzt das Gespräch mit dem Müller fort. Der scheint Probleme mit den Augen zu haben. Zwei Schublädchen werden geöffnet, mit einem Holzlöffel wird getrocknete, gerebelte Heilkrautsubstanz auf ein Stück Leinen gehäuft. So bleibt mir Zeit zum Schauen und Schnuppern. Der Duft eines hundertfach verdichteten Heubads. Allerdings sind, irritierend, kleine Schwaden stechenden Geruchs reingemischt, reingequirlt, ich weiß nicht, woher.

Ich sehe den Müller nun von vorn: die Linsen weißtrüb, milchig, als hätte sich Mehl unauflöslich verbunden mit Tränenflüssigkeit. Ich schnuppre weiter: ein Duft-Eldorado, ja, aber zuweilen dieser strenge Geruch, als würde irgendwo Metall erhitzt, Dämpfe freisetzend. Der Müller verläßt den Laden mit einem Leinensäckchen. Ich versuche dem Apotheker zu erklären, was mich hergeführt hat: beide Hände auf den Magen legend, trage ich ein paar lateinische Wörter zusammen. Der Apotheker scheint rasch zu verstehen, Erkrankungen des Magen-Darm-Trakts sind in dieser Zeit überaus häufig.

Während der Apotheker aus drei Schublädchen Pflanzensubstanzen löffelt und in ein Beutelchen füllt, lege ich Münzen auf die linke Handfläche; er nimmt sich, was ihm angemessen scheint. Ich halte die Hand mit den restlichen Münzen weiterhin ausgestreckt, frage, ob er mir einen Aufguß bereiten kann, gesondert zu bezahlen. Er zögert, wählt dann bedachtsam eine der Münzen aus, und mir fällt die Formulierung ein: sich etwas herauspicken. Ja, so sieht das aus, obwohl sich die Münzen, in meinen Augen, so ziemlich gleichen. Mir fehlt der numismatische Kennerblick. Abgesehn davon bin ich nicht angewiesen auf den Erlös der Seide, meine ›Verweildauer‹ ist ohnehin begrenzt, ein Tag insgesamt steht mir zu, einen Tag gestehe ich mir zu, danach wird oder würde es schwer, die Zeitmauer rückwärts beziehungsweise vorwärts zu durchdringen; je länger ich bliebe, desto sperriger würde ich beim Durchqueren – womöglich steckenbleiben in der Zeitmauer? Wie eine Fliege oder Mücke in Bernstein? Rechtzeitig also werde ich zur Krypta zurückkehren, werde zuvor die letzten Münzen weggeben, also schaue ich gelassen zu, wie der Apotheker – nach kurzem, offenbar reiflichem Überlegen – eine weitere Münze von der Handfläche nimmt. Nach erneutem Zögern (will er *noch* eine Münze nehmen?!) schließt er, scheinbar wohlwollend, die Geldhand, als wolle er sagen: Schön drauf aufpassen, gelt? Kann er sich auch leisten, diese Geste, hat energisch zugelangt für einen Daubenbecher Kräutertee. Der muß aber eine Zeitlang ziehn – der Apotheker gibt zu erkennen, daß ich mich ein wenig gedulden soll.

So gehe ich auf die Straße, nehme die nun sehr viel deutlichere Geruchsspur auf, folge ihr in einen kleinen Hof, stehe vor einem Haus, dessen Tür und drei Fenster verschlossen sind, doch Metalldämpfe scheinen aus allen Poren zu dringen. Ich klopfe an, ziehe eins der Seidentücher hervor, halte es parat als Angebot. Ein verräucherter Mann öffnet, mustert mich, schaut auf das Seidentuch, scheint hier eine selbstverständliche Kontribution zu sehen, nimmt es an sich, winkt mich herein, deutet zugleich an, daß ich zu schweigen hätte. Auf starkem Feuer ein Tiegel, dem ein Mann mit langgestieltem Eisenbecher eine Probe entnimmt, die er langsam in den Tiegel zurückfließen läßt – offenbar geht es um die Bestimmung von Farbe oder Konsistenz. Die Bewegungen der Männer zugleich handwerklich zweckmäßig und feierlich rituell. Sie tragen, trotz ihrer Arbeit, beinah weiße Überwürfe, wie Benediktinerkutten. Ein aufgeschlagenes Buch mit Emblemen: eine Sonne … ein Löwe … Merkur … So bringe ich ein paar Fachwörter ins Spiel, die übriggeblieben sind von früherem Interesse an Alchemie, spreche von Calzination, Sublimation, vom *lapis compositum* oder *lapis philosophorum*, dem Stein der Weisen, der – aber das muß ich in diesem Raum, diesem Labor nicht aussprechen – Metalle transmutiert zu Gold, zum *aurum potabile.* Dies, mit Wein vermischt, wird zum großen Elixier, zur Universalmedizin, die zugleich jünger macht. Einen kräftigen Schluck davon und deutlich verjüngt zurückkehren?

Kein Zeitpunkt für Fragen! Denn wieder müssen sich die Männer auf die Schmelze konzentrieren; die Köpfe im Metalldampf, der ihren Lungen nur schaden kann. Plötzliche Turbulenz: etwas Unerwartetes vollzieht sich im Tiegel. Ich kann den Gesichtern nicht ansehn, ob das eine erfreuliche oder enttäuschende Überraschung ist, auf jeden Fall aber scheine ich zu stören, einer der beiden winkt mir energisch zu, ich soll gehen, soll gehn; ich folge dem Wink, der sich wiederholt, schließe hinter mir die Tür, gehe über den Hof zur Straße und in die Apotheke.

Der Ladeninhaber begrüßt mich beinah freudig, bringt mir sofort einen Daubenbecher mit Tee-Aufguß. Schmeckt bitter, wird also wirken. Der Apotheker schaut mir beim Trinken zu, legt dann einen Leinenbeutel auf den Tisch, schiebt ihn, weil ich zögre, näher zu mir heran. Das Beutelchen ist zugeschnürt; ich fasse es an, prüfend: fühlt sich an nach trockner vegetabiler Substanz. Ich halte es an die Nase: Ja, muß Kräutertee sein. Der Apotheker beugt sich vor, als wolle er gleichfalls am Beutelchen schnuppern, doch er schnuppert an meinem Rock, richtet sich auf, zeigt Richtung Hinterhaus, beginnt zu sprechen von »nigromance … nigromantie … enchantement … zouber…« Die beiden Männer, so glaube ich herauszuhören, sie versuchen, Wunderwerke zu vollbringen, wie sie eigentlich nur unter tatkräftiger Mitwirkung des Teufels gelingen oder unter Mitwirkung des größten aller Nekromanten, des Vergil. »Da schain listiclich Virgilien grozziu maisterschaft« … Will er sprechend mein Schlürfen begleiten? Will er eine Zugabe bieten für seinen Aufschlag beim Fremden? Oder ist das Sprechen nur zeitraumfüllend, bis der nächste Kunde erscheint? Ich leere den Daubenbecher, schlürfend – wie zum Zeichen, daß ich auch seinen Kommentar in mich aufnehme. Sobald ich den Becher absetze, hört der Apotheker auf zu sprechen, schlagartig. Ich winke ihm zu, lasse das Leinenbeutelchen liegen neben dem Daubenbecher, verlasse die Apotheke.

Und nehme mir vor, nun direkter vorzugehen und mich, als erstes, zur Domschule durchzufragen. Auch wenn Gottfried nicht in Verbindung mit ihr stehen sollte, so wird man dort über den sicherlich einzigen Dichter der Stadt informiert sein. Ich gehe rascher, noch immer die Kiste in der Hand.

Zwei Straßen weiter kommt mir ein Mönch entgegen, wie gerufen. Ich begrüße ihn mit *salve*, frage: *Ubi est schola basilicae?* Weil er mich schweigend anstarrt, als leibhaftiger Kannitverstan, füge ich hinzu: *Britannicus sum.* Da hellt es sich ein wenig auf in seinem verwitterten Gesicht, er deutet die Himmelsrichtung an, in der mein Herkunftsland liegen dürfte, nennt mir dann, nach einem Blick auf die Kiste, mit fast zahnlosem Mund die Richtung, die ich zur *schola* nehmen soll – ungefähr im rechten Winkel zur Britannien-Perspektivlinie. Der Mönch murmelt noch etwas wie ein Grußwort oder einen Segensspruch, setzt seinen Weg fort.

Und ich gehe in die vage angedeutete Richtung, nähere mich einer Stimmenverdichtung, einem Anschwellen von Rufen und Lachen, das wieder in sich zusammensinkt; dann eine Einzelstimme im Sprechgesang, offenbar von einem Instrument begleitet. Erneut anschwellendes Gelächter. Das lockt mich zu einem größeren Steingebäude, dessen Fassade ich nicht weiter beachte: eine Toröffnung – und noch lauter die Stimmen.

Im Innenhof eine Bretterfläche, kniehoch; auf ihr ein Dutzend junger Männer; schräg davor eine kleine Ansammlung von Möbeln, Requisiten. Ein junger Mann rezitiert im Sprechgesang, wird begleitet von einem Musiker mit einer der damals noch kleinen, auf die Oberschenkel gesetzten Harfen. Ihr dünner, leicht zirpender Klang kommt gegen das wiederholte Gruppengelächter nicht an – die jungen Leute sind ausgelassen. Eleven? Novizen? Aus strengen, festen Abläufen für kurze Zeit entlassen?

Außer dem Schauspielertrüppchen und mir: keiner im Hof. Doch Fenster sind geöffnet und zwei Kindergruppen leiern daher, was hörbar auswendig gelernt wurde. Ich höre nicht weiter hin, setze die Kiste ab, gehe zu den Möbelstücken, den Requisiten, sehe eine beschriftete Holzplatte, an eine ›römische Liege‹ gelehnt. Und ich lese, in Großbuchstaben: ARGUMENTUM. Vor jeder dieser Zeilen eine Initiale, und die setzen sich, von oben nach unten gelesen, zusammen zum Namen und Titel AMPHITRUO. Ah ja, Plautus…! Mitgebrachte Information: er gehörte zum Kanon damals, in Bearbeitungen schon des 12. Jahrhunderts. Ich buchstabiere die Inhaltsangabe, decodierend.

Amor paarte Jupiter und Alkmene:
Mutation in die Gestalt des Gatten.
Pro patria focht der indes mit Feinden.
Habit des Merkur: Sklavenkleidung von Sosias.
Irritiert damit, bei Ankunft, Herrn und Sklaven.
Turbulenzen dann beim Gatten, bei Amphitruo;
Rumor: Ehebruch fand statt. Für Blepharus
Unmöglich, den echten Amphitruo zu bestimmen.
Ohne Durchblick. Alkmene gebiert Zwillinge.

Na, so ungefähr … Ich wende mich wieder dem Podest zu, auf dem Schritte dröhnen. Es wird nicht nur gesprochen, rezitiert, es wird auch im Sprechgesang vorgetragen, zuweilen ›psalmodierend‹. Eine erste Überraschung. Und die zweite: man geht sprunghaft vor, so scheint mir jedenfalls – keine durchlaufende Probe-Aufführung. Vielleicht setzt man voraus, daß alle ihren Text können, spielt nur schwierige Stellen oder Übergänge an. Oder sind es eher ›bestimmte Stellen‹? Wieder Gelächter, und der Darsteller des Merkur wiederholt: *Gravidam Alcumenam fecit uxorem suam*, er schwängerte seine Gattin Alkmene … Dann wird das Wort *amator* im Sprechgesang betont – hier muß also

Merkurs Vater gemeint sein, Jupiter, der kaschierte Ehebrecher. Erneut eine Formulierung, die fröhliche Resonanz findet: *Et gravidam fecit eam compressu suo*, und er schwängerte sie in heftiger Umarmung. Das Grüppchen amüsiert sich, alles schreit durcheinander, bis ein junger Mann dazwischenruft, den ich bisher nicht beachtet habe: sitzt auf einer Fensterbank, mit einigen beschriebenen Blättern. Souffleur oder Regisseur? Beide Begriffe dürfte es noch nicht geben, aber: man hört auf ihn. Mitten im Hof sitzend, winke ich ihm grüßend zu, weiß aber nicht, ob diese Geste zu Beginn des dreizehnten Jahrhunderts so verstanden wird wie in meiner Zeit.

Die Probe wird fortgesetzt bei permanenter Klang-Grundierung: Kinderstimmen leiern auswendig gelernte Texte, bei offenen Fenstern. Schließlich bricht in einem der Räume das beinah schreiende Leiern ab, es scheint eine Einzelbefragung zu folgen. Ein Männerstimme wird laut, bedrohlich laut, dann rasches Klatschgeräusch, verbunden mit kleinem Sausen – oder denke ich mir das hinzu? Dieses Sausen und Klatschen erkläre ich mir, in einer Bild-Erinnerung, so: Der Lehrer auf erhöhtem Stuhl; vor ihm kniet ein Schüler; auf den saust eine Rute, ein Rutenbündel herab, wie es noch zur Nikolaus-Grundausstattung gehört; es scheint ein ›böses‹ Kind, ein ›schlechter‹ Schüler bestraft zu werden, anhaltend, bei erhöhtem Stimmpegel der Klasse. Das klatschende Geräusch hört auf, das kollektive Leiern setzt wieder ein. Da bleibt die Motivation gering, in diesen Gebäudeflügel zu gehen und durch eine eventuell offenstehende Tür in einen Schulraum zu schauen, mir genügen diese akustischen Impressionen.

Mit vehementem Gelächter fordert die Theatergruppe wieder meine Aufmerksamkeit. Der Darsteller der Alkmene (er trägt den üblichen Schlupfrock, der sich bei Männern und Frauen kaum unterscheidet; als Andeutung der Frauenrolle nur eine weibliche Kopfbedeckung), er wiederholt: *Mecum cenavisti et mecum cubuisti*, hast mit mir gespeist und geschlafen … Und der Darsteller des vom Gott, in der Leihgestalt des Ehemanns, gehörnten Amphitryon: *Quid est?* Was ist? *Vera dico*, ich sage die Wahrheit … Der Knoten des Mißverständnisses wird noch enger geschürzt: sie erzählt ihm, daß er mit ihr geschlafen hat, vergangene Nacht, doch er weiß nichts davon, war die Nacht über im Hafen, nach der Rückkehr vom Feldzug. Sie aber beharrt darauf: er war die Nacht bei ihr, ist am Morgen *ad legiones* gegangen. *Quo modo*, fragt Amphitryon, Wie denn das? Erneut Amusement im Kleriker- oder Mönchsnachwuchs. Ja, Jupiter, der die Nacht verlängerte, als er bei Amphitryos Gemahlin lag: hielt die Zeit an, um zeitlos glücklich zu sein. Diese Textstelle gewinnt plötzlich an Aktualität für mich! Auch dieser Gott soll, sicherheitshalber, in der Krypta mithelfen, die Zeit anzuhalten für den entscheidenden Moment, in dem ich wieder die ZEITMAUER durchquere. Ja, Jupiter hilf, schaff eine Zeitlücke, ein »time-slot«. Aber vorher muß ich meine selbstgesetzte Mission beenden!

Ich warte auf den Moment, in dem sich eine Spiel-Unterbrechung zur Pause dehnt. Die scheint nun gekommen. Ich stehe auf, will aufs Podest zugehn, aber schon kommt der Darsteller des Merkur auf mich zu, fragt höflich, wer ich sei und was mich herführe. Wieder stelle ich mich als Britannen vor, nach langer Reise in dieser Stadt eingetroffen, ich sei auf der Suche nach Gottfried, dem großen Gottfried.

Ah, Gottfried, ja Gottfried – über ihn kann er selbstverständlich etwas sagen! Als wäre er schon dutzendfach nach Gottfried gefragt worden, leiert er eine lexikalische Auskunft herunter: Gottfried, Godefrid, Geoffrey, 1065 geboren, mit fünf Jahren ins Kloster, mit fünfundzwanzig zum Priester geweiht, mit vierzig Bischof von Amiens, lag in Fehden mit verschiedenen Klerikern, deren Lebenswandel er geißelte, sollte deshalb vergiftet werden, an seiner Stelle starb sein Hund, der heilige Gottfried wird deshalb meist dargestellt als Bischof mit totem Hund.

Aber ich meine nicht Gottfried aus Amiens, sondern Gottfried hier aus Straßburg oder: in Straßburg!

Mag sein, aber selbst ein Gottfried aus Straßburg ist benannt nach Gottfried aus Amiens! Der Namenspatron! Dementsprechend der Namenstag: achter November. Zufrieden?

Nein, nicht so recht. Ich möchte etwas über Gottfried den Dichter erfahren. *Godefridus poeta* ...! *Fabulator famosus* ...!

Poeta?! Wohnt hier in der Stadt und schreibt Lateinisch?!

Er schreibt in der Sprache seiner Stadt.

Dann ist er auch kein *poeta*! Nur in der Sprache der Römer ist Dichtung möglich! Was treibt er denn sonst so?

Der *fabulator famosus* arbeitet an der *historia Tristani et Isoldis.*

Ach der ... Na ja, über den hört man schon mal dies und jenes, auch wenn er nicht Lateinisch schreibt. Großes Manko! Dennoch, im Winter, wenn keine wahren Neuigkeiten in die Stadt kommen oder nur selten, da spricht man gelegentlich sogar über ihn. Als Lehrer besitzt er ein gewisse Ansehen, erfreut sich sogar einiger Wertschätzung. Wie man höre, sei er ein begeisterter und begeisternder Vermittler lateinischer Dichter, schätze vor allem Ovid.

Ich frage den Darsteller des Merkur, ob er Gottfried persönlich kenne oder zumindest mal mit ihm gesprochen habe.

Nein, das nun doch nicht, aber, immerhin, vor kurzem habe er Gottfried auf dem Weg zur Klosterschule gesehn: ein nicht sehr großer, hagerer, wendiger, offensichtlich temperamentvoller Mann, der –

Hier folgt entschiedener Einspruch vom Darsteller des Sosias: Wenn Gottfried als kleiner und hagerer Mann bezeichnet werde, so beweise dies, daß einfach nicht stimme, was eben vorgetragen wurde, denn Gottfried sei, ganz im Gegenteil, ein hochgewachsener Mann, eine beinah statuarische Erscheinung von geradezu grandioser Gelassenheit –

Grandiose Gelassenheit...?! Schon ein Blick auf den fast kahlen Schädel verrate, daß von grandioser Gelassenheit die Rede nicht sein könne – allein der rapide Haarausfall beweise einen übermäßigen Gebrauch des *membrum virile*. Dieser überhaupt nicht gelassene, dieser eher besessene Mann habe es sich offenbar vorgenommen, bis zu seinem *exitus* mit allen Frauen Straßburgs zu schlafen – soweit ihr Alter ihm angemessen erscheine.

Einspruch! Die Frauen von Straßburg und womöglich Umgebung seien für Gottfried überhaupt nicht von Interesse! Er unterrichte, in der Tat, in der Klosterschule, und damit habe er, wie seine lateinischen Lieblingsautoren, einen fatalen Hang zur Knabenliebe entwickelt; unersättlich versuche er, unter seinen Schülern willige Opfer zu finden, was ihm viel zu oft gelinge, schamlos nutze er die Abhängigkeit seiner Schüler aus, was –

Was doch alles gar nicht stimmt! Wenn er wirklich, hier in Straßburg, ausgerechnet in Straßburg, der Knabenliebe huldigte, so hätte man ihn längst aus dem Amt entfernt, aus der Stadt verjagt – falls man ihn nicht, zur Abschreckung, gehängt hätte. Da Gottfried aber nicht am Galgen hänge, auch nicht aufs Rad geflochten sei, müsse dies schon als Beweis gelten, daß ›seine‹ Liebe zu Knaben eine Erfindung sei, eine nicht mal gute Erfindung; dieser Gottfried sei vielmehr gefürchtet wegen seiner Anfälle von Jähzorn, in denen er bei seinen Schülern hemmungslos, fast besinnungslos von der Rute Gebrauch mache –

Aha! Jetzt sei es klar! Hier sei von Gott*lieb* die Rede und nicht von Gott*fried*! Eine Verwechslung, eine plumpe Verwechslung! Über diesen Gottlieb bitte kein Wort mehr! Denn: gottlob zeige Gottfried keine einzige der Eigenschaften, die man bei Gottlieb mit Recht beklage. Und daß er vor allem lateinische Literatur vermittle, das stimme auch nicht. Er ist Lehrer, das trifft zu, doch er unterrichtet nicht Sprachen, er bildet Musiker aus. Dies vor allem auf der Harfe, die ihm eine irische Fee auf der Durchreise geschenkt hat, als Lohn für einen ihr erwiesenen Liebesdienst!

Eine Fabel, eine Fabel! Gewiß, er lehrt das Spielen vor allem der Harfe, aber die wurde ihm von einem irischen Mönch geschenkt, der sich auf Missionsreise befand. Mit dieser Harfe begleite sich Gottfried vor allem beim Singen vieler Strophen des Nibelungenliedes.

Des Nibelungenliedes?! Ausgerechnet des Nibelungenliedes?! Wenn jemand das Nibelungenlied ablehne hier in der Stadt, dann sei es wohl Gottfried! Allein diese abscheulichen Metzeleien – damit kann man eventuell noch in Raubritterburgen das Publikum erfreuen, nicht aber in dieser Stadt! Nicht mehr in dieser Stadt! Hier seien Geschmack und Umgangsformen verfeinert worden! Hier ziehe man Geschichten vor, die aus Frankreich kommen. Viele solcher Geschichten hat Gottfried bei seinem Studium in Paris kennengelernt, er spricht die dortige Sprache beinah fließend, wiederholt präsentiert er eine Kostprobe dieser Kenntnisse, flicht hier ein französisches Wort ein, dort ein französisches Wort, und das findet gute Resonanz, vor allem unter reich gewordenen Händlern mit Verbindungen nach Burgund –

Also, was dies betrifft, so hört man hier genau das Gegenteil! Gottfried war nie in Paris und seine Kenntnisse der dortigen Sprache sind äußerst lückenhaft, andauernd braucht er einen sprachkundigen Klosterbruder, der ihn berät. Trotz dieser Hilfe macht er Fehler, und diese Fehler beweisen –

Ach, nichts beweisen die, gar nichts! Wahrscheinlich vertun sich die Schreiber der Kapitel, die gelegentlich vorgetragen werden. Der hohe Herr, der bei Gottfried den Roman bestellt hat, er würde diese Aufgabe niemals einem Mann anvertrauen, der für die Vermittlung nicht geeignet wäre. Schließlich handelt es sich um ein französisches Werk! Soll man etwa glauben, ein Klosterbruder, ein hiesiger, würde ihm helfen beim Übersetzen eines Romans, in dem es, wie man hört, ständig um Ehebruch geht?! Das ist eine *contradictio*, eine exemplarische *contradictio*!

Von was für einem hohen Herrn ist denn hier die Rede?! Wenn Gottfried wirklich einen Gönner hätte, wozu müßte er noch in der Verwaltung von Bischof Konrad arbeiten? Diese Tatsache widerlegt doch alles, was bisher über ihn vorgetragen wurde – ob mit, ob ohne Knaben. Godefridus ist vorrangig damit beschäftigt, Vertragsverhältnisse zu klären. Wiederholt hat der Bischof den Eindruck, ihm würden zu wenig Abgaben entrichtet, in Form von Getreide oder Früchten oder Federvieh oder Fleisch oder Leder oder Silber, also muß Gottfried mit Geduld und Schläue die alten, meist mündlichen Verabredungen durch neue, schriftliche Verträge ergänzen oder ersetzen. Auch in dieser Hinsicht: Gottfried ist ein Fuchs, der läßt sich nicht an der Nase herumführen. Kein Wunder, schließlich hat er in Bologna das Rechtswesen studiert und das –

Nie im Leben, wirklich: nie im Leben ist Gottfried in Bologna gewesen! Er hat auch nicht anderswo studiert, er hatte das Glück, daß ihn ein Mitarbeiter des Bischofs in die Materie eingewiesen, eingearbeitet hat. Wenn auch nicht eben mit nachhaltigem Erfolg.

Das Problem sei ja gerade, daß Gottfried auf diesem Gebiet weder geschickt noch entschieden sei; deshalb übe er bloß *pro forma* das Amt aus, helfe nur mit beim Feilen an Verträgen, die andere –

Das war vielleicht mal so! Zum jetzigen Stand der Dinge: er arbeite nicht nur ein wenig in der Verwaltung des Bischofs, er arbeite dort überhaupt nicht mehr! Schließlich braucht er Muße zum Dichten. Schon zur Zeit des Plautus, längst schon zur Zeit von Plautus sei dies Konsens gewesen: Dichtung wächst nur heran im gesegneten Zustand der Muße. *Otium*, nicht *negotium*! Und weil – nach allem, was man so höre – der Roman wachse und gedeihe, könne man zwingend rückschließen auf einen Zustand des *otium*. Der werde ihm vermittelt und werde abgesichert durch den großen Gönner, der freilich nicht will, daß man über ihn spricht.

Und es setzt Schweigen ein, das ich nicht deuten kann. Wie auf ein geheimes Zeichen löst die Gruppierung sich auf, die Spieler kehren zurück zum Podest, die Probe wird fortgesetzt – als gäbe es weder einen Gottfried noch den Fremden, der sich, entmutigt, wieder auf die Kiste setzt.

Ich habe das Gefühl, ich wäre von einem Wirbelwind gepackt, kräftig herumgeschleudert und höchst unsanft wieder abgesetzt worden. Ich will, ich muß wieder zu mir kommen. Dazu lasse ich mir Zeit, den Kopf zwischen den Handflächen, die Ellbogen auf den Knien, den Blick gesenkt. Fern, immer weiter entfernt die Stimmen im Hof. Ich gebe mir einen Ruck, stehe auf, packe die Kiste, gehe ab.

Zweiter Teil

Tristan und Isolde des Gottfried von Straßburg

Gottfried intoniert eine Ouvertüre von großem Sprachklang, selbstbewußt und souverän. Ihr vorangestellt ist ein großes G. Eine Initiale für Godefridus? Ein Großbuchstabe für Gott, der hier, indirekt, um Beistand gebeten wird? Ein dankbarer Hinweis auf einen Grafen? Hier ist viel gerätselt worden, der Punkt muß offenbleiben.

Auffällig sind weitere Initialen, die, in der Reihenfolge von Strophenanfängen, einen Namen ergeben: DIETERICH. Dieses Akrostichon habe ich in der Übertragung nachgebildet, hier dürfte der Name des Mäzens genannt sein, der das entstehende Werk unterstützte oder erst ermöglichte.

Diesen zehn Initialen schließen sich gleich zwei weitere an: ein T und ein I. Bald darauf die Umkehrung: ein I und ein T. Das Schema wird fortgeführt, schließlich sind ein TRIS und ein ISOL parallelgesetzt. Schon daran zeigt sich: Der große Roman konnte nicht vollendet werden.

Die Buchstabenzeichen werden von Gottfried nicht kommentiert. Doch er äußert sich in eigener Sache: Ein gutes Werk, auch der Literatur, soll angemessen gefeiert und gefördert werden. Folgt eine Absichtserklärung: Dem noblen Publikum will er – zu Unterhaltung und Belehrung – die Geschichte einer leidenschaftlichen Liebe erzählen. Es wird also nicht nur ein Tristan-Roman vorgelegt, sondern die Geschichte der Liebe von Tristan und Isolde präsentiert. Und zwar für Leser und Zuhörer, die selbst die Erfahrung intensiver Liebe gemacht haben oder unter Einwirkung solch einer Erfahrung stehen. Schließt sich die Frage an, wie man mit dieser Geschichte umgeht; einige Vorsichtsmaßnahmen werden angedeutet, denn dies alles ist brisant.

Ehe Gottfried mit der Vorgeschichte der Eltern Tristans beginnt, einer großen und großartigen Intonation des Themas Liebe, erörtert er kurz noch die Quellenlage, begründet seine Entscheidung für die französische Vorlage seiner Nachdichtung: den Tristan-Roman des Thomas aus der Britannie.

Gedächte man im Guten nicht
des Mannes, der das Gute tut,
so wäre alles wie ein Nichts,
was man der Welt an Gutem tut.

Der noble Mann, was er der Welt
in guter Absicht Gutes tut –
wer hier nicht etwas andres als
das Gute sieht, der handelt schlecht.

Ich hör, daß oft verrissen wird,
was man doch gern begrüßen will:
an Schwachem gibt es allzu viel –
man will oft, was man gar nicht will.

Es sollte *so* sein: daß man preist,
was man sich gern zu eigen macht;
man nehm mit Wohlgefallen an,
was einem weiterhin gefällt.

Teuer, lieb ist mir der Mann,
der unterscheidet: gut und schlecht,
der mich und jeden andren Mann
beurteilt nach dem wahren Wert.

Es fördern Gunst und Lob die Kunst,
sofern die Kunst das Lob verdient;
wo sie den Flor des Lobs erhält,
floriert die Kunst in jedem Zweig.

Runter gehts mit einem Werk,
das man nicht lobt und honoriert;
im Ansehn steigt jedoch ein Werk,
das Gunst und Lob zu Recht erwirbt.

Ist es nicht bei vielen Brauch,
daß Gutes sie als schlecht bezeichnen,
das Schlechte wiederum als gut?
Die fördern nicht, die widerfördern!

Coulantes Urteil, wahre Kunst –
gemeinsam hellen sie sich auf;
doch nistet sich die Mißgunst ein,
verdämmern Kunst und Urteilskraft.

Ha, Vollendung: schmal die Stege
zu dir hin, die Wege schwer!
Doch wer zu dir die Stege, Wege
erwegt, erstegt, der sei gesegnet!

Trödelei mit meiner Zeit,
obwohl ich reifen Alters bin –
da würd ich dieser Welt nicht so
geweltet sein, wie ich es bin.

Ich hab mir für die hohe Welt
nun eine Arbeit vorgenommen;
sie sage noblen Herzen zu –
den Herzen, die ich herzlich liebe,
der Welt in meinem Herzensblick.

Die Welt der Mehrzahl mein ich nicht,
von der ich mir erzählen lasse,
daß sie kein Leid ertragen kann
und sich nur Freude machen will –
die laß denn Gott in Freude leben...
Jener Welt und solchem Leben
wird mein Erzählen unbequem –
ihr Leben divergiert von meinem!
Ich denk an völlig andre Menschen,
deren Herzen dies umschließen:
ihr süßes Bittres, schönes Leid,
ihr Herzensglück, ihr Liebesleid,
und schönes Leben, schweren Tod,
den schönen Tod und schweres Leben.
Solches Leben will ich leben,
dieser Welt bleib ich geweltet,
ich stehe, falle nur mit ihr.
Ich hab bisher mit ihr gelebt,
hab meine Zeit verbracht mit ihr,
die meinem Leben (so bedrückend!)
Geleit, Belehrung geben sollte.
    Dieser Welt leg ich mein Werk
nun vor zur Unterhaltung;
ich will mit dem, was ich erzähle,
halbwegs lindern, was für sie
Schmerz ist, der sie sehr bedrückt,
will ihr Leid damit verringern.
Denn faßt man etwas in den Blick,
womit sich das Gemüt beschäftigt,
entkümmert es Bekümmernis,
ist heilsam gegen Herzenskummer.
In diesem Punkt stimmt jeder zu:
Wo einen Menschen in der Muße
die Liebesqualen überlasten,
dort steigert Muße Liebesqualen;
zum Liebesschmerz noch Müßiggang,

da wächst nur noch der Liebesschmerz!
Und so empfiehlt sich: Wessen Herz
voll Herzenspein ist, Liebesleid,
der richte seinen Sinn darauf,
Beschäftigung für sich zu suchen;
sogleich kommt sein Gemüt zur Ruhe –
was fürs Gemüt zur Wohltat wird…
Doch rate ich entschieden ab,
daß ein Mensch, der Liebe will,
Zerstreuung sucht in einer Weise,
die schlecht ist für die reine Liebe.
Jeder, der wahrhaftig liebt,
befasse sich, mit Herz und Mund,
mit der Geschichte einer Liebe,
versüße sich damit die Zeit.
   Zu weit verbreitet ist die Meinung,
die ich zu gerne teilen würde:
Je mehr ein liebendes Gemüt
sich einläßt auf erzählte Liebe,
desto mehr wird es belastet…
Ich stimmte dieser Meinung zu,
doch hindert mich daran ein Punkt:
Wo Liebe aus dem Innern kommt,
da löst das Herz sich nicht von ihr,
auch wenn sie dieses Herz sehr quält.
Gemüt, das aus dem Innern liebt:
je stärker, stärker das entbrennt
in seiner Glut der Leidenschaft,
desto feuriger die Liebe!
Dieses Leid ist so voll Glück,
dies Elend tut so herzlich gut,
daß es ein nobles Herz verschmerzt –
es wird dadurch erst recht beherzt.
   Ich weiß mit voller Sicherheit,
ich schließe das aus meinem Leid:
Der noble Mensch als Liebender

schätzt Geschichten von der Liebe.
Nun, wer Geschichten sucht der Liebe,
der ist hier an sein Ziel gelangt:
aufs schönste will ich ihm erzählen
von noblen Menschen in der Liebe,
die reine Liebe offenbarten:
der Liebende, die Liebende,
der Mann die Frau, die Frau der Mann,
Tristan-Isolde, Isolde-Tristan…

Ich weiß durchaus, es haben viele
erzählt von Tristan und gelesen,
doch hat kaum jemand über ihn
erzählt, gelesen, was auch stimmt.

Täuschte ich nun freilich vor,
und spräch es als mein Urteil aus:
Daß mir nicht *eine* der Versionen
des Romans gefallen will,
so verhielte ich mich falsch.
Das tu ich nicht. Sie haben schön
erzählt und mit Noblesse,
mir zum Besten und der Welt.
Ja, ihre Absicht, sie war gut;
was man in guter Absicht tut,
das *ist* auch gut, ist wohlgetan.
Doch wenn ich sagte, daß sie nicht
erzählten, lasen, was auch stimmt,
so trifft, was ich euch sage, zu:
sie blieben nicht bei der Tradierung,
der Thomas der Britanne folgt;
als großer Kenner der matière
studierte er Britannen-Bücher
zu Lebensläufen hoher Herren

und brachte dies für uns heraus.
Die authentische Version,
die er uns von *Tristan* gibt,
suchte ich gewissenhaft
in Büchern beider Sprachen:
in Latein und auf romanisch,
und gab mir darauf alle Mühe,
dies, nach richtiger Tradierung,
richtig nachzudichten.
Umfangreiche Studien trieb ich,
bis ich zuletzt in *einem* Buch
die komplette Fassung fand,
die Thomas der matière gegeben.
Was ich dort von der Geschichte
der Liebe las, der Leidenschaft,
das lege ich, aus freien Stücken,
allen noblen Herzen vor;
sie mögen sich mit ihr befassen:
sie wird den Lesern nützlich sein.
»Nützlich?...« Äußerst nützlich, ja:
sie macht die Liebe lieb und nobelt
das Gemüt, sie festigt, was loyal ist,
verleiht dem Leben höchsten Wert!
Wer liest, wer sich erzählen läßt
von einer derart großen Treue,
dem wird, in seiner eignen Treue,
die Treue lieb, auch weitre Tugend.
Liebe, Treue und Konstanz,
Ehre, weitre hohe Werte –
dies wird einem nirgendwo
so wichtig und so lieb wie dort,
wo man erzählt von Herzensliebe
und Liebes-Herzeleid beklagt.
Liebe ist ein solcher Glücksfall,
ist als Regung so beglückend,
daß ohne dieses Lockbild niemand

Vortrefflichkeit und Ruhm erringt.
Wo Liebe so den Wert des Lebens steigert,
wo so viel Trefflichkeit aus ihr entsteht –
ach, daß nicht alles, was da lebt,
allein nach Herzensliebe strebt,
daß ich so wenig Menschen finde,
die ein reines Herzbegehren
nach dem Geliebten spüren wollen –
nur wegen jenem großen Kummer,
der dabei gelegentlich
im Herzensgrund verborgen liegt.
Weshalb erträgt ein nobles Gemüt
nicht gern ein Leid für tausend Freuden,
nicht *einen* Schmerz für sehr viel Glück?
Wen nie die Liebe leiden ließ,
dem schenkte Liebe niemals Glück.
Glück und Leid, sie waren stets
unzertrennlich in der Liebe.
Man muß mit diesen beiden
Lob erringen, hohen Rang –
oder scheitern, ohne sie.
  Von deren Liebe nun erzählt wird:
hätten sie in *einem* Herzen
für Freud nicht Leid, für Herzensglück
nicht Schmerz der Leidenschaft erfahren –
ihr Name, ihr Geschick, sie hätten
so vielen noblen Herzen nicht
Glück vermittelt in der Liebe.
Noch heute hören wir sehr gern,
ja, immer wieder mit Vergnügen,
von ihrer innig treuen Liebe,
von Glanz und Elend, Glück und Leid.
Obwohl sie schon so lange tot sind –
ihr süßer Name überlebte sie.
Es mög ihr Tod zum Besten
der Welt noch lang, für immer leben,

mög allen, die danach begehren,
die Liebe schenken und die Ehre;
ihr Tod sei für uns Lebende
in Zukunft ständig neues Leben.
Wo man noch heute rezitiert
von ihrer großen Liebe, Treue,
von Herzensglück, von Herzeleid:

Das ist für noble Herzen Brot.
Und damit lebt ihr beider Tod:
wir lesen ihr Leben, hören vom Tod,
dies ist für uns so frisch wie Brot.

Ihr Leben, ihr Tod sind unser Brot.
So lebt denn ihr Leben, lebt ihr Tod.
So leben sie fort und sind doch tot,
und ist ihr Tod der Lebenden Brot.

Und wer nun wünscht, daß man ihr Leben,
ihr Glück, ihr Leid erzählt, ihr Sterben,
der mache Herz und Ohren auf:
für ihn erfüllt sich, was er wünscht!

Gottfried beginnt mit der Vorgeschichte zur Geschichte der Liebe von Tristan und Isolde, erzählt von Tristans Eltern.

Riwalon, sehr junger Herrscher von Parmenien (irgendwo am Ärmelkanal), führt Krieg; nach dem Sieg über den Erzfeind Morgan aus Irland geht er auf Reisen, kommt zur Burg Tintagel an der Küste Cornwalls. Burgherr und Landesherr Marke gibt dort ein großes Mai-Fest – die Beschreibung als Festspiel der Sprache. Riwalon lernt Blanchefleur kennen, die gleichfalls sehr junge, dazu überaus schöne Schwester des Königs Marke. Mit einem Seufzer beginnt die Liebesgeschichte. Schließlich hymnische Beschwörungen des Einswerdens – hier aber führt leidenschaftliche Liebe nicht zum Ehebruch. Vor der Ehe wieder ein Krieg; Riwalon, als Mitstreiter Markes, wird schwer verwundet nach Tintagel zurücktransportiert. Voller Liebe und Mitleid sucht Blanchefleur den tödlich Verletzten auf, belebt ihn durch leidenschaftliche Küsse; Umarmung; Zeugung. Erneut ein Krieg, Riwalon muß in sein Land zurück. Die schwangere Blanchefleur, Skandal und Erniedrigung fürchtend, folgt ihm heimlich nach Parmenien – dies wird als Entführung ausgelegt. Nach Riwalons Rückkehr drängt sein Stellvertreter, Marschall Rual, auf rasche Legalisierung der Beziehung. Die Ehe wird geschlossen; Riwalon zieht in den Kampf, fällt im Duell mit Morgan. Im Schock der Todesnachricht gebiert Blanchefleur ein Kind; sie stirbt bei der Geburt.

Ein Herrscher lebte in Parmenien,
den Jahren nach ein Bub, so las ich,
der war (dies überliefert uns
die rechte Fassung der histoire)
von Hause aus im Königsrang,
war im Besitzstand fürstlich groß,
war schön, war prächtig von Gestalt,
war mutig, mächtig, schenkte gern;
für alle, die er erfreuen sollte,
war dieser Herrscher zeit des Lebens
eine Sonne, freudenspendend;
er war ein Glücksfall der Gesellschaft,
ein Vorbild für die Ritterschaft,
ein Ehrentitel der Verwandtschaft,
die große Hoffnung seines Landes.
Er zeigte alle Qualitäten,
die ein Herrscher haben sollte,
allein: er wollte hoch hinaus
im Aufwind seines Herzens schweben
und nur nach seinem Willen leben.
Später ward ihm das zum Nachteil,
denn leider war und bleibt es so:
Wilde Jugend, reicher Besitz –
die Paarung führt zum Übermut!
Nachsicht üben (was viele Herren

von großer Macht noch fertigbringen),
auf *den* Gedanken kam er nicht.
Böses mit Bösem zu vergelten,
Gewalt zu setzen gegen Gewalt,
darauf war sein Denken aus.
Nun geht es nicht auf Dauer gut,
wenn man für jeden Zwischenfall
heimzahlt mit der schwersten Münze.
Bei Gott, in diesem Lebenshandel
muß man eine Menge schlucken,
sonst steckt man viele Schläge ein –
wer keinen Schlag verkraften kann,
der kriegt sehr viele Schläge ab.
Dieser Ablauf führt zum Tod,
auf diese Weise fängt man Bären:
der rächt sich gleich für jeden Schlag,
bis er zum Schluß erschlagen ist.
Ich denk, auch ihm erging es so;
ja, er nahm so häufig Rache,
daß er damit geschlagen war.
Daß ihn so viele Schläge trafen,
ergab sich nicht aus seiner Bosheit,
die ja so manchem Schläge bringt,
es lag nur im Verhalten
seiner jungen Jahre.
Daß er in seiner Jugendblüte
mit seiner jungen Herrschermacht
sein eignes Glück befehdete,
das lag an der verspielten Jugend,
die mit ihrem Überschwang
in seinem Herzen Blüten trieb.
Er war wie alle jungen Leute,
die nie an ihre Zukunft denken,
er schloß die Augen vor Problemen,
ja lebte, lebte, lebte so dahin.
Als sein Leben sich belebte,

aufging wie der Morgenstern,
und lächelnd sah er in die Welt,
da nahm er an (was nie geschah!),
er werde stets so weiterleben
und nur in süßem Leben schweben.
Nein, sein Lebensanfang führte
bloß zu einem kurzen Leben.
Die morgendliche Sonne
seiner Lebensfreude: kaum daß sie
zum ersten Mal zu lachen begann,
fiel schon ein jäher Abend ein
(was ihm jedoch verborgen blieb)
und löschte seinen Morgen aus.
Welchen Namen er denn trägt,
das gibt uns der Roman bekannt,
das offenbart uns die histoire:
sein rechter Name: Riwalon,
sein Zusatzname: Canel-Angres.
Viele behaupten, gehn davon aus,
der erwähnte Herrscher sei
ein Lohnoisier gewesen,
König des Landes von Lohnois;
nun weist uns freilich Thomas nach,
der dies in den histoires studierte,
daß er aus Parmenien stammte.
Er hatte separates Land
aus des Britannen Machtbereich,
dem er die Lehnspflicht schuldig war:
Le duc Morgan hieß dieser Mann.

Als nun der Herrscher Riwalon
drei Jahre tätig war als Ritter,
erfolgreich und höchst ehrenvoll,
als Panzerreiter alles Können
in seine Scheuer eingebracht
mit reichen Kriegs-Ressourcen

(er hatte Herrenland und Geld) –
ob es aus Notwehr da geschah,
aus Übermut, das weiß ich nicht,
die histoire berichtet nur,
daß *er* den Kampf begann mit Morgan –
als hätte der ihm Unrecht getan.
Er kam mit einer derart großen
Kriegsmacht in sein Land geritten,
daß er ihm, mit deren Einsatz,
viele seiner Burgen stürmte;
die Städte mußten sich ergeben,
sie zahlten für Besitz und Leben
exakt, was beides ihnen wert war,
bis er derart viel Tribut,
zugleich Vermögen eingezogen,
daß er für seine Rittertrupps
so viel Verstärkung kaufen konnte,
daß er (wo er auch aufmarschierte,
ob gegen Burgen oder Städte)
seinen Willen durchgesetzt.
Jedoch, er steckte viele Schläge ein,
verlor so manchen tapfren Kämpfer,
denn Morgan wußte sich zu wehren,
griff oft ihn an mit seinem Heer
und schlug ihn wiederholt.
Zum Kampf, zum Krieg von Panzerreitern
gehören Sieg und Niederlage.
So verlaufen nun mal Kriege:
mit Niederlagen und mit Siegen
ziehen sich die Kämpfe hin.
Ich glaub, ihn ahmte Morgan nach:
stürmte gleichfalls Burgen, Städte,
raubte ihm durch manchen Handstreich
Untertanen und Besitz,
bekämpfte ihn mit aller Macht –
doch brachte ihm das kaum was ein,

denn immer schlug ihn Riwalon
mit Entschlossenheit zurück
und in die Stadt. Tat dies so oft,
daß er Morgan so weit brachte,
auf jeden Ausfall zu verzichten
und seine Rettung schließlich nur
in seinen Festungen zu suchen,
den stärksten und den besten.
Die belagerte Riwalon
und warf sich machtvoll gegen sie
in batailles, in schweren Kämpfen;
immer wieder trieb er Morgan
schnurstracks zu den Toren rein.
Häufig zeigte er vor denen
schöne Reiterpulk-Manöver.
Er besaß im Krieg die Vormacht
und verheerte ihm das Land,
legte Feuer, raubte aus,
bis Morgan anbot zu verhandeln
und mit knapper Not erreichte,
daß beide sich verständigten,
einen Waffenstillstand schlossen
auf ein Jahr und dies wie üblich
beiderseits bekräftigten
mit Geiselstellung, Eidesleistung.
Heimwärts zog nun Riwalon
mit seinen Männern, mächtig stolz
und gut gelaunt, belohnte sehr
und machte alle Kämpfer reich –
gestreng nach seinem Ehrenkodex
ließ er sie in guter Laune
zurück in ihre Heimat ziehn.
Nach diesem Sieg des Riwalon
verging nur eine kurze Zeit,
und er faßte den Entschluß,
sich zu mouvieren (neue Reise!)

und stattete sich wieder aus
mit großem Luxus, für die Fremde –
wie einer, der nach Ehren strebt.
Hab und Gut und alle Mittel,
die er nötig haben würde
für die Dauer eines Jahres,
sie wurden ihm aufs Schiff gebracht.
Er hatte oft erzählen hören,
wie höfisch edel, hochgeehrt
jener junge König sei:
Marke, der von Cornwall; damals
nahm sein Ansehn mächtig zu.
Er besaß zu jener Zeit
Cornwall und dazu noch England.
Cornwall hatte er geerbt;
bei England war die Lage so:
er besaß es seit der Zeit,
als die Sachsen (die von Wales)
die Britannen dort vertrieben
und im Land als Herren blieben;
durch sie verlor denn auch das Land,
das einst Britannie hieß, den Namen,
und es ward von den Walisern
sogleich in *England* umbenannt.
Als sie dieses Land besetzt
und aufgeteilt, ganz unter sich,
da wollten alle Königlein
und Herrn von eignen Gnaden sein;
sie wurden damit zu Verlierern,
sie fingen an, sich gegenseitig
zu ermorden, totzuschlagen,
bis sie sich mit ihrem Land
dem Schutz von Marke unterstellten.
Es diente ihm seit dieser Zeit
in jedem Punkt so sehr, mit Furcht,
wie nie ein Königreich zuvor

dem König Dienst geleistet hatte.
Des weitren meldet die historia,
daß in all den Nachbarländern,
wo man seinen Namen kannte,
kein König Markes Rang erreichte.
Dorthin zog es Riwalon,
dort gedachte er zu bleiben,
ein Jahr bei ihm zu leben,
bei ihm Vollendung anzustreben,
das Ritterhandwerk zu verbessern,
die Umgangsformen zu verfeinern.
Sein nobles Herz gab ihm den Rat:
Studiert er fremder Länder Sitten,
verbessert er damit die eignen,
wird dadurch selber renommiert.
    Mit dieser Absicht brach er auf.
Er übergab sein Land, die Leute
zu treuen Händen seinem Marschall,
einem Herrn in seinem Lande,
von dem er wußte, daß er treu war;
er hieß »Rual le très loyal«.
So reiste Riwalon bald drauf
mit zwölf Begleitern übers Meer –
ihm reichte dies Gefolge aus,
er brauchte keinen weitren Mann.
So kam er im Verlauf der Zeit
vor der Küste Cornwalls an
und hörte dort – noch auf der See –,
daß der hochberühmte Marke
auf Tintágel residiere;
so nahm er Kurs auf diese Burg.
Er landete, traf ihn dort an
und war darüber herzlich froh.
Sich und seine Männer ließ er
prächtig kleiden, ranggemäß.
Als er dort vor den König trat,

empfing der edle Marke ihn
mit ausgesuchter Höflichkeit
und sein Gefolge ebenfalls.
Man bereitete Riwalon
einen Empfang, so ehrenvoll –
man hatte ihm noch nie zuvor
(zu keiner Zeit, an keinem Ort)
so viel Respekt erwiesen!
Dies beflügelte sein Denken,
er schätzte diese Etikette.
Immer wieder dachte er:
»Gott selber, wahrlich, hat mich
zu diesen Landesherrn geführt!
Fortuna meint es gut mit mir!
Was ich von Markes Trefflichkeit
je rühmen hörte, das trifft zu.
Sein Lebensstil ist gut und höfisch.«

Er sagte Marke, was er plante,
weshalb er hergekommen sei.
Als nun Marke den Bericht
und seine Pläne angehört,
rief er: »Willkommen, Gott und mir!
Was ich bin und was ich habe –
es soll Euch zur Verfügung stehn!«

Canel-Angres gefiel der Hof,
der Hof war für ihn eingenommen.
Es hatte ihn dort jedermann
gerne, und man schätzte ihn –
kein Gast war jemals so beliebt!
Es gab auch allen Grund dazu:
der wahrhaft edle Riwalon
verstand sich wirklich gut darauf,
mit der Person, mit seinen Gaben,
mit seiner ganzen Höflichkeit,
zu gefallen und zu dienen.
So lebte er denn hochgeschätzt

und in der wahren Güte,
die er täglich dem Gemüte
eingab durch Vortrefflichkeit.

Und so kam Markes Fest heran…
Marke hatte dieses Fest,
indem er einlud (beinah vorlud!),
höchst verbindlich festgesetzt:
sobald er ihnen Boten schickte,
kamen augenblicks die Ritter
aus dem Königreich von England
zu diesem *einen* Jahrestreffen
nach Cornwall angeritten.
Die Herren reisten an
in Begleitung hübscher Damen
und so mancher andren Schönheit.
Nun ward die Festlichkeit geplant,
angekündigt, anberaumt
für den Monat in der Blüte,
und zwar: sobald der süße Mai
beginnt, bis hin zu seinem Ende,
und dies so nah bei Burg Tintagel,
daß man sich gegenseitig sah
auf derart schöner Aue,
wie sie zuvor und wie sie später
kein Augenlicht je überstrahlte.
Die sanfte, süße Sommerszeit,
sie hatte süße Geschäftigkeit
für sie entwickelt, süß im Eifer.
Die kleinen Vögelchen des Waldes,
die jedes Ohr erfreuen müssen,
Blumen, Gräser, Blätter, Blüten,
und was sonst dem Auge schmeichelt,
was nobles Herz begeistern muß –
es füllte diese Sommeraue.
Was immer man vom Mai erwartet,

man fand dort, was man suchte:
den Schatten und das Sonnenlicht,
die Linden an der Quelle,
die milden, linden Lüftchen,
die der Hofgesellschaft Markes
im Wesen ganz entgegenkamen.
Die lichten Blumen lachten
hervor aus dem betauten Gras.
Der Freund des Mai, der grüne Rasen,
hatte sich ein Sommerkleid
aus Blüten angelegt, so schönen,
daß sie den beglückten Gästen
die Augen glänzen ließen.
Die süße Baumesblüte schaute jeden
mit derart süßem Lächeln an,
daß das Herz und das Gemüt
mit Augen, die erstrahlten,
das Blütenlächeln spiegelten
und mit Lächeln Antwort gaben.
Der zarte Sang der Vögel,
der süße, der schöne,
der für Ohren und Gemüt
stets die reinste Wohltat ist,
erscholl dort auf dem Berg, im Tal.
Die Nachtigall, die herrliche,
dies liebe, süße Vögelchen
(es bleibe auch in Zukunft süß!),
es sang dort aus der Blüte
mit einem solchen Überschwang,
daß so manches noble Herz
fröhlich wurde, hochgestimmt.
Es hatte diese Hofgesellschaft
in einem wahren Freudentaumel
Hütten gebaut auf grünem Gras –
ein jeder so, wie er das wollte.
Und jeder lag so, wie das seinem

Wunsch nach Lustbarkeit entsprach:
die Herren lagerten herrschaftlich;
wer höfisch war, im Stil des Hofes;
diese lagen unter Seidenplanen,
jene – woanders – unter Blüten;
die Linde war ein Dach für viele,
und viele sah man gut behüttet
unter Ästen, frischem Laub.
Hofstaat oder Herrengäste
hatten anderswo noch nie
so herrlich Unterkunft gefunden.
Auch fand man dort in Überfülle
(wie das auf Festen üblich ist)
Speisen, noble Kleidungsstücke,
die ein jeder, nach Belieben,
dorthin mitgenommen hatte.
Marke versorgte sie zudem
mit so verschwenderischem Aufwand,
daß sie herrlich und in Freuden
lebten und sehr glücklich waren.
Und so begann das große Fest!
Worauf ein Mann, der gern was sah,
Lust bekam, es anzuschaun,
das bot sich ihm hier reichlich an –
man sah hier, was man sehen wollte:
die zogen los zum Damengucken,
andre wollten Tänze sehn;
die sahen Reiterspielen zu,
andre wieder Lanzenkämpfen.
Welche Wünsche man auch hegte –
man fand hier alles reichlich vor.
Kurz: sie alle, die dort waren,
in ihren allerbesten Jahren,
verschafften sich im Wettbewerb
Lustbarkeiten auf dem Fest.
Und Marke, dieser edle Mann,

der höfisch feine, hochgestimmte,
er hatte viele schöne Damen
einbezogen in den Kreis,
er hatte außerdem, apart,
ein Wunder ganz besondrer Art:
seine Schwester Blanchefleur –
ein Mädchen von so großer Schönheit,
wie man sie nie gesehen hatte.
Von ihrer Schönheit hören wir,
daß sie kein Mann aus Fleisch und Blut
mit seinen Herzensaugen sah,
der Frauen und Vollkommenheit
künftig nicht noch stärker liebte.
Diese wahre Augenweide
machte auf dem offnen Land
viele Männer keck und kühn,
stimmte noble Herzen hoch.
Es gab in dieser Aue
noch viele schöne Damen,
deren jede in der Schönheit
königlichen Rang besaß;
alle Männer, die dort waren,
beschenkten sie mit Glück und Freude;
sie stimmten viele Herzen froh.
Indes begannen Reiterspiele
des Hofstaats und von Herrengästen;
die Vornehmsten und Besten
ritten her, von hier, von da.
Auch war der edle Marke dort
und sein Gefährte Riwalon –
abgesehn von weitrem Hofstaat:
sie alle strengten sich sehr an,
sich dort *so* hervorzutun,
daß sie von sich reden machten
und großes Lob erhielten.
Man sah an diesem Sammelpunkt

viele Rösser, gut bedeckt
mit Prunk- und Zindelseide:
Schabracken weiß wie Schnee,
gelb, grün, rot, blau, violett –
andre sah man anderswo
aus feiner Seide schön gewirkt;
und andre waren kombiniert
in je zwei Farben, in Kontrasten,
unterschiedlich embelliert.
Die Herren Ritter trugen Roben
von wirklich staunenswerter Pracht,
hier aufgeschlitzt, dort unterlegt.
Und der Sommer führte vor,
daß er auf seiten Markes war:
aus Blumen sah man in der Schar
so manchen hübschen lütten Kopfschmuck,
als Tribut, an ihn entrichtet …
 In dieser schönen Sommerfülle
begannen schöne Ritterspiele:
Scharen keilten sich in Scharen,
drängten sich nach hier, nach dort;
das setzte sich so lange fort,
bis sich der Gruppenkampf zuletzt
dorthin verschob, wo Blanchefleur,
die edle, dieses Weltenwunder,
mit vielen andren schönen Damen
saß, um sich das anzuschaun.
Die Reiter waren derart prächtig,
waren derart majestätisch,
daß viele Augen dies gern sahn.
Was immer man dabei vollbrachte –
es war der Hofmann Riwalon
(es konnte gar nicht anders sein!),
der diesen Tag auf diesem Kampfplatz
sie alle glanzvoll übertraf!
Er fiel damit den Damen auf;

sie erklärten, in der Schar
zeige keiner solchen Stil
als Ritter, solch Geschick beim Reiten –
alles priesen sie an ihm.
»Schaut!« so riefen sie, »der Jüngling
ist eine herrliche Erscheinung!
Alles, was er dort vollbringt –
wie herrlich paßt es zu dem Mann!
Sein Körper ist ein wahrer Traum!
Seine Beine: majestätisch,
in der Bewegung so harmonisch!
Und sein Schild bleibt unverrückt
an seinem Platz – wie angeleimt!
Wie liegt der Schaft in seiner Hand!
Wie gut sieht seine Rüstung aus!
Wie schön sein Kopf und die Frisur!
Wie elegant ist sein Verhalten!
Wie herrlich sieht sein Körper aus!
Wie herrlich lebt doch eine Frau,
die ein solcher Mann beglückt!«
Was sie alle riefen, hörte
die edle Blanchefleur;
auch sie verlieh nun diesem Mann
(was immer auch die andren taten)
in ihrem Herzen hohen Rang.
Sie hatte ihn ins Herz geschlossen,
er ging ihr nicht mehr aus dem Sinn.
In ihres Herzens Königreich
trug er mit voller Herrschermacht
das Zepter und die Krone.
Freilich hielt sie das geheim –
so dezent und so diskret,
daß niemand es bemerkte.
   Als Schluß war mit dem Reiterspiel,
die Ritter auseinanderrückten,
und jeder wandte sich dorthin,

wohin ihn seine Stimmung führte,
da geschah es, par hasard,
daß Riwalon sich dahin wandte,
wo Blanchefleur, die Schöne, saß;
sogleich galoppierte er näher hin;
als er sie sah, von Angesicht,
sprach er mit großer Freundlichkeit:
»Ah, Dieu vous garde, ma belle!«
»Merci«, disait la fille
und weiter, recht befangen:
»Gott in Seiner reichen Macht,
Der allen Herzen Reichtum gibt,
beschenk Euch reich, in Herz und Geist.
Und: großes Kompliment für Euch!
Jedoch, dies schmälert nicht mein Recht,
mit dem ich Euch zur Rede stelle.«
»Ach, Schöne, was hab ich getan?!«
fragte Riwalon, der Höfling.
»Ihr habt mir über einen Freund
(den besten, den ich je gefunden)«,
sprach sie, »reichlich zugesetzt.«
»Du lieber Gott«, so dachte er,
»was heißt das nun? Auf welche Weise
hab ich mir ihre Gunst verscherzt?
Was wirft sie mir denn vor?«
Und er dachte sich, er hätte
irgendeinem der Verwandten
im Rittertreiben eins verpaßt
(wenn auch ohne jede Absicht),
und deshalb wär ihr Herz betrübt,
wär sie schlecht auf ihn zu sprechen.
Nein, der Freund, den sie erwähnte,
der war ihr Herz, das wegen ihm
diesen Kummer leiden mußte –
das war der Freund, von dem sie sprach!
Nur wußte er davon noch nichts.

Wie es seinem Stil entsprach,
sagte er zu ihr sehr freundlich:
»Schöne Frau, ich möchte nicht,
daß Ihr mir zürnt, mir Böses wünscht.
Doch trifft es zu, was Ihr mir sagt,
sprecht selbst das Urteil über mich.
Ich mach es gut, wie Ihrs befehlt.«
Die Schöne: »Wegen dieses Vorfalls
kann ich Euch nicht furchtbar hassen,
kann Euch deshalb auch nicht lieben.
Doch finde ich bei Euch noch raus,
wie Ihr mir Buße leisten sollt
für das, was Ihr mir angetan.«
Verbeugung, und er wollte gehn,
doch seufzte ihn die Schöne an
(sehr dezent!) und sagte ihm
aus tiefstem Herzen: »Ach,
lieber Freund, Gott segne dich.«
Und jetzt erst fing es damit an,
daß beide aneinander dachten.
Canel-Angres entfernte sich
mit mancherlei Gedanken,
er dachte sich so mancherlei:
Was Blanchefleur bedrücken,
was dahinterstecken könnte.
Er dachte an den Gruß, die Worte,
durchdachte, Punkt für Punkt,
ihr Seufzen, Segnen, ihr Verhalten,
begann im weiteren Verlauf,
ihr Seufzen, ihren süßen Segen
in Richtung Liebe auszulegen;
er faßte ernsthaft den Gedanken,
der Grund fürs eine wie das andre
liege einzig in der Liebe.
Und dies entflammte seine Sinne:
sie versetzten sich zurück

und ergriffen Blanchefleur
und entführten sie sogleich
ins Herzensreich von Riwalon
und vollzogen dort die Krönung
zu seiner Königin.
Ja, Blanchefleur und Riwalon,
die schöne Königin, der König,
sie teilten sich die Königreiche
ihrer Herzen sehr gerecht –
das ihre fiel an Riwalon,
und seines fiel dafür an sie.
Doch wußte keiner von den beiden,
was im anderen geschah.
Einmütig und in *einem* Sinne
hatten sie einander
angenommen in Gedanken.
Recht geschah, was rechtens war:
sie wuchs auch ihm ans Herz
mit jenem gleichen Schmerz,
den *sie* nun seinetwegen erlitt.
Doch weil er über ihre Absicht
keine Klarheit finden konnte
(wie sie sich verhalten hatte,
ob aus Feindschaft, ob aus Liebe),
ließ das alle seine Sinne
durch Zweifel schwankend werden.
Und in Gedanken war er ihr
einmal fern und einmal nah:
er wollte weg, auf jeden Fall,
und wollte gleich drauf wieder hin,
bis er sich ganz und gar verfing
in den Schlingen seines Denkens,
und er kam nicht mehr von ihr los.

Riwalon, gedankenschwer,
machte durch sein Beispiel deutlich,
daß des Liebenden Gemüt

einem freien Vogel gleicht,
der im Vollbesitz der Freiheit
auf leimbestrichner Rute landet.
Bemerkt er dann den Vogelleim
und schwingt sich auf, ihm zu entfliehn,
so klebt er mit den Füßen fest;
nun will er flügelschlagend fort,
doch wenn er (sei es noch so flüchtig!)
mit Flügeln an die Rute kommt,
so bleibt er an ihr kleben, haften;
mit aller Kraft reißt er die Flügel
hier los, da los, wieder hier,
bis er sich schließlich ganz und gar
mit seinem Kämpfen selbst besiegt
und auf dem Leim der Rute liegt.
Genau auf diese Art verhält sich
das Gemüt, noch ungebunden:
sobald es in Sehnsucht zu denken beginnt
und Liebe an ihm das Wunder vollbringt
mit aller Qual der Leidenschaft,
so will der heftig Liebende
zurück zur Ungebundenheit,
jedoch er geht der süßen Lockung
der Liebe wieder auf den Leim;
darin verfängt er sich so sehr,
daß er sich weder so noch so
aufrecht halten kann.
So erging es Riwalon;
er verfing sich ebenfalls
mit dem Denken in der Liebe
zu seiner Herzenskönigin.
Dies Verfangen brachte ihn
in kuriose duperie,
wußte er doch nicht, ob sie
ihm feindlich, ihm gewogen war;
er fand nicht dies, nicht das heraus:

ob sie ihn liebte oder haßte.
Ob er nun hoffend, zweifelnd dachte:
kam ihr nicht nah, nicht von ihr los.
Hoffnung, Zweifel ließen ihn
ständig zwischen beidem schwanken.
Ihm sagte Hoffnung Liebe zu
und Zweifel Haß. Im Widerstreit
konnte er mit festem Glauben
auf keine dieser beiden bauen:
nicht auf Feindschaft, nicht auf Liebe.
Es war ein Driften von Gefühlen
in einem gar nicht sichren Hafen:
Hoffnung trieb rein und Zweifel raus!
In beiden fand er keinen Halt,
sie stimmten niemals überein.
Kam Zweifel auf und sagte ihm,
ihn hasse seine Blanchefleur,
so ward er mutlos, wollte fort;
doch gleich kam Hoffnung, brachte ihm
ihre Liebe, süßen Wahn –
schon mußte er erneut verharren.
Bei diesem Kampf: wohin mit sich?
Er wußte weder ein noch aus.
Je stärker er sich von ihr losriß,
desto mehr zwang Liebe zurück;
je entschiedner er dort floh,
desto mehr zog Liebe zurück.
So sprang die Liebe mit ihm um,
bis Hoffnung doch den Sieg errang
und er den Zweifel ganz vertrieb
und Riwalon Gewißheit fand,
daß seine Blanchefleur ihn liebe.
Sein Herz und sein Verstand, sie waren
gemeinsam fest auf sie gerichtet,
dagegen ließ sich nicht mehr kämpfen.
Auch wenn die süße Liebe nun

sein Herz und seinen Kopf
ganz ihrem Willen unterwarf –
ihm war noch der Gedanke fremd,
es könne eine Herzensliebe
zu einer Last von Leiden werden.
Als er sein événement
mit seiner Blanchefleur
von Anfang an durchdachte,
sich alles recht vor Augen führte:
ihr Haar, die Stirn, die Schläfen,
die Wangen, Lippen und ihr Kinn,
den österlichen Tag der Freude,
den, lachend, ihre Augen zeigten,
da kam die LIEBE höchstpersönlich,
die wahre Feuerlegerin,
und fachte an ihr Liebesfeuer,
das Feuer, das sein Herz entflammte,
das ihm, in diesem Augenblick,
offenkundig werden ließ,
was eine Last aus Leiden sei,
was die Qual der Leidenschaft.
Er begann ein neues Leben,
ein zweites Leben ward ihm gegeben,
und er veränderte damit
sein Denken, sein Verhalten,
ward ein völlig andrer Mann,
denn alles, was er nun begann,
war mit befremdlichem Verhalten,
war mit Blindheit untermischt.
Seine angebornen Sinne,
sie wurden durch die Liebe
so unbeständig, ungezügelt,
wie er sich das *selbst* gewünscht!
Sein Leben trübte sich nun ein:
aus vollem Herzen lachen
(was früher bei ihm üblich war),

dem entsagte er nun ganz!
Die Höhepunkte seines Lebens
wurden Schweigen und Betrübnis;
seine ganze Fröhlichkeit
verging im Schmerz der Leidenschaft.
Sein Fall von Leidenschaft verschonte
nicht Blanchefleur mit Leidenschaft!
Sie litt durch ihn die gleiche Qual,
wie er sie durch sie erlitt;
die LIEBE, die Tyrannin,
war ebenfalls in ihre Sinne
etwas stürmisch eingedrungen
und hatte ihr den größten Teil
der Ausgewogenheit geraubt!
Sie war in ihrem ganzen Verhalten
nicht mehr in gewohntem Einklang
mit sich selbst und mit der Welt.
Freude, die sie sich gegönnt,
Kurzweil, die zu ihr gepaßt:
dies alles widerstrebte ihr.
Ihr Leben fand nur noch die Form,
die ihrem Leiden ganz entsprach,
das ihrem Herzen nahelag.
Bei allem, was sie nun erlitt –
in ihrer Qual der Leidenschaft –,
sie wußte nicht, was sie verstörte,
sie hatte nie zuvor erlebt,
was solche Last von Leiden sei
und solcher Herzenskummer.
Häufig sprach sie mit sich selbst:
»Ach, Gott der Herr, wie lebe ich?!
Was ist denn bloß mit mir geschehn?
Ich hab so manchen Mann gesehn,
von dem mir nie ein Leid geschah,
doch seit ich *diesen* Mann erblickt,
fühlte sich mein Herz nicht mehr

so frei, so froh wie ehedem.
Der Blick, den ich auf ihn gerichtet –
dieser Vorfall brachte mir
das Leiden ein, das mich bedrückt.
Mein Herz, das solche Qual nie litt,
es wurde nun damit gebrochen;
im Gemüt, in meinem Leben
wurde alles völlig anders.
Soll mit einer jeden Frau,
die ihn hört und die ihn sieht,
geschehen, was mit mir geschah,
und ist dies bei ihm vorbestimmt:
ist seine Schönheit nur vergeudet
und bringt sein Leben nichts als Schaden!
Doch liegt es dran, daß dieser Mann
einen Zaubertrick beherrscht,
der dies kuriose Wunder wirkte,
diese wunderliche Not,
so wär er weitaus besser tot,
ihn dürfte keine Frau erblicken.
Bei Gott, was habe ich durch ihn
an Leid erfahren und an Last!
Dabei warf ich wirklich nie
auf ihn, auf einen andren Mann
einen bös gemeinten Blick,
auch war ich keinem jemals feind –
was habe ich denn bloß getan,
daß mir durch jemand Leid geschieht,
dem ich nur schöne Augen mache?
Doch warum werf ich ihm das vor?
Den Guten trifft wohl keine Schuld.
Das Herzeleid, das ich durch ihn
erdulde und um seinetwillen,
das kommt zum allergrößten Teil,
bei Gott, aus meinem *eignen* Herzen.
Sah viele Männer und nun: ihn...

Kann er dafür, daß mein Gefühl
nur für ihn allein empfindet
unter all den anderen?
Als ich so viele noble Frauen
diesen Mann, so majestätisch,
und seinen Ruhm als Ritter
loben hörte (wie ein Spielball
rumgetragen, rundgejagt),
und sie zollten ihm viel Lob,
und ich sah mit eignen Augen
die Trefflichkeiten, die man pries,
und mein Herz nahm in sich auf,
was alles rühmlich an ihm war –
das verdrehte mir den Kopf,
und ich verlor mein Herz an ihn.
Ja, so wurde ich verblendet!
Das war der Zaubertrick, durch den
ich mich dann selber so vergaß!
Er hat mir nichts zuleid getan,
der liebe Mann, durch den ich leide,
den ich zum Angeklagten mache.
Mein wirres, zügelloses Herz,
das ist es, das mich leiden läßt,
das ist es, das mir schaden will.
Es will und will ja allzuviel,
was es gar nicht wollen dürfte,
wenn es nur bedenken würde,
was Schicklichkeit, was Ehre ist;
jetzt aber nimmt es nichts mehr wahr
als seinen Eigensinn, den Wunsch
nach diesem wundervollen Mann,
dem es in so kurzer Frist
rettungslos verfallen ist.
Und – Gott mit mir! – ich meine doch,
wenn ichs in Ehren denken darf
und ich mich hier nicht schämen muß,

weil ich noch eine Jungfrau bin –
mir scheint es, dieses Herzeleid,
das wegen ihm mein Herz erträgt,
das hat nur *einen* Grund: die Liebe!
Das wird mir dadurch auch bewußt,
daß ich so gerne bei ihm wär.
Was immer dies bedeuten mag:
etwas reift in mir heran,
das Liebe will und diesen Mann.
Was ich in meinem Leben über
Frauen hörte, die sehr liebten,
und damit über Liebe selbst,
das ist mir in das Herz gedrungen:
das süße Herzeleid,
das viele noble Herzen
mit süßen Schmerzen quält,
das regt sich auch in *meinem* Herzen.«
Als nun die höfisch Edle
in der Tiefe des Gemütes,
im Herzen zur Erkenntnis kam
(wie üblich unter Liebenden),
daß Riwalon, ihr Freund, bestimmt sei
zur Beglückung ihres Herzens,
zu Erfüllung, höchstem Leben,
da machte sie ihm Augen, Augen,
besah ihn, wo sie ihn nur sah!
Erlaubte das die Etikette,
so grüßte sie ihn insgeheim
mit ihren Augen voller Liebe.
Ihre sehnsuchtsvollen Blicke
richteten sich oft auf ihn,
lange und voll Zärtlichkeit.
Als der Mann, der sich verliebte,
ihr Liebster, dies so langsam merkte,
erst da begann in ihm die Liebe
zu wachsen, machte er sich Hoffnung,

erst da entbrannte Leidenschaft,
und er erwiderte die Blicke
der Schönen inniger und kühner,
als er das je zuvor gewagt.
Fand er dazu Gelegenheit,
so grüßte er sie mit den Augen.
Als die Schöne ihm nun ansah,
daß er sie liebte wie sie ihn,
war sie die größte Sorge los:
sie hatte vorher Furcht, daß er
kein Verlangen nach ihr hätte.
Sie war nun sicher: sein Gemüt
war ihr gewogen, zugeneigt:
so muß es in der Liebe sein.
Er wußte klar: so wars bei ihr!
Dies entflammte ihre Sinne.
Und fortan begannen sie,
sich zu lieben, zu begehren
mit Gefühlen aus dem Herzen.
Es traf der Satz bei ihnen zu:
Liebesblick in Liebesauge
gibt dem Feuer einer Liebe
Nahrung, die beständig wächst.
Als Markes Fest zu Ende war
(die Herren hatten sich getrennt),
erreichte Marke eine Nachricht:
Einer seiner Feinde sei,
ein König, in sein Land geritten
mit derart großer Heeresmacht,
daß er, so weit die Hufe reichten,
alles niedermachen werde,
schlage man nicht gleich zurück.
Auf der Stelle rief nun Marke
durch Boten Heeresmacht zusammen,
zog ihm mit großem Heer entgegen,
bekämpfte und besiegte ihn.

Marke nahm so viele gefangen,
erschlug so viele, daß von Glück sprach,
wer da entkam, dort überlebte.
Jedoch der edle Riwalon
war durch einen Lanzenstich
in die Seite so verwundet,
daß seine Leute ihn sofort
so gut wie tot von dort
nach Hause transportierten,
nach Tintagel, heftig klagend.
Man bettete den Schwerverletzten.
Es sprach sich gleich herum,
Riwalon sei in der Schlacht
auf den Tod getroffen worden.
Das gab ein Jammern und ein Klagen
am Hof und an den Herrensitzen!
Wer seine Qualitäten kannte,
dem tat sein Unglück herzlich leid.
Man klagte, seine Tüchtigkeit,
sein schöner Leib, die süße Jugend,
die hochgerühmte Trefflichkeit
als Fürst vergingen allzu rasch
bei einem derart frühen Ende.
Sein Freund, der König Marke,
beklagte ihn so heftig,
wie er noch keinen andren Mann
so herzzerreißend je beklagt!
Ihn beweinten noble Frauen,
viele Damen klagten um ihn.
Wer ihn zuvor gesehen hatte,
dem tat sein schlimmer Zustand leid.
Wie groß auch immer all ihr Leid
über die Verwundung war,
es war doch einzig und alleine
seine Blanchefleur, die reine,
die höfische, die gute,

so edel im Gemüt,
die mit den Augen, mit dem Herzen
die Schmerzen ihres Herzgeliebten
beklagte, auch beweinte.
Und mehr: wenn sie alleine war
und ungehindert klagen konnte,
da griff sie sich mit Fäusten an,
die schlug sie tausendfach dorthin
und nur dorthin, wo ihr was steckte,
dorthin also, wo das Herz war,
dorthin schlug die Schöne oft!
So quälte diese schöne Frau
den jungen, schönen, süßen Leib
in einem solchen Leidenskampf,
daß sie einen *jeden* Tod
(nur nicht einen *Liebestod*...)
dem Leben vorgezogen hätte.
Und sie wäre auch verschieden,
wär an diesem Leid gestorben,
hätt sie Hoffnung nicht belebt,
Zuversicht nicht hochgehalten,
daß sie ihn sicher sehen werde,
wie immer sich das machen ließe.
Sobald sie ihn gesehen hätte,
nähm sie alles gern in Kauf –
was immer dann mit ihr geschähe.
Auf diese Weise blieb sie leben,
bis sie erneut bei Sinnen war
und sie sich Gedanken machte,
wie sie ihn mal sehen könnte,
auf daß ihr Leid gelindert würde.
    Und es kam ihr in den Sinn:
Da ist doch die Erzieherin,
die sie stets, die sie beständig
umsorgt, sie unterrichtet und
in ihrer Obhut stets bewahrt hat.

Die nahm sie beiseite, ging mit ihr
dorthin, wo sie alleine waren,
und sie begann vor ihr zu klagen,
wie alle klagten, heut noch klagen,
denen es geht, wie ihr es ging:
die Augen gingen ihr über,
die heißen Tränen rannen
in dichten Strömen
über ihre hellen Wangen,
und sie faltete die Hände,
hielt sie flehend vorgestreckt.
»Ach, ich Ärmste!« rief sie und:
»Ach, ich Allerärmste, ach!
Ach, herzgeliebte Erzieherin,
beweis mir deine Treue,
die du in reichem Maß besitzt!
Und weil du so viel Güte zeigst,
daß mein Geschick, daß all mein Glück
allein auf deinen Ratschlag bauen,
so klag ich dir, bei deiner Güte,
was mir das Herz so sehr bedrückt.
Hilfst du nicht, so sterbe ich.«
»Nun, Herrin, was bedrückt Euch denn?
Weshalb das Jammern und das Klagen?«
»Meine Liebe, darf ichs sagen?«
»Ja, liebe Herrin, sagt es schon!«
»Mich tötet dieser tote Mann,
Riwalon, der aus Parmenien!
Den säh ich gern, wenns möglich wär –
wenn ich nur wüßte, wie das geht –,
bevor er ganz gestorben ist.
Er wird nicht überleben, leider.
Wenn du mich hierin unterstützt,
erfülle ich dir jeden Wunsch,
solange ich am Leben bleibe.«
Es dachte die Erzieherin:

»Falls ich hier vermitteln würde –
welchen Schaden brächte das?
Dieser Mann, der halb schon tot ist,
er stirbt morgen oder heute –
doch dann hab ich meiner Herrin
das Leben und den Ruf erhalten,
und dann wird sie mich in Zukunft
mehr als andre Frauen schätzen…«
»Liebe Herrin«, sprach sie, »Beste,
Euer Elend tut mir herzlich leid.
Wie immer ich die schlimme Lage
ändern kann, nach besten Kräften,
hier könnt Ihr völlig auf mich zählen.
Ich werde selbst hinuntergehn
und nach ihm sehn – bin gleich zurück!
Ich schau, was sich da machen läßt –
wie er dort liegt, an welchem Platz,
und merke mir, wer bei ihm ist.«
Sie ging dorthin und täuschte vor,
sie zeige Mitleid mit der Not,
und teilte ihm ganz heimlich mit,
die Herrin würd ihn gerne sehn,
und er möge das bewirken,
soweit das schicklich, ehrbar sei.
Sie begab sich auf den Heimweg,
vermeldete die Neuigkeit.
Sie half dem Mädchen, legte ihm
das Kleid an einer Bettlerin;
die Schönheit ihres Angesichts
verbargen Kinn- und Wangenbinde.
Sie nahm die Herrin bei der Hand
und führte sie zu Riwalon.
Der hatte seine Leute schon
samt und sonders weggeschickt
und war nun ganz allein im Raum –
allen hatte er erklärt,

ihm tue das Alleinsein gut…
Die Erzieherin gab vor,
sie bringe eine Ärztin mit,
und erreichte so den Zutritt.
Sie stieß den Riegel vor die Tür:
»Herrin, nun, da seht Ihr ihn!«
Und sie, die Schöne, ging zu ihm,
und als sie sein Gesicht erblickte –
»ach«, so rief sie, »ewig ach!
Oh, wär ich nie geboren worden –
der meine Hoffnung war, er stirbt!«
Riwalon begrüßte sie
mit dem äußerst schwachen Nicken
eines tödlich wunden Mannes.
Doch sie bemerkte das erst nicht,
sie achtete nicht weiter drauf,
sie setzte sich ganz einfach hin
wie blind, und schmiegte ihre Wange
an die Wange Riwalons,
so lange, bis bei ihr
aus Freude wie aus Leid
die Kräfte ihren Leib verließen:
die rosenroten Lippen wurden bleich,
ihr Äußeres verlor nun ganz
die lichte Farbe ihrer Haut,
die eben noch ihr Leib gezeigt,
das Licht in ihren klaren Augen
wurde trüb, dann nächtlich finster;
sie lag in ihrer Ohnmacht
lange Zeit besinnungslos,
an seiner Wange ihre Wange:
es sah so aus, als wär sie tot.
Als sie nach dem Zusammenbruch
erneut zu Kräften kam, ein wenig,
nahm sie den Liebsten in die Arme,
preßte ihren Mund auf seinen,

küßte ihn in rascher Folge
tausend-, abertausendfach,
bis ihr Mund in ihm die Sinne
weckte und die Kraft zu lieben –
ja, ihr Mund war voller Liebe,
ihr Mund bereitete ihm Freuden,
ihr Mund erweckte seine Kräfte,
daß er die königliche Frau
liebevoll ganz fest heranzog
an seinen Körper, der halb tot war.
Es dauerte nun nicht mehr lang,
bis beider Wünsche sich erfüllten,
und die wunderschöne Frau
ein Kind von ihm empfing.
Jedoch: er fand durch diese Frau
und durch das Lieben fast den Tod.
Doch half ihm Gott aus dieser Not,
er hätt das sonst nicht überstanden.
Und er genas – wie vorbestimmt.

So überlebte Riwalon,
doch Blanchefleur, die Schöne, war
durch ihn entlastet und belastet
mit Herzeleid in Doppelform:
ließ großes Leid beim Mann zurück
und nahm mit sich noch größres Leid;
ließ dort die Sehnsuchts-Herzensnot
und nahm mit sich von dort den Tod;
die Not beendet mit dem Lieben,
den Tod empfing sie mit dem Kind.
Wie immer sie auch überlebte,
auf welche Weise sie durch ihn
entlastet und belastet wurde
mit dem Verlust, mit dem Gewinn,
sie hatte doch nur *dies* im Sinn:
liebe Liebe, lieben Mann.

Sie wußte nichts vom Kind im Leib
(es war ihr tödliches Geschick),
jedoch, was Mann und Liebe sind.
Sie tat, was sehr zum Leben paßt,
was sie als Liebende erweist:
ihr Herz, die Sinne, ihr Begehren
wollten einzig Riwalon.
Genauso wollte sein Begehren
nur sie und ihre Liebe.
Beide spürten in den Sinnen
eine Liebe, *ein* Begehren.
So war er *sie*, und sie war *er*,
er war ihr und sie war sein.
Hie Blanchefleur, hie Riwalon!
Hie Riwalon, hie Blanchefleur!
Hie beide, hie l'amour loyale!
Ihr Leben wurde sehr intim,
sie wurden glücklich miteinander;
mit sehr intimen Zärtlichkeiten
stimmten sie ihr Fühlen hoch.
Und wenn sie sich ein Stelldichein
mit Anstand arrangieren konnten,
so war ihr Sinnenglück vollendet,
sie fühlten sich so glücklich, wohl,
sie hätten keinesfalls ihr Leben
für ein zweites Himmelreich gegeben.
 Jedoch, es blieb nicht lange so,
denn in ihrer ersten Zeit,
als sie am allerschönsten lebten
und in eitel Freude schwebten,
erreichten Boten Riwalon:
Feind Morgan hatte starke
Truppen in sein Land geschickt!
Sofort, auf diese Nachricht hin,
ward Riwalon ein Schiff gestellt,
und man verstaute, was er brauchte;

für diese Seefahrt wurden rasch
Proviant und Rösser rangeschafft.
   Die liebesschöne Blanchefleur,
als sie die schlimme Nachricht
über den Geliebten hörte,
da fing ihr Leid erst richtig an.
Aus Herzeleid geschah es wieder:
ihr vergingen Hören, Sehen,
und die Haut an ihrem Leib,
sie glich der einer toten Frau;
aus ihrem Munde kam bloß noch
dieses kleine Wörtchen »ach«,
sie rief nur dies, kein andres mehr.
»Ach«, so rief sie dauernd, »ach!
Ach, die Liebe, ach, der Mann –
wie seid ihr mit so vielen Leiden
hergefallen über mich!
Liebe, Unheil dieser Welt:
wo das Glück bei dir so kurz ist,
wo du derart treulos bist,
was schätzt nur alle Welt an dir?!
Ich seh genau, du lohnst es ihr
wie ein rechter Erzbetrüger,
dein Ende, das ist nicht so gut,
wie du es dieser Welt verheißt,
wenn du mit erstem kurzem Glück
hineinlockst in das lange Leid.
Dein verführerisches Täuschen,
das in falscher Süße gaukelt,
es täuscht doch alles, was da lebt.
Das hat sich ja an mir gezeigt!
Was all mein Glück bedeuten sollte,
davon hab ich weiter nichts
als Herzensqual, die tödlich ist.
Erfüllung flieht und läßt mich sitzen!«
   Während ihrer Klagerufe

kam ihr Geliebter, Riwalon,
mit weinendem Herzen herein zu ihr
und wollte von ihr Abschied nehmen.
»Herrin«, sprach er, »Euer Diener!
Ich muß zurück nun in mein Land.
Euch, Schöne, möge Gott beschützen,
bleibt stets gesund und munter!«
Und wieder schwanden ihr die Sinne,
erneut fiel sie aus Herzeleid
vor ihm in Ohnmacht, fiel wie tot
der Erzieherin in den Schoß.
Ihr lieber Gefährte der Leidenschaft,
als er das ganze Maß des Unglücks
bei seiner Herzgeliebten sah,
ließ er sie keineswegs im Stich,
er machte sich ihr Sehnsuchtsleid
aus lauter Liebe ganz zu eigen:
seine Farbe, seine Kraft
begannen nun bei ihm zu schwinden.
Wie das schwerem Leid entspricht,
nahm er Platz, in tiefem Schmerz,
und konnte kaum erwarten, bis
sie wieder *so* zu Kräften kam,
daß er sie in die Arme nahm
und die Frau in ihrem Unglück
an sich zog voll Zärtlichkeit,
und er küßte wiederholt
ihre Wangen, Augen, Lippen,
liebkoste sie mal so, mal so,
bis sie schließlich wieder
zu sich kam, dies mehr und mehr,
und – ohne Hilfe – aufrecht saß.
Als Blanchefleur bei Sinnen war
und den Geliebten wieder spürte,
da schaute sie ihn traurig an.
»Ach«, so sprach sie, »bester Mann,

was habe ich durch Euch erlitten!
Weshalb nur schaute ich Euch an,
und es ergab sich so viel Schmerz
des Herzens, den ich nur durch Euch,
nur wegen Euch im Herzen trage?
Falls ich das so sagen darf,
mit Verlaub, Ihr hättet Grund,
mich besser, lieber zu behandeln…
Herr, Geliebter, Euch verdank ich
viele Leiden – drei vor allem,
die unausweichlich, tödlich sind.
  Das erste ist: Ich krieg ein Kind
und fürchte, daß ich die Geburt
allein mit Gottes Hilfe überstehe.
Das zweite ist belastender:
Mein Bruder und mein Herr,
wenn der bei mir das ganze Unglück,
damit für sich die Schande sieht,
so läßt er mich zugrunde gehn,
mich auf gemeine Weise sterben.
Das dritte ist die ärgste Not,
um vieles schlimmer als der Tod:
Ich weiß, selbst wenn es glimpflich
ausgeht, und mein Bruder
bringt mich nicht um, läßt mich noch leben,
so wird er mich gewiß enterben
und mir Besitz und Ehre rauben –
dann leb ich künftig ohne Würde,
mit einem Namen ohne Klang.
Außerdem muß ich mein Kindchen,
obwohl sein Vater dann noch lebt,
aufziehn ohne dessen Beistand.
Ich würde dies nicht mal beklagen,
beträf die Schande mich allein,
indem mich meine hohe Familie
und mein königlicher Bruder

mitsamt dem schweren Makel
in Ehren los und ledig würden.
Doch wenn dann alle Zeitgenossen
verbreiten, daß mein Kind
nicht ehelich geboren sei,
so ist das für die beiden Reiche
Cornwall und England
ein öffentliches Ärgernis.
Und wenn es soweit käme, ach,
daß man mich verfolgt mit Blicken,
weil wegen mir zwei Länder
Ruf und Rang verloren haben,
so wär ich besser tot – allein!
Seht Ihr, Herr, dies ist die Not,
dies ist der stete Schmerz,
an dem ich alle meine Tage
lebendgen Leibes sterben muß.
Wenn Eure Hilfe es nicht schafft,
wenn Gottes Fügung das nicht will,
so werd ich nie mehr wieder froh.«
    »Liebste Herrin«, sagte er,
»bin ich schuld an Eurer Not,
hab ich die Pflicht, dies wettzumachen.
Auch muß ich dafür Sorge tragen,
von heute an, daß Euch nicht weiter
Leid und Schande wegen mir entstehn.
Was später auch geschehen mag –
ich hatte eine derart schöne Zeit
mit Euch, da wär es ungerecht,
wenn Ihr mit meiner Duldung
irgend Leid ertragen müßtet.
Herrin, laßt Euch nun mein Herz
und meine Absicht offenlegen.
Leid und Freude, Gutes, Böses
und alles, was mit Euch geschieht –
davon halt ich mich nicht fern!

An all dem nehm ich künftig teil,
wie traurig es auch immer sei.
Zwei Punkte stell ich Euch zur Wahl,
laßt hier Euer Herz entscheiden:
Soll ich fahren oder bleiben?
Denkt darüber bitte nach.
Falls Ihr wünscht, daß ich hier bleibe
und schaue, wie es Euch ergeht,
so seis. Doch falls es Euch beliebt,
mit mir von hier nach Haus zu segeln,
so werde ich Euch stets mit allem,
was ich hab, zu Diensten sein.
Ihr behandelt mich so gut,
ich möchte mich erkenntlich zeigen
mit jeder Art von Freundlichkeit.
Herrin, laßt mich bitte wissen,
was Ihr in dieser Sache wünscht.
Denn was Ihr wollt, das will ich auch!«
Sie gab zur Antwort: »Danke, Herr.
Wie Ihr sprecht und mich behandelt,
dafür mög Euch Gott belohnen!
Und ich muß Euch dafür stets
fußfällig dankbar bleiben.
Geliebter, Herr, Ihr wißt genau,
daß ich hier nicht mehr bleiben kann,
denn mein Dilemma mit dem Kindchen,
das kann ich leider nicht verbergen.
Könnte ich doch bloß verschwinden!
Wie meine Lage nun mal ist,
da wäre dies der beste Ausweg.
Helft mir raus, Geliebter, Herr!«
»Also, Herrin, folgt mir denn!
Geh ich heute nacht zum Schiff,
sorgt dafür, daß Ihr schon vorher
dort angekommen seid, geheim
(bis ich meinen Abschied nahm),

so daß ich Euch sogleich
bei der Gefolgschaft finden werde.
Macht das so! Es muß so sein.«
Er trat nach dem Gespräch
vor Marke, gab die Nachricht weiter,
die man ihm vermittelt hatte,
bezüglich seiner Landesherrschaft.
Er nahm von ihm denn Abschied,
danach von Markes Leuten.
Er löste damit Klagen aus,
wie er solch Klagen nie erlebte,
das dort und damals angestimmt.
Ihm folgten viele Segenssprüche:
Daß es Gott gefallen möge,
sein Leben zu beschützen, seine Ehre.
Als die Nacht herniedersank,
und er kam zu seinem Schiff
mit allen Sachen zum Verstauen,
traf er dort auf seine Herrin,
die schöne Blanchefleur. Und gleich
stach das Schiff in See.
Und so segelten sie fort.

Als Riwalon sein Land erreichte
und erfuhr, welch starken Druck
Morgan auf ihn ausgeübt
mit seiner Heeres-Übermacht,
da ließ er seinen Marschall kommen,
der loyal war, wie er wußte,
der seine ganze Hoffnung war,
der ihn im Herrscheramt vertrat
vor den Herren seines Landes:
es war Rual le très loyal,
ein Hort der Ehre und der Treue,
der unbeirrbar loyal blieb.
Nach seiner Kenntnis, die genau war,

berichtete er ihm,
in welch gefährliche Situation
sein Land geraten war.
»Und doch – weil Ihr zur rechten Zeit
gekommen seid, um uns zu retten
(es hat Euch Gott nach Haus geschickt!),
wird alles sich zum Guten wenden:
beste Aussicht auf Errettung,
ein Anlaß, wieder Mut zu fassen,
die Not wird sich in Grenzen halten!«
    Danach erzählte ihm Riwalon
von der Liebes-aventure
mit seiner Blanchefleur.
Der Marschall freute sich von Herzen
und sagte: »Herr, ich sehe klar,
Eure Ehre wächst auf jede Weise;
Euer Rang und Euer Ruhm,
Euer Glück und Euer Glanz,
sie gehen wie die Sonne auf!
Ihr könntet in der ganzen Welt
durch keine Frau so hoch
zu Ansehn kommen wie durch *sie*. –
Und nun, Herr, hört auf meinen Rat!
War sie lieb und gut zu Euch,
so belohnt sie auch dafür.
Sobald die Lage hier geklärt
und die Gefahr gebannt ist,
die uns noch im Nacken sitzt,
beraumt ein großes Fest an
voller Pracht und Herrlichkeit,
und nehmt sie öffentlich zur Frau,
vor Verwandtschaft und Gefolgschaft.
Doch rate ich Euch sehr: geruht,
Euch *vor* dem Kampf noch in der Kirche
nach Christenbrauch vor Klerus, Laien
zu dieser Ehe zu bekennen.

Damit segnet Ihr Euch selbst.
Und Ihr könnt völlig sicher sein,
daß in Zukunft Eure Sache
formgerecht ist, ehrenhaft.«
  Dies geschah, dies ward getan,
er kam dem allen völlig nach.
Sobald er sie zur Frau genommen,
übergab er sie, zu treuen Händen,
Rual le très loyal.
Der brachte sie nach Canoël,
auf das dortige château,
nach dem sein Herr, wie ich es las,
den Namen trägt: Canel-Angres
(Canel nach: Canoël).
Auf dem château mit diesem Namen
lebte dessen Ehefrau –
eine Frau, die Geist und Leib
mit weiblicher Verläßlichkeit
für die Welt geweltet hatte.
Ihr vertraute er die Herrin an,
verschuf ihr die Behaglichkeit,
die ihrem Rang entsprach, dem Namen.
  Als Rual erneut beim Herrn war,
da wurden sie, in der Gefahr,
beide einig im Entschluß,
was die Lage anbetraf.
Sie schickten Boten übers Land,
die machten alle Ritter mobil –
deren sämtliche Reserven
eingebracht zum Abwehrkampf.
So kamen sie mit Heeresmacht
auf Morgan zugeritten.
Der hatte sie, mit seinen Männern,
erwartet, und das gut formiert:
sie bereiteten Riwalon
einen heißen Kampf-Empfang.

Hoho, wie wurden da Soldaten
flachgelegt und totgemacht!
Ein paar nur kamen dort davon!
Wie vielen ging es an den Kragen,
wie viele lagen dort verwundet
oder tot – in beiden Heeren!
In dieser mörderischen Abwehr
fiel auch der Beklagenswerte,
den alle Welt beklagen müßte –
falls das Klagen voller Schmerz
nach dem Tod was nützen würde...
Riwalon von Canel-Angres,
der vom ritterlichen Geist,
von der Trefflichkeit des Fürsten
auch nie fußbreit abgewichen,
der lag dort tot, beklagenswert.
Und doch: in diesem harten Kampf
schirmten ihn die Seinen ab
und holten ihn, bedrängt, heraus.
Trauernd brachten sie ihn fort;
mit ihm begruben sie den Mann,
der ihrer aller Ehre
(nicht mehr und auch nicht weniger)
mit sich nahm, ins Grab hinab.

Würde ich nun breit erzählen
von der Trauer, ihrem Jammern,
wie ein jeder heftig klagte –
was sollte das? Es brächte nichts.
Sie alle starben mit ihm weg
in ihrer Ehre, im Besitz,
in ihrer ganzen Geisteshaltung,
die guten Menschen lebenslang
Glück und Glanz gewähren sollte.
Es ist geschehn, es muß so sein:
der edle Riwalon ist tot.
Hört darüber nur noch dies:

man führte bei ihm aus,
was sich gebührt bei einem Toten.
Da bleibt nur noch dies eine übrig:
man soll und muß sich von ihm lösen.
Doch nehme Gott sich seiner an,
Der noble Herzen nie vergaß.

Wir fahren fort in der Erzählung,
wie es Blanchefleur erging.
Als die wunderschöne Frau
diese schlimme Nachricht hörte,
was sie da im Herzen fühlte –
schütze uns, Herr Gott, davor,
daß wir das *selber* je erleben!
Ich hege nicht den kleinsten Zweifel:
was eine Frau durch den Geliebten
je erlitt an Todes-Herzensqual,
das war nun auch in *ihrem* Herzen:
es war erfüllt von Todes-Leid.
Sie bewies der ganzen Welt,
daß ihr sein Tod zu Herzen ging.
Doch wurden ihre Augen niemals
feucht bei allem diesem Leid.
Ja, Gott der Herr, wie kam es nur,
daß es hier keine Tränen gab?
Ah, es war ihr Herz versteinert!
Nichts Lebendes war mehr darin
als Liebe, die lebendig blieb,
als Leid, das sehr lebendig war,
ihr, lebend, an das Leben ging.
Beklagte sie nicht ihren Mann
mit Klageworten? Nein, sie nicht!
Sie wurde stumm in dem Moment,
die Klage starb in ihrem Mund.
Zunge, Mund, ihr Herz, ihr Geist –
sie waren ganz verloren…

Die Schöne klagte gar nicht mehr,
sie sagte weder »ach!« noch »weh!«,
sie fiel bloß nieder, und sie lag
in Qualen bis zum vierten Tag –
kein Weib war je so elend dran!
Sie wand sich und sie krümmte sich,
mal so, mal so, und hin und her
und weiter, bis sie unter Schmerzen
einen kleinen Sohn gebar.
Seht: der lebte! Sie lag tot.

Weh, der schlimme Anblick, ach,
wenn man nach Leid voll Leid
mit Leid in vollstem Leid
am schlimmsten Anblick leiden muß!

Deren Ehre ganz bei Riwalon lag,
(der sich in Ehren um sie sorgte,
solange Gott es wollte,
daß er sich um sie sorgen sollte),
deren Leid war allzu groß,
es überstieg ein jedes Leid.
Ihre Zuversicht und Stärke,
ihr Rittersinn, ihr Handeln,
ihre Ehre, ihre Würde –
alles dies lag nun darnieder.
In *seinem* Tod war hoher Ruhm,
in *ihrem* nichts als tiefer Schmerz.
Wie groß auch die Belastung wurde
für die Herren dieses Landes,
weil ihr Herr verstorben war –
es war nicht so beklagenswert,
als wenn man diese große Qual
und diesen grauenvollen Tod
erlebte bei der schönsten Frau.
Ihr Unheil, ihren Jammer

beklage jeder Mensch im Glück!
Wem eine Frau je Auftrieb gab,
wer Auftrieb je gewinnen will,
der werde sich darüber klar,
wie sehr in diesen heiklen Dingen
das Handeln edler Menschen
zum Scheitern führen kann,
wie leicht bei ihnen Lebensfreude
umschlägt in das Leid;
er bitte für die schöne Frau
Gott sehr dringlich um die Gnade,
daß Seine Güte, Seine Macht
ihr Hilfe, Schutz gewähren mögen!
Nun hören wir vom kleinen Kind
(das keine Eltern mehr besaß),
was Gott mit ihm vollbrachte.

Marschall Don Rual und seine Frau Floraite lassen das Gerücht verbreiten, das Kind sei mit der Mutter gestorben – der böse Morgan soll nichts gegen das Waisen-Baby unternehmen… Floraite täuscht eine Geburt vor; das Paar gibt den Jungen als eigenes Kind aus; während des Taufakts wird der Name gesucht und gefunden: Tristan. Vorbildliche Erziehung und Ausbildung. Mit 14 wird Tristan von norwegischen Seehändlern entführt, als Handelsware; Gott interveniert mit einem Unwetter auf hoher See, die reuigen Händler setzen den Jungen an der Küste von Cornwall aus. Die ersten Menschen, die der verzweifelte Junge sieht, sind Pilger, und denen erzählt er eine Lügengeschichte. Sie geleiten ihn Richtung Tintagel. Unterwegs stoßen sie auf eine Jagdgesellschaft des Hofes, er bleibt bei ihr, führt vor, wie man einen Hirsch aus der Decke schlägt und zerwirkt – eine Lektion in der Hohen Kunst des Waidwerks. Auf dem gemeinsamen Ritt nach Tintagel erzählt Tristan eine zweite Lügengeschichte. Der 14jährige führt sich am Hof des Königs Marke gut ein – ohne zu ahnen, daß Marke sein Onkel ist. Auch für Marke gilt das Kind seiner Schwester Blanchefleur als verstorben. Tristan präsentiert Kunstfertigkeiten und Kunst: noch einmal wird ein Hirsch zerwirkt, und der Junge gibt ein improvisiertes Hofkonzert auf der Harfe.

Reine Treue, tiefe Trauer,
belebt nach eines Freundes Tod,
dies belebt zugleich den Freund –
hier ist die höchste Treue!

So einer trauert um den Freund
und ihm auch treu bleibt nach dem Tod,
hat er den höchsten Lohn verdient,
der krönt damit die wahre Treue.

Mit eben dieser Krone waren
der Marschall, seine wackre Frau
gekrönt – so habe ichs gelesen.
Ein Fleisch und *eine* Treue
waren sie vor Gott, der Welt,
sie stellten hier ein Vorbild dar
vor der Gesellschaft und vor Gott,
denn nach dem göttlichen Gesetz
bewahrten sie die Treue
in vollem Maß, und unbeirrt
hielten sie sich auch an sie,
vollkommen, bis zu ihrem Tod.
Könnte hier auf Erden jemand,
weil man die Treue selbst ist,
König werden, Königin,
sie wären es bestimmt geworden!
Dies leite ich bei ihnen
überzeugend ab von allem,
was er tat, was sie vollbrachte.
Als ihre Herrin Blanchefleur
verstorben, Riwalon begraben war,
gings dem Waisen, der noch lebte,

in Anbetracht des Unheils gut,
als hätte er sein Glück gemacht.
Der Marschall und die Marschallin,
sie nahmen dieses Waisenkindchen,
versteckten es, entzogen es
den Blicken all der Leute.
Sie erzählten, ließen erzählen,
die Herrin hätt ein Kind erwartet,
das sei in ihr, mit ihr verstorben.

Mit dem verdreifachten Todesfall
nahm im Land das Klagen zu,
nahm stärker zu als noch zuvor:
Klagen, weil Riwalon gefallen,
Klagen, weil Blanchefleur gestorben,
Klagen um der beiden Kindchen,
das sie alle schützen sollte
und das nicht mehr am Leben war.

Zu allem diesem Jammer
belastete sie große Furcht
(die Morgan ausgelöst bei ihnen)
so sehr wie ihres Herren Tod.
Denn dieses ist die schwerste Last,
die in der Welt zu finden ist:
daß man ständig, Tag und Nacht
den Todfeind vor den Augen hat -
die Gefahr geht einem nah,
da fühlt man sich lebendig tot!

In dieser Not der Lebenden
trug man Blanchefleur zu Grabe;
Klagen und ein großes Jammern
fanden statt an ihrem Grabe.
Ihr müßt wissen: wilde Trauer
gabs dort reichlich, überreich!
Doch euch die Ohren vollzujammern
mit allzu traurigen Geschichten,
das darf ich und das will ich nicht;

es geht nicht in die Ohren ein,
wenn man *zuviel* von Leid erzählt –
es gibt nicht vieles von Belang,
dem Übertreibung dann nicht schadet...
Drum wollen wir nicht lange klagen,
uns mehr bemühen ums Erzählen
von diesem elternlosen Kind,
des Geschichte nun beginnt.

Sehr oft wendet sich zum Schlimmen,
was in dieser Welt geschieht,
und nimmt vom Schlimmen wiederum
eine Wende hin zum Guten.

Recht und billig fragt sich in der Not
(was auch draus wird) der wackre Mann,
wie ihm geholfen werden kann.
Solange er am Leben ist,
soll ers mit dem Leben halten
und sein eignes Leben schützen.
So handelte Rual, der Marschall.
Seine Lage war sehr schwierig:
Verlust fürs Land, der eigne Tod –
er dachte dran in der Gefahr.
Die Abwehrmacht war viel zu schwach,
ihn konnte seine Abwehrmacht
nicht schützen vor dem Feind,
so schützte er sich mit Verstand.
Er beriet sich mit den Herren
im ganzen Lande seines Herrn,
und brachte sie zum Friedensschluß.
Es blieb für sie nur eines übrig:
um Gnade bitten, sich ergeben.
Sie erkannten mit Leib und Gut

Morgan an als ihren Herrscher;
mit einem klugen Friedensschluß
räumten sie den Kriegsgrund aus
zwischen Morgan und sich selbst,
bewahrten so die Landesherrschaft.

Rual, der treue Marschall,
kehrte heim, sprach seine Frau,
befahl der Edlen, dies bei Todesstrafe,
sie solle sich ins Bett begeben,
wie das üblich ist bei Frauen,
die sich in das Kindbett legen,
und daß sie nach bekannter Frist
behaupten solle, auch in Zukunft,
sie hätte dieses Kind geboren
(das ihr junger Herr war, letztlich).
Die Marschallin, die herrliche,
die gute, die getreue,
die reine Floraite,
Spiegel-Vorbild für die Frauenehre,
Edelstein an wahrer Güte,
sie ließ sich leicht zu dem bewegen,
das ihre Ehre fördern mußte.
Sie stellte sich mit Herz und Leib
aufs Stöhnen ein wie eine Frau,
die bald ein Kind gebären soll;
sie ließ, was in den Raum gehört,
in Ordnung bringen, arrangieren
für den Vorgang im Privaten;
sie wußte ganz genau Bescheid,
wie man sich dabei verhält,
begann mit ihrem Täuschungsstöhnen.
Sie tat, als litt sie Qualen,
körperlich und im Gemüt,
ganz genau wie eine Frau,
die Schmerz erleidet beim Gebären

und die sich völlig eingestellt hat
auf Mühen, die dazugehören.
Dann legte man das Kind zu ihr
mit einer solchen Heimlichkeit,
daß außer ihrer einen Amme
kein Mensch etwas davon erfuhr.
Es wurde gleich darauf verbreitet,
die edle Frau des Marschalls liege
im Kindbett, dies mit einem Sohn.
Das stimmte auch, traf zu bei ihr:
sie lag im Kindbett mit dem Sohn,
der ihr die Sohnesliebe schenkte,
bis sie beide schließlich starben.
Ihr zeigte dieses süße Kind
so süße kindliche Gefühle
wie üblich zwischen Kind und Mutter.
Und so war es recht und billig –
ihr Denken kreiste auch um ihn
mit ihrer mütterlichen Liebe,
sie ließ darin so wenig nach,
als hätt sie selbst ihn in der Zeit
getragen, unter ihrem Herzen.
Wie die Quelle uns berichtet,
zogen vorher und danach
ein Mann und eine Frau noch nie
mit solcher Liebe ihren Herren groß.
Uns allen wird sich später zeigen
(in diesem unseren Roman),
wie viele väterliche Sorgen
und wie viel Mühe jeder Art
der Marschall auf sich nahm, für ihn.

Als nun die gute Marschallin
erholt schien nach der Schwergeburt,
und sie nach der Sechswochen-Frist
(die festgelegt ist für die Frauen)

dem erwähnten Kind zuliebe
in die Kirche gehen sollte,
da nahm sie selbst ihn auf den Arm,
trug ihn so sanft, wie sichs für sie
gehörte, in das Gotteshaus.
Als sie in echter Frömmigkeit
die *Einführung* gefeiert hatte,
der Opfergang beendet war
mit ihrem festlichen Gefolge,
da ward für dieses kleine Kind
die heilge Taufe vorbereitet,
mit der es seine Christlichkeit
im Namen Gottes empfangen sollte:
was immer ihm geschehen werde,
es wäre, bliebe doch ein Christ...
Als nun der Priester seiner Taufe
bereit war, sie zu spenden,
da fragte er für dieses Kind,
wie das bei Taufen üblich ist,
wie sein Name lauten solle.
Die Frau des Marschalls trat beiseite,
sprach sehr diskret mit ihrem Mann
und fragte ihn nach seinem Wunsch,
wie man es nennen solle.
Der Marschall, er schwieg lange Zeit,
er überlegte hin und her,
welcher Name passend wär
nach dessen Lebenslage,
er überdachte dabei auch
das Kindsgeschick von Anfang an
(so wie er dies erfahren hatte)
und wie es sich bisher entwickelt.
»Herrin«, sprach er, »hört! Nach allem,
was sein Vater mir erzählte
(wie es ihm mit Blanchefleur
ergangen war, mit welcher Trauer

ihr Sehnen sich bei ihm erfüllte,
mit welcher Trauer sie empfing,
mit welcher Trauer sie gebar),
müssen wir es *Tristan* nennen.«
Denn *triste* verweist auf Trauer.
Wegen dieser histoire
nannte man das Kindchen Tristan,
taufte es sogleich auf: *Tristan.*
Es steckt *triste* im Namen Tristan.
Der Name paßte gut zu ihm,
war angebracht in jeder Hinsicht.
Dies soll uns die Geschichte zeigen:
schauen wir, wie trist es war,
als seine Mutter ihn gebar,
schauen wir, wie früh ihm Not
und Mühe aufgebürdet wurden,
schauen wir, welch tristes Leben
ihm gegeben war zu leben,
schaun wir auf den tristen Tod,
der sein ganzes Herzeleid
beschloß mit einem Ende,
das alle Tode übertraf
und alle Traurigkeit vergällte.
Wer die Erzählung je studierte,
sieht genau, daß dieser Name
im Einklang stand mit seinem Leben:
wie er hieß, so war der Mann;
er hieß so, wie er war: *Tristan.*
Und wer nun gerne wissen will,
aus welchen Gründen le loyal
das Gerücht in Umlauf setzte,
es sei das Kindchen namens Tristan
durch Probleme beim Entbinden
verstorben in der toten Mutter,
der soll es auch von uns erfahren:
Loyalität war das Motiv.

Der Loyale tat es deshalb:
er fürchtete die Feindschaft Morgans.
Erführe er von diesem Kind,
so würde er es töten lassen,
sei es listig, seis brutal,
und das Land dem Erben rauben.
So gab denn der loyale Mann
den Waisen aus als eignes Kind,
und zog es so behutsam groß,
daß ihm die hohe Welt zum Lohn
den Segen Gottes wünschen soll –
am Waisen hat er das verdient!

Sobald das Kind getauft war,
das Sakrament empfangen hatte,
nahm die treffliche Marschallin
ihr liebes Kindchen wiederum
in Pflege, und dies liebevoll.
Sie wollte ständig wissen,
wollte sehen, ob sein Zustand
nichts zu wünschen übrig lasse.
Es dachte seine süße Mutter
an ihn mit solcher süßen Sorge,
daß sie es nicht mal dulden wollte,
daß er irgendwann einmal
auf etwas Hartes trete…
Als sie es so mit ihm gehalten,
bis er das siebte Jahr erreichte,
verstehen lernte und verstand,
wie man sprach und sich verhielt,
da anvertraute ihn sein Vater,
der Marschall, einem klugen Mann,
und schickte sie sogleich ins Ausland,
damit er fremde Sprachen lerne.
Und er sollte auch sogleich
beginnen mit dem Bücherstudium,

sollte sich ihm ernsthaft widmen
mit Vorrang vor den andren Studien.
Dies war sein erster Abschied
von seiner Ungebundenheit,
und seine Führung übernahmen
verpflichtend auferlegte Mühen,
mit denen man ihn erst verschont,
die man ihm ferngehalten hatte.
In diesen Jahren des Erblühens,
in denen Freude wachsen sollte,
in denen er, in seinem Glück,
den Lebensanfang machen sollte,
da war sein schönstes Leben aus!
Als er begann, im Glück zu blühen,
sank auf ihn der Sorgen-Reif,
der vielen jungen Menschen schadet,
und ließ sein Blütenglück verwelken.
In seiner ersten Freiheit wurde
seine Freiheit ihm geraubt;
die Disziplin des Bücherstudiums
wurde ihm zur ersten Last.
Und doch: er hatte dies begonnen,
und er gab sich seinen Studien
so völlig hin mit Geist und Fleiß,
daß er in sehr kurzer Zeit
mehr an Büchern rezipierte
als je ein Bub davor, danach.
Zu diesem doppelten Studieren
von Büchern und von Sprachen kam:
er verbrachte viele Stunden
mit Saitenspiel in jeder Art.
Er übte es von früh bis spät
mit einer solchen Emsigkeit,
bis er es souverän beherrschte.
Unablässig lernte er,
heute dies und morgen das,

heuer gut, im Jahr drauf besser.
Und zu alldem übte er,
mit dem Schild und mit der Lanze
gewandt und schnell zu reiten,
das Roß an beiden Flanken
mit Sporen anzutreiben;
beherzt ließ er es galoppieren,
voltierte und lâchierte es,
jambelierte mit den Schenkeln
sehr gekonnt, als wahrer Ritter.
Oft mouvierten sich die beiden:
Schwert-Parieren, zähes Ringen,
schnelles Laufen, weites Springen
und dazu den Wurf des Speeres –
dies machte er mit aller Kraft.
Auch berichtet uns die Quelle,
daß er das Pirschen lernte
und die Treibjagd – beides besser
als der eine oder andre.
Hofesspiele aller Art
kannte und beherrschte er.
Zu alldem war sein Körper so,
daß kein junger Mann zuvor
so vielversprechend auf die Welt kam.
Er war von ganz besondrem Wesen
in Gesinnung und Verhalten.
Jedoch, sein Glück war kontrastiert,
soweit ich las, von stetem Unglück –
leider zog er Unheil an...

Er war kaum vierzehn Jahre alt,
da holte ihn der Marschall heim
und schlug ihm vor, er solle
auf Ritten und auf Reisen
das Land, die Herren kennenlernen,
um dadurch vertraut zu werden
mit der Lebensform der Herren.

Der Bewundernswerte tat dies
auf so bewundernswerte Weise,
daß in jenem Zeitraum damals
im gesamten Reichsgebiet
nie ein junger Mann gelebt hat,
der so trefflich war wie Tristan.
Ihm kam die hohe Welt entgegen
mit Freundesblick, Gewogenheit,
so wie das recht und billig ist
bei einem, der Vollendung sucht
und keine Unart dulden will.

Es war einmal, zu jener Zeit,
da geschah es, par hasard,
daß aus Norwegen, übers Meer,
ein Handelsschiff, und zwar allein,
das Land Parmenien erreichte
und seine Landung dort vollzog,
ans Ufer fuhr bei Canoël,
am château mit gleichem Namen,
in dem der Marschall ständig
seinen Wohnsitz hatte, auch
Tristan, der sein junger Herr war.
Als die fremden Handelsleute
ihre Waren ausgebreitet,
sprach sich gleich am Hof herum,
was es dort zu kaufen gab.
Dabei wurde auch berichtet,
was Tristan Unglück bringen sollte:
Schöne Beizvögel seien dort
im Angebot, vor allem Falken.
Man redete so lang darüber,
bis zwei der Marschall-Söhne
(Jungen sind bei so was rührig!)
sich darauf verständigten,
Tristan (der ihr Bruder schien)

gemeinsam mitzunehmen
und beim Vater vorzusprechen,
ihn zu bitten, grad heraus,
daß sie Falken kaufen dürften,
dies für Tristan. Und Rual,
der edle, ließ es zu.
Er hätt es sich nicht nehmen lassen,
alle Wünsche seines Freundes
Tristan zu erfüllen,
denn er hatte ihn viel lieber,
stufte ihn viel höher ein
als irgendeinen anderen
des Hofstaats und der Landesherren.
Er sorgte weitaus mehr für ihn
als für die eignen Kinder;
damit bewies er der Gesellschaft,
daß er völlig loyal war
und Ehre, Trefflichkeit besaß.
Er stand auf und nahm sogleich
Tristan an die Hand, den Sohn –
er war hier ganz der Vater…
Die andren Söhne kamen mit,
dazu reichlich Hofgefolge –
teils aus Pflicht und teils zum Spaß;
es zog mit ihnen bis zum Schiff.
Woran man auch Gefallen fand,
was immer man sich wünschen mochte,
das fand man reichlich angeboten:
Preziosen, Seiden, feinste Kleider –
Ware häufte sich auf Ware!
Auch gab es schöne Beizvögel,
zahlreich waren Wanderfalken,
Zwergenfalken sowie Sperber,
Habichte, bereits gemausert,
andre noch mit roten Federn –
ja, dies alles sah man dort

in einem großen Angebot.
Für Tristan ließ man da sogleich
Falken kaufen, Zwergenfalken.
Und die als seine Brüder galten,
für die ward gleichfalls eingekauft,
ihm zuliebe. Was sie wünschten,
ward erfüllt, für alle drei.

Als sie nun erhalten hatten
alles, was sie sich erhofft,
und sie wollten wieder gehen,
da geschah es, par hasard,
daß Tristan unten in dem Schiff
ein Schachbrett hängen sah;
dessen Fläche und Beschläge
waren höchst gekonnt verziert,
in Vollendung embelliert;
daneben hingen Schachfiguren
aus erlesnem Elfenbein,
ganz meisterhaft geschnitzt.
Tristan, der Vortreffliche,
beschaute alles sehr genau.
»Oho!« rief er, »ihr wackren Händler,
Gott mit euch! Ja, spielt ihr
etwa Schach?! So sagt es schon!«
Er sagte das in ihrer Sprache…

Sie schauten sich den Jungen
erneut und noch genauer an,
sobald sie ihre Sprache hörten,
die sonst keiner dort beherrschte;
sie musterten beim jungen Mann
jeden seiner Züge.
Kein Jüngling schien in ihren Augen
so wie er vom Glück gesegnet,
von solch vollendeten Manieren.
»Ja«, sprach einer, »lieber Freund,
von uns beherrscht weit mehr als einer

dieses Spiel. Wollt Ihr das prüfen,
so wird sich das leicht machen lassen.
Kommt her – ich fordre Euch heraus!«
Tristan rief: »Ich nehm es an!«
Schon saßen beide, übers Spiel
gebeugt. Der Marschall sagte: »Tristan,
ich kehre jetzt nach Haus zurück.
Du kannst bleiben, wenn du willst.
Die andren Söhne folgen mir!
Dein Erzieher bleibe hier –
er passe auf, geb auf dich acht!«
Darauf ging der Marschall heim,
ihm folgten alle seine Leute –
außer Tristan und Erzieher,
der sich hier im Dienst befand.
Ich will euch über ihn berichten,
was wahr ist, aus der Quelle stammt:
Kein Knappe war so sehr, war mehr
geadelt durch die courtoisie,
durch die noble Herzensgüte;
Courvenal, so war sein Name.
Er hatte viele Qualitäten,
was gut war für die Unterweisung
dessen, der da viele Qualitäten
gewann durch seine Unterweisung.

Der vortreffliche junge Mann,
der gut erzogene Tristan,
er saß und spielte die Partie
so gekonnt und elegant,
daß ihn die Fremden, allesamt,
nicht mehr aus den Augen ließen
und im Innern sicher waren,
sie hätten keinen jungen Mann
gesehn im Glanz so vieler Fähigkeiten.
Wieviel er hier auch an Kultur

beim Spielen zeigte, im Verhalten –
dies alles zählte kaum für sie:
sie staunten, daß ein junger Mann
derart viele Sprachen konnte –
und er sprach sie alle fließend!
Wohin sie auch gekommen waren –
sie hatten so was nie gehört!
Der courtoise Mann des Hofes
glänzte hin und wieder mit
Plauderei im Stil des Hofes,
mit unbekannten Schachbegriffen;
die beherrschte er sehr zahlreich,
mit denen schmückte er sein Spiel.
Und er sang auch noch, begeisternd,
subtile Melodien, Liebeslieder,
Kehrreim-Strophen, estampidas.
　Courtoises Können solcher Art
präsentierte er so reichlich,
daß sich die Herren des Gewerbes
schließlich darin einig sahen:
gelänge es, mit einer Finte,
ihn fortzuschaffen, irgendwie,
so verdienten sie an ihm
reichlich Geld plus Renommee.
Da gab es keinen Aufschub mehr;
den Ruderern befahlen sie,
sich bereitzuhalten;
sie selber lichteten die Anker,
als wäre weiter nichts dabei…
Sie stießen ab und fuhren los,
derart sacht, daß Courvenal
und Tristan gar nichts merkten,
bis die Händler sie vom Hafen
eine Seemeile fortgeschafft.
Die beiden hatten nämlich nichts
im Kopf als dieses Spiel,

so daß sie an nichts anderes
dachten als an dieses Spiel.
Als die Partie beendet war,
und zwar mit einem Sieg von Tristan,
und er schaute wieder auf,
da sah er, was geschehen war.
Noch nie sah man ein Menschenkind
von solchem Leid erfüllt wie ihn!
Sprang auf, stand zwischen ihnen!
»Ah«, so rief er, »wackre Händler,
bei Gott, was fangt ihr mit mir an?!
Sagt, wo bringt ihr mich denn hin?!«
»Tja, mein Freund«, so sagte einer,
»das wird wohl keiner ändern können,
daß Ihr nun mit uns reisen müßt.
Zeigt Haltung, bleibt bei Laune.«
Tristan, der Ärmste, stimmte nun
so jammervolle Klage an,
daß Courvenal, sein Freund, mit ihm
zu weinen anfing, bitterlich,
sich so sehr verzweifelt zeigte,
daß die gesamte Schiffsmannschaft
wegen ihm und auch dem Jungen
verstimmt und wirklich böse wurde.
Sie plazierten Courvenal
in ein winzig kleines Beiboot
und legten ihm ein kleines Brot
für den großen Hunger rein,
dazu ein Ruder für die Reise,
und sagten, daß er fahren könne,
wohin auch immer er das wünsche;
Tristan müsse ihnen folgen.
Gesagt, getan. Sie fuhren weiter,
ließen ihn da einfach treiben,
in Angst und Bangen bleiben.

Courvenal trieb auf dem Meer...
Mannigfaltig war sein Schmerz:
schmerzhaft war die heikle Lage,
in der er Tristan sah,
schmerzhaft war die eigne Not,
denn er fürchtete den Tod,
weil er von Seefahrt nichts verstand;
er hatte dies noch nie versucht.
Klagend sprach er zu sich selbst:
»Gott der Herr, was soll ich tun?!
Noch nie war meine Angst so groß!
Ich bin doch ohne Leute hier,
ich verstehe nichts von Seefahrt!
Gott der Herr, Du mußt mich retten,
sei mein Skipper, von hier weg!
In Erwartung Deiner Gnade
beginn ich, was ich nie begann.
Zeige mir die Richtung an!«
Und schon packte er sein Ruder.
In Gottes Namen fuhr er los
und kam nach einer kurzen Zeit
(es war dies eine Gottesgabe)
wieder heim, berichtete,
was unterwegs geschehen war.
Der Marschall, seine hehre Frau,
sie beide brachen daraufhin
in solches Jammern, Klagen aus –
läg er tot vor ihren Augen,
so hätte sie dies Leid
nicht härter treffen können.
Und so zogen diese beiden,
vereint in tiefem Schmerz,
mit der gesamten Hofgesellschaft
an den Meeresstrand, um dort
um den verlornen Sohn zu weinen.
Viele beteten voll Inbrunst,

daß Gott ihm helfen möge;
es gab dort viele Klagerufe,
man klagte so und klagte so…
Und als es auf den Abend zuging
und man sich wieder trennen mußte,
war das zuvor gemischte Klagen
zuletzt schon völlig unisono –
sie wiederholten stets das gleiche,
riefen hier und riefen dort
nur noch diesen einen Satz:
»Beau Tristan, courtois Tristan,
ton corps, ta vie je recommande à Dieu!
Dein schöner Leib, dein schönes Leben,
seien Gott anheimgegeben.«

Die Norweger setzten unterdes
die Entführung weiter fort,
und sie legten alles *so* aus:
Als hätten sie in seinem Fall
Wunsch und Willen durchgesetzt.
Doch alles dies durchkreuzte Er,
Der alle Dinge graderückt,
sie graderückend gradernacht,
dem Meer und Wind und Elemente
mit Furcht und Zittern dienstbar sind.
Nach Seinem Willen und Befehl
gerieten sie, im Sturmgewitter,
in Seenot, und dies derart schwer,
daß sie sich überhaupt nicht mehr
zu helfen wußten. Blieb nur eins:
sie ließen dieses Schiff halt treiben,
wohin es wilde Stürme schoben,
indes sie selbst für Leib und Leben
ohne jede Hoffnung blieben.
Sie verließen sich ganz und gar
auf das schwache Steuer,

den man als hasard bezeichnet;
sie überließen es dem Zufall,
ob überleben oder nicht.
So konnten sie nichts weiter tun,
als in allerstärkstem Seegang
hochzusausen wie zum Himmel
und gleich drauf wieder abzusacken
wie in Höllentiefen.
Die schäumenden Wogen warfen sie
mal hinauf und mal hinab,
erst nach hier und dann nach dort;
es konnte sich von ihnen keiner
auch nur für *einen* Augenblick
auf den Beinen halten.
Ja, so sah ihr Leben aus,
acht Tage und acht Nächte lang!
Und so hatten sie fast völlig
die Kraft und den Verstand verloren.
Da sagte einer unter ihnen:
»Ihr Herren, alle – helf mir Gott! –,
mir scheint, es ist von Gott gewollt,
daß es uns so elend geht.
Daß wir auf dieser schäumenden See
mehr tot als lebend treiben,
das kommt allein von unsren Sünden
und der betrügerischen Tat,
die wir begingen, als wir Tristan
wie Räuber seinem Clan entführten.«
Sie riefen »ja« aus einem Munde,
»du hast recht, genauso ist es!«
Sie berieten und beschlossen:
Würde ihnen einmal Stille
des Windes und des Meers gewährt,
so daß sie an das Ufer kämen,
so würden sie ihn laufen lassen
(und zwar gern!), wohin er wolle.

Sobald beschloßne Sache war,
gemeinsam nichts als dies zu wollen,
da wurde ihre Schreckensfahrt
augenblicklich angenehm.
Sogleich begannen Wind und Wellen
abzuflauen, sich zu glätten,
das Meer ging nicht mehr hoch,
die Sonne schien so hell wie vorher.
Sie schoben gleichfalls nichts hinaus:
schließlich hatte sie der Sturm
im Zeitraum von acht Tagen
nach Cornwall hin verschlagen,
und sie befanden sich bereits
dicht vor einem Landestrand,
sahen dort kein Hindernis
und liefen an der Lände auf.
Tristan nahmen sie sogleich
und setzten ihn am Ufer aus
und drückten ihm ein Brot in die Hand
und dazu reichlich Proviant.
Sie sagten: »Freund, Gott sei dir gnädig;
möge Er dein Leben schützen.«
Und sie erteilten ihm den Segen,
setzten rasch die Reise fort.

Und wie erging es Tristan jetzt,
Tristan in der Fremde?! Ach,
er saß und schluchzte dort –
wenn was passiert, so können
junge Leute nur noch weinen …
Der Verbannte ohne Helfer
faltete die Hände,
hob sie flehentlich zu Gott.
»Oh Gott in Deiner Allmacht«, rief er,
»da Du so reich an Gnaden bist,
da so viel Güte in Dir ist,

Du liebster Gott, ich bitte Dich,
daß Du mir heute Deine Gnade
erweist und Deine Güte,
Du hast es schließlich zugelassen,
daß man mich entführt hat.
Führe mich noch heut dorthin,
wo ich unter Menschen bin.
Suchend schaue ich umher
und sehe hier kein Lebenszeichen.
Die große Wildnis macht mir angst.
Wohin ich auch die Blicke richte,
dort ist für mich die Welt zuende;
wohin ich mich auch wenden mag,
ich sehe jeweils nichts
als Boden, der zu trocken ist,
als wüste, wilde Gegend,
als wilde Felsen, wildes Meer.
Das macht mich bang, das tut mir weh.
Noch mehr als all dies fürchte ich,
daß mich Wölfe, Bestien fressen,
wohin auch immer ich mich wende.
Zu all dem nähert sich der Tag
sehr rasch der Abendstunde.
Wenn ich hier noch weiter warte,
mich hier nicht von der Stelle rühre,
dann ist das äußerst schlecht für mich.
Breche ich nicht eilends auf,
verbring ich diese Nacht im Wald,
so ist es völlig aus mit mir.
Ich sehe hier in der Umgebung
viele hohe Felsen, Berge –
ich denk, ich werd auf einen klettern
(sofern ichs kann) und schau mich um
(solange ich noch Taglicht hab),
ob es irgendwo ein Haus gibt,
in der Nähe oder Ferne,

in dem ich Menschen treffe,
deren Hausgenoß ich werde,
bei denen ich dann Rettung finde,
wie immer das geschehen mag.«
So stand er auf, zog los von dort.
Er hatte Rock und Mantel an
aus Prunkstoff, der sehr teuer war,
und das Gewebe wunderschön.
Es war von Sarazenen
mit schmalen, feinen Seidenstreifen
nach einem heidnischen Verfahren
und mit dem Zauber ferner Länder
schön durchflochten und durchwirkt,
und es war so maßgerecht
auf seinen Körper zugeschnitten,
diesem schönen, wie noch nie
von Männern, Frauen feine Kleidung
zugeschnitten worden war.
Auch berichtet uns die Quelle,
daß dieser Prunkstoff grüner war
als das maiengrüne Gras...
Der Pelz, der hier das Futter war,
der war ein Hermelin, so weiß –
der konnte gar nicht weißer sein!
Er machte sich sogleich bereit
(schluchzend und sehr tief betrübt)
zu einem strapaziösen Marsch,
denn er konnte hier nicht bleiben.
Unter seinem Gürtel zog er
seinen Rock ein Stückchen höher,
rollte dann den Mantel auf,
legte ihn sich auf die Schulter
eilte dann durch offnes Land,
durch Wälder auf die Wildnis zu.
Er hatte nur den Weg, den Pfad,
den er für sich selber trat –

mit seinen Füßen wegte er,
mit seinen Händen stegte er;
er war sein Pferd, mit allen vieren.
Über Stock und über Stein
stieg er einen Hang hinan,
bis er auf eine Höhe kam.
Dort entdeckte er durch Zufall
einen Pfad im Wald: gewunden,
schmal und grasbewachsen.
Den stieg er jenseits dann hinab:
führt der auf den rechten Weg?
Der brachte ihn nach kurzer Zeit
auf eine angenehme Straße;
sie war angemessen breit
und, hin wie her, zurechtgeritten.
Er setzte sich zum Rasten weinend
am Rande dieser Straße nieder.
Nun trug ihn gleich sein Herz zurück
zu seinen Lieben, in sein Land –
vertraut dort waren ihm die Menschen.
Das stimmte ihn erneut sehr traurig;
voller Schmerz begann er wieder,
Gott die ganze Not zu klagen,
schaute flehend hoch zum Himmel.
»Herr«, so rief er, »lieber Gott,
für meinen Vater, meine Mutter
bin ich nun doch ganz verloren!
Ich hätte mein verwünschtes Schachspiel
besser gar nicht angefangen –
ich werde es für immer hassen!
Sperber, Falken, auch die kleinen,
die möge Gott verfluchen!
Sie entrissen mich dem Vater,
ich mußte mich – die sind es schuld! –
von den Verwandten trennen,
den Bekannten. Alle,

die mir Glück und Segen wünschten,
denen ist das Herz nun schwer,
die sind sehr traurig wegen mir.
Ach, liebe Mutter, wie du dich
mit Klagen quälst, das weiß ich wohl!
Vater, dein Herz ist voller Leid!
Ich weiß genau, ihr beiden seid
von all dem schweren Schmerz gebeugt.
Und wüßte ich, daß ihr es wißt,
daß ich körperlich gesund bin –
ach, Herrgott, das wäre
für euch beide wie für mich
ein Geschenk des Himmels!
Denn dies weiß ich ganz genau:
ihr werdet kaum noch, nie mehr froh,
solang ihr nicht, mit Gottes Hilfe,
erfahrt, daß ich am Leben bin.
Der Du hilfst in aller Pein,
Gott der Herr, laß es so sein!«

Während er so saß und heftig
klagte, wie von mir berichtet,
entdeckte er, noch weit entfernt,
wie zwei alte Pilger nahten.
Sie sahen gottgefällig aus,
hochbetagt und hochbejahrt,
dicht bebartet und behaart,
wie es wahre Gotteskinder
und Pilger in der Mehrzahl sind.
Die Männer auf der Pilgerschaft
trugen jeweils einen Umhang
mit Kapuze, ganz aus Leinen:
Kleidungsstücke, gut für Pilger.
An der Kleidung festgenäht
Jakobsmuscheln und schon viele
Pilgerzeichen ferner Länder.

Und jeder von den beiden hielt
in seiner Hand den Pilgerstab.
Ihre Hüte, ihre Hosen
entsprachen ganz dem Stand.
Es trugen diese Gottesknechte
an den Beinen Leinenhosen,
die eine Handbreit oberhalb
der Fußgelenke endeten,
festgebunden um die Waden.
Füße, Knöchel waren bloß –
sie spürten jeden Schritt und Stoß.
Auch trugen sie auf ihren Rücken
(und daran zeigt sich Büßerleben!)
Wallfahrts-Palmenzweige.
Ihre Psalmen, die Gebete
(und was sie sonst an Frommem kannten),
die sangen, sprachen sie dabei.
  Kaum daß Tristan sie erblickte,
sprach er vor sich hin, voll Furcht:
»Gnädiger Herr des Himmelsheeres,
wo kann ich jetzt noch Hilfe finden?
Die beiden Männer, die dort kommen –
falls die mich gesehen haben,
so entführen die mich *auch*!«
Doch als sie näher zu ihm kamen
und er die Art der Stäbe
wie der Kleidung deutlich sah,
schloß er auf ihre Lebensform
und faßte sich erneut ein Herz –
er fühlte sich beinah erleichtert.
Und sprach aus vollem Herzen:
»Lob und Dank Dir, Himmelsherr!
Dies sind gewißlich brave Leute,
ich muß mich nicht vor ihnen fürchten.«
  Die beiden sahen bald darauf
den jungen Mann am Wege sitzen.

Als sie näher zu ihm kamen,
sprang er, höfisch, auf vor ihnen,
kreuzte seine schönen Hände
vor der Brust. Die beiden Männer
faßten ihn genau ins Auge,
sahen: er war gut erzogen.
Sie gingen lächelnd auf ihn zu
und begrüßten ihn sehr freundlich
mit dieser freundlichen Begrüßung:
»Dieu vous garde, bel ami!
Bester Freund, wer du auch seist,
Gott nehme dich in Seinen Schutz.«
Verbeugung Tristans vor den Alten:
»Oui«, so sprach er, »Dieu bénie
la votre sainte compagnie!
Eure fromme Botschaft
segne Gott mit Seiner Kraft.«
Die beiden fragten daraufhin:
»Guter Bursch, wo kommst du her?
Andersrum: wer brachte dich?«
Tristan war sehr auf der Hut,
war für sein Alter recht gewitzt,
erzählte eine tolle Mär.
»Ihr frommen Herren«, sagte er,
»ich bin in diesem Land geboren.
Und wollte hier und heute,
ich und andre Leute,
im Walde eine Hetzjagd reiten,
verlor jedoch (weiß selbst nicht, wie)
beim Ritt die Jäger und die Hunde.
Die hier im Wald die Wege kannten,
die fanden besser sich zurecht –
bloß ich verritt mich, wo kein Steig war;
zuletzt verlor ich ganz die Richtung.
Mein Treffer war ein Todesritt
der führte mich an eine Schlucht,

dort konnte ich mein Pferd nicht halten,
es wollte ständig abwärts, vorwärts,
schließlich gab es einen Sturz –
das Pferd und ich: ein wahres Knäuel!
Ich schob den Fuß nicht schnell genug
in meinen Bügel rein, vielmehr:
es riß den Zügel aus der Hand
und galoppierte in den Wald. –
So kam ich auf den kleinen Pfad,
der führte mich hierher.
So kann ich keinem Menschen sagen,
wo ich hier bin, wohin ich soll.
Ihr guten Leute, seid so lieb,
verratet mir, wohin des Wegs.«
Sie gaben ihm zur Antwort: »Freund,
so Gott es will, der Herr des Himmels,
werden wir noch heute nacht
in der Stadt Tintagel sein.«
Tristan bat sie da sehr herzlich,
daß er sie begleiten dürfe.
»Selbstverständlich, guter Junge«,
sagten ihm die beiden Pilger,
»willst du nach dort, so geh hier fort…«
Tristan zog mit ihnen los.
Und sogleich begannen sie
viel zu reden und zu plaudern.
Tristan, höfisch fein erzogen,
hatte acht auf seine Worte;
sie fragten ihn mal dies, mal das,
doch er gab allein zur Antwort,
was passend und was nötig war;
er hielt hier seine Grenzen ein
im Sprechen und Verhalten,
dies so gut, daß ihn die Weisen,
die betagten, ja die greisen,
als ein wahres Glückskind priesen,

und sie beschauten noch genauer
sein Verhalten, die Manieren,
die erfreuliche Erscheinung.
Auch die Kleider, die er trug,
die musterten sie sehr genau,
waren sie doch äußerst kostbar,
waren wunderschön gewirkt.
Sie sagten sich in ihren Herzen:
»Ah Herr, du lieber Gott,
wer ist der Junge, woher stammt er
mit so vollendeten Manieren?«
Sie gingen weiter, ihn studierend,
die Einzelheiten reflektierend,
vertrieben sich damit die Zeit,
gut eine welsche Meile weit.

Und bald darauf geschah es:
die Hundemeute seines Onkels,
des Marke von Cornwall,
zu diesem Zeitpunkt hatte sie
(wie uns die rechte Fassung erzählt)
einen kapitalen Hirsch gehetzt –
in die Nähe dieser Straße.
Dort wurde er auch eingeholt,
verbellt, dort nahm er Front;
ihn hatte lange, schnelle Flucht
die letzte Kraft gekostet.
Schon waren auch die Jäger dort,
und zum Erlegen bliesen sie
Halali, lautstark auf den Hörnern.
Als Tristan sah, der war gestellt,
sagte er den beiden Pilgern
in seiner Geistesgegenwart:
»Ihr Herren, diese Hunde,
dieser Hirsch und diese Jäger,
die sind es, die ich heut verlor.

Und nun finde ich sie wieder –
es sind die Leute, die ich kenne.
Entschuldigt mich, ich will zu ihnen.«
»Gott segne dich, mein Junge.
Das Glück sei stets auf deiner Seite.«
»Danke! Möge Gott euch schützen«,
sprach darauf der gute Tristan,
verbeugte sich und nahm sogleich
die Fährte auf zum Hirsch.
Der hier der Jäger-Meister war,
er legte, nach dem Fangstoß,
den Hirsch auf einer Wiese nieder –
auf allen vieren, wie ein Schwein!
»Meister, wie – was soll das sein?!«
rief der höfisch feine Tristan.
»Hört auf, bei Gott, was habt Ihr vor?!
Wo ward ein Hirsch je so zerwirkt?!«
Der Jäger richtete sich auf,
beschaute ihn und fragte:
»Wie hättest du es gern, mein Junge?
Hierzulande ists der Brauch:
man häutet einen Hirsch erst ab,
teilt ihn dann auf, der Länge nach,
vom Kopf her bis nach unten,
danach wird er geviertelt,
so daß von den vier quarts zuletzt
jedes ungefähr so groß ist
wie das Viertelstück daneben.
So ist es Brauch in diesem Land. –
Bursch, verstehst du was davon?«
»Meister, ja!« gab er zur Antwort.
»Im Land, in dem ich aufgewachsen,
übt man einen andren Brauch.«
Der Meister fragte: »Und der wäre …?«
»Dort entbästet man den Hirsch.«
»Ich weiß nicht, was *entbästen* heißt,

wenn du mir das nicht zeigst, mein Freund.
Hier in diesem Königreich
beherrscht kein Jäger dies Verfahren;
ich hörte diesen Ausdruck nie
bei eignen Leuten oder Fremden.
Lieber Bursch, was heißt *entbästen*?
Sei so gut und zeig es mir.
Komm her, *entbäste* diesen Hirsch.«
Tristan sprach: »Mein lieber Meister,
da Ihr mich nach der Bast befragt,
will ich Euch – falls Ihrs erlaubt
und falls es Euch Vergnügen macht –
selbstverständlich gerne zeigen,
was in meinem Land die Bast ist –
soweit ich mir das eingeprägt.«
Der Meister sah den jungen Fremden
lächelnd an, mit Sympathie,
war er doch selbst ein Mann des Hofes
und kannte gut die Etikette,
die man genau befolgen muß.
»Ja, mein lieber Freund, nur zu!
Tritt heran. Bist du zu schwach,
mein lieber Bursche, guter Freund,
so will ich dir mit allen hier
helfen, und wir legen Hand an,
um ihn so zurechtzudrehn,
wie es deinem Wunsch entspricht;
wir folgen deinem Fingerzeig.«
Der junge Tristan in der Fremde
nahm den Mantel von der Schulter,
legte ihn auf einen Baumstumpf;
seinen Rock zog er noch höher,
krempelte die Ärmel auf,
strich das schöne Haar zurück
hinter beide Ohren.
Die sich mit ihm zur Bast versammelt,

sie schauten ihn genauer an;
sein Benehmen, sein Verhalten,
alles nahmen sie zur Kenntnis,
sie fanden viel Gefallen dran,
sie sahen alles wirklich gern,
und sie sagten sich, von Herzen,
er sei in jeder Hinsicht edel;
fremd und teuer sei die Kleidung;
sein Körper sei ein wahrer Traum.
Sie alle gingen zu ihm hin
und wollten sehen, was er machte.
Tristan, dieser junge Meister
in der Fremde, trat heran,
er packte gleich den Hirsch,
wollt ihn auf den Rücken drehn,
was er allerdings nicht schaffte,
war er ihm doch viel zu schwer.
Höflich stellte er die Bitte,
ihm den Hirsch zurechtzulegen,
bereitzumachen für die Bast.
So geschah es augenblicklich.
Er stellte sich ans Haupt des Hirschs,
und er schlug ihn aus der Decke.
Er zog erst einen langen Schnitt
vom Maul herab zum After,
nahm sich die Vorderläufe vor,
trennte sie vom Rumpf wie folgt:
zuerst den rechten, dann den linken.
Er packte nun die Hinterläufe,
zog auch hier die Decke ab,
begann, von beiden Rippenwänden
die Decke abzulösen,
von allen Stellen, wo sie festhing,
und zwar von oben an nach unten,
und breitete die Decke aus.
Zurück nun zu den Vorderkeulen:

sie wurden von der Brust entbästet,
die dabei ganz gelassen wurde.
Die Keulen legte er beiseite.
Und er begann darauf, die Brust
vom Rücken abzulösen,
von den beiden Rippenwänden
(beiderseits aus je drei Rippen).
Dies ist die waidgerechte Bast:
wer die Brust recht lösen kann,
der läßt die Rippen immer dran.
Er fing erneut von hinten an,
entbästete ganz kunstgerecht
die beiden Hinterläufe –
in *einem* Stück, nicht einzeln.
Er ließ den Keulen ihren Teil:
ihr Wildpret, anderthalb Hände breit,
dies dort, wo – über seine Lende –
der Rücken an den Wedel reicht,
den man als queue bezeichnet,
wo man die Kunst der Bast beherrscht.
Er trennte beide Rippenwände,
schnitt das Rückgrat los von ihnen,
danach den Pansen und den Dickdarm.
Nun wurde diese Arbeit schmutzig
für schöne Hände und er rief:
»Macht schnell, zwei Knechte her!
Bringt dies von hier nach dort,
bereitet uns das zu!«
So ward der Hirsch entbästet,
die Decke richtig ausgeschlagen.
Die Brust, die Vorder-, Hinterkeulen,
die Rippenstücke: von ihm sauber
zur Seite abgelegt, geschichtet.
Und damit war die Bast beendet.

Aber damit ist noch immer nicht die Vorführung waidmännischer Fertigkeit, ja Perfektion beendet. Auf dem Zusatzprogramm steht noch die »curée« und die »fourchiée« – hier wird es *sehr* speziell. So steht dieser Exkurs nun im Anhang. Und weiter im Text.

Der Jäger-Meister, seine Knechte,
sie waren wieder mal verblüfft,
daß ein Mensch in jungen Jahren
Schritt für Schritt in klarer Kenntnis
so viel Waidmannskunst gezeigt
und derart gut Bescheid gewußt
bei einer solchen Prozedur.
Sie sagten: »Schau, du Kind des Glücks,
die verblüffenden Kapitel,
die du uns vorgetragen, vorträgst,
erscheinen uns sehr mannigfach,
doch sehen wir nicht auch den Schluß,
so unterschätzen wir womöglich,
was du bisher geleistet hast.«
  Sie führten ihm sogleich
ein Pferd vor, und sie baten ihn,
mit ihnen, wegen seines Könnens,
in *seinem* Stil zum Herrn zu reiten,
die Jagdgebräuche seines Landes
bis zum Schlußpunkt vorzuführen.
Tristan sprach: »Das läßt sich machen.
Nehmt den Hirsch auf! Vorwärts, marsch!«
Er saß dann auf und ritt mit ihnen.
  Daß sie miteinander ritten –
auf diese Chance hatten sie
bereits voll Ungeduld gewartet.
Sie begannen, Mann für Mann,
Vorgeschichten zu entwerfen:
aus welchem Land er stamme
und wie er hergekommen sei;

sie hätten gerne auch von seiner
Herkunft, seinem Stand gehört.
Dies nahm Tristan, sehr gewitzt,
in seine Überlegung auf,
begann erneut, mit großer Klugheit,
seine histoire zurechtzulegen;
weder so noch so betrachtet,
war kindhaft, was er nun erzählte.

Mit viel Verstand erzählte er:
»Jenseits der Britannie liegt
ein Land, das heißt Parmenien.
Als Kaufmann lebt mein Vater dort
vor aller Welt korrekt, solide,
wie das seinem Stand gebührt –
ich meine, wie es Händlern ziemt.
Doch wißt, seid euch darüber klar:
er ist keineswegs so reich
an Waren und Besitz
wie an innren Qualitäten.
Er ließ mich lehren, was ich weiß.
Nun kamen häufig Händler
dorthin aus fremden Königreichen,
von deren Sprachen und Gebräuchen
ich so vieles in mich aufnahm,
bis das Gemüt in mir begann,
mich in fremde Königreiche
hineinzubitten, reinzulocken.
Und weil ich gerne neue Leute
und fremde Länder sehen wollte,
so war ich in Gedanken ständig
nur auf *dies* hinaus, bis ich
dem Vater denn entwischte
und mit Händlern einfach wegfuhr.
So bin ich in dies Land gekommen.
Nun habt ihr viel von mir vernommen;
kann sein, daß euch das nicht gefällt…«

»Ah, lieber Bursch«, so riefen alle,
»in dir war eine edle Regung!
Im Ausland leben, das tut gut,
man lernt dort viel, was nützlich ist.
Lieber Freund, du schöne Jugend,
Gott benedeie jenes Land,
in dem zuvor noch kein marchand
ein so begabtes Kind erzog.
Es hätt kein König, jetzt im Amt,
sein Kind noch besser erziehen können!
Mein lieber Junge, sag noch eins:
wie nannte dich dein höfischer Vater?«
»Tristan«, sprach er, »*Tristan* heiß ich.«
»Deus adjuvet, Gott steh uns bei,
weshalb nur nannte er dich *so*?!
Du hättest besser *diesen* Namen:
Jeunesse belle et riante –
die schöne, lachende Jugend!«
So ritten sie dahin, erzählten
einander dies und jenes:
die ganze Unterhaltung kreiste
allein um diesen Jungen;
ein jeder aus der Jagdgesellschaft
fragte, wie es ihm entsprach.
Es dauerte nun nicht mehr lang,
bis Tristan jene Burg erblickte.
Er brach von einem Lindenbaum
schöne Zweige für zwei Kränze.
Den einen setzte er sich auf,
den andren machte er was größer,
bot ihn dem Jäger-Meister an.
»Eujeu, mein lieber Meister,
sagt mir, welche Burg das ist!
Dies château wirkt königlich!«
»Dies ist Tintagel«, war die Antwort.
»Tintagel? Hei, welch ein château!

Dieu te garde, Tintagel,
und alle deine Bewohner!«
»Viel Glück dir, lieber Junge!«
sagten darauf die Begleiter,
»Heil und Segen seien mit dir!
Es möge dir so gut ergehen,
wie wir dir das herzlich wünschen!«
So kamen sie zum Tor der Burg;
Tristan parierte hier sein Pferd.
»Ihr Herren«, sagte er zu ihnen,
»mir ist als Fremdem nicht bekannt,
wie ein jeder von euch heißt…
So reitet bitte Paar um Paar,
und bleibt ganz dicht beisammen,
bewahrt dabei die Form des Hirschs:
die Spitze bilde das Geweih,
danach – in seiner Spur – die Brust,
die Rippenstücke nach den Keulen;
danach müßt ihr euch so formieren,
daß auf diese Rippenstücke
die Hinterkeulen jeweils folgen;
dann müßt ihr darauf achten,
daß die curée und die fourchiée
bei diesem Ritt den Abschluß bilden –
so ist das vollends waidgerecht.
Und reitet bitte nicht zu schnell
und in der rechten Reihenfolge.
Mein Meister hier und ich, sein Helfer,
wir reiten dann auf gleicher Höhe,
wenn euch das recht ist und gefällt.«
»Ja, mein Junge«, riefen sie,
»wir wollen alles, was du willst.«
»So sei es«, sagte er. »Nun leiht mir
ein Jagdhorn angemeßner Größe.
Beachtet dann das Folgende:
Sobald ich anfang, hört mir zu,

und was ich blase, blast ihr nach.«
Der Meister sagte ihm darauf:
»Bester Freund, nun spiele, blase
genauso, wie es dir gefällt;
wir werden dich dabei begleiten,
ich und alle andren hier.«
»À la bonheur«, so rief der Junge,
»wunderbar! So soll es sein!«
Sie überreichten ihm ein kleines
Horn in hoher Lage. »Vorwärts!«
rief er, »marsch! Allez, en avant!«
Sie ritten ein in formation,
zu zweit und zweit, wie vorgesehn.
Als die formation im Hof war,
griff Tristan zu dem kleinen Horn
und blies es derart virtuos
und so sehr begeisternd,
daß alle, die da mit ihm ritten,
vor Freude kaum erwarten konnten,
ihn dabei zu unterstützen;
sie alle nahmen ihre Hörner
und bliesen wirklich schön
mit ihm, in seiner Melodie:
er spielte ihnen herrlich vor,
sie folgten seiner Weise
so gut sie das vermochten.
Die Burg erfüllte sich mit Klängen.

Als der König, als der Hofstaat,
die unbekannten Jagdsignale
hörte, registrierte,
da war das wie ein Schock,
da war das Staunen groß,
denn so was hatte man noch nie
an einem Herrschersitz vernommen.
Die formation war mittlerweile

vor die Palas-Tür gezogen.
Viel Gefolgschaft lief hinaus,
von den Hörnern angelockt.
Und alle fragten sich erstaunt,
was für Klänge dies denn seien.
Auch war der rühmenswerte Marke
höchstpersönlich dort erschienen,
mit vielen courtoisen Herren,
um zu schauen, was da los war.
Als Tristan nun den König sah,
begann der ihm gleich besser
zu gefallen als die andren.
Sein Herz gab ihm den Vorrang –
sie beide waren blutsverwandt,
die nature zog ihn zu Marke...
Er ließ ihn nicht mehr aus den Augen,
setzte an zum Gruß, gekonnt;
mit Hörnerklängen aus der Fremde
begann er eine neue Folge.
Er fing da an, so hoch zu blasen,
daß in dieser Folge keiner
ihn so recht begleiten konnte.
Doch das fand ein rasches Ende:
der gut erzogne Fremde hörte
mit dem Blasen auf, verstummte.
Er verneigte sich vorm König
elegant und sagte höflich,
äußerst höflich, was ihm leicht fiel:
»Dieu garde le roi et sa suite!
Der liebe Gott beschütze
den König und seine suivants.«
Der gutgesinnte Marke
und das gesamte Hofgefolge
bedankten sich beim jungen Mann
so freundlich und so herzlich,
wie das verdient, wer selber

freundlich ist, und riefen
wie aus einem Munde: »Ah,
Dieu donne une douce fortune
à cette douce créature –
Gott schenke schönste fortune
der so schönen créature!«
Der König musterte den Jungen,
ließ den Jäger-Meister kommen.
»Sag mal, wer ist dieser Junge
mit den wohlgesetzten Worten?«
»Ah, Herr, der ist ein Parmenois
und so erstaunlich courtois,
in jeder Hinsicht so vortrefflich,
wie ichs bei keinem Bub erlebt.
Er gibt vor, er heiße *Tristan*
und sein Vater sei ein Kaufmann.
Ich glaube ihm kein Wort davon.
Wann hätte sich ein Kaufmann je
bei all seiner Geschäftigkeit
mit ihm so viel beschäftigen können?
Kann sich mit ihm beschäftigen,
wer selbst geschäftig bleiben muß?
Ah Herr, er ist ja so vortrefflich!
Bedenkt allein die neue Kunst,
mit der wir grad vor Euch erschienen –
die übernahmen wir von ihm.
Und hört vom Können, das verblüfft:
so wie der Hirsch erschaffen ist,
so wurde er Euch dargebracht.
Ward je so große Kunst erdacht?
Bedenkt: als erstes kommt das Haupt,
danach, in seiner Spur, die Brust,
danach die Keulen und so weiter –
das wurde nie so schön, so gut
dem Herrn des Hofes présentiert.
Und schaut nach drüben: saht Ihr je

derart perfekte fourchiée?
Ich habe im gesamten Waidwerk
von solcher Kunst nicht mal gehört!
Außerdem: er zeigte vorher,
wie man den Hirsch *entbästen* muß.
Die Kunst gefällt mir derart gut,
daß ich weder Hirsch noch Reh
in vier quarts zerhacken will –
sofern ich jemals wieder jage...«
Und er begann, vor seinem Herrn,
mit dem Bericht, von Anfang an:
Wie vollendet Tristan das Waidwerk
beherrscht, im Stil des Hofes,
und: wie er die curée
den Hunden vorgelegt.
Was der Jäger ihm erzählte,
das nahm der König freundlich auf,
er ließ den Jungen zu sich rufen,
die Jäger in Quartiere ziehn,
um ihren Pflichten zu genügen;
sie kehrten um und ritten fort.
Der Jäger-Meister Tristan
gab sein kleines Horn zurück,
sprang vom Sattel auf den Boden.
Die Pagen aus dem Hofgefolge
liefen auf den Jungen zu
und hakten bei ihm ein,
conduierten ihn zur Krone.
Er ging auch unbegleitet schön...
Zudem war sein Erscheinungsbild
so, wie die LIEBE das gebot:
die Lippen waren rosenrot,
und hell die Haut, das Auge klar,
glänzend lockig war sein Haar,
es war perfekt gekräuselt;
seine Arme und die Hände

wohlgestaltet, hell im Ton;
sein Körper groß im rechten Maß;
seine Füße und die Beine
(die seine Schönheit sehr betonten),
sie verdienten solches Lob,
wie dies ein Mann verdienen kann.
Sein Gewand – wie ich euch schon
erzählte – war im Stil des Hofs
auf seinen Körper zugeschnitten.
In Verhalten und Manieren
war er derart gut erzogen,
daß man ihn wirklich gerne sah.

Marke schaute Tristan an:
»Heißt du Tristan, lieber Freund?«
»Ja, Herr, Tristan. Dieu vous garde.«
»Dieu te garde, bel écuyer!«
»Merci«, so sprach er, »gentil rois,
edler König cornwallois –
Ihr und Eure Hofgefolgschaft,
Ihr mögt von Gottes Sohn
auf immer benedeiet sein!«
Das wurde von den Höflingen
reichlich remerciert.
Sie sangen nur noch den Refrain:
»Tristan, Tristan le Parmenois,
comme il est beau et comme courtois!«

Marke sprach erneut zu Tristan:
»Ich sag dir, Tristan, was du tun sollst.
Du mußt mir eine Bitte erfüllen,
du darfst mirs nicht verweigern.«
»Zu Befehl, mein gnädger Herr!«
»Du mußt mein Jäger-Meister sein...«
Dies weckte große Heiterkeit.

Indessen sagte Tristan:
»Herr, verfügt ganz über mich!
Was Ihr befehlt, das will ich sein!

Euer Jäger, Euer Dienstmann
will ich sein – soweit ichs kann!«
Darauf Marke: »Gut, mein Freund.
Abgemacht, es soll so sein!«
Tristan gehört erneut zum Haus –
nichts ahnend, wie ihr hörtet:
er glaubte, in der Fremde zu sein.
Der unvermutet sein Vater wurde,
Marke, reich an Trefflichkeiten,
er verhielt sich ganz vortrefflich –
das war auch völlig angebracht.
Er bat die ganze Hofgefolgschaft
herzlich, gab ihr den Befehl,
zu diesem Jungen aus der Fremde
nett zu sein und rücksichtsvoll
und ihm die Ehre zu erweisen
mit Gespräch, Geselligkeit.
Dazu waren sie bereit,
allesamt, mit bestem Vorsatz.
Der edle Tristan ward so Mitglied
der Hofgefolgschaft dieses Königs.
Der sah ihn gern, war seiner froh,
auch bei ihm war Herzensneigung,
er schaute gern und oft zu ihm,
denn Tristan war zu jeder Zeit
höfisch nobel im Verhalten
und bot bei jedem Anlaß
dem König seine Dienste an.
Wo Marke war, wohin er ging,
Tristan war da stets der zweite;
das akzeptierte Marke gern.
Er war ihm wirklich wohlgesonnen –
kaum sah er ihn, tat er ihm Gutes.
Unterdes geschah es
(noch innerhalb der ersten Woche),
daß Marke mit ihm jagen ritt

(viel Hofgefolge war dabei),
um sein Waidwerk anzuschaun
und sein Können zu bewundern.
Sein eignes Jagdpferd ließ ihm Marke
holen, übergab es ihm.
So gut war Tristan nie beritten;
es war stark und schön und schnell!
Auch ließ er ihm ein kleines Horn
in hoher Lage überreichen.
»Tristan, denk an meine Ordre,
die dich zum Jäger-Meister machte,
zeig uns deine Kunst des Waidwerks.
Nimm die Hunde, reite aus
und stell die Treiber an die Posten,
wo sie dir recht plaziert erscheinen.«
»Nein, Herr, *so* gehts leider nicht«,
sprach der courtoise Tristan.
»Befehlt den Jägern, aufzubrechen
und die Posten zu besetzen,
ihre Hunde loszulassen.
Die Jäger kennen sich hier aus,
die wissen sehr viel besser
als ich, wohin der Hirsch läuft,
wohin er vor den Hunden flieht.
Sie kennen das Revier. Doch ich,
der hier noch niemals ausgeritten,
bin bloß ein Bursch von außerhalb.«
»Tristan, hast ganz recht, bei Gott.
Hier würdest du nur Fehler machen...
Die Jäger folgen ihrer Nase,
beschließen selber, was sie tun.«
Die Jäger ritten nun gleich los,
mit den Hunden an den Koppeln,
verteilten Treiber auf die Posten,
die sie selbst am besten kannten,
und setzten an auf einen Hirsch

und jagten ihn par force
bis spät zur Abendstunde;
da stellten ihn die Hunde.
Genau zu diesem Zeitpunkt
kamen Marke und sein Tristan
und mit ihnen mancher Höfling
zum Fangstoß galoppiert.
Die Hörner bliesen laut Halali
in verschiednen Melodien,
sie bliesen derart schön,
es wurde Marke weich ums Herz,
mit ihm auch manchem andren dort.
    Nach dem Fangstoß führten sie
zum erlegten Hirsch den Meister,
Tristan, den vertrauten Fremden,
und baten ihn, daß er den Bast
vom Anfang bis zum Ende zeige.
Tristan rief: »Das soll geschehn!«
Und traf sogleich die Vorbereitung.
Ich denke und ich meine hier,
es sei nicht nötig, daß ich euch
zweimal nacheinander
dieselbe Geschichte erzähle;
so wie ich euch zuvor von jenem
Hirsch erzählte, ganz genauso
entbästete er diesen hier.
Als sie den Bast und die fourchiée,
die Methode der curée
von Anfang an verfolgten,
erklärten sie aus einem Mund,
bei solchem Können halte keiner
eine Steigerung für möglich,
halte sie nicht mal für denkbar...!
    Der König ließ danach den Hirsch
aufnehmen und ritt fort.
Er selbst, sein Jäger Tristan

und alle die suivants,
sie ritten in die Burg zurück
mit fourchiée und Hörnerklang.
Der wackre Tristan war seither
als Höfling sehr beliebt bei ihnen.
Der König und die Hofgefolgschaft
behandelten ihn freundschaftlich.
Seinerseits war er bereit,
jedermann zu dienen –
hätt er den einen oder andren
auf Händen tragen können,
so hätte er das gern getan.
Ein Segen, den ihm Gott gegeben:
er wollte, konnte mit jedem leben.
Lachen, tanzen, singen,
reiten, rennen, springen,
ernst und ausgelassen sein –
dies konnte er mit ihnen allen.
Er lebte, wie man es erwartet
und wie die Jugend das auch soll.
Wenn irgendeiner was begann,
war er dabei, von Anfang an.

Und dann ergab sich Folgendes:
eines Tages nahm Marke Platz
(es war kurz nach der Essenszeit,
wenn man Unterhaltung schätzt),
und er lauschte ganz gebannt
dem Liede, das ein Harfner spielte;
er war ein Meister seines Fachs,
der beste, den man je gehört;
dieser Mann war ein Waliser.
Nun kam Tristan, Parmenois,
und setzte sich zu seinen Füßen,
und verfolgte so genau
die schöne Melodie des Liedes,

daß er nicht (bei strengster Strafe!)
Schweigen hätte wahren können:
sein Gemüt, es tat sich auf,
sein Herz ward von Gefühl erfüllt.
»Meister«, rief er, »Ihr spielt gut!
Ihr gebt die Weise richtig wieder,
wie erdacht, im Ton der Sehnsucht.
Britannen haben sie gesetzt
im Liede von Monsieur Guirun
und von seiner Liebsten.«
Der Harfner nahm dies in sich auf,
er hörte sich das alles an,
doch schien er für die Äußrung taub –
bis er das Lied vollendet hatte.
Er wandte sich dem Jungen zu:
»Wieso weißt du, lieber Junge,
woher die Melodie hier stammt?
Kennst du dich in so was aus?«
»Großer Meister, allerdings.
Ich war hier einmal meisterhaft,
doch ließ mein Können derart nach,
ich wagte nicht vor Euch zu spielen.«
»Nein, mein Freund – dort ist die Harfe!
Laß hören, was man so
in deinem Land zu spielen weiß.«
»Ist dies, mein Meister, ein Befehl,
und gebt Ihr selber die Erlaubnis,
daß ich vor Euch Harfe spiele?«
»Ja, mein Freund, so spiel schon auf!«
Als er nun die Harfe nahm,
da lag sie gut in seinen Händen.
Wie ich das gelesen habe,
konnten sie nicht schöner sein:
weich und zart und schmal und lang
und so weiß wie Hermelin.
Mit ihnen spielte er sich ein,

zupfte probend viele Floskeln,
seltsam, lieblich, schön;
es stimmte sein Gemüt sich ein
auf seine Lieder der Britannie.
Er griff zu seinem Schlüssel,
drehte an den Saitenstiften,
accordierte höher, tiefer –
genau wie er dies haben wollte.
Und das war ganz rasch erledigt.
Tristan, dieser neue Spielmann,
übernahm sein neues Amt
mit bestem Vorsatz, viel Elan.

Seine ersten Probeläufe,
seine Mottos, Melodien
spielte er auf dieser Harfe
derart lieblich und so schön,
mit so schönem Saitenklang,
daß ein jeder dort hinzulief,
einer nach dem andren rief.
Das Hofgefolge kam sehr rasch,
wobei die meisten auch noch rannten,
doch keinem schien, er käm zu früh.
Und Marke saß und schaute zu,
und in Gedanken war er ständig
nur bei Tristan, seinem Freund,
und war darüber höchst erstaunt,
daß er so höfische Erziehung
und ein derart großes Können
so gut verbergen konnte,
obwohl es ihm durchaus bewußt war.

Tristan fing nun richtig an,
ließ für sie ein Lied erklingen
von der äußerst stolzen Liebsten
Gralands, dieses Schönen.
Er begann so gut zu spielen
er harfte derart rühmenswert

die Melodie aus der Britannie,
daß so mancher stand und saß,
der seinen Namen glatt vergaß.
So begannen Herzen, Ohren
verrückt zu spielen, wirr zu werden,
aus der Fassung zu geraten…
Man dachte sich mal dieses,
man dachte sich mal jenes,
jedoch am meisten dachte man:
»Ah, gesegnet sei der Kaufmann,
der solch noblen Sohn gezeugt!«
Ja, er ließ die weißen Finger
mit äußerster Behendigkeit
in die Saiten greifen;
die erzeugten solche Klänge,
daß sie diesen Festsaal füllten.
Mit Blicken wurde nicht gegeizt,
viele schauten nur dorthin,
starrten bloß auf seine Hände.
Schließlich war das Lied beendet.
Der edle König schickte jemand,
ließ die Bitte überbringen,
noch ein weitres Lied zu spielen.
»Avec plaisir«, so sagte Tristan.
Mit vollen Griffen spielte er
noch eine Liebesmelodie
aus dem alten Babylon:
de Tisbé, la courtoise.
Dies harfte er so wunderschön,
er ward den Noten so gerecht
(wie das den wahren Meister zeigt),
daß der Harfner ganz verblüfft war.
Wo es jeweils passend schien,
ließ der virtuose Könner
auf betörend schöne Weise
seine chants einfließen.

Er sang die Melodien
auf britannisch und walisisch,
auf französisch, in Latein
mit einer solchen Lieblichkeit,
daß keiner hätte sagen können,
was von beidem schöner sei,
was noch mehr Applaus verdiente:
sein Singen oder Harfenspiel.
Es ergab sich über ihn
und über seine Fähigkeiten
viel Gespräch und Diskussion.
Ein jeder sprach, in diesem Reich
hätten sie bei einem Mann
noch nie so viel an Kunst entdeckt.
Man fragte hier, man fragte dort:
»He, was ist das für ein Junge?!
Wen haben wir da im Gefolge?!
Alle Pagen dieser Welt
kann man ganz und gar vergessen
im Vergleich mit unserm Tristan!«
Als Tristan dieses Lied
in seinem Stil verklingen ließ,
sagte Marke: »Tristan, komm!
Der dir Unterricht erteilt hat,
der sei vor Gott geehrt,
und du mit ihm. Dies ist vollendet!
Deine Lieder will ich gerne hören,
manchmal, dies zur Schlafenszeit –
sofern du noch nicht schlafen kannst.
Du tust mir gut, tust was für dich...«
»Herr, sehr wohl!« »Sag mal, spielst du
noch ein andres Saiteninstrument?«
»Nein, Herr«, sprach er. »Wirklich nicht?!
Weil ich dir so lieb bin, Tristan,
stelle ich dir diese Frage.«
»Herr«, so sagte Tristan gleich,

»Ihr hättet mich nicht mahnen müssen
mit solchem Nachdruck, denn ich sag es,
weil ich Euch Antwort schuldig bin
und Ihr darauf besteht.
Herr, ich habe jede Art
von Saitenspiel mit Fleiß erlernt,
doch keins beherrsche ich so gut,
daß ich es nicht gern steigern würde.
Jedoch, ich habe diese Studien
nur eine kurze Zeit betrieben,
ich tat es nicht mal sieben Jahre,
dies mit Unterbrechungen –
nun ja, es war doch etwas mehr …
Ich lernte von Parmeniern
die Fiedel streichen, Leier drehn;
das Spiel der Harfe, Harfenzither
brachten mir zwei Meister bei,
Waliser, aus dem Lande Wales,
und mich lehrten zwei Britannen
(beide kamen sie aus London)
Leier und Sambioca spielen.«
»*Sambioca*?! Bester, was ist das?«
»Mein liebstes Saiteninstrument!«
»Seht nur«, rief die Hofgefolgschaft,
»Gott hat diesen jungen Menschen
für ein Leben der Genüsse
mit Gnadengaben reich beschenkt!«
Marke fragte ihn noch weiter:
»Tristan, eben sangst du doch
auf britannisch und walisisch,
lingua latina, en français –
du kennst die Sprachen?« »Ja, Herr,
ziemlich gut.« Da drängte sich
jedermann vom Hof heran,
und wer von fremden Sprachen
der Nachbarländer etwas konnte,

der stellte ihn gleich auf die Probe,
der eine so, der andre so,
und dabei gab er höflich Antwort
auf alles, was sie fragten –
den Norwegern, Irländern,
Schotten, Dänen, Allemands...
Da wurde mancher herzlich neidisch
auf Tristans Fertigkeiten,
es wäre mehr als einer
am liebsten so wie er gewesen;
das Begehren vieler Herzen
sagte ihm (im Innern!) freundlich:
»Ah, Tristan, wär ich nur wie du...«
»Tristan, führst ein schönes Leben...«
»Tristan, all die Bildung, wie sie keiner
hier auf Erden haben kann,
mit ihr bist du sehr reich beschenkt...«
Und so redete da alles
heftig durcheinander.
»Hört!« rief dieser, »horcht!«, rief jener,
»alle Welt, sie höre her:
Ein Junge von nur vierzehn Jahren
ist in jeder Kunst vollendet!«
Der König: »Tristan, hör mir zu!
Du hast alles, was ich wünsche,
du kannst alles, was ich schätze:
Waidwerk, Sprachen, Saitenspiel –
nun laß uns auch Gefährten sein,
ich der deine, du der meine.
Am Tage reiten wir zur Jagd,
am Abend gehen wir zu Hause
höfischen Vergnügen nach:
harfen, fiedeln, singen –
das kannst du gut, so tus für mich!
Ich spiele dir dafür dann zu,
was sich dein Herz nur wünschen mag:

schöne Kleidung, Pferde
schenk ich dir, soviel du willst –
so tu ich spielend was für dich!
Schau, mein Schwert und meine Sporen,
die Armbrust und mein goldnes Horn
vertraue ich dir an, mein Freund;
nimm sie in deine Obhut, Pflege
und bleibe höfisch frohgestimmt!«
So war der heimatlose Junge
am Hof nun ein vertrauter Diener;
man sah bei einem jungen Mann
nie solchen Segen wie auf ihm;
was er auch tat und was er sagte,
das alles schien – und war – so gut,
daß ihm die Menschen Freundlichkeit
erwiesen, wahre Herzlichkeit.
Damit sei hier genug erzählt,
lassen wir dies Thema ruhn
und wenden uns dem andren zu:
Was sein Vater, Marschall Don Rual,
le fidèle et très loyal,
unternahm, um ihn zu finden,
nachdem er ihn verloren hatte.

Erzählt wird nun von Tristans Pflegevater. Dreieinhalb Jahre lang reist er von Land zu Land, den entführten Jungen suchend. Endlich können ihm die beiden Dauerpilger einen dienlichen Hinweis geben. Rual erscheint, ramponiert und verwittert, vor Tintagel, sieht Tristan wieder: mittlerweile ein schöner junger Mann von 17 Jahren. Er stellt Marschall Rual dem König vor. Der läßt ihn neu einkleiden, lädt ihn ein zu einem Mahl. Dabei erfährt man von Rual, wer Tristans wahrer Vater war; Marke findet in Tristan seinen Neffen, Tristan verliert in Rual seinen Vater. Vor der gemeinsamen Rückkehr nach Parmenien soll Tristan Ritter werden; die wirtschaftlichen Grundlagen des neuen, verpflichtenden Status werden von Marke großzügig sichergestellt. Die Schwertleite wird vorbereitet – auch sprachlich: Gottfrieds berühmter Exkurs über Dichterkollegen. Hartmann von Aue, Bligger von Steinach und Heinrich von Veldeke werden gerühmt, ein Ungenannter wird mit Vehemenz attackiert – dies kann nur Wolfram von Eschenbach sein. Und Gottfried hebt ab zu einer kunstreichen Arie über den antiken Topos der Bescheidenheit; die literarischen Mittel sind hier alles andere als bescheiden. Nach dieser Einstimmung kann die Schwertleite stattfinden, Tristan wird Ritter. Die festliche Freude wird getrübt durch das Bewußtsein, daß sein Vater Riwalon von Morgan getötet worden ist.

Don Rual, le très loyal,
begann die Reise übers Meer,
und dies mit reichen Mitteln,
war er doch ganz fest entschlossen,
nicht eher umzukehren,
bevor er eine klare,
sichre Nachricht hätte,
wo sich sein junger Herr befinde.
So legte er in Norwegen an.
Er suchte früh und spät
in dem gesamten Land
nach Tristan, seinem Freund.
Was half das schon, der war nicht dort,
sein ganzes Suchen war umsonst.
Weil er ihn dort nicht finden konnte,
machte er sich auf nach Irland,
doch seht, dort konnte er nicht mehr
von ihm erfahren als vorher.
Inzwischen schrumpften seine Mittel,
sie erschöpften sich so sehr,
daß er absaß, um zu laufen;
die Pferde ließ er da verkaufen.
Und er schickte seine Leute
mit dem Erlös davon nach Hause.
Er überließ sich selbst der Not,

er ging halt betteln um sein Brot;
beständig Tristan suchend,
setzte er dies unbeirrt
drei Jahre lang und mehr
von einem Reich zum nächsten fort,
von einem Land zum anderen,
bis er zuletzt in solchem Maße
im Erscheinungsbild verlor,
in seiner körperlichen Schönheit,
daß keiner, der ihn nun erblickte,
mit Bestimmtheit sagen konnte,
er sei als Herr geboren worden.
Der werte Don Rual
ertrug die ganze Last der Schande
im Stile eines chemineau,
dem die Armut freilich nicht
den festen Willen brechen konnte –
wie sie das bei vielen tut!
Als das vierte Jahr begann,
befand er sich in Dänemark
und suchte sehr genau auch dort
kreuz und quer, von Ort zu Ort.
Durch Gottes Gnade traf er
die beiden Pilgersleute,
denen Tristan (sein Herr in jung),
im Wald auf der Straße begegnet war.
Er befragte sie sogleich,
und sie konnten ihm berichten,
wie lange her es war,
daß sie einen Knaben sahen,
genau wie nun von ihm beschrieben,
und daß er sie begleiten durfte –
und wie er so beschaffen war
im Gesicht, mit seinem Haar,
in seinem Sprechen und Gebaren,
mit seinem Körper, seiner Kleidung

und: daß er eine ganze Menge
Sprachen konnte, vieles weitre.
Sofort und auf der Stelle
erkannte er, daß *er* es war!
Er bat darauf die Pilger,
sie sollten ihm, um Gottes willen,
den Ort genau benennen,
wo sie sich von ihm getrennt –
sofern sie noch den Namen wüßten.
Sie berichteten Rual,
in Cornwall, dort sei es gewesen,
in der Nähe von Tintagel.
Wieder und wieder ließ er sich
den Ort benennen, fragte: »Cornwall –
in welcher Richtung liegt denn das?«
»Es grenzt«, so sagten jene gleich,
»an die Britannie, hintendran.«
»Ah, Herr des Himmels«, dachte er,
»hier erweist sich Deine Gnade!
Wenn Tristan, wie ich nun erfahre,
auf diesem Weg nach Cornwall kam,
so ist er wahrlich heimgekehrt,
denn Marke ist sein Onkel.
Ja, führ mich hin, Du lieber Gott!
Ah, Gott der Herr, tu mir doch bald
durch Dein Gebot die Wohltat an,
daß ich den Tristan sehen kann!
Die Nachricht, die ich nun vernahm,
sie möge mir zum Glück geraten.
Die scheint mir, und die *ist* auch gut!
Die hat mir meine Schwermut
genommen und mich froh gestimmt!«
»Ihr frommen Herren«, sagte er,
»der Sohn der Jungfrau schütze euch.
Ich mache mich nun auf den Weg
und schaue zu, daß ich ihn finde.«

»Der die ganze Welt beherrscht,
Er führe Euch zu diesem Jungen!«
»Danke«, gab Rual zur Antwort,
»laßt mich gehn, ich hab es eilig!«
Die beiden: »Freund, à Dieu, adieu…«
Rual ging seine Straße weiter,
und er gönnte sich nicht mal
einen halben Tag lang Rast,
bevor er denn das Meer erreichte.
Dort machte er – gezwungen – Rast:
es war kein Schiff zur Fahrt bereit.
Sobald er dort Passage fand,
reiste er in die Britannie.
Durch dieses Land marschierte er
derart wild entschlossen,
daß für ihn kein Tag so lang war,
daß er darauf verzichtet hätte,
in die Nacht hinein zu wandern.
Die Hoffnung durch die gute Nachricht
verlieh ihm dazu Kraft und Schwung;
sie ließ ihm die Strapazen
leicht erscheinen, ja gering.
Kaum in Cornwall angekommen,
zog er sogleich die Auskunft ein,
wo Tintagel liege.
Man zeigte ihm sofort den Weg.
So setzte er die Wandrung fort,
kam schließlich in Tintagel an,
an einem Samstag, früh am Morgen,
als es Zeit war für die Messe.
So stellte er sich vor die Kirche.
Dort gingen Leute hin und her;
er schaute sich erst um,
spähte mal nach hier, nach da,
ob sich jemand finden ließe,
der ihm für seine Frage

passend schiene und geeignet.
Er dachte insgeheim:
»Die Leute laufen mir den Rang ab.
An wen ich mich auch wenden mag,
er wird sich, fürchte ich, zu gut sein,
mir Auskunft über ihn zu geben,
weil ich so verwahrlost bin.
Herrgott, sag mir, was ich tun soll.«
Es nahte sich nun König Marke
mit seiner Schar in voller Pracht.
Die starrte der Getreue an,
doch sah nicht, den er sehen wollte...
Als der König im Begriff war,
vom Gottesdienst zur Burg zu gehen,
stellte Rual sich an den Weg,
und einen schon betagten Hofmann
winkte er zu sich heran.
»Ach, Herr, habt doch die Güte,
mir zu sagen, ob Ihr wißt,
ob ein Junge hier am Hof ist,
der beim König wohnen soll
und den man Tristan nennt.«
»Ein Junge?!« fragte jener gleich,
»*Junge* läßt sich nicht mehr sagen...
Ein *Knappe* ists, im Herrendienst,
dem bald das Schwert verliehen wird
und den der König äußerst schätzt,
weil er so manche Kunst beherrscht,
so manche Fertigkeit besitzt
dazu die Lebensart des Hofes.
Er ist ein strammer junger Mann
mit hellgelocktem Haar,
mit vollendeten Manieren –
allerdings, er kommt vom Ausland.
Wir nennen ihn hier Tristan.«
»Mein Herr«, so fragte gleich Rual,

»gehört Ihr hier zum Hofgefolge?«
»In der Tat.« »Bei Eurer Ehre,
tut noch ein kleines bißchen mehr
(denn Ihr tut sehr gut daran!),
sagt ihm, hier sei ein armer Mann,
der ihn sehn und sprechen wolle.
Macht ihm mit allem Nachdruck klar,
daß ich aus seiner Heimat komme.«
Jener gab an Tristan weiter,
es sei ein Landsmann eingetroffen;
Tristan ging sofort dahin.
Kaum, daß er ihn erblickte,
rief er aus, mit Herz und Mund:
»Unser Herr des Himmels sei
gebenedeit in Ewigkeit,
daß ich dich, Vater, sehen darf!«
Dies war der Anfang der Begrüßung;
dann sprang er lachend auf ihn zu
und küßte den loyalen Mann –
so solls ein Sohn beim Vater tun!
Das war auch völlig richtig so:
der war sein Vater, er sein Sohn.
Kein Vater, wie er heute lebt,
und wie er je vor uns gelebt,
er handelte an seinen Kindern
so väterlich wie er bei ihm.
Ja, Tristan hatte auf der Stelle
Vater, Mutter, Onkel, Lehnsmann
und seinen ganzen Freundeskreis
allesamt umarmt.
Er sagte, tief bewegt:
»Ah, guter, treuer Vater,
sag, ob meine liebe Mutter,
die Brüder noch am Leben sind.«
»Ich weiß nicht, guter Sohn. Jedoch
sie lebten, als ich sie zuletzt gesehn,

nur mußten sie sehr großes Leid
ertragen wegen dir.
Doch wie es ihnen später ging,
darüber kann ich dir nichts sagen,
sah ich doch seit langer Zeit
keinerlei Bekannte,
war auch nie mehr in der Heimat –
seit der verfluchten Stunde nicht,
als mich dein ganzes Unglück traf.«
»Ach«, so rief er, »guter Vater,
was sind denn das hier für Geschichten?
Wo blieb die Schönheit deines Körpers?!«
»Ach, Sohn, du hast sie mir genommen.«
»So will ich sie dir wiedergeben.«
»Sohn, das mögen wir erleben!«
»Nun, Vater, komm zum Hof mit mir.«
»Nein, Sohn, ich folg dir nicht dorthin.
Du siehst doch selbst, ich wäre
in *dieser* Form nicht hofgerecht!«
»Vater, nein, dies *muß* geschehn!
Mein Herr, der König, soll dich sehn.«
Rual, der gute Mann des Hofs,
sprach in Gedanken, im Gemüt:
»Meine Blößen stören nicht…
Wie ich auch vor den König trete:
er wird mich gerne sehn,
wenn ich von seinem Neffen,
der hier steht, genau berichte;
wenn ich alles, was geschah,
von Anfang an erzähle,
wird glanzvoll, was ich trage.«
Tristan nahm ihn bei der Hand.
Die Sachen und die Kleidung sahen
unvermeidlich aus wie folgt:
ein bettelarmer kleiner Rock,
abgetragen und verschossen,

an vielen Stellen eingerissen –
darüber trug er keinen Mantel;
die Kleidungsstücke, die der Gute
unter seinem Rocke trug,
sie sahen reichlich ärmlich aus,
abgenutzt und arg verschmutzt;
völlig ungepflegt war auch
das Haupthaar, und sein Bart
war derart dicht verfilzt,
als wäre er ein Wilder Mann;
auch ging der Rühmenswerte
mit bloßen Füßen, nackten Beinen;
dazu war er so verwittert
wie – unausweichlich – alle,
denen Hunger, Kälte, Wind
das Äußere entstellen.
So trat er auf vor Marke;
der blickte ihm in das Gesicht,
und stellte drauf die Frage:
»Tristan, sag, wer ist der Mann?«
»Mein Vater, Herr«, so sagte Tristan.
»Ist das wahr?« »So ist es, Herr.«
»Er soll uns hier willkommen sein«,
so gab der Treffliche zurück.
Ruals Verbeugung, hofgerecht.
Und schon kam die Ritterschaft
scharenweise angelaufen,
mit ihr das ganze Hofgefolge,
und alle riefen zu Rual:
»Sire, Sire, Dieu vous salue!«
Ihr müßt nun wissen, daß Rual,
der bezüglich seiner Kleidung
gar nicht hofgerecht erschien,
dennoch, und das ist die Wahrheit,
körperlich und im Verhalten
ohne Makel, herrlich war!

Sein Körper war von wahrem Adel;
in den Gliedern, der Statur
war er hünenhaft gewachsen;
die Arme, Beine lang genug;
schön, gemessen war sein Gang,
sein Körper schönstens ausgeformt;
war nicht zu jung, war nicht zu alt,
war eben in den besten Jahren,
wenn das Alter wie die Jugend
dem Leben beste Kräfte geben;
er war in seiner Hoheit
jedem Kaiser ebenbürtig;
wie ein Jagdhorn klang die Stimme,
seine Rede war gemessen;
als wahren Herren sah man ihn
vor all den hohen Herren stehn –
das war schon früher so bei ihm.
Nun begann ein großes Raunen
unter Rittern und barons,
die Worte flogen hin und her.
»Ja«, so hieß es, »ist es *der*?!
Ist *dieses* der *courtoise* Kaufmann,
von dem uns Tristan, als sein Sohn,
so viel an Trefflichem erzählte?!
Man hat von seiner Tüchtigkeit
Geschichten über Geschichten gehört –
weshalb erscheint der *so* am Hof?«
Sie redeten mal dies, mal das.
Ihn ließ der generöse König
in seine eignen Zimmer führen;
man legte dort auf sein Geheiß
kostbare Kleidung für ihn bereit.
Tristan half ihm gleich beim Bad
und legte ihm die Kleidung an.
Ein kleiner Hut lag auch bereit,
den setzte er ihm auf,

der stand ihm ganz besonders gut,
denn sein Gesicht war wirklich schön –
die Erscheinung eines Herrn!
Tristan nahm ihn bei der Hand,
so freundlich, wie sich das gehörte,
und führte ihn zurück zu Marke.
Nun begann er allen sehr,
ja mächtig zu gefallen.
Und sie sprachen zueinander:
»Hier habt ihr den Beweis, wie rasch
feine Kleider große Leute machen!
Diese Kleidung steht dem Kaufmann
gut, ja ausgezeichnet. Ah,
er *selber* ist ein wahrer Herr!
Vielleicht ist er von hohem Rang!
Um die Wahrheit zu bekennen:
er führt sich dementsprechend auf.
Schaut, wie herrenhaft er schreitet,
wie würdevoll er sich verhält
in diesen noblen Roben!
Allein an Tristan zeigt sich euch,
wie vortrefflich dieser Mann ist!
Wie hätte denn ein Mann des Handels
sein Kind so gut erziehen können,
wenn sein Herz nicht nobel wäre?«

Die Hände hatte man gewaschen,
der König war zu Tisch gegangen.
Er holte seinen Gast Rual
sofort an seinen Tisch und ließ ihn
hofgerecht so gut bedienen,
wie dies dem Mann des Hofs gebührt.
»Tristan«, rief er, »rasch hierher,
bediene selber deinen Vater!«
Ich weiß genau, daß dies geschah.
Die Rücksicht und die Ehrerbietung,

die er ihm erweisen konnte,
sie waren groß wie seine Liebe.
Und Rual, der noble, speiste
mit großem Appetit,
denn Tristan stimmte ihn sehr froh.
Tristan war sein Festbankett:
daß er Tristan sehen konnte,
war ihm ein Genuß, sein größter!
Als man sich vom Tisch erhob,
begann der König ein Gespräch;
er stellte ihm verschiedne Fragen,
sowohl nach seiner Heimat
als auch nach seiner Reise.
Noch während er die Fragen stellte,
horchten alle Ritter auf
und folgten der Geschichte des Rual.
Der erzählte: »Herr, es sind nun
so gut wie dreieinhalb Jahre her,
seit meine Heimat ich verließ.
Wohin ich auch seither gereist,
ich fragte ständig nur nach *einem*,
das mich ganz und gar beschäftigt
und das mich hergeleitet hat.«
»Was war das?« »Tristan, der hier steht.
Ihr könnt mir glauben, Herr, daß Gott
mir auch noch weitre Kinder schenkte,
denen ich das Beste wünsche,
wie jeder Mann, der Kinder hat.
Drei Söhne! Wär ich für sie dagewesen,
so wär von ihnen ein Bestimmter
heute sicher schon ein Ritter.
Denn hätte ich für alle drei
nur halb soviel erduldet,
wie ich für Tristan erduldet habe,
obwohl er mir ein Fremder ist,
es wäre sehr, sehr viel gewesen!«

»Ein *Fremder*?!« fragte gleich der König.
»Erzählt uns, was das auf sich hat!
Er ist doch Euer Sohn, wie er betont?«
»Nein, Herr, kein Familienband.
Nur soviel: ich bin sein Lehnsmann.«
Tristan fuhr auf und starrte ihn an.
Der König wieder: »Nun erklärt uns,
weshalb, aus welchem Grunde Ihr
die Strapazen für ihn ertragen,
Frau und Kinder verlassen habt,
und dies schon lange, wie Ihr sagt,
wo er doch gar nicht Euer Sohn ist?!«
»Herr, das weiß nur Gott. Und ich.«
»Nun, Freund, so weiht auch mich noch ein...«
sagte drauf der gute Marke,
»die Sache wundert mich doch sehr.«
»Wenn ich wüßte«, sprach der Treue,
»daß ich es nicht bereuen müßte
und daß es hier nicht ungehörig
wäre, all dies vorzutragen,
so könnte ich Euch wunders was
erzählen, Herr, wie sich die Sache
mit Tristan – der hier steht –
entwickelt hat und sich gefügt.«
Und sämtliche suivants,
Marke, seine baronie,
sie baten ihn sogleich,
alle wie aus einem Munde:
»Mann des Glücks und Mann der Treue,
sagt uns schon, wer Tristan ist!«
Rual, der Gute, sagte drauf:
»Herr, es war vor längrer Zeit –
wie Ihr wißt und alle,
die damals hier gewesen sind –,
daß Riwalon, mein gnädger Herr,
bei dem ich Dienstmann war (und wäre,

wenn es Gott gefallen hätte,
ihm das Leben noch zu lassen!),
daß ihm von Eurer Tüchtigkeit
so viel, so viel berichtet wurde,
daß er mir die Landesherrschaft
zu treuen Händen übergab.
So kam er her in dieses Land,
er wollte Euch gern kennenlernen,
und er wurde hier ein Hofmann.
Ihr wißt ja selber recht genau,
wie die histoire scandaleuse
der schönen Blanchefleur verlief,
wie sie ihm zufiel als Geliebte,
und wie er sie von hier entführte.
Als sie ihren Wohnsitz nahmen,
in den Stand der Ehe traten
(dies geschah in meinem Heim
wobei ich Zeuge war, mit vielen),
da gab er sie in meine Obhut.
(Seither war ich für sie Vormund,
so gut ich das vermochte.)
Es geschah ganz kurz danach,
daß er in seinem Lande
die Verwandten, Lehensträger
zu einem Feldzug bat und rief,
und bald darauf schon brach er auf,
und ward in einer Schlacht getötet.
Ihr habt das zweifellos gehört.
Als diese Nachricht uns erreichte,
und es begriff die Wunderschöne,
was sich dort ereignet hatte,
da fuhr der tödliche Schmerz
so heftig in ihr Herz –
Tristan hier, den sie da trug,
ihn brachte sie im Schock zur Welt.
Und sie selbst verschied dabei.«

In dem Moment befiel den Treuen
derart tief gefühlter Schmerz,
daß er ihn deutlich zeigen mußte;
so saß er da und weinte,
als wäre er ein Kind.
Und es ließ nun die Geschichte
auch all den anderen
die Augen übergehn;
dem guten König Marke,
dem griff es derart stark
mit Jammer an das Herz,
daß ihm der Herzensschmerz
mit Tränen aus den Augen floß
und ihm die Wangen, Kleider näßte.
Die Geschichte war für Tristan
im tiefsten Innern schmerzlich,
und zwar aus diesem einen Grund,
daß er in dem loyalen Mann
den Vater *und* das Vater-Wunschbild
dergestalt verlieren mußte.
Da saß Rual, der Gute,
mit traurigem Gemüt,
berichtete dem Hofgefolge
vom bedauernswerten Kindchen,
wie sehr er das umsorgen ließ,
als seine Mutter es geboren;
und wie er's an geheimem Ort
verbergen und verstecken ließ;
und wie er das Gerücht verbreiten,
den Herrn des Landes sagen ließ,
es sei im Mutterleib verstorben;
und wie er seiner Frau befahl
(was ich euch bereits erzählte),
sie solle sich ins Bett begeben
als Frau, die sich ins Kindbett legt,
und daß sie nach bekannter Frist

den Herren dann versicherte,
daß sie das Kind geboren hätte;
wie sie mit ihm zur Kirche ging,
wie er die Taufe dort empfing,
weshalb man ihn da Tristan nannte;
wie er ihn ins Ausland schickte,
und alle seine Fertigkeiten
(verbal und manuell),
wie er sie ihm vermitteln ließ;
und wie er ihn im Schiff verließ
und wie er ihm entrissen wurde
und wie er unter vielen Strapazen
hergekommen, nach ihm suchend.
So saß er und erzählte
die Geschichte, von Anfang an.
Die beweinte und beweinte Marke,
die beweinten alle miteinander –
bis auf Tristan, ihn allein;
was er da erzählen hörte,
darüber konnte er nicht klagen –
das alles traf ihn viel zu jäh!
Was auch Rual, der gute Mann,
dem Hof an schmerzlichen Geschichten
vom Liebespaar erzählen mochte,
von Riwalon und Blanchefleur –
diese ganze histoire,
sie wog gering, allein
verglichen mit der Treue,
die er dem Kind der beiden
nach ihrem Tod bewiesen hatte –
wie, das habt ihr schon gehört.
Für das Hofgefolge war dies
die größte Treue, die ein Lehnsmann
der Herrschaft je entgegenbrachte.
Als der Bericht beendet war,
fragte Marke seinen Gast:

»Stimmt das auch, was Ihr erzählt?«
Da legte ihm Rual, der gute,
einen Ring in seine Hand.
»Nehmt dies, Herr, als den Beweis
des Berichtes, der Geschichte.«
Der gute, brave Marke
hob den Ring, beschaute ihn.
Der Jammer, der ihn nun ergriff,
der war so groß wie früher.
»Ah«, so rief er, »liebe Schwester,
den Ring, den hab ich dir geschenkt,
den hatte Vater mir geschenkt,
als er im Sterben lag.
Nun vertrau ich der Geschichte!
Tristan, komm und küsse mich!
Ja, solang wir beiden leben,
werd ich dein Vater sein, im Erbfall.
Deine Mutter Blanchefleur
und dein Vater Riwalon –
Gott sei ihren Seelen gnädig,
Er möge ihnen beiden
auf ewig lebendiges Leben schenken.
Weil alles so gekommen ist,
daß du mir zugefallen bist
durch die liebste Schwester mein,
werd ich für immer fröhlich sein –
falls das der Herr im Himmel will.«
Er wandte sich an seinen Gast:
»Lieber Freund, nun sagt mir noch,
wer Ihr seid und wie Ihr heißt.«
»Rual, Herr.« »Wie – Rual?!« »Ja.«
Sofort fiel Marke ein
(denn er hatte früher schon
viel von ihm erzählen hören),
wie weise und wie ehrenhaft,
erst recht: wie treu er sei,

und fragte: »Rual le très loyal?«
»Ja, Herr, so werde ich genannt.«
Der gute Marke zu ihm hin
und küßte ihn! Und nahm ihn auf,
so glanzvoll, wie ihm das gebührte.
Die hohen Herren drängten sich
sogleich heran und küßten ihn
einer nach dem andren,
embrassierten ihn sehr herzlich,
saluierten hofgerecht:
»Willkommen, würdiger Rual,
du wahres Wunder dieser Welt!«
Rual war dort willkommen.
Und der König nahm ihn
an die Hand und führte ihn.
Sehr liebenswürdig bat er ihn,
an seiner Seite Platz zu nehmen.
Sie griffen die Geschichten auf
und sprachen dies und jenes,
was Tristan anbetraf
und wieder Blanchefleur.
Und auch von der histoire:
Was Riwalon und Morgan
einander angetan
und wie das alles endete.
Dann führte das Gespräch dazu,
daß der König Rual erzählte,
mit welch souveräner Haltung
Tristan aufgetreten sei
und wie er hier berichtet habe,
sein Vater sei ein Kaufmann.
Rual, der schaute Tristan an:
»Mein Freund, ich habe lange,
sehr geschäftig, sehr beschäftigt,
ganz im Stil von armen Leuten,
die marchanderie bis jetzt

mit Blick auf dich betrieben.
Jedoch, das alles fand ja nun
ein wahrhaft gutes Ende.
Dafür werd ich meine Hände
in Zukunft stets zu Gott erheben.«
　Tristan sprach: »Ich seh das so:
dergestalt sind die Geschichten,
daß sie mich spät erst glücklich machen.
Falls ich alles recht verstand,
wird Kurioses von mir erzählt:
Ich höre meinen Vater sagen,
mein Vater, der sei lange tot.
Entzieht sich mir in *dem* Moment!
Ich muß nun ohne Vater leben –
zwei Väter hatte ich gefunden!
Ach, Vater, Wunschbild-Vater,
so seid ihr mir genommen worden.
Von dem ich erklärt, ich hätt in ihm
den Vater gefunden – grad an *den*
verlier ich meine beiden Väter:
ihn selbst und den ich nie gesehn.«
　Da sprach der gute Marschall wieder:
»Was soll das heißen, Tristan, Freund?!
Sag das nicht, so stimmt das nicht!
Denn du bist durch meine Ankunft
im Range höher, als du glaubtest,
es bringt dir ständig Ehre ein.
Du hast auch *weiterhin* zwei Väter –
meinen Herrn hier und mich selbst.
Er ist dein Vater, genau wie ich.
Nimm nur meinen Vorschlag an,
so gewinnst du für die Zukunft
gleichen Rang mit Königen.
Red nicht weiter, tu nur dies:
bitt meinen Herrn und deinen Onkel,
er möge deine Rückkehr fördern

und dich hier zum Ritter machen;
du hast dann künftig Vollmacht,
für dich selber einzustehn.
Ihr Herren, legt dafür ein Wort ein,
daß mein Herr dies gerne tu!«
  Sie stimmten allesamt dafür:
»Herr, die Sache geht in Ordnung!
Tristan hat genügend Kraft,
er ist ein voll erwachsner Mann.«
Der König fragte: »Neffe Tristan,
sag, wie stehst du selbst dazu?
Ist dir lieb, daß ich dies tu?«
»Lieber Herr, ich sag Euch, was ich will.
Hätt ich so herrlich viel Besitz,
daß ich ganz nach meinen Wünschen
so als Ritter leben könnte,
daß ich mich nicht des Titels *Ritter*,
noch er sich meiner schämen müßte
und der Rang des Rittertums
nicht durch mich verkleinert würde,
so wollt ich gerne Ritter sein,
um meine faule Jugendzeit
zu beleben, auszurichten
auf Ehren, Würden dieser Welt.
Denn Ritterschaft, so wird gesagt,
muß stets von Kindesbeinen an
ihren Anfang nehmen,
sonst zeigt sie niemals Stärke.
Daß ich die unerfahrne Jugend
so gut wie niemals kultiviert
mit Würde und Vortrefflichkeit,
ist eine schlimme Unterlassung,
das mache ich mir selbst zum Vorwurf.
Dabei weiß ich schon sehr lange:
Bequemlichkeit und Ritterruhm,
sie passen gar nicht zueinander,

sie lassen sich nur schlecht verbinden.
Auch hab ich selber klar gelesen,
daß die Ehre Mühen fordert;
Faulheit ist der Tod der Ehre,
wenn man ihr zu lang, zu sehr
verfällt in seinen jungen Jahren.
Und seid in diesem Punkte sicher:
hätte ich vor einem Jahr
oder früher schon erfahren,
daß mein Status derart hoch ist,
so wäre ich schon längst ein Ritter.
Doch weil man damals dies verpaßte,
hole ich das nach, mit Recht,
ich habe allen Anspruch drauf,
mit meinem Körper, dem Gemüt.
Gott verhelf mir zu den Mitteln,
auf daß mein Wünschen sich erfülle.«
»Neffe, übernimm das selbst!
Sieh zu, wie du verfahren würdest,
wenn du König wärst und Herr
des gesamten Lands von Cornwall!
Jedoch: hier sitzt Rual, dein Vater,
der zu dir so loyal ist –
er geb dir Mittel, *sei* dir Mittel,
auf daß sich alles so erfüllt,
wie es deinem Plan entspricht.
Sehr geliebter Neffe Tristan,
leb nicht wie ein armer Mann,
denn du besitzt Parmenien,
und das wird stets dein eigen sein –
falls ichs erlebe und Rual, dein Vater.
Hinzu kommt noch die Rittersteuer:
mein Land, die Lehnsherrn, mein Besitz,
an alldem hast du teil,
mein lieber Neffe. Wenn du den Rang
deiner Ahnherrn haben willst,

und ist dein Ehrgeiz so beschaffen,
wie ichs von dir vernommen habe,
so schone nicht, was ich besitze!
Cornwall bringe dir Erlöse,
die Krone leiste dir Erträge.
Soll dich die Gesellschaft achten,
so zeig die Haltung eines Herrn –
ich stell dir herr-liche Mittel bereit!
Schau, dein Fonds ist kaiserlich,
drum bleib nicht hinter dir zurück;
bist du von dir nur überzeugt,
besitzt du angemeßnen Ehrgeiz,
zu dem du dich vor mir bekannt,
so wirst du mir das bald beweisen.
Schau, find ich Rittersinn bei dir,
so findest du den Schrein bei mir,
gefüllt zu deiner freien Verfügung;
Tintagel wird, und zwar auf Dauer,
dein trésor sein und dein Schatz.
Galoppierst du mir voran
mit dem Sinn des Ritterherrn
und halt ich mit dem Schatz nicht Schritt,
so lös sich alles auf in nichts,
was ich besitze hier in Cornwall.«
Nun wurde sich verbeugt, verbeugt;
es verbeugten sich die Zeugen
dieser öffentlichen Erklärung.
Sie boten und entboten ihm
mit lautem Zuruf Ehr und Preis.
»König Marke«, riefen alle,
»du sprichst, wie das dem Hof gebührt.
Dein Entschluß geziemt der Krone!
Dein Mund, dein Herz und deine Hand,
sie mögen stets dies Land beherrschen.
Sei immer König über Cornwall!«
Don Rual, der treue Marschall,

und Tristan, sein noch junger Herr,
sie ordneten und orderten
im Verhältnis zum Vermögen,
das der König angeboten –
in diesem Rahmen blieben sie.

Hier nun, wie im Leitfaden schon angekündigt, der Bericht über die Vorbereitungen zur Schwertleite und das große Defilee damaliger Dichter. Es müßte allerdings von allzu vielen Kommentaren begleitet werden, also habe ich den Exkurs aus dieser Lesefassung herausgelöst und in den Anhang transferiert. Die unterbrochene Geschichte aber setzt sich hier gleichsam nahtlos fort.

Es gingen dieser Hochgesinnte,
der Schirmherr von Parmenien,
und alle die suivants
gemeinsam in die Kirche,
und sie hörten dort die Messe
und empfingen dann den Segen,
der üblich ist beim Schwertleit-Fest.
Drauf wandte sich der König Marke
seinem Neffen Tristan zu,
legte ihm Schwert und Sporen an.
»Sieh«, so sprach er, »Neffe Tristan,
weil nun dein Schwert gesegnet ist,
weil du nun ein Ritter bist,
so denk an deinen Rang als Ritter
und an dich selber: wer du bist,
in deiner Herkunft, deinem Adel –
dies sollst du dir vor Augen halten.
Bleib bescheiden, bleibe ehrlich,
such die Wahrheit, zeige Anstand,
sei immer freundlich zu den Armen
und vor den Reichen selbstbewußt;
pflege dein Erscheinungsbild,
achte, liebe stets die Frauen;

sei generös und loyal,
und halte dich auch stets daran.
Ich schwöre drauf, bei meiner Ehre:
es paßten Gold und Zobel
zu Lanze, Schwert nie besser
als Treue, Generosität.«
Er reichte ihm sodann den Schild.
Er küßte ihn. »Neffe, zieh dahin.
Und Gott in Seiner Macht gewähre
dir Glück in deiner Ritterschaft.
Sei immer höfisch, guten Muts!«
Und ohne Aufschub überreichte
Tristan darauf den Gefährten
(genau wie ihm zuvor der Onkel)
Schwert und Sporen und den Schild.
Bescheiden, treu und generös zu sein,
dies empfahl er ihnen allen
und begründete das auch.
Nun gab es keinen Aufschub mehr:
man führte Reiterspiele auf,
in formations – so denk ich mir.
Doch wie sie aus dem Zeltkreis ritten,
wie sie mit den Lanzen stachen,
wie viele Schäfte sie zerbrachen,
das mögen die valets berichten,
die trugen all den Bruch zusammen.
Ich mag dies Attaquieren
nicht lauthals becriieren,
ich trag nur bei mit einer Bitte,
und dazu bin ich gern bereit:
Daß sich ihrer aller Ehre
in jeder Hinsicht mehre.
Und: möge Gott auch Ritterleben
zu ihren Rittertaten geben.

Rual und Tristan nehmen Abschied von König Marke, kehren heim nach Parmenien. Tristan will Rache nehmen an Morgan, führt ein ›Kommandounternehmen‹ durch mit getarnten Rittern. Er stellt Morgan im Wald bei der Jagd, verlangt formell das Lehen, das seinem Vater zustand, wird als unehelicher Sohn ohne Rechte behandelt – zusätzliche Motivierung zum Kampf. Tristan tötet Morgan. Gegen ihn und seinen Trupp werden immer mehr Soldaten zusammengerufen, bald sind die Parmenier eingekesselt. Rual ahnt so etwas, bricht mit einer Hundertschaft von Panzerreitern auf, die Parmenier siegen. Tristan ist seinem Pflegevater sehr dankbar, kehrt dennoch zurück in das Land seiner Mutter. In Cornwall steht ihm der nächste Kampf bevor – der riesenhafte Morold ist von Irland herübergekommen, im Auftrag des Königs Gormund, er fordert Tribut: Söhnchen von Landesherren. Tristan übernimmt den Kampf um Cornwalls Ehre. Er wird großzügig ausgestattet – Rüstung und Streitroß werden ausführlich beschrieben. Und Tristan kämpft gegen Morold auf einer kleinen Insel in Sichtnähe der Küste, wird schwer verwundet, Morold teilt ihm triumphierend mit, daß die Waffe vergiftet war, nur seine Schwester Isolde, die Gemahlin des Königs, könnte ihm helfen… Tristan setzt den Kampf fort, verwundet Morold, verhöhnt ihn, haut ihn in Stücke. Mit diesem ›Tribut‹ kehren Morolds Begleiter nach Irland zurück. Mutter und Tochter Isolde untersuchen den Toten, im Schädel wird der Splitter eines Schwerts entdeckt und als Beweisstück sichergestellt.

Ertrug ein Mensch beständig Leid
in der Beständigkeit des Glücks,
so litt denn Tristan ständig Leid
in der Beständigkeit des Glücks.

Dies will ich euch erläutern.
Ihm war ein klares Ziel gesteckt,
und dies in doppeltem Aspekt:
im Leid wie im Erfolg.
Denn alles, was er unternahm,

das gelang ihm, meistens, auch,
doch war bei dem Erfolg stets Leid –
auch wenn nicht eins zum andren paßt.
So waren beide contreparties:
steter Erfolg und ständiges Leid,
gesellt in diesem *einen* Mann.
»Gott mit Euch! Doch nun erklärt uns:
Tristan hat das Schwert genommen;
daß er zu Ritterwürden kam,
damit war er sehr erfolgreich –
laßt hören, welche Art von Leid
er hatte, von Erfolg gekrönt!«
In einer Sache, die – bei Gott –
stets schon einem jeden Herzen,
vor allem *seinem* naheging:
daß man den Vater umgebracht,
wie er Rual berichten hörte,
das quälte ihn im Innersten.
So waren jeweils Gutes/Böses,
Erfolg/Verlust und Freude/Leid
in *einem* Herzen stets Gewißheit.

In diesem Punkt stimmt jeder zu:
Feindschaft hegt ein junger Mann
mit größerer Entschiedenheit
als ein gestandner Mann.

Oberhalb der neuen Würden
kreisten über Tristan ständig
geheime Trauer und der Schmerz
(was ihm freilich keiner ansah),
die ihm der Tod von Riwalon
und Morgans Überleben brachten –
der Schmerz war ihm mit Trauer nah.
Der trauervolle Tristan

sowie sein treuer Helfer,
dem Treue auch den Namen gab:
le très loyal, der Mann im Glück,
sie rüsteten sofort
eine Pracht von Barke aus
mit Zubehör, das prächtig war
und von allerbester Güte.
Danach traten sie vor Marke.
Tristan sagte: »Lieber Herr,
bitte gebt mir die Erlaubnis,
daß ich nach Parmenien reise,
um dort, wie Ihr empfohlen habt,
zu sehn, wie meine Lage ist
bezüglich Land und Herren,
die, so sagt Ihr, mir gehören.«
Der König: »Einverstanden, Neffe.
Du wirst mir allerdings sehr fehlen!
Ich erfülle deine Bitte.
Reise nach Parmenien heim,
du und deine compagnie!
Falls du weitre Ritter brauchst,
so nimm sie, wie es dir beliebt.
Nimm Rösser, Silber und auch Gold
und was du sonst noch nötig hast,
wie immer dir das sinnvoll scheint.
Wen du dir zum Gefährten nimmst,
behandle ihn so gut, mit Sold,
und im Geist der Kameradschaft,
daß er dir gerne Dienste leistet,
dir loyal zur Seite steht.
Liebster Neffe, handle, lebe
gemäß der Lehre deines Vaters,
des loyalen, der hier steht,
der dir bisher schon derart viel
an Liebe, Treue, Ehre schenkte.
Und wenn es Gott gewährt,

daß du dort Ordnung schaffst,
und den Rechtsstreit schlichtest,
dir zu Ehre, Nutz und Frommen,
so mußt du wiederkommen.
Ja, kehre nur zurück zu mir!
Eins gelobe und erfüll ich dir –
schau, ich geb dir drauf die Hand:
Mein Vermögen und mein Land
teil ich stets gerecht mit dir.
Und wenn sich dir, zum Glück, ergibt,
daß du mich überleben wirst,
so sei dies alles dein Besitz.
Denn ich werde dir zuliebe
auf eine Ehefrau verzichten,
und dies für mein gesamtes Leben.
Nun hast du, Neffe, klare Kenntnis
von meiner Bitte, meinem Plan.
Wenn du mich magst, wie ich dich mag,
hältst du zu mir wie ich zu dir,
bei Gott, so laßt uns lebenslang
frohgestimmt zusammenstehn.
Und nun erlaub ich dir zu gehn.
Der Sohn der Jungfrau schütze dich!
Nimm die Mission und deine Ehre
entschieden in die Hände!«
Sie brachen unverzüglich auf:
Tristan und sein Freund Rual,
sie beide mit suivants,
und segelten von Cornwall
wieder heimwärts nach Parmenien.

Oh, wenn ihr gerne hören möchtet,
wie die Herrn empfangen wurden,
erzähl ich euch (wie ichs gehört),
wie sie dort empfangen wurden...

Ihrer aller Kommandeur,
Rual, loyal und zuverlässig,
er betrat zuerst das Land
und legte Hütchen und Gewand
seines Herrn dort höfisch ab,
lief auf Tristan zu, mit Lächeln,
küßte ihn und sprach: »Mein Herr,
seid Gott willkommen,
Eurem Land und mir!
Macht Euch ein Bild, Herr: seht Ihr
dieses schöne Land am Meer?
Befestigte Städte, starke Forts
und viele schöne châteaux:
seht, die hat Euch Euer Vater
Riwalon vererbt, vermacht.
Seid Ihr entschlossen, auf der Hut,
Ihr werdet nichts von dem verlieren,
was Euer Auge hier erblickt.
Dafür steh ich künftig ein!«
Er wandte sich nach dieser Rede
ab, mit vollem Herzen, froh.
Und frohgestimmt hieß er die Ritter
willkommen, Mann für Mann:
er begann sie, höchst vollendet,
mit wohlgesetzten Worten
zu saluieren, zu begrüßen.
Und führte sie nach Canoël hinauf.
Die Städte, die châteaux,
die seit der Zeit des Riwalon
bei ihm in treuen Händen waren,
und zwar mit dem gesamten Land,
die übergab er nun an Tristan
(nach dem Grundsatz seiner Treue)
zugleich auch seine eigenen,
die ihm von seinen Ahnen
durch Erbrecht zugefallen waren.

Wozu noch Weiteres berichten?
Er hatte Mittel, hatte Zins;
bot seinem Herrn die Mittel an
(mit ihm auch all den Seinen) –
ganz der Mann von Zins und Mitteln!
Solch Betätigen, Bemühen,
das er in seiner Freundlichkeit
auf jede Weise eingebracht
zu ihrer aller Gunsten –
so was fand noch keinen Zeugen!

Wie nun? Wie konnt mir das passieren?!
Mir ist ein Fehler unterlaufen!
Wo steht mir bloß der Kopf?
Die gute Frau des Marschalls,
Madame Floraite, makellos
und grundsolide – daß ich sie
überging und damit kränkte,
ist nicht die feine Art des Hofes...
Ich versprech dafür der Lieben
Besserung und Buße!
Die Höfische, Gute,
die freundlich Gesinnte,
die Würdigste, Beste –
ich weiß, daß sie die Gäste
nicht nur im Lippendienst empfing.
Vor jedem Wort von ihren Lippen
stand der allerbeste Wille;
ihr Herz, es schlug bei ihr so hoch,
als wenn es Flügel hätte;
ihr Wille, ihre Sprache,
die beiden waren völlig eins,
und waren überbordend
beim Empfang der Gäste –
dessen bin ich sicher!
Die ganze Freude, die das Herz

der herrlichen Floraite
für ihren Herrn, ihr Kind empfand
(den jungen Helden des Romans hier,
ich meine Tristan, ihren Sohn),
auf diese Freude schließe ich
aus vielen, reich vorhandnen
Werten, guten Umgangsformen
der Herrlichen, von der ich las.
Alles das besaß sie reichlich,
und das bewies sie derart klar,
wie eine Frau dies zeigen soll.
So gab sie Order, ihrem Sohn
und den Gefährten alles recht
zu machen, sie zu ehren,
wie das Ritter nie erlebten.

Inzwischen wurden in Parmenien
landesweit die Herren
einberufen: die Schicht,
die dort die große Zahl
der Städte und châteaux besaß.
Als sie nach Canoël
gekommen waren, zur Versammlung,
und die Wahrheit über Tristan
hörten und zur Kenntnis nahmen
(die uns der Roman vermittelt,
wie ihr das bereits erfaßt habt...),
da flogen tausend Willkommensgrüße
von ihrer aller Lippen auf.
Die Herren dieses Lands begannen,
aus langem Leide zu erwachen
und sich nun – Wunder über Wunder! –
auf Freude einzustellen.
Aus Tristans, ihres Herren, Hand
empfing denn jeder einzelne
Lehen, Untertanen, Land,

beschwor als Lehensmann Gefolgschaft.
In dieser Zeit litt Tristan ständig
am Schmerz, den er verschwieg,
der sich verbarg in seinem Herzen
und dessen Anlaß *Morgan* war;
dieser Schmerz verließ ihn nie,
weder früh noch spät.
Und so hielt er Rat darüber
mit Verwandten, Lehensleuten,
verkündete, daß er von hier
in die Britannie eilen werde,
um aus seines Todfeinds Hand
sein Lehen zu empfangen,
und somit das Land des Vaters
mit vollem Rechte zu besitzen.
Das sagte er – und tat es auch.
Er verließ Parmenien,
er und seine compagnie,
so gut gerüstet, vorbereitet,
wie sichs für einen Mann gehört,
der zu gewagtem Handstreich
fest entschlossen ist.
Als Tristan zur Britannie kam,
da vernahm er par hasard,
doch erfuhr es zuverlässig:
Herzog Morgan reite dort
von Wald zu Wald auf Hatz.
Darauf ließ er Tempo machen,
sich die Ritter präparieren:
sie trugen unter ihrer Kleidung
Kettenhemden, Eisenteile,
doch so, daß nicht *ein* Kettenring
zu sehen war in ihrer Kleidung.
Schon geschehen, schon gemacht…
Da drüber legte jeder Mann
den Reisemantel mit Kapuze an

und schwang sich so aufs Roß.
Sie ließen daraufhin den Troß
nach hinten reiten, und zwar langsam –
doch sollte man nicht stehenbleiben . . .!
Die Ritter teilten sich nun auf.
Die größre Hälfte wurde
zurückgeschickt, im Ritt,
um den Troß zu sichern,
der auf seiner Straße zog.
Als dies geschehn, da waren jene,
die mit Tristan weiterritten,
gut dreißig Ritter insgesamt
und jene auf dem Weg zurück
gut sechzig oder mehr.
Es dauerte nicht lang und Tristan
sah die ersten Hunde, Jäger.
Letztere befragte er,
wo sich ihr Herr befinde.
Das teilten sie ihm mit, sofort.
Und er gleich los in diese Richtung;
so entdeckte er sehr bald
an einer rivière des Waldes
viele Ritter der Britannie;
es standen für sie auf der Wiese
große tentes, auch Hütten:
mit Laubgezweig umflochten,
besteckt mit vielen schönen Blumen.
Sie hatten ihre Hunde, Falken
ganz in ihrer Nähe.
Höflich und nach Hofesart
erwiderten sie Tristans Gruß,
zugleich auch den der formation,
und erteilten ihm die Auskunft,
ihr Herr Morgan reite
im Wald, ganz in der Nähe.
Sie galoppierten gleich dorthin.

Und stießen denn auf Morgan
und viele Ritter der Britannie
hoch auf Kastilianern, reglos –
nun ritten sie im Trab zu ihm.
Morgan empfing die Fremden,
deren Absicht er nicht kannte,
freundlich und sehr gastlich –
wie man den Gast empfangen soll.
Auch sein Kreis von Herrn des Landes:
es eilte jeder einzeln
heran, um Tristan zu begrüßen.
Nach diesem Wirbel von Bewegung,
als die Grüßerei vorbei war,
wandte Tristan sich an Morgan:
»Herr, ich bin hierhergekommen
wegen meines Lehens;
ich verlang, daß Ihr es mir verleiht,
daß Ihr auf keinen Fall verweigert
worauf ich allen Anspruch habe.
So verfahrt ihr recht und höfisch.«
Morgans Antwort: »Nennt mir, Herr,
Eure Herkunft, Euren Namen.«
Tristan gab darauf die Antwort:
»Ich bin geboren in Parmenien;
mein Vater, der hieß Riwalon.
Herr, ich werde dessen Erbe sein.
Ich selber heiße Tristan.«
Morgan sagte: »Herr! Womit Ihr
mir da kommt, das ist so albern,
daß man es besser unterdrücken
sollte, statt es vorzutragen.
Ich brauch nicht lange nachzudenken:
Wenn Ihr ein Anrecht bei mir hättet,
so würdet Ihr auch rasch belehnt –
sofern bei Euch nichts störend wäre,
sofern Ihr jemand wärt

mit Recht auf jenen Zins,
den Ihr für Euch in Anspruch nehmt.
Wir alle aber wissen genau
(man redet überall davon),
auf welche Weise Blanchefleur
das Land verließ mit Eurem Vater,
zu welchen ›Ehren‹ sie dann kam,
und wie die Liebschaft endete.«
»*Liebschaft*?! Wie versteht Ihr das?!«
»Ich äußre mich dazu nicht weiter,
denn in der Sache trifft es zu.«
»Herr!« war Tristans Antwort,
»ich begreife, was Ihr meint!
Ihr wollt mit Eurer Äußrung sagen,
ich sei nicht ehelich geboren
und hätte meinen Rechtsanspruch
auf mein Lehen ganz verloren!«
»Jawohl, Herr Rittersmann!
So mein ich das! Und andre auch.«
Tristan rief: »Ihr redet schlimm!
Ich war bisher der Meinung,
es wär gehörig, angemessen,
wenn man einen schon verletzt,
daß man dem jedoch mit Worten
Takt und Anstand zeigt.
Hättet Ihr noch Takt und Anstand,
Ihr hättet mir, nach der Verletzung,
diese Worte ersparen können,
die neue Schmerzen wecken
und alte Schuld beleben.
Schließlich schlugt Ihr meinen Vater tot!
Doch damit scheint Euch wohl
mein Leid nicht groß genug,
behauptet noch, daß meine Mutter
mich nicht als *Ehefrau* im Leib trug!
Gott der Allmächtige steh mir bei!

Ich weiß, daß noble Männer mir –
die ich hier nicht benennen muß –
die Huldigung entgegenbrachten.
Hätten die von solchem Fehltritt
gewußt, wie Ihr ihn unterstellt,
so hätte keiner von den vielen
die Hände in die meinen gelegt!
Sie kennen sehr genau die Wahrheit,
daß mein Vater Riwalon
vor seinem Tode meine Mutter
zur *Ehefrau* genommen hat!
Wenn ich das vor Euch persönlich
bestätigen, beweisen soll,
gut, dann bring ich den Beweis!«
Morgan: »Schert Euch doch zum Teufel!
Was bringt schon die Beweiserei?
Euer Hieb kann keinen treffen,
der dem Hof-Recht untersteht!«
Tristan rief: »Das wird sich zeigen!«
Das Schwert gezückt! Ihn attackiert!
Von oben nach unten durchschlug er ihm
den Schädel und das Hirn –
erst an der Zunge war dann Halt.
Und er stieß ihm gleich darauf
das Schwert ins Herz hinein.
Da zeigte sich die ganze Wahrheit
des Sprichworts, das da lautet:
Es ruht die Schuld, doch fault sie nicht.

Und nun ein Textsprung über rund 1000 Verszeilen hinweg. Rual holt Tristan aus einer militärisch brenzligen Situation heraus, in die er sich mit seinem ebenso einsamen wie fragwürdigen Entschluß zum ›Kommandounternehmen‹ Morgan hineinmanövriert hat. Ausführliche Beschreibung der Kämpfe.

Kaum aber ist das persönliche Lehensproblem gelöst, wenn auch mit Brachialgewalt, droht schon der nächste Konflikt unter dem Stichwort Lehen. Morold, der Ire, tritt auf den Plan und fordert von Marke Tribut. Wie der aussieht und ob der überhaupt berechtigt ist, das wird nun sehr, sehr ausführlich erörtert. Der Text suggeriert hier, daß Gottfried rechtskundig, ja im Rechtswesen tätig war. Es wird in dieser Sequenz abgehandelt, was als Problematik weltenweit von uns entfernt ist – also habe ich den Textblock in den Anhang transferiert.

Tristan hat die Forderungen Morolds in langen Ausführungen zurückgewiesen, und es steht nun das große Duell bevor, mit dem er beweisen will, daß das Recht auf der Seite derer steht, deren Partei er ergriffen hat.

Als nun der dritte Tag begann,
da kamen alle Herrn des Landes,
kam Kriegsvolk derart zahlreich,
daß das Terrain am Meer
bedeckt war von dem Heer.
Morold ging, um sich zu wappnen.
Ich will, in Hinblick auf die Rüstung
sowie auf seine Körperkraft,
den Eindruck des Gefühls,
den geschärften Blick des Geistes
durch allzu detaillierte Sicht
nicht belasten, nicht betäuben,
auch wenn man ihn in seinem Mut
sehr oft den Ersten nennt.
Es wurde oft von ihm erzählt,
daß er – vollkommnes Bild des Ritters –
für seinen Mut, die Kraft, die Größe
Lob erhielt in allen Reichen.
Damit sei er genug gelobt!
Ich weiß ja, daß er fähig war
(damals und zu jeder Zeit),
im Zweikampf wie auch in der Schlacht
nach dem Ritterkodex völlig
der Körperkraft gerecht zu werden:

er brachte viel Erfahrung ein.
Dem edlen König Marke,
dem wurde dieser Kampf so sehr
zur inneren Belastung,
wie niemals eine Frau, entmutigt,
um einen Mann gelitten hat.
Er hatte nicht die kleinste Hoffnung,
daß Tristan überleben würde;
er hätte lieber jene Schmach
des Tributs erduldet, ständig,
wär nur der Kampf vermieden worden...
Jedoch, es ging viel besser aus
in diesem Punkt, in jenem Punkt,
im Punkt Tribut, in puncto Held.
Tristan, dem Erfahrung fehlte
im Kampf auf Leben und auf Tod,
begann sich auch zu dieser Zeit
den Ringelpanzer anzulegen,
so gut er das vermochte;
seinen Leib und seine Glieder
umhüllte er zum Schutz mit Polstern,
darüber schöne Rüstungsstücke:
den Beinschutz und das Panzerhemd;
die waren hell und schimmernd
in dem Maße, wie der Meister
seine Sorgfalt, all sein Können
auf dieses Werk verwendet hatte.
Zwei schöne, starke Sporen
schnallte ihm nun Marke an
als Freund und treuer Helfer,
und es weinte dabei sein Herz.
Die Riemen, Gurte seiner Rüstung
verzurrte er mit eigner Hand.
Man brachte einen Waffenrock,
der war, wie ich erzählen hörte,
von damenhaften Händen

an den Säumen, in den Falten
und an allen seinen Rändern
bezaubernd schön entworfen
und im Rahmen mit dem Webschwert
noch viel schöner ausgeführt.
Hoho, als er ihn überwarf –
wie attraktiv, wie glorreich
er in diesem Umhang wirkte,
darüber ließe sich viel erzählen,
jedoch, ich will den Text nicht dehnen.
Die Erzählung würd zu lang,
wenn ich dies alles so erschöpfend
behandeln würde, wie ich sollte.
Doch müßt ihr noch dies eine wissen:
Es paßte dieser Mann zum Umhang
besser (rühmlich, ehrenvoll!)
als der Umhang zu dem Mann;
wie schön, wie rühmenswert
der Waffenrock auch immer war,
so war er doch der Würde dessen,
der diesen Waffenrock nun trug,
kaum, fast gar nicht angemessen.
Marke hängte an den Gürtel
ein Schwert: sein Leben und sein Herz,
denn dies vor allem schützte ihn
vor Morold – und vor vielen später.
Es war in seinem Schwung herab
so balanciert, auf seinem Weg
so zielgerichtet, daß es nicht
zu hoch traf, nicht zu niedrig,
sondern mitten, wo es *beißt*!
Man brachte, auf Befehl, den Helm;
der war wie ein Kristall
in seiner Helligkeit und Härte –
der glänzendste, der beste,
den je ein Ritter aufgesetzt.

Ich glaube, ein so guter Helm
kam vorher nie nach Cornwall!
Es ragte obendrauf der Pfeil,
Zukunftszeichen der Frau LIEBE,
das sich bei Tristan später
erfüllen sollte in der Liebe –
wenn auch lange aufgeschoben.
Marke setzte ihm den auf:
»Neffe, ach, daß ich dich traf,
das klag ich bitterlich vor Gott.
Wenn du mir zum Unglück wirst,
so sag ich allem Fehde an,
was einen Mann erfreuen kann!«
Ein Schild ward, auf Befehl, gebracht.
Es hatte eines Könners Hand
größten Fleiß auf ihn verwandt,
er war gänzlich silberhell,
um damit abgestimmt zu sein
auf Helm und Panzerringe.
Außerdem war er poliert,
mit einem Glanz versehn
wie neugemachtes Spiegelglas.
Ein Eber war drauf appliziert
aus Zobel, schwarz wie Kohle,
meisterhaft und schön geschnitten.
Sein Onkel hängte ihm den Schild um.
Dem Mann, der majestätisch war,
ihm stand er gut; er paßte sich
der Flanke an wie festgeleimt,
jetzt und immerdar.
Als so der rühmenswerte,
angenehme junge Mann
den Schild an seine Seite zog,
da strahlten die vier Rüstungsstücke
(Helm und Maschenpanzerhemd,
Schild und Eisen-Beinschutz)

einander derart glanzvoll an –
hätt es der Schmied drauf angelegt,
daß der Glanz von jedem Stück
den Glanz des andren steigere,
dadurch erneut an Glanz gewinne,
so hätt das Leuchten all der vier
kaum ausgeglichner wirken können!
Doch andrerseits: dies neue Wunder,
das sich darin, das sich darunter
als Gefahr und als Bedrohung
verbarg für seine Feinde –
war denn dies bedeutungslos
vor dem grandiosen Können,
das sich *außen* an ihm zeigte?
Ich seh dies klar im Tageslicht:
Wie immer dieses äußre Bild
auch sei, es war das *innre* Bild
(als des Ritters figuration)
noch weitaus schöner entworfen,
gebildet und gemeistert
als jene äußre apparition.
Das Werk, das *in* dem Panzer steckte,
war in seiner Form, im Geist
aufs rühmlichste geplant.
Die Meisterschaft des Künstlers,
ha, wie schön erschien sie hier!
Die Brust, die Arme, seine Beine,
sie waren prächtig, herrlich, schön,
wohlgeformt, von wahrem Adel.
Die Rüstung, die ihn so umhüllte,
sie stand ihm gut, zum Jubeln gut!

Ein Knappe hielt sein Roß am Zügel:
in Spanien oder anderswo
ward nie ein schöneres gezüchtet!
Nirgends war es eingesunken,

war an der Brust und an der Kruppe
breit und schön gewachsen,
war an beiden Flanken stark,
war rundherum vollkommen.
Seine Hufe, seine Beine
folgten ebenfalls vollendet
dem Gesetz der Schönheit.
Die Hufe rund, die Beine grad –
schlank gewachsen alle viere
wie auf freier Wildbahn:
auserlesen und erlesen!
Vor dem Sattel, vor der Brust
war es so vollendet
wie ein ideales Streitroß.
Eine weiße Satteldecke
lag darauf, hell wie der Tag,
schimmernd wie der Ringelpanzer;
sie war so prächtig und so lang,
daß sie glatt herunterhing,
bis unterhalb der Knie des Rosses.
    Als Tristan so zum Kampf
(nach dem ritterlichen Kodex,
nach dem Ritual des Zweikampfs)
rühmenswert gerüstet war,
da stimmten sämtliche Experten
des Urteils über Mann und Rüstung
in diesem Punkte überein:
Mann und Rüstung hätten nie
ein beßres Bild ergeben!
So schön es hier erscheinen mochte,
es schien doch viel, ja weitaus schöner,
als er auf dem Streitroß saß
und den Lanzenschaft umfaßte:
da war dies Bild ein Augenschmaus,
war dieser Ritter eine Pracht –
überm Sattel. Drunter auch!

Die Arme und die Schultern hatten
genügend weiten Spielraum.
Wo man im Sattel sitzen muß,
da saß er fest in diesem Sattel,
eingepaßt in Sattelbögen.
Vor die Schultern dieses Rosses
waren seine schönen Beine
straff und gertengrad gestreckt.
Da paßte Roß, da paßte Reiter
so harmonisch zueinander,
als wären diese beiden
gemeinsam, ja in *einem* Stück
geboren worden, aufgewachsen.
Die Haltung Tristans auf dem Roß
war exzellent, er saß
fest im Sattel: sattelfest.
Dennoch, so vollendet er
in seiner Körperhaltung war,
so war doch seine innre Haltung
von schönem, ja von bestem Stil;
noch nie zuvor umschloß ein Helm
so noblen Geist, so schöne Form.

Und so wurde beiden Kämpfern
ein Kampfplatz zugewiesen:
ein Inselchen im Meer,
so nah am Ufer und am Heer,
daß man sehr gut sehen konnte,
was auf der Insel dort geschah.
Man hatte auch noch ausgemacht,
daß außer diesen beiden Männern
keiner dorthin kommen sollte,
bevor der Kampf beendet sei.
Das wurde auch so eingehalten.
Es wurden beiden Kämpfern
zwei Boote rangestakt ans Ufer;

beide waren groß genug,
um je ein Streitroß, einen Mann
in Rüstung leicht zu transportieren.
Die Boote lagen nun bereit;
Morold stieg in eins von ihnen.
Er nahm das Ruder in die Hand
und pullte rüber an das Ufer.
Sobald er auf der Insel war,
versorgte er sein kleines Schiff
und machte es am Ufer fest.
Er schwang sich gleich aufs Roß,
nahm die Lanze in die Hand,
ließ es auf der ganzen Insel
galoppieren, attaquieren,
hin und her lachieren;
seine attaques, sie waren
auf diesem Todeskampfplatz
derart leicht und spielerisch,
als wär dies alles nur zum Sport.
Als Tristan auf dem Boot war,
seine Sachen schon an Bord,
sein Streitroß, seine Lanze,
ging er am Bug in Positur.
»König«, rief er nun, »Herr Marke!
Macht Euch nicht zu große Sorgen
um mich und um mein Leben –
vertrauen wir hier ganz auf Gott!
Unsre Angst bringt hier nicht weiter.
Wie, wenn es besser läuft für uns,
als man es uns vorausgesagt?
Über Sieg und Glück bei uns
entscheidet nicht die Ritterkunst,
sondern letztlich Gottes Macht.
So gebt denn alle Vor-Furcht auf,
ich kann durchaus hier überleben!
Es belastet die Affaire

mein Gemüt nicht im geringsten!
Macht das auch so! Wahrt die Haltung!
Es geht nur *so* aus, wie es soll.
Wie immer meine Sache ausgehn,
wie die Entscheidung fallen mag,
vertraut an diesem Tag Euch selber
und die Herren Eures Landes
Dem an, Dem ich fest vertraue.
Gott selber zieh mit mir
auf den Kampfplatz, in den Kampf,
verschaff dem Recht sein Recht!
Gott muß wahrlich mit mir siegen
oder sieglos unterliegen.
Er nehme sich der Sache an.«
Er sprach den Segen über sie,
stieß das Boot vom Ufer ab
und fuhr in Gottes Namen los.
Ihn vertrauten viele, betend,
Gott an, mit dem Leib, dem Leben;
ihm schickten viele noble Hände
ihre Segenszeichen nach.
Als er am Ufer angelegt,
ließ er sein Schiffchen treiben
und schwang sich gleich aufs Roß.
Morold war sofort zur Stelle:
»Was soll das heißen?! Sag es mir!
Warum, mit welcher Überlegung
hast du das Schiffchen treiben lassen?!«
»Ich tat es nur aus diesem Grund:
hier ist ein Boot und sind zwei Männer,
und darin gibt es keinen Zweifel:
falls sie hier nicht beide ›bleiben‹,
vielmehr einer von den beiden
den Tod erleidet auf der Insel,
so hat wohl jener, der hier siegt,
mit diesem einen Boot genug,

das dich hierher zur Insel trug.«
Morold sprach: »Ich hab verstanden;
es führt kein Weg daran vorbei,
dieser Zweikampf muß erfolgen.
Doch würdest du darauf verzichten,
indem wir uns hier gütlich trennen,
und es wird dabei vereinbart,
daß ich auch künftig Anspruch habe
auf den Tribut aus beiden Ländern,
so schiene mir, dies wär dein Glück.
Es täte mir doch ehrlich leid,
wenn ich dich erschlagen müßte.
Kein Ritter, den ich je erblickte,
gefiel mir derart gut!«
Der tapfre Tristan daraufhin:
»Soll Friede werden, dies auf Dauer,
muß künftig der Tribut entfallen.«
»Unmöglich!« rief der andere.
»Kein Friede unter *der* Bedingung!
So läßt sich das nicht gütlich schlichten!
Der Tribut muß mich begleiten!«
Tristan sagte: »So verhandeln
wir im Rechtsstreit ganz umsonst!
Morold, weil du sicher bist,
daß du mich erschlagen wirst,
so wehr dich, wenn du leben willst.
Etwas andres läuft hier nicht!«
Er warf sein Roß herum;
es lief aus dieser Kehre
zielbewußt in seine Richtung.
Die Lanze war gesenkt,
der Herzenswille fest,
so sprengte er geradeaus;
mit pumpenden Schenkeln,
mit Füßen und Sporen
nahm er die Pferdeflanken zwischen.

Was hätt der andre warten sollen,
des Leben auf dem Spiele stand?
Der tat genau, was jeder tut,
der mit Sinn und mit Verstand
zum Heldentum entschlossen ist;
wie es ihm sein Herz befahl,
machte er nun gleichfalls kehrt,
ritt rasch davon, noch schneller ran,
hob und senkte gleich die Lanze.
Und so kam er galoppiert
wie vom Teufel transportiert.
Beide, Roß und Reiter, ritten
schneller als ein Zwergenfalke
im Renn-Galopp auf Tristan los.
Auch Tristan war sehr scharf auf ihn!
Sie kamen mit so gleicher Kampflust,
so gleichem Flugschwung auf sich zu,
daß ihre Lanzen brachen,
die in die Schilde stachen –
bestimmt in tausend Stücke!
Und schon war ein Gezücke
ihrer Schwerter; sie begannen,
von den Sätteln aus zu kämpfen.
Es wär ein Bild für Gott gewesen!
  Nun hör ich alle Welt erklären
(so steht es auch in der Geschichte),
daß dies ein Zweikampf sei,
und jedermann bestätigt denn,
hier seien nur zwei Mann.
Ich werde jetzt jedoch beweisen,
daß dies eine Feldschlacht war
zweier ganzer formations.
Obwohl ich das mit keinem Wort
gelesen habe über Tristan,
werde ich dies glaubhaft machen.
Wie uns die richtige Tradierung

schon stets erzählte, noch erzählt,
hatte Morold Kraft für vier,
das macht: ein Rittertrupp von vieren.
Dies war die Streitmacht *einer* Seite.
Auf der andren war sie so:
erstens Gott und zweitens Recht,
drittens ihrer beider Knecht
und ihr braver Herrendiener,
Tristan, der sehr tüchtig war,
viertens Kampfentschlossenheit,
die in Bedrängnis Wunder wirkt.
Diese vier und jene vier,
also: acht gruppiere ich
rasch zu beiden formations,
obwohl ich kaum gruppieren kann...
Noch eben schien euch, die Geschichte
sei wohl reichlich ungereimt,
weil zwei Trupps auf nur zwei Rössern
gar nicht hätten kämpfen können...
Doch ihr kennt ja nun die Wahrheit,
daß hier jeweils vier der Ritter
(sprich: ein Rittertrupp von vieren)
unter *einem* Helme kämpften;
sie griffen sich zu dieser Zeit
scharf in nächster Runde an.
So kam denn eine Allianz
(Morold mit der Kraft von vieren!)
auf Tristan zu wie ein Gewitter.
Der todgeweihte Teufelsknecht
hieb derart kräftig auf ihn ein –
er hätte ihm mit Hieben fast
die Kraft geraubt und das Bewußtsein.
Hätt ihn nicht der Schild gedeckt,
unter dem er mit Geschick
Deckung suchte, Zeit gewann,
ihm hätten Helm und Panzerhemd

und weitres Eisen nichts geholfen,
Morold hätte ihn getötet –
dies durch seinen Ringelpanzer!
Deckte ihn mit Hieben ein,
daß er nicht mal aufschaun konnte,
setzte ihm mit Hieben zu,
bis er es mit Hieben schaffte,
daß Tristan, drangsaliert von Hieben,
den Schild zu weit vom Körper hielt
und damit die Deckung hob –
in dem Moment schlug Morold
in seinen Oberschenkel, so brutal,
daß dies beinah tödlich war:
im Beinschutz und im Kettenhemd
lag das Fleisch, der Knochen frei,
und es spritzte Blut heraus,
sprühte auf den Inselboden.
»Und jetzt?« rief Morold, »gibst du auf?!
Dir wird hiermit wohl selber klar,
daß niemand unrecht handeln darf!
Dein Unrecht wird hier offenkundig!
Und jetzt: denk nach! Wie soll das gehn,
daß du noch weiterleben kannst?
Wahrlich, Tristan, diese Not,
sie ist dein sichrer Tod.
Wenn *ich* hier keine Wende bringe,
wird keine Frau und wird kein Mann
dich jemals wieder heilen können:
du bist von einem Schwert verwundet,
das tödlich, weil *vergiftet* ist.
Kein Arzt und keine Heilkunst
erretten dich aus der Gefahr;
dies kann einzig meine Schwester,
Isolde, Königin von Irland.
Sie kennt verschiedne Pflanzen
und die Heilkraft aller Kräuter

und die Wissenschaft der Ärzte.
Nur sie allein beherrscht die Kunst
und niemand sonst auf dieser Welt.
Wenn *sie* nicht heilt, so mußt du sterben.
Doch wenn du auf mich hören willst
und mir den Tribut versprichst,
so muß die Schwester, Königin,
dich höchstpersönlich heilen;
ich werde den Besitz sodann
in aller Freundschaft mit dir teilen;
was immer du dir wünschen magst,
ich werde dir nichts vorenthalten.«
Tristan: »Das Recht auf meiner Seite
und mein Ansehn geb ich weder
dir noch deiner Schwester preis!
Ich brachte in der Freien Hand
die Freiheit zweier Länder her –
die wird mich auch zurückbegleiten,
es sei denn, daß ich ihretwegen
noch mehr erleide – oder sterbe.
Doch bringt mich diese *eine* Wunde
noch nicht in so bedrängte Lage,
daß alles hier verloren wäre.
Der Kampf ist zwischen uns
überhaupt noch nicht entschieden!
Der Tribut: dein Tod! Oder meiner…
Etwas andres läuft hier nicht!«
Sofort griff Tristan wieder an. –
Nun stellt hier einer wohl die Frage,
ich selber schließe mich ihr an:
»Das Recht und Gott, wo sind sie nun,
diese Kampfgefährten Tristans?!
Ob die ihm noch helfen wollen?
Dies würd ich allzu gern erfahren!
Sie lassen sich ja ziemlich Zeit!
Ihre Truppe, formation,

ist schon reichlich angeschlagen.
Wenn sie nicht baldigst kommen,
so kommen sie zu spät.
Sie sollen also voranmachen!
Hier reiten zweie gegen viere
und kämpfen um ihr nacktes Leben –
das hat die Hoffnung aufgegeben,
und so packt es die Verzweiflung!
Sollen sie gerettet werden,
muß dies möglichst rasch geschehn!«
Das Recht und Gott, sie ritten her
mit dem gerechten Urteilsspruch,
zum Heile ihrer formation,
zum Unheil ihrer Feinde.
Jetzt begannen sie sich alle
in gleicher Stärke zu formieren:
viere gegen viere;
ein Trupp ritt gegen einen Trupp.
Als Tristan nun die Gegenwart
seiner Kampfgefährten spürte,
da wuchsen ihm der Mut, die Kraft,
ihm schenkte seine Allianz
Beherztheit, Kraft zum Kampf.
Seinem Roß gab er die Sporen;
er kam so heftig angaloppiert,
daß er (und das wollte er!),
mit dem Roß-Bug attaquierend,
derart auf den Gegner krachte,
daß er ihn zu Boden warf
mit Roß und allem Drum und Dran.
Als Morold nach dem Sturz
ein bißchen wieder zu sich kam,
zurück zu seinem Streitroß wollte,
war Tristan schon zur Stelle,
schlug ihm derart an den Helm
daß der wegflog, und zwar weit.

Doch Morold griff schon wieder an,
schlug Tristans Roß die Schulter ab
(durch den caparaçon!), so daß es
unter ihm zusammenbrach,
und Morold nur noch eines blieb:
er sprang halt weg, zur Seite.
Morold, der gewitzte Mann,
schob den Schild auf seinen Rücken,
wie ihn dies Erfahrung lehrte,
griff mit seiner Hand nach unten,
packte wieder seinen Helm.
Routiniert, wie er das war,
dachte er und plante er:
Käm er wieder auf das Roß,
so setze er den Helm sich auf
und greife Tristan nochmals an.
Als er den Helm ergriffen hatte
und zu seinem Streitroß rannte,
und schon derart nah heran war,
daß seine Hand zum Zügel griff
und er mit Schwung den linken Fuß
hineinschob in den Bügel
und den Sattelbogen packte,
da holte ihn schon Tristan ein!
Der hieb ihm auf dem Sattelbogen
die linke Hand ab, samt dem Schwert,
so daß ihm beides in den Sand fiel,
mit Panzerringen und so weiter.
Noch während all dies runterfiel,
verpaßte er ihm wieder eins,
am obren Rand der Ringkapuze;
er drang in solcher Tiefe ein:
als er die Waffe ruckhaft rausriß,
blieb mit diesem starken Ruck
ein Stück vom Schwert zurück
in seiner Schädeldecke –

das brachte Tristan später
in Bedrängnis, in Gefahr,
das führte später fast zum Tod.
Als Morold, der geschlagne ›Trupp‹,
völlig kraftlos, völlig wehrlos,
beim Gehen heftig taumelte
und sich dem Stürzen überließ –
»Und jetzt?« rief Tristan aus. »Und jetzt?!
Gott steh dir bei! Nun sag schon, Morold,
kommt dir die Szene nicht bekannt vor?!
Mir scheint nur, *du* bist schwer verwundet!
Ich schätze, es steht schlecht um *dich*!
Was auch aus meiner Wunde wird –
nun bräuchtest *du* ein gutes Heilkraut!
Was auch Isolde, deine Schwester,
studiert hat in der Medizin,
du wirsts zum Überleben brauchen!
Der gütige, gerechte Gott
und Gottes Forderung nach Wahrheit,
sie haben dein Unrecht klar erkannt,
durch mich dem Recht zum Recht verholfen.
Er steh mir weiterhin zur Seite.
Dein Hochmut ist zu Fall gekommen!«
Schon ging er auf ihn zu,
griff zum Schwert und führte es
mit beiden Händen,
hackte seinem Feind den Kopf ab,
mitsamt der Ringkapuze.

Er ging zurück zum Landeplatz,
wo er das Boot von Morold fand.
Er setzte sich hinein und fuhr
sofort zum Strand und zu dem Heer.
Er vernahm dort, nah am Meer,
großen Jubel, großes Klagen.
Jubel, Klage: ich erklärs euch.

Deren Glück an seinem Sieg hing,
für die war nun ein Tag des Glücks,
des großen Jubels angebrochen;
sie klatschten mit den Händen,
sie priesen Gott mit tausend Zungen,
sie sangen unverzüglich
zum Himmel viele Siegeshymnen.
Doch für die Männer aus der Ferne
(die Fremden, die verhaßten,
die man von Irland hergeschickt),
begann der Tag der großen Klage.
Von ihnen ward so viel geklagt
wie von den anderen gesungen!
Sie rangen ihre Hände,
sie wrangen ihren Jammer.
Als die Fremden, voll des Jammers,
die klagenden Leute aus Irland,
als die in ihrer tiefen Trauer
zu ihren Schiffen gehen wollten,
kam Tristan auf sie zu und blieb
vor ihnen stehen, auf dem Strand.
»Ihr Herren«, sprach er, »fahrt hinüber,
holt euch den Tribut,
den ihr dort auf der Insel findet,
und bringt ihn heim zu eurem Herrn
und teilt ihm mit: Mein Onkel,
König Marke, und seine Herren,
sie schicken ihm dies als présent
und lassen ihm bestellen:
Entspricht es seinem Willen,
daß er zu wünschen geruht,
seine Gesandten herzuschicken,
um solchen Tribut zu fordern,
so lassen wir sie nimmermehr
mit leeren Händen heimwärtsziehn;
mit Ehrengaben *solcher* Art

schicken wir sie ihm zurück –
so viel uns das auch kosten mag!«
Während er die Rede hielt,
verdeckte er mit seinem Schild
die Wunde und das Blut
vor den Ahnungslosen –
das sollte ihn denn später retten.
(So kehrten sie zurück, und keiner
hatte was davon bemerkt!)
Sie zogen augenblicklich ab
und setzten über auf die Insel
und fanden da statt ihres Herrn
einen zerstückelten Menschen vor;
den nahmen sie von dort auch mit.

Als sie in die Heimat kamen,
da befaßten sich die Herren
mit dem présent, so kümmerlich,
durch sie dorthin geschafft –
ich mein die Stücke, alle drei;
die legten sie zusammen, denn
es sollte nichts verlorengehn.
Sie trugen die vor ihren Herrn,
überbrachten ihm – ich las sie vor –
die Botschaft, dies im Wortlaut.
Ich vermute, nehme an,
hab allen Grund, es anzunehmen:
König Gormund der Kühne
war aufgebracht und tief betrübt.
Er hatte allen Grund dazu:
mit diesem einen Mann verlor er
Herz, Gesinnung, Hilfe, Mut
und die Kampfkraft vieler Ritter.
Die Feuerscheibe seiner Ehre,
von Morold in die Luft geschleudert
in allen seinen Nachbarländern –

nun war sie abgestürzt...
Noch größer war jedoch das Leid,
der Jammer und die Klagequal
seiner königlichen Schwester.
Sie und ihre Tochter Isolde,
sie quälten sich auf jede Weise –
ihr wißt ja, daß die Frauen
auf sehr direkte Weise leiden,
wenn ihnen Schmerz zu Herzen geht.
Sie schauten diesen toten Mann
nur an, um Trauer zu beleben,
auf daß ihr ganzes Herzensweh
nur um so größer würde.
Sie küßten ihm das Haupt, die Hand,
die ihnen Herren und ihr Land
unterworfen hatte,
wie ich bereits berichtet habe.
Die Wunden seines Haupts
beschauten sie von allen Seiten
mit scharfem Blick, in tiefer Trauer.
Da fand die sehr erfahrene
Königin mit klarem Blick
den Splitter in der Wunde.
Sie ließ ein feines Zänglein holen;
damit faßte sie hinein
und zog den Splitter so heraus.
Den schauten sie und ihre Tochter
voller Leid an, voller Jammer,
und sie beide nahmen ihn
und legten ihn in einen Schrein –
später sollte dieses Stückchen
Tristan fast das Leben kosten...

Der Herr Morold ist nun tot.
Würd ich lang und breit erzählen
von ihrer aller Trauer

und Klage – nun, was brächte das?
Es unterhielte uns nicht besser…
Wer könnt ihrer aller Leid beklagen?
Morold ward zu Grab getragen,
wie ein normaler Mensch begraben.
Gormund begann die Trauerzeit
und erließ sofort fürs ganze
Reich der Iren den Befehl:
Man solle eifrig Ausschau halten
und einem jeden Lebewesen,
das von Cornwall rüberkomme
(gleich, ob männlich oder weiblich),
daß man dem das Leben nehme.
Dies Gebot und der Befehl
wurden derart streng beachtet,
daß kein Bewohner Cornwalls
zu irgendeinem Zeitpunkt
nach Irland eine Reise
unternehmen und
durch Angebot, durch Zahlung
von Lösegeld verhindern konnte,
daß es ihm ans Leben ging.
So wurden schließlich viele Menschen
schuldlos mit dem Tod bestraft.
Dies alles ohne wahren Grund,
denn Morold war ja tot, mit Recht:
er hatte nicht auf Gott vertraut
und nur auf seine Kraft gebaut;
bei allen seinen Kämpfen hatten
(dies in jeder Lebensphase)
Gewalt und Hochmut mitgemacht –
die hatten ihn zu Fall gebracht.

Jubel in Cornwall. Tristan wird gefeiert. Doch seine Wunde verheilt nicht, ihr Gestank wird unerträglich. So nimmt er Abschied von Marke, reist mit kleiner Mannschaft nach Irland, obwohl dort allen der Tod droht, die von Cornwall kommen. Vor Dublin läßt er sich in einem Beiboot scheinbar aussetzen, nachts, wird am Morgen entdeckt, die Kundschafter lauschen seinem Harfenspiel. Tristan erzählt seine dritte Lügengeschichte, wird trotz der strengen königlichen Order mitgenommen in die Stadt, wird untergebracht bei einem Arzt. Der gibt den Patienten auf; durch Vermittlung eines Priesters wird er auf die Königsburg geschafft, zu Morolds Schwester Isolde. Sie handelt mit »Spielmann Tantris« aus: sie wird ihn heilen, wenn er ihre Tochter unterrichtet. Dieses Mädchen Isolde wird geholt, Tantris spielt Mutter und Tochter Isolde auf der Harfe vor, so schön wie noch nie. Und der 17- oder 18jährige unterrichtet die noch kindhafte Isolde. Tristan wird geheilt. Doch es bleibt seine Furcht, er könnte erkannt werden, also deutet er eine vierte Lügengeschichte an: er sei verheiratet. So erhält er die Erlaubnis der Königin, nach Hause zu reisen.

Ich nehm den Faden wieder auf. –
Als Tristan an das Ufer stieß,
ohne Streitroß, ohne Lanze,
da drängten sich, zu Pferd, zu Fuß,
tausend Trupps an ihn heran
mit ihren Hoch- und Jubelrufen;
sie empfingen ihn begeistert.
Nie hatten König, Königreich
solch einen Freudentag erlebt
(was man ihnen glauben darf...),
denn ihnen hatte Tristans Hand
große Ehre eingebracht,
ihrer aller Schmach und Leid
hatte *er* allein beendet.
Jedoch, die Wunde, die er hatte,
die beklagten sie da sehr,
ihnen ging das wirklich nah.
Doch weil sie damit rechneten,
daß er von der Verwundung
recht bald genesen würde,

gaben sie nicht viel darauf.
Sie führten ihn in ihrer Mitte
auf schnellstem Weg in den Palast,
halfen ihm aus seiner Rüstung,
versorgten und umsorgten ihn,
nach seinen (oder andrer) Wünschen.
Von den Burgen, Herrensitzen
ließ man Ärzte kommen –
die allerbesten, die man fand.
Und dann? Da waren sie, gerufen,
bewiesen ihm ihr ganzes Können
der Wissenschaft der Medizin.
Was nützte das, was half es ihm?
Es brachte keine Besserung.
Ihrer aller Kenntnisse
der Wissenschaft der Medizin,
die hatten keine Wirkung bei ihm!
Das Gift war nämlich so gemischt,
daß sie es überhaupt nicht mehr
entfernen konnten aus der Wunde,
ja, es verteilte sich im Körper;
er nahm da eine Farbe an,
die ihn so schlimm entstellte,
daß man ihn kaum erkennen konnte.
Zudem ging von der Wunde
Gestank aus, derart scheußlich,
daß das Leben ihm zur Last fiel,
er seinen eignen Körper haßte.
Doch bedrückte ihn am meisten,
daß er dauernd sah, genau,
wie er den bewährten Freunden
zur Last fiel, mehr und mehr,
und er verstand den Ausspruch Morolds
immer besser. Freilich hatte er
früher schon gehört, dies öfter,
wie schön und wie vollendet

Isolde sei, die Schwester Morolds.
In allen Nachbarländern,
in denen man den Namen kannte,
galt ihr ein geflügelt Wort:
»Isolde ist kundig, Isolde ist schön,
sie leuchtet wie das Morgenrot!«
Tristan, der bedrückte Mann,
dachte ständig nach darüber,
mit dem Ergebnis: Falls er jemals
überleben sollte, dann allein
durch die Künste dieser Frau,
die hier das Geheimnis kannte –
die Königin mit reichem Wissen.
Wie sich das nun machen ließe,
dazu fiel ihm noch nichts ein.
Jedoch, er dachte Folgendes:
Wenn er eh so sterben müßte,
dann wäre es doch letztlich sinnvoll,
auf Leben *oder* Tod zu setzen,
statt auf diese Todesqual.
Und sogleich entschloß er sich,
auf jeden Fall dorthin zu reisen –
sich Gottes Willen zu ergeben,
falls ihm bestimmt, zu überleben…
   Seinen Onkel ließ er rufen
und teilte ihm vertraulich
(wie ein Freund bei seinem Freund)
die geheime Absicht mit:
Was er, nach dem Ausspruch Morolds,
zu tun entschlossen sei.
   Das gefiel und das mißfiel dem.
Nun soll man, was belastend ist,
ertragen, wie es eben geht;
von zwei Übeln wähl der Mensch
das Übel aus, das kleiner ist –
dieser Grundsatz ist sehr hilfreich.

So kamen beide einvernehmlich
in allen Punkten überein,
wie er die Reise machen sollte
(so wurde sie denn auch gemacht!):
Wie man verbergen müsse,
daß er nach Irland wolle,
wie man verbreiten müsse,
daß er in Salerno sei,
um Heilung dort zu suchen.
Als dieser Plan beschlossen war,
wurde Courvenal gerufen.
Und sie teilten ihm gleich mit,
was ihr Wille, ihre Absicht war.
Courvenal war einverstanden
und sprach, er wolle ihn begleiten,
mit ihm sterben oder leben.

Als es auf den Abend zuging,
machte man für ihre Reise
die Barke und ein Beiboot klar,
verstaute einen großen Vorrat
an Proviant und Lebensmitteln
und was sonst zum Schiff gehört.
Den bedauernswerten Tristan
brachte man mit vielen Klagen
derart heimlich auf das Schiff,
daß, außer den Beteiligten,
keiner was davon bemerkte,
wie er hier verfrachtet wurde.
Seinem Onkel Marke
vertraute er ganz rückhaltlos
Personal und Habe an –
es solle sich kein Panzerring
von einem andren lösen,
bevor man über ihn
eine sichre Nachricht hätte,

wie es ihm ergangen sei.
Seine Harfe ließ er bringen;
nur sie alleine nahm er mit
und sonst nichts von dem Besitz.
Und damit stachen sie in See;
es fuhren diese beiden nur
mit acht Begleitern fort.
Sie hatten allesamt ihr Leben
als Pfand und Bürgschaft hingegeben,
hatten auch bei Gott geschworen,
von Tristans, Courvenals Befehlen
nicht mal fußbreit abzuweichen.
Als sie an Bord gegangen waren,
und Marke blickte Tristan nach,
war dies für Marke kein Vergnügen,
keine Lust, da bin ich sicher!
Diese Trennung ging ihm
unter die Haut, sie griff ans Herz.
Jedoch: es sollte für die beiden
ein gutes, glückliches Ende nehmen …
Als seine Herren nun vernahmen,
in welchem schlimmen Zustand
Tristan nach Salerno
gereist sei, um dort zu genesen –
wär er ihr aller Sohn gewesen,
so hätte sie sein Leid nicht tiefer
berühren können, als nun hier.
Und weil er die Verwundung
im Dienst für sie erlitten hatte,
bedrückte sie sein Leid noch mehr.
Tristan fuhr beständig weiter,
ließ bei Tag und Nacht das Schiff
gegen Wind und Strömung rudern,
blieb bei seinem Kurs auf Irland,
den der Herr des Schiffs
genau für ihn bestimmte.

Und als das Schiff begann,
sich Irland so weit anzunähern,
daß man die Küste deutlich sah,
gab Tristan seinem Steuermann
den Auftrag, Kurs zu nehmen
auf die Hauptstadt Dublin,
denn er wußte zuverlässig,
daß die Königin, die Ärztin,
dort ihren Wohnsitz hatte.
So ging es rasch in Richtung Stadt.
Als der Schiffer auf sie zufuhr,
sie deutlich sah, erkannte –
»schaut, Herr«, rief er zu Tristan,
»ich seh die Stadt, was schlagt Ihr vor?«
Tristan sagte: »Laßt uns dort
vor Anker gehn und bleiben,
diesen Abend dort verbringen,
und auch einen Teil der Nacht.«
Sie gingen mit dem Schiff vor Anker,
erholten sich den Abend lang.
Er ließ dann in der Nacht sogleich
Kurs nehmen auf die Stadt.
Gesagt, getan. Und als sie sich
dieser Stadt so angenähert,
daß sie – ihrer Schätzung nach –
eine halbe Meile vor ihr lagen,
ließ Tristan sich das ärmlichste
aller der Gewänder bringen,
die im Schiff zu finden waren.
Sobald man ihm das angezogen,
ließ er sich sogleich
aus dem Schiff ins Beiboot legen,
ließ darin auch seine Harfe
und so viel Proviant verstauen,
daß er genug zu leben hätte
für drei Tage oder vier.

Dies alles wurde rasch erledigt
wie er das angewiesen hatte.
Er rief nun Courvenal heran
und die Besatzung ebenfalls.
»Freund Courvenal, du übernimmst
diese Barke und die Männer;
behandle die im Blick auf mich
freundlich – dies zu jeder Zeit.
Sobald ihr wieder heimgekehrt,
zahle ihnen so viel Heuer,
daß sie unser Geheimnis hier
mit uns wahren, zuverlässig,
und keinem was davon erzählen.
Und begib dich bald nach Hause.
Wende dich an meinen Onkel,
berichte ihm, daß ich noch lebe,
ja, daß ich mit Gottes Hilfe
weiterleben und gesunden kann.
Er soll nicht leiden wegen mir.
Und sag ihm, er kann sicher sein:
ich komme wieder, dieses Jahr –
vorausgesetzt, daß ich genese.
Falls sich alles gut entwickelt,
wird er bald davon erfahren.
    Verbreit am Hof und bei den Herren,
im Verlauf der Reise sei ich
gestorben – Folge der Verwundung.
Vom Personal, das ich dort habe,
darf keiner dann entlassen werden.
Sieh zu, daß sie dort auf mich warten,
bis hin zu jenem Zeitpunkt,
den ich dir eben mitgeteilt.
Sollte es jedoch der Fall sein,
daß mir im Ablauf eines Jahres
das Glück doch nicht gewogen war,
so gebt mich unbedenklich auf.

Erfleht von Gott mein Seelenheil,
und kümmert euch dann um euch selbst.
Nimm meine Leute mit und kehre
zurück nach Hause, nach Parmenien,
und laß dich nieder bei Rual,
dem lieben Vater. Richt ihm aus,
er möge meine treue Liebe
an dir belohnen, liebend treu,
indem er dich so gut behandle,
so freundlich, wie er das vermag.
Des weitren trag ihm auf:
Er möge mir die eine Bitte
erfüllen, daß er meine Leute,
die mir bisher gedient,
mit Dank entlasse, Ausgleich zahlend,
der ihrer Tätigkeit entspricht. –
Und nun zu euch, ihr lieben Leute:
seid hiermit Gott befohlen,
nehmt euren Kurs auf, laßt mich treiben.
Ich muß in dieser Zeit
der Gnade Gottes harren.
Höchste Zeit, daß ihr nun fahrt,
Leib und Leben euch bewahrt –
es beginnt schon bald zu tagen!«
So fuhren sie mit vielen Klagen
und mit großem Jammer fort,
ließen ihn, mit vielen Tränen,
treiben auf der wilden See;
kein Abschied schmerzte sie so sehr!
Ein jeder loyale Mann,
der einen treuen Freund besitzt,
und weiß, wie man ihn lieben muß,
wahrhaftig, der versteht sehr wohl,
wie schwer es Courvenal ums Herz war.
Doch wie bedrückt auch immer
sein Herz war, sein Gemüt,

er hielt genau den Kurs.

Tristan blieb allein zurück.
Voller Elend, voller Furcht
trieb er mal nach hier, nach dort,
bis in den hellen Morgen.
Als die Bewohner Dublins
zwischen all den Wellen draußen
das steuerlose Beiboot sahen,
ward der Befehl erteilt, geschwind
das Boot zu untersuchen.
Die Späher fuhren gleich dorthin.
Sobald sie näherkamen
(und dennoch keinen sahen),
da hörten sie von dort
so schön, wie es das Herz begehrt,
eine schöne Harfe klingen,
zu dieser Harfe einen Mann
singen, und das derart schön,
daß dies als Ehrengruß erschien –
une merveille war dies für sie.
Sie verharrten auf der Stelle,
solang er Harfe spielte, sang.
Doch ihre Freude hielt nicht vor,
die sie dort durch ihn empfanden,
denn was er da vor ihnen spielte
mit den Händen, was er sang,
das kam nicht aus dem Inneren,
es war sein Herz nicht mit dabei.
Doch ists nicht Brauch beim Musizieren,
auch nur für kurze Zeit zu spielen,
ist das Herz nicht eingestimmt.
Auch wenn dies beinah üblich ist,
so ist doch die Musik nicht echt,
die man bloß mechanisch spielt,
nicht mit Herz und mit Gemüt.

Auch wenn es seine Jugend war,
die Tristan zwang, sie alle
mit Hand und Mund zu unterhalten,
indem er Harfe spielte, sang,
so wars für den geschundnen Mann
nichts als Schinderei und Qual.
Als er nicht mehr weiterspielte,
kam das andre Boot heran.
Man legte bei und schaute rein –
jeder wollte der erste sein!
Als sie nun bemerkten,
wie jämmerlich sein Anblick
und sein gesamter Zustand war,
da fühlten sie sich fast beleidigt,
daß *der* mit Mund und Händen
ein Wunder solcher Art vollbracht!
Jedoch, sie nahmen ihn als Mann,
der es mit Gesang und Spiel
verdient hat, daß man auf ihn eingeht,
und so baten sie denn Tristan,
ihnen zu berichten,
was ihm zugestoßen sei.
Tristan sprach: »Ich wills euch sagen.
Ich war ein höfischer Spielmann
und beherrschte ausgezeichnet
Lebensform und Stil des Hofes;
sprechen ebenso wie schweigen,
die Leier und die Fiedel spielen,
die Harfe und die Harfenzither,
scherzen oder albern –
dies alles konnte ich so gut,
wie es der Beruf verlangt.
Damit verdiente ich so viel,
daß mich der Reichtum maßlos machte
und ich mehr besitzen wollte,
als es meinem Stand entsprach.

So setzte ich auf Handel,
und der ruinierte mich.
Als Kompagnon gewann ich
einen reichen Kaufmann;
alles, was uns so gefiel,
in Spanien, unserm Heimatland,
verstauten wir in *einem* Schiff –
wir wollten zur Britannie …
Und prompt griff uns auf offner See
das Schiff einer Bande Piraten an;
sie raubten wirklich alles,
erschlugen meinen Kompagnon
und alle, Mann und Maus.
Daß ich allein überlebte,
wenn auch mit dieser meiner Wunde,
dies verdanke ich der Harfe;
jeder sah mit ihr bestätigt,
was ich den Piraten sagte:
ich sei ein Spielmann von Beruf.
Ich konnte ihnen dieses Bötchen
mit Müh und Not nur abgewinnen,
und soviel Proviant dazu,
daß ich bisher davon gelebt.
Vierzig Tage, vierzig Nächte
trieb ich ganz allein umher –
geschunden, und ich klagte sehr –,
wohin mich auch die Stürme schoben
und die wilden Wellen hoben,
einmal hierhin, einmal dorthin …
So weiß ich nicht, wo ich jetzt bin,
und weiß erst recht nicht mehr, wohin.
Ihr Herren, tut mir den Gefallen,
bringt mich dorthin, wo Menschen sind –
der Herr des Himmels dank es euch!«
»Freund«, so sagten ihm die Späher,
»deine schön gesungne Melodie,

die soll dir nun zugute kommen.
Du mußt nicht länger treiben
ohne Hilfe, ohne Mittel.
Was immer dich hierher geführt,
ob Gott, ob Wasser oder Wind,
du wirst gleich sein, wo Menschen sind.«
Sie taten das. Sie schleppten ihn
in seinem Boot (mit Ladung) ab
zum Hafen, wie von ihm erbeten.
Am Ufer machten sie sein Boot fest,
und riefen: »Spielmann, schau,
sieh nur, schau dir diese Burg an
und diese schöne Stadt hier vor uns –
erkennst du, welche Stadt dies ist?«
»Nein, ihr Herrn, ich kenn sie nicht.«
»So wollen wir es dir verraten:
Du bist in Irland, bist in Dublin!«
»Der Heiland sei dafür gepriesen,
daß ich nun unter Menschen bin
und daß mir einer unter ihnen
seine Freundlichkeit erweist,
mir in bestimmter Weise hilft...«
Die Späher gingen nun sogleich
in die Stadt, und sie begannen,
mit Berichten über Tristan
großes Aufsehn zu erregen.
Sie wiederholten die Geschichte,
sie hätten une merveille
erlebt mit einem Mann,
bei dem man so was kaum,
ja gar nicht hätt erwarten können.
Sie sagten, was geschehen war:
Bevor sie draußen näherkamen,
vernahmen sie von drüben her
derart schönes Harfenklingen,
zu dieser Harfe auch ein Singen –

das würde Gott selbst gerne hören
in Seinen Himmels-Chören!
Und sie betonten, dabei sei dies
ein armer, ein geschundner Mensch,
ein Spielmann, tödlich wund.
»Nichts wie hin! Ihr seht ihm an,
er stirbt schon morgen oder heute!
Doch trotz der Quälerei
ist sein Gemüt noch sehr belebt!
In allen Königreichen
wird sich kein Herz entdecken lassen,
auf das so schweres Mißgeschick
derart wenig Eindruck macht.«
Die Stadtbewohner gingen hin
und sie unterhielten sich
sehr angeregt mit Tristan,
fragten ihn mal dies, mal das.
Jedoch in dieser heiklen Lage
wiederholte er vor jedem,
was er den Spähern schon erzählt.
So bat man ihn um Harfenspiel.
Den Bitten, den Ermunterungen
folgte er mit allem Können,
tat dies nun aus ganzem Herzen;
wie immer er, mit Spielen, Singen
bei ihnen Beifall finden konnte,
das wollte er mit allen Kräften,
da setzte er sich ein – erfolgreich!
Als der bedauernswerte Spielmann
trotz schlechten körperlichen Zustands
begann, sein Harfenspiel, sein Singen
in aller Schönheit darzubringen,
begannen alle, mitzuleiden.
Sie ließen den Beklagenswerten
aus seinem Bötchen heben
und baten einen Arzt,

ihn zu Hause aufzunehmen,
und sich um alles zu bemühen,
was ihm gut bekommen würde;
er möge ihn – sie zahlten es –
in Pflege und Behandlung nehmen.
Dies geschah, dies ward getan.
Doch als der Arzt ihn aufgenommen
und sich um seine Heilung
bemühte mit dem allerbesten
Wissen seiner Kunst,
da half das alles nichts!
Im ganzen Stadtgebiet von Dublin
war dies in aller Munde;
man lief in Scharen bei ihm rein
und raus, bejammerte sein Elend.
Zu dieser Zeit begab es sich,
daß ein Priester zu ihm kam
und Zeuge wurde seines Könnens
beim Spielen und beim Singen.
Was ihn betraf, beherrschte er
die Schule der Geläufigkeit
(großes manuelles Können
auf allen Saiteninstrumenten),
beherrschte viele fremde Sprachen.
Er hatte seine Kraft und Zeit
der Lebensart und -form des Hofes
gewidmet und geweiht;
er war Erzieher der Königin,
gehörte ihrem Gefolge an,
hatte ihr seit Kinderjahren
den Verstand geschärft
mit Blick auf viele Wissenschaften,
mit vielen seltnen Künsten,
die sie von ihm erlernt.
Mit großem Einsatz unterwies er
auch Isolde, ihre Tochter,

dies Mädchen, das vollkommen war,
von dem die ganze Welt berichtet,
von dem hier der Roman erzählt –
sie war ihr einziges Kind,
und sie hatte alle Sorgfalt
seit dem Tag auf sie verwendet,
an dem sie fähig ward, zu lernen,
mündlich wie auch manuell;
in seiner Obhut war auch sie.
Er war ihr Lehrer (damals, später)
im Bücherstudium, Saitenspiel.
  Als der bei Tristan nun so viel
an Bildung fand und schöner Kunst,
empfand er tiefes Mitgefühl
mit dessen schlimmer Lage.
Es gab für ihn kein Zögern,
er ging von dort zur Königin
und sagte ihr, in dieser Stadt
befinde sich ein Spielmann,
der äußerst leidend sei,
ja schon lebendgen Leibes tot,
und es gebe keinen zweiten,
der in der Kunst so einzig sei,
so nobel im Verhalten.
»Ah«, so rief er, »edle Königin,
wenn es sich nur machen ließe,
daß wir daran denken könnten,
daß wir ihn dort unterbrächten,
wohin Ihr schicklich kommen könntet,
um das Wunder zu erleben,
daß ein sterbenskranker Mann
mit Schönheit, die von innen kommt,
singen, Harfe spielen kann,
obwohl es doch in seinem Zustand
kein Mittel, keine Hilfe gibt –
nein, Heilung gibt es nicht für ihn!

Sein Gastherr und sein Arzt,
der ihn bisher behandelt hat,
der hat die Pflege aufgegeben!
Mit keiner seiner Fertigkeiten
kann er ihm noch Hilfe bringen.«
»Schau«, so sprach die Königin,
»ich sag den Kämmerern Bescheid:
Falls er das verträgt, verkraftet,
daß man mit ihm hantiert,
ihn unauffällig transportiert,
so werde er zu uns gebracht,
zur Klärung, ob in seinem Zustand
noch irgendwelche Hilfe nützt,
sprich: ob ihn etwas heilen kann.«
Dies geschah, dies ward getan.
Als die Königin nun sah,
wie verzweifelt seine Lage,
wie verfärbt die Wunde war,
da fand sie gleich das Gift in ihr.
»Ach, mein armer Spielmann,
deine Wunde ist vergiftet...«
»Wirklich?!« fragte Tristan gleich.
»Ich versteh nicht, was da los ist,
nur dies: mir kann die Kunst des Arztes
nicht Hilfe bringen, Linderung.
Ich weiß nicht mehr, was tun –
nur dies: mich Gott anheimzugeben
und, solang ich kann, zu leben.
Doch wer sich meiner noch erbarmt,
wo es so schrecklich um mich steht,
dem lohn es Gott: Hilfe tut mir not,
ich bin lebendigen Leibes tot.«
Da fragte ihn die kundige Frau:
»Spielmann, sag, wie heißt du denn?«
»Herrin, Tantris ist mein Name.«
»Tantris, vertraue dich mir an,

ich werde dich erfolgreich heilen.
Kopf hoch! Und ein Herz gefaßt!
Ich persönlich werd dein Arzt sein.«
»Dank dir, hohe Königin!
Die Zunge sei dir immer leicht,
dein Herz, es möge niemals sterben,
dein Können möge sich bewähren
und denen helfen, die es brauchen,
dein Name möge hier auf Erden
immer wertgehalten werden!«
»Tantris«, sprach die Königin,
»falls dein Zustand das erlaubt,
und du fühlst dich nicht zu schwach,
was ja kein Wunder bei dir wäre,
so hörte ich gern Saitenspiel.
Davon verstehst du, sagt man, viel.«
»Nein, Herrin, sagt so etwas nicht…
Kein Ungemach kann mich dran hindern,
das zu tun, so gut wie möglich,
womit man Euch zu dienen hat.«
So ließ man seine Harfe holen.
Auch ließ man augenblicklich
die Königstochter kommen,
der Liebe wahres Petschaft,
mit dem sein Herz dann später
verschlossen und versiegelt wurde
vor der ganzen Welt –
ausgenommen blieb nur *sie*!
Und sie kam, die schöne Isolde,
und schaute zu, sehr aufmerksam,
wie Tristan dasaß, Harfe spielte.
Er spielte sie jetzt weitaus besser,
als er das je zuvor getan,
schließlich hegte er die Hoffnung,
sein Unglück sei vorbei.
Ah, er harfte, sang für sie

nicht wie einer ohne Leben!
Er tat dies wahrlich lebhaft,
schien wieder guten Mutes.
Er machte es so gut für sie
bei seinem Spielen, seinem Singen,
daß er in nur kurzer Zeit
ihrer beider Neigung fand –
so sehr, daß er sein Glück gemacht.
Doch während seines ganzen Spieles
stank die Eiterwunde ständig –
wie andernorts, so war es hier.
So viel Gestank ging von ihr aus,
daß keiner auch nur *eine* Stunde
in seiner Nähe bleiben konnte.
So sagte denn die Königin:
»Tantris, falls es sich ergibt,
daß sich dein Zustand so verbessert,
daß der Gestank dann von dir weicht,
man wieder bei dir bleiben kann,
laß dir Isolde, dieses Mädchen,
der Obhut anbefohlen sein.
Sie hat in Büchern viel studiert
und dazu das Saitenspiel.
Sie versteht von allem viel,
gemessen an der kurzen Zeit,
die sie damit verbrachte.
Besitzt du aber etwas mehr
an Kenntnis und an Fertigkeit
als ihr Erzieher oder ich,
so bringe es ihr bei – für mich.
Ich mache dir dafür, zum Lohn,
den Körper ganz gesund,
das Leben wieder schön.
Ich kann dies geben und verweigern –
beides liegt in meiner Hand.«
»Ja, wenn es sich ergeben sollte«,

sprach der blessierte Spielmann,
»daß ich wieder zu mir komme
und mit dem Spielen überlebe –
bei Gott, so werd ich überleben!
Hochverehrte Königin,
weil Ihr für Euer Fräulein Tochter
diesen Plan entworfen habt,
so bin ich dessen völlig sicher:
ja, ich werde überleben!
Die Bücher habe ich studiert
in solchem Ausmaß, solchem Umfang,
daß ich mir zutrau, und dies fest,
ihr zu dienen, Euch zum Dank.
Weiter kann ich von mir sagen:
Kein Mann in meinem Alter spielt
so viele noble Saiteninstrumente.
Was Ihr davon auch wünschen mögt,
was immer Ihr von mir erwartet –
ich stehe gern zu Diensten,
soweit ich das vermag.«
Man wies ihm eine Kammer zu
und übernahm dort jeden Tag
die Behandlung und die Pflege,
um die er selber bat.
Jetzt vor allem wirkte sich
seine Klugheit günstig aus,
die er an Bord des Schiffes zeigte,
als er den Schild zur Seite hielt
und damit vor den Ahnungslosen
(vor den Männern Irlands,
als sie von Cornwall schieden)
seine Wunde ganz verdeckte.
So ahnten und so wußten sie
nicht, daß er verwundet war.
Hätten sie auch nur ein bißchen
erfahren über seine Wunde

(die Iren wußten doch genau,
wie es um die Wunden stand,
die Morold mit dem Schwerte schlug,
das er in allen Kämpfen führte),
es wäre Tristan niemals so
ergangen, wie es ihm erging.
Seine kluge Umsicht,
sie half ihm, daß er überlebte.
Hieraus läßt sich schließen,
die Lehre ziehn: Ein Mann,
der gerne den Verstand gebraucht
und der Vorausblick zeigt,
den führt die kluge Umsicht
oft zu günstigem Ergebnis.

Die Königin, die kundig war,
verwendete den Sachverstand
und all ihr Wissen nur darauf,
jenen Mann zu retten,
für dessen Leib und Leben
sie gern ihr eignes Leben
gegeben hätte und die Ehre.
(Sie haßte ihn noch mehr,
als sie sich selber liebte!)
Was immer ihr auch einfiel,
das bei ihm zu Wohlbefinden,
Hilfe, Heilung führen konnte –
daran dachte, dafür wirkte sie
vom Morgen bis zum Abend.
Das war nicht sehr verwunderlich:
sie erkannte nicht den Feind.
Hätte sie jedoch erfahren,
um *wen* sie sich so sehr bemühte,
wem sie half aus Todesnot –
gäb es Schlimmres als den Tod,
so hätte sie ihm das gegeben –

sehr viel lieber als das Leben!
Doch fiel ihr nun bloß Gutes ein,
sie zeigte ihm nur guten Willen.

Falls ich euch nun viel erzählen,
euch lange rezitieren würde
vom großen Können unsrer Herrin
und welche wunderbare Heilkraft
bei ihr die Arzenei besaß,
und was sie für den Kranken tat –
was sollte das, was brächte das?
Ein Wort der hohen Sprachkultur
klingt in noblen Ohren besser
als eins der Apothekerdose.
Soweit mein Denken dies vermag,
werde ich mich davor hüten,
auch nur ein Wort vor euch zu sagen,
das unschön klingt in euren Ohren,
das euren Herzen widerstrebt.
Ich will mich lieber kürzer fassen,
und zwar in jeglichem Bereich,
bevor hier der Roman für euch
durch Wörter, die der Hof nicht schätzt,
nicht schicklich, nicht erquicklich wird.
Zur Arztkunst von Madame,
zur Genesung ihres Kranken
will ich euch nur kurz erzählen:
Sie half ihm binnen zwanzig Tagen,
daß man es wieder bei ihm aushielt;
wer vorher seine Nähe suchte,
den hielt die Wunde nicht mehr fern.
Seither nahm die Königstochter
ständig Unterricht bei ihm.
Er war hier sehr gewissenhaft,
er nahm sich reichlich Zeit für sie.
Das Beste seiner Kenntnisse,

theoretisch und auch praktisch
(was ich nicht detaillieren will),
das stellte er ihr im Detail vor,
damit sie, selbst entscheidend,
an Themen wählen konnte,
was ihr passend schien.
Die schöne Isolde handelte so:
mit dem Allerbesten seiner
Kenntnisse und Fertigkeiten
befaßte sie sich auf der Stelle;
und weiter: sie vertiefte sich
in alles, was sie da begann.
Jedoch, was sie zuvor erlernt,
das half ihr jetzt entschieden;
vor dieser Zeit beherrschte sie
verbal und manuell bereits
die schönen Künste, Hofes-Formen;
die Schöne, sie beherrschte
die Sprache dort von Dublin;
sie konnte Latein, konnte Français;
sie spielte rühmenswert die Fiedel
in der Technik der Franzosen;
sobald sie nur damit begann,
konnten ihre Finger schon
hübsch die Leier spielen
und auf der kleinen Harfe
mächtige Arpeggien zupfen;
sie führte ihre Klänge
geschickt hinauf, herunter;
des weitren sang dies Kind des Glücks
mit schöner, klarer Stimme.
Die Bildung, die sie vorher hatte,
die brachte sie jetzt sinnvoll ein;
der Spielmann, ihr Erzieher,
sorgte für die weitre Bildung.
Neben allen diesen Fächern

belehrte er sie auch in dem,
was wir als moralité bezeichnen.
Dies Fach lehrt sittliches Verhalten.
Damit sollten sich alle Damen
beschäftigen in jungen Jahren;
das schöne Studium moralité
hat Wirkung, die beglückt und läutert;
es befaßt sich ihre Lehre
mit Gott und mit der Welt –
mit ihren Regeln lehrt sie uns,
Gott zu gefallen und der Welt.
Sie ist für alle noblen Herzen
als eine Amme angestellt,
auf daß sie ihre Nahrung, ja
ihr Leben in der Lehre suchen.
Denn man hat nicht Reichtum, Ehre,
ohne moralité als Lehre.
Dies war die Hauptbeschäftigung
der Königstochter,
hiermit mouvierte sie den Geist
und die Gedanken häufig,
dies machte die Gesittung fein,
die Gesinnung schön und rein,
ihr Benehmen recht und gut.
So wurde denn das schöne Mädchen
in diesem einen halben Jahr
in seinem Wissen und Benehmen
in einem solchen Maß gefördert,
daß alle Herren ihres Landes
schwärmten, sie sei makellos,
und auch ihr königlicher Vater
höchstes Glück dabei empfand;
die Mutter war sehr froh darüber.
Nun ergab sichs wiederholt,
wenn ihr Vater froh gestimmt war,
oder fremde Ritter dort

bei Hof erschienen vor dem König,
daß man Isolde in den Palas
zu ihrem Vater holte,
und sie vertrieb ihm dort die Zeit
(mit ihm auch vielen anderen)
mit ihrer ganzen Kunst des Hofes
(wobei sie sich sehr fein benahm…).
Die Freude, die sie Gormund machte,
die stimmte einen jeden froh.
Ob von hohem, kleinem Rang –
beides fanden sie an ihr:
Augenweide, die beglückte,
Lust der Ohren und des Herzens;
in der Brust und außerhalb
war die Freude allgemein.
Isolde, diese Schönheit, sang
für sie, und schrieb und las das vor.
Was ihrer aller Freude war,
das war für sie divertissement.
Sie fiedelte die Estampien,
Lieder, fremden Melodien,
die äußerst fremd erscheinen mußten
(von denen kannte sie sehr viele!)
in der Stilart der Franzosen
von Sens und Saint-Denis.
Ihre Leier, ihre Harfe
zupfte sie auf beiden Seiten
mit Fingern weiß wie Hermelin,
verdiente höchstes Lob damit.
In London oder an der Themse
spielten Damenhände nie
auf Saiten lieblicher als hier
la douce Isolde, la belle.
Sie sang die pastourelles,
Kehrreimlieder und rondeaux,
Canzonen und Capriccios

so schön, so schön – betörend schön!
Sie erfüllte viele Herzen
mit unbestimmter Sehnsucht;
sie lockte mancherlei Gedanken,
so manchen Wunsch hervor.
Man dachte an wahre Wunder bei ihr,
was ja, wie ihr wißt, geschieht,
wenn man solch ein Wunder sieht
an Schönheit und an Könnerschaft,
wie sie ihr gegeben waren.
Mit wem sonst kann ich diese Schöne,
dieses Kind des Glücks vergleichen,
als allein mit den Sirenen,
die mit dem Magnet aus Stein
die Schiffe zu sich ziehn?
So zog Isolde, wie mir scheint,
viele Herzen an und Köpfe,
die sich völlig sicher wähnten
vor der Qual der Leidenschaft.
Jedoch die beiden Phänomene
Gemüt und ankerloses Schiff,
sie lassen sich recht gut vergleichen:
beide halten äußerst selten
den geraden Kurs,
sind oft in ungeschütztem Hafen,
bewegen sich heran und fort,
werden hin und her gewogt.
So treibt Begehren ohne Führung,
Gefühl der unbestimmten Liebe
dahin als ankerloses Schiff –
in genau der gleichen Weise!
Auch Isolde, kunstvoll, kundig,
die schöne Königstochter zog
aus so manchem Herzensschrein
Gedanken zu sich her,
wie der Steinmagnet das Schiff

anzieht mit Sirenensang.
Sie sang sich öffentlich und heimlich
durch Ohren und durch Augen
in viele Herzen und Gemüter.
Ihr Gesang, nun öffentlich,
in diesem Saal, auch andernorts:
der war ihr schönes Singen,
ihr zartes Saitenklingen,
das hörbar und das öffentlich
durch der Ohren Königreiche
hinunterklang bis in die Herzen.
Als heimlicher Gesang hingegen
ihre wundervolle Schönheit,
die mit ihrer Lustmusik
heimlich und verdeckt
durch die Augen-Fenster
in viele noble Herzen schlich,
den Zauberleim hinein verstrich,
der die Gedanken augenblicks
mit Sehnsucht und mit Leidenschaft
fing und fangend fesselte.
  So hatte die schöne Isolde
durch Tristans Unterricht
viel hinzugewonnen!
Sie besaß ein zartes Gemüt,
war gut in Führung und Betragen;
ihr Saitenspiel war schön, gekonnt;
sie hatte große Fertigkeiten:
sie konnte lesen, konnte schreiben,
konnte ihre Texte glätten
und Lieder, mélodies entwickeln…

Tristan war gesund inzwischen,
war ganz und gar geheilt,
und so hat sein Äußeres
wieder frischen Glanz gewonnen.

Nun hegte er beständig Furcht,
daß einer aus der Hofgefolgschaft,
der Herren ihn erkennen könnte,
und ständig überlegte er,
unter welchem Vorwand er
Abschied nehmen könnte,
um nicht mehr in Gefahr zu sein.
Er war sich klar: ein Grund genügte,
und Königin und Königstochter
würden ihn nicht ziehen lassen.
Doch wurde ihm bewußt: sein Leben
war sowieso zu jeder Zeit
fern von jeder Sicherheit.
Er ging zur Königin
und hielt ihr auf der Stelle
eine wohlgesetzte Rede –
das konnte er ja überall …
Er tat vor ihr den Kniefall:
»Herrin, das Erbarmen,
das Helfen und das Pflegen,
von Euch an mir erwiesen,
mög Euch Gott im Himmel lohnen.
Ihr seid so liebenswürdig
zu mir gewesen und so freundlich,
daß Gott es Euch auf ewig lohne
und ich es Euch mit Dienst entgelte
bis ans Ende meiner Tage –
wo immer ich als kleiner Mann
Euer Loblied singen kann …
Hochverehrte Königin,
mit Eurer gütigen Erlaubnis
möchte ich nach Hause reisen,
denn meine Lage ist nun so,
daß ich nicht länger bleiben kann.«
Ihn lächelte die Herrin an.
»Dein Schmeicheln ist umsonst,

denn ich entlaß dich nicht.
Nein, du kommst von hier nicht weg
vor Ablauf dieses Jahres.«
»Bitte, edle Königin,
zieht doch in Betracht,
was gottgewollte Ehe ist
und Liebe, die von Herzen kommt.
Ich hab zu Haus ein Eheweib,
das ich liebe wie mich selbst.
Ich bin sicher, sie nimmt an
(nein, sie hat hier keinen Zweifel!),
ich sei wahrhaftig tot.
So bin ich in der Klemme, Not:
bekommt sie einen andren Mann,
so ist die Stütze meines Lebens,
ist all das Glück dahin,
auf das ich meine Hoffnung setze,
und ich werde nie mehr froh!«
Die Kundige sagte: »In der Tat,
Tantris, dies ist geltendes Recht!
Gemeinschaft solcher Art
darf ein guter Mensch nicht trennen.
Gott schenk euch beiden Gnade,
deiner Ehefrau und dir!
So ungern ich auf dich verzichte,
ich werd, mit Gott, auf dich verzichten.
Den Abschied muß ich dir gewähren,
ich bleib dir huldvoll zugeneigt.
Ich und meine Tochter Isolde,
wir schenken dir für deine Reise,
für deinen Unterhalt ein Pfund
von rotem Barrengolde.
Empfang es von Isolde.«
Der in der Fremde legte nun
vor Königin und Königstochter,
vor der Mutter und dem Mädchen

die Hände huldigend zusammen:
die des Körpers, die des Herzens.
»Euch beiden«, sagte er, »sei Dank
und Lob von Gott bereitet.«
Und jetzt gab es kein Zögern mehr,
nach England reiste er von dort,
und von England unverzüglich
nach Cornwall und nach Hause.

Am Hof erstattet Tristan Bericht, stimmt eine hymnische Arie an auf die unvergleichliche Schönheit der Königstochter. Marke scheint beeindruckt. Tristan wird durch seine Erfolge verdächtig, wird beneidet, er fühlt sich bedroht. Ein Hoftag wird einberufen. Die Herren des Landes empfehlen dem König mit Nachdruck, Isolde zur Frau zu nehmen; Tristan wird als Brautwerber vorgeschlagen – so wollen einige Herren ihn loswerden … Marke weist hin auf sein früheres Gelöbnis, nie zu heiraten, wird aber (in der früh-konstitutionellen Monarchie) überstimmt. Tristan reist mit hundert Mann nach Irland, wirft Anker vor Wexford. Rasch kommt es zu einer brisanten Situation, Tristan erfindet die fünfte Lügengeschichte. Er erhält den Schutz, den er bezahlt. Und sucht den Drachen: als Siegespreis hat König Gormund seine Tochter Isolde ausgesetzt. Großer Drachenkampf mit Krach und Dampf. Tristan siegt, schneidet die Zunge heraus, kühlt und erholt sich in einem Quellwasserbecken. Der Truchseß (königlicher Platzanweiser an der Tafel), der Isolde ebenfalls gewinnen möchte, findet den toten Drachen, schneidet ihm den Kopf ab, unterstützt mit diesem Beweisstück seine Forderung. Königin Isolde nimmt die Sache energisch in die Hand, der wahre Drachentöter wird gesucht. Selbstverständlich findet ihn die Königstochter. Der Ohnmächtige wird aus der Rüstung befreit, dabei wird die Zunge entdeckt. Isolde junior erkennt in ihm den Spielmann Tantris. Was ist geschehen? Die sechste Lügengeschichte. Königin Isolde unterstellt »Tantris« ihrem persönlichen Schutz. Transport zur Burg. Große Sitzung des Hoftags, es wird über den Anspruch des Truchseß verhandelt. Ein gerichtlicher Zweikampf wird beschlossen: Truchseß gegen Unbekannt.

Als dort sein Onkel Marke
und seine Landesherren hörten,
er sei gesund zurückgekehrt,
da wurde einer wie der andre
(und das im ganzen Reich)
so recht von ganzem Herzen froh.
Sein Freund, der König, fragte ihn,
wie es ihm ergangen sei.
Und er erzählte die Geschichte,
dies so gut wie möglich,
vom Anfang bis zum Ende.
Da waren alle höchst erstaunt,
und sie begannen unterweilen
zu scherzen und zu lachen,
ein großes Gelächter anzustimmen
über seine Irlandreise,
über seine Todesfeindin,
die so gütig war, ihn zu erretten,
und über alles, was er so
bei denen angestellt…
Es hieß, sie hätten nie zuvor
so was Komisches gehört!
Als man über seine Reise
und über seine Heilung
viel und laut gelacht,
da fragten sie ihn dringlich
nach der jüngeren Isolde.
»Isolde«, rief er, »*welch* ein Mädchen!
Was die Welt an Schönem rühmt,
ist nichts, mit *ihr* verglichen!
Isolde, strahlende Erscheinung,
ist körperlich und im Verhalten
von solcher Anmut und Erlesenheit,
wie sie noch *nie* von einer Frau
geboren wurde, *nie* geboren wird!
Die lautre, strahlende Isolde

ist lauter wie arabisches Gold!
Was ich früher wirklich glaubte,
wie ich das in Büchern las,
die von ihrem Ruhm berichten,
nämlich, daß Auroras Tochter,
die weitberühmte Helena,
daß sie, als *eine* Blume,
die Schönheit *aller* Frauen
in sich zusammenfaßte –
von diesem Glauben kam ich ab.
Isolde nahm mir diesen Glauben,
von jetzt an glaube ich nicht mehr
an Sonnenaufgang bei Mykene;
vollkommne Schönheit ging nie auf
in Griechenland, nur hier im *Westen*!
Mögen die Gedanken aller Männer
sich allein auf Irland richten,
um dort zu sehen, mit Entzücken,
wie eine neue Sonne
nach ihrem Morgenrot –
Isolde nach Isolde! –
von drüben her, von Dublin,
in alle Herzen scheint!
Die strahlend Wunderschöne,
sie beleuchtet alle Reiche.
Was man zum Lob der Frauen sagt,
was man zu deren Lob erzählt,
das alles ist vor ihr ein Nichts!
Wer Isolde ins Gesicht blickt,
dem werden Herz, Gemüt geläutert
wie das Gold in Feuersglut:
Leib und Leben macht es lieb! –
Sie stellt nicht eine andre Frau
in den Schatten, in das Dunkel,
wie das so mancher glauben macht:
ihre Schönheit, die verschönt,

sie verziert, sie krönt
die Frau – die *Frau an sich*!
Keine muß sich deshalb schämen.«
Als Tristan über seine Dame,
dies schöne Mädchen von Irland,
aus seiner Sicht berichtet hatte,
da erfrischte die Erzählung
allen, die ihr hörend folgten,
denen sie zu Herzen ging,
das Gemüt auf gleiche Weise
wie Maientau die Blüten:
die Gemüter, sie erblühten!
Tristan, sonnigen Gemüts,
der nahm sein Leben wieder auf;
ein zweites Leben: ihm geschenkt,
er fühlte sich wie neugeboren,
erst *jetzt* fing es so richtig an!
Er fühlte sich belebt, beglückt!
Hof und König waren bereit,
seine Wünsche zu erfüllen,
bis gefährliches Gerede,
sprich: der verdammte Neid,
der niemals ganz zur Ruhe kommt,
sich bei ihnen zu regen begann
und das Gemüt und das Verhalten
vieler Herren reichlich trübte,
und sie wurden auf ihn neidisch
wegen all der Ehrungen,
die ihm der Hof erwies,
die Körperschaft der Landesherren.
Sie begannen, ganz gemein
über seine Rolle zu reden
und brachten das Gerücht in Umlauf,
er sei ein Zauberer.
Über seine neuen Erfolge
(wie er Morold, ihren Feind, getötet,

wie es ihm in Irland ergangen...)
begannen sie zu tuscheln,
die hätte Zauberkraft bewirkt.
»Hört, hört!« so sprachen alle,
»macht euch klar und sprecht es aus:
Wie konnte er den starken Morold
überwinden, wie Isolde,
die kundige Königin, irreführen –
die *Todesfeindin*! – daß sie sich
höchstpersönlich um ihn bemühte,
bis er durch ihre Hand kuriert war?!
Aufgepaßt, ein fauler Zauber!
Der trompeur, wie schafft er es,
Sand zu streuen in die Augen,
und alles zu erreichen,
was er erreichen will?!«
Die Berater Markes
trafen nun die Übereinkunft,
den König pausenlos
dahingehend zu beraten,
dies mit Nachdruck, daß er sich
eine Frau zur Ehe nehme,
die ihm Tochter oder Sohn
als künftgen Erben schenke.
Marke sprach: »Es hat uns Gott
schon einen guten Erben geschenkt.
Er lebe lang, Gott helfe uns!
Solange Tristan leben wird –
das macht euch unumstößlich klar! –,
soll *niemals* eine Königin,
eine Herrin hier am Hof sein!«
Da nahm ihr Haß noch weiter zu,
da wuchs noch mehr ihr Neid heran,
den sie empfanden gegen Tristan,
ja, er begann sogar bei vielen
derart heftig auszubrechen,

daß sie dies schon gar nicht mehr
vor ihm verbergen konnten,
ihn sogar, dies wiederholt,
mit Worten, Zeichen so bedrohten,
daß er Mord befürchten mußte,
und ständig in der Sorge war,
sie könnten zu gewisser Zeit
gewissermaßen konspirieren,
um ihn meuchlings zu ermorden.
So bat er seinen Onkel Marke,
er möge doch, in Gottes Namen,
seine Angst und Not bedenken
und die Forderung der Herren
im Lande akzeptieren;
er wisse nicht, ob sonst sein Ende
drohe, ja sein Tod.
   Sein Onkel, dieser wackre Mann,
sagte: »Neffe Tristan, schweig!
Auf so was gehe ich nicht ein!
Ich will als Erben *dich allein*!
Du darfst nur keine Angst mehr haben
um dich, um Leib und Leben:
ich werd dir sichren Schutz gewähren!
Ihr aller Neiden und ihr Haß –
bei Gott, was schadet dir denn das?!
Neid- und Haßgefühle muß
jeder Mann von Rang ertragen;
solang ein Mann beneidet wird,
kommt er zu Rang und Würden;
Neid und Würde, beide sind
genau wie Mutter und ihr Kind:
der Rang gebiert und bringt mit sich
unaufhörlich Neid und Haß.
Wen verfolgt der Haß denn mehr
als einen Mann im Glück?
Es steht das Glück auf schwachen Beinen,

das keinen Haß erfahren hat.
Lebe darauf hin, erstrebe, daß
du *einen* Tag bist ohne Haß,
du wirst es doch nicht schaffen, daß
du je wirst leben ohne Haß.
Willst du hingegen bösen Menschen
nicht verhaßt sein, sing ihr Lied
und sei ein Bösewicht mit ihnen –
so verfolgt dich nicht ihr Haß.
Was immer auch geschehen mag,
Tristan, stell dich stets drauf ein,
deinen hohen Sinn zu wahren.
Denk in allererster Linie
an deinen Rang und deine Ehre
und empfiehl mir nie mehr wieder,
was dir zum Nachteil werden kann.
Was immer man hierzu noch sagt –
ich höre nicht auf sie und dich!«
»Herr, dann gebt mir den Befehl,
daß ich den Hof verlasse.
Ich kann mich nicht vor denen schützen.
Muß ich mit solcher Feindschaft leben,
so kann ich nicht am Leben bleiben.
Und wenn ich alle Königreiche
zur Verfügung haben könnte,
so bliebe ich – bei solcher Angst! –
in Zukunft lieber ohne Land!«
Als Marke sah, wie ernst ihms war,
gebot er ihm zu schweigen, sagte:
»So gerne würd ich dir, mein Neffe,
weiter Liebe, Treue schenken –
du machst es mir unmöglich!
Was immer sich hieraus ergibt,
ich trage keine Schuld daran.
Wo ich dir Folge leisten kann,
da steh ich freilich zur Verfügung.

Was erwartest du von mir?«
»Nun, beruft den Hofrat ein,
der Euch zu alledem bewegt hat,
und findet raus, was jeder will!
Fragt, was ihnen richtig scheint,
damit Ihr dementsprechend handelt,
ihren Willen *so* erfüllt,
daß die Ehre nicht verletzt wird.«
Sie wurden alle gleich darauf
durch Boten einberufen.
Und sie entwarfen einen Antrag,
der auf Tristans Tod hinauslief:
Falls machbar, wär die schöne Isolde
durch Herkunft, Aussehn, Trefflichkeit
genau die rechte Frau für ihn.
So formulierten sie den Antrag!
Und dann traten sie vor Marke.
Einer, der sich drauf verstand,
trug als ihrer aller Sprecher
ihren Wunsch und Willen vor.
»Herr«, so sprach er, »wir empfehlen:
Die schöne Isolde von Irland
(wie man in allen Ländern weiß,
die unsrer, derer Nachbarn sind),
sie ist ein Mädchen, jung an Jahren,
auf dem der Geist der Frauen-Anmut
alles Glück versammelt hat,
das er ihr vermitteln konnte –
wie Ihr das selber wiederholt
über sie vernommen habt;
sie ist in Leib und Leben
ein wahres Kind des Glücks.
Könnte sie zu Eurer Frau
und zu unsrer Herrin werden,
so wäre dies für uns auf Erden
die beste Lösung des Problems.«

Der König sagte: »Überlegt doch!
Hätte ich sie gern zur Frau,
wie sollte sich das machen lassen?
Bedenkt in dem Zusammenhang,
was zwischen uns und denen
geraume Zeit gelaufen ist:
uns hassen alle Herrn des Landes!
Gormund ist mir feind von Herzen,
dies mit Recht – ich bins ihm auch!
Wer könnte jemals zwischen uns
ein derart enges Bündnis stiften?«
»Herr«, so gaben sie zur Antwort,
»es kommt doch ziemlich oft
zu Problemen zwischen Ländern,
doch dann soll man beiderseits
eine Lösung suchen, finden,
soll durch Ehen zwischen Landeskindern
wieder Frieden stiften.
So wird aus einer Feindschaft
oftmals große Freundschaft.
Wenn Ihr in dieser Richtung denkt,
so könnt Ihr noch den Tag erleben,
daß Irland Euch gehören kann.
Irland steht und fällt mit diesen
dreien: dem König und der Königin
und ihrem Einzelkind Isolde,
das allein die Erbin ist.«
Marke gab darauf zur Antwort:
»Mich brachte Tristan wegen ihr
mächtig ins Sinnieren;
als er sie vor mir gepriesen,
ging sie mir ständig durch den Kopf!
Vorbei an allen andren Frauen
bin ich in meinem Denken
ganz und gar auf sie gerichtet!
Wenn ich *sie* nicht kriegen kann,

so wird auf dieser Welt
keine andre meine Frau –
bei Gott, so wahr ich lebe!«
Dies beschwor er – freilich nicht,
weil sein Gefühl doch eher
zum einen als zum andren neigte,
er leistete den Schwur aus List,
war für ihn doch ganz undenkbar,
daß sich dies erfüllen würde.
   Der Königsrat gab darauf kund:
»Herr, befehlt Ihr, daß Monsieur
Tristan, der hier steht, und der
Verbindung hat zum Hof der Iren,
dort als Gesandter Eure Sache
vertreten soll, so ist dies schon
rechtsverbindlich akzeptiert!
Er ist kundig, handelt klug,
hat in jeder Hinsicht Glück,
beherrscht dazu noch ihre Sprache –
er kann den Fall zum Abschluß bringen.
Der schafft, was er erreichen soll.«
   Marke sprach: »Kein guter Rat!
Ihr bemüht euch allzu sehr,
Tristan zu schaden, zu gefährden!
Er ist doch fast schon mal für euch
gestorben und für eure Erben –
jetzt wollt ihr ihn ein zweites Mal
zu Tode kommen lassen?!
Nein, ihr Herrn von Cornwall,
ihr selber müßt dorthin!
Kein weitrer Antrag gegen ihn!«
   »Herr!« sprach Tristan wiederum,
»dieser Vorschlag ist nicht schlecht.
Wozu Ihr hier auch neigen mögt –
es wäre völlig in der Ordnung,
wenn ich kühner handeln würde,

entschiedener als jeder andre.
Ja, vielmehr: ich *muß* es tun!
Herr, ich bin dazu geeignet,
bestimmt macht das kein andrer besser.
Befehlt doch ihnen allen,
mit mir dorthin zu reisen
und zurück, damit wir Eure
noblen Interessen vertreten.«
»Nein, du begibst dich nie mehr wieder
in die Gewalt und Hand der Iren,
nachdem dir Gott zur Rückkehr half!«
»Herr, wirklich, dies muß sein!
Ob sie leben, sterben werden,
mit ihnen muß ich dies erleben!
Ich brauche sie als Augenzeugen:
ob dies durch meine Schuld geschieht,
wenn Eurem Land der Erbe fehlt.
Befehlt, daß sie sich fertigmachen!
Ich selbst befehlige das Schiff,
ich persönlich lenke es
zum glücklichen Irland,
zurück nach Dublin,
dem Sonnenglanz entgegen,
der vielen Herzen Freude bringt.
Vielleicht wird doch die Schöne unser!
Bekämt Ihr, Herr, die schöne Isolde,
und wir blieben auf der Strecke,
so wäre der Verlust gering...«
Als die Herrn von Markes Hofrat
erfaßten, was sich hier ergab –
in allen ihren Jahren
waren sie noch nie so traurig
wie jetzt, bei dieser Rede.
Es sollte sein! Es mußte sein!
Tristan ließ nun durch Getreue
des Königshofes zwanzig weitre

Panzerreiter nominieren,
die besten für den Kampf;
sechzig Söldner warb er an,
vom eignen Land, von andren Ländern;
der Hof-Rat stellte ihm,
soldfrei, zwanzig Land-barons;
so war die Zahl der combattants
hundert – und nicht *einer* mehr!
Mit denen fuhr Tristan übers Meer,
die waren sein Begleittrupp.
Und er nahm Ressourcen mit
an Proviant und an Bekleidung
und an Zubehör fürs Schiff –
noch niemals war ein Schiff zur Reise
so vieler so gut ausgerüstet!

Man liest zum Stichwort Tristan,
daß von Cornwall eine Schwalbe
hingeflogen sei nach Irland,
sich dort ein Frauenhaar beschaffte
für den Nestbau (doch ich weiß nicht,
wie sie erfuhr, daß es dort war...)
und es zurücktrug übers Meer.
Hat denn jemals eine Schwalbe
ein Nest gebaut mit solchem Aufwand,
daß sie, nur für Baustoff,
übers Meer in fremdes Land flog,
wo sie doch im eignen Land
genug zum Nestbau fand?!
Bei Gott, für mich wird hier das Lied
zum Schwatz, hier lispelt die Geschichte!
Genauso albern ist es, zu erzählen,
daß Tristan mit dem Trupp
in See stach auf gut Glück,
ohne sich ganz klar zu sein,
wohin, wie lang er fahren werde,

und nicht zu wissen, wen er suchte...!
Der so was schreiben, rezitieren ließ –
was stellt der bloß mit Büchern an?!
Wär die Brautfahrt so verlaufen,
ja, dann wären sie doch alle
Tölpel, imbéciles gewesen:
der König, der sie ausgeschickt,
der Rat des Hofes, die Gesandten...

Tristan machte seine Reise
und segelte genau auf Kurs,
er mit dem Begleitertrupp.
Der war zum Teil doch sehr bedrückt –
ich rede hier von den barons,
den zwanzig combattants
vom Rat des Hofs zu Cornwall –
ihnen war auf dieser Reise
reichlich angst und bange:
hielten sich schon fast für tot.
Und sie verfluchten mit dem Munde
aus tiefstem Herzen jene Stunde,
in der zum ersten Mal die Reise,
die Irlandfahrt zur Sprache kam.
Die Herrn des Hof-Rats waren ratlos,
wie sie ihr Leben retten könnten;
berieten hin, berieten her
und konnten dennoch kein Ergebnis
der Beratung finden, das als Rat
gegolten hätte, der da half.
Ein Wunder war dies wirklich nicht!
In diesem Punkt, zu dieser Zeit
lag guter Rat, wie man das Leben
fristen könnte, ganz allein
bei einem von den beiden:
Klugheit oder coup de hasard.
Kluger Rat war freilich teuer,

indes ein coup de hasard
für sie nur ein Phantom war –
all dies lag den Herren fern…
Doch es meinten mehrere:
»Klugheit, Umsicht, das besitzt
dieser Mann in reichem Maße.
Wenn Gott uns Glück vergönnt,
kommen wir gut durch mit ihm –
falls er in blindem Wagemut,
von dem er allzuviel besitzt,
nicht Maß und Ziel verliert –
zu wagemutig, selbstbewußt,
denkt nicht an Folgen seines Handelns!
Er gäb kein halbes Fladenbrot
für unsern und für seinen Tod…!
Dennoch, unsre beste Chance
liegt allein in seinem Glück.
Sein Verstand, der muß uns lehren,
wie wir am Leben bleiben können.«

Als sie nach Irland kamen,
legten sie auf der Reede an
bei Wexford, jener Stadt,
in der, wie sie erfuhren,
der König residierte.
Tristan ließ den Anker werfen,
dies so weit entfernt vom Hafen,
daß sie von dort kein Bogenschuß
hätt erreichen können.
Ihn baten seine Land-barons,
um Gottes willen zu erklären,
auf welche Weise er gedenke,
um jene Frau zu werben
(sie hatten um ihr Leben Angst!);
es scheine ihnen, wär auch gut,
zu sagen, was er plane.

Tristan: »Tut jetzt erst mal nichts!
Paßt auf, daß keiner von euch rausgeht
und gesehn wird von den Leuten!
Bleibt hier alle im Versteck!
Nur Männer der Besatzung sollen
vor der Luke, auf dem Deck,
erkunden, wie die Lage ist –
von euch darf keiner sichtbar werden!
Schweigt und tummelt euch dadrin.
Ich selber führe die Verhandlung,
weil ich die Landessprache kann.
Wir werden schon sehr bald
mit feindlichen Parolen
der Stadtsoldaten konfrontiert –
denen lüg ich heut was vor,
ich werde lügen, was das Zeug hält!
Haltet euch hier drin versteckt.
Denn falls man euch bemerkt,
werden wir in Kampf verwickelt,
da greift das ganze Land uns an.
Solang ich morgen auswärts bin
(denn in aller Frühe
reit ich aus, cherchant l'aventure,
ob erfolgreich oder nicht),
soll Courvenal der Sprecher sein
an der Luke – und nur die,
die hier die Sprache kennen.
Und prägt euch Folgendes noch ein:
Kehre ich nach einer Frist
von drei, vier Tagen nicht zurück,
so wartet länger nicht auf mich,
fahrt übers Meer zurück,
und rettet Leib und Leben!
So hätte *ich allein* der Frau
Tribut gezollt mit meinem Leben…
Empfehlt dann eurem Herrn

eine Frau nach eurer Wahl.
Dies ist beschlossen und verkündet!«

Der Marschall des Königs von Irland,
in des Befehls- und Machtbereich
dies alles lag, die Stadt, der Hafen,
kam von der Burg in voller Rüstung
kampfbereit herabgaloppiert,
gefolgt von einem größren Trupp
von Stadtsoldaten und von Spähern,
auf Grund der königlichen Order
(was der Roman bereits erzählte –
man schaue weiter vorne rein...),
laut der ein jeder zu verhaften sei,
der an Irlands Küste lande,
bis geklärt sei, und zwar völlig,
ob er aus Markes Land,
aus dessen Hofgefolge stamme.
Die besagten Henker,
die verfluchten Meuchelmörder,
die schon so viele Leute
(ohne Schuld!) ermordet hatten,
um ihrem Herren zu gefallen,
die ritten in den Hafen ein
mit der Armbrust und dem Bogen
und mit sonstiger Bewaffnung;
sie glichen einer Räuberbande.
Tristan, Skipper dieses Schiffs,
warf sich einen Reiseumhang
mit Kapuze über – dies allein,
um nicht erkannt zu werden.
Man holte einen Pokal für ihn,
der aus rotem Gold getrieben
und in anglaiser Technik
rühmenswert gestaltet war.
So stieg er in ein Beiboot,

gefolgt von Courvenal,
und er fuhr vom Schiff zum Hafen,
rief seinen Gruß hinüber
mit Worten und mit Gesten
von ausgesuchter Höflichkeit.
Wie immer dieser Gruß auch war –
viele Stadtsoldaten rannten
zu kleinen Booten hin,
und viele schrien vom Ufer her:
»Kommt an Land! Kommt an Land!«
Tristan fuhr denn in den Hafen.
»Sagt mir doch, ihr Herren«, rief er,
»wie tretet ihr da auf?!
Was bedeutet dieser Aufmarsch?!
Das sind doch alles Drohgebärden!
Ich weiß nicht, was da auf mich zukommt!
Im Namen Gottes, seid so gut:
Ist einer unter euch im Hafen,
der Macht erhielt in diesem Land,
der hör mir zu, der hör mich an!«
　»Ja«, rief der Marschall, »hier bin ich!
Mein ›Aufmarsch‹ findet statt,
die ›Gebärden‹ sind so ›drohend‹,
weil ich entschieden wissen will,
was Eure Fahrt bezwecken soll!«
　Tristan sagte: »Herr, ich steh Euch
dafür völlig zur Verfügung.
Wenn einer hier für Ruhe sorgte
und mich zu Worte kommen ließe,
so würd ich gerne darum bitten,
daß man, mit höflicher Konduite,
so auf meine Worte hört,
wie sichs bei einem Herrn gehört!«
Sogleich gebot man für ihn Stille.
　»Herr«, so Tristan, »unser Status,
unsre Herkunft, unser Land,

damit verhält es sich wie folgt,
ich will es Euch erklären:
Wir sind alle Handelsleute
und sind wahrlich stolz darauf.
Händler nennt man uns mit Recht,
mich und meine compagnons;
wir kommen aus der Normandie,
dort leben unsre Frauen, Kinder.
Wir Männer sind mal hier, mal dort,
wir reisen so von Land zu Land,
wir kaufen und verkaufen Waren,
machen Gewinne, leben davon.
Vor weniger als dreißig Tagen
verließen wir die Normandie;
ich, zwei andre Handelsherren,
wir drei, wir wollten miteinander
im Konvoi nach Irland reisen.
Gut eine Woche ist es her,
daß uns an einem frühen Morgen
fern von hier ein Sturm überfiel –
das machen Stürme oft mit uns!
Er hat uns drei getrennt –
mich allein von ihnen beiden.
Ich weiß nicht, was aus ihnen wurde;
ob sie nun leben oder tot sind,
Gott möge ihnen gnädig sein.
In dieser schweren Woche
war ich so manche schlimme Route
unterwegs, in großer Not.
Doch gestern, gegen Mittag,
als sich der Sturm, der Wind gelegt,
erkannte ich die Berge und das Land.
Ich legte bei, um auszuruhn,
ich ruhte mich bis heute aus.
Doch heut, in aller Frühe,
als es langsam heller wurde,

setzte ich die Reise fort
mit Kurs hierher auf Wexford.
Hier gehts mir schlimmer als da draußen,
mir scheint nicht alles überstanden.
Dabei sah ich mich gerettet,
denn ich kenne diese Stadt –
schon früher bin ich mal
mit Händlern hier gewesen!
Um so größer war die Hoffnung,
hier Schutz zu finden, überlebend,
jedoch, mich haben Winde, Stürme
erst richtig in den Griff genommen.
Doch kann mich Gott noch retten –
weil ich bei diesen Leuten da
nicht in Frieden bleiben kann,
fahr ich wieder raus aufs Meer.
Auch dort ist alles gegen mich,
da ist die Flucht schon Kampf genug…
Geruht Ihr freilich, gute Erziehung
und Ehrgefühl an mir zu erweisen,
so mache ich Euch gerne ein Geschenk
(im Rahmen meiner Möglichkeiten),
für die Erlaubnis, kurz zu bleiben,
und daß Ihr mir und meiner Fracht
in diesem Hafen Schutz gewährt,
bis ich probiert hab und erprobt,
ob mir das Glück gewogen ist
und ich die andren meines Landes
suchen, wieder finden kann.
Falls Ihr mir dies erlauben wollt,
befehlt, daß man mich auch beschützt:
die kommen da herangesaust
mit ihren kleinen Booten –
ich weiß nicht, wer und was die sind!
Ich rudre sonst zu meinen Leuten
und pfeife auf euch alle!«

Da befahl der Marschall allen,
zurückzukehren an das Ufer.
Und fragte gleich darauf den Fremden:
»Was wollt Ihr dem König schenken,
wenn ich Eure Fracht, das Leben
in diesem Königreich beschütze?«
Der Mann des Auslands sagte ihm:
»Herr, ich schenk ihm jeden Tag –
bei entsprechenden Erlösen –
ein halbes Pfund von rotem Gold.
Und Ihr persönlich kriegt als Sold
und zur Belohnung den Pokal –
sofern ich auf Euch bauen kann.«
»Ja, so ist es«, riefen alle,
»er ist hier Marschall, landesweit!«
Der Marschall nahm denn sein Geschenk
(das schien ihm reich und rühmenswert),
erlaubte, in den Hafen einzulaufen.
Für Tristans Leben, seine Fracht
befahl er Sicherheit und Schutz.
Was waren beide schön und rot –
ich mein das Schutzgeld und den Sold.
Schön und rot das Königsgold,
rot und schön der Marschallsold –
beides hier war opulent.
Und so verhalf ihm dies dazu,
daß er Schutz und Ruhe fand.

So hatte Tristan Schutz erwirkt.
Bisher hat keiner rausgefunden,
welche Absicht Tristan hegte,
jedoch, das sollt ihr jetzt erfahren,
damit euch der Roman nicht langweilt.
Seine Quelle macht es glaubhaft,
daß es damals, dortzulande,
einen Drachen gab, dragon.

Dieses böse Teufelswesen
hatte in dem Land die Herren
mit verlustreichen Verlusten
so verlustreich überhäuft,
daß der König einen Eid schwor,
als Königswort, dies rechtsverbindlich:
Wer dem dragon das Leben nehme,
der erhalte seine Tochter –
sofern er adlig, Ritter sei.
Dies Versprechen, öffentlich,
und diese wunderschöne Frau,
sie stürzten zahllos in den Tod,
die dorthin zum Zweikampf kamen,
dabei ein böses Ende nahmen.
Die Herren sprachen nur davon!
Auch Tristan war dies wohlbekannt.
Dies allein bestärkte ihn,
den Ritt zum Drachen zu beginnen,
dies war die größte Zuversicht;
weitre Hoffnung war da nicht.

»Es ist nun Zeit, und so brich auf!«
Er legte früh am nächsten Tag
die Rüstung an, wie sichs gehört
für einen Mann vor schwerem Kampf.
Er schwang sich auf ein starkes Roß,
er ließ sich eine Lanze holen,
dick, mit einem festen Schaft –
die stärkste und die beste Lanze,
die im Schiff zu finden war!
Er machte sich gleich auf den Weg,
ritt in offnem Land, auf Feldern.
In der Wildnis wechselte er
suchend mehrfach seine Richtung,
doch als die Sonne höherstieg,
trieb er an zu rascher Gangart

in Richtung Tal Enfer guettand;
wie man in den gesta liest,
war dies der Heimatort des Drachen.
   Nun sah er, ziemlich abseits,
vier Männer, dies in Rüstungen,
über Ackerland und Brachland
ein bißchen rascher als im sanften
Paßgang fliehend galoppieren,
und einer von den vieren
war Truchseß bei der Königin.
Der war, nein, *wollte* sein:
ami der Königstochter – dies
völlig gegen ihren Willen.
Sobald ein Mann zu Felde ritt,
um Mut und Glück aufs Spiel zu setzen,
war der Truchseß prompt zur Stelle –
(am selben Ort, zur gleichen Zeit)
allein, damit man von ihm sage,
man hätte dort auch *ihn* erblickt
beim Ritt zur aventure.
Doch mehr war hier nicht dran,
er sah den Drachen nie,
er machte vielmehr heldisch kehrt!
   Dies Trüppchen auf der Flucht
zeigte Tristan, zweifelsfrei,
daß irgendwo der Drache sei;
er schlug die Richtung ein, im Schritt,
und sah nach einem kurzen Ritt,
was seinen Augen nicht gefiel:
den Drachen, der ganz grauslich war.
Der stieß aus seinem Rachen
wie ein wahrer Sohn des Teufels
einen Sturm von Rauch und Flammen
und machte auf der Stelle Front.
Tristan senkte seine Lanze,
setzte seinem Roß die Sporen,

galoppierte auf ihn los, so wild,
daß ihm die Lanze in das Maul fuhr,
so daß sie noch den Schlund durchbohrte,
doch an der Herzwand steckenblieb;
er selber prallte mit dem Roß
derart auf an dem dragon,
daß er es tot dort liegenließ,
sich selber grad noch retten konnte.
Mit Feuerschnauben, Keuchen
fiel der Drache übers Roß her,
und das Monster fraß es auf
von vorne bis zum Sattelknauf.
Indes war ihm die Lanzenspitze,
die ihn schmerzte, derart störend,
daß er vom Roß ließ und sich nun
zu einem Felshang wendete.
Tristan, Partner dieses Zweikampfs,
folgte ihm auf seiner Spur:
der Todgeweihte kroch vor ihm
mit einem solchen Ungestüm,
daß er im ganzen Wald mit seiner
grausigen Stimme zu hören war;
er brannte zornig Buschwerk ab
und schlug die Stubben aus der Erde.
So tobte der sich völlig aus,
bis ihn der Schmerz zuletzt besiegte
und er sich in die Höhlung
einer Felswand schob.
Tristan zog sein Schwert –
ihm schien, der hätte aufgegeben.
Nein, es wurde noch viel schlimmer,
als es zuvor gewesen war!
So groß auch die Gefahr war – Tristan
rannte auf den Drachen los;
der Drache fiel ihn gleichfalls an
und trieb ihn derart in die Enge,

daß er den Tod zu spüren glaubte.
Kein Lavieren ließ der zu –
in Angriff und Verteidigung
war Tristan in der Klemme.
Dem Drachen half ein großes Heer –
er setzte in dem Zweikampf
Rauch ein, und dazu noch Dampf
und weitre Helfertrupps
in Form von Hieben und von Feuer,
von Zähnen und von Krallen:
die waren äußerst spitz
und scharf geschliffen – schärfer
als ein Messer zum Rasieren.
Damit trieb er Tristan
in wildem Zickzack rundherum,
von den Bäumen in die Büsche.
Dort mußte er in Deckung gehn,
er spielte recht und schlecht auf Zeit,
denn ihm half der Kampf nicht weiter.
Und trotzdem hatte er versucht,
beim Drachen derart hart zu kontern,
daß der Schild vor seiner Hand
verbrannte, beinah ganz verkohlte:
der griff ihn so mit Feuer an,
daß er mit Mühe nur entkam.
Jedoch das ging nicht lange so,
das mordbegierige Reptil
geriet recht bald an einen Punkt,
an dem es zu verzweifeln drohte;
die Lanzenspitze quälte es,
daß es nochmals niedersank
und sich vor Schmerzen krümmte.
Tristan ließ nicht auf sich warten,
er kam sogleich herbeigerannt,
er stieß das Schwert bei seiner Lanze
bis zum Griff ins Herz hinein.

Waidwund war das Teufelwesen,
stieß aus seinem Todesschlund
ein Geräusch und einen Schrei,
derart greulich, derart grausig,
als stürzten Welt und Himmel ein;
dies Gebrüll, so mörderisch,
erschallte weit ins Land hinein –
es war ein wahrer Schock für Tristan!
Doch als der Drache niedersank
und er merkte, daß er tot war,
stemmte er das Drachenmaul
unter großen Mühen auf.
Aus dem Rachen schnitt er ihm
von der Zunge mit dem Schwert
die Portion, die er sich wünschte,
schob sie zwischen Hemd und Brust,
ließ das Maul zusammenklappen.
Er wandte sich der Wildnis zu.
Er hatte dabei dies im Sinn:
er wollte in ihr unterkriechen,
sich den Rest des Tags erholen
und erneut zu Kräften kommen;
abends wollte er zurück
zu seinen Landesherrn im Schiff.
Jedoch, die Hitze zwang ihn nieder,
die durch die ganze Plackerei
entstanden war, und durch den Drachen;
sie machte ihn so müde,
daß er in diesem Augenblick
kaum noch Kraft zum Leben hatte.
Doch nun sah er Wasser glitzern:
ein Tümpel, nicht zu breit, zu lang,
in den ein kühles Wässerchen
aus einer Felsenquelle floß.
Er sprang in voller Rüstung rein
und senkte sich bis auf den Grund –

über Wasser nur sein Mund.
Dort lag er diesen Tag, die Nacht.
Die böse Zunge, die er trug,
sie raubte ihm die ganze Kraft;
schon der Gestank, der ihm von ihr
entgegenschlug, der machte ihn
todesblaß und völlig kraftlos,
so daß er nicht mehr weiterkam –
bis ihn die Königin dort holte.

Der Truchseß, der – wie ich erzählte –
in sich den Kavalier, Geliebten
des beglückten Mädchens sah,
dem gerieten die Gedanken
auf das heftigste in Wallung,
als er das Drachen-Brüllen hörte,
das so grauslich und so lautstark
über Feld und Wald erscholl.
Er legte sich zurecht im Herzen,
wie das wohl verlaufen war,
und dachte: »Wahrlich, der ist tot,
ist mindestens in Todesnot,
so daß ich ihn besiegen kann
mit einer sicheren Methode...«
Er stahl sich von den dreien weg,
ritt an einem Abhang runter;
sein Pferd, es trabte nun dorthin,
wo das Gebrüll erschollen war.
Als er das halbe Roß erreichte,
gönnte er sich eine Pause;
er saß auf durchpariertem Pferd
und dachte scharf, mit Scharfsinn nach. –
Ihm hatte dieser kurze Feldzug
Furcht und Schrecken eingejagt.
Er machte sich Mut (das brauchte Zeit!),
ritt dann (ohne klare Absicht)

aufgeschreckt und ganz entmutigt
in die Richtung, in der er sah:
es waren Laub und Gras
abgeflämmt – und das vor *ihm*!
Er stieß nach einer kurzen Zeit
(ehe er sich des versah)
stracks auf den Drachen, wo der lag;
der Truchseß schrak im Sattel hoch
mit einer solchen Heftigkeit –
er hätte beinah kehrtgewendet
zur Attacke auf den Boden!
So nah war er herangekommen
und so dicht herangeritten …
Doch war er nun gleich kampfbereit:
er warf sein Roß so rasch herum,
daß es mit ihm zu Boden ging
und sie aufeinanderfielen.
Als er wieder obenauf war
(ich meine: auf dem Boden),
da war er, wegen seiner Furcht,
noch gar nicht recht im Stande,
sich auch nur so weit zu bringen,
sich aufs Roß hinaufzuschwingen –
dieser jämmerliche Truchseß
ließ es stehn und büchste aus!
Weil keiner ihn dabei verfolgte,
hielt er ein, ging sacht zurück,
bückte sich nach seiner Lanze,
ergriff den Zügel seines Rosses,
führte es zu einem Baumstamm,
stieg von dem aus in den Sattel
(schon war seine Schmach vergessen),
galoppierte weg von dort,
warf einen Blick zurück zum Drachen,
um ein Zeichen zu erspähen,
ob der lebendig sei, ob tot.

Als er ihn tot sah, rief er aus:
»Welch ein Glück, wenn Gott es will!
Das ist der coup de chance für mich!
Ich bin genau zur rechten Zeit
zu meinem Glück hierher gekommen!«
Und schon senkte er die Lanze,
sprengte los (und das mit Zügel!),
gab die Sporen, ›galoppierte‹
auf ihn zu und attaquierte,
criierte attaquierend:
»Chevalier! Demoiselle!
Ma blonde Isolde, ma belle!«
Er stach zu mit solcher Wucht,
daß der starke Eschenschaft –
seine Faust durchschrammte!
Daß er nun nicht weiterkämpfte,
geschah alleine aus Berechnung –
er dachte sich: »Wenn er noch lebt,
der diesen Drachen tötete,
so bringt mich doch nicht weiter,
was ich mir eben vornahm.«
Er wandte sich ab und ritt umher
und suchte hier und suchte dort,
in der Hoffnung: falls er den
an einer Stelle so erschöpft,
so schwer verwundet finden sollte,
daß Kampf für ihn noch sinnvoll wäre,
so würde er mit ihm auch kämpfen,
um ihn vollends totzumachen,
den Totgemachten zu verscharren.
Doch als er gar nichts von ihm fand,
dachte er: »Dann eben nicht...
Ob er tot ist oder lebt –
erhebe ich als *erster* Anspruch,
wird keiner mir den streitig machen.
Meine Verwandten, Lehensleute

sind derart angesehn, beliebt –
erhöbe einer gleichfalls Anspruch,
so käme er damit nicht durch!«
Er ritt, mit Einsatz seiner Sporen,
zurück zum Partner seines Zweikampfs,
sprang vom Sattel auf den Boden.
Er nahm den Kampf auf an dem Punkt,
an dem er unterbrochen war:
mit dem Schwerte, das er führte,
hieb er ein auf seinen Feind,
hackte heftig hier wie dort,
bis der dort wie hier lädiert war.
Mehrfach setzte er am Nacken an –
den hätte er ihm gern durchschlagen,
jedoch, der war so dick und hart,
daß ihm die Arbeit mühsam wurde.
Er zerbrach an einem Baumstamm
seine Lanze, stieß ihr Vorderstück
dem Drachen in die Gurgel,
als wäre dies der Todesstich.
Er stieg auf sein spanisches Roß,
gab ihm die Sporen und ritt rasch
in Wexford ein, sehr gut gelaunt;
vier Pferde ließ er gleich nach draußen
führen mit dem Schwerlastkarren,
der das Haupt befördern sollte,
und erzählte jedermann,
wie erfolgreich er gewesen,
und was er an Gefahr erlebt,
an Bedrohung und an Schrecken.
»Meine Herren, edle Runde,
seid bitte nun ganz Ohr für mich,
nehmt die Wundermär zur Kenntnis,
was eines Mannes Tapferkeit,
was unbeugsamer Wille schafft
aus Liebe zur geliebten Frau!

Daß ich der tödlichen Gefahr
entkam, sie überlebte,
das wundert, das verwundert mich.
Ich bin mir freilich völlig sicher:
wär ich schlapp wie *der* gewesen,
hätt ich das niemals überstanden...
Ich weiß nicht, wers gewesen ist:
irgend so ein aventurier,
der ausritt, cherchant l'aventure,
der war, als Todeskandidat,
vor mir beim Drachen angekommen;
das hat ein böses Ende genommen!
Gott hat ihn vergessen,
nun sind sie aufgefressen –
Mann und Roß sind mausetot;
das Roß liegt noch zur Hälfte dort,
zerbissen, rundherum versengt.
Was soll ich viele Worte machen?
Noch nie hat außer mir ein Mann
für eine Frau so hart gekämpft!«
    Er berief den Anhang ein,
kehrte zum dragon zurück,
bewies dort seine Wundertat
und bat sie, einen wie den andren,
als Wahrheit zu bezeugen,
was sie hier gesehen hätten.
Das Drachenhaupt, das nahm er mit.
    Verwandte, Lehensleute
lud er – auch durch Boten – ein,
ließ – im Galopp – den König rufen,
wies hin auf sein Versprechen.
Mit dieser Tagesordnung wurde
ein Landtag anberaumt, in Wexford.
Das Land, es wurde einberufen,
ich meine: die barons des Landes.
Sie alle hielten sich bereit

zu dem Termin, vom Hof bestimmt.

Darüber wurde gleich am Hof
Bericht erstattet allen Damen –
die Schmerzen und die Qualen,
die sie dabei erlitten, alle,
hat man bei Damen nie erlebt!
Das liebliche Mädchen, die schöne Isolde –
tödlich traf sie dies ins Herz.
Für sie der schlimmste Tag des Lebens.
Isolde, ihre Mutter, sagte:
»Nein, schöne Tochter, nein, hör auf!
Nimm das nicht so sehr zu Herzen!
Egal, ob dies mit rechten Dingen
zuging oder nicht, wir werden
dies wohl noch unterlaufen können!
Es wird uns Gott davor beschützen.
Tochter, keine Träne mehr!
Für eine solche Farce
dürfen sich die hellen Augen
nie mehr wieder röten!«
»Ach, Frau Mutter«, sprach die Schöne,
»niemals darfst du deine Herkunft
und dich selbst entwürdigen!
Eh ich mich füge, stech ich lieber
ein Messer mitten in mein Herz!
Eh ich *dem* zu Willen bin,
nehme ich mir selbst das Leben!
Der bekommt mit mir, Isolde,
nicht die Frau und nicht die Herrin –
nur über meine Leiche!«
»Nein, schöne Tochter, keine Angst!
Was er, was sonstwer so verlautet,
das alles ist belanglos, völlig!
Und hätt es alle Welt geschworen –
nie wird der dein Ehemann!«

Als es Nacht zu werden begann,
befragte diese kundige Frau,
weil ihre Tochter so bedrängt war,
die Geheimen Künste, deren
sie wunders viele kannte,
und so sah sie denn im Traum,
daß *nicht* geschehen war,
was das Gerücht im Land besagte.
Als nun der neue Tag begann,
sprach sie Isolde an und fragte:
»Nun, liebe Tochter, bist du wach?«
»Ja, verehrte Mutter«, sprach sie.
»So hab nicht länger Angst!
Ich bring dir gute Nachricht:
Der hat den Drachen *nicht* getötet,
ein Fremder wars, der ihn erschlug –
welche fortune hat ihn gebracht?
Steh auf, wir müssen schnell dorthin,
die Sache selber untersuchen! –
Brangaine, steh jetzt leise auf,
sag Paranís, in unserm Namen,
er solle rasch die Pferde satteln.
Wir müssen reiten, dies zu viert:
ich, die Tochter, du und er.
So rasch, wie das nur irgend geht,
führ er uns die Pferde
vor die geheime Pforte,
wo man vom Garten unsrer Burg
hinausblickt auf das Feld.«
Als alles so geschehen war,
saß das Grüppchen auf und ritt
dorthin, wo dem Vernehmen nach
der Drache lag, getötet.
Als sie das halbe Roß entdeckten,
begannen sie, das Zaum- und Sattelzeug

zu mustern und zu untersuchen,
und sie machten sich bewußt,
daß sie in Irland nie ein solches
Zaum- und Sattelzeug gesehen hatten,
und zogen allesamt den Schluß,
daß der Mann – wer er auch sei –,
den dieses Roß nach hier getragen,
daß *der* den Drachen getötet habe.
Sie ritten unverzüglich weiter
und stießen auf den Drachen.
Der Kumpan des Teufels war
so grauslich und so riesengroß,
daß die blühend schönen Damen,
als sie ihn sahn, in ihrer Angst
totenbleich erschienen.
Die Mutter sprach zur Tochter:
»Ha, nun bin ich völlig sicher,
daß der Truchseß niemals wagte,
diesen Drachen anzugreifen!
Machen wir uns keine Sorgen!
Denn, wahrhaftig, liebe Tochter,
ich ahne, ahne, dieser Mann
ist irgendwo hier in der Nähe
versteckt – ob er nun tot ist oder lebt.
Das prophezeit mir mein Gefühl.
Wenn dir das recht ist, gehen wir
auf Suche, von dem Punkt da vorn;
vielleicht gefällt es unserm Gott,
daß wir ihn finden, irgendwo,
und überwinden dann mit ihm
die abgrundtiefe Herzensnot,
die unsren Herzen tödlich droht.«
Sie faßten eilig den Entschluß.
Alle viere dieser Gruppe
ritten voneinander weg –
die suchte hier und jene dort.

Da kam es, wie es kommen mußte,
wie es Der Gerechte wollte:
daß Isolde, Königstochter,
ihr *Leben*, ihren *Tod*,
ihre *Freude* und ihr *Leid*
zuallererst erblickte!
Ein Glanz ging aus von seinem Helm,
verriet ihr, wo der Fremde war;
als sie den Helm dann wirklich sah,
kehrte sie um, holte die Mutter:
»Schnell, Herrin, reitet her!
Ich seh dort irgend etwas glänzen.
Es sieht genau aus wie ein Helm...
Ich glaub, ich habe ihn gefunden.«
»Wahrhaftig«, sagte nun die Mutter,
»den Eindruck hab ich auch!
Gott will sich unser doch erbarmen!
Ich denke, den wir suchen,
den haben wir gefunden!«
Unverzüglich riefen sie
die beiden andren zu sich her;
sie ritten dann zu viert dorthin.
  Als sie immer näher kamen,
und sie sahen ihn so liegen,
dachten alle, er sei tot.
»Er ist tot«, so die Isolden.
»Unsre Hoffnung ist vernichtet.
Der Truchseß hat ihn umgebracht,
hat ihn meuchlerisch ermordet
und in diesen Sumpf geschleppt!«
Alle viere saßen ab
und sie zogen ihn ganz rasch
heraus auf festen Boden.
Sie lösten gleich am Helm den Riemen,
schnürten auf die Ringkapuze.
Die kundige Isolde

sah ihn an und sah ganz klar,
daß er zwar lebte, daß sein Leben
jedoch am seidnen Faden hing.
»Er lebt«, rief sie, »tatsächlich!
Schnell, befreit ihn von der Rüstung!
Habe ich das Glück, daß er
nicht auf den Tod verwundet ist,
so kann hier noch geholfen werden!«
Als das Trio schöner Damen,
die blendenden compagnes,
als sie den Mann der Fremde
mit ihren Händen, weiß wie Schnee,
befreiten von der Rüstung,
da entdeckten sie die Zunge.
»Sieh mal an!«, so rief die Königin.
»Was ist denn das?! Was mag das sein?!
Brangaine, Nichte, sag doch was!«
»Es kommt mir wie ne Zunge vor...«
»Da sagst du es, Brangaine!
Ich glaube, bin der Meinung,
daß sie ein Teil des Drachen war.
Unser Glück wacht wieder auf.
Herzenstochter, schöne Isolde,
todsicher weiß ich dies:
wir sind nun auf der rechten Spur!
Diese Zunge wars, die ihm
Kräfte und Bewußtsein raubte!«
Sie streiften ganz die Rüstung ab;
als sie an seinem Körper weder
Prellungen noch Wunden fanden,
da zeigten sie sich ganz erleichtert.
Die kenntnisreiche Königin,
die Könnerin, nahm Theriak,
flößte das dosierend ein,
bis er ins Schwitzen kam. Sie sprach:
»Der wird gesund, der Mann!

Zieht der Gifthauch erst mal ab,
der ausging von der Zunge,
so kann er Mund und Augen öffnen.«
Was denn auch bald darauf geschah:
er lag nicht lang, da wars soweit,
er blickte auf und sah sich um.
Als er den anmutsvollen Reigen
vor sich, ja, um sich her bemerkte,
da sagte er sich im Gemüt:
»Ach, lieber Gott und Herr,
du hast mich also nicht vergessen.
Drei Lichter seh ich um mich her,
die schönsten dieser hohen Welt,
für viele Herzen Freude, Trost,
für viele Augen höchster Glanz:
Isolde, diese strahlende Sonne,
Isolde, ihre Mutter,
dies beglückende Morgenrot,
und Brangaine, selbstbewußt,
dies schöne Licht des vollen Mondes...«
Und er erkühnte sich und sprach
mit schwacher, mit geschwächter Stimme:
»Ach, wer seid ihr? Und wo bin ich?«
»Ah, Ritter, kannst du sprechen? Sprich!
Wir helfen dir in deiner Not!«
sprach Isolde, so verständig.
»Ja, verehrte Frau und schöne Herrin...
Doch ich weiß nicht, wie mein Körper
mich derart jäh im Stiche ließ,
wie meine Kraft geschwunden ist...«
Die junge Isolde starrte ihn an:
»Das ist doch Tantris, unser Spielmann,
so wahr ich ihn gesehen habe!«
Die beiden andren Frauen gleich:
»Wahrhaftig, ja, so scheint uns auch!«
Es fragte diese weise Frau:

»Tantris, bist dus?!« »Herrin, ja.«
»Dann sag«, so sprach die weise Frau,
»von wo und wie kamst du hierher?
Andersrum: was machst du hier?«
»Verehrteste der Frauen,
leider bin ich körperlich,
mit meiner Kraft noch nicht soweit,
daß ich Euch meine Geschichte
im Detail erzählen könnte.
Laßt mich doch, in Gottes Namen,
dorthin bringen oder tragen,
wo sich – für den Tag, die Nacht –
jemand um mich kümmern kann.
Wenn ich erneut zu Kräften komme,
ist sinnvoll, daß ich tu und sage,
was Euch recht ist, Euch gefällt.«
So faßten alle viere
Tristan mit den Händen an,
er wurde auf ein Pferd gehoben,
sie brachten ihn gemeinsam weg.
Sie schmuggelten ihn *so*
durch das geheime Türchen,
daß von ihrem Ausflug,
Ausritt keiner etwas merkte.
Sie pflegten und kurierten ihn! –
Die Zunge, die ich schon erwähnte,
die Rüstung und ihr Zubehör –
kein Fitzchen blieb davon zurück:
sie hatten alles mitgenommen,
den Harnisch wie den Mann.

Als der nächste Tag begann,
wandte sich die Königin an ihn.
»Nun, Tantris«, sprach sie, »sage mir
(bei all der Wohltat, die ich dir
diesmal, letztes Mal erwiesen,

indem ich zweimal dich gerettet,
und: weil ich für dich da bin,
wie du, gewiß, für deine Frau),
wann bist du nach Irland gekommen,
wieso hast du den Drachen getötet?«
»Das will ich Euch erzählen, Herrin.
Vor wenigen Tagen kamen wir
(von heute an gerechnet: drei),
ich und weitre Händler,
mit einem Schiff hier in den Hafen.
Da kam ein Räubertrupp herab –
aus welchen Gründen, weiß ich nicht –,
der hätte uns die Fracht, das Leben
geraubt, wenn ich das nicht
verhindert hätte mit Bestechung.
Unsre Lage ist wie folgt:
Wir müssen häufig fremde Länder
zur Heimat machen, sie bewohnen,
und wissen nicht: wem ist zu trauen?
Wir werden Opfer vieler Übergriffe!
So bin ich davon überzeugt:
Es wäre gut für mich, wenn ich
es irgendwie erreichen könnte,
daß mich die Länder anerkennen.
Beziehungen in fremden Ländern
machen einen Kaufmann reich.
Seht, Herrin, daran dachte ich
(mir ist schon lang hier das Gerücht
über den dragon bekannt),
und schlug ihn tot aus diesem Grund:
Ich denke, daß ich nun bevorzugt
von den Herren dieses Landes
Schutz und Schirm erhalten werde.«
Isolde sagte: »Schutz und Schirm,
sie mögen dich dein Leben lang
begleiten! Deine Ehre lebe!

Du bist bei guten Konditionen
für dich und uns hierhergekommen.
Nun denke nach, was du dir wünschst –
das wird vermittelt, wird erfüllt
durch meinen Mann. Und durch mich selbst.«
»Danke, Herrin. So empfehl ich
mein Schiff und meine Person
umfassend Eurem Schutz an.
Seht zu, daß ich es nicht bereue,
daß ich die Fracht, daß ich mein Leben
Eurem Schutz empfohlen habe.«
»Tantris, nein, du bist hier sicher!
Um dein Leben, deine Fracht
mußt du dir keine Sorgen machen.
Meinen Schutz und Schirm – gib acht,
ich versprech dirs in die Hand!
Solange ich leb, wird dir in Irland
nie mehr wieder Leid geschehn! –
Nun lehn nicht *meine* Bitte ab
und leiste mir gewisse Hilfe
in einem Fall, an dem zur Zeit
mein Ansehn hängt, mein ganzes Glück.«
Und sie erzählte ihm, was ich
bereits erzählt hab: Welche Sprüche
der Truchseß mache, zu der Tat,
wie energisch und wie dringlich
er nun Isolde fordere;
wie er Lüge und Betrug
durch Rechts-Kampf sanktionieren wolle,
falls jemand ihm entgegentrete,
um selbst die Fordrung zu erheben.
»Verehrte Herrin«, sagte Tristan,
»darüber macht Euch keine Sorgen.
Ihr habt mir zweimal Leib und Leben
mit Gottes Hilfe zurückgegeben;
dies Leben soll Euch nun mit Recht

Hilfe leisten in dem Streitfall
wie bei andren Schwierigkeiten –
vorausgesetzt, ich bin gesund.«
»Das lohn dir Gott, mein lieber Tantris.
Auf dies Gelöbnis bau ich gern.
Ich wiederum erkläre dir:
Erfüllt sich der monströse Anspruch,
so sind wir beide, ich und Isolde,
lebendigen Leibes tot, auf ewig!«
»Herrin, nein, vergeßt den Fall!
Da ich nun Euren Schutz genieße,
Euch meine Person und meine Fracht
anempfahl auf Ehre und Gewissen,
ich hierin rechtlich sicher bin –
liebe Herrin, faßt Euch doch!
Verhelft mir noch einmal zu Kräften,
und ich alleine klär den Fall! –
Doch sagt mir, Herrin, wißt Ihr dies:
die Zunge, die man bei mir fand,
blieb die dort, schuf man die fort?«
»Nein, nein! Ich hab sie hier,
und was dir sonst gehört. Sie selber,
meine schöne Tochter Isolde,
und ich, wir nahmen alles mit.«
»Das kommt uns sehr gelegen!
Nun, hochverehrte Königin,
macht Euch keine Sorgen mehr.
Gebt mir meine Kraft zurück,
und alles wird erledigt werden.«
Königin und Königstochter,
beide, ohne Unterschied,
sie nahmen sich nun seiner an,
und alles, was (nach ihrem Wissen)
die Heilung und Erholung
seines Körpers fördern konnte,
darum bemühten sie sich sehr.

Seine Begleitung auf dem Schiff,
die litt inzwischen sehr;
viele waren sehr bedrückt,
sie dachten schon, dies sei ihr Ende;
sie glaubten nicht ans Überleben,
weil im Verlauf der beiden Tage
nichts von ihm zu hören war.
Doch hatten sie den Schrei gehört,
den der Drache ausgestoßen,
und es sprach sich denn herum:
Es blieb ein Ritter auf der Strecke,
sein Roß liegt noch zur Hälfte da...
Und die Seinen dachten sich:
»Wer außer Tristan könnt das sein?
Es gibt hier keinen Zweifel:
er wäre längst zurückgekommen,
wär er nicht zu Tod gekommen.«
Gleich faßten alle den Entschluß,
Courvenal hinauszuschicken,
er solle sich das Pferd beschaun.
Das tat er; Courvenal ritt hin,
fand das Roß, erkannte es;
und dann ritt er weiter;
den Drachen sah er auch sogleich,
doch als er dort nichts fand
von all den Sachen Tristans,
von Kleidungs- wie von Rüstungsstücken,
da packte ihn Verzweiflung.
»Ah«, so dachte er, »Herr Tristan,
bist du lebendig oder tot?«
»Ach«, so rief er, »ach, Isolde,
ach, daß der Lobpreis deines Namens
Cornwall je erreichte...!
War deine Schönheit, war dein Adel
zu solchem Unglück vorbestimmt

für den aus glücklichstem Geschlecht,
das je zum Waffendienst bestimmt war,
und dem du allzu sehr gefallen …?«
So kehrte er zum Schiff zurück.
Mit Weinen und mit Klagen
stellte er die Lage dar,
wie er sie vorgefunden hatte.
Diese Meldungen begannen
vielen zu mißfallen –
jedoch nicht ihnen allen;
die Meldung, so bedrückend,
war nicht für jeden Herrn bedrückend,
für manchen war sie sehr berückend.
Freilich sah man vielen an,
daß es sie sehr traurig stimmte –
dies war eigentlich die Mehrheit.
So war die Meinung, war die Haltung
in Gut und Böse kontrastiert.
Diese Gegensätze führten
zu Getuschel und Geraune
auf dem zweigeteilten Schiff.
Der Bericht, so widersprüchlich,
war den barons, den zwanzig,
nicht allen sehr ans Herz gegangen;
sie meinten, nun sei Zeit zur Rückkehr.
Und stellten allesamt den Antrag
(ich rede nur von jenen zwanzig),
Tristans Frist nicht zu verlängern,
geschlossen rieten sie dazu,
diese Nacht noch wegzufahren.
Andere hingegen rieten
zu bleiben, um noch etwas mehr
darüber rauszufinden,
wie es ihm ergangen sei.
Sie wurden sich nicht einig:
die einen wollten gerne weg,

die andren wollten bleiben.
Es lief darauf hinaus
(weil sein Tod ja weder
sicher war noch nachgewiesen),
noch länger dortzubleiben,
um wenigstens zwei Tage lang
nachzufragen, nachzuforschen.
Bedauern unter den barons…
Der Gerichtstag stand nun an,
für Wexford anberaumt,
dorthin von Gormund einberufen
betreffend Rechtsstreit zwischen
seinem Fräulein Tochter/Truchseß.
Gormunds persönlicher Umkreis,
seine Verwandten, Lehensleute,
die er, um ihre Empfehlung zu hören,
zur Versammlung einberufen,
sie alle waren dort zur Stelle.
Die nahm er erst einmal beiseite,
bat den kleinen Kreis um Rat,
so dringend und so dringlich
wie einer, dessen ganze Ehre
auf dem Spiel stand – und nichts andres!
Auch berief er zur Versammlung
seine liebe Frau, die Königin.
Ja, sie konnte ihm nur lieb sein,
denn in dieser *einen* Person
hatte er zwei Gnadengaben,
die allerbesten, die ein Mann
bei seiner Lieben finden kann:
die Schönheit und die Weisheit.
Sie war so reich damit gesegnet,
daß sie ihm wahrlich lieb sein konnte!
Die verehrte, schöne, weise
Königin, sie war zur Stelle.
Ihr Liebster, der König, zog sie

in der Versammlung auf die Seite:
»Sag mir, was empfiehlst du mir?
Der Fall wird mir zur Todeslast...«
»Nur Mut«, so sagte ihm Isolde,
»wir werden uns zu schützen wissen –
ich habe alles unterlaufen!«
»Wie das denn? Sag es, Herzensfrau,
ich möcht mich auch darüber freuen!«
»Was unser Truchseß da behauptet...
der hat den Drachen *nie* getötet!
Jedoch, der dies getan, den kenn ich!
Das beweis ich, wenn ich muß.
Macht Euch frei von aller Furcht.
Kehrt zurück in die Versammlung.
Sagt, verkündet ihnen allen:
Sobald Ihr den vom Truchseß
zu erbringenden Beweis gehört,
gesehn, erfüllt Ihr gern den Eid,
den Ihr den Herrn geschworen habt.
Befehlt dann allen, Euch zu folgen
und sitzt dann zu Gericht.
Habt keinerlei Befürchtung mehr!
Laßt den Truchseß Klage erheben,
laßt ihn sagen, was er sagen will.
Doch wenn die Zeit gekommen ist,
so bin ich mit Isolde da!
Sobald Ihrs fordert, spreche ich
für Euch, Isolde und für mich.
Und nun laßt es genug sein...
Ich werde meine Tochter holen;
wir beiden kommen gleich zurück.«
Sie ging denn ihre Tochter holen;
der König in den Saal zurück.
Dort saß er zu Gericht,
und mit ihm viele der barons,
der combattants des Landes;

eine ganze Menge Ritter
war dort in Ritter-Gala!
Sie waren nicht so sehr dabei
aus Ehrerbietung für den König,
sie wollten vielmehr miterleben,
was sich schließlich als der Kern
des Gerüchts erweisen würde.
Sie alle waren drauf gespannt.

Die beiden herrlichen Isolden,
die nun Seit an Seite
in den Festsaal schritten,
die begrüßten und empfingen
jeden dieser Herren einzeln.
Es wurde währenddes im Kreise
zur Schönheit dieser beiden
viel bedacht und viel gesagt:
Vielzahl von Gedanken, Worten!
Doch wurde vom Erfolg des Truchseß
weitaus mehr gesprochen als
von Belangen dieser Damen.
Man dachte, sprach mit Blick auf sie:
»Schaut euch das an, macht euch das klar:
Wenn dieser Unglücksrabe,
der nie sein Glück gemacht,
dies Kind des Glücks zur Frau bekommt,
so geht für ihn die Sonne auf des Glücks,
wie sie einem Mann mit einem Mädchen
nicht schöner aufgehn kann!«
Indessen schritten sie zum König;
der stand vor ihnen auf und bat sie
freundlich, bei ihm Platz zu nehmen.
»Truchseß«, fragte er, »was ist
dein Begehren, deine Klage? Sprich!«
»Herzlich gern, Herr König«, sprach er.
»Ich verlange, Herr, begehre,

daß Ihr in meiner Person dem Land
erfüllt, was königlicher Brauch ist.
Soweit Ihr dabei bleiben wollt –
Ihr habt es als Belohnung ausgesetzt,
habt mit Eurem Eid versprochen:
Welcher Ritter den dragon
eigenhändig töten würde,
dem würdet Ihr dann zur Belohnung
Isolde geben, Eure Tochter.
Der Eid hat viele Männer ruiniert!
Ich selber gab nicht viel darauf,
denn ich liebte diese Frau
und setzte oft mein Leben
größeren Gefahren aus als andre,
bis es mir dabei zuletzt
gelang, den Drachen totzuschlagen.
Falls es genügt in diesem Fall:
hier liegt sein Haupt, beschaut es Euch!
Ich brachte den Beweis hierher.
Nun erfüllt, was Ihr verspracht.
Königswort und Königseid:
bleibt wahr und werdet wahrgemacht!«
»Truchseß«, sprach die Königin,
»wenn jemand derart reichen Lohn,
wie es meine Tochter ist, Isolde,
unverdient erhalten will –
wahrhaftig, das geht viel zu weit!«
»Hoho«, rief nun der Truchseß, »Herrin,
Ihr handelt schlecht! Wieso sprecht *Ihr*?!
Mein Herr, der hier entscheiden wird,
der kann sich doch wohl *selber* äußern!
Der spreche, nehm hier Stellung.«
Der König: »Herrin, sprecht nur weiter,
für Euch, Isolde und für mich.«
»Danke, Herr, das werd ich tun.«
Und es sprach die Königin:

»Truchseß, deine Liebesgefühle
in Ehren, sie sind schön und gut,
auch bist du innerlich ein Mann,
hast eine gute Frau verdient.
Doch wer so hohen Lohn verlangt,
und er hat ihn nicht verdient –
wahrhaftig, das ist unerhört!
Du selber hast für dich den Anspruch
auf eine Heldentat erhoben,
mit der du *nichts* zu tun hast,
wie mir das zugeflüstert wurde.«
»Herrin, wie verhandelt Ihr?!
Hier liegt der schlüssige Beweis!«
»Du hast ein Haupt von dort geholt,
das hätt auch leicht ein andrer Mann
bringen können – gesetzt den Fall,
er hätt Isolde gewinnen wollen.
Für eine solche Nichtigkeit
ist sie freilich nicht zu haben!«
Die junge Isolde: »Wahrlich nicht!
Für eine derart kleine Leistung
werd ich nie zu haben sein!«
»Ach, Frau Königstochter«,
rief wiederum der Truchseß,
»daß Ihr Euch in meiner Sache
mit einer solchen Bosheit äußert
zu Gefahren, die ich oft
bestanden hab, weil ich Euch liebe...!«
»Es möge gut zu Buche schlagen,
daß Ihr mich liebt«, so sprach Isolde,
»ich hab Euch nie gemocht, geliebt.
Das wird auch, wahrlich, nie geschehn!«
»Ja, ich verstehe!« rief er aus.
»Ihr handelt so wie alle Frauen!
Ihr seid alle so geschaffen,
so geartet und gesinnt:

Das Böse scheint euch jeweils gut,
das Gute scheint euch jeweils bös.
In dieser Haltung seid ihr stark!
Ihr seid verdreht in jeder Weise:
für euch sind Dumme alle klug,
für euch sind Kluge alle dumm;
das Gerade macht ihr krumm
und aus Krummem wieder Grades;
ihr habt den großen Irrtum
gelegt an euer Leitseil;
was euch haßt, das liebt ihr,
was euch liebt, das haßt ihr.
Weshalb seid ihr so eingestellt,
weshalb liebt ihr so heftig
jede Form des Widerspruchs,
den man so oft an euch erlebt?
Wer euch will, den wollt ihr nicht,
doch wollt ihr den, der euch nicht will.
Ihr seid das größte Verwirrspiel,
das auf dem Spielbrett möglich ist!
Der Mann hat den Verstand verloren,
der ohne sichre Bürgschaft je
sein Leben für die Frau riskiert. –
Doch, wahrlich, was Ihr sagt,
was meine Herrin sagt, das zählt nicht!
Es wird ganz anders hier entschieden!
Sonst bricht man mir den Eid!«
Die Königin sprach wiederum:
»Truchseß, deine Sprüche sind sehr stark,
sind gut geklopft – für einen
mit Sinn für gutgeklopfte Sprüche!
Sie wecken ganz den Anschein,
als wären sie in trauter Damenrunde
erdacht in einer Kemenate.
Und hast sie *so* auch vorgetragen,
wie ein Kavalier das tun soll.

Du kennst zu gut den Stil der Damen,
du hast es hier zu weit gebracht,
hast so den Stil des Manns verloren.
Auch bist du allzusehr verliebt
in jede Form des Widerspruchs.
Mir scheint, du fühlst dich wohl dabei.
Du hast das gleiche Damenwesen
festgemacht an einem Leitseil.
Was dich haßt, das liebst du,
wer dich nicht will, den willst du –
dies ist unser Damen-Spiel!
Weshalb läßt du dich darauf ein?!
Bei Gott, du bist ein Mann –
laß uns doch unsern Damenstil!
Du bist hier nicht sehr gut beraten!
Folge deinem Mannes-Sinn
und liebe, was dich liebt,
begehr, was dich begehrt –
dieses Spiel verspricht auch Glück!
Du wiederholst mit allem Nachdruck,
daß du Isolde haben willst,
doch sie hingegen will dich nicht.
So ist sie halt. Wer kann das ändern?
Sie überläßt sehr viel sich selbst,
was sie durchaus haben könnte.
Viele mag sie überhaupt nicht,
die sie äußerst gerne mögen –
von denen stehst du auf Platz eins.
Da schlägt sie ganz in meine Art:
ich habe dich noch *nie* gemocht.
Genau dies weiß ich von Isolde,
sie schlägt da ganz in meine Art.
Bei ihr vergeudest du viel Liebe!
Diese Schöne, diese Reine,
sie wäre ja für alle da,
wenn sie jeden haben sollte,

der sie haben wollte.
Truchseß, du bestehst darauf,
daß mein Herr aus freien Stücken
bei dir erfüllt, was er geschworen.
Schau zu, daß du nur *deinen* Sprüchen
und *deiner* Sache so gerecht wirst,
daß du nichts preiszugeben hast!
Bleib bei deinen Leisten!
Ich weiß vom Hörensagen: diesen Drachen,
den hätt ein andrer Mann erschlagen.
Erwäg, was du hier sagen willst...«
»Wer soll das sein?!« »Ich kenn ihn gut.
Ich stelle ihn, sobald ichs muß.«
»Es gibt ihn nicht, den Mann,
der sich in dieser Sache rausnimmt
zu glauben, er könne mir die Ehre
streitig machen durch Betrug.
Wenn einer Rechts-Kampf will mit mir –
ich werd in diesem Fall mein Leben
nach dem Urteilsspruch des Hofes
(Hand dann gegen Hand!)
exponieren und riskieren,
da weiche ich nicht aus.«
»Bravo!« rief die Königin.
»Ich will persönlich dafür bürgen,
daß ich den Antrag akzeptiere,
indem ich dir zum Kampf den Mann
stelle, der den Drachen schlug –
und zwar, ab heute, in drei Tagen;
im Moment ist das nicht möglich.«
Der König sagte: »Das genügt.«
Und alle Herren stimmten zu:
»Ja, Truchseß, das genügt.
Diese Frist ist angemessen.
Tritt vor, verpflichte dich zum Kampf,
und unsre Herrin tu das gleiche.«

Der König nahm nun ihnen beiden
das Versprechen ab, mit Bürgschaft,
diesen Kampf ums Recht verbindlich
am dritten Tage durchzuführen. –
Und das Kapitel war beendet.

Tristan wird wieder von den königlichen Damen gepflegt. Die Königstochter kann ihre Blicke kaum von ihm lösen; sie läßt seine Rüstung aufpolieren, betrachtet dann genauer das Schwert, sieht eine Scharte, holt aus einem Kästchen das Bruchstück: es paßt genau, das Schwert gehört also dem Mann, der ihren Onkel Morold im Kampf getötet hat! Und wer ist Spielmann Tantris? Isoldes Spiel mit den Namenssilben bringt sie auf die Wahrheit: Tantris ist Tristan. Sie will ihn mit dem Schwert töten, während er im Badezuber sitzt. Erregter Disput, kritische Situation. Die Mutter kommt hinzu, dann Brangaine; sie rät zur Vernunft; man arrangiert sich mit dem Todfeind des Hauses Irland. Und Tristan wirbt für seinen Onkel um Isolde. – Der Hof- und Gerichtstag beginnt. Hauptpunkt der Tagesordnung: der gerichtliche Zweikampf. Auftritt der beiden Isolden und eine Arie über die blendend schöne Erscheinung der festlich gekleideten Königstochter. Dann Tristans großer Auftritt. Der Truchseß wiederholt seine Forderung, verweist auf das Drachenhaupt. Doch wo ist die Zunge? Tristan legt das Beweisstück vor, hat damit ein Anrecht auf die Königstochter. Offizieller Friedensschluß zwischen Irland und Cornwall; König Gormund übergibt dem selbstlosen Tristan seine Tochter zu treuen Händen. Vorbereitung der Abreise.

Die beiden Damen gingen fort
und nahmen die Behandlung, Pflege
ihres Spielmanns wieder auf.
Die Bemühungen der beiden
waren freundlich, liebevoll
allein darauf gerichtet,
ihm Hilfe zu verschaffen.

Und so war er bald genesen,
zeigte wieder Farbe, Glanz.
   Isolde starrte ihn dauernd an;
sie beschaute ganz genau
die Gestalt und sein Gebaren;
unauffällig blickte sie
in sein Gesicht, auf seine Hände,
besah die Arme, seine Beine,
an denen offenkundig wurde,
daß er sich verstellte.
Sie studierte ihn von Kopf bis Fuß;
was an einem Mann ein Mädchen
sehen soll, gefiel ihr gut,
und sie pries es in Gedanken.
Als nun die Schöne, Gute
die so prächtige Figur,
sein so vornehmes Verhalten
genau betrachtete und wahrnahm,
sprach ihr Herz ganz im geheimen:
»Gott, Herr der Wunderwerke,
wenn sich ein Mangel zeigen sollte
am dem, was Du getan hast, tust,
und wie Du uns gestaltet hast,
so haftet dem ein Makel an,
daß dieser herrenhafte Mann,
den Du mit einer solchen Pracht
des Körpers ausgestattet hast,
daß der, so ständig unterwegs
von einem Reich zum nächsten Reich,
den Unterhalt verdienen muß.
Es wäre recht und billig,
wenn einem, dessen Sache *so* steht,
ein Land, ein Reich zu Diensten wäre.
Diese Welt ist schon verrückt:
schwache Männer herrschen
in so vielen Königreichen –

und nicht ein einziges für *ihn*!
Ein Mensch mit einer solchen Statur,
mit einer solchen Trefflichkeit,
der sollte Reichtum, Ehre haben!
Unrecht ist ihm widerfahren!
Du gabst ihm, Gott, die Lebensform,
die nicht zu der Erscheinung paßt!«
So sprach das Mädchen öfter.
Inzwischen hatte ihre Mutter
dem Gemahl vom Kaufmann erzählt,
vom Anfang bis zur Gegenwart,
wie ihr das selbst vernommen habt:
So und so sei dies verlaufen,
und er verlange nichts als Lohn,
als daß man ihm in Zukunft
verbindlich Schutz gewähren möge,
und zwar zu einem jeden Zeitpunkt,
da er dies Königreich bereise.
Vertraulich hatte sie ihm dies
vom Anfang bis zum Schluß erzählt.

Unterdes befahl das Mädchen
Paranís, dem Knappen,
die Rüstung und das Eisenzeug
auf Hochglanz zu polieren
und sich um dessen Siebensachen
zu kümmern, dies mit aller Sorgfalt.
Das alles wurde ausgeführt:
mit frischem Glanz und gut gepflegt
ward eins aufs andere gelegt.
Und heimlich ging das Mädchen
dorthin, beschaute Stück für Stück.
Hier erging es denn Isolde,
wie es Der Gerechte wollte:
daß *sie* vor all den anderen
zum zweiten Mal entdeckte,

was ihr Herz sehr quälen sollte.
Es war ihr Herz nach dort gerichtet,
es war ihr Blick nach dort gezogen,
wo seine Rüstungsstücke lagen,
und irgendwie gefiel es ihr,
nach dem Schwert zu greifen –
junge Damen, Jünglinge
sind begierig und begehrlich
und, weiß Gott, auch viele Männer!
Sie zog es aus der Scheide, sah es an,
beschaute es mal hier, mal dort,
entdeckte die Beschädigung.
Sie begann, die Scharte
lang und sehr genau zu prüfen,
und sie dachte im Gemüt:
»Der liebe Gott, Er steh mir bei…
Ich glaub, ich hab das Schartenstück,
das eigentlich hier drin sein soll –
ja, ich probier das gleich mal aus!«
Sie holte es, sie hielt es dran:
da paßte das verfluchte Bruchstück
genau in diese Scharte;
sie waren sich dort derart einig,
als wären sie aus *einem* Stück –
was sie ja auch gewesen waren,
vor nicht mal ganz zwei Jahren…
Ihr wurde kalt ums Herz
wegen jenes alten Leids:
vor lauter Zorn, vor lauter Schmerz
ward ihr Gesicht in raschem Wechsel
totenbleich und feuerrot.
»Ah«, so rief sie, »weh mir! Hilfe!
Isolde hat kein Glück!
Wer hat nur die verfluchte Waffe
von Cornwall aus hierhergebracht?!
Mein Onkel ward damit getötet.

Der ihn getötet, der hieß Tristan.
Wer gab es diesem Spielmann? –
Sein Name ist doch Tantris …«
Und schon begann sie über beide
Namen nachzudenken,
beider Klangbild zu vergleichen …
»Herr Gott«, so sagte sie zu sich,
»die Namen setzen mir sehr zu …
Verstehe nicht … Was ist da los?
Sie sind sich nah in ihrem Klang.
Tantris«, sprach sie, »Tristan …
Das klingt doch ziemlich ähnlich …«
Als sie begann, die Namen
sprechend durchzuspielen,
da fielen ihr die Lettern auf,
aus denen man sie beide bildet,
und fand sogleich im *einen* Namen
dieselben wie im *anderen*;
nun begann sie, beide Namen
in ihre Silben aufzutrennen,
setzte eine vor die andre,
kam so dem Namen auf die Spur,
und ging der Sache auf den Grund.
Von vorn nach hinten las sie: Tristan,
von hinten her nach vorne: Tantris.
Der Name war damit geklärt.
»Oh weh«, sprach nun die Schöne,
»wenn sich die Sache so verhält,
dann hat mein Herz zu dieser Täuschung,
zu dieser Tarnung wahr gesprochen …
Seit ich ihn genauer ansah,
seit ich Erscheinung und Verhalten
und alles, was zu ihm gehört,
Punkt für Punkt im Herz studierte –
wie war mir all die Zeit schon klar,
daß er ein *Herr* sei, von Geburt!

Dies konnte *er* nur fertigbringen:
von Cornwall aus hierher zu seinen
Todfeinden zu reisen – und wir,
wir haben zweimal ihn gerettet!
Gerettet? ... Er ist nicht zu retten!
Dies Schwert wird ihm ein Ende machen!
Schnell jetzt, räch dein Leid, Isolde!
Wenn er getötet liegt vom Schwert,
mit dem er deinen Onkel getötet,
so ist der Racheakt vollzogen!«
Sie nahm das Schwert in beide Hände,
ging und beugte sich hinab
zu Tristan, der im Zuber saß.
»Also, Tristan... *bist* du es?!«
»Nein, Herrin, ich bin Tantris.«
»Dann bist du – hier bin ich gewiß –
Tantris *und* Tristan! Diese beiden
sind ein todgeweihter Mann!
Was mir Tristan angetan,
das laste ich dem Tantris an:
dein Leben für das Leben meines Onkels!«
»Nein, schöne junge Dame, nein!
Was habt Ihr vor, um Himmels willen?
Denkt an Euren guten Namen!
Ihr seid Herrin, eine Jungfrau –
wo man von Eurer Bluttat spricht,
dort ist die wunderschöne Isolde
in ihrem Ansehn tot für immer.
Die Sonne, die in Irland aufgeht,
die viele Herzen schon erfreute,
die wird dann ja erloschen sein!
Und, ach, die zarten Hände –
ein Schwert in ihnen, paßt denn das?!«
Nun kam die Königin
zur Tür herein, die Mutter:
»Was ist hier los?! Was soll denn das?!

Tochter, was soll das bedeuten?!
Sind das die Sitten feiner Damen?!
Hast du den Verstand verloren?
Ist das ein Scherz, ist das dein Ernst?
Was soll das Schwert in deiner Hand?«
»Ah, Frau Mutter, denkt zurück
an unser beider Herzensqual!
Dies hier ist der Mörder, Tristan,
der deinen Bruder umgebracht!
Die Gelegenheit ist günstig
an ihm nun Rache zu verüben,
dies Schwert durch ihn zu bohren!
Besser kriegen wirs nie wieder!«
»Der ist Tristan? Woher weißt dus?«
»Ich weiß genau, er ist der Tristan.
Dies Schwert ist sein. Beschau es dir
und sieh dies Schartenstück daneben,
und urteil selbst, ob er es ist!
Ich setzte diesen Eisensplitter
in die verfluchte Scharte ein,
ach, da sah ich, daß die beiden
passen, wie aus *einem* Stück!«
»Ah«, rief ihre Mutter, »Isolde,
woran hast du mich erinnert?!
Daß ich je geboren wurde!
Wenn der hier wirklich Tristan ist –
wie sehr bin ich betrogen worden!«
Isolde hielt das Schwert erhoben,
trat zu ihm, war über ihm.
Die Mutter rannte auf sie zu.
»Halt«, rief sie, »Isolde, halt!
Du weißt doch, was ich ihm gelobte!«
»Ist mir egal! Dies ist sein Tod!«
Tristan: »Grace, ma belle Isolde!«
»Igitt, Verbrecher!« rief Isolde.
»Igitt! Und du erbittest Gnade?!

Du hast kein Recht auf ›grace‹!
Du mußt mir jetzt dein Leben lassen!«
»Nein, Tochter«, rief da ihre Mutter,
»es sieht nun leider nicht so aus,
als wenn wir Rache nehmen könnten,
außer, wir sind hier bereit,
unser Ehrenwort zu brechen!
Handle nicht so überstürzt!
Er hat sich mit der Fracht, dem Leben
in meinen Schutz begeben.
Wie immer das geschah – ich habe ihm
umfassend Schutz und Schirm gewährt.«
»Danke, Herrin«, sagte Tristan.
»Herrin, macht Euch stets bewußt:
ich habe mich mit Fracht und Leben
in Eure Schutzherrschaft begeben;
entsprechend habt Ihr sie gewährt.«
»Du lügst«, rief da die Junge.
»Ich weiß genau, worum es ging!
Sie hat *Tristan* nie und nimmer
Sicherheit und Schutz versprochen
für sein Leben, für die Fracht!«
Schon lief sie auf ihn los.
In diesem Augenblick rief Tristan:
»Ah, grace, ma belle Isolde, grace!«
Freilich war schon ihre Mutter,
die redliche Königin, zur Stelle,
da mußte er sich nicht mehr fürchten.
Und überhaupt: hätte er
gefesselt in dem Zuber gesteckt,
und wär Isolde dort *allein* gewesen,
so hätte sie ihn *nicht* getötet!
Die Süße, Gute, die noch nie
Bitternis und Herzensgalle
fand im weiblichen Gemüt –
wie konnte sie den Mann ermorden?

Und selbst, wenn sie in ihrem Leid
und freilich auch in ihrem Zorn
den Anschein weckte, daß sie dies
durchaus zustande brächte?
Sie hätt es wahrlich leicht geschafft,
wär sie nur beherzt gewesen.
Ihr fehlte freilich wiederum
entsprechende Verbitterung.
Doch war ihr Herz nicht ganz so gut,
daß es nicht wilden Zorn verspürte,
als sie den hörte und den sah,
der ihr solch Leid bereitet hatte.
Sie hörte diesen Todfeind, sah ihn
und konnte ihn trotzdem nicht töten.
Bei ihr war sanfte Weiblichkeit
und hielt sie von der Tat zurück.
Die beiden Gegensätze führten
einen harten Kampf in ihr;
die Gegensätze, contrepieds
Zorn und Weiblichkeit,
vertragen sich nicht gut,
wenn sie sich zu fassen kriegen.
Sobald Isoldes Zorn
den Todfeind töten wollte,
trat sanfte Weiblichkeit hinzu:
»Nein«, so sprach sie sanft, »laß sein.«
So war ihr Herz gemütsgeteilt:
das *eine* Herz war gut und bös.
Die Schöne warf das Schwert zu Boden,
doch hob sie es gleich wieder auf.
Zwischen Gutem und dem Bösen
wußte sie sich im Gemüt
für *keins* von beidem zu entscheiden.
Sie wollte und sie wollte nicht,
sie wollte tun, sie wollte lassen.
So ließ sie Zweifel schwanken,

bis doch die sanfte Weiblichkeit
vom Zorn den Sieg ertrotzte,
so daß der Todfeind überlebte
und Morold keine Rache fand.
Erneut warf sie das Schwert von sich,
und weinend rief sie: »Ach, daß ich
diesen Tag erleben mußte!«
Die Weise, ihre Mutter, sprach:
»Meine Herzenstochter,
deine Herzensqualen sind,
leider, mein, und dies in größrem,
stärkrem Ausmaß, als sie dein sind;
Gott sei Dank, sie gehen *dir*
nicht derart nah wie *mir*.
Mein Bruder, leider, der ist tot –
das war bisher mein größtes Leid.
Nun hab ich Angst vor einem Leid
durch dich, mein Töchterlein,
das mich noch mehr als *jenes* quält –
ich lieb dich mehr als alles andre!
Lieber geb ich diese Feindschaft auf,
als durch dich hier zu erleben,
was mir äußerst unlieb wäre.
Ich kann leichter und kann besser
ein Leid als deren *zwei* ertragen.
Mein Streit mit diesem Unglücksraben,
der uns beansprucht durch den Zweikampf,
den sehe ich zur Zeit wie folgt:
Widmen wir dem Fall nicht alle Kraft,
so werden wir – dein Vater, der König,
und ich und du – unsern Ruf
für alle Zeit verloren haben
und werden nie mehr wieder froh.«
Da sagte dieser Mann im Zuber:
»Verehrte Damen, beide,
es stimmt, ich hab euch Leid bereitet,

doch *nur* durch höhere Gewalt.
Ihr müßt die Sache richtig sehn,
dann wißt ihr, diese höhere Gewalt
bestand in tödlicher Bedrohung;
der unterwirft sich *keiner* gern –
solang ein Mann sich retten kann.
Wie immer es auch damals ausging,
wie immer auch für euch, zur Zeit,
die Lage ist in Sachen Truchseß –
schiebt das einfach alles weg!
Ich bring die Sache gut zu Ende –
das heißt, wenn ihr mich leben laßt
und der Tod mich nicht dran hindert.
Herrin Isolde, nochmals: Isolde,
ihr beide seid – das weiß ich wohl –
beständig verständig, seid im Glück,
seid lebensklug und gutgewillt.
Könnt ich mich euch beiden
mit einer Sache anvertrauen,
und würdet ihr vor mir
eure Drohgebärden dämpfen,
dazu die Feindschaft, die ihr ja
gegen Tristan lange hegtet,
so hätt ich gute Nachricht für euch!«
  Isolde (sprich: die Mutter) schaute
ihn lange an und wurde rot,
die hellen Augen füllten sich.
»Ach«, so sagte sie, »nun hör ich
und weiß es auch, daß *Ihr* es seid!
Ich war die ganze Zeit nicht sicher.
Nun habt Ihr den Beweis erbracht,
ohne daß ich fragen mußte.
Ach, Herr Tristan, ach,
daß ich jemals über Euch
Gewalt erlangte, leicht wie jetzt,
und sie nicht *so* ist, daß ich sie

auf eine Weise nutzen könnte,
daß mir das auf die Sprünge hülf!
So viele Formen der Gewalt…
Ich glaub, ich könnt bei meinem Todfeind
durchaus Gewalt anwenden,
könnt, bei einem bösen Mann,
das Recht mit Füßen treten.
Lieber Gott, ja, *will* ich denn…?
Wahrhaftig, ja… so glaube ich…«

Währenddessen kam Brangaine,
die stolze und die kluge,
sehr gepflegt und gut gekleidet,
mit einem sanften Lächeln
unauffällig in den Raum –
und sah das blanke Schwert dort liegen
und beide Damen ganz verstört.
»Wie bitte?!« fragte die Diskrete.
»Wie versteh ich dies Verhalten?!
Was macht ihr drei nur für Geschichten?!
Weshalb sind diese Damenaugen
so tränennaß, so trübe? Und das Schwert,
das hier liegt – was soll das heißen?!«
»Schau«, sprach die gute Königin,
»Brangaine, meine Herzensnichte,
schau, wie sehr man uns getäuscht hat!
Blindlings haben wir die Schlange
aufgezogen statt der Nachtigall,
haben Korn gemahlen für den Raben,
auf das die Taube Anspruch hat.
Wir haben, Herr des Himmels,
den Feind wie einen Freund gerettet,
haben hier mit unsren Händen
Tristan, unsern Todfeind, zweimal
vor einem schweren Tod bewahrt.
Da! Da sitzt er! Das ist Tristan!

Ich kann mich freilich nicht entscheiden,
ob ich mich rächen soll, ob nicht.
Nichte, was empfiehlst du hier?«
»Herrin, haltet Euch zurück!
Eure Güte, Euer Verstand,
die sind von viel zu hohem Rang
für die Regung, für die Absicht,
solch einen Frevel zu begehn,
der Raserei anheimzufallen,
daß Ihr beschließen könntet,
einen Totschlag zu verüben,
dies auch noch an einem Mann,
dessen Ihr Euch angenommen,
indem Ihr Schutz und Schirm gewährtet.
Das konntet Ihr nicht ernsthaft wollen –
hierin muß ich Gott vertrauen.
Außerdem, Ihr müßt bedenken,
in welchen Fall Ihr Euch verstrickt,
an dem doch Eure Ehre hängt!
Dürft Ihr die Ehre für das Leben
irgendeines Todfeinds geben?«
»Was soll ich tun nach deiner Meinung?«
»Nun, Herrin, das liegt ganz bei Euch!
Geht raus, und laßt ihn aus dem Zuber.
Ihr könnt indes beraten,
was Euch am günstigsten erscheint.«
Darauf gingen alle drei
zur Beratung in ihr Zimmer.
Isolde, die Verständige:
»Nun, ihr beiden, äußert euch –
was mag er meinen, dieser Mann?
Er erklärte vor uns beiden,
falls wir von der Feindschaft ließen,
die wir lange gegen ihn gehegt,
so hätt er ›gute Nachricht‹ für uns.
Was heißt das nur? Ich möcht das wissen.«

Brangaine: »Also, ich empfehle,
daß ihn keiner irgendwie
in eine ernste Lage bringt,
bevor wir wissen, was er will.
Vielleicht ist seine Absicht gut
bezüglich eurer beider Ehre.
Man soll sein Mäntelchen
stets nach dem Winde hängen...
Wer weiß, er kam vielleicht nach Irland
in einer Sache, die euch ehrt.
Beschützt ihn denn in dieser Frist.
Zudem: preist ewig Gott dafür,
daß der beleidigende Anspruch
durch den Betrug des Truchseß
durch ihn zurückgewiesen wird.
Gott, Er war uns gnädig
bei unsrer Sucherei:
denn wäre er zu jenem Zeitpunkt
nicht rasch gefunden worden –
weiß Gott, dann wäre er schon tot!
Und, beim Heiland, junge Herrin,
dann liefe alles hier wohl schlechter...
Drum: kein Affront mehr gegen ihn!
Falls er in diesem Punkt was merkt,
sich daraufhin durch Flucht entzieht,
so handelt er mit vollem Recht.
Und so behaltet dies im Sinn:
behandelt ihn so gut es geht.
Dies möchte ich euch sehr empfehlen.
Befolgt das auch aus diesem Grund:
Tristan ist von eurem Rang,
ist höfisch fein, ist klug,
ist in jedem Punkt vollendet.
Wie immer ihr auch für ihn fühlt,
erweist ihm alle Höflichkeit.
Was immer er auch vorhat – glaubt mir,

ihn führte ernste Absicht her.
In seinem Planen, seinem Handeln
gehts um eine ernste Sache.«
Sie standen auf, sie gingen raus
und kamen in den Raum,
wo Tristan saß, auf seinem Bett.
Er wußte, was er sich schuldig war,
sprang hoch, sofort, und auf sie zu,
und warf sich gleich vor ihnen hin
und lag den höfisch Süßen
als Flehender zu Füßen.
Noch während er sich hinwarf,
rief er: »Gnade, all ihr Schönen,
erweist mir eure Gnade!
Haltet mir zugute, daß ich
für eure Ehre, euren Vorteil
in euer Reich gekommen bin.«
Die strahlenden Erscheinungen,
das Trio der compagnes,
sie rissen die Blicke von ihm los
und schauten sich einander an.
Sie standen, und er lag so da.
»Herrin«, sagte nun Brangaine,
»der Ritter liegt zu lange dort.«
Die Königin, sie sprach darauf:
»Wie soll ich jetzt mit ihm verfahren?
Mein Herz, es läßt nicht zu,
daß ich mich mit ihm versöhne.
Weiß nicht, was tun, was richtig ist...«
Brangaine sagte wiederum:
»Nun, liebe Herrin, hört auf mich –
auch mein gnädiges Fräulein Isolde.
Todsicher weiß ich dies:
daß ihr ihn, bei wachen Sinnen,
in Anbetracht des alten Schmerzes
schwerlich lieben könnt.

Und doch, versprecht ihm beide,
daß er des Lebens sicher sei.
Dann sagt er eventuell,
was für ihn sprechen könnte.«
Die Damen sprachen: »Einverstanden.«
Sie baten ihn nun, aufzustehn.
Sie gaben ihr Versprechen ab.
Dann setzten sie sich, alle vier.

Tristan nahm den Faden auf.
»Seht, Herrin«, sprach er, »Königin,
erweist Ihr mir nun Eure Freundschaft,
so werde ich für Euch erwirken,
und zwar bis morgen abend
(ich sag dies ohne jede Arglist!),
daß Eure Tochter, die Euch lieb ist,
einen edlen König nimmt,
der als Gemahl gut zu ihr paßt:
er ist stattlich, generös,
ist mit Schild und Lanze
ein edler Ritter ersten Rangs;
er stammt aus königlichem Hause.
Und zu all dem hat er noch
mehr Macht, als sie ihr Vater hat.«
»Wahrhaftig«, sprach die Königin,
wenn ich der Sache trauen dürfte,
so würd ich folgen, würde tun,
was immer man von mir erbittet.«
»Herrin«, sagte Tristan nun,
»Ihr könnt hier völlig sicher sein:
Erbringe ich nicht den Beweis,
(nachdem wir Frieden schlossen),
so laßt mir Euren Schutz entziehn
und mich nicht mehr am Leben bleiben.«
Die Weise: »Sprich, Brangaine –
wie meinst du, was empfiehlst du?«

»Sein Angebot, es scheint mir gut;
ich empfehl, daß Ihr es tut.
Schiebt die Bedenken jetzt beiseite,
steht beide auf, gebt ihm den Kuß.
Ich gelte wenig, bin nicht königlich,
doch will ich gleichfalls Frieden schließen –
mit Morold war auch *ich* verwandt.«
So gaben ihm die drei den Kuß,
jedoch die junge Isolde tat es
nach langem Widerstreben...

Als Friede so geschlossen war,
sprach Tristan wieder zu den Damen:
»Der gütige Gott ist mein Zeuge,
ich war in meinem Herzen
noch nie so froh gestimmt wie jetzt.
Ich habe sämtliche Probleme
vorweggenommen, vorbedacht,
die für mich entstehen könnten,
so daß ich damit rechnen darf
(ich *rechne* nicht damit, ich *weiß* es!),
bei euch Vertrauen zu gewinnen.
Laßt sämtliche Bedenken fallen!
Zu eurer Ehre, eurem Vorteil
kam ich von Cornwall her nach Irland.
Nach meiner ersten Reise,
bei der ich hier die Heilung fand,
seither hab ich unablässig
vor Marke, meinem Herrn,
den Lobpreis auf Euch angestimmt,
bis ich ihn, Euch so empfehlend,
derart auf Euch fixierte, daß er
sich zu einem Schritt entschloß,
doch schwer – ich sag, warum.
Erstens angesichts der Feindschaft,
zweitens wollte er – und dies

mir zuliebe – keine Ehe schließen,
damit ich einst nach seinem Tode
seine Erbschaft übernähme.
Doch davon brachte ich ihn ab,
er schloß sich meiner Meinung an.
So faßten wir denn beide
den Entschluß zu dieser Reise.
Deshalb kam ich her nach Irland,
deshalb machte ich den Drachen tot.
Und weil ihr eure Mühe
so segensreich auf mich verwendet,
darum soll die junge Herrin
Herrscherin und Königin
zu Cornwall und zu England sein.
Ihr kennt damit den Grund der Reise,
ihr suivants, vom Glück gesegnet,
ihr drei, die ihr beglückend seid.
Jedoch behaltet es für euch.«
»Nun sagt mir«, sprach die Königin,
wenn ich dies meinem Herrn berichte
und ich erreiche die Versöhnung –
begeh ich damit einen Fehler?«
»Herrin, nein«, so sagte Tristan,
»er hat ein Recht, dies zu erfahren.
Nur behaltet da im Auge,
daß mir das keinen Schaden bringt.«
»Nein, Herr, seid künftig ohne Angst!
Kein Grund mehr, Euch zu fürchten…«
Die Damen, sie begaben sich,
in ihr separates Zimmer.
Und sie unterhielten sich
über Glück, Erfolg bei ihm
in allem, was er unternahm.
Von seiner Klugheit sprachen alle:
von einem Standpunkt aus die Mutter,
vom anderen Brangaine…

»Hör, Mutter«, sprach die Tochter,
»auf welch kuriose Weise ich
herausfand, daß er Tristan heißt.
Als ich klarsah bei dem Schwert,
da nahm ich mir die Namen vor,
Tantris und Tristan.
Als ich begann, sie durchzuspielen,
kams mir so vor, als wenn die Namen
gewisse Ähnlichkeiten hätten.
So begann ich aufzumerken
und genau zu untersuchen,
und mir fiel auf: die Lettern,
aus denen man die Namen bildet,
sie waren ganz und gar dieselben.
Ob ichs von vorn, von hinten las,
es ergab sich immer nur
Tantris oder *Tristan*;
in jedem steckte jeweils beides.
Nun Mutter, teile
diesen Namen Tantris auf
in ein *tan* und in ein *tris*,
sprich erst das *tris*, danach das *tan*,
so sagst du: *Tristan*;
sprich das *tan* aus vor dem *tris*,
so sagst du wieder: *Tantris*.«
  Die Mutter schlug ein Kreuz.
»Gott segne mich«, so sagte sie,
»wo hast du das bloß her?«

Als die drei nun unter sich
dies und das besprochen hatten,
ließ die Königin den König
holen, und der kam dorthin.
»Also, Herr, gebt acht!
Ihr müßt uns eine Bitte erfüllen,
die wir drei mit Nachdruck äußern.

Wenn Ihr das tut, ists gut für uns.«
»Ich leiste Folge, wo es sein muß.
Was ihr wünscht, ist schon getan…«
»So habt Ihr *mir* dies überlassen?«
fragte ihn die Königin. »So ist es.
Was ihr auch wollt, es soll geschehn.«
»Danke, Herr, das reicht durchaus…
Der meinen Bruder einst getötet,
Tristan, ihn habe ich hier drinnen.
Dem sollt Ihr Freundlichkeit
und Eure Huld gewähren.
Sein Auftrag ist von solcher Art,
daß die Versöhnung sich empfiehlt.«
Der König: »Wahrlich, die Empfehlung
leit ich gerne an dich weiter.
Morold steht mir nicht so nah,
er war dir als dein Bruder
in engrem Grade blutsverwandt.
Wie gewünscht: gibst du die Rache
an ihm auf, so tu ichs auch.«
Sie beschrieb dem König
Tristans Auftrag ganz genauso,
wie er ihn selbst beschrieben hatte.
Dieser Auftrag war dem König
sehr willkommen. Und er sagte:
»Sieh zu, daß er auch redlich handelt!«
Königin Isolde schickte
Brangaine aus nach Tristan.
Kaum war er eingetreten,
warf er sich vor dem König nieder.
»Herr und König, Gnade!« rief er.
»Steht auf, Herr Tristan! Tretet näher.
Gebt mir den Kuß«, sprach Gormund.
»Ich vergebe hier nicht gern,
jedoch vergeb ich deiner Kampfwut,
weil die Damen hier vergaben.«

Tristan fragte: »Herr, bezieht
der Friedensschluß auch meinen
Herrn und seine beiden Länder ein?«
»Ja, Herr«, sagte Gormund gleich.
Nach der Versöhnung führte
die Königin Tristan zu ihrer Tochter,
bot ihm den Platz an neben ihr
und forderte ihn auf, dem König
die Geschichte zu erzählen,
vom Anfang bis zum Ende:
wie alles abgelaufen war,
erst einmal beim Drachen,
sodann beim Werben König Markes.
Er wiederholte es von Anfang an.
Der König fragte: »Herr Tristan,
wie kann ich hier denn sichergehn,
daß dieses Werben ernst gemeint ist?«
»Ganz einfach, Herr. Ich habe in der Nähe
alle Fürsten meines Herrn.
Sagt mir, welche Sicherheit
Ihr verlangt – ich geb dies Pfand.
solang mir *einer* dieser Fürsten bleibt.«
Darauf ging der König fort.
Tristan und die Damen blieben
allerdings zurück, nun unter sich.
Tristan nahm Paranis auf die Seite:
»Mein Freund, geh runter in die Stadt,
dort liegt ein Schiff im Hafen.
Da geh ganz heimlich hin
und frage, welcher unter ihnen
auf den Namen Courvenal hört.
Dem flüstre dann gleich zu,
er soll zu seinem Herren kommen.
Doch sag sonst *keinem* was davon;
hol ihn diskret; du bist ja Höfling.«
Dies, ihr Herren, machte Paranis;

er brachte ihn so sehr diskret,
daß keiner ihn bemerkte.
Als sie zur Kemenate kamen
und vor die Damen traten, neigte
allein die Königin den Kopf zum Gruß
und niemand sonst in diesem Raum;
er wurde nicht beachtet, denn er
trat nicht als Ritter auf, als Herr.
   Als Courvenal nun Tristan sah,
umringt von einem Damenflor,
und dies gesund und heiter,
da sagte er ihm, en français:
»Alors, beau doux Sire,
was macht Ihr nur, um Himmels willen,
daß Ihr Euch, so sehr vergnügt,
in diesem Himmelreich
verborgen haltet, ja versteckt,
und uns den Ängsten überlaßt?
Wir glaubten uns bereits verloren!
Bis eben hätte ich geschworen,
Ihr wärt nicht mehr am Leben.
Ihr habt uns schweren Kummer gemacht.
Eure Mannschaft, die Begleiter,
sie haben heut noch drauf geschworen,
und sind ganz sicher, Ihr wärt tot.
Sie ließen sich mit Müh und Not
drauf ein, die Nacht hier noch zu bleiben;
ursprünglich war es ihr Entschluß,
heute nacht bereits zu fahren.«
Die Königin: »Kein Grund dazu.
Er lebt, er ist gesund und munter!«
Tristan sprach mit ihm darauf
britannisch: »Courvenal,
kehr rasch zurück, bericht dort unten,
meine Sache stehe gut,
ich würde alles so vollenden,

wie das unser Auftrag sei.«
Und er erzählte ihm nun gleich
die Geschichte des Erfolges,
gründlich, doch so glatt wie möglich.
Nach dem Bericht von Glück und Mühsal
sagte er zu Courvenal: »Nun rasch!
Geh hinunter in den Hafen,
richte meinen Herren aus,
selbstverständlich auch den Rittern:
Ein jeder halt sich morgen früh
bereit mit seinen Sachen,
geschniegelt und bekleidet
mit den allerschönsten Roben,
die ein jeder bei sich hat,
und warte dann auf meinen Boten.
Sobald ich den dorthin geschickt,
kommt zu mir, zum Hof, beritten –
ich schick dir einen morgen früh,
dem gib die kleine Truhe mit,
in der die Kostbarkeiten liegen,
dazu auch meine Kleider –
die vom allerbesten Schnitt.
Kleid dich selbst so gut wie dies
dem Ritterherrn vom Hof gebührt.«
Verbeugung Courvenals; er ging.
Brangaine sprach: »Wer war denn das?!
Er findet allen Ernstes,
hier drinnen sei ein Himmelreich!
Ist er Ritter oder nur Soldat?«
»Was immer Ihr in ihm auch seht –
er ist ein Ritter und Gefolgsmann.
Ihr könnt hier völlig sicher sein:
Die Sonne, sie beschien
noch nie ein trefflicheres Herz.«
»Ah, sei das Glück ihm immer hold!«
sagten Königin und Königstochter

und Mademoiselle Brangaine,
die höfisch war und wohlerzogen.

Als Courvenal das Schiff erreichte,
erfüllte er den Auftrag,
wie er ihn erhalten hatte,
sagte, was man ihm gesagt
und wie er Tristan vorgefunden.
Da führten sie sich alle auf,
als wäre einer, der schon tot,
vom Tode auferstanden.
Ja, so freuten sie sich alle!
Doch freute etliche noch mehr
als Tristans Ruhmesblatt
der Friedensschluß mit ihren Ländern.
Die neidischen barons begannen
erneut mit dem Geraune,
dem Gemunkel, wie schon früher:
Nach diesem glänzenden Erfolg
warf man Tristan nun erst recht
Machenschaften vor als Zaubrer.
Es sagte einer wie der andre:
»Aufgepaßt, ein Schwarzes Wunder,
was dieser Mensch an Wundern wirkt!
Lieber Gott, was steckt in ihm,
daß er alles, was er anfängt,
zu einem guten Ende bringt?«

Es steht nun der Gerichtstag an,
der bestimmt war für den Zweikampf;
viele aus dem Herrenstand,
aus der Landes-Körperschaft
warn im Festsaal vor dem König.
Es gab dort manche Diskussion
unter all den Kampfgefährten;
sie fragten, wer denn für Isolde,

das Mädchen, diesen Zweikampf
mit dem Truchseß führen würde;
man sprach mit Blick auf den und jenen,
doch war halt keiner unter ihnen,
der in diesem Punkt was wußte.
Unterdessen hatte Tristan
die Truhe und die Kleidung erhalten.
Drei Gürtel hatte er, gesondert,
für die drei Damen rausgenommen:
Königin und Kaiserin
erhielten niemals einen beßren!
Die Truhe war zum Rand gefüllt:
Kopfschmuck, Spangen für die Kleider,
Ringe, seidne Beuteltäschchen –
dies alles war von solchem Wert,
daß selbst im Überschwang des Herzens
keiner hätt erdenken können,
was dies noch übertroffen hätte.
Dies alles blieb jedoch beisammen,
abgesehn von dem, was Tristan
für eigenen Bedarf entnahm:
einen Gürtel, der ihm paßte,
Kopfschmuck, eine kleine Schließe –
so was konnte er sich leisten...
»Ihr Schönen«, sprach er, »alle drei,
verfügt nur über diese Truhe
und das, was sie enthält,
ganz wie es euch gefällt.«
Als dies gesagt war, ging er raus.
Er legte seine Kleidung an,
verwandte große Sorgfalt drauf;
er gab sich wirklich alle Mühe,
sich so mit ihr zu embellieren,
wie das ein hochgemuter Ritter soll.
Alles stand ihm traumhaft gut!
Als er dann zu den Damen kam,

und sie begannen, ihn zu mustern,
da ließen sich die Damen
Tristan durch den Kopf gehn.
Allen drein erschien er da
voller Glanz und Gloria;
die drei, vom Glück gesegnet,
dachten sich, zur gleichen Zeit:
»Wahrhaftig, dieser Mann
ist eine maskuline créature;
seine Kleidung, die figure,
sie machen ihn zum Bild vom Mann;
sie passen bestens zueinander,
um seine Sache steht es gut!«
Inzwischen hatte Tristan seine
compagnie erscheinen lassen;
sie war nun da und nahm im Saal
die Plätze ein in dem Gestühl.
Die Gesellschaft ging umher
und beschaute sich genau
die Wunder-Garderobe, die
an allen hier zu sehen war.
Es erklärten viele Iren,
so schöne Kleidung sei noch nie
getragen worden von so vielen.
(Daß sie alle schweigsam waren,
den Herrn im Lande das Gespräch
verweigerten, lag nur daran:
sie kannten nicht die Landessprache.)

Zu diesem Zeitpunkt ließ der König
durch einen Boten die Gemahlin
bitten, nun am Hofe zu erscheinen,
gemeinsam mit der Tochter.
»Isolde«, sprach sie, »also gehn wir!
Herr Tristan, Ihr bleibt hier!
Ich werde Euch bald holen lassen –

dann nimmt Brangaine Eure Hand,
ihr beiden folgt uns in den Saal.«
»Gerne, Herrin, Königin.«
So erschien die Königin Isolde,
dies beglückende Morgenrot,
und führte an der Hand die Sonne,
das strahlend schöne Mädchen
Isolde, Wunder von Irland.
Neben ihrer Morgenröte ging sie
in gleichem Schritt, in gleichem Tritt
sanft und unbeirrt dahin,
in jeder Hinsicht schön geformt,
lang, rank-gedrechselt, schlank
(betont durch ihre Kleidung!),
als hätte sie die Liebe
sich selbst geschnitzt als Ködervogel –
Träume fanden hier Erfüllung,
das läßt sich nicht mehr übertreffen.
Sie trug ein Kleid und einen Umhang
aus glänzend golddurchwirkter Seide
im Zuschnitt der Franzosen:
das Kleid war dort, wo seine Seiten
zu den Hüften runtergleiten,
frangiert und eng tailliert,
dicht an den Körper rangezogen
durch einen Gürtel, und der lag
genau auf Höhe eines Gürtels;
das Kleid war ihr vertraulich nah,
es legte sich an ihren Körper,
es trug an keiner Stelle auf,
es schmiegte sich dem Körper an
von oben bis nach unten,
war dann zuletzt im Faltenwurf
vor ihren Füßen so gestaut,
wie ihr das alle euch so wünscht.
Ihr Umhang war sehr sorgsam

mit weißem Hermelin gefüttert,
dies in schmalen Streifen,
flottierend überfangen.
War nicht zu kurz und nicht zu lang,
wellte sich am untren Ende
nicht bodenwärts und nicht empor.
Als Saum ein höfisch feiner Zobel,
im Schnitt der Herrin »Rechtes Maß«,
nicht zu schmal und nicht zu breit,
schwarz und grau gesprenkelt,
(doch waren freilich Grau und Schwarz
derart fein vermischt,
daß keines deutlich überwog);
der Zobel folgte rundherum
der Kurvenform des Hermelins –
dort, wo sich der Zobel anschmiegt,
beides gut zusammenpaßt.
Wo die Agraffen hingehörten,
dort war eine feine Kordel
mit hellen, applizierten Perlen;
der linke Daumen unsrer Schönen
steckte hinter dieser Kordel;
dagegen war die rechte Hand
hinabgesenkt – ihr kennt das ja! –
dorthin, wo man den Mantel schließt;
sie hielt ihn, höfisch elegant,
zusammen mit zwei Fingern;
von dort bis an den untren Saum
schlug sich der Mantel selbst zurück,
so daß man dies und jenes sah...
ich mein das Futter und den Stoff!
Man sah die Innen- wie die Außenseite,
sah innerhalb verborgen lauern
das Bild, das sich die LIEBE
in der Gestalt, in diesem Geist
so schön gedrechselt hatte.

Was hier gedrechselt und genäht war,
das ergab noch nie ein schönres
Lebendes Bild als dieses hier.
Geflügelte Räuberblicke flogen,
dicht wie Schnee im Wind,
räubernd zu ihr hin.
Ich denke mir, Isolde hat
so manchem Mann sein Selbst geraubt.
Sie trug auf ihrem Haupt
einen goldnen Kronreif,
schmal, wie sichs gehört,
kunstvoll hergestellt;
Juwelen waren eingesetzt,
auserlesne Edelsteine,
sehr hell trotz ihrer Kleinheit,
die schönsten dieses Landes:
Smaragde, Hyazinthe,
Saphire, Chalcedone;
sie waren so gekonnt
eingefaßt, an vielen Punkten,
daß Goldschmiedkunst in ihrem
höchsten Können nie zuvor
Edelsteine besser eingefaßt!
Gold und Gold, das leuchtete
einander an im Wettstreit:
der Kronreif und Isolde.
Wenn ein weltgewandter Mann
die Steine nicht gesehen hätte,
so hätt er nie versichern können,
daß dort ein Kronreif sei –
so völlig, nicht mehr unterscheidbar
glich ihr Haar dem Gold.
So schritt Isolde neben der Isolde,
die Tochter neben ihrer Mutter,
frohgestimmt und unbeschwert.
Das Strecken, Schwingen ihrer Schritte

war nicht zu lang und nicht zu kurz,
es harmonierte miteinander.
Sie war in ihrer Körperhaltung
aufrecht und geradheraus,
da glich sie einem Sperber –
wie ein Papagei gepflegt…
Sie ließ die Blicke schweifen
wie ein Falke auf dem Ast:
nicht zu sanft und nicht zu scharf
schlugen sie die Beute;
ihre beiden Augen jagten
so diskret und so dezent,
auf eine derart liebe Weise,
daß dort kaum ein Auge war,
dem Isoldes Spiegel-Paar
nicht wonne-, wundervoll erschien.
Diese Sonne, wonnespendend,
leicht schreitend neben ihrer Mutter,
verbreitete ringsum nur Glanz,
beglückte die Gesellschaft.
Es waren beide miteinander
auf schönste Art damit beschäftigt,
in doppelter Manier zu grüßen:
mit gesprochnem Gruß,
mit stummer Verneigung.
Das war so zwischen beiden
ausgemacht und abgestimmt:
die Mutter sprach die Grüße aus,
stumm verneigte sich die Tochter.
Das machten beide sehr gekonnt,
damit waren sie beschäftigt…
Als nun Isolde und Isolde,
die Sonne und ihr Morgenrot,
an des Königs Seite
Platz genommen hatten,
da schaute sich der Truchseß um

und fragte mal nach hier, nach dort,
wo denn nun der Großmogul,
der Kampf-Anwalt der Damen sei.
Keiner konnte ihm das sagen.
Da rief er die Verwandten auf –
es umringte ihn die Schar.
So trat er vor den König hin
und stellte sich dem Hofgericht.
»Bitte, Herr, hier steh ich
und fordere mein Kampfrecht ein.
Wo steckt er denn, der wackre Kriegsmann,
der da glaubt, er könne mich
um meine Ehre bringen?
Noch hab ich Anhang, Lehensmänner!
Auch ist mein Anspruch hier begründet.
Das Landrecht wendet bei mir an,
wie sichs gehört, und ich gewinne!
Gewalt macht mir nur wenig Angst,
es sei denn, sie geht aus von *Euch*!«
»Truchseß«, sprach die Königin,
»ist dieser Zweikampf unvermeidlich,
dann weiß ich nicht so recht, was tun.
Ich bin darauf nicht vorbereitet.
Wenn du vom Zweikampf Abstand nimmst,
ihn aufgibst unter der Bedingung,
daß für Isolde dieser Vorgang
künftig null und nichtig wird,
so, Truchseß, wäre dies durchaus
zu *deinem* Vorteil wie zu *ihrem*.«
»Nichtig?!« fragte er darauf.
»Herrin, ja, Ihr gäbt wohl auch
kein Spiel auf, das gewonnen ist...
Wie immer Ihr plädiert – ich glaube,
ich werde mit Gewinn und Ehre
die Partie für mich beenden.
Ich hätte große Mühen

sinnlos aufgewendet,
zöge ich mich jetzt zurück!
Herrin, ich will Eure Tochter!
Alles läuft darauf hinaus.
Da Ihr den Mann so sehr gut kennt,
der den dragon getötet hat,
so stellt ihn! Und genug der Worte!«
»Truchseß«, sprach die Königin,
»ich höre schon, es geht nicht anders,
ich muß hier meine Interessen wahren.«
Sie winkte Paranis herbei.
»Geh«, so sprach sie, »hol den Mann.«
Da schauten sie sich alle an,
die Ritter und barons;
unter ihnen viel Geraune,
viel Gefrage, viel Gerede,
wer denn wohl der Kämpfer sei;
jedoch das wußte keiner dort.
Schon kam die stolze Brangaine,
der glänzend-volle Mond,
mit sanften Schritten in den Saal
und führte an der Hand
Tristan, den Begleiter.
Die stolz war, gut erzogen,
paßte, als Begleitung, gut zu ihm:
sie war in Wesen und Verhalten
den Menschen fast zuviel des Guten;
die Gesinnung stolz und frei.
Neben ihr schritt der Begleiter
auf eine Art, die Stolz verriet.
Die Erscheinung zeigte rühmlich,
verwunderns- und bewundernswert
die gesegnete Vollendung,
die den Ritter prägen soll;
was beim Ritter Lob verdient,
dies alles war an ihm vollkommen.

Sein Erscheinungsbild, die Kleidung
in schönster Harmonie bei ihm:
beides miteinander zeigt
das Inbild eines Ritterherrn.
Kleider trug er aus cyclat,
die waren ungewöhnlich prachtvoll,
rühmenswert, aus fernen Ländern!
Die wurden nicht vom Hof gestellt…
Das Gold war nicht hineingewebt,
wie das an Höfen üblich ist;
die seidnen Bahnen waren außen
kaum zu sehn; sie waren
von Überfang zu Überfang
von goldnen Fäden so ertränkt,
so in das Gold versenkt, daß dort
die Stickerei kaum sichtbar war.
Es war ein Netz von kleinen Perlen
auf das Tuch gestickt;
die Maschen waren nur so weit
wie eine Hand an Breite zeigt;
es leuchtete cyclat
durch sie hindurch wie Kohlenglut.
Das Umhangfutter war Dimit,
violetter als la violette,
so violett wie die Blüte de l'iris.
Und die besagte Seide lag
in ihrem Strich, im Faltenwurf
so dicht und so geschmeidig an,
wie das zu Prunkstoff bestens paßt.
Dies stand dem rühmenswerten Mann
auf schönste, rühmenswerte Weise,
war ganz und gar nach seinem Wunsch.
Er trug auf seinem Haupt ein meisterliches
Glanzstück meisterlicher Arbeit,
ein wunderschönes Kränzeken,
schimmernd wie das Kerzenlicht;

von dort aus leuchteten wie Sterne
die Topase und Sardine,
Chrysolithe und Rubine;
es war so licht und so luzid,
es hatte Haupt und Haar
mit hellstem Glanz umschlossen.
So kam er in den Saal geschritten,
herrlich schön und hochgestimmt;
sein Verhalten vornehm, fein;
die Erscheinung herrlich schön;
er war in jeder Hinsicht
von reichem, vollem Glanz.

Man machte ihm den Weg frei,
als er den Saal betrat.
Sogleich erkannten ihn
die Herrensöhne aus Cornwall;
begeistert liefen sie dorthin,
wo beide gingen, Hand in Hand,
Tristan und Brangaine,
empfingen und begrüßten sie,
sprachen auf sie ein;
ihn und die Begleiterin
nahmen sie in ihre Mitte,
conduierten sie ganz feierlich
bis vor den Königsthron.
König, Königin, Königstocher
zeigten vollendete Höflichkeit:
sie standen auf, begrüßten ihn.
Verbeugung Tristans vor den drein.
Dann begrüßten diese drei
die compagnie des Tristan
so vornehm und so höflich,
wie sichs bei hohen Herrn gehört.
Schon drängten sich die Ritter
scharenweise ran, begrüßten

die Fremden, deren Kommen
sich keiner zu erklären wußte.
Jene freilich erkannten sofort
ihre Vettern, Verwandten dort,
von Cornwall aus nach Irland
als Tribut geschickt;
so mancher lief mit Tränen des Glücks
auf Vettern, auf Verwandte zu;
es gab da sehr viel Glück und Schmerz,
ich gehe hier nicht ins Detail.
Der König winkte, als er nahte,
Tristan selbander zu sich her,
ich meine: ihn und die Brangaine,
bot beiden Platz zu seiner Seite an,
wobei er freilich dafür sorgte,
daß Tristan ihm noch näher saß.
Auf seiner andren Seite saßen
Königin und Königstochter.
Soldritter und barons,
Tristans combattants,
sie setzten sich nun auf den Boden,
doch so, daß jeder das Gesicht
des Gerichtsherrn sehen konnte
und alles, was geschah.
Die Hofgefolgschaft dieses Landes
begann nun, über Tristan
viel zu raunen, viel zu reden.
Ich weiß genau, in diesem Saal
begann aus manchem Mannesmund
eine wahre Lobesquelle
über alles, was ihn anging,
zu entspringen und zu sprudeln;
auf verschiedne Art und Weise
erging man sich im Lob, im Preise;
viele sprachen da wie folgt:
»Wo schuf Gott dem Ritterstand

je eine bessere figure?
Oho, wie glorios ist er
angelegt auf Ritterkampf,
auf jede Form des Krieges!
Wie sind die Kleider, die er trägt,
so glanzvoll angefertigt!
So majestätische Gewandung
sah man bisher in Irland nie!
Die suivants sind ebenfalls
in königlichem Glanz gekleidet.
Und, wahrlich, sei er, wer er sei,
in Herz und Reichtum ist er frei!«
An solchen Sprüchen gabs genug.
Und der Truchseß schaute
mit essigsaurer Miene drein.
Das ist die Wahrheit, völlig rein!

Ruhe! wurde nun gefordert
im ganzen Saal. Was auch geschah.
Als keiner mehr ein Wort sprach,
nicht einmal ein halbes,
sprach der König: »Truchseß, sprich,
welchen Anspruch meldest du hier an?«
»Herr, ich habe den dragon getötet.«
Gleich stand der Fremde auf und rief:
»Das habt Ihr nicht getan!« »Ich habe
es getan! Ich werd es hier beweisen.«
Tristan: »Und mit welcher Art Beweis?«
»Ich brachte dieses Haupt mit – seht!«
Tristan sprach nun: »Majestät,
da er hiermit dieses Haupt
zum Mittel des Beweises macht,
befehlt, daß man hineinschaut.
Findet man darin die Zunge,
so geb ich meinen Anspruch auf,
stelle meinen Rechtsstreit ein.«

So ward das Drachenmaul geöffnet –
und nichts darin gefunden.
Tristan ließ sogleich die Zunge
holen. Und schon war sie da.
»Ihr Herren«, sprach er, »schaut
und prüft, ob sie vom Drachen stammt.«
Ein jeder pflichtete ihm bei
und gab ihm recht in diesem Punkt.
Nur der Truchseß, er allein,
er wollte Einspruch noch erheben,
doch er wußte nur nicht, wie.
Der Unglücksvogel, er begann
mit der Zunge, mit den Lippen,
mit Gedanken und mit Worten
zu stammeln und zu stottern,
konnte weder sprechen noch schweigen,
wußte nicht, wie sich verhalten.
»Meine Herren«, sagte Tristan,
»haltet fest: es war wohl ein Mirakel,
wie sich dies zugetragen haben soll!
Als ich den Drachen getötet hatte
und ihm, mit nur geringer Mühe,
aus dem toten Maul die Zunge
rausgeschnitten, die ich mitnahm –
daß er ihn *dann* getötet hat!«
Die Herren waren sich denn einig:
»Mit Prahlerei, dies landesweit,
legt man keine Ehre ein!
Was immer man hier sagen mag,
es ist für jeden von uns klar,
sofern man angemessen urteilt:
Der als *erster* dorthin kam,
und die Zunge dort entnahm,
der hat den Drachen auch getötet.«
Das Urteil wurde gleich bekräftigt.
Da der Betrüger unterlag

und der Fremde ohne Trug
vom Hofgericht sein Recht bekam,
sagte Tristan: »Majestät,
erinnert Euch an das Versprechen:
Eure Tochter steht mir zu.«
»Ja, mein Herr, ich steh dazu –
mit Blick auf das, was Ihr verspracht.«
»Einspruch, Herr«, rief der Betrüger,
»legt Euch nicht drauf fest, bei Gott!
Wie immer dies verlaufen ist,
Betrug war mit von der Partie,
und die Lüge kam hinzu.
Bevor ich mir jedoch die Ehre
durch ein Unrecht rauben lasse,
muß man sie mir schon im Kampf,
in einem Zweikampf nehmen!
Ich besteh auf diesem Kampf!«
   Die kundige Isolde sprach:
»Truchseß, du plädierst umsonst.
Mit wem willst du den Rechtskampf führen?
Dieser Herr hier will nicht kämpfen.
In Hinblick auf Isolde hat er
das erreicht, was er gewollt hat.
Er wäre dümmer als ein Kind,
kämpfte er mit dir um nichts!«
   »Wieso denn, Herrin?« fragte Tristan.
»Bevor der lügt, wir hätten
mit Gewalt sein Recht gebeugt,
da will ich lieber mit ihm kämpfen!
Herr und Herrin, macht ihm klar,
befehlt ihm, daß er geht,
seine Rüstung schnellstens anlegt,
sich fertigmacht. Ich tu dies auch.«
   Als der Truchseß einsah,
daß die Verhandlung nun auf Kampf
hinauslief, rief er die Verwandten

zu sich und seine Lehensmänner,
ging zur Seite, sprach mit ihnen,
und ersuchte sie um Beistand.
Doch ihnen schien sein Fall
in einem solchen Ausmaß schmählich,
daß er nur wenig Beistand fand.
Alle sagten sie sogleich:
»Truchseß, dein Gerichtsverfahren
hatte einen schlimmen Anlaß,
entsprechend schlimm ist auch sein Ende.
Worauf hast du dich eingelassen?!
Willst du für ein Unrecht
einen Rechtskampf führen,
so geht es dir bestimmt ans Leben.
Wie können wir dir Beistand leisten?
Rat und Ehre passen nicht hierher.
Verlierst du noch dein Leben,
zur Ehre, die verloren ist,
so wird der Schaden noch viel größer.
Wir denken alle, sehn das klar:
Der Mann, der mit dir fechten soll,
der ist beim Kämpfen sehr beherzt.
Wenn du ihn forderst, ists dein Tod.
Was dir der Teufel eingeflüstert,
das brachte dich um deine Ehre;
nun rette wenigstens dein Leben!
Frage nach, schau zu, ob einer
diese Schande, den Betrug
durch ein Plädoyer
beizulegen fähig ist.«
   Da fragte dieser Schwindler:
»Wie, meint ihr, kriege ich das hin?«
»Hier raten wir dir kurz und bündig:
Geh wieder rein, erkläre,
dein Anhang hätt dich aufgefordert,
auf diesen Anspruch zu verzichten,

du würdest davon Abstand nehmen.«
Der Truchseß folgte ihrer Weisung,
ging wieder rein und sagte dort,
die Verwandten, Lehensmänner,
sie hätten ihm das ausgeredet,
sein Anspruch sei erloschen.
»Truchseß«, sprach die Königin,
»daß ich es noch erleben darf, wie du
ein Spiel, das ganz gewonnen ist,
letztendlich doch mal aufgibst...«
Es wurde im gesamten Festsaal
viel Spott in diesem Stil getrieben;
man ließ den armen Truchseß
zithern, geigte ihm dann heim...
Sie warfen ihn, in ihrem Spott,
von Mann zu Mann als Spielball zu;
der Spott nahm laute Formen an...
So fand mit öffentlicher Schande
der Betrug sein Ende.

Als dieser Fall entschieden war,
rief der König in den Saal
zu seinen combattants
des Landes (Rittern und barons),
dieser Mann sei Tristan!
Und er erstattete Bericht
(wie er dies selbst vernommen hatte),
weshalb er hier in Irland sei
und daß er dies versprochen habe:
Ratifizierung des Vertrages
durch die Fürsten Markes –
dies in allen Punkten,
die er bestimme, als der König.
Die Hofgefolgschaft Irlands
war glücklich über den Bericht;
die Herrn des Lands bekundeten,

ihnen sei der Friedensschluß
genehm; er sei auch opportun,
weil der lange Krieg den Ländern
laufende Verluste bringe.
Der König gebot nun und befahl,
daß Tristan ihm in dieser Sache –
wie er das versprochen habe –
rechtliche Sicherheit verschaffe.
Das geschah auch: Tristan
und alle Herren seines Königs
machten nun durch ihren Eid
Cornwall, das gesamte Land,
zur Morgengabe der Isolde,
beschworen, daß sie landesweit
Herrin über England werde.
Gormund übergab sogleich
aus seiner Macht Isolde
in Tristans, ihres Feindes, Macht.
Ich sag »ihr Feind« aus diesem Grund:
immer noch war sie ihm feind.
Tristan nahm sie an die Hand.
»König«, sprach er, »Herr von Irland,
meine Herrin und ich, wir bitten,
daß Ihr – für sie und auch für mich –
alle Ritter oder Pagen,
die aus Cornwall und aus England
hierher kamen als Tribut,
daß Ihr sie freigebt: sie gehören
mit gutem und mit vollem Recht
in die Obhut meiner Herrin
als der Königin der Länder.«
»Es sei so!« sprach der König. »Gerne!
Ich bin völlig einverstanden,
daß sie alle mit Euch reisen.«
Dies erfreute viele Herzen.

Königin Isolde mischt kundig den Liebestrank, übergibt ihn Brangaine, erteilt genaueste Instruktionen: Während der Reise gut verstecken; auf Tintagel sollen ihn Marke und Isolde *nach* dem ersten Beischlaf trinken – nur sie allein! Brangaine versteckt das Glasgefäß in der Kajüte der Isolde. Während der Reise werden Damen an Bord seekrank, Tristan befiehlt, einen Ausweichhafen anzulaufen, Begleitung und Mannschaft gehen an Land, Isolde bleibt in der Kajüte, Tristan besucht sie, um das Gespräch fortzuführen, er wird durstig, ein kindhaftes Hofdämchen bringt das Gefäß mit dem Liebestrank – man hält ihn für Wein. Tristan und Isolde trinken – Brangaine kommt zurück, zu spät. Fortsetzung der Reise. Tristan und Isolde versuchen, sich im verwirrenden, irritierenden inneren Zustand zurechtzufinden; das Begehren wächst, kann aber nicht sofort Erfüllung finden. Brangaine wird gebeten, nicht mehr auf sie aufzupassen; sie sieht ein, daß alles unabwendbar ist, läßt zu, daß die beiden miteinander schlafen, gleich in der nächsten Nacht. Von nun an: erfülltes Liebesleben an Bord des Schiffs mit Kurs auf Cornwall.

Tristan ließ zu seinem Schiff
ein zweites Schiff besorgen –
doch es durfte nur ihm selber
reserviert sein und Isolde,
und sonst nur dem, den er bestimme.
Als es gleichfalls seeklar war,
machte Tristan sich bereit zur Reise.
(Von allen Ecken, allen Enden,
wo man die Exilierten
bei Hof und bei den Herren fand,
ließ man sie durch Boten holen.)
Während Tristan und die Männer
seines Landes für die Reise
jede Vorbereitung trafen,
währenddessen mischte
die Königin, die kundige,
in einem kleinen Glasgefäß

einen Liebestrank zurecht;
der wurde so subtil
ersonnen und bereitet,
mit solcher Wirkungskraft versehn:
wenn jemand ihn mit einem trank,
der konnte nur noch, unter Zwang,
jenen über alles lieben
und jener nur noch ihn allein,
und beide hatten sie gemeinsam
ein Glück, *ein* Leid, *ein* Leben, *einen* Tod.
  Die Frau, so kundig, nahm den Trank,
sie sprach vertraulich mit Brangaine:
»Brangaine, meine liebe Nichte,
nimm die Sache nicht zu schwer:
du wirst mit meiner Tochter reisen,
stell dich innerlich drauf ein...
Nun hör *genau*, was ich dir sage:
Nimm dies Gefäß mit diesem Trank,
laß es nicht mehr aus den Augen,
behüt es mehr als jeden Besitz!
Sieh zu, daß *niemand* auf der Welt
irgendwas davon erfährt;
verhüt mit *aller* Entschiedenheit,
daß irgendwer davon was trinkt.
Und hierauf achte ganz besonders:
sobald sich Marke und Isolde
im Liebesakt vereinigt haben,
so schenke ihnen diesen Trank ein,
als wär er Wein, und laß sie ihn
gemeinsam leeren. Verhüt, daß ihn
ein Dritter kostet – das hat Gründe!
Trink dies auch *selber* nicht mit ihnen!
Dieser Trank, der ist ein *Liebestrank*!
Mache dir das stets bewußt! –
Ich vertraue dir Isolde
von Herzen und mit Nachdruck an;

mein bestes Leben ist bei ihr.
Ich und sie, wir sind dir anvertraut;
du bürgst mit deinem Heil dafür. –
Und nun weißt du Bescheid!«
»Liebe Herrin«, sprach Brangaine,
»ist dies euer beider Wunsch,
so will ich gerne mit ihr reisen,
die Ehre schützen und ihr Leben,
so gut ich das nur irgend kann.«
Tristan, alle seine Leute
nahmen Abschied, hier wie dort;
sie brachen auf in Wexford –
die Stimmung war sehr gut.
Der König und die Königin
und sämtliche suivants,
sie folgten ihm zum Hafen –
aus Liebe zu Isolde.
Seine amie (dies noch nicht ahnend...),
sein ungeahnt getreues Herzeleid,
Isolde, licht und wunderschön,
sie war in dieser ganzen Zeit
an seiner Seite, heftig weinend.
Beide, Vater und die Mutter,
verbrachten voller Traurigkeit
die sehr begrenzte Zeit;
es begannen viele Augen
naß und rot zu werden:
Isolde brachte vielen Herzen Leid,
sie weckte in sehr vielen Herzen
geheimgehaltne Schmerzen:
sie beweinten herzerweichend
Isolde, ihrer Augen Wonne;
es war da allgemein Geweine,
da weinten allgemein
viele Herzen, viele Augen,
offenkundig und geheim.

Als nun Isolde und Isolde,
die Sonne und ihr Morgenrot,
und zudem der volle Mond,
die leuchtende Brangaine –
als sie sich trennen mußten,
die eine von den beiden,
da sah man Jammern, Leiden.
Die liebevoll-loyale Bindung
wurde schmerzhaft aufgelöst.
Isolde küßte diese beiden
oft, zu wiederholten Malen.
Nun hatten die aus Cornwall
und auch die aus Irland
(die Begleitung dieser Damen...)
Abschied voneinander genommen,
und alle stiegen auf das Schiff.
Tristan ging zuletzt an Bord.
Die junge Königin, leuchtend schön,
die Blüte von Irland,
Isolde, ging an seiner Hand –
traurig, sehr betrübt.
Vor den Herrn verneigten sich
die zwei, erflehten Gottes Segen
für alle, die dem Lande dienten.
Sie stießen ab, sie fuhren los.
Mit lauten Stimmen fingen sie
zu singen an, mit Wiederholung:
»In Gottes Namen reisen wir.«
Und so fuhren sie dahin...

Nun war auf Tristans Wunsch
den Damen für die Reise
mit Rücksicht auf ihr Wohlbefinden
eine Kajüte zugewiesen,
als Raum allein für sie.
Dort hielt sich denn die Königin

mit ihren jungen Damen auf,
jedoch ein Mann war nie dabei –
außer Tristan, dies zuweilen.
Er ging bisweilen dort hinein
und tröstete die Königin,
die dort saß und weinte.
Sie beweinte und beklagte,
daß sie auf diesem Weg ihr Land,
deren Menschen sie ja kannte,
verlassen mußte, auch Verwandte,
und mit fremden Leuten reiste,
ohne Zweck und Ziel zu kennen.
    Dann sprach ihr Tristan jeweils Mut zu,
dies mit größter Zärtlichkeit;
bei jeglicher Gelegenheit,
wenn er zu ihr kam, ihrem Leid,
nahm er sie in seine Arme,
sehr zärtlich und ganz sanft,
doch stets nur in der Weise
eines Lehnsmanns bei der Herrin.
Der liebevoll-loyale Mann,
er bildete sich ein, er wäre
für die Schöne Trost im Unglück,
doch sooft es dazu kam,
daß er sie in die Arme nahm,
dachte die schöne Isolde
an ihres Onkels Tod,
und sagte ihm dann stets:
»Laßt das, Kapitän! Distanz!
Nehmt Eure Hände von mir weg!
Ihr seid ein lästiger Mann.
Weshalb faßt Ihr mich an?!«
»Wie, Schöne, mach ich etwas falsch?«
»Ja, Ihr – ich bin Euch feind.«
»Verehrte«, fragte er, »warum?«
»Den Onkel habt Ihr mir getötet.«

»Das ist durch Friedensschluß geschlichtet!«
»Egal – ich kann Euch nicht ertragen!
Wenn *Ihr* nicht wärt, so wäre ich
ohne Leid und ohne Kummer.
Ihr, nur Ihr allein habt mir
mit tromperie, Verschlagenheit,
diesen Kummer aufgebürdet.
Was ließ Euch nur von Cornwall aus
nach Irland reisen, mir zum Schaden?
Die mich als Kind schon aufgezogen,
denen habt Ihr mich entluchst,
und bringt mich nun – weiß nicht, wohin.
Ich weiß nicht, warum ich verkauft bin,
und weiß nicht, was hier aus mir wird.«
  »Schöne Isolde, nein, so faßt Euch!
Ihr hättet allen Grund, viel lieber
Königin mit Macht zu sein im Ausland
als ohne Rang und Eigentum zu Hause;
Ansehn, Behaglichkeit in fremdem Land,
beschämende Armut im Vaterland,
das ist ein spürbarer Unterschied!«
  Das Mädchen: »Ach, Tristan, Kapitän,
was Ihr mir auch sagt – ich hätte
lieber ein bescheidnes Leben
mit Wohlsein und Behaglichkeit
als Unbehagen, Mühsal
bei einem großen Reichtum.«
  »Das ist schon richtig«, sagte Tristan,
»kann man aber Reichtum
mit Behaglichkeit verbinden –
diese beiden Güter des Glücks
laufen besser im Gespann
als jedes nur für sich allein.
Nun sagt mir: Wäre es dazu
gekommen, daß Ihr jenen Truchseß
zum Ehemann genommen hättet –

wie wäre es gelaufen? Ja gewiß,
›glücklich‹ wärt Ihr dann gewesen…!
Und jetzt dankt Ihr mir *so* dafür,
daß ich Euch zu Hilfe kam,
und Euch von ihm erlöste?«
»Ihr werdet lange warten müssen,
eh ich mich dafür bedanke…
Ihr habt mich zwar von ihm erlöst,
doch seither habt Ihr mich so sehr
mit Kümmernis vermückert,
daß mir jetzt lieber wär, ich hätte
den Truchseß mir zum Mann genommen,
statt fortzuziehn mit Euch.
Er mag durchaus ein Schwächling sein –
doch nach kurzer Zeit bei mir
hätt er die Schwachheit aufgegeben,
für mich. Und daran hätte sich gezeigt,
bei Gott, daß er mich liebt.«
Tristan sagte: »Diese Sätze,
sie sind für mich surprise…!
Daß jemand sich als stark erweist
gegen die nature, das fordert
viel Arbeit an sich selbst.
Die hohe Welt, sie glaubt nicht dran,
daß Schwäche Stärke werden kann. –
Verliert nur, Schönste, nicht den Mut!
Ich gebe Euch in naher Zukunft
einen König zum Gemahl,
bei dem Ihr Freude, Lebensglanz,
Reichtum, Trefflichkeit und Ehre
für alle Zukunft finden werdet.«
Die Schiffe glitten so dahin…
Das eine wie das andre hatte
guten Wind und gute Fahrt.
Nun war die Schar der Damen
(Isolde, ihre Hofgefolgschaft)

auf dem Wasser und im Wind
Widrigkeiten nicht gewohnt,
und so litten sie recht bald
an ungewohnter Übelkeit.
Tristan, Kapitän, befahl denn,
auf die Küste Kurs zu nehmen
und einen Zwischenhalt zu machen.
Als man in einen Hafen kam,
ging fast alles Schiffsvolk
an Land; es wollte sich mouvieren.
Und Tristan ging sogleich
zu seiner blendend schönen Herrin,
zu Begrüßung und Besuch.
Und als er bei ihr Platz genommen
und sie sich dies und jenes sagten
von dem, was sie betraf,
da bat er drum, man möge ihm
zu trinken bringen. Freilich waren,
abgesehen von Isolde,
nur junge, kleine Damen dort.
»Schaut«, rief eine, »hier steht Wein,
in diesem kleinen Glasgefäß!«
Nein, es war kein Wein darin,
obwohl es ähnlich aussah:
es war der fortgesetzte Schmerz,
das pausenlose Herzeleid,
an dem sie beide sterben werden –
doch davon wußten sie noch nichts...
Das Kind stand auf, ging gleich dorthin,
wo jener Trank im Glasgefäß
verwahrt war, im Versteck.
Sie bot ihn Tristan, ihrem Kapitän,
der bot ihn seinerseits Isolde.
Sie trank nach langem Widerstreben
und gab ihn Tristan, und er trank,
und beide wähnten, es wär Wein.

In dem Moment erschien Brangaine
und erkannte gleich das Glas
und wußte, was geschehen war.
Sie zuckte, sie erschrak so sehr,
daß sie alle Kraft verlor –
schon sah sie aus wie eine Tote.
Mit totem Herzen ging sie hin,
nahm das verfluchte Todesglas
und trug es raus und warf es
ins Meer – es tobte wild.
»Ach, ich Ärmste«, rief sie, »ach,
daß ich je geboren wurde!
Ich Arme brach mein Ehrenwort,
meine Ehre ist verloren!
Mög es Gott auf ewig reuen,
daß ich zu dieser Reise aufbrach,
daß mich der Tod nicht holte,
als man mich auf die Todesfahrt
mit Isolde losgeschickt.
Weh euch, Tristan und Isolde,
der Trank ist euer beider Tod!«

Als nun das Mädchen und der Mann,
Tristan und Isolde, *beide*
den Trank getrunken hatten – schon
war der Menschheit Unrast da,
LIEBE, Fallenstellerin der Herzen,
stahl sich in beider Herz hinein!
Bevor sie etwas davon merkten,
hißte sie die Siegesfahne,
unterwarf sie ihrer Macht.
Die vorher zwei und zwiegeteilt,
sie wurden *eins* und ungeteilt.
Zwischen beiden gab es *nichts* mehr,
das sie gegenseitig abstieß,
Isoldes Feindschaft war dahin.
Die Friedensstifterin, Frau LIEBE,

hatte ihrer beider Sinne
von Feindschaft so gereinigt,
in Liebe so vereinigt,
daß einer für den anderen
durchklart war wie ein Spiegelglas.
Sie beide teilten sich *ein* Herz.
Ihr Kummer war sein Schmerz,
sein Schmerz, er war ihr Kummer.
Sie waren beide völlig eins
in Freude und in Leid, jedoch
versteckten sie sich voreinander;
das tat der Zweifel, tat die Scham:
sie schämte sich, er ebenfalls,
sie zweifelte an ihm, er an ihr.
Wie blind auch ihrer beider Herzen
nach der *einen* Lust begehrten,
so war doch für die zwei der Anfang
schwer und der Beginn. Dies hielt
die Lust vor ihnen noch versteckt.
Als Tristan spürte, daß er liebte,
fiel ihm die Verpflichtung ein,
loyal zu sein und ehrenhaft,
und wollte sich entziehn.
»Nein«, so dachte er bei sich,
»Tristan, laß es sein, besinn dich,
nimm es gar nicht erst zur Kenntnis!«
Jedoch sein Herz, es wollte halt zu ihr…
Er kämpfte gegen sein Verlangen,
begehrte gegen sein Begehren auf.
Er wollte sie und wollte nicht.
Der Mann, der nun gefangen war,
versuchte immer wieder,
sich von der Fessel zu befrein –
das zog sich lange hin.
Der loyale Mann empfand
sehr stark die Qual, die doppelt war:

schaute er Isolde an,
und begann die süße LIEBE,
sein Herz und seine Sinne
mit ihrer Hilfe zu verstören,
so dachte er an seine EHRE,
die zog ihn weg von dort;
doch schon ging LIEBE auf ihn zu,
die Herrin im ererbten Amt,
und zwang ihn wieder zur Gefolgschaft.
Seine Treue, seine Ehre,
sie forderten ihn sehr;
LIEBE forderte noch mehr,
sie tat ihm mehr als weh:
sie quälte ihn noch stärker
als beide: Treue und die Ehre.
Sein Herz, es sah sie lächelnd an,
doch seine Augen riß er los.
Wenn er sie freilich gar nicht sah,
so war dies seine größte Qual.
Er überlegte immer wieder
(wie es der Gefangne tut),
wie er ihr entfliehen könnte,
und er dachte wiederholt:
»Wend dich andren Frauen zu!
Wandle dies Begehren um!
Denk woanders an die Liebe!«
Jedoch, da war und blieb die Fessel.
Sein Herz nahm er sich vor, den Kopf,
er wollte Änderung in ihnen,
doch es gab in ihnen nur
ISOLDE und die LIEBE.
Auch Isolde ging es so:
sie versuchte es mit Nachdruck,
dies Leben wurde ihr zur Last.
Als sie den Vogelleim der LIEBE,
der Verführerin, entdeckte

und merkte, daß die Sinne
im Leim schon steckenblieben,
da wollte sie auf festen Grund,
sie wollte raus und weg. Jedoch,
es klebte schon der Leim an ihr,
zog sie zurück, hinab.
Die Schöne wehrte sich beständig,
doch kam mit keiner Regung weiter;
sie wollte ungern Folge leisten,
mit Füßen und mit Händen
versuchte sie es hier und dort,
regte sich, bewegte sich,
jedoch gerieten Hände, Füße
jedesmal noch tiefer
in die blinde Süße
der Liebe und des Mannes.
Die festgeleimten Sinne
konnten sich in keiner Richtung
wegen, stegen oder brücken,
keinen Fuß weit oder Schritt –
die Liebe, sie hielt ständig mit.
Wohin, woran auch immer
Isolde denken mochte,
da war nicht dies, da war nicht das,
da war nur Tristan und die Liebe.
Doch blieb das alles im Geheimen.
Ihr Herz und ihre Augen
befanden sich im Widerstreit.
Die Scham riß Blicke von ihm los,
die Liebe zog ihr Herz zu ihm.
Die zerstrittene Gruppierung
Mädchen/Mann und Liebe/Scham,
die brachte sie nur in Verwirrung.
Das Mädchen wollte diesen Mann,
doch löste sie den Blick von ihm;
die Scham, sie wollte lieben,

doch zeigte sie das keinem.
Was brachte das? Scham und Jungfrau
(so lautet ein geflügelt Wort)
sind flüchtige Erscheinungen,
die gibt es nur mal kurz zu Anfang,
die leisten nicht lang Widerstand.
Isolde gab den Kampf denn auf
und tat, was sich für sie ergab:
die Besiegte lieferte
dem Manne und der Liebe
sich selber aus, mit ganzem Herzen.
   Zuweilen blickte sie hinüber
und beschaute ihn verstohlen.
Die hellen Augen und ihr Herz,
sie stimmten völlig überein;
ihr Herz und ihre Augen,
sie warfen sich ganz heimlich, zärtlich
räubernd auf den Mann.
Und innig, liebevoll
erwiderte der Mann die Blicke.
Als die Liebe ihn nicht freiließ,
gab er sich ebenfalls geschlagen.
Der Mann, das Mädchen machten sich
zu jeglicher Gelegenheit,
bei der das möglich war mit Anstand,
im Wechselspiel zum Augenschmaus.
Die Liebenden erschienen sich
sehr viel schöner als zuvor:
das Gesetz, das Recht der Liebe!
So ist es heuer, wars im Vorjahr,
so bleibt es, wo die LIEBE herrscht,
bei allen Liebespaaren:
Daß sie einander mehr gefallen,
als es noch zu Anfang war,
sobald in ihnen Liebe wächst,
die Blüten und dann Früchte trägt

von liebesschönen Dingen.
Die früchtereiche Liebe
macht schöner, nach dem Anbeginn;
sie trägt in sich den Samen,
der sie unvergänglich macht.

Liebe läßt schöner scheinen als zuvor,
und dies erhält der Liebe Gesetz;
läßt Liebe so erscheinen wie zuvor,
verfällt sehr bald der Liebe Gesetz.

Die Schiffe stachen wieder in See
und fuhren beschwingt dahin –
freilich hatte LIEBE
an Bord zwei Herzen
abgebracht von ihrem Kurs.
Die beiden waren gedankenschwer,
beide waren sie belastet
von dem lieben Leid,
das Wunder wirkt wie folgt:
Das Honigsein vergällt es,
das Süßsein verbittert es,
das Feuchtsein entflammt es,
das Mildsein verätzt es,
die Herzen entherzt es,
die ganze Welt verkehrt es.
Dies hatte Tristan und Isolde
große Schmerzen zugefügt.
Sie quälte *eine* Drangsal
auf befremdliche Weise:
es konnte keiner dieser beiden
sich entspannen, Ruhe finden,
solang sie sich nicht sahen;
sobald sie sich dann sehen konnten,
ging es ihnen wieder nah,
denn die beiden konnten

ihr Verlangen nicht vereinen.
Die Scheuheit war der Grund, die Scham,
die ihnen Lustgefühle nahm.
Wenn sie sich gelegentlich
heimlich mit geleimten Augen
sehen konnten,
glich die Tönung ihrer Haut
dem Zustand von Vernunft und Herz.
Der Liebe, dieser Schminkerin,
schien es nicht damit getan,
daß man sie in noblen Herzen
heimlich und verborgen trug,
sie wollte auch auf den Gesichtern
ihre Herrschaft sichtbar machen.
Die zeigte sich hier wechselhaft;
die Schminke hielt nicht lang bei ihnen,
nicht lange hielt bei ihnen Schminke;
unablässig wurden sie
wechselweise bleich und rot;
sie wurden rot und wieder bleich,
betont durch Schminken der Frau Liebe.
Daran erkannten diese beiden
(und das gehört sich hier auch so!),
daß ein gewisses Etwas: Liebe,
in den Gefühlen dieser beiden
dem andren zugewendet war.
Und sogleich begannen sie,
sich ihre Liebe auch zu zeigen,
Gelegenheit und Zeit zu suchen
für Geflüster und Gespräch.
Das Jägerpaar im Dienst der Liebe
legte wechselseitig Schlingen,
wiederholt, und spannte Netze,
legte sich mit Frag und Antwort
Meutenposten an und Fangplatz.
Sie hatten sich sehr viel zu sagen.

Isoldes Anfang der Erzählung
war ganz im Stile eines Mädchens:
sie kam dem Liebsten, dem ami
auf weitem Umweg näher.
Zuerst erinnerte sie dran,
wie er einsam und verwundet
in einem kleine Boot
auf Dublin zugetrieben kam,
wie ihn die Mutter zu sich nahm,
wie sie ihn dann heilte,
und was sich weiter so ergab:
wie sie selbst, von ihm belehrt,
erst richtig schreiben lernte
und Latein und Saitenspiel.
Sie sprach (in einem weiten Kreis,
den sie ihm vor Augen führte)
über seinen Mut, den er
vor allem beim dragon bewiesen.
Und wie sie zweimal ihn erkannte:
im Wasserloch, im Badezuber...
Ihr Gespräch war ausgewogen:
sie sprach zu ihm und er zu ihr.
»Ach«, so Isolde, »als sich mir
jene große Chance bot –
Herrgott, wie schaffte ich es nur,
daß ich Euch nicht im Bad erschlug?
Hätt ich gewußt, was ich jetzt weiß,
es wäre Euer Tod gewesen!«
»Weshalb denn das, Isolde, Schöne?
Was verstört Euch? Und was wißt Ihr?«
»Was ich jetzt weiß, verstört mich.
Was ich jetzt seh, das tut mir weh.
Mich bedrücken Meer und Himmel;
Leib und Leben, sie belasten mich.«
Sie stützte sich nun auf und lehnte sich
an ihn mit ihrem Ellenbogen –

damit fing die Kühnheit an!
Ihre spiegelblanken Augen
füllten sich diskret mit Tränen…
ihr Herz, es wurde ihr so schwer…
die schönen Lippen blähten sich…
langsam sank der Kopf herab…
Ihr Freund begann sie daraufhin
mit den Armen zu umfangen,
nicht zu fest und nicht zu schwach –
wie es einem Fremden zusteht.
Er fragte sanft und leise:
»Nun, Schöne, Liebe, sagt es mir:
Was verstört Euch? Was beklagt Ihr?«
Isolde, Ködervogel der Frau LIEBE:
»A-ma-re, das ist meine Not,
a-ma-re drückt mir aufs Gemüt,
a-ma-re fügt mir Schmerzen zu.«
    Nachdem sie dies »a-ma-re« mehrfach
wiederholt, bedachte Tristan
die Bedeutung dieses Wortes,
trieb es prüfend in die Enge.
Er begann, sich klarzumachen,
daß amare: *lieben* heißt,
amare: *wie bitter*!, a mare: *oh Meer*!
Die Zahl der Deutungen schien Legion!
Eins von dreien schloß er aus,
befragte nur die andren zwei;
er sprach nicht über Liebe,
die Herrin dieser beiden,
ihr beider Hoffen, ihr Begehren,
er sprach nur über *Meer* und *bitter*.
»Isolde, Schöne, ich vermute,
Eure Not sind *Meer* und *bitter*.
Ihr riecht nicht gerne Wind und Meer.
Ich glaube, beide sind Euch *bitter*.«
»Nein, Herr, nein, was sagt Ihr da?!

Keines von den beiden stört mich,
ich riech nicht ungern Luft und Meer,
allein a-ma-re tut mir weh.«
Weil ihm nur *die* Bedeutung blieb,
hörte er heraus: das *Lieben*.
Und zärtlich sagte er zu ihr:
»Schöne, ja, so gehts mir auch,
a-ma-re und Ihr bringt mich in Not.
Herzensherrin, liebe Isolde,
Ihr allein und Eure Liebe,
Ihr habt mir den Verstand, die Sinne
verwirrt, sie mir geraubt.
Ich bin so sehr, so weit
abgekommen von dem Kurs –
ich finde nie zu mir zurück!
Alles, was mein Auge sieht,
wird mir lästig, zur Belastung,
gibt mir nichts, ist mir egal;
es gibt in dieser Welt nur eins,
das meinem Herzen lieb ist: *Ihr*!«
»Herr, Ihr seid es so bei *mir*.«
Als die Liebenden bei sich
das *eine* Denken, *eine* Fühlen,
den *einen* Wunsch entdeckten,
wurde beider Leidenschaft
gedämpft, zugleich entfesselt.
Ein jeder schaute, jeder sprach
den anderen nun kühner an:
er das Mädchen, sie den Mann.
Das Fremdeln war bei ihnen weg:
er küßte sie, sie küßte ihn
mit Zärtlichkeit, die innig war.
Dies war beglückender Beginn
der Linderung durch Liebe.
Sie schenkten ein, sie tranken
Beglückung, die von Herzen kam.

Kaum fanden sie Gelegenheit,
so kam es zwischen ihnen
zu geheimem Hin und Her,
und dies so sehr diskret,
daß keiner in der kleinen Welt
die Neigung, ihr Verlangen merkte,
außer ihr, die das ja wußte:
die kundige Brangaine.
Die schaute wiederholt diskret
und unbemerkt hinüber,
entdeckte ihre Heimlichkeiten
und dachte sich fast jedesmal:
»O weh…! Jetzt bin ich im Bilde…!
Die ersten Zeichen einer Liebe…!«
Und sie begann schon bald an beiden
zu sehn, wie ernst es ihnen war,
entdeckte im Erscheinungsbild
Zeichen innren Leidens
der Gemüter, ihrer Herzen.
Das Leid der beiden quälte sie,
denn sie bemerkte unablässig:
amaren und amouren,
seufzen, lamentieren,
grübeln und pensieren,
die Farben variieren.
Vor lauter Grübeln hatten sie
ganz den Appetit verloren,
bis der Mangel und das Leid
ihre Körper ganz besiegten,
so daß Brangaine Angst bekam
aus diesem Grund, der Furcht verfiel,
dies wäre ihrer beider Ende,
und sie dachte: »Raff dich auf,
find heraus, was da geschieht!«
Eines Tages nahm sie Platz
bei ihnen – vertraulich und vertraut.

Die Stolze und die Kluge sagte:
»Hier ist sonst niemand, nur wir drei –
sagt, ihr beiden, was verstört euch?
Ich sehe euch zu jeder Zeit
in Grübelein verfallen,
hör euch seufzen, klagen, jammern.«
Tristan: »Könnte ich das wagen,
ich würde Euch das sagen...«
»Ja, Herr, nur zu! So sprechts schon aus!
Sagt mir, was Ihr sagen wollt.«
»Verehrte, Beste«, sprach er da,
»ich wage nicht, hier mehr zu sagen,
bevor Ihr Euch dafür verbürgt,
und zwar durch Ehrenwort und Eid,
daß Ihr uns beiden Ärmsten
Freundlichkeit erweisen wollt.
Andernfalls sind wir verloren.«
Brangaine hob die Schwurhand,
gelobte und verbürgte
mit ihrem Ehrenwort und Eid,
sie stünde ihnen zur Verfügung.
»Beste, Treue«, sagte Tristan,
»nun denkt zuerst an Gott,
danach an Euer Seelenheil.
Macht Euch unser Leid bewußt
und die Beklemmung unsrer Not.
Ich Armer und die arme Isolde –
ich weiß nicht, was mit uns geschah!
Wir zwei, wir haben binnen kurzem
durch ein verwunderliches Leid
beide den Verstand verloren.
Wir kommen fast vor Liebe um,
und finden dennoch nicht die Zeit,
die günstige Gelegenheit,
denn Ihr, Ihr stört uns unablässig!
Wahrhaftig, wenn wir sterben,

seid Ihr alleine schuld daran!
Unser Tod und unser Leben
sind in Eure Hand gegeben. –
So, Ihr wißt damit Bescheid …
Brangaine, hochverehrtes Mädchen,
nun müßt Ihr Eurer Herrin und mir
Gunst erweisen, Hilfe leisten!«
    Brangaine zu Isolde: »Herrin,
ist der Grund für Euren Kummer
solche Qual, wie er sie nennt?«
Isolde: »Ja, mein Herzcousinchen.«
Brangaine sprach: »Das reue Gott,
daß der Teufel seinen Spott
mit uns auf solche Weise trieb! …
Nun sehe ich: es geht nicht anders,
ich kann mich, euch zuliebe,
nur *so* verhalten, daß mir Leid
erwächst und Schande für euch beide.
Doch ehe ich euch sterben lasse,
verschaff ich lieber die Gelegenheit
zu allem, was ihr treiben wollt.
Unterlaßt nicht wegen mir,
was ihr aus eignem Antrieb
nicht lassen wollt für euer Ansehn.
Doch soweit ihr euch beherrschen,
jenem Akt entsagen könnt,
so übt Entsagung. Dies empfehl ich.
Außer uns, zu dritt, darf niemand
von dem Skandal erfahren;
verbreitet ihr das irgendwie,
so gehts an eure Ehre;
erfährt das außer uns noch einer,
seid ihr verloren, ich mit euch.
Herzensherrin, schöne Isolde,
Euer Leben, Euer Tod,
die seien ganz in Eurer Hand;

verfügt nun über Tod und Leben,
wie es Euch beliebt.
Ihr müßt von diesem Zeitpunkt an
wegen *mir* nichts mehr befürchten.
Was euch recht scheint – macht es doch!«
    In dieser Nacht, in der die Schöne lag
und sich in quälenden Gedanken
sehnte nach dem Herz-ami
da kamen in den Raum
ihr ami und ihre Ärztin
(Tristan und die LIEBE)
leise reingeschlichen:
die LIEBE, nun als Ärztin,
führte an der Hand
ihren Kranken (Tristan), fand
dort Isolde (ihre Kranke) vor.
Sie nahm sogleich die beiden Kranken,
gab ihn ihr und gab sie ihm
wechselseitig als Arznei.
Was andres hätte diese beiden
im gemeinschaftlichen Leiden
vereinigen und trennen können,
als Vereinigung der beiden,
die Schlinge ihrer beiden Sinne?
Die LIEBE, Schlingenlegerin,
schlang die Herzen dieser zwei
in eins, mit ihrer süßen Schlinge
und dies mit derart großem Können,
mit solcher Wunder-Wirkungskraft,
daß sie in allen spätren Jahren
in ihr gefangen waren.

Ein langer Exkurs über Liebe
belastet höfische Geister;
ein kurzer Exkurs über hohe Liebe
erhöht die hohen Geister.

Auch wenn ich in meinem Leben
kaum das liebe Leid erlitten,
die süße Qual des Herzens,
die im Herzens-Innern
Unglück bringt, das glücklich macht,
so weissagt mir doch mein Verstand
(was ich ihm auch glauben muß!),
daß die beiden Liebenden
sich gut, sich glücklich fühlten,
als die schlimme *Aufsicht*,
der Liebe wahre Pestilenz,
die Todfeindin der LIEBE,
aus ihrem Pfad geräumt war. –

Ich habe viel gegrübelt über beide
und tu das heute noch und weiterhin.
Wenn sich Liebe, Schmerz der Leidenschaft
vor meinen Augen so entfalten
und ich in meinem Herzen
erwäge, was ihr Wesen ist,
so wachsen die Gedanken
und das Gemüt, mein Weggefährte,
über sich hinaus, zum Himmel.
Wenn ich das Wunder, wahre Wunder
in jeder Hinsicht überdenke,
das man in der Liebe fände,
wenn man es nur suchen würde,
welch Glück in einer Liebe wäre,
ging man auf Liebe richtig ein,
so wird mein Herz sogleich
größer noch als septimontium,
da hab ich Mitleid mit der Liebe,
und zwar aus ganzem Herzen,
weil die meisten Zeitgenossen
an Liebe haften oder kleben,
und doch wird keiner ihr gerecht.
Wir alle meinen, ein Gemüt zu haben

und die Lebendigkeit der Liebe,
jedoch, die Liebe ist nicht so,
wie wir sie füreinander
formen, sie verfälschend. Wir sehn
die Dinge nicht so, wie sie sind.
Wir säen Samen aus des Bilsenkrauts
und erwarten, daß der uns
Lilien bringt und Rosen.
Wahrhaftig, so was kann nicht sein!
Wir können bloß zur Ernte sammeln,
was wir vorher angebaut,
und ernten, was der Same bringt;
nur das gleiche, das wir säen,
können wir auch schneiden, mähen.
Wir pflanzen, hegen Liebe
mit Sinnen, die vergällt sind
mit Betrug und Hurerei,
suchen dann die *reine* Lust
in ihr des Körpers und des Herzens,
doch bringt das nichts als Leid hervor,
als Übel, Übelart und Übelfrucht –
nach der Methode ihres Anbaus!
Wenn uns hieraus Leid erwächst,
das in unsren Herzen schwärt,
das uns tief im Innern tötet,
so werfen wirs der Liebe vor
und geben ihr die Schuld daran,
obwohl es gar nicht ihre Schuld ist.
Wir alle säen Falschheit aus –
so laßt uns Leid und Schande ernten!
Tut uns das Leid dann wirklich weh,
so sollten wirs *zuvor* bedenken!
Laßt uns Beßres besser säen,
um Entsprechendes zu ernten.
Wir, mit Lust aufs Welten-Leben
(sei es böse oder gut...),

wie vertun wir unsre Zeit
(die wir vergeuden und verscheuchen)
unter Hinweis auf die Liebe,
und finden doch in ihr
nichts als Früchte unsrer Mühen,
die wir auf sie verwendet haben:
die Fehlschläge, die Niederlagen…
Vom Guten finden wir da nichts,
das sich zwar jeder von uns wünscht
und das uns allen doch versagt bleibt:
Liebe, die verläßlich ist,
die zuverlässig uns beglückt,
die zwischen Dornen Rosen trägt,
zur Mühsal auch Behagen gibt,
bei der die Wonne stets versteckt
inmitten allen Kummers liegt,
die schließlich stets die Freude bringt,
so oft sie vorher auch belastet.
Heute findet man dies kaum –
so bestellen wir das Feld…
Die Redensart trifft völlig zu:
»Die Liebe wird von Hunden
zum toten Punkt gehetzt.«
Wir haben nur das Wort für sie,
sie ist für uns bloß noch Begriff;
den haben wir so durchgehechelt,
so verwörtert, verbegrifflicht,
daß die Geschwächte der Begriff
beschämt und ihr das Wort zuwider ist.
Die Liebe wird sich hier auf Erden
selber lästig, ja zuwider…
Die ehrlos ist, verachtet,
schleicht bettelnd denn von Haus zu Haus
und schleppt – wie sichtbar ist die Schande! –
den zurechtgeflickten Sack,
in dem sie Diebesgut und Beute

vor eigenem Gebrauch beschützt,
doch auf der Straße offeriert.
Und ach, wir stelln den Markt dafür!
Wir tun ihr Ungeheures an,
doch wollen schuldlos sein daran.
LIEBE, Königin der Herzen,
die frei, die unvergleichlich ist,
sie ist Tausch-Wert, sie ist käuflich!
Wir haben sie, als Herren,
zur Zahlung von Tribut gezwungen!
Eine üble contrefaction
haben wir (gefaßt) im Ring,
und so betrügen wir uns selbst.
Ein elendes Betrugsmanöver,
daß man den Liebsten so belügt,
daß man sich selbst damit betrügt!
Wir imitierten Liebenden,
wir Betrüger der Frau LIEBE,
wie verrinnen uns die Tage,
ohne kaum je unserm Leid
ein gutes Ende zu bereiten!
Wie vergeuden wir das Leben
ohne Vergnügen, ohne Gewinn!
Uns beflügelt grade das,
was uns letztlich nicht betrifft.
Was man an schönen Fabeln kennt,
die von Liebesdingen handeln,
und was wir in der Dichtkunst sagen
über jene, die – es war einmal –
vor vielen hundert Jahren lebten,
all dies tut uns im Herzen wohl.
Und dabei steckt so viel in uns,
daß es kaum mal einen geben dürfte
(falls er liebend-treu und ernsthaft ist,
den Liebsten nicht durch Hurerei verletzt),
der nicht fähig wär, erzähltes Glück

in seinen eignen Herzensdingen
auch mal *selbst* hervorzubringen.
Freilich ist uns grade jenes,
aus dem das ganze Glück entsteht,
elend unter die Füße geraten:
treue Liebe, die von Herzen kommt.
Sie offeriert sich unentgeltlich,
doch wenden wir den Blick von ihr
und trampeln diese schöne Liebe
rücksichtslos mit Füßen nieder
und zeigen *der* Verachtung,
die im Staub zertreten ist!
Suchten wir sie ganz von selbst,
wüßten wir so schnell nicht, wo!
Wenn Liebe unter Partnern
so schön sein könnte, reich an Lohn,
warum nur mögen wir sie nicht?
Ein liebevoller Blick
aus den Augen eines Herzgeliebten
stillt mit voller Sicherheit
hunderttausend Schmerzen
im Körper und im Herzen.
Ein Kuß auf des Geliebten Mund,
ein Kuß, der aus dem Herzensgrund
gleichsam hochgeschlichen käme,
hoho, was nähm der uns an Leid
des Herzens, an der Liebesqual.
Ich weiß es: Tristan und Isolde,
die beiden voller Ungeduld,
nahmen sich (wie andre auch)
viel von ihrem Leid und Kummer,
als sie das Ziel erreichten ihres
wechselseitigen Verlangens.
Vorüber war nun das Begehren,
das Gedanken in die Enge treibt.
Wonach die Liebenden begehren,

das trieben diese beiden oft;
sobald die Stunde dafür kam,
sich die Gelegenheit ergab,
da gaben und da nahmen sie,
liebevoll und treu gestimmt,
für sich selbst und für die Liebe
willig den Tribut und Zins.
Auf dieser Reise, dieser Fahrt
fühlten sie sich innigst wohl.
Als das Fremdeln erst mal weg war,
wurde ihr intimes Leben
wunderschön und wundervoll.
Und dies war klug, war sinnvoll;
die sich vorm anderen verstecken,
nachdem sie sich dem andren zeigten,
die dann ihrer Scham verfallen,
sich zurückziehn in der Liebe,
die bestehlen nur sich selbst.
Je mehr man sich vor sich versteckt,
desto mehr bestiehlt man sich,
vermischt das Schöne mit dem Leid.
Doch diese beiden Liebenden,
sie spielten keineswegs Versteck;
auch im Sprechen, mit dem Blicken
waren sie intim.
Sie vertrieben sich die Reisezeit
mit einem Leben des Genusses.
Doch war das nicht umsonst zu haben:
sie litten an der Zukunftsfurcht.
Sie nahmen in der Furcht voraus,
was sich später auch erfüllte,
was ihnen dann viel Freude nahm
und mancherlei Bedrängnis brachte:
der Umstand, daß die schöne Isolde
einem Mann gehören sollte,
dem sie nicht gehören wollte.

Und noch ein Leid bedrückte beide:
Isolde war nun nicht mehr Jungfrau.
Das brachte ihnen Leid,
das ließ die beiden leiden.
Doch die Belastung war für sie
zu ertragen, und zwar leicht,
denn sie erfüllten unbefangen
wechselseitig ihr Verlangen,
oft, ja ständig wiederholt.
Als sie nun so nah
auf Cornwall zugefahren waren,
daß man dies Land gut sehen konnte,
waren alle froh darüber.
Alle waren hoch erfreut,
außer Tristan und Isolde,
es machte *ihnen* angst und bange.
Ihr Wille, wäre der geschehn,
sie hätten *nie mehr* Land gesehn!
Dir Furcht um ihren guten Ruf,
die machte ihre Herzen wund.
Sie suchten beide eine Lösung,
was sich unternehmen ließe,
um Isolde, nun als Frau,
dem König zu verweigern.
Wie sehr auch junge Liebende
wegen ihrer jungen Jahre
um guten Rat verlegen sind –
die junge Frau fand eine Lösung…

Bei allem Liebesglück dies Problem: Marke wird in der Hochzeitsnacht merken, daß Isolde nicht mehr Jungfrau ist. Isolde findet eine Lösung: die gleichjunge Brangaine wird nachdrücklich gebeten, als erste mit dem König zu schlafen – sie ist noch Jungfrau. Das Komplott ist erfolgreich: Marke schläft mit zwei Frauen und merkt es nicht. Doch Isolde ist beunruhigt: könnte Brangaine Gefühle für den König entwickeln und ihm alles verraten?

Zwei Engländer werden beauftragt, sie zu töten. Brangaine fleht um Gnade, erzählt in einem Gleichnis, weshalb sie beseitigt werden soll, rettet so ihr Leben. Versöhnung zwischen den beiden Frauen. – Isolde und Tristan betrügen Marke bei jeder Gelegenheit – sie entwickeln subtile Techniken, ihn und die Hofgesellschaft zu täuschen. Und Marke wird auch noch reingelegt: Gandin, ein irischer Herr, luchst ihm, nach einem Blanko-Versprechen, die Frau ab, nimmt Isolde mit zum Hafen, will mit ihr nach Irland reisen. Marke wehrt sich nicht, auch ist – wie immer – keiner seiner Herren zum Kampf bereit. Tristan erfährt von diesem Vorfall, luchst dem Herrn aus Irland Isolde wieder ab. Er bringt sie seinem Onkel zurück und liest ihm die Leviten…

Sobald die Liebe bei den jungen Leuten,
den unerfahrenen, ihr Spiel gewinnt,
da zeigt sich uns bei jungen Leuten,
wie List, wie Täuschung schon beginnt…

Lieber ohne jeden Umschweif:
Isolde, noch so jung an Jahren,
kam auf eine List und Täuschung,
die im Moment am besten war:
nichts Weiteres zu unternehmen,
als von Brangaine zu erbitten,
in der ersten Nacht
bei Marke, ihrem Herrn, zu liegen,
mit ihm intim zu sein –
ohne Plauderei, Geschrei.
Die beste Weise der Verweigerung,
denn sie war Jungfrau und war hübsch…
Auf diese Weise bringt die LIEBE
auch ehrenwert Gesinnten bei,
fromme Täuschung zu versuchen,
obwohl sie gar nicht wissen dürften,

was zur Täuschung solcher Art
und zum Betrug vonnöten ist.
Die Liebenden, sie taten dies:
sie baten die Brangaine
so lang mit solchem Nachdruck,
bis sie es zuletzt erreichten,
daß sie ihnen fest versprach,
sie werde das vollziehn.
Doch fiel ihr das Versprechen schwer;
die Bitte ließ sie mehr als einmal
erröten und erbleichen;
hier wurde ihr viel zugemutet.
Die Bitte war auch ungewöhnlich…
»Liebe Herrin«, sprach Brangaine,
»Eure Mutter, meine Herrin,
die hochverehrte Königin,
befahl Euch meiner Obhut an;
drum hätt ich Euch auf dieser Reise,
auf der verwünschten Fahrt
vor diesem Leid bewahren sollen,
doch wegen meines Leichtsinns
ertragt Ihr Schmach und Leid.
Ich darf darüber nicht sehr klagen,
ich muß die Schmach mit Euch ertragen;
jedoch, es wäre ganz in Ordnung,
wenn ich die Schmach *allein* ertrüge –
wärt Ihr dann bloß von ihr befreit…
Allmächtiger Herr des Himmels,
wie konntest Du mich so vergessen!«
Da sprach Isolde zu Brangaine:
»Beste Cousine, sag mir schon:
Was meinst du? Was verstört dich?
Ich frage mich erstaunt, was du beklagst.«
»Herrin, nun, vor kurzem hab ich
ein Glasgefäß vom Schiff geworfen…«
»Ja, das stimmt. Was ist dabei?«

»Ach«, so rief sie, »dieses Glas…
ja, der Trank, der darin war,
der ist euer beider Tod!«
»Wieso, Cousine?« sprach Isolde.
»Was hat das auf sich?« »Das ist so…«
Sie erzählte beiden die Geschichte
vom Anfang bis zur Gegenwart.
Tristan sprach: »Das walte Gott…
Ob hier nun Leben ist, ob Tod –
es hat mich angenehm vernichtet…
Wie *jener* Tod wird, weiß ich nicht –
dieser Tod ist schön für mich.
Wenn die verlockende Isolde
für immer *so* mein Tod sein sollte,
so wollt ich mich, aus freien Stücken,
mit einem Dauertod beglücken.«

Laßt uns weitre Worte sparen:
wollen Liebe wir erfahren,
so läßt sichs nicht ersparen,
daß wir auch Leid erfahren.

So gut es uns auch gehen mag
in der Liebe, laßt uns stets dabei
eingedenk der Ehre sein.
Will einer nur die Sinnenlust
(und dies einzig und allein!),
so bringt dies nichts als Ehrverlust.
Wenn Tristan auch das Leben,
das er führte, sehr gefiel,
so schuf die Ehre doch Distanz;
sein Ehrenwort bestand darauf,
es stets zu respektieren,
zu Marke seine Frau zu führen.

Ehrenwort und Ehre – beide
setzten ihm Verstand
und Herz sehr unter Druck.
Die vorher bei der Liebe
ohne Sieg geblieben waren,
als er Liebe ihnen vorzog,
diese beiden ohne Sieg,
sie besiegten nun die Liebe.

Tristan schickte Boten
in zwei bâteaux an Land,
ließ Marke gleich Bericht erstatten,
wie die Werbung um die Schöne
von Irland ausgegangen sei.
Marke rief sofort zusammen,
die er zusammenrufen konnte;
schon eilten tausend Boten los,
um Ritterherren einzuladen.
Man empfing in großer Zahl
die eignen Leute und die Fremden.
Das Schlimmste und das Beste,
das Marke mit den zwein empfing,
an denen sein weitres Leben hing,
dies empfing er derart herzlich,
wie ein Mann sein Allerliebstes
mit Recht empfangen soll.
Marke ließ zu diesem Zeitpunkt
den barons des Lands bestellen,
daß alle binnen achtzehn Tagen
am Hofe zu erscheinen hätten,
und zwar so, daß sie zu ihm
auf seinem Hochzeitsfest gut paßten.
Dies geschah auch, dienstbeflissen.
Man reiste hin mit allem Pomp.
Prächtige Gruppen kamen
von Ritterherren und von Damen,

um ihren Augenschmaus zu sehn:
Isolde, blendend schön.
In erstaunlichem Gedrängel
wurde sie genau gemustert,
und man erklärte nur dies eine:
»Isolde, Isolde la blonde,
merveille de tout le monde –
Isolde ist ein wahres Wunder
für die gesamte Welt!
Es ist wahr, was man von diesem
verehrten Mädchen so erzählt:
Sie spendet, wie die Sonne,
der hohen Welt nur Wonne.
Kein Königreich erhielt zuvor
ein derart wonneschönes Mädchen!«

Sobald sie nun vermählt war,
wurde ihr das Recht verbrieft
auf Cornwall wie auf England;
dies unter der Bedingung,
daß Tristan weiter Erbe bleibe,
falls sie keine Kinder kriege.
Man gelobte ihr die Treue.
Sie, Brangaine, Tristan:
sie hatten vor der Nacht,
in der sie mit dem Herrn der Ehe,
mit Marke, in das Bett gehn sollte,
dafür gesorgt, mit aller Umsicht,
den Raum und die Gegebenheiten
herzurichten mit Geschick
und alles bestens zu bereiten.
In Markes eignem Zimmer
war keiner außer diesen vieren:
der König selbst und diese drei.
Marke lag bereits im Bett;
Brangaine trug die Kleider

der Königin Isolde –
es waren ihrer beider Kleider
wechselweise ausgetauscht.
Tristan führte nun Brangaine
zur Statt des Schmerzens und der Qual;
die Lichter löschte Herrin Isolde;
Marke riß Brangaine an sich.
Ich weiß nicht, wie ihr die Eröffnung
des Vollzugs gefiel –
sie litt derart geschmeidig,
daß nicht ein Schrei zu hören war.
Was ihr Gespiele mit ihr trieb,
mit welchem Wunsch er sie bedrängte,
sie gab dem nach. Sie zahlte aus
mit Bronze und mit Gold –
und dies so, wie *er* das wollte.
Ich bin der festen Überzeugung,
daß zuvor noch nie geschah,
daß man Verbindlichkeit in Gold
durch derart schöne Bronze
erfüllte, bei der Bett-Vergütung.
Ich wette meinen Kopf darauf:
Man hat seit Adams Zeiten nie
Falschgeld derart echt geprägt,
noch nie so anerkannte Fälschung
zu einem Mann ins Bett gelegt!

Während diese beiden lagen,
in ihr Bettspiel ganz vertieft,
war Isolde all die Zeit
voller Sorge, voller Furcht.
Unaufhörlich dachte sie:
»Lieber Gott, beschütze mich
und hilf, daß mein Cousinchen
auch einhält, was wir ausgemacht.
Wenn sie, womöglich, dieses Bettspiel

zu lang, zu intensiv betreibt,
kriegt sie, fürcht ich, so viel Spaß,
daß sie dort leicht bis morgen bleibt!
Damit werden wir dann alle
bloßgestellt und zum Gespött!«
Nicht doch: redlich, lauter waren
bei ihr Gedanken und Gefühle.
Nachdem sie an Isoldes Stelle
ihre Pflicht geleistet hatte,
die Verbindlichkeit erfüllt,
verzog sie sich aus seinem Bett.
Isolde war gleich griffbereit;
sie setzte sich an dessen Bett,
als wäre sie dieselbe Frau.
Der König wollte nun den Wein.
Er folgte so der Tradition,
denn damals war es Brauch,
den man stets befolgte:
nachdem ein Mann mit einem Mädchen
geschlafen, es entjungfert hatte,
daß jemand dann mit Wein erschien
und sie beide trinken ließ –
gemeinsam, ohne Unterschied.
Auch dort erfüllte sich der Brauch.
Sein Neffe Tristan brachte gleich
beides: Licht und Wein.
Der König trank, die Königin...
(Allerdings erzählen viele,
hier sei noch was vom Trank gewesen,
der bei Tristan und Isolde
zur Passion der Herzen führte.
Nein, es gab nichts mehr vom Trank:
Brangaine warf ihn ja ins Meer!)
Nachdem sie diesen Brauch erfüllt,
beide nach dem Brauch getrunken,
legte sich die neue Königin

Isolde, schmerzvoll leidend,
mit unbemerktem Schmerz
des Herzens, des Gemütes
zum König, ihrem Herrn, ins Bett.
Der griff nun sein Vergnügen auf,
er riß sie fest an sich heran –
für ihn war Frau gleich Frau!
So erschien auch sie ihm gleich
von handgerechtem maniement.
Für ihn war eine wie die andre!
Bei jeder dieser beiden
fand er Gold und Bronze.
Aus dem Bett und rein ins Bett
erfüllten sie Verbindlichkeiten
auf eine Art, daß ihm nichts auffiel.

Isolde wurde nun von Marke,
ihrem Herrn der Ehe,
sehr geliebt und hoch verehrt,
wurde von Landesherren
gepriesen und geehrt.
Weil man edle Wesenszüge,
Glücksgeschenke bei ihr sah,
sang auf sie sein Lob- und Preislied,
wer zum Loblied fähig war.
Es war zu dieser Zeit,
daß sie und ihr ami
vielerlei Vergnügen hatten,
Lust am Abend wie am Morgen,
denn keiner faßte irgendwie
Verdacht, hier dachte niemand
irgend etwas Böses,
denn schließlich war sie pausenlos
und überall in seiner Obhut
und lebte ganz nach ihren Wünschen.
Doch machte sie sich bald Gedanken

über ihre Lage, dachte nach:
Da niemand ihr Geheimnis
und die Betrugsmanöver
kannte, außer der Brangaine,
so bräuchte sie sich künftig keine Sorgen
um ihren guten Ruf zu machen,
wenn nur Brangaine nicht mehr wäre.
Sie hatte große Sorgen,
war sehr von Furcht erfüllt:
Falls Brangaine für den König
etwas Liebe empfinden sollte,
könnte sie ihn die Geschichte
ihrer Schande wissen lassen:
wie die sich ergeben hätte.
Die sorgenvolle Königin
zeigte in der Hinsicht klar,
daß man Skandal und Schande
mehr fürchtet noch als Gott.
Sie ließ zwei Knappen kommen,
beide aus dem Ausland England,
verlangte Ehrenwort und Eid
von ihnen, Eid und Ehrenwort.
Bei angedrohter Todesstrafe
befahl sie ihnen außerdem,
was immer sie von ihnen fordre,
das müßten sie erfüllen,
und dies vor allem: ganz geheim!
Und sie nannte ihren Auftrag.
Die auf Mord sann, sprach zu ihnen:
»Nehmt beide meinen Plan zur Kenntnis!
Ich schick ein Mädchen mit euch los;
nehmt es mit, reitet zu dritt
heimlich, und dies zügig,
zu irgendeinem Punkt im Wald
(das mag nun fern sein oder nah),
der euch dafür geeignet scheint,

wo keiner was zu suchen hat,
und schlagt ihr dort den Kopf ab.
Und merkt euch, was sie vorher sagt!
Was sie auch sagt, das meldet mir!
Und bringt mir ihre Zunge mit! –
Ich sag euch rechtsverbindlich zu
(wie immer ichs zustande bringe),
daß ich euch dann morgen schon
mit großer Prachtentfaltung
zu Rittern mache; ihr erhaltet
Lehensgüter, Schenkungen,
solange ich am Leben bin.«
Ein Kontrakt ward da geschlossen.

Isolde nahm Brangaine auf Seite.
»Brangaine«, sprach sie, »schau mich an:
seh ich nicht ganz elend aus?
Keine Ahnung, was mir fehlt...
Mein Kopf, der tut mir schrecklich weh...
Du mußt uns Heilkraut holen.
In diesem Zustand bleibt nur eins:
spezielle Mittel anzuwenden.
Sonst überstehe ich das nicht...«
  Brangaine, die getreue, sagte:
»Herrin, Euer Leiden
betrübt mich wirklich sehr.
So wartet denn nicht mehr!
Laßt mich zu der Stelle bringen,
an der ich das Spezielle finde,
das in Eurem Zustand hilft.«
»Schön! Hier sind zwei Knappen –
reit mit denen; sie führen dich.«
»Herrin, gerne, wird gemacht...«
Sie saß auf und ritt mit ihnen.
  Als sie jenen Wald erreichten,
in dem es wunschgemäß in Fülle

Kräuter, Pflanzen, Gräser gab,
da wollte sie vom Sattel.
Jedoch man führte sie noch weiter
in unbebautes, wüstes Land,
und als sie (fern vom offnen Land)
tief dort eingedrungen waren,
da packten sie die Noble,
die Edle, die Getreue,
drückten sie zu Boden nieder,
wenn auch mit Bedauern, Mitleid,
zückten beide ihre Schwerter.
Brangaines Schreck war derart groß,
daß sie hinsank auf dem Boden
und ziemlich lange liegenblieb.
Ihr bebten Herz und Glieder,
sie blickte voll Entsetzen hoch.
»Ihr Herren, Gnade!« sagte sie,
»Bei Gott, was habt ihr vor?!«
»Ihr sollt hier Euer Leben lassen.«
»Weh mir, weshalb? So sagt es mir!«
Einer fragte: »Was habt Ihr denn
der Königin bloß angetan?
Sie läßt Euch töten. Das geschieht nun.
Eure, unsre Herrin Isolde
hat Eure Tötung angeordnet!«
  Brangaine faltete die Hände,
sagte weinend: »Nein, ihr Herren,
im Namen Gottes, eurer Güte,
schiebt auf, was euch befohlen ist,
und laßt mich noch so lange leben,
daß ich euch Rede stehen kann.
Ihr habt mich dann ja rasch getötet...
Ihr sollt es meiner Herrin melden,
sollt selber wissen, daß ich nie
etwas gegen sie getan hab,
bei dem sich nur vermuten ließe,

daß ihr damit ein Leid geschähe,
es sei denn jene Bagatelle,
die hier wohl auszuschließen ist:
Als wir beide Irland verließen,
hatten wir beiden zwei Gewänder.
Die hatten wir uns ausgesucht
und sie uns auf die Seite gelegt,
getrennt von andrer Kleidung.
Dies brachten wir aus Irland mit:
zwei Hemden, weiß wie Schnee.
Als wir sodann die hohe See
erreicht, mit Kurs auf dieses Land,
da wurde ihr so sonnenheiß,
daß sie an jenen Tagen kaum
was anderes am Leib vertrug
als dieses eine Hemd,
das so weiß war und so rein.
Ihr wurde dieses Hemd sehr lieb.
Weil sie es dauernd trug,
war es bald ganz abgetragen,
und schmutzig war sein Weiß;
dagegen hatte ich das meine
in ein reines, weißes Schutztuch
eingeschlagen, und in einer Truhe
gut verstaut, für mich allein.
Als nun meine Herrin hier war,
sich den König zum Gemahl nahm,
und sie sollte bei ihm schlafen,
nun, da war ihr Hemd nicht mehr
so sauber, wie sich das gehörte,
wie sie das selber wollte.
Daß ich ihr zwar das meine lieh,
davor halt *kurz* mal zögerte,
mich nur *soweit* vor ihr vergaß –
es könnte sein, daß sie dies stört,
doch weiß es Gott, daß ich sonst nie,

zu keinem andren Zeitpunkt,
ihrem Wunsch, Befehl nicht nachkam.
Tut dies, in Gottes Namen:
grüßt sie so freundlich, wie es sich
gehört bei einer Zofe einer Herrin.
Und: möge Gott in Seiner Gnade
ihre Ehre und ihr Leben
behüten und beschützen.
Und: mein Tod sei ihr verziehn. –
Die Seele geb ich Gott anheim;
verfügt nun über meinen Körper.«
Da schauten sich die Männer
voller Mitleid an:
das bitterliche Weinen
der Unschuld weckte Mitgefühl.
Es gereute beide sehr,
ihnen tat es leid,
daß sie fest versprochen hatten,
diese Mordtat zu begehn.
Weil sie an ihr nichts fanden,
weiterhin nichts finden konnten,
das Meuchelmord begründet,
ihren Tod rechtfertigt hätte,
berieten sich die beiden,
und sie kamen überein:
was auch für sie daraus entstehe,
sie wollten sie am Leben lassen.
Sie banden die Getreue gleich
hoch droben fest in einem Baum
(bis zum Zeitpunkt ihrer Rückkehr),
damit die Wölfe sie nicht rissen,
und schnitten auf der Stelle
einem ihrer Vogelhunde
die Zunge raus und ritten fort.
Dann berichteten die beiden
der mordbegierigen Isolde,

sie hätten – wenn auch mit Bedauern
und Schmerz – Brangaine umgebracht;
sie versicherten darauf,
die Zunge hier, die wär von ihr.
Isolde fragte: »Sagt mir schon,
was erzählte euch das Mädchen?«
Von Anfang an erzählten sie,
was erzählt ward von Brangaine,
und verschwiegen nichts davon.
»Ja, hat sie weiter nichts erzählt?«
»Herrin, nein.« Isolde: »Hah,
oh Schreck, was hör ich da?!
Ihr verfluchten Meuchelmörder,
was habt ihr da bloß angestellt?!
Ihr beiden, ihr müßt hängen!«
»Großer Gott«, so riefen sie,
»was soll denn das jetzt heißen?!
Wir können uns nur wundern, Herrin!
Ihr habt uns unter großem Druck,
mit Flehn und Drohn soweit gebracht,
daß wir Brangaine totgemacht.«
»Wieso ist hier von *Flehn* die Rede?!
Ich hab euch meine Dienerin
dem Schutz, der Obhut anempfohlen,
sie auf dem Weg dorthin zu schützen,
wo sie mir etwas holen sollte,
das mir in meinem Zustand hilft.
Gebt sie mir nur ja zurück!
Sonst wird es euch das Leben kosten!
Ihr verfluchten Meuchelnattern
werdet beide aufgeknüpft!
Nein, verbrannt auf *einem* Rost!«
»Wahrhaftig, Herrin«, sagten beide,
»Euer Herz und Euer Gemüt,
die sind nicht redlich, sind nicht ehrlich,
Ihr redet mit gespaltner Zunge!

Herrin, schiebt die Untat auf.
Bevor wir unser Leben lassen,
bringen wir sie Euch zurück,
und zwar gesund und munter.«
Isolde sagte gleich,
heiße Tränen weinend:
»Nun lügt mir nichts mehr vor!
Lebt Brangaine? Ist sie tot?«
»Sie lebt noch, unbegreifliche Isolde.«
»Ah, so bringt sie her zu mir,
mit der Aussicht, daß ich dann
erfülle, was ich euch versprach.«
»Herrin Isolde, wird gemacht!«
Einer mußte bei ihr bleiben.
Der andre ritt sogleich dorthin
zurück, wo man Brangaine ließ,
brachte sie zur Herrin Isolde.
Als sie vor Isolde trat,
nahm diese sie in ihre Arme,
gab ihr einen Kuß, nein, viele
auf die Wangen, auf die Lippen.
Den beiden reichte sie als Sold
etwa zehn Pfund Barren-Gold,
mit der Bedingung, diesen Vorfall
beiderseits geheimzuhalten.

Seit die Königin Isolde
Brangaine in der Todesnot
als zuverlässig und verläßlich
befunden hatte, im Gemüt
als redlich und als ehrlich
und sie im Feuertiegel
wie das Gold gefeint,
seither waren diese beiden
in den Herzen, in den Köpfen
Freundinnen von solcher Treue,

daß es zwischen ihnen beiden
keine Differenzen gab:
eine freute sich des Herzens,
des Gemüts der anderen.
Brangaine, sie gehörte fest zum Hof,
der Hof war voll des Lobes über sie;
sie war mit jedermann gut Freund,
keiner ließ sie gallig werden,
nicht äußerlich, nicht innerlich;
sie war Beraterin und Beistand
des Königs und der Königin –
nichts von dem entging Brangaine,
was im Privatbereich geschah;
in ihren Diensten für Isolde
war sie ständig sehr bemüht;
sie diente ihr, wie sie das wünschte
in Blick auf Tristan, den ami.
Das machten sie so sehr diskret,
daß dabei kein einziger
irgendwelchen Argwohn schöpfte;
ihr Verhalten, Sprechen, ihr Erzählen
und was sonst von ihnen kam,
das wurde weiter nicht beachtet,
niemand hegte hier Verdacht.
Sie fühlten sich so gut, so wohl,
wie das zwei Liebenden gebührt,
denen Ort und Zeit der Treffen
Wunsch und Willen ganz entsprechen.
Zu jeder Zeit, auf jede Weise
waren sie ami, amie
im Jagdrevier der Liebe.
Sie fingen oft bei Tage an,
sich offnen Auges zu verstricken
mit ihren liebevollen Blicken –
unter Leuten, in der Menge,
wo die Blicke Zeichen geben,

ja ganze Dialoge sind,
in denen die geliebte Liebe
volle Übereinkunft findet.
Das trieben sie so Tag und Nacht
und kamen doch nicht in Gefahr.
Im Gehen, Sitzen und im Stehen
waren beide im Verhalten
wie in ihren Äußerungen
offenherzig, frank und frei.
Sie fingen an, in den Gesprächs-Stoff,
den sie gekonnt verfertigten,
bisweilen, unterweilen
Klebwort-Fäden einzuschießen;
man sah im Sprechgewebe oft
den Fadenleim der Liebesworte –
wie Fadengold in Seidenborte.
Doch niemand kam auf den Gedanken,
die Wörter und die Handlungen
könnten gar von Liebe zeugen –
höchstens von Verwandtschaft,
von der man wußte, daß sie nah war
zwischen Marke und dem Neffen.
Damit verhökerten sie viel,
sahnten ab für Liebesspiel,
damit trickste ihre Liebe
das Urteil vieler Herzen aus,
von denen keins erkennen konnte,
welcher Art die Liebe war.
Die war bei ihnen völlig klar!
Ihr beider Geist, der zwei Gemüt,
sie waren stets nur eins und eins,
ja und ja, nein und nein.
Ja und nein, nein und ja,
das gab es dort ganz einfach nicht:
beide waren sie in *beiden*,
alles war in ihnen *eins*.

So verbrachten diese zwei
ihre Zeit sehr angenehm,
einmal so und einmal so:
manchmal waren sie sehr froh,
manchmal auch verstimmt –
so wills bei Liebenden die Liebe.
Die braut in ihren Herzen
zum Schmerz das Wohlbefinden,
zur Freude Kummer und auch Leid.
Wenn sich für Tristan, seine Dame
Isolde in den Liebesdingen
Gelegenheit nicht finden ließ,
so hieß das: Leid. Ob so, ob so,
sie waren traurig, waren froh.
Auch ihnen blieb es nicht erspart,
daß zuweilen Streit entstand –
ich meine: Streiten ohne Feindschaft.
Bringt nun freilich jemand vor,
Streit sei doch nicht angebracht
bei einem Paar, das sich so liebt,
so bin ich hier, im Ernst, ganz sicher,
daß der nicht *wahre Liebe* fand.
Denn dies ist üblich bei der LIEBE,
so erhitzt sie Liebende,
so entflammt sich ihr Gemüt.
Wenn der Streit sie heftig schmerzt,
so stiftet Treue eben Frieden,
und die Liebe wird wie neu,
und die Treue festigt sich.
Wie jedoch ihr Streit beginnt,
sie sich versöhnen ohne Helfer,
das habt ihr oft genug gehört.
Liebende, die häufig
jeweils nah beisammen sind,
die fassen leichthin den Verdacht,
jemand werde *mehr* geliebt

und stehe näher als man selbst,
und machen aus dem kleinsten Verdacht
eine Riesen-Streit-Geschichte,
und aus einem kleinen Kummer
eine herrliche Versöhnung.
So was muß durchaus geschehn,
das soll man ihnen zugestehn,
dadurch soll die Liebe wachsen,
sich verjüngen, sich erneuern,
soll treue Liebe neu entflammen;
Liebe, sie wird arm und alt,
kühlt ab, wird kalt,
sofern ihr dieses Feuer fehlt;
sobald sich Streit bei ihr verflüchtigt,
wird sie nicht mehr grün.
Sooft es unter Liebenden
zu irgendeinem Streitlein kommt,
stiftet frische, immerjunge Treue
jedesmal den Frieden;
dies erneuert treue Liebe,
dies läutert Liebe wie das Gold.

So verbrachten Tristan und Isolde
ihre Zeit mit Freud und Leid;
es war bei ihnen Leid wie Freud
(sprich: Freude ohne Leid der Herzen)
in einem hohen Maß belebt.
Die beiden hatten bisher nie
Herzeleid und auch noch nicht
ein Unglück von der Art erlebt,
das einem tief ins Herz dringt.
Sie verschwiegen ihr Verhältnis
und hielten ihr Geheimnis
sorgsam und besorgt geheim,
und setzten das noch lang so fort.
Sie waren beide hochgestimmt,

sie waren ganz von Herzen froh.
Isolde, als die Königin,
sie war zu dieser Zeit beliebt
bei Herren ihres Landes,
und Tristan war sogar
Gesprächsstoff bei den Herrn im Lande:
er war bekannt, war ein Begriff,
war im gesamten Königreich
gefürchtet, dies erstaunlich.
Tristan war gut aufgelegt!
Mit kriegerischen Ritterkämpfen
verbrachte er sehr viele Stunden;
seine Tage in der Muße
füllte er mit Beizjagd aus;
er ritt zur Pirsch, zur Hatz,
sobald der Zeitpunkt sich ergab.

In diesem Zeitraum kam ein Schiff
nach Cornwall, in den Hafen Markes.
Es ritt ein Ritter raus und runter,
ein edler irischer Baron;
sein Name war Gandin,
der war höfisch, prächtig, mächtig,
die Erscheinung derart männlich,
daß von seinen Heldentaten
das gesamte Irland schwärmte.
Er ritt in Kleidung voller Pracht,
mit ritterlicher Prachtentfaltung,
im Stil des ritterlichen Herrn
allein hinauf zu Markes Burg,
ohne Schild und ohne Lanze.
Er trug auf seinem Rücken
eine kleine Harfenzither,
die mit Gold und Edelsteinen
verschönt war und verziert:
sie war perfekt cordiert.

Sobald er abgesessen war,
schritt er in den Palas,
grüßte, wie es sich gehörte,
Marke und Isolde.
Ihr ami und Kavalier
war er in gewisser Weise
zu gewisser Zeit gewesen,
und er war nur wegen ihr
von Irland hergereist nach Cornwall.
Sie erkannte ihn sofort:
»Dieu vous salue, Monsieur Gandin!«
sprach gewandt die Königin.
Gandin: »Merci, ma belle Isolde,
schön und schöner noch als Gold
in den Augen von Gandin...!«
Isolde teilte nun dem König
flüsternd mit, wer der hier sei.
Es erschien dem König albern,
er war darüber sehr verwundert,
daß er die Zither *hinten* trug.
Das war für alle recht befremdlich;
alle, ohne Unterschied,
nahmen lebhaft Notiz davon.
Dennoch, Marke gab sich Mühe,
ihm die Ehre zu erweisen,
dies mit Blick auf eigne Ehre,
und auf Bitten von Isolde –
sie bat ihn wiederholt mit Nachdruck,
ihm die Ehre zu erweisen,
er komme doch aus ihrem Land...
Der König ließ sich nicht lang bitten,
bot ihm sogleich den Platz
an seiner Seite an und fragte
dies und das zu Landesherren,
zu Damen und zum Leben am Hof.
Als das Essen nun bereitstand,

die Gefolgschaft sich die Hände wusch
und man auch ihm das Wasser reichte,
da wurde er von allen Seiten
gebeten, seine Harfenzither
abzunehmen, abzulegen –
er ließ sich nicht dazu bewegen.
Der König und die Königin,
sie ließen es dabei bewenden,
doch sie empfanden das als reichlich
ungehörig, ungereimt.
Doch damit war es nicht genug:
man begann dies, insgeheim,
zu belächeln, zu verspotten.
Der Ritter mit der Harfenzither,
der Herr in Schimpf und Schande,
er achtete darauf nicht weiter,
er hatte an des Königs Seite
Platz genommen, um zu essen;
er trank und aß, wies ihm gefiel.
    Als man die Tische rausgetragen,
erhob er sich, entfernte sich,
setzte sich zu Markes Herren.
Die unterhielten sich mit ihm
und waren angestrengt bemüht,
ihm Hofgeschichten zu erzählen.
    Der König, höfisch nobel,
Marke, reich an Trefflichkeit,
er bat ihn öffentlich – falls er
die Harfenzither spielen könne –
es ihnen allen zu vergönnen,
seinem Spiel zu lauschen.
Der Gast sprach: »Herr, ich mag nicht.
Es sei denn, daß ich weiß, wofür.«
»Herr, wie ist das zu verstehn? –
Wollt Ihr etwas, das ich habe,
es steht Euch alles zur Verfügung.

Gebt uns Proben Eurer Kunst
und Ihr bekommt, was Ihr Euch wünscht.«
Der Ire sagte: »Abgemacht!«
Und spielte eine Melodie,
die ihnen allen schmeichelte.
Der König bat ihn denn sogleich,
noch eine weitere zu spielen.
Der Betrüger lachte auf –
doch lautlos und in sich hinein.
Er sprach: »Mich bringt der Lohn dazu,
für Euch zu spielen, was ich soll.«
Und spielte diesmal doppelt gut.
Als das zweite Stück gespielt war,
trat der Ire vor den König,
in der Hand die Harfenzither.
»Herr, nun denkt daran,
was Ihr mir versprochen habt.«
»Selbstverständlich«, sprach der König.
»Sagt mir schon, was wollt Ihr haben?«
»Isolde!« sprach er. »Gebt sie mir!«
»Das geht auf keinen Fall, mein Freund!
Alles, was Ihr außer ihr
verlangt, es steht Euch zur Verfügung.«
»Glaubt mir, Herr«, so sprach Gandin,
»ich will weder groß noch klein,
ich will Isolde, sie allein!«
»Wahrhaftig, das geht wirklich nicht!«
»Herr, Ihr haltet also nicht,
was Ihr versprochen habt?
Spricht sich erst einmal herum,
daß Euer Wort nichts gilt,
so könnt Ihr, von dem Zeitpunkt an,
in keinem Land mehr König sein.
Laßt Euch das Königsrecht verlesen;
findet Ihr dies nicht bestätigt,
so geb ich meinen Anspruch auf.

Wenn Ihr, wenn irgendwer behauptet,
Ihr hättet nichts versprochen, nun,
so setz ich meinen Anspruch durch
gegen Euch und Unbekannt!
Wie auch der Hof mein Urteil spricht:
ich stehe voll und ganz
für einen Rechtskampf zur Verfügung,
sofern mein Anspruch nicht erfüllt wird!
Ihr selber oder sonstwer,
man reit mit mir auf einen Kampfplatz –
ich will bei dem Termin beweisen,
daß *mir* die schöne Isolde gehört!«
Der König schaute hin und her,
hielt Ausschau ringsumher,
ob er einen finden könnte,
der dem die Stirn zu bieten wagte,
doch war da keiner, der sein Leben
bereit war, auf das Spiel zu setzen;
auch Marke selber wollte
nicht um Isolde kämpfen,
denn Gandin war derart kräftig,
derart männlich, derart mutig –
es setzte sich hier *keiner* ein.
Monsieur Tristan war indessen
in den Wald zur Pirsch geritten;
kaum hatte er sich auf den Rückweg
vom Wald zum Hof begeben,
da erfuhr er unterwegs
die schlimme Neuigkeit, man hätte
Gandin Isolde ausgeliefert.
Dies traf zu: sie wars tatsächlich!
Es hat Gandin die schöne Frau
(die herzzerreißend weinende,
mit allen Zeichen der Verzweiflung)
vom Hof zum Landeplatz geführt;
man hatte ihm auf diesem Platz

ein großes tente errichtet,
das prächtig war, so recht für Herren.
Dort ging er mit der Königin hinein,
um drinnen sitzend abzuwarten,
bis die nächste Flut erfolge
und das Schiff dann wieder
flott sei und flottiere –
es lag fest auf Sand und Kies.

Als Tristan nun nach Hause kam,
und Näheres zu diesem Vorfall
mit der Harfenzither hörte,
schwang er sich sogleich aufs Roß,
nahm seine Harfe in die Hand,
kam sehr bald schon, im Galopp,
in der Hafengegend an.
Dort schwenkte er, berechnend, ab
zu einem Busch, band dort sein Roß
mit Sorgfalt fest an einem Ast
und hängte noch sein Schwert dazu.
Mit seiner Harfe lief er los
erreichte bald das große tente,
und sah tatsächlich beim baron
die betrübte Ärmste,
die weinende Isolde sitzen,
ein Arm um sie gelegt.
Gandin sprach tröstend auf sie ein,
doch half das herzlich wenig –
bis sie diesen einen Mann
mit seiner Harfe sah …!
Gandin begrüßte ihn wie folgt:
»Dieu te garde, beau harpiste!«
»Merci, gentil chevalier!
Herr, ich bin«, so sprach er weiter,
»so schnell wie möglich hergerannt.
Man teilte mir soeben mit,

daß Ihr aus Irland kommt.
Herr, ich komme auch von dort.
Bei Eurer Ehre, nehmt mich bitte
wieder mit, zurück nach Irland!«
Der aus Irland sagte gleich:
»Ich versprech es dir, mein Freund.
Nun setz dich hin, spiel mir was vor.
Gelingt es dir, Madame zu trösten,
und hört sie mit dem Weinen auf,
so schenk ich dir das schönste
Kleidungsstück aus diesem tente.«
»Herr, abgemacht!«, so sagte Tristan.
»Falls der Kummer nicht so groß ist,
daß kein Mann durch Musizieren
ihre Tränen trocknen kann,
so bin ich voller Zuversicht
daß sie sich wieder fassen wird.«
Und er begann zu musizieren,
spielte denn auf seiner Harfe
eine schöne Melodie,
die sich Isolde in das Herz stahl,
die ihr Denken so durchschwang,
daß sie das Weinen ließ und nur
an *einen* dachte: den ami.
Als die Melodie gespielt war,
war bereits die Flut gekommen,
und das Schiff war wieder flott.
Die Besatzung rief sogleich
vom Schiff herunter an den Strand:
»Herr, Herr, nun kommt an Bord!
Denn taucht Monsieur auf, Tristan,
und Ihr seid dann noch an Land,
so wirds uns schlecht ergehn!
Dieses Land und dessen Herren,
sie sind fest in seiner Hand!
Vor allem ist er selbst, so hört man,

von einem derart großen Mut,
ist derart tapfer, derart kühn,
daß er Euch leichthin schaden kann!«
Die Worte kränkten den Gandin,
und er rief, höchst ungehalten:
»Soll mich doch der Teufel holen,
wenn ich aus diesem Grund so früh,
so schnell an Bord des Schiffes geh!
Lieber Freund, nun spiel mir erst mal
die Melodie des Dido-Liedes.
Du spielst die Harfe derart gut,
daß ich dies belohnen werde.
Spiel schön Harfe, für Madame!
Mein Lohn dafür: ich nehme dich
von hier aus mit, und zwar mit ihr.
Zudem erhältst du auf der Stelle
das dir versprochne Kleidungsstück,
das allerbeste, das ich habe.«
»Herr, abgemacht«, so sagte Tristan.
Der ›Spielmann‹ setzte wieder an;
er begann auf seiner Harfe
noch einmal richtig schön zu spielen,
so daß Gandin ihm sein Gehör
sehr gern und willig schenkte;
auch sah er deutlich, daß Isolde
vom Harfen hingerissen war.
Sobald die Melodie gespielt war,
wollte er, Gandin,
die Königin zum Schiff geleiten,
doch war bereits die Strömung, Flut
vor dem Schiffsdeck so gestiegen,
da wäre man zu diesem Zeitpunkt
nur mit einem hohen Roß
ans Deck des Schiffs herangekommen.
Gandin: »Was machen wir jetzt bloß?!
Wie kommt Madame aufs Schiff?«

»Schaut, Herr«, sprach der ›Spielmann‹,
»weil ich völlig sicher bin,
daß Ihr mich mitnehmt auf die Reise,
laß ich nichts von dem zurück,
was ich besitze, hier in Cornwall.
Ich hab ein Streitroß in der Nähe,
ich schätze, es ist hoch genug,
daß ich Madame, sprich: Eure Freundin,
auf derart sichre Weise
bis zum Schiffsdeck bringen kann,
daß das Meer sie nicht berührt.«
»Lieber Spielmann«, rief Gandin,
»mach schon, führ dein Streitroß her!
Kriegst auch gleich dein Kleidungsstück!«
Tristan holte schnell sein Roß,
und sobald er wieder da war,
schwang er die Harfe auf den Rücken.
»Nun, Herr aus Irland«, sagte er,
»reicht mir Madame herauf.
Ich bringe sie, vor mir, an Bord.«
»Nein, Spielmann«, rief Gandin,
»du darfst sie nicht berühren,
ich will sie selber rüberführen.«
»Ach, Herr«, so sprach die schöne Isolde,
»daß er mich nicht berühren darf,
das kann hier wohl kein Thema sein!
Macht Euch in diesem Punkt nichts vor:
wenn mich nicht der Spielmann bringt,
geh ich auf keinen Fall an Bord.«
Da reichte ihm Gandin Isolde.
»Gib acht auf sie, mein Freund,
überbring sie rücksichtsvoll,
mein Lohn wird dir stets sicher sein.«
Sobald Isolde vor ihm saß,
galoppierte er ein Stückchen
von ihm weg. Gandin, dies sehend,

rief ihm ungehalten nach:
»Heda, Narr, was soll das heißen?!«
»Aber nicht doch ... Narr Gandin!
Ihr *selber* steht nun da als Narr!
Was Ihr mit Harfenzither-Spiel
dem König Marke abgeluchst,
das hol ich mit der Harfe heim!
Betrüger, seid nun selbst betrogen!
Tristan hat Euch nachgestellt,
bis er Euch überlistet hat.
Hübsche ›Kleidung‹ schenkt Ihr, Freund!
Ich habe hier das beste ›Stück‹,
das im Zelt zu finden war!«

Tristan ritt auf seiner Straße.
Gandin war über alle Maßen
traurig, voller Trauer;
die Scham der Niederlage
schmerzte ihn zutiefst.
Mit seiner Scham, mit seinem Leid
fuhr er nach Hause, auf dem Meer.
Die beiden Weggefährten,
Tristan und Isolde, kehrten heim.
Ob sie unterwegs, ganz unter sich,
sich ein Vergnügen gönnten,
auf einer Blumenwiese rastend,
darüber spekulier ich nicht;
was *mich* betrifft, verzichte ich
auf Vermutung und Verdacht...
Tristan brachte dann Isolde
zurück zu seinem Onkel Marke,
und heftig wies er ihn zurecht:
»Herr«, so rief er aus, »bei Gott,
wo Ihr die Königin so liebt,
da war es heller Wahnsinn,
sie – mir nichts, dir nichts – wegzugeben

für Zither- wie für Harfenspiel!
Die hohe Welt, sie darf hier spotten!
Wo war je eine Königin
zu haben für ein Zitherspiel!?
Seht Euch künftig besser vor,
paßt mehr auf meine Herrin auf!«

Meriadoc, der mit Tristan den Raum teilt, entdeckt eines Nachts, daß Tristan in der Kemenate, im Bett der Königin ist. Er teilt dem König mit, am Hofe kursiere über Tristan und Isolde ein Gerücht, das Ehe und Ehre des Königs ernstlich berühre. Marke will die Wahrheit herausfinden, scheut vor der Wahrheit zurück. Dennoch, er stellt der Königin eine Falle: Wenn er zu einer Wallfahrt das Land verläßt, wer soll ihn dann vertreten? Sie schlägt, allzu spontan, Tristan vor. Brangaine schlägt eine Gegenlist vor, ihr folgt eine neue List, auf diese eine neue Gegenlist, doch alle Schachzüge führen zum Patt. Nun wird ein Zwerg ins Spiel gebracht; Melot soll das Paar bespitzeln.

Der Zwerg wird fündig. Tristan wird von den Damen ferngehalten. Brangaine muß wieder helfen. Sie rät zum Trick mit den Olivenbaumspänen: mit den eingeritzten Initialen T und I schwimmen sie in einem kleinen Bach vor die Kemenate, und Isolde wird kommen. Eine Woche lang trifft sich das Liebespaar täglich. Melot entdeckt wieder Verdächtiges, biedert sich scheinheilig bei Tristan an, wird von ihm harsch abgewiesen. Da holt er den König, der auf Jagd ist. König Marke und Zwerg Melot klettern im Garten in die Krone eines Olivenbaums. Nachts erscheint dort Tristan, sieht aber im Mondschein die beiden Schatten. Isolde, durch seine ungewohnte Zurückhaltung gewarnt, erkennt die Falle. Beide halten Reden, die den König von ihrer Unschuld überzeugen. Versöhnung. Fortgesetzter Ehebruch.

Das Ansehn Tristans und sein Ruhm,
sie florierten nun verstärkt
am Hof und bei den Herrn des Landes;
man feierte bei Tristan

den Verstand, die Fähigkeiten.
Tristan und die Königin,
sie waren wieder munter, froh,
und mit vereinten Kräften
schenkten sie einander Lust.
Tristan hatte seinerzeit
einen compagnon,
der war ein nobler baron,
war des Königs höchster Truchseß
(er wies den Herren Plätze an);
sein Name: Meriadoc.
Der pflegte ebenfalls mit Tristan
Freundschaft, gutes Einvernehmen
im Hinblick auf die schöne Herrin,
der er heimlich zugeneigt war –
wie viele Männer vielen Damen,
die das kaum zur Kenntnis nehmen.
Tristan und der Truchseß,
die beiden teilten sich
redlich eine Unterkunft
und waren gern beisammen.
Weil Tristan schön erzählen konnte,
war beim Truchseß längst Gewohnheit,
des Nachts so nah bei ihm zu liegen,
daß das Plaudern einfach war.
Eines Nachts geschah nun dies:
er hatte in Gesellschaft Tristans
viel und vielerlei
geplaudert und erzählt
und war darüber eingeschlafen.
Tristan, Mann der Liebe,
stahl sich diskret davon
zu seinem Äse-Platz;
das brachte reichlich Herzeleid
für ihn und für die Königin.
Weil er sich völlig sicher fühlte

und glaubte, nicht verbellt zu werden,
hatte ihm die Unglücksgöttin
Schlingen, Spürhund, Hatz
auf jene Fährte angesetzt,
die er manchmal zu Isolde
hochgestimmt gegangen war.
Der Weg war diese Nacht beschneit.
Auch schien zu dieser Zeit
der Mond sehr klar und hell.
Tristan fühlte sich nicht weiter
bespäht und nachgestellt,
völlig unbekümmert ging er
dorthin, wo ihm ein Stelldichein
angesetzt war, anberaumt.
Kaum war er in der Kemenate,
nahm Brangaine sich ein Schachbrett,
lehnte es vors Licht.
Sie ließ die Türe offenstehn
(wie konnte sie das nur vergessen!),
als sie wieder schlafen ging.
Während alles dies geschah,
sah der Truchseß Meriadoc
im Schlaf, in seinem Traum
den *Eber* aus dem Walde laufen.
Fürchterlich und furchterweckend
rannte er zum Hof des Königs,
schäumend und die Hauer wetzend,
und er attackierte heftig
alles, was er dort erblickte.
Sogleich kam eine große Menge
von Hofgefolgschaft angerannt,
und viele Ritter liefen
um den Eber, rund herum,
jedoch war keiner unter ihnen,
der ihm zu widerstehen wagte.
Der Eber raste mit Geschnaube

durch die Räume des Palasts.
Wo Markes eignes Zimmer war,
durchbrach er gleich die Türen,
und was als Bett des Königs galt,
das stieß er auseinander,
befleckte mit dem Geifer
das Bett und alles Bettzeug,
das dem Königsbett gebührte.
Dies sahen alle Männer Markes
und blieben dennoch tatenlos.

Sobald nun Meriadoc erwachte,
holte er den Traum ins Herz,
denn er quälte ihn doch sehr.
So rief er gleich nach Tristan,
denn er wollte ihm berichten,
was er im Traum gesehen hatte,
jedoch, es gab ihm keiner Antwort.
Nun rief er wieder, wiederholt,
und faßte mit der Hand hinüber,
doch als er hier ins Leere griff
und im Bett auch keinen fand,
da faßte er sofort Verdacht
auf Heimlichkeit beim Stelldichein.
Freilich, vom Geheimnis
in Hinblick auf die Königin
hatte er noch keine Ahnung –
kein Verdacht in dieser Richtung...
Doch ansonsten packte ihn
ein Zörnchen, unter Freunden –
denn war er Tristan nicht sehr lieb?
Und trotzdem hatte der ihn nicht
eingeweiht in sein Geheimnis...
   Meriadoc erhob sich gleich
und legte sich die Kleidung an.
Langsam ging er dann zur Tür

und schaute zu ihr raus
und sah vor ihr die Fährte Tristans.
Er folgte nun sogleich der Spur
weiter durch ein Obstgärtlein;
dann führte ihn der Mondenschein
über Gras und über Schnee
(wo der zuvor gegangen war)
bis zur Tür der Kemenate.
Dort hielt er ein: Befürchtungen…
Und ihm mißfiel sofort,
daß er die Tür so offen fand.
Er vollzog nun in Gedanken
lange Tristans Ausflug nach,
erwog das Schlimme wie das Gute,
und es kam ihm in den Sinn,
Tristan wäre wegen einer
jungen Dame hergekommen.
Doch *der* Verdacht war rasch zerstreut,
und er schöpfte den Verdacht,
er wär dort drinnen wegen
der Königin! Der Verdacht
verließ ihn, kam erneut zurück.
Schließlich machte er sich Mut
und ging sehr leise in den Raum,
sah keinen Mondschein, sah kein Licht,
denn von der Kerze, die dort brannte,
sah er so gut wie nichts:
es war das Schachbrett vorgelehnt.
So ging er immer weiter rein,
und tastete mit beiden Händen
an Mauern und an Wänden,
bis er zum Bett der beiden kam;
als er hörte, was sie trieben,
begriff er gleich den Stand der Dinge.
Dies schmerzte ihn zutiefst
und tat ihm weh in seinem Herzen,

verspürte er – bisher – doch stets
Neigung, Liebe zu Isolde,
und nun war alles jäh durchschossen
von einem Faden Schmerz und Haß.
Er empfand nun für Isolde
Haß wie Schmerz und Schmerz wie Haß –
ihn quälte dies, ihn quälte das.
Er fand noch keine klare Richtung,
wie er in diesem Fall
auf eine Weise handeln könnte,
die schicklich wäre, wirkungsvoll.
Ihn reizten Schmerz und Haß
zur groben Ungehörigkeit,
ihr Verhältnis aufzudecken,
es überall publik zu machen!
Doch hier kam Tristan in die Quere,
das heißt, die Furcht, die er vor ihm
haben müßte, wenn er Tristan
auch nur ein *bißchen* reizte!
Er kehrte um und ging zurück.
Als ein tief betroffner Mann
legte er sich wieder hin.
Bald darauf kam Tristan wieder;
er sank ganz sachte auf sein Bett.
Und schwieg. Es schwieg der andre.
Beide sprachen nicht ein Wort –
das war bisher fast nie geschehn,
das waren sie noch nicht gewohnt.
Dies Verhalten, so befremdlich,
ließ Tristan deutlich spüren,
daß im Kopf des anderen
ein Verdacht entstanden war;
von nun an unterzog er,
was er sprach und was er tat,
einer strengeren Kontrolle,
als er dies zuvor getan.

Freilich war es schon zu spät:
sein Verhältnis war entdeckt,
sein Geheimnis war bekannt.

Meriadoc, voll Eifersucht,
nahm diskret den König auf Seite
und sagte ihm, daß hier am Hof
über Tristan und Isolde
ein Gerücht entstanden sei,
das den Herren dieses Landes
ganz und gar mißfiele;
er mög die Augen offenhalten
und sich dabei beraten lassen,
was in diesem Fall zu tun sei;
seine Ehe, seine Ehre
würden hier im Ernst gefährdet.
Er teilte ihm jedoch nicht mit,
daß er den wahren Tatbestand
bereits mit voller Klarheit kannte.
Der gütigste und loyalste
Marke mit dem schlichten Gemüt,
der war hier überaus erstaunt,
es wollte ihm nicht in den Kopf,
daß ihm künftig der Polarstern
seiner Freude, sprich: Isolde,
wegen irgendeines Fehltritts
verdächtig werden sollte.
Dennoch ließ es sein Gemüt
leiden und bedrückte es.
Und unablässig, unaufhörlich
war er in steter Wachsamkeit,
um bei ihnen rauszufinden,
was sie überführen könnte.
Was sie sagten, was sie taten,
das registrierte er genau,
doch konnte er bei ihnen nichts

entdecken, was Beweiskraft hatte,
denn Tristan hatte der Isolde
berichtet vom Verdacht des Truchseß
und ihr Vorsicht anempfohlen.
Doch Marke wollte Klarheit finden,
tat dies rigide, rigoros,
gab auf sie acht bei Tag und Nacht.
Eines Nachts, als er mit ihr
geschlafen hatte, führten sie
in buntem Wechsel ein Gespräch,
und dabei legte, stellte er
listig eine Schlinge
für die Königin – und wirklich
fing er sie in ihr!
»Nun, Herrin«, sprach er, »sagt,
wie denkt Ihr, was empfehlt Ihr?
Ich werde, schon in kurzer Zeit,
eine Wallfahrt unternehmen,
und dieser Ritt kann lange dauern.
In wessen Obhut, wessen Schutz
wollt Ihr in diesem Zeitraum sein?«
»Gott behüte – was Ihr sagt,
hat wohl einen tiefren Grund…!
In wessen Obhut wär ich besser
(auch die Herrn in Eurem Land)
als in Eures Neffen Hand,
der gut für uns zu sorgen weiß?
Herr Tristan, Eurer Schwester Sohn,
der ist mutig und ist klug,
zeigt auf jede Weise Umsicht.«
Diese Antwort ließ in Marke
begründeten Verdacht aufsteigen –
sie gefiel ihm überhaupt nicht!
Er legte Fallen für sie an
und Meuten-Stände für die Hatz –
er verstärkte seine Aufsicht.

Und berichtete dem Truchseß,
was er herausgefunden hatte.
Der Truchseß gab zur Antwort:
»Wahrhaftig, Herr, so ist es!
Ihr könnt daraus nun selber schließen,
daß sie die Leidenschaft für ihn
nicht mehr zu verbergen weiß!
Drum ist es eine große Dummheit,
daß Ihr ihn in der Nähe duldet.
Sind Euch die Frau, die Ehre lieb,
so schickt ihn endlich fort!«
Dies bedrückte Marke sehr.
Der Zweifel, der Verdacht,
der seinem Neffen gelten sollte,
der quälte ihn zu Tode, ständig,
obwohl er ihn noch nicht ertappen
und von einem Fehltritt nichts
in Erfahrung bringen konnte.

Die überlistete Isolde
war erleichtert. Fröhlich lachend,
ja in schierem Überschwang
erzählte sie Brangaine
von der Wallfahrt des Gemahls
und erst recht von seiner Frage,
wen sie als Beschützer wähle.
Brangaine: »Meine liebe Herrin,
belügt mich nicht, sagt mir, bei Gott:
Wen habt Ihr da verlangt?!«
Isolde sagte ihr die Wahrheit,
genau wie alles abgesprochen.
»Ah, Naivling!« rief Brangaine.
»Weshalb nur habt Ihr das gesagt?!
Was hier ausgehandelt wurde
– das hört man doch –, ist eine Falle!
Ich weiß genau, daß die Methode

vom Truchseß ausgetüftelt wurde.
Sie horchen Euch damit nur aus!
Paßt in Zukunft besser auf!
Fängt er noch einmal damit an,
verfahrt, wie ich Euch instruiere,
und sagt dann: So und so ...«
Sie instruierte ihre Herrin,
was die rechte Antwort wäre
auf solche List und Tücke.

Marke hatte währenddes
an einem Leid, das doppelt war,
schwer zu tragen, und dies ständig:
es ließen ihn der Zweifel
leiden, der Verdacht,
den er hegte, hegen mußte.
Er hatte seine Herzensliebe,
Isolde, dringend im Verdacht;
Zweifel hegte er an Tristan,
an dem er doch kein Zeichen
des Betrugs entdecken konnte,
des Bruches mit der Treuepflicht.
Tristan, sein Freund, Isolde, seine Freude,
sie waren nun sein größtes Leid,
bedrückten ihm Verstand und Herz.
Auf sie und ihn fiel sein Verdacht,
er hegte Zweifel an den beiden;
diesem Leide, so ver*beidet*,
ward er gerecht in einer Art,
in der es Der Gerechte will.
Wenn er nämlich mit Isolde
Liebe machen wollte,
kam ihm der Verdacht dazwischen;
dem wollte er dann jeweils nachgehn,
um Gewißheit zu erlangen;
doch weil die ihm versagt blieb,

tat ihm wieder Zweifel weh,
und alles war wie eh und je.

Was, freilich, geht der Liebe näher
als Zweifel und Verdacht?
Was beklemmt so sehr wie Zweifel
das Gemüt des Liebenden?
Er weiß dann nicht, wohin mit sich!
Sobald er von gewissem Fehltritt
erfährt mit eignen Ohren, Augen,
so könnte er durchaus beschwören,
er sei auf sichrem Boden,
doch wird so was im Handumdrehn
wieder aufgehoben, wenn
der Liebende nun etwas merkt,
das ihn zurück zum Zweifel bringt,
was ihn dann wieder irreführt.
Auch wenn es alle Welt so hält,
so mangelt es hier sehr an Klugheit,
ja, ist schon große Narretei,
sofern man an der Liebe zweifelt.
Keiner fühlt sich wohl beim Liebsten,
an dem er Zweifel hegen muß.
Doch ist es ganz und gar verfehlt,
wenn man Zweifel und Verdacht
zur Gewißheit bringen will.
Denn sobald man das erreicht,
daß aus Zweifel Wahrheit wird,
so wird gleich der Beweis: die Wahrheit,
nach der man vorher eifrig pirschte,
zur Herzensqual, die größer ist
als alle andren Herzensqualen!
Die beiden Qualen vorher,
auch wenn sie das Gemüt bedrückten,
sie werden einem leicht erscheinen!
Wenn man sie wieder haben könnte,

nähm man Verdacht und Zweifel hin,
um den wahren Tatbestand
nie mehr wieder aufzudecken.
So bringt das Übel nichts als Übel,
bis das noch Schlimmere geschieht,
und wenn dies dann noch schlimmer wirkt,
scheint gut, was vorher übel schien.
Wie schwer auch Zweifel auf der Liebe lastet,
er wird ihr nie so sehr zur Last,
daß er nicht leichter zu ertragen wäre
als Haß aus dem Beweis der Wahrheit.
Doch niemand kommt daran vorbei:
Liebe bringt den Zweifel mit sich,
der Zweifel, er gehört zur Liebe,
mit ihm kann Liebe überleben;
solange sie den Zweifel hegt,
solang kann ihr geholfen werden.
Sobald sie erst Beweise sieht,
berührt es sie in ihrem Wesen.
Auch entspricht dem Brauch der Liebe,
was in ihr die allerstärkste
Verwirrung und Verworrenheit bewirkt:
Wenn alles ihrem Wunsch entspricht,
da mag sie nicht von Dauer sein
und gibt sich selber sehr leicht auf.
Doch wo sie auch den Zweifel sieht,
da setzt sie sich von ihm nicht ab,
will eilig, dringlich zu ihm hin,
sie folgt ihm, Fallen stellend, nach
und drängt damit noch mehr zu ihm –
dies eher wegen Herzeleid
als wegen Lust, die sie dabei
erspüren und verspüren kann.
Diesen Brauch des Widersinns
befolgte Marke ganz entschieden.
Er verwandte, früh und spät,

seinen ganzen Sinn darauf,
den Zweifel, den Verdacht
aus freien Stücken zu beenden,
um darauf, aus freisten Stücken,
mit dem erwiesnen Tatbestand
an seine Herzensqual zu kommen.
Darauf wollte er hinaus!

Und wieder wars in einer Nacht
(wie er dies mit Meriadoc
gemeinschaftlich geplant),
daß er noch einmal eine List
gebrauchen wollte bei Isolde,
um sie mit dieser List
noch besser auszuforschen.
Doch es geschah das Gegenteil!
Die Schlinge, die er ausgeklügelt
und ausgelegt, um sie zu fangen,
mit dieser fing die Königin
den König, ihren Herrn der Ehe –
gemäß Brangaines Instruktion.
Ja, Brangaine half entschieden!
Hier wirkte sich für beide aus,
daß List gebraucht wird gegen List.
Der König riß die Königin
sehr fest an sich heran
und gab ihr ungezählte Küsse
auf die Augen, auf die Lippen.
»Schönste«, sprach er, »nichts ist mir
von Herzen lieb, nur Ihr allein!
Und daß ich von Euch scheiden soll –
Gott im Himmel ist mein Zeuge –,
das raubt mir den Verstand!«
Die instruierte Königin
sie setzte List nun gegen List.
Seufzend sagte sie zu ihm:

»Ach Gott … oh je… Ach und weh…
Ich hab die ganze Zeit gedacht,
diese leidige Geschichte
sei nur so zum Spaß erzählt…
Nun höre ich, nun seh ich ein,
sie ist völlig ernst gemeint!«
Sie setzte an, und sie begann,
mit ihren Augen, ihrem Mund
zu zeigen, wie enorm sie litt,
zu weinen, derart herzzerreißend,
daß sie dem Mann in seiner Einfalt
seinen ganzen Zweifel nahm,
und er hätte schwören können,
daß ihr dies von Herzen komme.
Denn die Damen, und zwar alle
(was sie selber eingestehn!),
zeigen nur das *bißchen* Galle,
zeigen nur das bißchen Lug,
zeigen nur das bißchen Trug,
daß sie zu Tränen fähig sind,
sooft es ihnen richtig scheint,
auch ohne Absicht und Gefühl.
Isolde weinte herzerweichend.
   Marke, arglos, sprach zu ihr:
»Meine Schöne, sagt mir doch,
was Euch verstört, weshalb Ihr weint!«
»Ich habe allen Grund zu weinen!
Es zwingt mich große Not, zu klagen!
Ich lebe hier, als Frau, im Ausland,
und habe nur dies *eine* Leben
und an Verstand, was ich bekam.
Ich habe beides hingegeben
an Euch, an meine Liebe zu Euch,
so daß ich nun in meinem Denken
überhaupt nichts andres schätzen
und lieben kann als Euch allein!

Ihr seid mein Liebstes auf der Welt!
Dagegen seh ich klar, daß Ihr
mir nicht so sehr gewogen seid,
wie Ihr das vormacht und behauptet.
Daß Ihr es jemals übers Herz bringt,
wegzureisen und mich hier
in diesem fremden Land zu lassen,
daraus kann ich nur schließen,
daß ich Euch nicht viel bedeute.
Drum wird mein Herz und wird mein Kopf
auch nie mehr wieder glücklich sein!«
»Wieso denn, Schöne?« fragte er.
»Ihr verfügt doch über
Landesherrn und Untertanen –
sie gehören Euch und mir.
Ihr gebietet über sie!
Sie stehn Euch zu Gebot!
Was Ihr befehlt, das wird getan!
Solange ich auf Reisen bin,
so lange mög Euch *der* beschützen,
der Euch gut beschützen kann:
mein Neffe, Tristan, Mann des Hofs.
Umsicht zeigt er und ist klug,
ist in jedem Punkt bestrebt,
Euch die Freuden, Euch die Ehren
zu machen und zu mehren.
Er besitzt mein vollstes Vertrauen,
ich habe allen Grund dazu.
Ihm seid Ihr lieb, wie ich es bin,
er ist für Euch da wie für mich.«
»Herr Tristan?!« fragte die schöne Isolde.
»Wahrhaftig, ich wär lieber tot
und wollte eher begraben liegen,
als dazu bereit zu sein,
Schutz bei ihm zu suchen.
Dieser Mann der leeren Worte,

er ist mir unablässig
mit seiner Heuchelei zur Seite,
umschmeichelt mich auf jede Weise,
macht mir vor, ich sei ihm lieb.
Gott kennt wahrlich sein Gemüt,
und weiß, ob er es ehrlich meint.
Ich selber weiß es ganz genau:
Nach seinem Mord an meinem Onkel
fürchtet er nun meine Feindschaft,
deshalb, allein aus *dieser* Furcht,
geht er so zärtlich mit mir um,
so heuchlerisch und schmeichlerisch,
so voller Falschheit im Verhalten,
und macht sich vor, er könnte so
meiner Neigung sicher sein.
Doch zeigt das nur geringe Wirkung,
sein Schmeicheln bringt nichts ein.
Und, weiß Gott, wenn *Ihr* nicht wärt
und ich nicht *mehr* um Euretwillen
als wegen meiner eignen Ehre
freundlich zu ihm wäre,
so sähe ich ihn wahrlich nicht
mit Augen einer Freundschaft an.
Doch weil ichs nicht vermeiden kann,
ihn zu hören und zu sehen,
darf es einzig *so* geschehen,
daß dabei mein Herz und meine
Liebe nicht beteiligt sind.
Ich habe mir – dies ist die Wahrheit –
mit Blicken ohne Herz,
mit Täuschung auf den Lippen
oft, zu wiederholten Malen
große Müh um ihn gegeben –
nur aus Angst vor diesem Tadel:
Daß Damen vorgeworfen wird,
sie haßten Freunde ihrer Männer.

Deswegen habe ich ihm oft
mit Täuschung in den Blicken,
mit Lippen ohne Herz
so um seine Zeit betrogen,
daß er hätte schwören können,
mir käme all dies aus dem Herzen.
Herr, verlaßt Euch nicht darauf!
Euer Neffe, Monsieur Tristan,
der beschützt mich keinen Tag!
Falls ich Euch darum bitten darf,
so könnt Ihr mich doch unterwegs
selbst beschützen – setzt das durch!
Wohin Ihr wollt, dort will ich hin,
es sei denn, Ihr verwehrt es mir,
und mein Tod verhindert dies.«
So heuchelte die heuchlerische
Isolde vor dem Mann, Gemahl,
bis sie ihm durch Heuchelei
Zorn und Zweifel ausgeredet
und er hätte schwören können,
dies alles sei ihr voller Ernst.
Marke, dieser Zweifelnde,
war erneut auf seinem Weg;
die Gefährtin hatte ihm
Zweifel und Verdacht genommen.
Was sie sprach und was sie tat,
es war alles wohlgetan...
Sofort berichtete der König
dem Truchseß ganz genau,
so plausibel wie nur möglich
von ihrer Antwort und Geschichte,
wonach es denn in ihrem Falle
keine Spur von Falschheit gebe.
Das mißfiel dem Truchseß sehr,
seinem Herzen tat das weh.
Jedoch beriet er ihn noch weiter

und sagte ihm, wie er Isolde
auf die Probe stellen sollte.

Des Nachts, als Marke wieder lag,
seinen Bettplausch mit ihr hielt,
da legte er mit neuer Frage
auf dem Fangplatz Schlingen aus
und lockte sie erneut hinein.
»Schaut, Frau Königin, ich glaube,
der Punkt kann dringlich für uns werden:
drum laßt mich sehn und prüfen,
wie Damen Land beschützen können.
Ich muß aus meinem Land verreisen,
und Ihr müßt hier verweilen
beim Anhang, den ich habe.
Ob Verwandter, Lehensmann –
wer für mich das Gute will,
der wird Euch Reichtum, Ehre bringen,
sofern Ihr das von ihm verlangt.
Doch wer Euch von den Damen, Herren
keineswegs willkommen ist,
und wen Ihr nicht so gerne seht,
die schickt dann einfach weg.
Gegen Euren Willen sollt Ihr
weder Menschen hören
noch Dinge sehn, die Euch
zur Belastung werden können.
Wer Euch nicht am Herzen liegt,
den werde ich dann auch nicht lieben,
nicht im Herzen, nicht im Kopf.
Nehmt dies als die reine Wahrheit.
Ihr sollt froh und heiter sein!
Lebt *so*, wie Euch das richtig dünkt,
ich bin damit ganz einverstanden.
Und weil mein Neffe Tristan
Euch ganz und gar zuwider ist,

so werde ich ihn binnen kurzem,
sobald ich einen Anlaß finde,
vom Hof entfernen, der Gefolgschaft.
Er soll abziehn nach Parmenien,
sich kümmern um den eignen Kram!
Das muß so sein – für ihn, fürs Land.«
Isolde sagte: »Danke Herr,
dies sind gute, klare Worte!
Weil ich bei Euch nun sicher bin,
daß Ihr bereit seid, abzulehnen,
was meinem Herzen Kummer macht,
so scheint mir dafür angebracht,
daß ich Euch entgegenkomme
(soweit ich das nur irgend kann):
was Euren Augen wohlgefällt,
was Euch so recht zu Herzen geht,
was Eure Ehre fördern kann,
dazu will ich jederzeit
Rat und Unterstützung bieten.
Doch Ihr müßt wissen, was Ihr tut!
Weder heute noch in Zukunft
wird mein Wunsch, mein Vorschlag sein,
daß Ihr Euren Neffen
je von Eurem Hof entfernt;
das ging mir gegen meine Ehre.
Man würde gleich darauf erklären,
und zwar am Hof wie unter Herren,
ich hätte Euch das angeraten
nur aus Feindschaft; das Motiv:
er machte meinen Onkel tot.
Es würde viel dahergeredet,
das eine Schande wär für mich
und keine Ehre wär für Euch.
Dem pflicht ich nie im Leben bei,
daß Ihr – und das nur mir zuliebe –
jemals Eure Freunde schmäht

oder irgendwen bekümmert,
ja ihm (weil ich das wollte) feind seid,
dem Ihr gewogen bleiben müßt.
Vor allem macht Euch eins bewußt:
Wenn Ihr Euch von hier fortbegebt,
wer schützt dann Eure beiden Länder?
Die finden in der Hand der Frau
nicht Wohlstand und nicht Sicherheit;
wer zwei Königreiche recht
und ehrenvoll verwalten muß,
der braucht viel Klugheit, dazu Mut.
Nun gibt es hier in beiden Ländern
außer Tristan keinen Herrn,
der beiden Ländern nützlich wäre –
sofern Ihr ihn gewähren laßt...
Es kommt sonst keiner hier in Frage,
dem man in Tun und Lassen folgt.
Wird es nötig, Krieg zu führen
(womit man ja nun täglich rechnet,
und auch in Zukunft rechnen muß),
so ist es – ohne ihn – leicht möglich,
daß uns die Niederlage droht.
Und dann wird mir Monsieur
Tristan ständig vorgehalten,
vorwurfsvoll und voller Bosheit.
Und immer wieder würd es heißen:
›Wäre Tristan hiergewesen,
so hätten wir zu dieser Zeit
nicht solchen Mißerfolg gehabt!‹
Und es werden *mir* dann alle
im allgemeinen Rumor
die Schuld dran geben, weil ich ihm
Eure Gunst entzogen hätte,
Euch zum Nachteil – ihnen auch.
Herr, man unterläßt das besser.
Denkt darüber noch mal nach,

erwägt das eine wie das andre:
Laßt mich mit Euch reisen oder
befehlt, daß er die Länder schützt.
Wie immer ich mit ihm auch stehe –
ich hab ihn lieber hier im Land,
als daß uns ein andrer Mann
durch Versäumnis ruiniert.«
Der König sah nun ein,
daß es ihr mit ganzem Herzen
um Tristans Ehre ging, und er
verfiel sofort, wie schon zuvor,
dem Zweifel, dem Verdacht.
Und damit war er mehr denn je
in der Galle seines Zorns
versunken und versackt.

Was sie hier besprochen hatten,
erfuhr Brangaine von Isolde;
sie wiederholte Frage, Antwort,
vergaß dabei auch nicht ein Wort.
Brangaine war es gar nicht recht,
wie dies Gespräch verlaufen war,
daß sie so gesprochen hatte.
Und sie erteilte Instruktionen,
was sie diesmal sagen sollte.
Als nächste Nacht die Königin
mit dem Gemahl ins Bett ging,
da nahm sie ihn in ihre Arme,
umhalste ihn und küßte ihn,
preßte ihn mit aller Kraft
an ihre zarten, sanften Brüste,
begann ihm, nun zum zweiten Mal,
mit Fragestellen, Antwortgeben
zu locken in die Wörterfalle.
»Tut mir den Gefallen, Herr,
und sagt mir eins: Als Ihr

davon gesprochen habt,
Ihr würdet, mir zulieb, Monsieur
Tristan nach Parmenien schicken –
ist es Euch mit diesem Vorschlag
wirklich ernst gewesen?
Wenn ich hier ganz sicher wäre,
so würde ich Euch dankbar sein –
heut und für den Rest des Lebens.
Ich vertrau Euch voll und ganz –
wie ich das kann, wie ich das muß.
Doch zugleich befürchte ich,
Ihr stellt mich auf die Probe...
Was Ihr mir vorgetragen habt –:
wenn ich hier Gewißheit hätte,
daß Ihr aus meinem Umkreis
entfernen würdet, was ich hasse,
so würde ich daran erkennen,
daß Ihr mich auch wirklich liebt.
Ich hätte mich mit dieser Bitte
gern schon längst an Euch gewendet,
wär mir das nicht schwer gefallen.
Denn mir ist völlig klar,
was ich bei ihm erwarten muß,
wenn ich lang mit ihm zu tun hab.
Herr, bedenkt auch diesen Punkt
(doch keineswegs, weil ich ihn hasse):
Soll er hier die Länder schützen,
während Ihr auf Reisen seid,
und es stößt Euch etwas zu –
was ja auf Reisen leicht geschieht –
so raubt er mir Besitz und Ehre.
Nun habt Ihr völlig klar vor Augen,
was ich bei ihm befürchten muß.
Und so: denkt nach in dieser Sache,
wohlgesonnen, freundschaftlich,
und befreit mich von Monsieur

Tristan. Ihr tätet gut daran.
Schickt ihn in sein Land zurück
oder weist ihn an, mit Euch zu reisen
und daß mich während dieser Zeit
der Truchseß Meriadoc beschützt.
Doch wenn Ihr dazu neigen solltet,
daß Ihr mich reisen ließt mit Euch,
so ließe ich die Länder hier
von irgendwem regieren, schützen,
könnte ich nur mit Euch reisen!
Sei es, wie es sei – verfügt
nur über mich und diese Länder,
wie Euch das angemessen scheint.
Dies ist mein Wille und mein Wunsch.
Wenn ich nur daran denken dürfte,
Euren Willen zu erfüllen,
so sind mir diese Herrn im Lande
völlig einerlei!« So setzte sie
dem Gatten zu mit leeren Worten,
bis sie ihn wieder soweit brachte,
seinen Zweifel preiszugeben,
noch einmal vom Verdacht zu lassen
mit Blick auf ihr Gefühl, die Liebe,
und er die Königin erneut
von einer jeden Schuld
an einem Fehltritt völlig freisprach.
Den Truchseß Meriadoc hingegen
hielt er in allen Punkten
für einen Mann der Lüge,
obwohl der ihm die Fakten
und den wahren Sachverhalt
zu Isolde mitgeteilt.

Als der Truchseß nun erkannte,
daß sein Plan sich nicht erfüllte,
sondierte er mit neuem Ansatz.

Es war an diesem Hof ein Zwerg,
der hieß, so wurde da verlautet,
Melot, petit von Aquitaine;
der konnte, wie behauptet wurde,
aus den Sternen nachts, in etwa,
schließen auf verborgenes Geschehn.
Doch will ich nichts von ihm behaupten,
was ich nicht dem Buch entnehme.
Nun find ich freilich über ihn
in der authentischen Version
nur dies: Er war intelligent,
gewitzt und wortgewandt,
er ging beim König aus und ein,
dies gleichfalls in der Kemenate.
Meriadoc gab ihm den Auftrag:
Sooft er bei den Damen sei,
Tristan und die Königin
im Auge zu behalten;
falls er ihm in dieser Sache
helfen könnte, echte Beweise
für ihre Liebe zu erbringen,
so werde er in alle Zukunft
dafür belohnt, geehrt durch Marke.
Und er legte, früh und spät,
mit dieser Absicht auf dem Fangplatz
die getarnten Schlingen aus;
er stellte ihnen ständig nach
bei ihrem Sprechen und Verhalten
und hatte bald auch schon die Liebe
des Liebespaares registriert,
zeigten sie doch wechselseitig
ein so zärtliches Verhalten,
daß Melot sogleich
den Tatbestand der Liebe sah.
Sofort berichtete er Marke,
dort liege wirklich Liebe vor.

Melot und Meriadoc und Marke
verfolgten weiterhin die Sache
bis sie, in voller Übereinkunft,
auf Folgendes verfielen:
Monsieur Tristan, werde er
vom Hofe fortgeschickt,
so könnte jeder an den beiden
den wahren Tatbestand erkennen.
Was denn auch sofort erfolgte,
genau wie da beschlossen:
Der König bat sogleich den Neffen,
dies im Namen seiner Ehre,
er möge künftighin nicht mehr
in die Kemenate gehn,
sich nicht mehr dahin begeben,
wo eine von den Damen sei;
der Hof verbreite ein Gerücht
(dem es vorzubeugen gelte!),
das für ihn, die Königin
Skandal und Schande bringen könnte.
Worum er bat, was er befahl,
das wurde augenblicks befolgt:
Tristan mied nun jeden Ort,
an dem sich diese Damen trafen;
die Kemenate und den Palas
betrat er überhaupt nicht mehr.
Daß Tristan sich so sehr zurückhielt,
nahm der Hof erstaunt zur Kenntnis.
Man gab hier Kommentare ab,
die kränkend für ihn waren:
ihm gingen oft die Ohren über
von immer neuen Kränkungen.
Beide, Tristan und Isolde,
verbrachten ihre Zeit mit Sorgen.
Das Trauern und das Klagen war
ihre Hauptbeschäftigung;

sie erfuhren Leid und Leid:
Leid, weil Marke Argwohn hegte,
Leid, weil sie nicht mehr
Gelegenheiten finden konnten,
sich nur zu zweit zu treffen.
Von Stund zu Stunde wurde
die Lebenskraft der beiden
unaufhaltsam schwächer;
ihr beider Äußeres begann,
blaß und bleich zu werden;
der Mann erbleichte durch die Frau,
es ließ der Mann die Frau erbleichen,
Isolde dies durch Tristan,
Tristan durch Isolde.
Das brachte beiden schweres Leid.
Es überrascht mich kaum,
daß ihr Leid gemeinsam,
daß ungeteilt ihr Schmerz war –
schließlich hatten diese beiden
ein Herz nur, *ein* Gemüt;
ihr beider Unglück, beider Glück
ihr beider Tod, ihr beider Leben,
die waren ganz *in eins* verwoben;
was einen dieser beiden störte,
das spürte auch der andere;
was dem einen Freude machte,
beglückte auch den anderen;
die beiden waren miteinander
in Glück und Unglück völlig *eins*.
Ihre *eine* Herzensqual
war ihnen derart deutlich
ins Gesicht geschrieben,
daß ihre äußere Erscheinung
die Liebe augenfällig machte.
Und Marke, er begriff sofort,
sah völlig klar an ihnen,

daß beiden das Getrenntsein,
das Fernsein an die Herzen griff;
sie hätten sich zu gern getroffen,
doch wußten sie nicht, wo und wie.
Um die Vermutung zu erhärten,
befahl der König seinen Jägern,
sich mit ihren Hundemeuten
bereitzumachen für den Wald.
Und ließ den beiden übermitteln,
ließ es auch am Hof verbreiten,
er wolle zwanzig Tage jagen;
wer etwas von der Jagd verstehe
oder sich ein bißchen Zeit
mit ihr vertreiben wolle,
der treffe seine Vorbereitung.
Er nahm von seiner Herrin Abschied,
empfahl, nach Lust und Laune
im Hause froh zu sein und fröhlich.
Und er gab Melot, dem Zwerge,
den Befehl, dies ganz geheim,
auf dem Fangplatz für Isoldes
und Tristans heimliche Treffen
getarnte Schlingen auszulegen;
er werde ihm das stets entgelten.
Er selber ritt zum Jagdrevier,
gefolgt von großem Hörnerklang.
Sein Jagdgefährte Tristan
war zu Haus geblieben;
er hatte Marke sagen lassen,
er sei krank. Der liebeskranke
Waidmann wollte ebenfalls
zu seinem Jagdrevier!
Beide, Tristan und Isolde,
sie waren weiterhin bedrückt.
Sie dachten nach, sehr angestrengt,
wo sie eine Chance hätten,

wie es sich ergeben könnte,
daß sich arrangieren ließe,
sich erneut zu treffen.
Jedoch, sie fanden keine Lösung.

Mittlerweile suchte
Brangaine Tristan auf,
denn sie war sich klar darüber,
daß das Leid in seinem Herzen
ihn sehr belastete.
Sie klagte ihm, er klagte ihr.
»Ach, Liebe, sagt mir, welchen Ausweg
die schlimme Lage offenläßt.
Wie schaffe ich es, mit Isolde,
daß wir hier nicht zugrunde gehn?
Ich weiß nicht, wie sichs schaffen läßt,
daß wir noch am Leben bleiben.«
»Wie soll ich Euch da helfen können?«
fragte die Getreue, sagte:
»Daß es Gott doch ewig reue,
daß wir je geboren wurden!
Wir verloren alle drei
unsre Freude, unsre Ehre;
nie mehr wieder finden wir
die alte Unbefangenheit.
Ach Isolde, Tristan, ach,
daß ich euch je erblickte,
wo doch euer ganzes Leid
allein durch mich entstanden ist!
Weiß keinen Rat und keine List,
mit denen euch zu helfen wäre –
ich kann nichts finden, was euch nützt!
Todsicher aber weiß ich dies:
Wenn ihr noch eine kurze Zeit
unter Aufsicht, unter Druck bleibt,
so bringt euch das in ärgste Not.

Weil Bessres nicht zu haben ist,
so folgt zumindest der Empfehlung
(ich meine für die Zeit, da Ihr
von uns ferngehalten werdet):
Sobald Ihr merkt, es zeigt sich Euch
Gelegenheit, die günstig ist,
so nehmt gleich einen Ölbaumzweig,
schneidet ihn in Späne, längs,
und markiert sie, doch nur so:
ritzt ein T in eine Seite,
in die andre ritzt ein I;
es sollen nur die Initialen
eurer Namen auf dem Span sein –
dies zumindest. Auch nicht mehr.
Geht dann in den Obstbaum-Garten.
Ihr kennt den kleinen Bach,
der aus der Quelle fließt
und weiter Richtung Kemenate –
werft einen Span in dieses Bächlein,
und laßt ihn weitertreiben
bis vor die Tür der Kemenate.
Wir treten oft vor diese Tür,
ich und Isolde, voller Trübsinn,
beweinen unser Herzeleid.
Sobald wir dort den Span erblicken,
ziehen wir sogleich den Schluß,
daß Ihr dort bei der Quelle seid.
Wo der Ölbaum Schatten spendet,
dort haltet Ausschau und paßt auf:
die Verliebte kommt zu Euch,
meine Herrin, Eure Liebste –
ich ebenfalls, sofern es geht
und Eurem Wunsch entspricht.
Herr, die kurze Frist,
die ich noch zu leben habe,
sie verbring ich mit euch beiden,

indem ich für euch lebe,
eurem Leben Hilfe gebe.
Hätte ich für *eine* Stunde,
in der ich für euch beide,
für eure Freude leben könnte,
tausend meiner Stunden hinzugeben,
ich würde euer Leiden lindern.
Mein Leben gäbe ich dafür!«
»Danke, Schöne«, sagte Tristan,
»ich habe nicht den kleinsten Zweifel
an Eurer Treue, Eurer Ehre –
von beidem war noch nie so viel
eingepflanzt in *einem* Herzen!
Blühte mir noch einmal Glück,
ich gäbe es sehr gern dahin
für Eure Freude, Eure Ehre!
Auch wenn es nun beschwerlich ist,
mein Glücksrad sich nur mühsam dreht –
wenn ich nur wüßte, wo und wie
ich meine Stunden, meine Tage
für Eure Freude opfern könnte,
ich wollte gleichfalls kürzer leben;
glaubt mir das, vertraut darauf!«
Und schluchzend fügte er hinzu:
»Hilfsbereite, liebe Frau!«
Und damit nahm er sie
eng und fest in seine Arme;
ihre Augen, ihre Wange
küßte er, vom Leid gepackt,
oft, zu wiederholten Malen.
»Schöne«, sprach er, »tut das Rechte,
handelt als getreuer Mensch,
laßt mich und die verehrte Isolde,
leidend an der Leidenschaft,
Euch anempfohlen bleiben.
Richtet Euer Denken

auf uns beide, sie und mich.«
»Herr, das werd ich gerne tun.
Wenn Ihrs gestattet, geh ich nun.
Tut, was ich empfohlen habe,
und sorgt euch nicht zu sehr.«
»Gott möge Euren guten Ruf
und Euren schönen Leib beschützen.«
Verbeugung, Tränen von Brangaine,
und tief betrübt ging sie davon.
Tristan, Trauermann,
schnitt und warf die Späne,
wie dies Beraterin Brangaine
als Lösung vorgeschlagen hatte.
Die Quelle und der Ölbaum-Schatten:
hier traf er seine Herrin Isolde
(ganz allein, die Zeit war günstig!)
in acht Tagen gut achtmal,
ohne daß es einer merkte,
ohne einen Augenzeugen.
Freilich, eines Nachts geschah es,
als Tristan wieder dahin ging,
daß ihn, ich weiß nicht wie, Melot,
der verfluchte Zwerg,
dies Werkzeug des Teufels,
durch einen schlimmen Zufall sah,
und er schlich ihm dorthin nach,
und sah ihn zu dem Ölbaum gehn
und nicht lange bei ihm stehn,
bis eine Dame zu ihm kam,
die er in die Arme nahm.
Wer jedoch die Dame war,
darüber war er sich nicht klar.

Am nächsten Tage schon,
ein wenig vor der Mittagsstunde,
zog Melot denn wieder los,

und er hatte seine Brust
mit vorgetäuschten Klagen,
mit schlimmer Arglist vollgestopft,
und so trat er auf vor Tristan.
»Wahrhaftig, Herr«, so sagte er,
»ich kam mit großer Angst hierher.
Seid Ihr doch so lückenlos
von Spähern, Spitzeln hier umgeben,
daß ich mich, wahrlich, unter großen
Gefahren hergeschlichen habe,
indem daß mir die treue Isolde,
die vortreffliche Königin,
von Herzen leid tut, ist sie doch
zur Zeit bedauerlicherweise
in arger Klemme, wegen Euch.
Sie trug mir auf, zu Euch zu gehn;
sie konnte keinen andren finden,
der zu diesem heiklen Auftrag
in solchem Maß geeignet wäre.
Sie bat mich, ja, befahl es mir,
daß ich Euch Grüße von ihr bringe,
die von ganzem Herzen kommen,
und Euch sehr dringlich bitte,
daß Ihr sie dort noch heute trefft –
ich weiß nicht wo, Ihr wißt es gut –,
wo Ihr zuletzt bei ihr gewesen,
und daß Ihr dabei pünktlich seid,
zu dem bekannten Zeitpunkt,
an dem Ihr sonst auch dort erscheint.
Weiß nicht, wovor sie warnen will,
jedoch, Ihr könnt mir völlig glauben:
ihr Leid und Euer Unglück –
ich hab noch nie so Schmerzliches
miterlebt wie diesbezüglich.
Monsieur, Herr Tristan,
ich gehe nun, wenn Ihr gestattet.

Ich übermittle Eure Wünsche.
Ich wage nicht, noch hierzubleiben;
falls mich bei diesem Botengang
die Hofgefolgschaft sehen würde,
so könnt mir Schaden draus entstehn.
Sie behaupten (was sie glauben!),
was zwischen Euch und ihr geschah,
das sei durch *mich* vermittelt worden.
Dazu will ich vor Gott erklären –
und vor euch beiden –, daß dies nie
durch Zutun meinerseits geschah.«
Tristan fragte: »Träumt Ihr, Freund?!
Was erzählt Ihr mir denn da?!
Welchen Argwohn hegt der Hof?!
Was hätten sie und ich getan?!
Weg hier! Geht zum Teufel!
Doch seid Euch über eines klar:
Was die auch denken und erklären –
hielt mich in erster Linie nicht
mein Ehrgefühl zurück,
so kämt Ihr nie mehr an den Hof,
um dort als Nachricht zu erzählen,
was Ihr im Traume hier erlebt!«

Melot ging fort und ritt sogleich
zu Marke in das Waldrevier,
und er versicherte ihm dort,
er könnte in der Sache
den schlüssigen Beweis erbringen,
und erzählte: So ... und so ...,
was geschehn war an der Quelle.
»Ihr könnt die Wahrheit selber sehn!«
sprach Melot. »Herr, wenn Ihr wollt,
so reiten wir heut nacht dorthin.
Ich bin in diesem Punkt ganz sicher:
Wie immer sie das schaffen werden,

heut nacht erscheinen beide dort.
Dann könnt Ihr selber sehen,
was sie miteinander treiben.«
Der König ritt mit ihm dorthin,
um seinem Herzleid aufzulauern.
Als sie zu der Abendstunde
in den Obstbaum-Garten kamen,
in Verfolgung ihres Plans,
da fanden Marke und Melot
keinen Fleck für ein Versteck,
der als Fang- und Fallenplatz
gut und günstig für sie wäre.
Jedoch, es stand dort bei der Quelle
ein Ölbaum, der geeignet war:
niedrig, doch mit breiter Krone;
es kostete die beiden Mühe,
auf diesen Baum hinaufzuklettern.
Sie saßen obendrin und schwiegen.

Als es Nacht zu werden begann,
folgte Tristan seiner Fährte.
Kaum war er im Obstbaum-Garten,
nahm er seine Botenspäne
und warf sie in die Strömung
und ließ sie weitertreiben.
Sie meldeten mit Dringlichkeit
der begehrenden Isolde,
ihr Geliebter sei schon da.
Tristan ging, an der Quelle vorbei,
zur Wiese mit dem Schatten
des Olivenbaums. Er blieb
dort stehen, in Gedanken;
er erwog in seinem Herzen
sein Unglück im verborgenen.
So kams, daß er den Schatten
von Melot und Marke sah,

denn der Mond schien hell
durch das Baumgeäst herab.
Als er den Schatten dieser beiden
in aller Deutlichkeit erblickte,
machte ihm das große Angst,
denn er erkannte hier sofort
den Hinterhalt, die Schlingenfalle.
»Gott der Herr«, so dachte er,
»beschütz Isolde und auch mich!
Wenn sie nicht gleich an diesen Schatten
den Fang- und Fallenplatz erkennt,
kommt sie geradenwegs zu mir!
Falls dies geschieht, so wird es
Leid und Jammer für uns bringen.
Gott der Herr, in Deiner Gnade,
gewähr uns weiter Deinen Schutz!
Behüt Isolde auf dem Weg,
lenke jeden ihrer Schritte,
warne die Gute irgendwie
vor diesem Hinterhalt, der Falle
(für uns beide angelegt),
bevor sie etwas sagt und tut,
bei dem man sich was Schlimmes denkt.
Ja, Herrgott, erbarme Dich
ihrer und auch meiner!
Dir seien unser Ansehn, Leben
heute nacht anheimgegeben.«

Seine königliche Herrin
und ihrer beider Freundin,
die makellose Brangaine,
sie beide gingen, ganz allein
(um Tristans Zeichen zu erspähen),
in ihren Leidensgarten,
in dem sie immer wieder
(sofern sie keiner sehen konnte)

gemeinsam ihren Schmerz beklagten;
dort schritten sie denn auf und ab,
trauernd, klagend und besprachen
die Geschichte ihrer Leidenschaft.
Und dabei sah Brangaine
recht bald die Botenspäne
im fließenden Gewässer;
sie winkte ihre Herrin näher.
Isolde griff, beschaute sie,
sie las *Isolde*, las dann *Tristan*.
Und nahm sogleich den Umhang,
schwang ihn über ihren Kopf,
schlich durch Blumen und durch Gras
dorthin, wo Baum und Quelle waren.
Als sie nah genug heran war,
daß sich beide sehen konnten,
blieb Tristan stehn, wie angewurzelt –
was er noch nie zuvor getan!
(Wenn sie früher zu ihm ging,
kam er ihr stets ein Stück entgegen.)
Und Isolde stellte sich
die große und die bange Frage,
was dies wohl zu bedeuten habe.
Ihr Herz, es ward ihr schwer,
langsam senkte sie ihr Haupt,
furchtsam ging sie auf ihn zu:
große Angst auf ihrem Weg…
Als sie nun, mit größter Vorsicht,
dem Baum ein wenig näher kam,
sah sie Schatten dreier Männer –
und wußte nur von *einem* dort.
Daran erkannte sie sofort:
ihr wurde nachgestellt, ein Fangplatz!
Hinzu kam das Verhalten Tristans –
dies mit Blick auf sie.
»Ha, das ist ein Mordanschlag!«

dachte sie. »Was soll draus werden?
Wer stellte hier die Falle?
Es steckt bestimmt mein Mann dahinter –
wo immer der versteckt sein mag!
Ich fürchte sehr, wir sind verraten!
Herr des Himmels, schütze uns!
Hilf, daß wir von hier
mit Anstand einen Ausweg finden.
Herr, behüte ihn und mich!«
Und weiter dachte sie bei sich:
»Weiß Tristan von der bösen Sache,
oder weiß er nichts davon?«
Sie zog jedoch sogleich den Schluß,
er hätt den Fallenplatz erkannt;
sein Verhalten zeigte es.
Sie blieb in sichrem Abstand stehn:
»Herr Tristan, ich bin sehr verstimmt,
daß Ihr Euch meines schlichten Gemüts
so sicher seid, derart gewiß,
daß Ihr – und das zu *dieser* Zeit –
darauf besteht, mit mir zu sprechen.
Daß Ihr auf Euer Ansehn achtet
vor Eurem Onkel und vor mir,
dies wäre als Benehmen schicklich
und würd zu Eurer Loyalität
und meinem Ansehn besser passen,
als derart spät noch ein Gespräch
anzusetzen und mir solche
Heimlichkeiten zuzumuten!
Nun erklärt mir, was Ihr wünscht.
Ich stehe hier und habe Angst.
Allein, Brangaine ließ nicht locker –
nachdem sie heute von Euch kam –
mit ihrem Bitten, dem Empfehlen,
zu Euch hierher zu kommen
und Eure Klage anzuhören.

Daß ich der Empfehlung folgte,
ist ein verhängnisvoller Fehler.
Jedoch, sie sitzt hier in der Nähe.
Ich bin zwar meiner Sache sicher,
doch wo die bösen Menschen lauern,
da gäbe ich wahrhaftig lieber
einen Finger meiner Hand,
ehe einer rausbekäme,
daß ich mich hier bei Euch befinde.
Man hat schon derart oft Gerüchte
über Euch und mich verbreitet!
Sie alle würden darauf schwören,
wir beide wären schwer belastet
durch eine Liebschaft des Betrugs.
Am Hof ist der Verdacht verbreitet.
Gott selber aber weiß genau,
was und wie ich für Euch fühle.
Ich gehe noch ein bißchen weiter:
Es möge Gott mein Zeuge sein,
daß ich von meinen Sünden
nie anders los- und ledigkomme
als durch das Maß und durch die Art
dessen, was ich für Euch fühle.
Und ich erklär vor Gott: Noch nie
bekam ich Lust auf einen Mann
(und jeder Mann ist jetzt und künftig
aus meinem Herzen ausgesperrt),
bis auf den *einen*, der von mir
die erste Rosenblüte
der Jungfräulichkeit erhielt.
Daß mich Marke, mein Gemahl,
derart stark verdächtigt
mit Blick auf Euch, Herr Tristan,
weiß Gott, da macht er einen Fehler,
denn letztlich weiß er ganz genau,
was und wie ich für Euch fühle.

Die mich in dies Gerede brachten,
weiß Gott, die sind sehr vorschnell,
die kennen mein Gefühl doch nicht!
Ich hab Euch hunderttausendmal
Freundschafts-Gesten vorgespielt
aus Liebe, die ich zu dem *einen*
empfinde, den ich lieben soll,
und nicht aus Arglist – wie Gott weiß!
Es schiene mir sehr angebracht
(ja, das wär es in der Tat!),
es würde sehr mein Ansehn fördern,
wenn ich allen Knappen, Rittern
(verwandt, befreundet mit Herrn Marke)
die Honneurs erweisen würde.
Jedoch, man deutet es ganz falsch!
Ich will Euch dennoch keine Feindschaft
zeigen wegen ihrer aller Lügen.
Herr, was Ihr zu sagen habt,
das sagt mir, denn ich will jetzt gehn.
Hier kann ich nicht länger bleiben.«
Tristan: »Hochverehrte Herrin,
ich habe nicht den kleinsten Zweifel,
daß Ihr nur sagen, machen würdet,
was Anstand, guter Ruf gebieten –
wenn man das nur fördern würde.
Das wollen die Verleumder nicht,
die Euch, die mich so sehr verdächtigt
und die uns, ohne jeden Grund,
um meines Herrn Gunst gebracht –
bei Unschuld, die erwiesen ist,
wie Gott ganz klar erkennen muß.
Hochverehrte, auserwählte
Königin, macht Euch bewußt,
schließt in Euer Denken ein,
daß ich vor Euch, daß ich vor ihm
in keiner Weise schuldig bin,

und gebt auch meinem Herrn den Rat,
seinen Zorn und seine Feindschaft,
so grundlos gegen mich gerichtet,
daß er beides höflich, höfisch
verberge – zumindest für die Dauer
der kommenden acht Tage;
solange möge er, mögt Ihr
Euch so zu mir verhalten,
als wärt Ihr gnädig mir gewogen;
ich mache mich in dieser Frist
bereit zur Reise von hier weg.
Mein Herr, der König, Ihr und ich,
wir gefährden unser Ansehn!
Wenn Ihr Euch weiter so verhaltet,
mit Blick auf mich, indes ich reise,
so sagen dazu unsre Feinde:
›Hier war bestimmt was dran...
Schaut nur, wie in diesem Fall
Monsieur Tristan Abschied nahm –
der König war ihm gar nicht gnädig...!‹«
Isolde: »Nein, Monsieur Tristan,
lieber würde ich den Tod erleiden,
als meinen Herrn zu bitten,
mir zuliebe was zu tun,
das in Verbindung stünd mit Euch.
Es ist Euch wohlbekannt,
daß er mir schon lange Zeit
wegen Euch sehr böse ist,
und wüßte er, wär ihm bekannt,
daß ich jetzt bei Euch bin,
alleine, dies noch in der Nacht,
da käm ich derart ins Gerede,
daß er mir nie mehr wieder
Freundlichkeit erwiese, Ehre. –
Ob das noch mal der Fall sein wird,
das weiß ich wirklich nicht;

ich frag mich vielmehr, dies erstaunt,
aus welchem Anlaß mein Herr Marke
auf den Verdacht verfiel,
wer ihm dies eingeredet hat,
wo mir doch niemals auffiel
(worin wir Frauen ja sehr rasch sind!),
daß sich in Eurem Verhalten zu mir
eine schlimme Absicht zeigte
oder daß ich mich vor Euch
unbesonnen, falsch verhielt.
Ich weiß nicht, wer uns diffamierte,
weiß nur: es steht um unsre Sache
ganz erbärmlich schlecht;
dies möge der allmächtige Gott
beizeiten in Erwägung ziehn
und für gerechten Ausgleich sorgen.
Nun Herr, wenn Ihr gestattet:
ich will gehn. Und Ihr geht auch!
Was Euch belastet, Euch bedrückt,
das wisse Gott, es tut mir leid.
Ich hätte wahrlich Grund genug,
Euch Feindschaft zu erweisen,
doch stelle ich dies nun zurück.
Mir tut es leid, daß Ihr zur Zeit
nur wegen mir so sehr
belastet seid, ganz ohne Grund.
Drum verzeih ich diesen Vorgang...
Und wenn der Tag gekommen ist,
da Ihr dies Land verlassen müßt,
Herr, so mög Euch Gott beschützen;
der Königin des Himmels,
der mögt Ihr anbefohlen sein. –
Zu Eurer Bitte, Eurem Auftrag:
wüßte ich, daß meiner Hilfe
Erfolg beschieden wäre,
vollbrächte ich mit Rat und Tat

alles, was erwarten ließe,
daß dies zu Eurem Vorteil wäre.
Doch habe ich die große Sorge,
daß er mir das übelnimmt.
Wie immer dies auch enden,
wie sehr mich dies gefährden mag,
ich will es Euch zugute halten,
daß Ihr mit meinem Herrn und mir
kein falsches Spiel getrieben habt.
Was auch draus wird, ich setze mich,
so gut ich kann, für Eure Bitte ein.«
»Danke, Herrin«, sagte Tristan.
»Was Ihr darauf als Antwort hört,
das meldet mir, sobald es geht!
Doch fällt mir irgend etwas auf,
verlaß womöglich gleich das Land,
ohne Euch zuvor zu treffen –
was immer dann mit mir geschähe,
höchst ehrenwerte Königin,
Ihr möget dann gesegnet sein
von allen Himmelsscharen. Gott
weiß sehr genau: Auf Meer und Erde
war nie ein Weib so makellos.
Herrin, Euer Leib und Eure Seele,
Eure Ehre, Euer Leben,
sie seien Gott anheimgegeben!«
So nahmen beide Abschied.
Seufzend, trauernd
ging die Königin zurück,
amarend und amourend,
mit geheimgehaltnen Schmerzen
ihres Leibes und im Herzen;
Tristan, Trauermann,
ging gleichfalls trauernd fort,
und heftig weinte er;
der traurige Marke,

der droben in dem Baume saß,
den stimmte all dies traurig,
ihn machte tief betroffen,
daß er vom Neffen, seiner Frau
so Schlimmes hatte denken können.
Die ihn dazu verleitet hatten,
die verfluchte er im Herzen,
mit dem Mund wohl tausendfach.
Gegen Zwerg Melot
erhob er schweren Vorwurf,
weil ihn der Zwerg betrogen hatte,
die makellose Frau verleumdend.
Sie kletterten vom Baum herunter
und ritten voller Jammer, Leid
zurück zu ihrem Jagdrevier.
Marke und Melot, sie beide
litten auf verschiedne Weise:
Melot infolge des Betrugs,
den er begangen haben sollte,
Marke wegen jenes Argwohns,
weil er den Neffen, seine Frau
und zu allermeist sich selbst
in einem solchen Maß belastet
und am Hof, auf Herrensitzen
dem Gerede ausgesetzt.

Sogleich am nächsten Morgen
ließ er allen Jägern sagen,
sie sollten bleiben, weiter jagen.
Er selber ritt zur Burg zurück.
»Herrin, Königin, erzählt mir,
wie habt Ihr Eure Stunden,
die Zeit inzwischen so verbracht?«
»Herr, meine Hauptbeschäftigung
war Leid, das gar nicht nötig war.
Jedoch in meiner freien Zeit:

das Harfen- und das Leierspiel …«
»Leid, das gar nicht nötig war?!
Was war denn das? Wie kam denn dies?«
Isolde sprach mit sanftem Lächeln:
»Wie es auch kam … es kam dazu,
kommt heut dazu, in Zukunft auch:
trauern, grundlos lamentieren –
das ist bei mir, bei Damen Brauch.
So machen wir die Herzen rein
und unsre Augen wieder klar …
Wir machen aus dem Nichts
klammheimlich sehr viel Leid,
doch plötzlich geben wir das auf!«
So setzte sie das scherzend fort.
Doch Marke dachte drüber nach,
erwog in jeder Hinsicht
ihre Worte, die Bedeutung.
»Nun, Herrin«, sprach er, »sagt mir:
weiß hier jemand, wißt Ihr selbst,
wie Tristans Zustand ist?
Als ich kürzlich von hier wegritt,
hörte ich, er wäre krank.«
»Ja, es stimmt, was man Euch sagte«,
gab die Königin zur Antwort.
Sie meinte das mit Blick auf Liebe:
sie kannte seine Krankheit gut,
die einzig von der Liebe kam.
Der König fragte weiterhin:
»Was wißt Ihr und von wem?«
»Ich weiß allein, was ich vermute,
nach dem, was mir Brangaine
noch vor kurzer Zeit
über seine Krankheit sagte.
Sie sah ihn gestern noch
und trug mir auf, die Klage Tristans
vor Euch zu wiederholen, wörtlich.

So bitt ich Euch, in Gottes Namen,
nicht mehr in solchem Ausmaß
seine Ehre zu verletzen
und daß Ihr die Beleidigungen
dieses Manns zurücknehmt
für die Dauer von acht Tagen –
bis dahin sei er reisefertig.
Und damit: daß er Euren Hof
ehrenvoll verlassen
und aus dem Lande reisen dürfe. –
Der Wunsch ist an uns zwei gerichtet.«
Sie wiederholte Tristans Bitten,
wie am Quell von ihm gestellt
und wie sie Marke im Verlauf
des Gespräches selbst gehört.
Der König: »Herrin, Königin,
es sei in Ewigkeit verdammt,
der mich dazu verleitet hat!
Daß ich ihn je verdächtigte,
dies schmerzt mich wirklich sehr,
hab ich doch vor kurzer Zeit
begriffen, daß er schuldlos ist.
Ich ging der Sache auf den Grund.
Hochverehrte Königin,
liebt Ihr mich auch weiterhin,
so sei der Zorn auf Euch vorbei.
Was Ihr getan wünscht, sei getan.
Stellt uns einander gegenüber
und legt für uns die Sache bei.«
Die Königin sagte: »Herr, ich will
mir hier nicht weiter Mühe geben,
denn: legte ich dies heute bei,
so kehrtet Ihr schon morgen wieder
zurück zu Eurem Ur-Verdacht.«
»Nein, bestimmt nicht! Nie und nimmer!
Ich werde nie mehr wieder tun,

was ihm an seine Ehre geht,
und ich werde Euch, die Herrin,
wegen Höflichkeit im Umgang
nicht noch einmal verdächtigen.«
Er versprach es ihr verbindlich.
Tristan wurde gleich geholt,
und ohne jeden Vorbehalt
wurde die Verdächtigung
gütlich ausgeräumt.
Isolde wurde Tristan
im Handschlag der Verpflichtung
erneut zur Obhut übergeben.
Er gewährte Schutz und Hilfe,
umsorgte sie in jeder Hinsicht;
sie und ihre Kemenate
waren fest in seiner Hand.
Tristan und Isolde, seine Dame,
sie führten nun ein gutes Leben,
sie erfüllten ihre Lust,
sie setzten nach den Schwierigkeiten
ihr Leben wunschlos glücklich fort –
wenn auch nur für kurze Zeit
ohne ständig neues Leid.

Nur kurz währt der Schein der Versöhnung: Meriadoc und Melot bespitzeln weiterhin das Paar. Erneut wird eine Falle gestellt: nach einem Aderlaß in engstem Kreis wird im gemeinsamen Schlafraum vom Zwerg Mehl ausgestreut zwischen den Betten; als Marke zur Frühmette geht, kann Tristan nicht zum Bett der Isolde hinübergehen, er macht einen gewagten Weitsprung, dabei platzt der Aderlaßpunkt wieder auf, das Bett der Königin wird mit Blut besudelt. Tristan springt zurück. Marke sieht das Blut im Bett seiner Frau, aber keine Spur im Mehl. Erneut Versöhnung. Dennoch, es bleibt Verdacht, Marke beruft einen Hoftag ein. Der wiederum rät, ein Konzil einzuberufen, nach London. Das findet statt. Der Bischof empfiehlt, Isolde solle ihre Schuldlosigkeit durch die Probe mit dem glühenden Eisen rechtsverbindlich beweisen. Sie verpflichtet sich dazu, mit Ängsten. Und inszeniert eine Situation, die ihr formal recht geben könnte: Tristan, als Pilger verkleidet, trägt sie an der Schiffslände von Caerleon aufs Trockne, dabei stürzt er, nach ihrer Anweisung, fällt ihr in die Arme. So kann sie schwören, sie habe nur in den Armen des Pilgers und ihres Mannes gelegen. Die Eisenprobe beweist das, Gott macht dieses Spiel also mit, wird dafür von Gottfried gerügt. Marke glaubt wieder an seine Frau.

Ich erkläre mit Betonung,
daß keine Nesselpflanze
so brennt und derart böse ist
wie der böse Nachbarsmann,
daß nichts derart gefährlich ist
wie ein falscher Hausgenosse.
Mit Falschheit mein ich: wo man
Freunden Freundschaft vortäuscht
und im Herzen Feindschaft hegt,
ist man in übelster Gesellschaft,
denn der falsche Hausgenosse
hat ständig Honig auf den Lippen
und Gift im Stachel-Hinterteil.
Es bringt der giftige Neid
dem Freund in jeder Hinsicht
(ob vor Augen oder Ohren)
nur Niederlagen bei –
und *keiner* kann sich davor schützen!
Wenn hingegen einer offen
den Feind in einen Hinterhalt
geraten läßt, um ihm zu schaden,
so zähle ich das nicht zur Falschheit;
solang er *offne* Feindschaft zeigt,
schadet er nicht allzusehr;

doch nistet er sich ein,
so sei man vor ihm auf der Hut!

So nisteten sich ein: Melot
und Meriadoc. Oft, ja häufig
suchten sie nun wieder Tristans
Nähe – voll der Falschheit;
einer wie der andre bot ihm
mit Falschheit und mit Hinterlist
die vertrauten Dienste an.
Hier hatte Tristan freilich stets
Vorsicht walten lassen,
riet Vorsicht auch Isolde an.
»Seid wachsam, Herzenskönigin,
paßt auf Euch auf – dies auch für mich –
bei allem, was Ihr sagt und tut;
wir sind von drohenden Gefahren
umgeben und umstellt.
Zwei giftge Nattern gibt es da
in Gestalt von Tauben, die uns beide
unablässig sanft umgurren –
vor denen seid nur auf der Hut,
Königin, zum Glück bestimmt.
Denn wo die Hausgenossen
beköpft sind wie die jungen Tauben,
beschwänzt sind wie die Natternbrut,
da schlage man das Kreuz vor Hagel
und segne sich vor jähem Tod.
Verehrte Herrin, schöne Isolde,
nehmt Euch namentlich in acht
vor Melot, der Natter,
und dem Köter Meriadoc!«
Die beiden waren wirklich so:
hie die Natter, dort der Köter!
Was die Liebenden auch machten,
wohin sie sich auch immer

begeben mochten – diese beiden
stellten ihnen dauernd nach,
wie die Natter und der Köter;
vom Morgen bis zum Abend
wirkten sie auf Marke ein,
intrigierend, denunzierend,
bis er von neuem dies begann:
wieder an der Liebe zweifeln,
die Liebenden verdächtigen,
sie bei ihren Heimlichkeiten
bespitzeln, ihnen Fallen stellen.

Eines Tages: Aderlaß bei Marke –
ein Rat der falschen Hausgenossen...
Isolde, Tristan waren bei ihm;
sie merkten nicht, daß ihnen hier
ein Unheil von bestimmter Art
als Fangnetz vorbereitet war,
sie ahnten keinen Hinterhalt.
Sich gesellig unterhaltend,
lag denn das vertraute Grüppchen
den ganzen Tag bequem im Raum –
kein lautes Wort und kein Spektakel...
Nach dem zweiten Tag, zur Nacht,
als der Hofstaat draußen war
und Marke schlafen wollte,
da lagen in der Kemenate
(wie zuvor schon arrangiert)
nur Marke und Isolde,
Tristan und Brangaine,
Melot und eine junge Dame.
Es waren hier die Kerzenlichter
wegen ihrer Helligkeit
gedämpft durch Bettvorhänge.
Als zur Matutin
das Geläut begann, da zog sich

Marke völlig schweigend an,
den Gedanken überlassen,
befahl Melot dann, aufzustehn
und mit ihm zur Mette zu gehn.
Als Marke fortging von dem Bett,
da nahm Melot sein Mehl,
bestreute so den Estrich:
sollte jemand an das Bett
des Marke gehen, von ihm weg,
so würden dies die Spuren zeigen.
Darauf gingen beide fort.
Ihre Andacht konnte sich
aufs Beten wenig konzentrieren…
Brangaine sah sofort am Mehl:
ein Fangplatz war hier angelegt.
So tapste sie zu Tristan hin,
sie warnte ihn und ging zurück
und legte sich erneut ins Bett.
Für Tristan war die Schlingenfalle
im tiefsten Innern lästig:
es war das Herz in seinem Leib
voll Begehren nach dem Weib,
und er dachte drüber nach,
wie er zu ihr gelangen könnte.
Er handelte gemäß dem Spruch,
daß Liebe keine Augen hat,
daß Leidenschaft ganz furchtlos bleibt,
ist es ihr so richtig ernst.
»Ha«, so dachte er bei sich,
»Herrgott, was mache ich
mit der verfluchten Falle?!
Dies Wettspiel, es verlangt von mir
einen wahrlich hohen Einsatz!«
So stellte er sich auf sein Bett
und überlegte hin und her,
mit welchem Trick er rüberkäme.

Schon war dort so viel Helligkeit,
daß er das Mehl auch selber sah.
Nun schien ihm die Distanz
für einen Sprung doch allzu groß;
er wagte nicht den Gang hinüber;
er mußte sich für das entscheiden,
was von beidem besser war.
Er setzte die Füße parallel
und schnellte, ohne Anlauf, ab.
Tristan, blind im Liebesdrang,
ging im combat, beim Ritterstoß,
weit über seine Kraft hinaus.
Er sprang zum andren Bett hinüber,
verlor das Wettspiel in der Tat,
denn ihm platzte seine Ader;
das sollt ihm viele Schwierigkeiten
und auch viel Leid bereiten…
Es besudelte sein Blut
(wie das bei Blut so üblich ist)
das Bett, das ganze Laken,
befleckte es an vielen Stellen.
Er lag nur eine kurze Zeit –
und Purpurseide, soie changeante
des Bettzeugs auf dem Bett,
sie waren ganz und gar besudelt.
Und er sprang – zurück wie hin –
auf sein Bett und lag dort bis
zum hellen Tag und dachte nach.

Nun kam Marke bald zurück
und schaute auf den Estrich,
musterte den Fallenplatz –
und es war dort nichts zu sehn.
Doch als er dann hinüberging
und Spuren suchte auf dem Bett,
da sah er Blut und nochmals Blut.

Das bedrückte sein Gemüt.
»Was bitte, königliche Herrin,
was soll das hier bedeuten?
Wie kam dies Blut aufs Bett?«
»Die Ader platzte mir. Da lief es aus.
Ist grad erst wieder zugegangen…«
   Er wollte Tristan daraufhin
eigenhändig untersuchen –
nur so, als wäre dies zum Scherz…
»Herr Tristan!« rief er, »aufgestanden!«
Er schlug das Tuch zurück
und sah dort Blut – wie drüben.
Da schwieg er, sagte nicht ein Wort.
Er ließ ihn liegen und ging fort.
Die Gedanken, all sein Denken,
sie wurden damit sehr belastet;
er dachte, dachte nach als Mann,
dem es dämmert – nicht erheiternd…
So hatte er nach langer Jagd
sein herzbewegendes Leid gestellt.
Doch vom Geheimnis dieser beiden
und vom wahren Tatbestand,
davon wußte er nicht mehr,
als das Blut ihm sichtbar machte,
doch reichte dies Indiz nicht aus.
Mit seinem Zweifel, seinem Argwohn,
die er zuvor ganz aufgegeben,
war er nun erneut im Joch.
Weil er auf dem Estrich keine
Spuren fand vor seinem Bett,
wähnte er, sein Neffe hätte
einen Fehltritt nicht begangen;
weil er jedoch die Königin
und sein Bett mit Blut befleckt sah,
überfielen ihn sofort
böse Gedanken, böse Gefühle –

wie üblich unter Zweifelnden.
Er wußte nicht, wohin mit seinem Zweifel.
Er glaubte dies, er glaubte das,
er wußte nicht mehr, was er meinen
oder was er glauben sollte.
Zu diesem Zeitpunkt hatte er
in seinem Bett die Spuren
des Ehebruchs gefunden,
doch keine Spuren *vor* dem Bett.
Ihm wurde damit der Beweis
erbracht, zugleich entzogen.
Mit diesen zwein war er betrogen;
diese beiden: wahr und unwahr,
sie nahm der Argwohn in sich auf,
und er schloß sie wieder aus.
Er wollte sie nicht schuldig sprechen,
sah ihre Unschuld nicht erwiesen.
Dies Dilemma griff
dem Zweifelnden ans Herz.

Marke, in die Irre geführt,
war jetzt in vollem Ausmaß
von Überlegungen belastet,
auf welche Weise er nun hier
Gewißheit finden könnte
und den Verdacht zerstreuen,
wie er dieser Zweifelsbürde
los und ledig würde,
wie der Hof vom Argwohn
abzubringen sei,
dem er doch selbst verfiel:
über seine Frau Isolde
und über seinen Neffen Tristan.
Er berief die Fürsten ein,
die ihm vertrauenswürdig schienen,
erzählte ihnen vom Problem

und sagte ihnen, dies Gerücht
sei an seinem Hof entstanden,
und welch große Furcht er habe
um seine Ehe, seine Ehre,
erklärte (was er selbst nicht glaubte):
Seit der Vorwurf gegen beide
offen ausgesprochen wurde,
heiße es, bei Landesherren,
daß er – ernstlich! – mit der Königin
nicht vertraut, intim sein könne,
bevor sie ihnen nicht, dies öffentlich,
bewiesen hätte: sie brach die Ehe nicht.
Er brauche ihrer aller Empfehlung,
wie er bezüglich der Verfehlung
den Zweifel nichtig mache
(in ihrem Sinne oder nicht ...),
wie seine Ehre das verlange.
Sein Anhang, seine Lehensleute,
sie empfahlen ihm sogleich,
daß er nach England, London
ein Konzilium einberufe
und dort der hohen Geistlichkeit,
den gelehrten antistites,
die das kanonische Recht vertreten,
sein Problem erläutere.
Es wurde dies Konzil sofort
nach London einberufen,
und zwar auf Ende Mai,
nach der Pfingstfestwoche.
Gemäß der Ladung König Markes,
die teils Bitte, teils Befehl war,
kamen zur besagten Sitzung
viele Kleriker und Laien.
Auch Marke kam dorthin. Es kam
Isolde. Auf den beiden
lasteten die Furcht, die Sorge.

Isolde hatte große Furcht,
Leben, Ehre zu verlieren,
und Marke hatte große Sorge,
daß er, wegen seiner Frau,
sein eignes Glück und seine Würde
erheblich einzuschränken hätte.

Als Marke im Konzil den Vorsitz
übernommen hatte, klagte er
seinen Landesfürsten, wie sehr ihm
das Schandgerücht zu schaffen mache.
Und er bat sie äußerst dringlich,
bei Gott und ihrer Ehre:
Soweit sie sachverständig seien,
sollten sie für ihn ein Mittel,
ein geeignetes Verfahren finden,
das ihm zu der Verfehlung
Urteil, Strafe formuliere
und den Fall bereinige –
in diesem oder jenem Sinne.
Mehrere der Herren gaben
ihre Meinung kund, geteilt,
mal positiv, mal negativ,
dieser so und jener anders.
Dann erhob sich einer der Fürsten
unter den Versammelten,
durch Verstand und Lebensreife
sehr zu gutem Rat geeignet,
vornehm, in gesetztem Alter,
mit grauem Haar und klugem Kopf;
der Bischof von der Themse
suchte Halt an seinem Krummstab.
»Herr und König, hört mich an!
Uns Fürsten hier aus England
habt Ihr zum Konzil berufen,
weil Ihr des loyalen Ratschlags

aufs äußerste bedürftig seid.
Zu diesen Fürsten zähl auch ich,
ich habe meinen Platz bei ihnen.
Des weitren bin ich alt genug,
daß ich – und zwar für *meine* Person –
tun und lassen – *und* auch sagen darf,
mit Recht, was ich zu sagen habe.
Jeder spreche hier in eignem Namen!
Herr, so trage nun auch ich
die Meinung vor – im eignen Namen.
Erscheint Euch meine Meinung richtig,
vermögt Ihr sie zu teilen,
so leistet meinem Rat auch Folge.
Mylady und Monsieur Tristan
wirft man gewisse Verfehlungen vor,
doch sind sie weder durch Indizien
noch durch Zeugen überführt,
soweit ich hierin informiert bin.
Wie könnt Ihr diesen krummen Verdacht
durch krumme Tour geradebiegen?!
Wie könnt Ihr Urteil sprechen
über Euren Neffen, Eure Frau,
über deren Leben, Ehre,
ohne daß man sie je schon eines
Vergehens überführt hat,
so leicht nicht überführen kann?
Ein Jemand klagt bei Tristan
diesen Verdacht ein, jene Schuld,
erbringt dafür nicht den Beweis,
wozu er rechtsverpflichtet wäre.
Ein gewisser Jemand bringt
auch Isolde unbesonnen ins Gerede –
und kann es nicht beweisen!
Wenn ihr vom Hofe so entschieden
ein Fehltritt vorgeworfen wird,
so müßt Ihr von der Königin

getrennt sein, dies von Tisch und Bett,
und zwar bis zu dem Tag, an dem sie
beweist, daß sie nicht schuldig ist –
dies vor Euch wie vor den Ländern,
in denen das Gerücht sich hält
und täglich mehr verbreitet wird.
Leider ist nun mal das Ohr
sehr empfänglich für Gerede,
egal, ob richtig oder nicht.
Ob es wahr ist oder unwahr –
was als Gerücht in Umlauf kommt,
was auf Beschuldigung hinausläuft,
das animiert, das stimuliert
zur jeweils schlimmeren Version.
Wie immer sichs bei ihr verhält,
ob das nun wahr ist oder nicht –
der Verdacht, der Schuldvorwurf
fand so großen Widerhall,
daß dies für Euch zur Kränkung wurde
und der Hof es übelnimmt.
Herr, ich empfehl Euch Folgendes:
Da Mylady, die Königin,
wegen eines solchen Fehltritts
ins Gerede kam,
so lade man sie hierher vor,
bringe sie vor unsre Instanz,
damit man Eure Klage
und die Verteidigung von ihr
hofgerecht zur Kenntnis nimmt.«
Der König: »Herr, ich leiste Folge.
Was Ihr empfahlt in Eurer Rede,
es scheint mir angemessen, richtig.«
Man lud Isolde vor. Sie kam
zu dem Konzil, in den Palast.
Als sie Platz genommen hatte,
tat der Bischof, der ergraute,

der weise von der Themse,
was ihm der König aufgetragen.
Er erhob sich und er sprach:
»Herrin Isolde, treffliche Königin,
meine Rede soll Euch nicht belasten.
Der König, mein Herr, befiehlt mir,
sein Anwalt hier zu sein; nun muß ich
vor Euch den Auftrag auch erfüllen.
Gott selber möge mein Zeuge sein:
was Eurem Ansehn nicht entspricht,
was Eure Reinheit ihres Lobs beraubt,
das bringe ich mit Widerstreben
ans Licht und damit vor Gericht.
Bliebe mir das bloß erspart!
Verehrte, gute Königin,
Euer Mann und Euer Gemahl,
heißt mich Euch verklagen,
nach öffentlicher Beschuldigung.
Ich weiß nicht, er weiß gleichfalls nicht,
was hier geahndet werden soll,
jedoch an Hof und Herrensitzen
brachte man Euch in Verbindung
mit seinem Neffen Tristan.
Königliche Herrin, will es Gott,
seid Ihr bezüglich dieses Vorwurfs
losgesprochen von der Schuld!
Allerdings, er hegt Verdacht,
weil der *Hof* das so behauptet;
was meinen *Herrn* betrifft, so hat er
an Euch nur Gutes stets gefunden.
Durch Gerüchte, die der Hof verbreitet,
ist sein Verdacht auf Euch gefallen
und nicht, weil ein Beweis erbracht ist.
Er klagt Euch *deshalb* an,
damit sein Anhang, seine Lehnsherrn
hören und zur Kenntnis nehmen,

wie er mit unser aller Hilfe
dies Gerücht, die Unwahrheit
zunichte machen kann.
Mir scheint es gut, wenn dies geschieht:
Daß Ihr ihm wegen des Verdachts
vor dieser unserer Instanz
Rede steht und Antwort gebt.«
Da sie das Wort erhalten hatte,
erhob sich die kluge Isolde;
die äußerst kluge Königin
begann zu sprechen, ohne Anwalt:
»Eminenz, Herr Bischof,
barons des Landes, Herren des Hofs –
ihr alle habt das Recht zu wissen:
sofern ich diese Kränkung meines Herrn
und meiner selbst zurückweisen muß,
so weis ich dies entschieden zurück!
Das gilt für jetzt, gilt jederzeit!
Hohe Versammlung, ich weiß durchaus,
daß ich vor einem Jahr am Hof
von Landesherrn beschuldigt wurde,
ich hätt mich bäurisch grob verhalten.
Nun ist euch allen wohlbekannt,
daß niemand derart glücklich ist,
stets in Einklang mit den Wünschen
der hohen Welt zu leben –
ohne böse Unterstellung.
Von daher wundert es mich nicht,
wenn man mir Böses unterstellt.
Ich habe keinen Schutz durch Schweigen,
ich *muß* ja wohl bezichtigt werden,
ich hätt mich grob und falsch verhalten,
denn ich befinde mich im Ausland
und kann, als Eideshelfer, keine Freunde
zusammenrufen und Verwandte;
mich unterstützt ja leider keiner,

der sich mein Leid zu eigen macht.
Ihr alle, einer wie der andre,
ob von geringem, hohem Rang,
ihr seid nur allzu gern bereit,
mich als bäurisch grob zu sehn.
Wüßte ich, was hier zu tun ist,
was ich an Mitteln bräuchte,
damit ich meine Unschuld
zur Geltung bringen könnte,
um euer aller Gunst zu finden,
wie das meinen Gatten ehrt,
so wär ich gern dazu bereit.
Was empfehlt ihr mir zu tun?
Welch Verfahren ihr auch vorseht,
ich bin bereit zu jedem Beitrag,
um bei euch allen den Verdacht
künftig zu zerstreuen
und – noch weitaus wichtiger –
um die Ehre meines Herrn
und die meine zu bewahren.«
Der König: »Herrin, Königin,
ich lasse es mit Recht dabei bewenden.
Könnt Ihr den Nachweis mir erbringen,
wie Ihr das vorgeschlagen habt,
so verschafft uns hier Gewißheit.
Tretet unverzüglich vor,
verpflichtet Euch zum Nachweis
durch das glühende Eisen,
wie wir Euch unterweisen.«
Das tat sogleich die Königin:
ging die Verpflichtung ein, den Nachweis
in der ihr vorgeschriebnen Form
nach den folgenden sechs Wochen
zu führen in der Stadt Caerleon.
Der König, die barons des Landes
(das Konzil), sie gingen auseinander.

Isolde blieb allein zurück,
voller Sorge, voller Leid.
Sorge, Leid, die beiden,
hatten sie sehr fest im Griff;
sie sorgte sich um ihren Ruf,
zugleich hielt sie das Leid im Griff,
das geheime, weil sie als wahr
beweisen sollte, was doch unwahr blieb.
Bei dieser doppelten Belastung
sah sie keinen Weg zu handeln.
Sie begann, die schwere Belastung
dem gnädigen Christus anheimzustellen,
Der hilfreich ist in allen Nöten;
sie befahl Ihm rückhaltlos
(mit Gebet und auch mit Fasten)
die Bedrängnis an und ihre Not.
In dieser Sache schlug Isolde
ihrem Herzen eine List vor,
die sich sehr auf Gottes
höfische Haltung verließ.
Sie schrieb und schickte Tristan
einen Brief, in dem sie ihm gebot
(ganz gleich, wie er das schaffe!),
nach Caerleon zu kommen, früh
an jenem Tag, an dem sie landen werde,
sich dort am Strand um sie zu kümmern.

Was auch geschah. Tristan kam
dorthin in Pilgerkleidern;
er hatte sein Gesicht
verschmiert, dazu verkleistert,
hatte Leib und Kleid verschandelt.
Als Marke und Isolde kamen,
das Schiff zur Lände fuhr,
sah ihn dort die Königin,
erkannte ihn, trotz allem, gleich.

Als das Schiff ans Ufer stieß,
da ordnete Isolde an,
im Namen Gottes
vom Pilger zu erbitten –
falls er dazu geeignet sei,
genügend Kräfte dafür hätte –,
sie vom Deck des Schiffs herab
auf den Hafenstrand zu bringen;
es solle sie in diesen Tagen
keiner von den Rittern tragen…
So riefen allesamt zum Strand:
»Tretet näher, frommer Mann,
tragt Madame ans Ufer!«
Er befolgte den Befehl
und ließ sich seine Herrin
in die Arme legen, trug sie
auf den Hafenstrand.
Isolde flüsterte ihm zu,
wenn er auf festem Boden sei,
solle er sich fallenlassen,
und zwar mit ihr gemeinsam –
ohne Folgen zu bedenken…
Das tat er. Als er aus dem Wasser
heraus auf festen Boden trat,
da sank der Pilger auf den Boden,
fiel *so* (als wär es ohne Absicht!),
daß mit dem Sturz ein Schwung entstand,
der ihn in ihre Arme,
sodann an ihre Seite warf.
Da gab es denn kein Halten mehr:
ein großer Trupp von Personal
kam mit Stöcken und mit Knüppeln
angerannt, um diesem Pilger
eine Abfuhr zu erteilen.
»Nein«, rief Isolde, »laßt das sein!
Der Pilger kann doch nichts dafür!

Ihm fehlt die Kraft, er ist zu schwach,
er fiel nur aus Versehen hin!«
Darauf sprach man ihr entschieden
Dank und Anerkennung aus
und pries sie ganz von Herzen,
weil sie an diesem Ärmsten
nicht grausam Rache nahm.
Isolde sprach mit feinem Lächeln:
»Doch wäre es verwunderlich,
wenn dieser Pilgersmann mit mir
sein Späßchen hätte haben wollen?«
Dies wurde ihr als trefflich,
als höfisch angerechnet;
verschiedne Männer sagten
viel zu ihrem Lob und Preis.
Und Marke schaute nur noch zu,
er hörte diese, jene Meinung.
Isolde freilich ging noch weiter:
»Ich weiß nicht, was draus werden soll...
Ihr alle seht hier völlig klar,
daß ich nicht korrigieren kann,
daß außer Marke *nie* ein Mann
von mir im Arm gehalten wurde
und daß noch *nie* ein andrer Mann
neben mir gelegen hat...«
Sie begannen mit dem Ritt
und setzten bis nach Caerleon
ständig ihre Scherze fort
über jenen vagabond.
Zahlreich waren in der Stadt
barons und Herren (geistlich, weltlich)
und jede Menge Bevölkerung.
Bischöfe und Prälaten, dort
die Messe lesend, segneten
die Mittel des Beweises,
und waren schon nach kurzer Zeit

mit allem Nötigen bereit;
das Eisen legte man ins Feuer...
Die gute Königin Isolde,
sie hatte all ihr Silber, Gold,
ihren Schmuck und was sie sonst
an Kleidern hatte und an Pferden,
geopfert für die Gnade Gottes,
auf daß denn Gott nicht weiter
der erwiesnen Schuld gedenke
und ihr Ansehn wieder stärke.
Sie war bereits im Münster
und hatte hier die Messe
gehört in aller Frömmigkeit.
Die Kluge und die Gute war
im Denken ganz auf Gott gerichtet.
Sie trug auf ihrer Haut
ein Hemd, das rauh und hären war,
darüber dann ein Kleid aus Wolle,
beinah kurz – es endete
handbreit über ihren Knöcheln;
bis zu ihren Ellenbogen
warn die Ärmel hochgestreift;
Arme, Füße blieben nackt.
Viele Herzen, Augen schauten
zu ihr voll Mitgefühl und Schmerz.
Ihre Kleidung und ihr Körper
wurden sehr genau gemustert...
Nun war das Reliquiar zur Stelle,
auf dem sie schwören sollte;
man wies Isolde an,
vor Gott wie vor der hohen Welt
die Schuld, die Sünde zu gestehn.
Nun hatte Isolde Ansehn, Leben
ganz Gottes Gnade anheimgegeben.
Sie machte Herz und Hand bereit
zum Schwur aufs Reliquiar –

mit Furcht, die angemessen war;
die Schwurhand und ihr Herz,
die gab sie Gottes Schutz und Schirm
anheim und Seinem Segen.
Es gab da nun Verschiedene,
die so grob, so taktlos waren,
daß sie der Königin am liebsten
die Eidesformel geschrieben hätten,
um ihr zu schaden, sie zu stürzen.
Der Truchseß Meriadoc
(die bittre Zornesgalle…!)
wirkte so und so und überhaupt
drauf hin, daß sie den Schaden hätte.
Freilich gab es auch so manchen,
der sie (und so sich selber) ehrte
und dies für sie zum Guten kehrte.
So fand um diese Eidesformel
hin und her ein Wortstreit statt:
der eine für, der andre gegen sie –
wie in solchen Fällen üblich…
»Herr und König«, so die Königin,
»was immer hier geredet wird –
mein Eid muß einen Wortlaut haben,
der Euch gefällt, zufriedenstellt.
Und deshalb urteilt bitte selbst
(was ich auch sage oder mache),
ob ich mit meinem Eidestext
Euren Beifall finden kann –
es reden hier zu viele drein!
So hört, was ich Euch schwören will:
… daß mit meinem Körper niemals
ein andrer in Verbindung kam,
und auch, daß mir zu keiner Zeit
(außer Euch) ein andrer Mann
in den Armen lag, zur Seite,
außer jenem, der sich nicht

leugnen läßt, auch nicht durch Eid,
den Ihr mit eignen Augen
in meinen Armen saht,
den armen Pilger meine ich...
Mein Herr der Himmelsscharen
und alle Heilgen, die es gibt,
sie mögen mir bei diesem Urteil
zum Segen und zum Heil verhelfen...
Hab ich etwas ausgelassen,
so beßre ich die Formel nach –
wie Ihr das wünscht, ob so, ob so...«
»Herrin«, sagte nun der König,
»mir scheint, dies reicht durchaus –
falls ich alles recht verstehe.
Nun nehmt das Eisen auf die Hand.
Mit Eurer Formulierung eben
helf Euch Gott in dieser Not!«
»Amen«, sprach die schöne Isolde.
Sie packte es in Gottes Namen,
trug es – und verbrannte sich nicht.
So wurde offenbart,
und der ganzen Welt bewiesen,
daß der allmächtige Jesus Christ
drehwendig wie ein Ärmel ist.
Wenn man ihn nur richtig bittet,
paßt Er sich und schmiegt sich an,
so angepaßt und derart glatt,
wie er das füglich sein soll.
Er ist bereit, für alle Herzen,
zur Ehrlichkeit wie zum Betrug;
ob im Ernstfall, ob im Scherz –
Er ist stets *so*, wie man es wünscht.
Das zeigte sich ganz offensichtlich
bei der geschickten Königin.
Ihr Betrug war ihre Rettung
und ihr vergifteter Eid,

der ihr, vor Gott geschworen,
zur Ehrenrettung wurde.

Sie wurde dann in hohem Maße
von Marke, ihrem Herrn Gemahl,
verehrt und geliebt,
wurde von den Landesherren
gepriesen und bejubelt.
Sobald der König merkte,
daß sie was von Herzen wünschte,
war dies bereits sein eigner Wunsch;
er bot ihr Einkunft und Besitz.
Sein ganzes Herz und sein Gemüt
waren nur auf *sie* gerichtet –
ohne jeden Vorbehalt.
Sein Zweifel, sein Verdacht,
die waren wieder abgetan.

Tristan reist zu Herzog Gillain, einem seiner Bewunderer. Gillain heitert den schwermütigen Tristan auf mit dem Feen-Schoßhündchen Petitcru. Tristan möchte das changierend bunte Hündchen mit dem Zauberglöckchen am Halsband für Isolde gewinnen, aber wie? Ein Riese, Urgan der Zottige, fordert wieder einmal sein Schutzgeld, in Naturalien; Tristan kann erneut ein Land von ungerechtem Tribut befreien. Er besiegt, tötet den Riesen. Als Siegespreis fordert er das Hündchen, läßt es durch einen Spielmann Isolde überbringen. Gute Nachricht in ihrem Dankesbrief: er kann kommen. Rasch sind sie am Hof wieder akzeptiert, bald finden sie erneut zueinander. Marke, in aufgefrischtem Argwohn, läßt sie kaum noch aus den Augen, entdeckt immer mehr Zeichen der Liebe, der Leidenschaft. Das erträgt er nicht länger, er weist seine Frau und seinen Neffen vom Hof: sie sollen sich ihre Wünsche rückhaltlos erfüllen. Keine Rache, nur Resignation. Mit mäßiger Trauer verlassen die Liebenden den Hof. Vorher allerdings bitten sie Brangaine, die Ohren offenzuhalten und, bei gegebenem Stichwort, auf Versöhnung hinzuarbeiten.

Tristan, Isoldes compagnon:
nachdem er sie zu Caerleon
ans Ufer getragen, dort getan,
was sie von ihm gewünscht,
reiste er, am selben Tag,
von England aus nach Swales,
zum Herzog Gillain.
Der lebte dort als Junggeselle,
war jung und reich und mächtig,
frisch und frei und fröhlich:
ihm war Tristan höchst willkommen.
Er hatte viel von ihm vernommen,
früher schon: von Heldentaten,
von erstaunlichen Erfolgen.
Gillain war sehr darum bemüht,
ihm alle Ehren zu erweisen,
ihn zu erfreuen, zu verwöhnen.
Sobald er denn von etwas glaubte,
es könnte Tristan Freude machen,
bemühte er sich gleich darum,
war er mächtig hinterher.
Freilich: Tristan, Trauermann,
er war zu einer jeden Zeit
in seinem Denken festgelegt
auf traurige Gedanken
über sein destin…

Eines Tags ergab es sich,
daß Tristan bei Gillain saß,
voller trauriger Gedanken,
und er seufzte sehr, sehr tief.
Gillain, dem fiel das auf.
Er befahl, sein Hündchen
Petitcru zu ihm zu bringen,
sein Herzensglück aus Avalon,
die Freude seiner Augen.

Es geschah, was er befahl.
Edle, teure Purpurseide
(aus fremdem Land, ein wahres Wunder)
in den Maßen seines Tisches
wurde vor ihm ausgebreitet,
ein Hündchen wurde draufgesetzt.
    Es war ge-*fee*-t, wie ich erfuhr:
aus Avalon, dem Land der Feen,
hatte eine Göttin dies
aus Neigung und aus Liebe
dem Herzog übermittelt.
Es war durch solche Qualität
ausgezeichnet, und zwar doppelt:
in Farbe und in Zauberkraft,
daß keine Zunge so beredt war
und kein Herz so einfallsreich,
seine Schönheit und sein Wesen
schriftlich, mündlich zu vermitteln.
Dank einer unbekannten Technik
war seine Farbe so durchmischt,
daß niemand klar bestimmen konnte,
welche Farbe es denn hatte.
Es war derart schillerhaarig,
daß ein jeder sagen mußte:
Schaute man es brustwärts an,
so war es weißer als der Schnee,
seitwärts grüner als der Klee,
hüben röter als das Karmesin,
drüben gelber noch als Safran,
unten glich es dem Lasur,
oben drauf war es Mixtur,
und zwar derart schön gemischt,
daß keine dieser Farben
eine andre übertraf:
dort gab es weder Grün noch Rot,
Weiß, Schwarz, Gelb, Blau,

doch einen Anteil all der Farben
in *dieser* Form: changierend glänzend.
Schaute man das Zauberwerk
aus Avalon von hinten an,
so konnte selbst der klügste Mann
seine Farbe nicht bestimmen –
sie war so kunterbunt,
so völlig irritierend,
als herrschte *keine* Farbe vor.
Es hing ihm um das Näckchen
ein Kettchen, das aus Gold bestand,
und daran hing ein Glöckchen,
so süß und hell im Klang –
wenn es anfing zu erklingen,
wurde Tristan, Trauermann,
den Kummer und die Trauer
um sein destin gleich los,
und er saß da wie befreit,
vergaß sein ganzes Leid,
das er um Isolde trug;
der Klang des Glöckchens war so süß,
daß es jedem, der es hörte,
seinen Kummer völlig nahm
und zerstreute, was ihn störte.
Tristan hörte, schaute sich
dies wunderschöne Wunder an,
begann das Hündchen wie das Glöckchen
zu betrachten, zu studieren,
im Detail zu reflektieren:
das Hündchen, sein bizarres Fell,
das Glöckchen, seinen süßen Klang …
Beides nahm ihn wunder,
jedoch erschien ihm hier
das Wunder mit dem Hündchen
sehr viel mehr verwunderlich
als das vom süßen Glöckchenklang,

der in seine Ohren drang,
ihn von der Traurigkeit befreite.
Es erschien ihm als miracle,
daß er mit klaren Augen
in allen diesen Farben
seine Augentäuschung fand –
so genau er sie beschaute,
keine fiel ihm sehr ins Auge.
Behutsam griff er hin
mit beiden Händen, streichelnd.
Als er begann, es zu berühren,
kam es Tristan gleich so vor,
als fasse er Seide aus Palma an –
so zart war es an jeder Stelle!
Wie immer er auch mit ihm spielte,
es knurrte nicht und bellte nicht,
und es neigte nicht zum Beißen.
Auch fraß es nicht und trank es nicht –
so wird von ihm berichtet.
Sobald es rausgetragen war,
wurde Tristans Trauern, Klagen
wiederum so groß wie vorher,
ja, seine Trauer war noch größer,
derart groß, daß er nun alles,
was er vorher hier studierte,
auf die Frage konzentrierte,
mit welch geschickter Handlung
oder welchem Kunstgriff
er für die königliche Herrin
vom Hündchen Petitcru
Besitz ergreifen könnte,
auf daß ihr die Sehnsuchtsbürde
angemessen leichter würde.
Doch ihm gelang nicht, auszuspähn,
wie dies durch Bitte oder List
mit Erfolg geschehen könnte,

war ihm doch durchaus bekannt,
daß es Gillain für nichts auf Erden
hergegeben hätte –
außer für sein eignes Leben.
Diese Gedanken, dieser Kummer
lagen ihm stets schwer im Herzen –
jedoch, man merkte ihm nichts an.

Wie uns die verbürgte historia
über Tristans Heldentum berichtet,
wohnte seinerzeit ein Riese
in der Nachbarschaft
des Landes von Swales:
war dünkelhaft und überheblich,
besaß ein Haus auf der rivage
und hieß Urgan le velu.
Diesem Riesen war Gillain,
war Swales zu Dienst verpflichtet:
es wurde ihm Tribut entrichtet,
damit er seine Untertanen
unbehelligt leben ließ.
  Nun wurde an den Hof gemeldet,
Urgan, der Riese, sei gekommen
und hätte alles eingetrieben,
was er als Schutzgeld fordere,
er lasse Rinder, Schafe, Schweine
vor sich her nach Hause treiben.
Sogleich berichtete Gillain
seinem Freunde Tristan:
Also, diese Schutzgebühr
sei von Anfang an mit Arglist
und Gewalt erhoben worden.
Tristan sprach: »Nun sagt mir, Herr –
falls ich Euch davon befreie,
indem ich rasch dazu verhelfe,
daß Ihr, solang Ihr lebt, nicht weiter

die Schutzgebühr entrichten müßt,
wie säh dann die Belohnung aus?«
»Wahrhaftig, Herr, ich gäbe Euch
aus freien Stücken, was ich habe!«
Tristan tat den nächsten Schritt:
»Herr, versprecht Ihr mir das fest,
so werde ich für Euch erreichen
(wie immer ich das schaffen werde),
daß Ihr nach einer kurzen Zeit
Urgans für immer ledig seid –
oder ich verlier mein Leben.«
»Wahrhaftig, Herr, ich werd Euch geben,
was Ihr auch wünscht. Was Ihr befehlt,
ist schon getan.« Gillain
versprach es in die Hand.
Für Tristan wurden augenblicklich
sein Roß, die Rüstung hergeholt.
Dann bat er, ihn dorthin zu führen,
wo der Teufelssohn mit seinem Raub
nach Hause ziehen werde;
augenblicklich, ohne Umweg,
wurde Tristan an die Route
des Urgan gebracht, im Wald.
Der grenzte an das Reich des Riesen,
und zwar dort, wo stets der Raub
über eine Brücke zog.
Raub und Riese kamen bald,
doch Tristan war schon vorher da,
hielt die geraubte Herde auf.
Als Urgan, der todgeweihte Riese,
den Stau dort an der Brücke sah,
lief er aufgebracht dorthin
mit einer reichlich langen
Stange, die gestählt war;
er trug sie hoch emporgerichtet.
Als er den Ritter an der Brücke

in der schönen Rüstung sah,
da schrie er, ungehobelt:
»Freund zu Roß, wer seid Ihr?!
Weshalb laßt Ihr mein Eigentum
nicht über diese Brücke ziehn?
Gnad Euch Gott für diese Tat!
Ihr zahlt dafür mit Eurem Leben –
oder Ihr müßt Euch ergeben!«
Der auf dem Roß, er gab zur Antwort:
»Freund, mein Name lautet Tristan!
Und damit du völlig klar siehst:
du und deine Stange,
die machen mir nicht bange.
Drum trolle dich schön brav …
Und mach dir endlich klar:
dein Raub kommt hier nicht weiter –
sofern ich das verhindern kann!«
»Jaja, Herr Tristan«, rief der Riese.
»Ihr bildet Euch ja viel drauf ein,
daß Ihr Morold von Irland besiegtet,
mit dem Ihr Euren Zweikampf
aus einem Grund, der nichtig war,
das heißt: mit Bruch des Rechts geführt
und den Ihr aus Hoffart getötet habt.
Auch ist bei mir die Lage anders
als bei Gandin aus Irland,
den Ihr gestört habt mit Musik,
wobei Ihr ihm die Schöne raubtet,
die erblühende Isolde,
die er sich erkämpfen wollte.
Nichts davon! Ich wohn auf der rivage,
mein Name lautet Urgan le velu!
Hopp, runter von der Straße!«
Und mit beiden Händen
begann er, augenblicklich,
zu einem weiten, wilden,

maßgerechten Schleuderwurf
auf Tristan auszuholen;
er stimmte seinen Wurf im Schwung,
im Winkel, in der Weite
genau auf seine Absicht ab,
auf diese Weise Tristans Leben
ein Ende zu bereiten.
Doch als er mit dem Balken
ausholte zu dem Schleuderwurf,
versuchte Tristan, wegzuschwenken,
jedoch gelang der Schwenk nicht ganz,
der Riese traf das Roß vor seiner
Kruppe und halbierte es.
Ein Jubelschrei des bösen Riesen,
er rief zu Tristan, mit Gelächter:
»Nun stehe Gott Euch bei, Herr Tristan!
Habts nicht so eilig, wegzureiten…
Geruht noch, kurz auf mich zu warten,
für den Fall, daß ich durch Flehen
bei Euch erreich, daß ich mein Lehen
aus diesem Lande ohne Störung
in Ehren weitertreiben darf…«
Tristan war ins Gras gesprungen:
ihm war sein Roß zerschlagen worden…
Er machte mit der Lanze kehrt,
und stach Urgan mit seiner Lanze
ins Auge und zerstörte es.
Der Todgeweihte war gestellt!
Urgan, der böse Riese,
rannte augenblicklich los
zur Stelle, wo der Balken lag.
Als seine Hand dort hin griff,
hatte Tristan schon die Lanze
weggeworfen, galoppierte
zu Fuß mit seinem Schwert heran;
er traf ihn so, wie er das wollte:

er schlug ihm die erwähnte Hand,
die zur Stange greifen wollte,
ab, daß sie am Boden blieb,
verpaßte ihm noch einen Hieb
auf den Schenkel, kehrte um.
Urgan, der schwer lädierte Mann,
griff runter mit der linken Hand,
riß die Stange wieder an sich,
lief auf seinen Gegner zu;
er rannte hinter Tristan her
rundherum, von Baum zu Baum,
in vielen sehr riskanten Schwenks –
da ward das Strömen seines Bluts,
das aus der Wunde strömte,
so stark, daß dieser Teufelsmann
große Furcht zu kriegen begann,
er werde mit dem Blut
in kurzer Zeit die Kräfte
verlieren und die Lebensgeister.
So ließ er Raub und Ritter stehn,
packte, wo sie lag, die Hand
und kehrte auf dem schnellsten Weg
nach Haus zurück, in seine Burg.

Und Tristan stand im Walde,
allein mit seiner Beuteherde;
es gefiel ihm überhaupt nicht,
daß Urgan entkam, noch lebte.
Er ließ sich nieder in das Gras,
er überlegte, dachte nach,
ließ sich durch den Kopf gehn:
Weil er für seine Heldentat –
abgesehn vom Raubtribut –
keinen Nachweis liefern konnte,
so brächt ihn die riskante Mühe,
die er auf sich genommen hatte,

nicht das kleinste Schrittchen weiter;
er fürchtete, Gillain
halte sein Versprechen nicht,
für das es keinen Zeugen gab.
So machte er sich auf den Weg,
lief zügig auf der Spur,
die Urgan getrampelt hatte;
hier war der Boden, war das Gras
den ganzen Weg mit Blut gefärbt.
Als er das château erreichte,
schaute er sich um, genau,
wo Urgan zu finden sei,
jedoch, er fand ihn nirgendwo
und keinen sonst, der Leben zeigte,
denn der wunde Riese hatte,
wie die Geschichte uns erzählt,
seine abgeschlagne Hand
im Saal auf einen Tisch gelegt,
war von der Burg ins Tal hinab
gelaufen, um dort Kräuter auszugraben,
die er für seine Wunden brauchte
und deren Wirkung auf die Heilung
er kannte, sehr genau.
Er hatte hier wie folgt geplant:
Würde er zur rechten Zeit
die Hand, die noch nicht abgestorben,
mit dem Arm zusammensetzen,
im Verfahren, das er kannte,
so käm er glimpflich davon:
ein Auge weg, die Hand zurück...
Doch dazu sollte es nicht kommen,
denn Tristan tauchte sehr bald auf
und erblickte dort die Hand;
als er sie unverteidigt sah,
da nahm er sie und kehrte um –
genau auf seinem Weg hierher.

Urgan kam heim und stellte fest,
daß seine Hand verschwunden war;
das brachte Leid und weckte Zorn.
Die Arznei, die schmiß er hin
und brach gleich auf, verfolgte Tristan.
Der war schon über diese Brücke,
doch deutlich hatte er gehört:
der andere verfolgte ihn!
Die Hand des Riesen versteckte er
unter einem Baumstamm.
Seine Angst vor diesem bösen
Riesen brach erst richtig durch,
denn es gab da keinen Zweifel,
daß einer hier sein Leben lasse,
seis der Riese, seis er selbst.
Er wandte sich in Richtung Brücke,
trat ihm entgegen mit der Lanze,
stach sie in ihn, daß sie zerbrach.
Im Moment des Lanzenstichs
war der verfluchte Urgan sogleich
zum Schlag bereit mit seiner Stange.
Er schlug mit solcher Wucht nach ihm:
und hätte er aus Erz bestanden,
er hätt das niemals überstanden!
Jedoch der Schlag ging viel zu weit.
Ihm verhalf zum Überleben,
daß Urgan so gieprig war;
so war der ihm zu nah gekommen,
so hatte dieser Schlag, im Schwung,
weit über Tristan rausgereicht.
Bevor der böse Mann erneut
ausholen konnte mit der Stange,
hatte Tristan ihm, geschickt,
in noch ein Auge reingestochen –
diesmal ging (es stimmt!)
der Stich genau ins zweite Auge;

von nun an schlug Urgan
wortwörtlich: blindlings um sich!
Er legte derart los mit Schlägen,
daß Tristan floh, dann stehenblieb,
den Riesen ziellos tapsen ließ –
der führte Schläge mit der Linken...
So kam es, daß er derart nah
an den Rand der Brücke stampfte,
daß Tristan zu ihm ›galoppierte‹,
wobei er für die Rittertat
alle Kräfte aktivierte:
er kam dorthin im *Renn*-Galopp
und brachte ihn mit beiden Händen
zum Sturz von dieser Brücke:
von oben stieß er ihn hinab,
so daß die böse Riesenlast
an einem Fels zerschellte.

Tristan, Mann des Siegessegens,
nahm sogleich die Hand an sich,
schritt in raschem Tempo aus,
traf sehr bald den Herzog,
Gillain, der ihm entgegenritt.
Dem hatte äußerst leid getan,
daß Tristan sich der Sache angenommen
und den Zweikampf übernommen,
denn es schien ihm ganz undenkbar,
daß er überleben würde,
wie er überlebte. Als er ihn
eilig kommen sah, da rief er froh:
»Ah, bienvenu Tristan distingué!
Mann des Glückes, nun erzählt schon,
wie geht es Euch? Seid Ihr noch ganz?«
Tristan ließ ihn nun sogleich
die tote Hand des Riesen sehn,
erzählte ihm die ganze Wahrheit

von seinem Glück und dem Erfolg
bei diesem Unternehmen.
Gillain, er war nun äußerst froh.
Sie ritten wieder an die Brücke
und fanden – wie das Tristan
wahr und glaubhaft dargestellt –
einen ganz zerschellten Mann
und starrten den mit Staunen an.
Und sie gingen gleich drauf fort.
Sie trieben frohgemut die Herde
des Raubes in das Land zurück.
Von dem Ereignis wurde viel
erzählt im Lande Swales;
Tristan wurde überall
gelobt, gepriesen und geehrt:
mit solcher Dreiheit wurde
die Heldentat nur *eines* Mannes
in Swales noch nie gefeiert!

Als nun Gillain und Tristan,
der Mann des Siegessegens,
in die Burg zurückgekehrt,
da wiederholten sie noch mal
die Geschichte des Erfolges,
und Tristan, nun als Wundermann,
mahnte bei dem Herzog an:
»Herr und Herzog, laß Euch nun
ans Ehrenwort, an das Versprechen
erinnern, das wir uns gegeben
und das Ihr mir bekräftigt habt.«
»Mit dem größten Vergnügen, Herr,
erfüll ich dies. So sagt mir schon:
Was wär Euch recht? Was wünscht Ihr Euch?«
»Herr Gillain, ich wünsch von Euch,
daß Ihr mir Petitcru vermacht.«
»Da hab ich einen beßren Vorschlag!«

Tristan fragte: »Und der wäre?«
»Also – Ihr laßt mir das Hündchen
und nehmt Euch meine schöne Schwester,
dazu die Hälfte vom Besitz.«
»Nein, Herr und Herzog Gillain,
denkt an Euer Ehrenwort!
Ich nähme lieber dieses Hündchen
als alle Länder, alle Reiche –
ließe man mir freie Wahl …
Ich hab Urgan le velu
getötet wegen Petitcru!«
»Wahrlich, Monsieur Tristan,
wenn Ihr das lieber haben wollt
als das, was ich Euch vorgeschlagen,
so halte ich mein Wort
und gebe, was Euch lieb ist.
Ich will hier keineswegs
falsch sein oder List gebrauchen.
Auch wenn ich dies nicht gern erfülle –
was Ihr befehlt, das soll so sein!«
Und er ließ sogleich das Hündchen
zu sich und Tristan bringen.
»Seht nun, Herr, ich sage Euch,
und will es auch bei meinem
ganzen Seelenheil beschwören:
Außer meinem Leben, meiner Ehre
verfüg ich über *nichts*, erwarb
ich *nie*, was mir so sehr gefällt,
daß ich es Euch nicht lieber gäbe
als mein Hündchen Petitcru.
Doch nehmt es an, behaltet es.
Mög Gott Euch damit glücklich machen.
Ihr habt mir mit ihm, wahrhaftig,
meine schönste Augenweide,
viel Herzensfreude weggenommen!«
Als Tristan über dieses Hündchen

frei verfügen konnte,
da wären ihm (im vollen Ernst!)
Rom und alle Königreiche,
alle Länder, alle Meere
nichts dagegen wert gewesen!
Es war sein Herz noch nie so froh
wie damals – außer mit Isolde…

Einen Spielmann aus Gallois
gewann er als Vertrauten –
der war geschickt, gewitzt.
Den unterwies er in der klügsten
und besten Art des Vorgehns,
mit dem er dieses Hündchen
der Königin, der schönen Isolde,
überbringen sollte, ihr zur Freude:
er steckte es dem Galloiser
geschickt in dessen Harfenzither.
Er schrieb ihr einen langen Brief,
erzählte, wo und wie er dies
für sie errungen hatte, gab ihn mit.

Der Spielmann tat, wie ihm gesagt,
befolgte diese Instruktionen,
begab sich auf die Reise,
kam schließlich in Tintagel an,
im château des Königs Marke,
ohne daß ihm auf der Straße
etwas zugestoßen wäre.

Er nahm Kontakt auf mit Brangaine,
übergab ihr Hund und Brief;
sie gab dies an Isolde weiter.
Isolde schaute sich genau
in allen seinen Einzelheiten
dies wunderschöne Wunder an,
das sie an diesem Hündchen fand.
Dem Spielmann gab sie gleich
als Botenlohn und Sold

fünf Pfund an Barrengold.
Sie schrieb und schickte Tristan
einen seitenlangen Brief,
berichtete genau und klar,
daß Marke, ihr Gemahl, ihm wieder
gewogen sei und zugetan
und daß er nun – mit Blick auf ihn –
nicht mehr an jenen Vorfall denke;
er solle kommen, unbedingt,
sie hätte alles beigelegt.

Tristan folgte diesem Vorschlag,
kehrte gleich nach Haus zurück.
König, Hof und Landesherren
erwiesen ihm nun wieder alle Ehren,
ja, er wurde dort am Hof
nie zuvor so sehr geehrt;
ihn ehrte auch Meriadoc,
doch kam das ihm und dem Kumpan,
petit Melot, nicht aus dem Herzen.
Die vorher seine Feinde waren,
was sie an Ehren ihm erwiesen,
damit verband sich wenig Ehre…
   Bitte, äußert euch dazu:
Wo sich allein semblant zeigt,
ist dort Ehrung oder nicht?
Ich sage dazu nein und ja:
Nein und Ja sind beide hier –
Nein bei dem, der Ehr erweist,
Ja bei jenem, der geehrt wird.
Die beiden sind in diesen beiden,
man findet hier das Ja und Nein.
Und worauf läuft dies nun hinaus?
Es ist Ehre ohne Ehre…

Nun erzählte Königin Isolde

dem Gemahl von ihrem Hündchen:
Die Mutter hätt es ihr geschickt,
die kundige Königin von Irland,
mit der Empfehlung, diesem Hündchen
aus edlen Materialien,
mit goldner Schmiedearbeit,
so ganz nach Wunsch ein allerliebstes
Hundehüttchen herzustellen.
Das wurde ihm mit schönster Seide
ausgelegt, auf der es ruhte.
So hatte es Isolde
Tag und Nacht vor Augen,
für sich allein und in Gesellschaft;
wo sie auch war, wohin sie ritt,
sie hatte sich daran gewöhnt,
es niemals aus dem Blick zu lassen;
man brachte, nein, man *trug* es ständig
dorthin, wo sie es sehen konnte.
Doch wie es uns die Quelle sagt,
tat sie das nicht bloß zum Vergnügen,
sie tat es, um die Leidenschaft
zu schüren, denn sie liebte Tristan,
der ihr dies aus Liebe schickte.
Sie hatte kein Vergnügen dran,
sie fand hier keinen Trost.
Schon im allerersten Moment,
als bei der treuen Königin
das Hündchen abgegeben wurde,
und sie vernahm das Glöckchen,
das ihre Traurigkeit verscheuchte,
schon da bedachte sie sofort,
wie Tristan, der Geliebte,
durch sie belastet würde,
und sie faßte den Gedanken:
»Aber, aber – wenn ich mich so freue,
was mach ich Treulose denn da…?!

Worüber werd ich jemals froh
für eine Zeit, für kurze Frist,
indes er traurig ist, durch mich,
er, der sein Glück, sein Leben
für mich der Trauer übergeben?
Woran kann ich mich freuen ohne ihn,
dessen Schmerz und Glück ich bin?
Worüber kann ich jemals lachen,
wo sein Herz doch nie
sein Vergnügen haben kann,
wenn mein Herz nicht mit dabei ist?
Er lebt doch nur durch mich allein.
Könnte ich denn ohne ihn
fröhlich und in Freuden leben,
und er selber wäre traurig?
Es lasse Gott in Seiner Güte
niemals zu, daß im Gemüte
Freude ist, die er nicht teilt!«
Und sie brach das Glöckchen ab,
jedoch das Kettchen ließ sie dran.
Damit verlor das Glöckchen alle
Wesensart und Wirkungskraft;
es erklang denn nie mehr wieder
mit seiner alten Zaubermacht;
so oft man es auch hören mochte –
es heißt, daß es seither nie mehr
irgendwem den Herzenskummer
abnahm, ihn beendete.
Dies war Isolde völlig gleich,
sie *wollte* nicht mehr fröhlich sein.
In ihrer Leidenschaft und Treue
hatte sie ihr Glück, ihr Leben
der Sehnsucht, Tristan hingegeben.

Wieder hatten Tristan und Isolde
die Gefahr, die Angst besiegt,

gehörten wieder fest zum Hof,
der sie auf jede Weise ehrte:
ihr Ansehn auf dem höchsten Punkt!
Sie beide waren wie zuvor
Vertraute ihres Herren Marke.
Und sie versteckten die Gefühle.
Ergab sich keine Gelegenheit,
sich nur zu zweit zu treffen,
so fanden sie bereits die *Absicht* gut –
für Liebende oft Linderung …
Die Hoffnung und die Zuversicht,
wie man das erreichen kann,
was einem sehr am Herzen liegt,
dies schenkt den Herzen jederzeit
frisches Verlangen, blühende Fülle.
Dies ist die wahre Partnerschaft,
dies ist die Krönung der Vernunft
bei Neigung und bei Liebe:
wenn der Akt nicht möglich ist,
wie ihn sich die Liebe wünscht,
so möge man darauf verzichten
und nehm die Absicht für die Tat.
Wo eine feste Absicht ist,
doch Mangel an Gelegenheit,
da soll man mit der festen Absicht
sein Verlangen vorerst dämpfen;
Gespielen und Gefährten der Liebe,
sie sollen nie nach dem verlangen
was die Gelegenheit nicht bietet,
sonst sind sie nur auf Unglück aus.
Wenn man nicht kann und dennoch will:
das ist ein höchst fatales Spiel;
wenn man gut kann, so wolle man:
da hat man Glück im Spiel,
da entsteht kein Herzeleid.
Wenn die Gespielen Tristan und Isolde

Gelegenheit nicht finden konnten,
verschenkten sie Gelegenheit,
weil die vereinte Absicht blieb.
Die Absicht, sie verband die zwei
in ständiger Geschäftigkeit
auf sanfte, zarte, schöne Weise.
Vereinte Neigung, vereintes Gefühl,
das schien den beiden süß und gut.
Die beiden Liebenden versteckten
ihre Liebe vor dem Hof
und vor Marke permanent
so gut und konsequent,
wie das die blinde Liebe zuließ,
die diese zwei ergriffen hatte.

Freilich sind Verdacht auf Liebe
und seine Saat verhext, wie folgt:
Wo immer man den Samen sät
und Würzelchen sich bilden können,
dort ist Verdacht so fruchtbar,
so fruchtreich und so früchtereich –
hat er nur *etwas* Feuchtigkeit,
geht er so gut wie gar nicht ein,
das heißt: geht überhaupt nicht ein!
Der geschäftige Verdacht
begann bei Tristan und Isolde
sehr stark ins Kraut zu schießen
und ihnen mitzuspielen;
hier gab es *zuviel* Feuchtigkeit
durch Zeichen ihrer Zärtlichkeit,
in der man schlüssige Beweise
der Liebe stets vor Augen hatte.
Es hatte völlig recht, der sagte:
Wie streng auch immer Aufsicht sei,
sie sind doch gerne beieinander:
das Auge und das Herz,

der Finger und der Schmerz.
Wohin das Herz gewendet ist,
dort schweifen gerne räuberisch
die Augen hin, des Herzens Leitgestirne;
es streckt der Finger sich, die Hand
sehr oft, zu wiederholten Malen
zum Punkt, an dem es schmerzt.
So hielten es die Liebenden.
Sie wollten und sie konnten es
bei aller Angst nicht unterlassen,
mit vielen liebevollen Blicken
(dies sehr oft, ja viel zu häufig)
den Verdacht zu stimulieren.
Leider – wie ich dies soeben vorlas –
war das Auge, Freund des Herzens,
beständig auf das Herz gerichtet,
griff die Hand stets nach dem Schmerz.
Sie begannen, wechselweise,
ihre Augen, Herzen oft so sehr
mit Blicken zu verstricken,
daß sie sich vielfach, wiederholt
aus ihrer Blickerei nicht mehr
so leicht befreien konnten,
daß Marke nicht den Balsamduft der Liebe
bei ihnen wahrgenommen hätte.
Er behielt sie stets im Auge,
sein Blick kam nicht von ihnen los.
Er sah sehr häufig, insgeheim,
die Beweise in den Blicken –
dies freilich in nichts anderem
als in der *Weise* ihres Blickens:
das war derart liebevoll,
so zärtlich und so sehnsuchtsvoll,
ihm drehte sich das Herz im Leibe,
ein solcher Zorn entstand in ihm,
solche Eifersucht und Feindschaft,

daß ihm das eine wie das andre:
Zweifel und Verdacht,
dies alles nichts bedeutete,
denn ihm hatten Schmerz und Zorn
Verstand und Fassung ganz geraubt;
es war ein Tod für den Verstand,
daß seine herzgeliebte Isolde
einem *andren* ihre Liebe
schenkte und nicht ihm allein.
Schließlich war ihm nichts
so wichtig wie Isolde –
hierin blieb er sich auch treu.
Wie groß sein Zorn auch werden mochte –
ihm blieb sein liebes Weib so lieb,
ja, lieber als sein eignes Leben;
wie groß auch diese Liebe war,
ihn brachten die Belastung
und dieser rasend starke Schmerz
zu einer solchen Raserei,
daß er aus der Balance kam
und völlig seinem Zorn erlag.
Es mochte Täuschung, Wahrheit sein –
das war für ihn bedeutungslos!

In dieser Krankheit, dieser Blindheit
ließ er sie im großen Saal
vor dem Thron erscheinen
in Gegenwart des ganzen Hofstaats.
Er sagte Isolde, öffentlich,
daß der Hof es hörte, sah:
»Meine Herrin, Isolde von Irland,
die Herrn im Lande wissen genau,
wie dringend Ihr seit langer Zeit
mit Blick auf meinen Neffen
Tristan verdächtigt werdet.
So habe ich für Euch diverse

Fangplätze, Fallen angelegt,
damit Ihr Euch, dies mir zuliebe,
beschränkt in dieser Narretei;
doch Ihr wollt von ihr nicht lassen.
Ich bin als Mann nicht solch ein Narr,
daß ich bei Euch nicht seh und merke
(ob in kleinem oder großem Kreis) –
Euer Herz und Eure Augen –
daß die sich zu jedem Zeitpunkt
auf meinen Neffen richten!
Ihm erweist und schenkt Ihr
mehr Zärtlichkeit als mir.
Aus dem Verhalten schließe ich,
daß *er* Euch lieber ist als *ich*.
Wie immer meine Aufsicht sei,
sowohl bei Euch als auch bei ihm,
es bringt mir überhaupt nichts ein!
Soviel ich hier auch unternehme,
es ist doch ganz umsonst getan!
Ich habe euch, mit euren Körpern,
so häufig voneinander ferngehalten,
daß ich mich nur noch wundern kann,
daß ihr so lang, die ganze Zeit,
im Herzen stets vereinigt bleibt.
Eure liebevollen Blicke,
die habe ich schon oft getrennt,
doch kann ich bei euch beiden
die *Liebe* nicht mehr trennen.
Ich hab hier zu viel hingenommen!
Nun bringe ich es auf den Punkt:
Ich kann die Schande und das Leid,
die Ihr mir bereitet habt
mit dieser leidigen Erfahrung,
nicht mehr so nah bei Euch ertragen!
Ich nehm von diesem Zeitpunkt an
die Entehrung nicht mehr hin!

Doch will ich mich für den Skandal
an euch nicht derart rächen,
wie ich das rechtens sollte,
falls ich mich rächen wollte.
Neffe Tristan, Herrin Isolde,
daß ich euch zwein den Tod
oder großes Leid bereite,
*da*für seid ihr mir zu lieb –
das geb ich freilich ungern zu...
Doch weil ich an euch beiden sehe,
daß ihr euch nach wie vor
(völlig gegen meinen Willen!)
mehr liebt als mich,
so lebt von nun an miteinander –
wie das eurem Wunsch entspricht.
Schränkt euch nicht ein aus Angst vor mir.
Da eure Liebe derart groß ist,
so üb ich, ab sofort, bei euch
keinen Druck aus, keinen Zwang,
und dies in keiner Hinsicht.
Nehmt einander an die Hand,
verlaßt hier Hof und Land!
Soll mir schon Leid durch euch geschehn,
so will ich das nicht hören, sehn.
Die Gemeinschaft von uns drein,
sie kann nicht mehr bestehen bleiben:
euch beide lasse ich in ihr,
nur ich allein verlasse sie,
egal, wie ich mich von ihr löse...
Diese Gemeinschaft, sie ist böse,
ich möchte mich von ihr befrein.
Ein *König*, der mit Wissen teilhat
an einer communauté der Liebe,
der benimmt sich bäurisch grob.
Reist nun beide – Gott mit euch! –,
lebt euer Leben, eure Liebe,

wie das eurem Wunsch entspricht.
Die communauté ist nun zu Ende!«
Dies geschah und dies lief ab,
wie es Marke angeordnet;
Tristan, seine Herrin Isolde
verbeugten sich mit halben Schmerzen
und leichtem Leid im Herzen
vor ihrer beider Herrn, dem König,
danach vor den suivants.
Die liebestreue communauté,
sie nahm sich bei den Händen
und ging hinaus zum Hof.
Brangaine, ihrer Freundin,
der wünschten sie Gesundheit
und baten sie zu bleiben,
die Zeit am Hofe zu verbringen,
bis ihr zu Ohren komme,
daß sich für beide etwas tue.
Dies legten sie ihr sehr ans Herz.
Tristan nahm zehn Pfund
von Isoldes Barrengold
für beider täglichen Bedarf,
für ihren Proviant.
Man brachte ihm zudem,
was er gefordert für die Reise:
seine Harfe und sein Schwert,
sein Horn, die Pirsch-Armbrust.
Des weitren hatte er
unter seinen Bracken
eine kleine, schnelle ausgesucht,
die Hudent genannt war;
die nahm er selber an die Leine.
Sein Personal befahl er Gottes Schutz an
und ließ es wieder in die Heimat reisen,
zu seinem Vater Rual –
ausgenommen Courvenal,

der ihn begleiten sollte.
Ihm übergab er auch die Harfe;
die Armbrust nahm er selbst an sich,
das Horn und ebenso den Hund –
Hudent, nicht Petitcru!
So ritten sie zu dritt vom Hof.

Die makellose Brangaine
zurückgelassen, alleingelassen,
war voller Jammer, voller Trauer.
Das traurige événement,
der äußerst schwere Abschied
von beiden, die ihr nahestanden,
dies griff ihr, mit dem Schmerz,
so sehr ans Herz,
daß schon ein großes Wunder war,
daß sie den Kummer überlebte.
Es trennten sich die beiden
von ihr in großem Schmerz,
erteilten ihr jedoch den Auftrag
(wegen ihrer klugen Absicht),
für eine kurze Zeit bei Marke
zu verweilen und zu bleiben,
um in beider Sinn bei ihm
die Versöhnung zu befördern.

Tristan und Isolde ziehen in eine Wildnis. In einem schwer zugänglichen Bereich ein kleines Paradies mit allen Schönheiten, die schon in der Antike erträumt wurden. Unterkunft finden sie in einer Höhle, die seinerzeit von Riesen in ein Felsmassiv gemeißelt wurde: »der Höhlenbau der Liebenden«. Das jugendliche Paar liebt sich, erfreut sich an der Natur, an Musik, an alten Geschichten leidenschaftlicher Liebe, die ins Verderben führt … König Marke, der jungen, schönen Frau nachtrauernd, zerstreut sich durch eine Hetzjagd. Ein weißer Hirsch entflieht Richtung »Klause«, so wird das Paar in ihr entdeckt, auf dem Bett, doch mit einem Schwert zwischen sich. Wieder braucht der König Rat, Empfehlung, ruft seine getreuen Herren im Lande zusammen, berichtet. Die Herren ahnen seinen Wunsch, empfehlen ihm, die beiden an den Hof zurückzuholen. Das geschieht. Marke bittet sie, zueinander Distanz zu wahren. Das tun sie vorerst, leidend. Doch Isolde findet wieder eine Möglichkeit, Tristan zu treffen: im Sommergarten, im Bett unter einem Baum. Trotz aller Vorsichtsmaßnahmen erblickt hier Marke das eingeschlafene Paar in inniger Umarmung. Tristan sieht, aufwachend, den König weggehen. Tristan und Isolde nehmen Abschied, für immer.

So ritten diese drei gemeinsam
durch Wälder, über offnes Land
fast zwei Tagereisen weit
beständig auf die Wildnis zu.
Dort kannte Tristan schon seit langem
in schroffem Berge einen Hohlbau,
früher per hasard gefunden –
damals war er in der Gegend
zur Jagd geritten und ihn hatte
der Weg dorthin geführt.
Man hatte diesen Bau vor langem,
als Heiden in der Gegend lebten
(vor des Corineus Jahren,
als Riesen dort die Herrscher waren),
in den schroffen Berg gemeißelt;
hier fanden Riesen eine Zuflucht,
wenn sie sich zurückziehn
und der Liebe widmen wollten.
Wo immer solch ein Hohlbau war,
verschloß ihn eine Bronzetür,
er war der LIEBE zugeeignet:
La caverne aux gents amants,
sprich: Der Höhlenbau der Liebenden.
Der Name paßte zum Objekt…

Zudem berichtet uns die Quelle,

die caverne, sie sei im Grundriß
weit und rund, im Aufriß hoch,
schneeweiß und überall poliert;
das Gewölbe war hoch oben
vollendet abgeschlossen:
auf dem Schlußstein eine Krone,
auf allerschönste Art geschmückt
in der Arbeit eines Goldschmieds,
mit Edelsteinen, drahtgefaßt.
Unten war der Estrich
aus Marmor, grün wie Gras,
glatt und klar und kostbar.
In der Mitte stand ein Bett,
das aus Kristall-Gestein
präzis und schön geschliffen war,
hoch und breit, ein Stück erhöht,
und ringsum Lettern eingraviert –
die gaben gleichfalls kund,
daß dieses Bett der Göttin
LIEBE zugeeignet sei.
Oben, in der caverne
waren kleine Fensterchen
eingemeißelt, wegen Licht –
es fiel mal hier, mal dort herein.
Dort, wo man aus- und einging,
war eine Tür aus Bronze eingesetzt.
Und draußen, oberhalb der Tür,
drei Lindenbäume, reich an Ästen –
weiter droben keine mehr.
Doch rund und rundum abwärts,
dort standen Bäume ohne Zahl,
die dem Berg mit ihren Ästen
und ihren Blättern Schatten gaben.
Auf einer Seite eine plaine,
dort sprudelte eine fontaine,
eine frische, kühle Quelle,

luzide wie die Sonne;
drei Linden standen über ihr,
schön und rühmlich rühmenswert,
und sie beschützten diese Quelle
vor Regen wie vor Sonne.
Lichte Blumen, grünes Gras,
die diese plaine illuminierten,
befanden sich im schönsten Streit:
Gras wie Blumen leuchteten
um die Wette miteinander.
Auch gab es – zu der Jahreszeit –
die schönen Vogelmelodien;
der Gesang war schön im Klang
wie anderswo, nein: weitaus schöner!
Aug und Ohr, sie fanden dort
ihre Weide, ihren Schmaus:
das Auge seine Augenweide,
das Ohr den Ohrenschmaus.
Dort gab es Sonnenlicht und Schatten,
die Luft war sanft,
die Lüftchen waren mild.
Diesen Berg mit seiner Höhle
umgaben Felsen (keine Felder)
und Wildnis, wüstes Land
gut eine Tagesreise weit;
es gab dort keinen Zugang
durch Wege oder Steige.
Doch war dies unwegsame Land
an seiner Grenze nicht so wild,
daß Tristan hier nicht Zugang fand,
er mit seiner Liebesgefährtin,
um in diesem Felsenberg
ihre Unterkunft zu finden.

Als sie die bezogen hatten,
schickten sie Courvenal zurück,

um am Hofe zu verbreiten
(und wo es sonst noch nötig wäre),
Tristan und die schöne Isolde
seien leidvoll und gefahrvoll
wieder heimgekehrt nach Irland,
um öffentlich vor Landesherren
ihre Unschuld zu beweisen.
Courvenal, er sollte sich
sogleich am Hofe niederlassen
(gemäß Brangaines Weisungen…),
sollte das honorige Mädchen,
die Freundin dieser beiden,
ihrer Freundschaft, ihrer Liebe
in aller Ehrlichkeit versichern.
Weiter sollte er herausbekommen,
was zu hören sei von Markes Plänen;
falls der einen schlimmen Plan
für einen bösen Anschlag
auf ihrer beider Leben hätte,
solle er dies unverzüglich melden.
Ferner solle er beständig
Tristan und Isolde
in sein Erwägen einbeziehn
und alle zwanzig Tage
erneut zu ihnen kommen,
um ihnen zu berichten,
was sie ermuntern könnte.
Was soll ich euch noch mehr erzählen?
Er tat, was ihm befohlen war.
Da hatten sich Isolde, Tristan
schon häuslich eingerichtet
in der Wildnis-Klause.

Viele Leute sind inzwischen
voller Neugier, Wißbegier
und quälen sich mit dieser Frage:

Wie Tristan und Isolde,
die beiden Liebesgefährten,
in dieser Wildnis Nahrung fanden.
Hier will ich sie begradigen
und ihre Neugier gradebiegen:
es schauten sich die beiden an,
und *darin* fanden sie die Nahrung!
Der Ertrag der Augenweide
war Nahrung für sie beide;
sie lebten in dem Höhlenbau
von nichts als Lust und Liebe:
die liebenden suivants
machten sich nur wenig Sorgen
um ihre nourriture;
unterhalb der Kleidung
hatten sie im Innersten
die allerbeste Nahrung,
die in der Welt zu finden ist –
die bot sich ihnen gratis an
und war bei jeder Mahlzeit frisch.
Es war dies schiere Treue,
balsamisch duftende Liebe,
die da Leib und Seele
auf schönste Art zusammenhält;
sie sättigt das Gemüt, das Herz.
Dies war ihre beste Nahrung!
Sie dachten wirklich nie
an andre Speisen als nur die,
in der das Herz Begehren,
das Auge seine Weide fand
und die dem Körper gut bekam.
Hiervon hatten sie genug!
Die Liebe, Erbes-Feldarbeiterin,
folgte ihnen Schritt auf Tritt,
sie zog zu jeder Stunde mit,
erfüllte den Bedarf an allem,

was Leben wunschlos glücklich macht.
Auch wurde ihnen nicht zur Last,
daß sie so einsam in der Wildnis
lebten ohne andre Menschen.
Wen hätten sie noch holen sollen,
was sollte da noch einer mehr?
Sie waren in gerader Zahl,
es gab nur *eine* dort und *einen*.
Hätten sie noch einen mehr
zur graden Zahl hinzugesellt,
sie wären ungerad gewesen
und mit dem ungeraden Dritten
überladen, überlastet…
Die Gesellschaft dieser beiden
war für sie so heeresgroß,
daß Artus, Mann des Glücks,
auf keiner seiner Burgen
mehr Gäste hätte haben können
zum Fest, auf dem für beide
mehr Lust, Genuß entstanden wäre.
In keinem Lande hätte man
Beglückendes entdecken können,
das die beiden zu der Zeit
noch hätten kaufen wollen –
und sei es billig wie ein Glasring!
Was man in allen andren Ländern
hätt erdenken können, um dies Leben,
so wunschlos glücklich, zu ergänzen,
das hatten sie dort alles längst;
sie hätten für ein *beßres* Leben
nicht einen Pfifferling gegeben –
höchstens einen für ihr Ansehn…
Was hätten sie dort mehr gebraucht?
Sie hielten Hof, sie hatten Mittel,
die jede Freude möglich machten.
Ihre treue Hofgefolgschaft,

das waren ihre grünen Linden,
der Schatten und die Sonne,
die rivière, die Quelle,
Gräser, Blätter, Blumen, Blüten,
die den Augen schmeicheln;
zu Diensten war der Vogelsang:
die kleine, melodische Nachtigall,
die Drossel und die merle
und weitre Vögelein des Waldes,
der Zeisig und die alouette –
die bedienten diese beiden
um die Wette und im Wettstreit;
so diente die Gefolgschaft ständig
ihren Ohren, ihren Sinnen.
Ihr großes Fest, das war die Liebe,
die ihr Glück vergoldete,
die ihnen, als hommage,
an einem Tage tausendfach
die Tafelrunde König Artus'
und die suivants vermittelte.
Hätten sie für Leib, Gemüt
noch beßre Nahrung finden können…?
Dort war der Mann doch bei der Frau,
war ebenso die Frau beim Mann!
Was hätten sie noch mehr gebraucht?
Sie hatten, was sie haben sollten
und waren dort, wohin sie wollten. –
Nun merkt hierzu so mancher an,
was wirklich ungehörig ist,
was ich nicht akzeptieren kann:
behauptet, dies Gesellschaftsspiel
brauchte auch noch *andre* Nahrung.
Da zweifle ich, ob dem so ist,
mir scheint, die reicht hier völlig aus!
Wenn es aber einen gibt,
der für diese Lebensform

beßre Nahrung aufgespürt,
der teil uns die Erkenntnis mit! –
Ich habe zu gewisser Zeit
ein Leben solchen Stils geführt –
da schien mir so was auszureichen!

An dieser Stelle beginnt eine allegorisierende (und damit überhöhende) Ausdeutung des Höhlenbaus der Liebenden. Im Anhang läßt sich dieser elaborierte Text nachlesen.

Die suivants im Dienst der Liebe
(Tristan und seine amie)
sie hatten sich im offnen Land,
in Wäldern, in der Wildnis
die Zeit der Arbeit und der Muße
aufs angenehmste eingeteilt.
Sie waren diese Zeit
beständig Seit an Seit.
Morgens, noch im Tau,
spazierten sie zur Au,
wo die Blumen und das Gras
kühl betaut erschienen;
sie mouvierten sich danach
auf der kühlen plaine,
sie gingen hin und her auf ihr,
erzählten sich dort gegenseitig
und lauschten, beim Spaziergang,
dem süßen Vogelsang.
Sie machten darauf einen Schwenk
zur kühlen Quelle, die man hörte,
und lauschten dem Geräusch,
dem zarten, leisen Plätschern;
dort wo sie weiterfloß zur plaine,
dort setzten sie sich hin, zur Rast,
dort hörten sie dem Gluckern zu
und blickten in das Fließen,

und dies war ebenfalls Genuß.
Sobald jedoch die helle Sonne
langsam immer höher stieg,
die Hitze von ihr niedersank,
da schritten sie zur Linde
mit ihrem linden, kühlen Hauch;
auch sie verschaffte ihnen Lust
auf der Haut, in ihren Herzen;
sie beglückte Augen, Sinne;
die süße Linde, sie versüßte ihnen
Luft und Schatten mit den Blättern;
in ihrem Schatten war der Hauch
süß und lind und kühl;
die Bank an dieser Linde war
ein Rasen, derart schön
bemalt mit Gräsern, Blumen,
wie bei keiner andren Linde.
Dort lehnten sie sich aneinander,
die leidenschaftlich Liebenden,
erzählten sich von Leidenschaften
der Menschen, die (vor ihren Jahren)
der Leidenschaft zum Opfer fielen.
Sie erzählten, diskutierten,
sie beklagten, lamentierten,
was Phyllis von Trazien,
was die arme Canace
erlitt, im Namen der Liebe...
wie das Herz der Byblis brach,
weil sie ihren Bruder liebte...
wie die Königin Dido
von Tyrus und von Sidon,
leidenschaftlich liebend,
an Leidenschaft zuschanden ging...
Mit solchen Geschichten waren sie
beschäftigt in so manchen Stunden,
doch wenn sie die Geschichten wieder

vergessen wollten, dies gemeinsam,
so spazierten sie zur Klause
und griffen auf, von neuem,
was bewährt war als Vergnügen:
sie ließen Harfenspiel erklingen,
zugleich mit ihrem Singen –
voller Leidenschaft und Schönheit;
sie waren (und dies wechselweise)
beschäftigt mit den Fingern, Stimmen:
sie harften und sie sangen
Melodien und Lieder der Liebe;
sie variierten hier ihr Lust-Spiel,
wie es ihnen grad gefiel;
griff der eine zu der Harfe,
so wars der andere gewöhnt,
dazu den Liedestext zu singen –
voller Schönheit, Leidenschaft.
Wenn der Klang des Harfenspiels
und das Erklingen des Gesangs
miteinander harmonierten,
klang es derart schön dort drin,
daß mit vollem Recht die Klause
benannt war nach der süßen LIEBE:
La caverne aux gents amants...
Was in den alten histoires
über die caverne
erzählt war, ehedem,
das ward mit ihnen wieder wahr;
die wahre Herrin dieses Baus,
sie hat dort erst in dieser Zeit
ihren wahren Stil gefunden.
Was dort zuvor an Lustbarkeiten,
an Liebesspielen stattgefunden,
das fand nicht *diesen* Höhepunkt,
es war dies in der Liebe
nicht derart unverfälscht und klar,

wie es das Spiel der beiden war:
verbrachten ihre Zeit mit Lieben –
besser war noch nie ein Paar!
Sie taten einzig und allein,
wozu sie ihre Herzen drängten.
Im Lauf des Tages trieben sie
Kurzweil von verschiedner Art.
Sobald sie Lust dazu verspürten,
ritten sie, gelegentlich,
hinein ins Unwegsame,
um mit der Armbrust Federwild
und andres Wild zu jagen,
und ebenso – an vielen Tagen –
das Rote Wild zu hetzen
mit Hudent, dem Jagdhund.
Anfangs war der keiner Fährte
gefolgt, ohne dabei Laut zu geben,
doch hat ihn Tristan schon recht bald
darauf abgerichtet,
dem Rothirsch und dem Reh
und dem diversen Wild
durch Wald, durch offnes Land
spurentreu zu folgen,
ohne jeweils Laut zu geben.
So verbrachten sie viele Tage,
nicht, weil es um die Strecke ging,
die sich mit einer Jagd ergibt,
sondern bloß zum Zeitvertreib,
der sich so entwickelt.
Ich weiß genau, sie setzten
den Jagdhund und die Armbrust
mehr ein zu ihrer Herzenslust
und weil sie sich mouvieren wollten,
als mit Blick auf nourriture.
Beschäftigung und Tätigkeit
war jeweils so, zu jeder Zeit,

wie sie ihnen Laune machte,
wie sie ihrer Lust entsprach.

Zu jener Zeit, da dies geschah,
hatte Marke ständig Kummer,
war erfüllt von Traurigkeit;
seine Frau und seine Ehre
ließen ihn sehr trauern;
es wurden ihm, von Tag zu Tag,
Leib und Seele mehr belastet;
Besitz und Ehre wurden fremd.
So ritt er denn in jenen Tagen
zur Jagd in diesen Wald,
mehr, weil er so traurig war,
nicht so sehr zum amusement.
Als sie den Wald erreichten, leinten
die Jäger ihre Hunde an.
Sie sahn ein Rudel stehn und ließen
dorthin die Meute los, zur Hatz.
Und schon nach kurzer Zeit
trennten Hunde von dem Rudel
einen wundersamen Hirsch ab,
der trug die Mähne wie ein Pferd,
war groß und stark und weiß;
sein Geweih war zierlich, kurz,
es war nur knapp entsprossen,
als hätte er die Stangen
erst vor kurzem abgeworfen.
Den hetzten sie, par force,
gemeinsam, um die Wette,
bis die Sonne unterging.
Da verloren sie die Fährte,
und so entkam der Hirsch,
er floh in jene Richtung,
aus der er hergekommen war:
in das Gebiet um die caverne –

floh dorthin und überlebte.
Marke war nun sehr verstimmt,
die Jäger waren es weit mehr,
weil dies mit einem Hirsch passierte,
der wundersam erschienen war
in seinem Weiß, mit seiner Mähne …
Drum waren alle sehr verärgert.
Sie holten ihre Hunde zurück,
legten sich zur Nacht dort nieder –
sie alle waren ganz erschöpft.
    Tristan und Isolde hatten
den ganzen Tag den Lärm gehört,
der in den Wald gedrungen war,
Hornsignale, Hundebellen,
und sie hatten gleich gedacht,
es könnte dies nur Marke sein.
So wurden ihre Herzen schwer;
in beiden war sofort die Angst,
sie seien ihm verraten worden.
    Am andren Tag, noch in der Frühe,
bevor er Morgenrot erspähte,
brach der Jäger-Meister auf.
Er befahl dem Jagdgefolge,
abzuwarten, bis es Tag war,
dann auf seiner Spur zu jagen.
Eine Bracke, die ihm gut schien,
nahm er an die Führungsleine,
ließ sie treu der Fährte folgen;
stetig führte sie ihn weiter
durch Gelände ohne Fährten:
über Fels und harten Boden,
über trocknes Land und Gras –
dort war vergangne Nacht der Hirsch
vorausgelaufen, war geflohn.
Dem blieb sie auf der Fährte treu,
bis man durch die Schlucht war

und die Sonne höher stand;
so kam er zur fontaine
auf Tristans plaine.

An jenem Morgen waren Tristan
und die Gespielin Hand in Hand
aufgebrochen zum Spaziergang;
in aller Frühe, noch im Tau,
gelangten sie von dort
auf die blütenreiche Au,
in das wonnevolle Tal.
Alouette und Nachtigall
musizierten in zwei Stimmen,
saluierten ihr Gefolge;
sie begrüßten mit Betonung
Tristan und Isolde.
Die freien Vögelein des Waldes
hießen im Latein der Vögel
die beiden äußerst süß willkommen –
so manchem süßen Vögelchen
waren sie willkommen;
zur Begrüßung der Verliebten
gaben sie sich allesamt
die wonnevollste Mühe;
sie sangen von den Zweigen
wonnigliche Melodien
mit vielen Varianten;
zur Wonne der Verliebten
sangen viele schöne Stimmen
die première, deuxième partie
ihrer Strophen, Kehrreim-Strophen.
Sie empfing die kühle Quelle,
vor ihren Augen schön entspringend,
noch schöner in den Ohren klingend;
murmelnd floß die auf sie zu,
empfing sie mit Gemurmel:

sie murmelte ganz süß
zur Begrüßung dieses Paares.
Auch die Linden grüßten sie
mit wahrhaft süßen Lüftchen,
erfreuten außen das Gehör
und innen das Gemüt.
Die Bäume fleurie
die leuchtende plaine,
und Blumen, übergrünes Gras,
dazu, was in der Blüte stand,
das alles lachte sie hier an.
Auch grüßte sie auf Schritt und Tritt
der Tau mit seiner Süße,
er kühlte ihre Füße,
tat ihren Herzen wohl.
    Als sie hier zum Ende kamen,
kehrten sie gemach zurück
in den Felsbau, und besprachen,
was zu tun sei, in der Lage…
Hatten sie doch beide Angst
und fürchteten (was auch geschah),
daß irgendeiner irgendwie,
den Hunden folgend, nahen könnte
und dies Versteck entdeckte.
Tristan faßte einen Plan,
auf den sich beide einigten;
sie kehrten zu dem Bett zurück
und legten sich hier wieder hin,
doch voneinander abgerückt –
so recht wie Mann und Mann
und nicht wie Mann und Frau;
so lagen beide Körper
in ungewohnter Position.
Auch hatte er sein blankes Schwert
zwischen sie und sich gelegt.
Er lag nach hier und sie nach dort,

sie lagen (eins *und* eins) getrennt.
Und schliefen so gemeinsam ein.

Der Jäger, über den ich vorlas,
und der nun an der Quelle war,
der sah im Tau die Tritte,
wo Tristan und die Herrin
vor ihm geschlendert waren,
und zog den Schluß, dies müßten
die Siegel jenes Hirsches sein.
So saß er ab und ging zu Fuß
und folgte auf dem Pfad der Spur,
die sie hinterlassen hatten –
bis hin zur Türe der caverne.
Zwei Riegel waren vorgeschoben,
also kam er hier nicht weiter.
Weil ihm dieser Weg versperrt war,
ging er die Umrundung an,
stieg aufwärts, immer rundherum,
fand schließlich, par hasard,
ein verstecktes Fensterchen
in der Kuppel der caverne.
Dort lugte er voll Furcht hinein,
entdeckte, auf den ersten Blick,
der LIEBE Hofgefolge:
nur *eine* Frau und *einen* Mann.
Er sah ein Wunder in den beiden!
Schien ihm doch bei dieser Frau,
daß keine Mutter je zuvor
eine so erlesene
créature zur Welt gebracht.
Doch schaute er nur kurz zu ihr,
denn schon bemerkte er das Schwert,
das dort lag, so völlig blank –
er schreckte hoch, nahm Abstand.
Bedrohlich schien ihm dies,

er dachte sich, hier gehe es
nicht mit rechten Dingen zu.
Das begann, ihm Angst zu machen.
Er kehrte um, den Fels hinab
und ritt zurück zur Hundemeute.

Mittlerweile hatte Marke
weiten Vorsprung vor den Jägern
auf der Spur des Meisters,
kam nun eilends auf ihn zu.
»Hört«, so rief der Fallensteller,
»König, Herr, ich melde Euch
das Neueste: ich hab soeben
eine wahre merveille entdeckt!«
»Welche merveille? Nun sag es schon!«
»Eine caverne der Liebe …!«
»Wie hast du sie gefunden? Wo?!«
»Herr, in dieser Wildnis hier.«
»In dieser wüsten Wildnis?!« »Ja!«
»Ist ein lebendges Wesen dort?«
»Ja, Herr, es sind in ihr
ein Mann und eine Göttin.
Sie liegen dort auf einem Bette
und schlafen um die Wette.
Der Mann scheint ein normaler Mann,
doch hab ich meine Zweifel dran,
ob sie, die bei ihm schläft,
gleichfalls zu den Menschen zählt –
ist schöner noch als eine Fee …!
Aus Gebein und Fleisch
konnte hier auf Erden
so Schönes nicht entstehn.
Ich weiß nicht, welchen Grund dies hat:
ein Schwert liegt zwischen ihnen,
hell und glänzend – blank gezogen!«
Der König sagte: »Bring mich hin!«

Der Jäger-Meister führte ihn
durch Wildnis auf der eignen Spur
zum Punkt, an dem er abgesessen.
Der König sprang dort in das Gras,
begab sich auf den Pfad des Jägers;
der blieb zurück und wartete.
Marke kam bald an die Tür,
schwenkte ab und stieg darauf
nach der Instruktion des Jägers
außen an dem Fels empor,
und wo der auf den Gipfel zulief,
ging auch er, in vielen Kehren,
fand ebenfalls das Fensterchen.
Zu seiner Freude, seinem Leid
warf er einen Blick hinein:
auch er sah dort die beiden hoch
auf der kristallnen Bettstatt liegen;
sie schliefen weiter wie bisher.
Er fand sie wie der Jäger vor:
voneinander weggedreht,
der eine hier-, der andre dorthin;
das blanke Schwert lang zwischen ihnen.
Er erkannte Frau und Neffen.
Sein Herz in ihm, den ganzen Körper
befiel der Frost, vor Leid,
und ebenso vor Glück.
Die abgerückte Position,
sie weckte Freude, schuf ihm Leid.
Ich meine Freude, weil er wähnte,
hier wäre *kein* Betrug geschehn;
ich meine Leid, denn *dies* war sein
Verdacht! Er sagte sich im Herzen:
»Gnädigster Herr des Himmels,
was mag dies zu bedeuten haben?!
Wenn zwischen ihnen hier geschah,
was ich schon lange kommen sah –

was liegen sie so abgewandt?
Ein Weib soll dem Geliebten
ständig in den Armen liegen,
soll an seinem Körper kleben.
Weshalb liegt dieses Paar nun *so*?«
Und weiter sagte er zu sich:
»Ist doch was an der Sache dran?
Besteht hier Schuld? Besteht sie nicht?«
Und schon war wieder Zweifel da!
Er sagte: »Schuld? Ganz sicher: *ja*.«
Er sagte: »Schuld? Ganz sicher: *nein*.«
Er trieb das zwischen beidem weiter,
bis der Mann, vom Weg gekommen,
an der Liebschaft dieser beiden
wieder einmal Zweifel hegte.
Die LIEBE, Friedensstifterin,
sie kam mit sanftem Schritt zu ihm;
sie war mit kurioser Sorgfalt
geschminkt und aufgeputzt.
Es war in ihrem Angesicht
auf dem Grundierungsweiß
die schönste Farbe aufgetragen,
das goldene Dementi: *Nein*.
Und dieses Wort, es leuchtete
dem König ein, ins Herz hinein;
das andre Wort, sein Schmerz,
das unerwünschte *Ja*,
das sah dort Marke nirgendwo,
das war völlig ausgelöscht,
da war kein Zweifel, kein Verdacht;
was LIEBE übergoldete
(das Gold anstatt der Schuld),
das lenkte mit Verführungskraft
seine Blicke und sein Denken
*dort*hin, wo der Ostertag,
seines ganzen Glückes lag.

Er verschlang sie mit den Augen:
Isolde, Wonne seines Herzens,
sie war ihm vorher, war ihm früher
niemals derart schön erschienen.
Ich weiß nun nicht, von welchem Akt
hier die Geschichte fabuliert,
der sie erhitzte, wie es heißt –
es leuchtete ihr Schönheitsglanz
(sie wirkte süß, sie wirke lose …)
wie die Lilie bei der Rose
weiterhin zum Mann herauf.
Ihre Lippen glommen, glühten
so stark wie Kohlenglut.
Ja, nun fällt mir wieder ein,
welcher Akt sie so erhitzt hat:
wie ich oben vorgelesen,
war Isolde an dem Morgen
im Tau zur Aue rausspaziert –
deshalb glühte sie noch so …!
Und es drang auch von der Sonne
ein kleiner Lichtstrahl dort hinein,
der ihre Wangen leuchten ließ,
ihr Kinn und ihre Lippen …
Schönheit, die verdoppelt war,
trug hier ein Spiel aus, mit sich selbst,
Glanz und Glanz vereinten sich:
die Sonne *oben*, *sie* als Sonne,
sie gaben hier ein Fest der Wonne,
sehr glanzvoll, um Isoldes
Vollkommenheit zu preisen.
Ihr Kinn, die Lippen und ihr Körper,
sie waren wirklich wundervoll,
so lieblich, so erregend,
daß sie Marke *sehr* gefiel.
Er verlangte, er begehrte,
sie liebevoll zu küssen.

LIEBE legte ihre Fackel an,
LIEBE entflammte diesen Mann
mit der Schönheit ihres Körpers.
Die Schönheit dieser Frau
lockte seine Sinne
zu ihrem Leib, um sie zu lieben;
sein Blick kam nicht mehr von ihr los;
mit innerer Erregung sah er,
wie herrlich, aus dem Kleid heraus,
ihr Hals, die Brüste schimmerten,
ihre Arme, ihre Hände.
Sie hatte keinen Kopfputz auf,
nur die couronne aus Klee.
Noch nie erschien sie dem Gemahl
so lockend, so verlockend...
Als er nun merkte, daß die Sonne
von oben durch den Fels
auf ihr Gesicht schien, bangte er,
dies könnte ihrem Äußeren
schädlich sein, ihm Schaden tun;
Gräser, Blumen, Blätter riß er ab,
verbüschelte damit das Fenster,
schlug ein Kreuz für seine Schöne,
bat Gott, sie zu behüten,
und schluchzend ging er fort.
Als ein Mann von Traurigkeit
kam er zurück zu seinen Hunden,
beendete die Jagdpartie:
er befahl sogleich
den Jägern, mit den Hunden
nach Haus zurückzukehren.
Dies tat er einzig aus dem Grund:
kein andrer sollte dorthin kommen
und die beiden da entdecken.

Kaum war der König wieder fort,

erwachten Tristan und Isolde.
Sie fingen an, sich umzusehn,
schauten nach dem Sonnenlicht,
doch schien die Sonne bloß
durch zwei der Fensterchen herein;
sie blickten nun zum dritten hoch;
daß hier kein Licht zu ihnen kam,
überraschte sie doch sehr.
Sie warteten nicht länger ab,
standen gleich gemeinsam auf,
stiegen außen hoch am Fels,
und sogleich entdeckten sie
die Blätter, Blumen, Gräser
vor diesem Fensterchen.
Und im Sand des Höhlenberges,
auch davor, entdeckten sie
Fußabdrücke eines Mannes –
die Spur, sie führte her und weg …
Dies versetzte sie in Schrecken,
dies machte ihnen große Angst,
sie dachten gleich, es wäre Marke
irgendwie hierhergekommen
und hätte sie entdeckt –
der Verdacht lag nah für sie.
Zwar erlangten sie darüber
keinerlei Gewißheit,
doch die Erleichterung war groß:
Wer immer sie gefunden hatte –
zu dem Zeitpunkt sah er sie
voneinander abgewendet
nur in erwähnter Weise liegend.

Sofort berief der König
am Herrschersitz, im Lande
Verwandte und Berater ein,
um Rat zu suchen, Rat zu holen.

Er berichtete, betonte
(was ich euch eben schon erzählte),
wie er sie vorgefunden hätte,
und gab kund, daß er bei Tristan
und Isolde nie mehr wieder
an einen Fehltritt glauben würde.
Sogleich verstanden die Berater,
mit welcher Absicht er sich trug
und daß die Rede darauf rauslief,
daß er sie wieder haben wollte.
Sie zeigten Klugheit und empfahlen,
was ihm aus dem Herzen kam,
was er selber wünschte:
Daß er seine Frau Isolde
und seinen Neffen holen lasse,
da ihm ja nichts bekannt sei,
das ehrenrührig wäre,
daß er Gerüchte über beide
nie mehr zur Kenntnis nehmen solle.
Courvenal ließ man nun kommen
und setzte ihn als Boten ein
zu den beiden: schließlich
vertrat er ihre Sache…
Der König ließ denn Tristan,
erst recht der Königin versichern,
er sei gewogen, zugeneigt,
und sie sollten wieder kommen
und nicht mehr zur Kenntnis nehmen,
wenn man sie verleumde.
Courvenal, er ritt zu ihnen,
gab Markes Stellungnahme wieder;
den Liebenden gefiel das sehr,
sie wurden recht von Herzen froh.
Doch sie empfanden ihre Freude
weitaus mehr mit Blick auf Gott
und auf ihr öffentliches Ansehn,

als aus einem andren Grund.
Sie kehrten auf den Weg zurück
zu ihrem alten Rang.
Jedoch in allen ihren Jahren
wurden beide nie mehr wieder
so vertraut, wie sie einst waren;
sie fanden nie mehr so wie früher
die Vorbedingung für ihr Glück.
Andrerseits war Marke,
waren Hof und Hofgesellschaft
um ihre Ehre sehr bemüht,
doch konnten sie dafür nie wieder
frei und offen sein.
Der Zweifler Marke bat mit Nachdruck,
ja erteilte den Befehl,
Tristan und Isolde müßten
mit Blick auf Gott und auf ihn selbst
gemeinsam Anstand zeigen,
müßten die so süßen Schlingen
der verliebten Blicke
meiden und vermeiden,
auch die alte Traulichkeit
und Vertrautheit der Gespräche.
Der Befehl war schmerzhaft für das Paar.

Marke war nun wieder froh.
Er hatte wieder, zum Vergnügen,
an seiner Frau Isolde alles,
was sein Herz begehrte –
körperlich, nicht: was ihn ehrte.
Er fand bei seiner Ehefrau
keine Neigung, keine Liebe
und auch keine Ehrerbietung,
wie sie Gott entstehen ließ;
es blieb nur *dies*: man nannte sie
im Gebiet, in dem er herrschte,

in seinem Namen »Königin«.
Damit gab er sich zufrieden,
erwies ihr stets Gewogenheit –
so als würde sie ihn *lieben* …
Es war dies jene törichte
Verblendung eines Herzens,
von der ein Sprichwort sagt:
»Der Liebe Blindheit blendet
innerlich und äußerlich.«
Sie blendet Augen und Verstand:
was *diese* klar erblicken,
*da*von will er gar nichts wissen!
So geschah es auch bei Marke.
Todsicher wußte er
und sah genau, daß seine Frau
Isolde mit dem Leib, der Seele
ganz und gar der Liebe
verfallen war zu Tristan –
und trotzdem wollte ers nicht *wissen*.
Wem läßt sich nun die Schuld zuweisen,
daß er in dieser Weise
ehrlos mit ihr lebte?
Der würde wahrlich unrecht tun,
der Isolde dies als Form
des Betrugs zum Vorwurf machte –
sie *betrog* ihn nicht (auch Tristan nicht!),
sah er doch mit *eignen* Augen zu!
Mehr noch: *wußte*, ohne es zu sehn,
daß sie ihm keine Liebe zeigte –
und *trotzdem* hatte er sie gern.
»Weshalb, Herrgott, warum
verspürte er zu ihr noch Neigung?!«
Aus diesem Grund, aus dem es heute
viele tun: Begierde und Begehren,
sie nehmen vieles hin,
was ihnen zugemutet wird.

Hoho, wie viele *Isolden*
und *Markes* sieht man *heute noch*
(was man wohl kaum beweisen muß...),
deren Herzen, deren Augen
blinder sind, nein: gleichfalls blind!
Es ist ja nicht ein einziger,
man ist ja tausendfach
der Blindheit so verfallen,
daß man von dem nichts wissen will,
was einem klar vor Augen liegt,
und *das* für ein Dementi hält,
was man weiß und was man sieht.
Wer hat ein Mittel gegen Blindheit?
Denken wir an Den Gerechten,
so dürfen wir den Damen
hierin keine Schuld zuweisen;
sie bleiben schuldlos vor den Männern,
solang sie denen vor Augen führen,
was sie machen oder treiben;
wo man den Fehltritt selber sieht,
da wird der Mann von einer Frau
nicht betrogen, überlistet,
da hat vielmehr Begierde
dem Blick den Rücken zugekehrt.
Begehren, dies ist das Dementi,
das aller Welt, und zwar beständig,
völlig klar vor Augen liegt.
Was immer man zur Blindheit sagt –
es blendet keine Blindheit
so schmerzhaft und so schmerzlich
wie Begierde und Begehren.
Auch wenn wir das nur ungern sagen,
so trifft doch dieses Sätzlein zu:
»Schönheit ist Gefährlichkeit!«
Die wundersame Schönheit
der blühenden Isolde,

sie machte Marke völlig blind:
äußerlich und innerlich,
in seinen Augen, im Verstand.
Er konnte nichts an ihr entdecken,
was er bei ihr rügen wollte.
Vielmehr: was er von ihr wußte,
war nur das Allerbeste!
Um diesen Einschub zu beenden:
er war so gern mit ihr im Bett,
daß er völlig übersah,
was ihm, durch sie, an Leid geschah.

Was in einem Herzen ständig
verschlossen und versiegelt liegt,
läßt sich nur mühsam unterdrücken.
Man tut nur allzugern,
was Denken in die Enge treibt;
es grast das Auge liebend gern
auf seiner Augen-Weide;
das Herz, das Auge: beide
weiden häufig auf der Trift,
auf der sie einst ihr Glück erlebt.
Wer ihnen dies Spiel verleiden will,
bei Gott, der macht es ihnen lieb!
Je strenger man sie fernhält, desto
stärker zieht das Spiel sie an,
desto fester kleben sie daran.
So wars bei Tristan und Isolde:
als es so weit gekommen war,
daß ihre Lust, ihr Hochgefühl
durch Aufsicht sehr behindert,
durch Verbot vereitelt wurden,
da war dies quälend, es war qualvoll.
Das verlockende Verlangen,
es wurde beiden nun zum Schmerz,
es schmerzte sie weit mehr als früher.

Ihr Verlangen nach dem andren
wurde quälender für sie,
so qualvoll wie noch nie zuvor.
Die bergesschwere Bürde
der verwünschten Aufsicht
lastete auf den Gemütern
wie ein Berg aus Blei.
Die Aufsicht, die verfluchte
Maschinerie, Feindin der Liebe,
die raubte ihnen den Verstand.
Und insbesondere Isolde,
sie litt Qualen, war in Not!
Tristans Fernsein war ihr Tod.
Je strenger ihr Gemahl ihr die
Vertraulichkeit verbot mit Tristan,
desto stärker war ihr Denken
und Wünschen an ihm festgemacht.

Gottfried setzt nun an zu einem Exkurs über das (damalige) gesellschaftliche Phänomen der Aufsicht. Historisches Substrat; der Exkurs folgt deshalb im Anhang.

Es war zu einer Mittagsstunde,
als die Sonne sengend schien –
auf ihre Ehre, leider …
Sonnen von verschiedner Art
strahlten dieser Königin
ins Herz und in die Sinne:
die *Sonne* und die *Liebe*.
Die Leidenschaft, die heiße Stunde
quälten sie im Wettstreit.
Sie glaubte diesem Streit,
dem Zustand und der Stunde
mit einem Einfall zu entkommen
und fiel damit erst richtig rein …
Sie begann, im Obstbaum-Garten

Gegebenheiten zu sondieren.
Sie suchte für den Treffpunkt Schatten –
Schatten, der dem Treffpunkt
Schirm und Schutz gewähre:
wo Kühle wäre, Einsamkeit.
Sobald sie dies gefunden hatte,
ließ sie dort gleich ein Bett aufstellen,
ließ es machen – sorgsam, prachtvoll!
Leinelaken, courtepointe,
Purpurseide, soie changeante –
es wurde königliches Bettzeug
prachtvoll übers Bett gebreitet.
Sobald das Bett gemacht war,
dies mit höchstem Können,
streckte sich la blonde
auf ihm aus, in ihrem Hemd.
Die jungen Damen wies sie an,
sich zurückzuziehn, gemeinsam –
nur Brangaine durfte bleiben.
Zu Tristan kam nun eine Botschaft:
Er setze alles dran, Isolde
zu besuchen, dies sofort!
Er tat genau, was Adam tat:
die Frucht, die *seine* Eva bot,
die nahm er, aß mit ihr den Tod.
Er kam. Brangaine ging
zu den Damen, setzte sich,
voller Sorge, voller Angst.
Sie befahl den Kammerdienern,
alle Türen abzuschließen,
keinen mehr hereinzulassen –
es sei denn, sie erlaube das.
Die Türen wurden zugemacht.
Als Brangaine wieder Platz nahm,
überdachte sie dies alles,
und sie war im Herzen traurig,

weil weder Furcht noch Aufsicht
bei ihrer Herrin Wirkung zeigten.

Während sie darüber nachsann,
trat ein Kämmrer vor die Tür,
und als er grade draußen stand,
kam der König, ging hinein
(er wirkte äußerst ungehalten!)
und fragte nach der Königin.
Es sagten alle jungen Damen:
»Sie schläft, Herr. Glaube ich…«
Brangaine, ganz gedankenwirr,
die Ärmste, sie schrak auf und schwieg,
es sank der Kopf auf ihre Schulter,
ihr schienen Herz und Hand gelähmt.
Der König weiter: »Sagt mir schon,
wo schläft sie denn, die Königin?«
Sie verwiesen auf den Garten.
Und Marke ging sofort dorthin,
wo er sein Herzeleid entdeckte:
Frau und Neffen, beide fand er
in wechselseitiger Umarmung,
eng und fest umschlungen,
an seiner Wange ihre Wange,
an seinen Lippen ihre Lippen.
Was er weiter sehen konnte,
was ihn die Decke sehen ließ,
war in der obren Hälfte
vom Laken nicht bedeckt:
beider Arme, beider Hände,
beider Schultern, Oberkörper,
sie waren derart schön
zusammen, eng beisammen:
wär aus Bronze oder Gold
ein Doppelstück gegossen worden,
man hätte es nicht noch genauer

fügen können oder dürfen.
Tristan und die Königin,
sie schliefen schön und tief –
weiß nicht, nach welchem Akt…
  Als der König nun sein Unglück
derart offenkundig sah,
war ihm sein ganzes Herzeleid
erstmals völlig gegenwärtig.
Begradigt war der Mann nun wieder!
Verdacht und Zweifel, seine alte
Überlast, die war er los:
kein Vermuten mehr – er *wußte*!
Was er schon immer haben wollte,
das war ihm *alles* nun gegeben!
Ich hege freilich die Vermutung,
es wäre ihm doch mehr bekommen
zu vermuten als zu wissen.
Was er ständig angestrebt:
von Zweifelsqualen frei zu werden,
das brachte ihm den Tod ins Leben.
Und so ging er schweigend fort.
  Die Berater, Lehensleute
ließ er diskret zusammenkommen.
Er begann mit der Eröffnung,
er sei darüber unterrichtet –
diese Meldung sei verläßlich –,
daß Tristan und die Königin
im Bett beisammenlägen;
sie alle müßten ihn begleiten
und die beiden dort beschaun;
fände man sie so noch vor,
dann müßte er, gleich auf der Stelle,
das Recht zum Urteilsspruch erhalten,
wie vom Landrecht vorgesehn.

Es war genau in dem Moment,

als Marke fortging von dem Bett
und nur ein kleines Stück entfernt war,
daß Tristan aus dem Schlaf erwachte,
ihn fortgehn sah von ihrem Bett.
Er sagte: »Ah, was habt Ihr bloß
gemacht, verläßliche Brangaine?!
Bei Gott, Brangaine, ich vermute,
der Schlaf wird uns das Leben kosten.
Wacht auf, Isolde, ärmste Frau,
Herzenskönigin, wacht auf!
Ich fürcht, wir sind hier in der Klemme!«
»In der Klemme? Wie denn, Herr?«
»Mein Herr stand über uns gebeugt.
Er sah uns beide, ich sah ihn!
Er geht soeben von uns weg,
und ich weiß es so genau
wie daß ich sterben muß:
er will in dieser Sache
Zeugen, Eideshelfer holen!
Er ist auf unsren Tod hinaus!
Herzensdame, schöne Isolde,
wir müssen uns jetzt trennen;
sehr wahrscheinlich finden wir
nie mehr so gute Möglichkeiten
für unser Glücklichsein wie früher.
So prägt es dem Gedächtnis ein,
welche Liebe, so vollkommen,
wir bisher einander zeigten;
seht zu, daß sie erhalten bleibt!
Bewahrt mich stets in Eurem Herzen!
Was immer auch mein Herz erlebt,
Ihr werdet ständig darin bleiben!
Isolde, sie muß immerdar
in Tristans Herzen sein …!
Herzgeliebte, seht bloß zu,
daß mich die Fremde, die Entfernung

in Euch nicht schwinden lassen.
Vergeßt mich nicht! Auf keinen Fall!
Douce amie, belle Isolde –
gebt mir zum Abschied einen Kuß!«
    Sie wich ein kleines Stück zurück,
und seufzend sagte sie zu ihm:
»Herr, unser Herz und unser Kopf,
die sind schon viel zu lange,
viel zu eng und viel zu innig
aufeinander angewiesen,
als daß sie je erfahren könnten,
was für sie Vergessen heißt.
Ob Ihr mir fern seid oder nah,
es soll in meinem Herzen *niemals*
Lebendiges, ein Leben geben,
außer Tristan, meinem Leib und Leben.
Herr, ich hab Euch lange Zeit
Leib und Leben ausgeliefert;
seht zu, daß keine andre Frau
mich jemals von Euch trennt;
dann werden wir auch künftig
in der Treue, in der Liebe
so beständig, so lebendig sein,
wie wir das lang, für lange Zeit
in reiner Form gewesen sind.
Und nehmt hier diesen Ring;
er sei für Euch ein Unterpfand
der Treue, liebenden Gedenkens;
falls Ihr irgendwann einmal
auf den Gedanken kommen solltet,
eine andere zu lieben,
soll Euch der Ring daran erinnern,
wie mein Herz sich derzeit fühlt;
dann denkt an diesen Abschied,
wie sehr er uns im Herzen,
im Körper nahgegangen ist;

erinnert Euch der schweren Stunden,
die ich wegen Euch erlitten,
und laßt Euch keine näherkommen
als Isolde, Eure Liebste!
Vergeßt mich nie für eine andre!
Wir beide haben Lust und Leid
in solcher innigen Gemeinschaft
bis zu dieser Zeit geteilt –
da heißt es, die Erinnerung
lebendig halten bis zum Tod.
Herr, es ist durchaus nicht nötig,
daß ich Euch so dringlich mahne –
wenn Isolde je mit Tristan
ein Herz und *eine* Liebe war,
so ist dies stets lebendig,
so bleibt dies stets beständig.
Doch bitte ich Euch herzlich:
Wohin auch immer Ihr nun reist,
Ihr solltet *Euch*, *mein Leben*, schützen!
Denn bin ich hier erst mal verwaist,
bin *ich*, *Euer Leben*, auch dahin.
Mich, *Euer Leben*, werde ich
Euch zuliebe (nicht für mich!)
hegen und behüten.
Denn Euer Leib und Leben liegt,
das seh ich klar, allein in mir:
ein Leib, *ein* Leben, das sind wir.
Denkt möglichst viel an mich,
Isolde, Euren Leib.
Laßt mich in Euch mein Leben sehn,
sobald das wieder möglich ist,
und seht erst recht in mir das Eure;
Ihr führt das Leben von uns beiden.
Kommt her und gebt mir einen Kuß.
Tristan, Isolde, Ihr und ich,
wir beide sind zu aller Zeit

ein Wesen, ungeteilt.
Dieser Kuß soll Siegel sein:
Ich bin Euer, Ihr seid mein,
und dies getreu bis in den Tod –
ein Tristan *eine* Isolde!«
Als nun der Abschied besiegelt war,
begab sich Tristan auf die Reise,
voll Jammer und mit großem Leid.
Isolde, sein Leib, sein zweites Leben,
sie blieb zurück, mit großem Schmerz.
Die beiden Liebesspielgefährten
hatten sich noch nie zuvor
unter solcher Qual getrennt.
Nun war der König angekommen;
er hatte eine große Zahl
von Herrn des Hofrats mitgenommen.
Sie kamen allerdings zu spät,
sie fanden keinen als Isolde.
Die lag noch wie zuvor im Bett –
doch dachte nach, sehr angestrengt.
Als der König keinen fand,
außer Isolde, ganz allein,
nahmen ihn die Herrn des Rates
sogleich diskret auf Seite.
Sie sprachen: »Herr, Ihr macht hier
einen wirklich schweren Fehler,
da Ihr, zu wiederholtem Male,
Eure Frau und Eure Ehre
für nichts und wieder nichts
mit schlimmer Schuldzuweisung
durch die Verfahren zieht und zerrt.
Ihr haßt die Ehre, Eure Frau
und, zu allermeist, Euch selbst.
Wie könnt Ihr jemals glücklich werden,
solang Ihr Euer Glück derart
in Eurer Frau verächtlich macht

und sie bei Hof, auf Herrensitzen
zum Thema von Gerede macht,
ohne ihr was nachzuweisen,
das gegen ihre Ehre spräche?
Was werft Ihr Eurer Königin denn vor?!
Weshalb nur macht Ihr die so schlecht,
die keine Schlechtigkeit an Euch beging?
Herr, bei Eurer Ehre,
tut es nie mehr wieder!
Weicht aus vor solchen Schändlichkeiten,
um Euret und um Gottes willen.«
So wirkten alle auf ihn ein,
bis er sich ihrer Meinung anschloß,
den Zorn noch mal verrauchen ließ
und fortging ohne Racheakt.

Tristan verläßt Cornwall, will seinen Schmerz durch Kriegsdienst betäuben, kommt in die Normandie, von dort nach Deutschland. Isoldes zweite Abschieds-Arie. Nach einem halben Jahr Söldnerdienst kehrt er nach Parmenien zurück. Rual und Floraite sind inzwischen gestorben – Abschied am Grab. Und er reist zum Herzogtum Arundel, dort ist der Herzog bedrängt. Erfolgreich führt Tristan Krieg für ihn, gemeinsam mit Cahedin, dem Sohn des Herzogs. Danach begegnet er in der Burg von Carhaix der jungen Schwester Cahedins, sie heißt ebenfalls Isolde – die mit den weißen Händen. Sie ist schön, das weckt und verwirrt Gefühle. Tristan faßt den Entschluß, sich in diese zweite Isolde zu verlieben: das neue Gefühl soll das alte Gefühl überlagern oder aufheben. Damit gerät Tristan in noch stärkere Gefühlsverwirrung – zuweilen dominiert wieder die Liebe zu Isolde in Irland, dann wieder wächst die Neigung zu Isolde in Arundel. Und Tristan setzt an zu einer Selbstrechtfertigung, weil er sich mehr und mehr der neuen Isolde zuwendet.

Tristan kam zu den Quartieren,
rief alle seine Leute zusammen

und machte sich mit ihnen rasch
in Richtung Hafen auf.
Das erste Schiff, das er dort fand,
mit dem stach er sogleich in See
und reiste in die Normandie,
er und seine suivants.
Freilich blieb er dort nicht lange,
empfahl ihm doch sein innrer Sinn,
eine Lebensform zu suchen,
die Linderung verschaffen könnte
und Trost in seiner Trauer.
Beachtet diese curiosité:
Tristan floh vor Mühsal, Leid,
doch suchte Leid und Mühsal;
er floh vor Marke und dem Tod,
doch suchte tödliche Gefahr,
die ihn im Herzen tötete:
die Trennung von Isolde.
Was halfs, daß er den Tod dort floh,
um sich dem Tod hier anzuschließen?
Was halfs, daß er vor seiner Qual
aus Cornwall floh,
und sie ihm ständig, Tag und Nacht,
im Nacken saß?
Für diese Frau bewahrte er
sein Leben, während dieses Leben
vernichtet war durch diese Frau;
für sein Leben, seinen Leib
war nichts Lebendiges der Tod,
außer seinem wahren Leben: Isolde.
Ihn hielten Tod *und* Tod im Griff.
Nun dachte er, wenn jemals
diese Qual im Erdenleben
so erträglich werden sollte,
daß er sie überleben könnte,
so wäre das im Kriegsdienst möglich.

Ihm erzählten Landesherren,
es herrsche großer Krieg
im Lande Allemagne –
das gab man Tristan weiter.
So ritt er zur Champagne,
von dort hierher nach Allemagne.
Dem Zepter und der Krone
diente er hier derart glanzvoll,
daß im Römischen Reich noch nie
ein Söldner unter der Fahne kämpfte,
der voller Mut mit Rittertaten
jemals solchen Ruhm errang.
In tapferen Aktionen
hatte er viel Glück,
Erfolg, succès, doch dies
führe ich nicht weiter aus.
Würd ich alle seine Taten,
die man aufgeschrieben hat,
verbuchen, samt und sonders,
so würde der Roman monströs.
Die Fabeln, die in Umlauf sind,
die alle werf ich in den Wind;
mit der authentischen Geschichte
ist mir reichlich Mühe auferlegt!
Tristans Leben und sein Tod,
sein lebender Tod, Isolde la belle,
erlitt nur Schmerzen, Qualen.
An jenem Tage, da sie Tristan
und seinem Schiff mit Blicken folgte –
daß ihr das Herz dabei nicht brach,
geschah allein, weil er noch lebte;
sein Leben half ihr überleben;
sie konnte Leben oder Sterben
nicht ohne ihn erwerben;
ihr waren Leben, Tod vernichtet;
nicht sterben konnte sie, nicht leben.

Der Glanz in ihren glänzenden Augen,
der verblich von selbst –
dies oft, zu wiederholten Malen;
in ihrem Mund die Zunge
verstummte oft in dieser Qual.
Es war da weder Tod noch Leben,
und dennoch waren beide da;
sie waren freilich durch das Leid
in ihren Rechten so entrechtet,
daß sie keins von beiden wählte.
Als sie das Segel schwinden sah,
da sagte sich ihr Herz:
»Ach, mein Herr Tristan, ach,
mein Herz klebt völlig an Euch fest,
und meine Blicke folgen Euch –
und dennoch eilt Ihr von mir weg.
Warum so eilig weg von mir?!
Ich weiß doch sehr genau, daß Ihr
Euer Leben hinterlaßt,
wann immer Ihr Isolde flieht,
denn Euer Leben, das bin ich!
Ihr könnt so wenig ohne mich
nur einen Tag lang leben,
wie ich ohne Euch nicht leben kann.
Unser Leib und Leben,
sie sind so dicht verwoben,
sie sind so fest verstrickt,
daß Ihr mein Leben mit Euch nehmt
und mir das Eure hinterlaßt.
Es wurden nie zuvor zwei Leben
so sehr in eins vermischt!
Wir zwei, wir bieten uns beiden
das Leben an, den Tod,
denn keiner von uns beiden kann
so richtig leben oder sterben,
wenn dies der andre nicht gewährt,

und so ist die arme Isolde
nicht lebendig, nicht recht tot –
ich kann nicht hin, ich kann nicht her.
Nun, mein Herr, Herr Tristan,
da Ihr für alle Zeit mit mir
ein Leib seid und *ein* Leben,
da müßt Ihr mich auch *so* beraten,
daß ich Leib und Leben erst
für Euch, dann auch für mich bewahre.
Beratet mich … Was schweigt Ihr denn …?
Wir bräuchten dringend guten Rat …
Was red ich ohne Sinn, Verstand?!
Mein Verstand und Tristans Mund,
sie reisen dort gemeinsam fort.
Isoldes Leib, Isoldes Leben,
sie sind den Segeln, sind den Winden
anvertraut, anheimgegeben.
Wo kann ich mich nun finden?
Wo kann ich mich nun suchen, wo?
Ich bin nun hier und bin auch dort
und bin doch weder dort noch hier.
Wer war denn jemals so verwirrt?
Wer wurde je so aufgeteilt?
Ich sehe mich dort auf dem Meer
und bin zugleich hier auf dem Land;
ich reise dort mit Tristan
und wohne hier bei Marke.
Ich werde hin und her gerissen
zwischen Tod und Leben.
Durch diese zwei bin ich vernichtet.
Ich stürbe gern, wenn ich nur könnte,
doch läßt es der nicht zu,
der dies mein Leben mit sich führt.
Freilich kann ich jetzt für ihn,
für mich nicht richtig leben,
weil ich mit ihm nicht leben darf.

Er läßt mich hier und fährt dahin,
und dabei weiß ich: ohne ihn
bin ich im Herzens-Innern tot.
Bei Gott, dies sag ich ohne Not:
mein Leid, es ist doch aufgeteilt,
ich trage es nicht ganz allein,
ich hab so viel davon wie er –
nein, eher hat er *noch* mehr Leid!
Sein Elend und sein Schmerz
sind größer als bei mir;
der Abschied, den er von mir nimmt,
bedrückt mich im Gemüt,
bei ihm bedrückt es das noch mehr;
tut es mir im Herzen weh,
daß ich ihn hier entbehren muß,
so schmerzt ihn das noch weitaus mehr;
beklag ich ihn, beklagt er mich;
sein Klagen ist nicht so berechtigt;
ich sage mir mit vollem Recht,
daß mein Trauern und mein Klagen
um Tristan sehr berechtigt ist,
denn mein Leben ist in ihm.
Dagegen liegt in mir sein Tod.
So klagt er letztlich ohne Not.
Ihm fällt es leicht, von mir zu reisen,
um Leben, Ehre zu erretten,
denn würd er lange bei mir bleiben,
so käm er lebend nicht davon.
Deshalb muß ich auf ihn verzichten.
Wie sehr es mich bedrücken mag –
er soll doch, wegen mir,
nicht um sich selbst in Sorge sein.
So sehr mich quält, daß er mir fehlt,
so ist mir doch entschieden lieber,
daß er nicht hier, dafür lebendig ist,
als wenn er bei mir wäre,

und ich müßte damit rechnen,
daß ihm, bei mir, ein Leid geschieht.
Bei Gott, wer seinen Vorteil
zum Nachteil des Geliebten sucht,
der erweist ihm wenig Liebe.
Auch wenn er mir Verderben bringt,
so bleib ich gerne Tristans Liebste –
und er stürzt nicht ins Verderben.
Geht alles glücklich für ihn aus,
so zählt nicht, wenn ich ständig leide.
Gerne schränke ich mich ein,
und zwar in jeder Hinsicht,
und lebe ohne mich und ihn,
damit er überlebt, für mich und sich!«

Als Tristan – wie ich das soeben
vorlas – für ein halbes Jahr,
nein mehr, in Allemagne war,
da zog es ihn entschieden
zurück in seine Heimat,
um dort zu erfahren,
was die Herren dieses Landes
erzählten über seine Herrin.
Und er faßte den Entschluß,
aus Allemagne wegzureisen,
und kehrte auf dem Weg zurück,
den er dorthin genommen hatte:
zurück zur Normandie,
von dort aus nach Parmenien,
zu den Söhnen des Rual.
Er hoffte, ihn dort anzutreffen,
ihm zu berichten von der Not,
doch leider war Rual schon tot,
er und Floraite, seine Frau.
Die Söhne, die er hinterlassen,
von denen sollt ihr nun erfahren,

daß sie über Tristans Kommen
von ganzem Herzen glücklich waren;
ihr Empfang, der ihm zuteil ward,
der war herzlich, völlig ehrlich;
seine Hände, seine Füße,
seine Augen, seine Lippen,
die küßten sie ihm immer wieder.
»Herr«, so sagten sie ihm gleich,
»Gott hat uns in Eurer Person
Vater und Mutter heimgeschickt!
Gütiger, getreuer Herr,
nun laßt Euch wieder bei uns nieder
und übernehmt aufs Neue alles,
was Euch und uns gehören soll,
und laßt uns miteinander leben,
wie Ihr mit unserm Vater lebtet,
der Euer Herrendiener war –
was wir für immer bleiben wollen.
Unsre Mutter, Eure Freundin,
und unser Vater, sie sind tot.
Doch Gott hat unsrer ganzen Not
gnädig gedacht, indem er Euch
erneut zu uns hierhergeschickt.«

Tristan, diesen Trauermann,
versetzte das in tiefe Trauer,
er war völlig außer sich.
Er ließ sich zu den Gräbern führen,
ging dort trauernd hin,
stand vor ihnen längre Zeit,
und weinte, klagte sehr,
begann mit einer Trauerrede.
Er sagte, mit bewegten Worten:
»Es wisse der allmächtige Gott:
falls es jemals dazu kommt
(wie ich das als Kind schon hörte),

daß Loyalität und Würde
begraben werden in der Erde,
so liegt dies beides hier begraben.
Und weil Loyalität und Ehre
mit Gott Gemeinschaft haben sollen,
so hege ich hier keinen Zweifel,
so ist es wahrlich keine Frage:
sie stehn vor Gottes Angesicht.
Rual und Floraite,
denen Gott vor der Gesellschaft
Würde, Glanz verliehen hat,
die sind nun gleichfalls dort gekrönt,
wo Gottes Kinder Kronen tragen.«
Die Söhne des Rual, gesegnet,
sie stellten Tristan nun
in freier, ehrlicher Entscheidung
die Häuser, den Besitz, ihr Leben
zur Verfügung, waren bereit,
ihm Dienst zu leisten, so gut sie konnten.
So waren sie ihm allerzeit
als Herrendiener untertan;
was er befahl, das ward getan,
in jeder Angelegenheit,
in der sie das vollbringen konnten.
Besuche machten sie mit ihm,
um Damen, Ritter zu bewundern,
›servierten‹ ihm an vielen Tagen
Turnierspiel, Pirsch und Hatz –
jede Kurzweil, die er wünschte …

Es lag einmal ein Herzogtum
zwischen England, der Britannie,
und so grenzte es ans Meer;
das wurde Arundel genannt.
Es gab dort einen Herzog,
höfisch, kühn und recht betagt;

wie uns die historia sagt,
hatten ihm die Nachbarländer
Gerichtsbezirke, Grenzgebiete
in einem Feldzug weggenommen;
sie hatten ihn geschlagen,
auf dem Land wie auf dem Meer.
Er hätte gerne sich zur Wehr
gesetzt, jedoch, er konnte nicht.
Er hatte von der Ehefrau
einen Sohn und eine Tochter;
in Erscheinung, innrem Wesen
waren sie vollendet.
Nachdem der Sohn das Schwert erhalten,
war er als Ritter sehr aktiv;
er hatte, gut drei Jahre lang,
viel Ruhm erworben, hohen Rang.
Die Schwester, Jungfrau, eine Schönheit,
sie hieß: Isolde aux mains blanches;
ihr Bruder: Cahedin le noble,
ihr Vater, Herzog: Jovelin,
und ihre Mutter, Herzogin,
sie war Karsíe genannt.

Bevor Tristan und Isolde Weißhand sich näher kennenlernen, ist eine Schlacht, damit eine Schlachtbeschreibung fällig (nun im Anhang): Tristan führt Krieg für den bedrängten Herzog. Er siegt, führt sich damit gut ein in der Familie. Dann erst wieder wird der entscheidende Name genannt.

Cahedins Schwester Isolde,
die mit den weißen Händen,
die Blumenblüte der Lande,
sie war selbstbewußt und klug;
im Ansehn, in der Anerkennung
war sie von derart hohem Rang,
daß sie das ganze Land für sich

gewonnen hatte, und man rühmte
nichts andres als ihr großes Glück.
Als Tristan sah, wie schön sie war,
belebte das nur seinen Kummer;
der alte Schmerz in seinem Herzen,
der wurde wieder neu.
Sie erinnerte ihn lebhaft
an die andere Isolde,
die strahlende von Irland.
Und nur weil sie *Isolde* hieß –
wagte er den Blick auf sie,
so stimmte ihn ihr Name stets
so freudlos, derart traurig,
daß man dem Angesicht den Schmerz
in seinem Herzen ansehn konnte.
Jedoch, er liebte diesen Schmerz,
den hatte sein Gemüt sehr gern,
der schien ihm angenehm und süß,
es war ihm dieses Leiden lieb,
weil er sie so gerne sah.
Er sah sie gern aus diesem Grund:
ihm war die große Trauer,
die ihn la blonde verspüren ließ,
lieber als sonst jede Freude.
Isolde war sein Glück, sein Leid,
ja, Isolde, ihn verstörend,
sie tat ihm wohl, sie tat ihm weh.
Je mehr Isolde ihm das Herz
im Namen von Isolde brach,
desto lieber sah er nun Isolde.
Häufig sagte er zu sich:
»Ah, Dieu bénie! Wie sehr bin ich
verwirrt durch diesen Namen!
Er vermengt und er vermischt
Augenschein und Sinnestäuschung
meiner Blicke, meines Geistes.

Ich bin in tausend Nöten!
Dauernd klingt in meinen Ohren
Isoldes Lachen und ihr Scherzen,
doch wo sie ist, das weiß ich nicht.
Mein Auge, das Isolde sieht,
dasselbe sieht Isolde nicht!
Mir ist Isolde fern und nah.
Ich fürcht, ich bin zum zweiten Mal
ver-*isolde*-t worden!
Ich wähne, daß aus Cornwall
Arundel geworden ist
und aus Tintagel dies Carhaix
und Isolde aus *Isolde*.
Wenn jemand von dem Mädchen
als von der Isolde spricht,
scheint mir, und zwar lebhaft,
Isolde sei zum Greifen nah.
Ich bin hier ganz verwirrt.
Wie kurios, was mir geschah:
ich wünsch mir schon so lange Zeit,
daß ich Isolde sehen kann;
nun bin ich, wo Isolde ist,
und bin doch gar nicht bei Isolde,
so nah mir auch Isolde ist.
Ich seh Isolde alle Tage
und seh sie nicht. Was ich beklage!
Isolde habe ich gefunden,
doch freilich nicht la blonde,
die liebreich lieblos zu mir ist.
Isolde ists, die mein Gemüt
auf den Gedanken brachte,
der mir das Herz zerdachte;
es ist Isolde von Arundel
und nicht Isolde la belle –
die sieht mein Auge leider nicht.
Doch was mein Auge künftig sieht,

was ihres Namens Siegel trägt,
dem werde ich zu jeder Zeit
die Neigung und die Liebe schenken,
dem lieben Namen Dank erstatten,
der mir so lang schon Wonne,
ein wonnevolles Leben schenkte.«
Erwägungen von dieser Art
trug Tristan oft sich selber vor,
wenn er sein zartes Unheil sah,
Isolde aux mains blanches.
Sie entfachtentflammte sein Gemüt
mit jener glosenden Glut,
die ihm schließlich Tag und Nacht
im Herzen lag, doch abgedeckt.
Er dachte überhaupt nicht mehr
an Kriegsdienst oder Ritterkampf;
sein Herz und seine Sinne,
sie kannten nur noch Liebe
und ihren Zustand des Gemüts.
Er suchte den Gemütszustand
in kurioser Selbstverpflichtung:
er schrieb ihn seinem Denken vor,
er *wollte* Liebe, Liebeshoffnung
verspüren zum Isolde-Mädchen;
er wollte die Gemütsverfassung
ohne Zwang zur Liebe *zwingen*,
hoffend, daß die Sehnsuchtsbürde
durch sie dann etwas leichter würde.
Er warf ihr wiederholt
ganz verliebte Blicke zu,
richtete die oft auf sie,
bis ihr überdeutlich wurde,
daß er sein Herz an sie verloren.
Sie hatte sich schon oft zuvor
Gedanken über ihn gemacht,
hat, wegen ihm, viel nachgedacht,

seit sie hörte, seit sie merkte,
daß er so reichlich Lob erhielt
am Hof und an den Herrensitzen –
seither schlug ihr Herz für ihn.
Als Tristan dann gelegentlich
seine Blicke auf sie warf,
um seine chance bei ihr zu prüfen,
da warf sie diesem Manne stets
derart verliebte Blicke zu,
daß er begann, zu überlegen,
mit welcher Art von Mitteln
er das Ziel erreichen könnte,
an dem sein schweres Herzeleid,
so gesehn, beendet würde.
Und er war darauf bedacht,
sie spät zu sehen oder früh –
wann immer das nur möglich war.

Cahedin fiel bald schon auf,
wie die sich mit Blicken folgten,
und er führte Tristan öfter
als bisher zu ihr,
schließlich hegte er die Hoffnung:
Stünd sie seinem Herzen nah,
so nähm er sie zur Frau und bliebe;
dann könnte er mit Tristans Hilfe
landesweit den Krieg beenden...
Seine Schwester, die Isolde,
bat er mit Entschiedenheit,
sie möge *so* mit Tristan reden,
wie er für sie den Ton angebe;
und keinen weitren Schritt, den nicht
der Bruder wie der Vater wünscht...!
Isolde kam der Bitte nach,
sie entsprach ganz ihrer Absicht:
sie ward noch freundlicher zu Tristan!

Gespräche und Gebärden – alles,
was Gedanken Schlingen legt,
was im Herzen Liebe weckt,
das ließ sie nun von allen Seiten,
auf jede Weise auf ihn wirken,
bis sie ihn wiederum entflammte,
so daß ihr Name, der bisher
in seinen Ohren liebleer klang,
von nun an lieblich für ihn schien.
Er hörte und er sah Isolde
viel lieber, als er das so wollte.
Genauso wirkte er auf sie:
sie sah ihn gerne, war ihm hold.
Er mochte sie, sie mochte ihn.
Und bald gelobten sie einander
Liebe und Verbundenheit;
und wirklich, sie bemühten sich
in dieser Hinsicht jederzeit –
soweit sichs schicklich machen ließ.
Tristan saß da eines Tages,
und es bedrängten ihn Gedanken
zur Hinterlassenschaft an Leid.
Im Herzen überdachte er
das viele Leid, so vielerlei,
das sein zweites Leben, Isolde,
la blonde, die Königin,
der Schlüssel seiner Liebe,
wegen ihm ertragen hatte,
und wie sie, trotz der Leiden,
treu zu ihm gehalten hatte.
Er nahm die Sache gar nicht leicht,
es machte ihm doch schwer zu schaffen,
daß er eine andre liebend
in sein Herz schloß, trotz Isolde,
ja, daß er dies nur *denken* konnte!
Leidend sagte er zu sich:

»Was mach ich Ungetreuer bloß?!
Todsicher weiß ich dies:
mein Herz, mein Leben, Isolde
(kopflos hab ich sie behandelt!),
die mag und liebt in dieser Welt
eigentlich nur mich allein,
und es wird ihr weiterhin
nichts mehr lieb sein außer mir,
und ich mag und lieb ein Leben,
das den Vergleich mit ihr nicht aushält.
Was hat mich auf den Kopf gestellt?!
Worauf hab ich mich eingelassen,
ich ungetreuer Tristan?!
Ich liebe *zwei* Isolden,
ich bin den *beiden* zugeneigt,
doch ist mein zweites Leben, Isolde,
nur *einem* Tristan zugeneigt.
Diese eine, sie will keinen
Tristan außer mir allein.
Doch ich umwerbe sehr
eine andere Isolde.
Weh dir, du verwirrter Mann,
du Tristan in der Irre!
Laß ab von diesem blinden Wahnsinn,
gib diesen Wahngedanken auf!«
   Und er widerstand dem Wunsch,
er legte ab Gefühl und Liebe
für Isolde, dieses Mädchen.
Und doch, er gab ihr derart viele
Zeichen seiner Zärtlichkeit,
daß ihr seine Liebe
oft genug bewiesen schien.
Doch es verhielt sich völlig anders,
es kam so, wie es kommen mußte:
Isolde hatte der Isolde
gemüthaft Tristan weggenommen;

im Gemüt war Tristan
zum Liebes-Erbe heimgekehrt;
sein Herz, sein Kopf befaßte sich
nur noch mit dem alten Leid.

Jedoch, er zeigte höfisch Stil:
sah er diesem Mädchen an,
daß es schmerzliches Verlangen
in sich zu verspüren begann,
so gab er sich die größte Mühe,
ihr Erfreuliches zu bieten:
er erzählte bunte Geschichten,
er sang für sie, er schrieb für sie,
er trug ihr vor – bedachte alles,
was sie unterhalten konnte;
er suchte ihre Gesellschaft,
vertrieb ihr denn die Zeit,
zuweilen durch Gesang,
bisweilen durch sein Spiel.
Für diverse Saiteninstrumente
erfand und komponierte Tristan
Weisen, Melodien von Liedern,
die seit damals sehr beliebt sind;
er komponierte zu der Zeit
Tristan, noble Liedmelodie,
die man in allen Ländern,
solange diese Welt besteht,
sehr schätzen wird, sehr lieben!
Häufig, oft geschah auch dies:
saß der ganze Hof beisammen,
er, Isolde, Cahedin,
der Herzog und die Herzogin,
hohe Damen und barons,
so erfand er chants,
höfische Liedchen, kleine rondeaux
und sang als Kehrreim stets dazu:

»Isolde m'aimée, Isolde m'amie,
en vous ma mort, en vous ma vie.«
Und weil er dies so gerne sang,
war ihrer aller Meinung,
ja, man war hier überzeugt,
er dächte hier an *ihre* Isolde;
darüber freuten sie sich sehr,
doch es freute keinen mehr
als den Gefährten Cahedin.
Der führte ihn nach draußen, drinnen,
und bot ihm jedesmal den Platz
neben seiner Schwester an.
Ihr Herz erfreute sich an ihm;
sie nahm sich seiner wieder an,
war weiterhin um ihn bemüht.
Die hellen Augen, der Verstand,
sie wirkten weiter auf ihn ein.
Das schwache Bild Jungfräulichkeit
kehrte hier gelegentlich
der Keuschheit und dem Anstand
offnen Augs den Rücken zu:
öfter (und dies öffentlich!)
legte sie die Hände in die seinen –
doch so, als täte sie dies nur
ihrem Bruder zu Gefallen.
Was immer er dabei erhoffte –
sie hatte ihre Freude dran…
Das Mädchen zeigte sich dem Mann
von der besten, schönsten Seite,
sanft lächelnd, freundlich lachend,
plaudernd und causierend,
schmeichelnd, kokettierend,
bis sie ihn erneut entflammte
und er zum zweiten Mal begann,
in Gedanken, im Gemüt
wankend zu werden in der Liebe;

er schwankte, ob er bei Isolde
wollte oder doch nicht wollte.
Freilich setzte es ihm zu,
wenn sie so liebreich zu ihm war,
er stellte häufig sich die Frage:
»Will ich oder will ich nicht?!
Ich glaube: nein. Ich glaube: ja.«
Doch schon war TREUE wieder da:
»Herr Tristan, nein! Besinne dich
auf deine treue Liebe zu Isolde,
denk mit aller Kraft
an deine liebe, treue Isolde,
die nicht mal fußbreit von dir wich!«
Schon war er, auf der Stelle,
von den Gedanken abgebracht,
ihn erfaßte solche Wehmut
aus Liebe zu Isolde,
seiner Herzens-Königin,
daß er Gebärden und Verhalten
sogleich von Grund auf änderte,
so daß er, wo er nun auch war,
nichts anderes als Trauer zeigte.
Doch kam er wieder zu Isolde,
und er setzte das Gespräch fort,
so vergaß er ganz sich selbst,
saß bei ihr und seufzte ständig.
Sein geheimgehaltnes Leid,
es wurde derart offenkundig,
daß der ganze Hofstaat meinte,
nur Isolde sei der Grund
für seinen Kummer, seine Trauer.
Damit hatten sie auch recht:
Tristans Trauer und sein Leid,
dies lag einzig bei Isolde.
Isolde war sein ganzes Unglück –
doch war es überhaupt nicht *sie*,

die sie alle dafür hielten,
sie mit ihren weißen Händen –
es war Isolde la belle,
nicht die aus Arundel.
Doch damals glaubten sie das alle.
Dies glaubte auch Isolde selber;
so führte sie das in die Irre.
Zu keiner Zeit verspürte Tristan
eine derart starke Sehnsucht
nach einer seiner Isolden,
daß *sie* sich nicht noch stärker sehnte!
Die zwei verbrachten ihre Zeit
mit Leid, das nicht gemeinsam war.
Es sehnten sich die beiden,
es spürten diese zwei auch Schmerz,
doch stimmte das nicht überein.
Ihre Neigung, ihre Liebe,
sie waren keineswegs gemeinsam.
Tristan und das Mädchen Isolde,
sie gingen nicht in einer Spur
von Liebe, die gemeinsam war:
Tristan wollte, um zu leiden,
eine andere Isolde,
jedoch Isolde wollte
keinen andren Tristan;
die mit den weißen Händen,
sie mochte und sie liebte ihn,
sie war bei ihm mit Herz und Kopf.
Sein Liebeskummer tat ihr weh.
Wenn sie ihn gelegentlich
im Gesicht erblassen sah,
und er dabei auch noch
tief zu seufzen begann,
so schaute sie ihn innig an
und seufzte mit ihm auf.
Als wahre Freundin trug sie

mit ihm an seiner Trauer,
obwohl sie ihr doch gar nicht galt.
Sein Leiden quälte sie so sehr,
daß ihn das wegen ihr noch mehr
bedrückte als mit Blick auf sich.
Die Neigung, Güte, die sie ihm
liebend treu entgegenbrachte,
die stimmte ihn sehr traurig.
Es war ihm zum Erbarmen,
daß sie ihr Gefühl umsonst
der Liebe nur zu *ihm* gewidmet,
daß sie, vergeblich hoffend,
ihr Herz an ihn gehängt.

Jedoch, er zeigte höfisch Stil
und gab sich ständig alle Mühe,
sie mit Gesten und Gesprächen
(so unterhaltsam wie nur möglich)
aus dem Zustand ihres Leids
liebevoll herauszuholen,
doch war sie schon in dieses Leid
zu weit, zu tief hineingeraten.
Doch je mehr er sich bemühte,
je mehr er von sich forderte,
desto mehr entflammte er
(und dies von Stund zu Stunde)
das Mädchen Isolde,
bis es schließlich so weit war,
daß die LIEBE sie besiegte
und sie ihm nun derart oft
durch Gesten, Wörter, Blicke
ihre Zärtlichkeit erwies,
daß er bereits zum dritten Mal
seiner Zweifelsqual verfiel
und das Schifflein seines Herzens
anfing, ohne festen Kurs

zu treiben und zu schlingern.
Was ja auch kein Wunder war…
Denn die Verlockung, die dem Mann
immer, immerzu (weiß Gott!)
lächelnd im Gesichtskreis liegt,
die blendet Augen und Verstand,
zieht stets das Herz zu sich heran.
Liebende, sie können hier
aus dem Erzählten folgern,
daß man viel leichter fernes Leid
erträgt in Liebe aus der Ferne,
als der Liebe nah zu sein
ohne Liebe in der Nähe.
Wahrhaftig, ja, soweit ichs sehe:
liebste Liebe kann man leichter
fern entbehren, fern begehren
als nah begehren, nah entbehren.
Man löst sich eher von der fernen Liebe,
als sich der nahen zu enthalten.
Hier verhedderte sich Tristan…
Er begehrte die entfernte Liebe,
litt großes Ungemach um jene,
die er nicht hörte und nicht sah,
und hielt sich von der Nahen fern,
die er so oft vor Augen hatte.
Zu jeder Zeit begehrte er
die leuchtende, la blonde
Isolde von Irland und entzog sich
der mit den weißen Händen,
dem stolzen Mädchen von Carhaix;
nach jener litt er Sehnsuchtsqual,
von der hier hielt er sich zurück.
So irrte er von beiden ab;
er wollte und er wollte nicht
Isolde und Isolde;
diese floh und jene suchte er.

Das Mädchen Isolde hatte ihm
Sehnsucht, Liebe, Offenheit
geschenkt in schöner Einfachheit;
sie wollte den, der Abstand hielt,
sie jagte den, der vor ihr floh.
Er war dran schuld: sie war getäuscht.
Mit seinem Doppelspiel der Augen
und der Lippen hatte ihr
Tristan so viel vorgemacht,
daß sie sich seines Herzens
und Kopfes völlig sicher wähnte.
Von allen Doppeldeutigkeiten,
die Tristan sich bei ihr erlaubte,
war dies die allergrößte,
die das Herz am meisten zwang,
sich in Tristan zu verlieben –
daß er dies so gerne sang:
»Isolde m'aimée, Isolde m'amie,
en vous ma mort, en vous ma vie.«
Es lockte dies ihr Herz zu ihm,
dies erweckte ihre Liebe.
Sie machte sich den Vers zu eigen
und folgte ihm auf seiner Flucht
mit derart großer Zärtlichkeit,
daß sie ihn (zum vierten Mal)
mit Liebe fing auf seiner Flucht
und ihn zu sich herüberzog,
so daß er ihr erneut verfiel
und nun wieder Tag und Nacht
über sich, sein ganzes Leben
nachsann und ins Grübeln kam
und aufgestört sinnierte:
»Ach Gott, wie brachte mich
die Liebe durcheinander...!
Dies Glück, das mich so sehr verstört,
das mir Verstand und Leben raubt,

das mich so sehr belastet –
soll mir dies auf Erden
jemals gelindert werden,
so geht das nur mit *neuer* Liebe.
Ich habe schließlich oft gelesen
und weiß auch selbst, daß eine Liebe
die Kraft der andren Liebe raubt.
Des Rheines Strömen, seine Strömung
ist nirgendwo so stark,
daß mit diversen Wasserläufen
nicht *so*viel wegzuleiten wäre,
daß er sich beinah ganz verströmt
und nur geringe Kraft behält:
so kann der riesengroße Rhein
zu winzig kleinem Rinnsal werden.
Auch hat kein Feuer solche Kraft
(sofern man folgendes nur will!),
daß man es nicht zerteilen kann
in diverse Feuerchen,
bis es da schließlich nur noch flackert.
So ists mit einem, der da liebt,
der treibt ein Spiel, das ähnlich ist:
Der kann sein strömendes Gefühl
auch so oft, so weit verteilen
in diverse Wasserläufe,
kann liebendes Gemüt nach hier,
nach dort aufteilen und verteilen,
bis es schließlich derart schwach wird,
daß es nicht mehr schaden kann.
So kann es auch für mich gut enden,
wenn ich meine Neigung, Liebe
an mehr als nur die *eine* Frau
verteile – und verströmen lasse.
Richt ich meine Sinne
auf mehr als nur die *eine* Liebe,
so werde ich dadurch wahrscheinlich

ein trauerloser Tristan werden…
Ich will das gleich einmal versuchen;
wenn mir Fortuna gnädig ist,
so wird es Zeit für den Beginn,
denn meine Treue, meine Liebe,
die ich verspür für meine Herrin,
sie kann mir nicht von Vorteil sein,
sie zehrt von Herz und Leben,
indes sie mir für Leib und Leben
Erfüllung doch nicht schenken kann.
Diesen Kummer, dieses Leid
erdulde ich doch ganz umsonst!
Ah, schöne amie, liebe Isolde,
unser eines Leben ist
allzu deutlich aufgeteilt.
Es ist nicht mehr wie früher,
als wir *ein* Wohl, *ein* Weh,
ein Glück, *ein* Leid
zu zweit erlebten und gemeinsam.
Nun ist das leider nicht mehr so,
nun bin ich traurig, Ihr seid froh.
Meine Sinne, sie begehren
Euch zu lieben,
doch Eure Sinne, fürchte ich,
begehren mich nur schwach.
Ach, die Lust, der ich für Euch
entsage, ach, die stillt Ihr,
so oft Ihr das nur wünscht –
schließlich seid Ihr ja ein Paar!
Marke, Euer Ehemann, und Ihr,
stets seid Ihr als Paar zu Hause!
Und ich bin einsam in der Fremde!
Ich fürchte, daß ich nie mehr wieder
Erfüllung bei Euch finden werde,
und dennoch komme ich nie mehr
in meinem Herzen von Euch los.

Was habt Ihr mich von mir geraubt,
wo Ihr mich doch kaum begehrt,
ja, mich in Zukunft leicht entbehrt?
Ah, schöne Königin Isolde,
mit wieviel und wie vielem Leid
vergeht mein Leben so mit Euch,
und doch bin ichs Euch nicht mal wert,
einen Boten herzuschicken,
der nach meinem Leben fragt...!
Zu mir zu schicken ...? Ach, was red ich!
Wohin bloß sollte sie den schicken,
um zu erfahren, wie ich lebe?
Ich habe mich dem Spiel der Winde
schon derart lange ausgeliefert,
wie soll man mich noch finden können?
Ich seh hier keine Möglichkeit!
Sucht man dort, so bin ich hier,
sucht man hier, so bin ich dort.
Wie und wo bin ich zu finden?
Wo man mich findet ...? Wo ich bin!
Die Länder laufen doch nicht weg!
Ich bin in einem dieser Länder –
hier sollte man auch Tristan finden!
Ja, wenn nur einer dies begänne,
der müßte suchen, bis er fände.
Wer einen Reisenden suchen will,
dem ist kein festes Ziel
für seine Suche vorgegeben,
der muß sich auf Gedeih, Verderb
für sein Bemühn die Richtung suchen,
falls er was erreichen will.
Die Herrin, die mein Leben führt,
bei Gott, sie hätte doch schon längst
diskret erkunden lassen können,
dies in Cornwall wie in England,
in der France, der Normandie,

in meinem Heimatland Parmenien
und wo sonst immer, laut Gerücht,
ihr Liebster, Tristan, sei – dies wäre
längst schon alles abgesucht,
wäre ihr an mir gelegen!
Doch legt nur wenig Wert auf mich,
die ich mag und die ich liebe –
weit mehr als Leib und Seele!
Für *sie* nur meid ich andre Frauen,
doch ich selbst soll sie entbehren.
Ich kann von ihr nicht das begehren,
was mir in dieser Welt Beglückung
schenken sollte, Glück im Leben.«

Fortsetzung

Gottfrieds Versroman bricht ab mit der Zeile neunzehntausendfünfhundertachtundvierzig. Genau hier beginnt Ulrich von Türheim (ungefähr im Jahre 1225) mit seiner Fortsetzung. Hier setzt freilich auch das erste der Bruchstücke des Tristan-Romans von Thomas ein. Eigentlich müßte ich die Fragmente des Textes übersetzen, nach dem Gottfried weitergearbeitet hätte, aber: ich wäre zu sehr auf Übersetzungen anderer angewiesen, könnte Nuancen, Valeurs nicht recht herausschmecken – meine Zweitsprache ist Englisch, nicht Französisch. So kann ich in dieser Skizze der Fortsetzung nur verkürzend wiedergeben was Thomas erzählt. Dabei gehe ich aus von Ulrich, kehre zu ihm zurück, denn: er liefert (s)eine vollständige Version des zweiten Teils.

Mit den ersten Zeilen stimmt Ulrich eine Klage an über den Tod, den (für das Werk) zu frühen Tod des Kollegen. Und setzt an bei Tristans Monolog über seine Position zwischen zwei schönen jungen Frauen, die beide auch noch Isolde heißen: Isolde »la blonde« in Irland und Isolde »aux mains blanches« im Herzogtum Arundel.

Ein großes Unglück stieß uns zu,
dies Unglück trifft hier den Roman,
denn er gerät damit in Not:
Der gelehrte Gottfried starb,
der dieses Buch begonnen hat.
Seine Lebenszeit trug Früchte
in der hohen Kunst des Werkes –
dieser Mann war ein Poet!
Dieses Werk der Dichtung ist
voll poetischen Geschehens,
ist unverschnörkelt, höchst gekonnt.
Wer es kunstverständig liest,
verleiht ihm allerhöchsten Rang:
Es ist glänzend formuliert!

Ach, von Herzen kommt die Klage,
daß der Tod ihm vor der Zeit
seinen Lebenslauf zerstörte,
und so blieb dies Buch Fragment.
Doch weil es so gekommen ist,
daß ihn der Tod dahingerafft,
so habe ich es übernommen,
dieses Werk nun abzuschließen;
ich erzähle es zu Ende,
dies mit meinem besten Können.
Konrad, Schenk von Winterstetten,
forderte mich herzlich auf,
ihm den Gefallen zu erweisen.

Mit diesen Angaben lassen sich Autor und Auftraggeber identifizieren: Ulrich aus einem Ministerialen-Geschlecht, das seinen Sitz in der Nähe von Augsburg hatte; Konrad von Winterstetten als eine der Repräsentationsfiguren staufischer Zeit und Herrschaft.

Es gibt noch eine zweite volkssprachliche Fortsetzung: Heinrich von Freiberg verfaßte sie um 1290. Sie ist etwa doppelt so lang wie Ulrichs auffallend kurzer Text; bei Heinrich wuchert Episodisches, zum Teil mit rüdem Inhalt. Im Vergleich mit dessen Arbeit: klare Option für Ulrich von Türheim!

Was auch grundsätzlich fur ihn spricht: es gibt kaum eine Handschrift von Gottfrieds Roman ohne Fortsetzung und Abschluß durch Ulrich. Für das Mittelalter gehörten beide Texte zusammen.

Freilich: verglichen mit Gottfrieds hochkarätigem Text fällt die Fortsetzung zurück auf eine geringere Stufe der Intensität. Nur gelegentlich bringt er eine Sequenz in die Schwebe der Ironie; nur manchmal ist sein Text charakterisiert durch sprachliche Verkürzungen, Verdichtungen, Pointierungen. Es dominiert (handwerklich solide) Vermittlung von Inhalt. Dies allerdings nach der parallelen Tradierung, die für Gottfried und seinen Mäzen nicht in Frage kam. Vor allem deshalb werde ich zweimal überwechseln zur fragmentierten Überlieferung des französischen Versromans.

Doch nun erst wieder: Ulrich, nach seinem Prolog.

Ihr habt bestimmt ja schon gehört,
welche große Last an Leiden
Tristan auf sich nehmen mußte,
und was geschehn ist mit Isolde.
Tristan sagte zu sich selbst:
»Laß ab von diesem Wahnsinn,
gib nun die Gedanken auf,
die dein Seelenheil verderben,
deine Ehre ganz entehren.
Lasse deinem Onkel Marke,
dem edlen König, seine Frau
Isolde in der Residenz,
und lieb die von Carhaix,
die dich nicht so sehr berührt.«
»Herz, weil du es mir empfiehlst,
nehm ich Abstand von Isolde,
wende mich Isolde zu –
ich mein die mit den weißen Händen.
Isolde, die in Irland lebt,
sie werde meinem Herzen fremd.
Die Liebe hat mir oft
schwere Lasten aufgebürdet.«
Dem Gefährten Cahedin
tat er Wunsch und Willen kund,
sagte: »Lieber guter Freund,
halte dich an dein Versprechen.
Denk zurück an deine Bitte
für Isolde, deine Schwester. Schau,
sie gesteht mir Qual der Sehnsucht.
Ich denke nach bei Tag und Nacht,
ich überlege jeden Punkt:
wie ich erwirke, was sie ehrt,

und wir uns ehelich verbinden.
Ich will hier mit ihr seßhaft werden.«
»Seßhaft werden?! Ja, das wäre
für mich ein wahrlich schöner Tag!
Was ich an Kummer je erlitt,
das lös sich auf in Wohlgefallen!
Tristan, dafür biet ich dir
alle meine Dienste an,
und wir beiden machen uns
eine wunderschöne Zeit.
Tristan, was du auch verlangst
(und das finde ich heraus!),
das alles machen wir gemeinsam!«
»Das lohn dir Gott! Für deine Worte
darf ich dir nichts schuldig bleiben!
Doch erfülle mir die Bitte –
du tust dir selber damit Gutes –,
die Sache ist nicht ungebührlich:
deinen Vater, deine Mutter,
frag sie bitte nach der Meinung.«
»Meine Eltern denken so:
sie sind in dieser Hinsicht froh.
Wie hätte ihnen größres Glück
in dieser Welt begegnen können?
Komm, wir gehen zu Isolde,
der hellen, schönen, edlen,
die in ihren jungen Jahren
durchaus dies Glück verdient,
daß dein Herz ihr Liebe schenkt
und sie zur Ehefrau erwählt,
dich ganz in ihre Hände gibt.«
»So brich denn auf, ich warte hier.
Und sprich in meinem Sinne!« »Nun?
Ich sage alles, was du willst…
Kein Dienst für dich wird mir zu schwer.«
»So wiederhole, was ich sagte,

bitt die reine Jungfrau Isolde
sie möge mir gewogen sein.
Ich werde nur von Leiden frei,
wenn sie mir das Leid verleidet,
mich von Leiden trennen läßt.«

Brautwerber Cahedin ist selbstverständlich erfolgreich, die Eltern stimmen gerne zu, die Hochzeit findet statt – eher eine juristische Formalität als eine Festlichkeit. Die Hochzeitsnacht steht bevor.

Und so legten sie sich nieder:
Tristan und Isolde.
Es sprach die fromme Herzogin
mit Inbrunst ihren Segen aus
und empfahl das Paar der Liebe:
der Gottesliebe und auch der,
die manches Herz begehren läßt.
Sie überließ die zwei sich selbst
und dachte, beide würden eins.
Jedoch vereinten sie sich nicht
(das wurde später offenkundig):
Tristan stand nicht seinen Mann.
Die Jungfrau in den schönsten Jahren
ließ er einfach bei sich liegen,
berührte sie an keiner Stelle,
er wurde nicht intim mit ihr.
Isolde, der er abgeschworen,
sie kam ihm wieder in den Sinn.
Ich glaube, sie verwies dabei
auf den Liebestrank, dies Wunder.
Vieles ging ihm durch den Kopf,
er dachte hin, er dachte her,
jedoch sein Herz, es blieb dabei:
es begehrte unablässig
Isolde la blonde.

Die Herrin LIEBE rechne hier
den Verlust auf, den Gewinn,
wer treu bleibt und wer untreu wird.
Wozu – was meint ihr – trieb sie wohl
mit der verdoppelten Isolde
Tristan derart in die Enge?
Sie tat dies, weil sie treulos ist,
sie hat gern öfter mal was Neues.
Die festen und bewährten Partner,
die vermag sie nicht zu halten,
doch die neuen Partner auch nicht!
Die Herrin LIEBE lebt davon,
daß alles sich vertauschen läßt.
Wer den Verstand beisammenhält,
der sehe zu, daß er sie flieht,
und wende sich der Liebe zu,
die echt ist und die nicht vergeht
und deren Sinn auf Treue steht.
  Tristan dachte: »Ach, Isolde,
welch ein Wunder war mein Wunsch,
es möge sich das Wunder fügen
der Ehe mit Isolde Weißhand?
Isolde, du bist mein, *Isolde!*
Tot war meine Liebe, Treue,
Isolde, als ich dich verwarf
und um Isolde warb, die zweite.
Sei du, Isolde, meine Frau ...!
Viel Liebe hast du mir geschenkt
und hast für mich auch sehr gelitten.
Ich weiß genau, *du* bist Isolde,
der ich die Ehe schuldig bin.
Ich fühl mich wohl in deiner Nähe –
bald! Du bist in meinem Herzen.
Ach, die Sehnsucht meines Herzens
wird zum Schmerz, ich will zu dir.
Du weißt, Isolde, dies ist wahr:

Niemals kann ich dich vergessen,
du, Isolde, hast mein Herz
ganz alleine im Besitz!«
　Und die Jungfrau dachte arglos:
»Ich fürcht, der liebe Tristan kommt
mit jungen Damen nicht zurecht.
Das habe ich nun klar erlebt!
Nahm er Isolde, la blonde,
bisher auf *diese* Weise, steht er
seinen Mann nicht in der Liebe.
Nein, ich finde es nicht richtig,
was man einer Jungfrau antut –
mir wurde oft vorausgesagt,
wie man Entjungferung vollzieht…
Nein, *so was* tat er mir nicht an,
behandelt mich mit Feingefühl,
vermutet wohl, ich sei zerbrechlich.«
　So was dachten sich die beiden.
Darauf sprach der edle Tristan:
»Isolde, stehen wir jetzt auf,
laß uns unter Menschen sein.«
»Gern, mein lieber Herr Gemahl;
was Ihr tut, ist wohlgetan;
Euer Wille ist mein Wille.«
»Das lohn dir Gott, Isolde, Schatz!«
Dieses Wort ließ sie erröten,
es löste aus, daß sie sich schämte.
Und weil sie eine Jungfrau war,
mußte sie ein bißchen weinen…
Was brachte sie damit zum Ausdruck?
Nun ratet, welches von den beiden:
sie weinte um das Ja, das Nein?
Wie ich vermute, wars das Nein.
Zu gerne hätte sie das Ja!
War böse, weil es keiner bot…

Die reine, schöne Jungfrau Isolde
schlüpfte nun in Frauenkleidung,
band Frauenkopfputz in das Haar,
korrekt, wie es dem Brauch entspricht.
Sie beide traten auf als Paar,
das sich, wie üblich, Liebe zeigt.
Und die Leute nahmen an,
es wär geschehn, was nicht geschah –
Tristan blieb Isolde fremd,
Isolde blieb es auch für Tristan.
Die Liebliche, die Schöngeformte,
war so stolz und so vernünftig,
daß sie ihr Leid mit Haltung trug
und keiner etwas davon merkte,
daß ihr was fehlte beim Geliebten.
Tristan hielt es lange so,
damit blieb die Jungfrau Jungfrau.
　Isolde dachte wieder nach:
»Es ist mir eine große Qual,
neben einem Mann zu liegen,
der nicht tut, was üblich ist,
was Männer, Frauen stets schon trieben,
sobald sie beieinander lagen.«
Sie dachte nach in dieser Nacht,
brachte es denn auch zum Ausdruck,
sagte: »Tristan, Herr,
du weißt, was richtig ist, was falsch –
warum verhältst du dich dann so?
Bis heute hast du mich noch nie
geküßt, hast mich noch nie umarmt.
Was einer Ehefrau gebührt –
*da*vor bin ich bei dir sicher!
Tristan, bitte, sage mir,
aus welchen Gründen dies so ist.«
　»Herrin, noch vor kurzer Zeit
habe ich vor Gott geschworen,

aufgrund des mächtigen Gebotes:
Nehm ich mir jemals eine Frau,
so halte ich mich fern von ihr,
und zwar für eine Jahresfrist.
Ich tu es nicht, um dich zu quälen;
sobald das Jahr zu Ende geht,
werd ich dein Verlangen stillen.«
»Lieber Tristan, hör mich an:
Häufig kam mir schon zu Ohren,
daß ein Mann und seine Frau
zwei Seelen, *einen* Körper haben;
es sollte zwischen ihnen beiden
Vereinigung und Einheit sein.
Doch haben wir uns nicht vereint.
Dein Herz, es liebt mich nicht,
wie es mich lieben sollte –
es ist Isolde la blonde,
die dies Gebot erlassen hat,
das deinem Ansehn nicht entspricht.
Ich hab dies Nein und liege hier,
doch sie ist fern und hat das Ja!
Zwar paßt das Ja nicht zu dem Nein,
doch nehme ich den Zustand hin
bis zum angesetzten Zeitpunkt.
Ich halte das geheim, mit Umsicht,
so daß es nie zur Sprache kommt,
bis Jahr und Tag verstrichen sind;
bis dahin unternehm ich nichts.«

Hier kann ich überwechseln zur höfischen Version des Tristan-Romans, die mit Thomas einen ersten Höhepunkt und bei Gottfried den Gipfel fand.

Wie bereits erwähnt: das erste große Fragment des britannischen Versromans in französischer Sprache setzt genau dort ein, wo Gottfried aufhörte oder aufhören mußte: bei Tristans Selbstreflexion. Was Ulrich hier nur andeutet, das wird von Thomas über mehrere Druckseiten hinweg ausgeführt: Das innere Hin und Her in Tristan, der von Isolde nicht loskommt und doch eine andere Isolde heiratet. Isolde, die irische, ist ihm weiterhin so nah, daß er bei Isolde Weißhand die Nähe nicht findet, die sie wünscht, die sie begehrt. Tristans Ausrede fällt bei Thomas freilich anders aus: »Hier, an meiner rechten Seite, habe ich eine Krankheit, die mich lange schon begleitet. Heute nacht bereitet sie mir große Schmerzen. Wegen meiner schweren Strapazen hat sie sich im ganzen Körper ausgebreitet.« So wolle, dürfe er Anstrengung nicht auf sich nehmen, sonst könnte er ohnmächtig werden – wie das kürzlich noch geschah, und das gleich dreimal nacheinander. Sie soll sich durch seine Zurückhaltung nicht irritieren lassen – es wird nachgeholt. Isolde, die ihn liebt, zeigt Verständnis, übt Nachsicht.

Thomas erweitert nun die Perspektive in einem Fragment über Isolde – die, in seiner Version, freilich nicht in Irland wohnt, sondern in England lebt, in London. Erzählt wird von einem schönen, jungen Mann, der sich in Isolde verliebt hat und sich nach Tristans Abreise dem Ziel näher glaubt: Coriado. Bei Ulrich kein Wort über ihn; er konzentriert sich auf Tristan und Isolde Weißhand – die blonde Isolde bleibt schemenhaft in der Ferne. Bei Thomas hingegen gewinnt sie wiederholt an Präsenz im Text.

Isolde also jenseits des Ärmelkanals, und sie weiß nicht, wo Tristan sich aufhält. In Spanien? Nein, er befindet sich in der Britannie – der auf dem Festland. Erzählt wird von einem wilden Kämpfer aus Afrika, der zwar nicht die Skalps, aber die Bärte der Männer sammelt, die er in Einzelkämpfen besiegt; er läßt die Haare zu einem pelzähnlichen Überwurf verarbeiten – sozusagen ein dress in progress. Was ihm noch fehlt an seinem Kleidungsstück aus den Barthaaren von Prinzen, Baronen, Königen, das ist der Bart von König Artus. Ihn bittet der Afrikaner um eine Bartspende; mit diesen Haaren soll der Abschluß geschaffen werden am Kragen, dort, wo die Spange ansetzt, die Tassel. Artus will seinen Bart freiwillig allerdings nicht hergeben, also fordert der Gigant ihn zum Kampf heraus. Den übernimmt mal wieder Tristan; selbstverständlich besiegt er den Afrikaner. Der Bart des Artus bleibt, wo er ist. Allerdings: Tristan wird verwundet.

Diese Episode, so gesteht Thomas selbstkritisch ein, gehört nicht so recht zur Geschichte, will aber trotzdem erzählt werden – sie muß hier also zumindest erwähnt werden. Und die Erzählung kehrt zurück zu Isolde. Sie ist weiterhin traurig nach der erzwungenen Trennung, singt ein melancholisches Lied über Guiron, der den Tod fand, weil er für seine Liebste kämpfte. Da tritt Coriado auf, der schon mehrfach um Isolde geworben hat und ebensooft abgewiesen wurde. Nun sieht er seine Chance gekommen. »Meine Herrin Isolde, Ihr habt ihn verloren! Er hat sich in einem anderen Land eine Frau genommen.« Und zwar die Tochter des Herzogs der Britannie. Nun könnte sie sich eigentlich einen anderen Liebhaber leisten … Was Isolde hier zu hören bekommt, das verstimmt sie, macht sie wütend. Und der Text bricht ab.

Das nächste Fragment erzählt vom Zweikampf Tristans mit einem Riesen; der wird, wie zu erwarten, besiegt, wird ausnahmsweise aber nicht getötet: Tristan gibt sich mit der formellen Unterwerfung zufrieden. Schon am Tag danach wird der Riese in die Pflicht genommen: er muß mit Hammer und Meißel eine Felshöhle zu einem repräsentativen Hohlbau ausgestalten. Hier ergibt sich eine (zumindest assoziative) Verbindung zum »Höhlenbau der Liebenden«, der ebenfalls von Riesen in ein Felsmassiv gemeißelt worden war – denkbar, daß auch sie dabei eine Höhle erweiterten, ausgestalteten. Der neue Hohlbau womöglich als Replik des Höhlenbaus der Liebenden.

Für die Ausstattung werden vom Riesen Zimmerleute und Goldschmiede gestellt. Während die Zimmerleute wohl Podeste schreinern, gestalten die Goldschmiede zwei Statuen: Isolde und Brangaine.

In der rechten Hand der Isolde-Statue ein Stab, auf dem die metallene Nachbildung eines Vogels sitzt, der mit den Flügeln schlagen kann – der Vogel, der von der Rute mit dem Liebesleim nicht mehr loskommt? In ihrer linken Hand ein Ring, in den die Worte eingraviert sind, die Isolde beim Abschied von Tristan sprach. Zu Füßen der Statue (niedergestreckt, womöglich wie der besiegte Drache unter der Lanze des heiligen Georg): der Zwerg, der König Marke in den Garten geführt hatte, in dem sich Tristan und Isolde nachts trafen, vor Spitzel und König freilich rechtzeitig gewarnt durch die Schatten, die sie samt Baumkrone warfen, im Mondlicht. Neben Isolde eine Nachbildung, in Gold, des Schoßhündchens Petitcru; diese Hundeplastik kann mit dem Kopf wackeln, dabei das berühmte Glöckchen (nach)klingen lassen. Der Statue der Brangaine ist ein Flacon in die Hand gegeben (Glas, damals selten, nur für besonders kostbaren Inhalt …); auf dem Fläschchen der Hinweis eingeritzt, eingeschliffen, der den Inhalt benennt und für wen er bestimmt war: für Marke.

Die Statue vor allem der Isolde muß man sich als völlig naturgetreu vorstellen, zum Verwechseln ähnlich mit dem Original. Ist Tristan allein im Isolde-Memorial, so küßt er die Statue, umarmt sie. Es bleibt nicht beim Umarmen und Küssen – ist Tristan schlecht gelaunt, mißmutig, so beschimpft er die Statue, wirft ihr vor, Isolde hätte sich inzwischen bestimmt einen Liebhaber genommen, zusätzlich zum Ehemann, der so oft mit ihr schlafen kann wie er Lust hat – allein schon dieser Gedanke wird für Tristan zur Qual. Und nun auch noch ein gewisser Coriado, von dem Tristan eigentlich nichts wissen kann, der aber, in der Tat, weiter um Isolde wirbt, obwohl er weiterhin abgewiesen wird – was Tristan erst recht nicht wissen kann! So wiederholen sich Anfälle von Eifersucht, mit der fixen Idee: Diese Frau »nimmt sich, was sie kriegen kann«. Zuweilen bereut es Tristan, daß er sich der Statue gegenüber so rückhaltlos ausspricht, sich damit bloßstellt. Dazu Thomas: »Hätte er Isolde nicht mehr als alle anderen geliebt, müßte er keinen Nebenbuhler befürchten. Gerade, weil er nur diese eine liebt, geht er in die Falle von Verdächtigungen.«

Wiederholt verläßt Tristan die Burg, in der er mit seiner Gemahlin lebt, zieht sich ins Liebesmuseum zurück, herzt und küßt die Isolde-Figur. Seine Frau weiß selbstverständlich nichts von diesem Ritual, das dem Gedächtnis der großen, ihn immer noch beherrschenden Liebe geweiht ist.

Es folgt die berühmte Episode vom hochspritzenden Wasser – darauf wird in keiner der Überlieferungen verzichtet. Ein

Ausflug, wohl als Jagdausflug, Cahedin reitet in der Nähe seiner Schwester, ihr Pferd tritt in eine Pfütze, Wasser spritzt hoch unter ihren Rock, bis hinauf zur Hüfte. Isolde muß lachen: Das Wasser ist couragierter als Tristan, so hoch ist er bei ihr noch nicht gekommen! Cahedin fragt, hakt nach, erhält Auskunft: Die Ehe ist noch nicht vollzogen. Er sieht die Familienehre verletzt, stellt seinen Freund und Kampfgefährten wütend zur Rede. Der gesteht ihm, daß er eine Frau liebt, die noch sehr viel schöner sei als Isolde, seine Schwester; sogar (und hier wird geködert) die Zofe und Freundin von Isolde sei schöner als Isolde Weißhand!

Um das zu beweisen, nimmt Tristan den fast verlorenen Freund mit in das Isolde-Memorial. Cahedin kommt aus dem Staunen nicht heraus: Die Statuen der beiden jungen Frauen wirken so lebensecht, daß ihm ganz natürlich scheint, wie Tristan die Figur der Isolde umarmt und küßt. Erst, als Cahedin der Brangaine das Glasgefäß aus der Hand nehmen will, um besser an sie heranzukommen, wird ihm klar: Dies ist nicht das Original! Das will er nun aber sehen, unbedingt! So hat es Tristan leicht, Zustimmung zu finden für seinen Vorschlag: gemeinsam übers Meer zu reisen, um Isolde und Brangaine zu sehen. Dann wird sein Schwager erst recht verstehen, weshalb er sich der Schwester gegenüber so zurückhält!

Hier wechsle ich wieder über zur Tradierung, der Ulrich folgte: Die beiden jungen Männer wollten nach Irland reisen. Der Herzog von Arundel (der Schwiegervater, der noch nicht vollgültiger Schwiegervater ist!) finanziert die Reise, die Tristan nicht bezahlen kann. Isolde Weißhand nimmt Abschied von Tristan, verständnisvoll, obwohl sie weiß, daß er zur anderen Frau reist. Es zeigt sich wieder: sie liebt ihn, trotz allem.

> Nun begann das große Klagen;
> man weinte diesen schönen Rittern
> viele, viele Tränen nach.
> So manche Dame setzte sich –
> der war wohl einer derart nah,

daß sie nach ihm trauern mußte;
was Glück war, wurde bittres Leid.
Isolde, herrliche Erscheinung,
sagte nun zu Tristan:
»Ach, mein lieber Tristan,
ach, mein sehr geliebter Mann,
wie tust du meinem Herzen weh,
weil du jetzt von mir scheidest –
wegen einer anderen Isolde!
Mein Glück, es geht daran zugrunde,
schon liegt es ganz dahingestreckt!
Wenn du nicht bald schon wiederkommst,
werd ich meines Lebens nie mehr froh.
Es füge sich mein Schicksal so,
daß ich dich, Herr, bald wiedersehe.
Gott helfe mir, daß dies geschieht,
und zwar in möglichst kurzer Zeit.
Wie halte ich das Warten aus,
mein Tristan, den ich herzlich liebe?
Ich sah noch keinen andren Mann,
nach dem ich je Verlangen hätte.«
Er küßte sie sehr liebevoll.
»Isolde, Schöne«, sagte er,
»ich habe mich nicht recht verhalten.
Was ich dir an Leid getan,
vergiß es doch, in Gottes Namen.
Ich bin mir meiner Schuld bewußt.
Gott gebe, daß ich deine Liebe
durch meine Taten bald verdiene –
sonst mög ich künftig keinen Tag
des Lebens mehr im Glanz erleben.
Er, der die ganze Welt beglückt,
Ihm vertraue ich dich an.«

Cahedin und Tristan reisen also nach Irland. Isolde wird die geheime Nachricht übermittelt von der Ankunft der beiden. Und es wird verabredet: man wird sich an der Waldstraße treffen, auf der Isolde mit ihrem Gefolge zu einer Burg reitet. Cahedin und Tristan betrachten in einem Dornbuschversteck das Defilee des weiblichen Gefolges.

Die schönen, hohen Damen ritten
würdevoll am Busch vorbei,
die Kleider prächtig, gut geschneidert.
Ein Ritter jeweils als Begleiter,
der sie aufs schönste unterhielt –
die diese Damen conduierten,
was die nicht alles so parlierten...!
Sie ritten hin zum Lagerplatz.
Und wieder fragte Cahedin:
»Tristan, schau wer kommt denn da?!«
»Ein wahrer Schatz der Trefflichkeit!
Ja, reitet her, ihr schönen Damen,
denn ihr seid höfisch, makellos!
Brangaine und Gymele
sind belles, sind courtoises...«
In guter Haltung ritten sie heran;
sie sollten vor dem Dornbusch warten,
bis Isolde kommen würde.
Ihre schönen roten Lippen
besprachen dort, in vielen Punkten,
wie sich arrangieren ließe,
daß Tristan und die Königin
für eine Zeit beisammen wären...
Zu Tristan sagte Cahedin:
»Es will zum zweiten Male tagen!
Zwei Sonnen scheint es mir zu geben...!
Gott erweist mir Seine Gnade,
daß ich den hellen Glanz erblicke,
dessen Reinheit derart groß ist,
daß ihn mein Auge nicht erträgt...
Seit Gott aus Adams Rippe Eva

schuf, gab es noch keine Frau
von der Schönheit der Isolde.
Tristan, Kompliment zum Glück!
Du wirst an Glück nicht übertroffen,
du hast den schönsten Teil des Glücks,
denn diese strahlende Isolde
ist eine *Schönheit*, une merveille!«
Tristan war enthusiastisch:
Isolde kam zum Niederwald!

Sie erweist sich wieder einmal als listig und arrangiert ein Treffen mit Tristan in einem Zelt abseits der Landstraße. Die Begegnung der beiden wird kontrastiert durch eine Buffopartie, wie in späteren Opern: Cahedin will auch eine Frau, wählt eine aus (Brangaine ist hier nicht vorgesehen!), aber die Erwählte will mit dem Besucher nicht schlafen; so steckt Isolde der Freundin und Zofe ein Zauberkissen zu, das Cahedin in Tiefschlaf versetzt bis zum Morgen. Für Tristan und Isolde aber wird dies die Liebesnacht aller Liebesnächte.

Ihr wollt nun sicher hören, wie
Tristan und Isolde lagen?
Ich gehe davon aus, daß beide
sich liebten, voller Leidenschaft.
In Bann geschlagen von der Liebe
waren sie im Sinnenrausch.
Es war die schönste Liebesnacht,
die je ein Paar erlebte...
Tristan und Isolde trieben
voller Eifer miteinander,
was sie beide glücklich machte.
Sie verflochten Arme, Beine.
Für beide: großes Liebesglück!
Oha, wie gekonnt
küßten ihre Münder sich!
Voller Liebe sich umarmen,

Liebe schenken, Liebe nehmen –
das konnten sie, mit Zärtlichkeit!
Da lag denn dieses Liebespaar –
beschäftigt auf das allerschönste!
Sie wogen sich die Liebe ab,
daß beide gleichen Anteil hatten;
wer derart ausgewogen ist,
der ist sehr vom Glück begünstigt.
Die beiden trafen in das Schwarze,
wo das Ziel für sie gesetzt war.
Wenn man so liebt, wie sichs gehört,
wo Liebe sich die Lust erobert,
reicht nichts ans Liebesglück heran.
Ich könnt von Liebe viel erzählen,
doch will ich den Roman nicht strecken.

Ich wechsle erneut über zur besseren Tradierung, die Thomas souverän umgesetzt, weiterentwickelt hat. Sehr wichtiger Punkt: er behält als Erzähler Isolde im Blick. Und es zeigt sich, bestätigt sich: So wenig Tristan von ihr loskommt, so wenig kann sie sich von Tristan lösen; Leben ohne den anderen ist Leben ohne Glück, ohne Sinn. Marke kann ihr die Erfüllung nicht schenken; er begehrt sie weiterhin heftig, sie aber will begehrt *und* geliebt werden – das erfüllt sich nur bei Tristan. Sie schwört allen Freuden ab, die diese Erfahrung relativieren könnten, zwängt sich in ein Lederkorsett, das sie nur ablegt, wenn Marke wieder mal mit ihr schlafen will.

Tristan erfährt davon, und das bedrückt ihn zusätzlich. Er wird erst wieder glücklich sein, wenn er Isolde vom Lederkorsett befreien kann. Mit Cahedin nähert er sich, trotz Todesgefahr, dem Hof des Königs Marke – diesmal als Büßer verkleidet, die Gesichter verschmiert. Allerlei Komplikationen, keine Erfüllung. Cahedin kann bei einem Scharmützel den schönen Coriado töten. Dann wird es höchste Zeit zur Flucht.

Tristan steht (im nächsten und vorletzten Fragment) ein weiterer Kampf bevor, und zwar mit einem glänzend gerüsteten Ritter, der ein Zwerg sein soll – was nur erwähnt wird, aus der Beschreibung aber nicht hervorgeht. Diesem Panzerreiter begegnet Tristan auf einer Straße; der Fremde fragt nach dem Weg zur Burg von »Tristan dem Liebenden«. Und der Reiter stellt sich vor: »Ich werde Tristan, der Zwerg, genannt.« Er berichtet sofort, was Resonanz finden und Hilfsbereitschaft auslösen soll: Daß ihm die Liebste entführt worden ist, ohne die er nicht leben kann. Tristan, der von allen Menschen »am meisten geliebt« hat, er soll ihm helfen. Nach kurzem Zögern (das der andere Tristan nicht verstehen kann), ziehen sie gemeinsam zur Burg des Entführers, Estult l'Orgillus.

Dieser Herr hat ein halbes Dutzend Brüder, die allesamt in den Kampf geschickt werden mit »den beiden Tristans«. Die Gebrüder werden einer nach dem anderen erledigt, auch der Entführer. Allerdings verliert Tristan der Zwerg in diesem Gefecht sein Leben und Tristan der Liebende wird, mal wieder, mit einer vergifteten Lanzenspitze verwundet, ausgerechnet in den Lenden.

Er braucht ärztliche Hilfe, aber auch diesmal ist sie vergeblich: Kein Pflaster mit Zugsalbe hilft gegen das Gift, keine Wurzel, kein Kraut. Der Körper schwillt an, wird schwarz, erneut der typische Gestank einer vergifteten Wunde, erneut die Qualen. Es gibt nur eine Person, die ihm helfen kann: Isolde. Also bittet er seinen Freund um Hilfe – in einem Gespräch, das Isolde Weißhand belauscht. Dabei muß sie hören, daß der Sendbote die andere Isolde an die große Liebe erinnern soll, die sie verband. Und auch das noch: »Ich kann deine Schwester nicht lieben, ich werde auch nie in der Lage sein, sie zu lieben, ebenso wenig wie eine andere – solange ich die Königin liebe. Ich liebe die Königin Isolde so sehr, daß deine Schwester Jungfrau bleibt.« Selbst unter solchen Prämissen, solchen Konditionen: Cahedin übernimmt die Mission. Und es wird verabredet: Kommt Isolde, als Wundärztin, mit, so wird ein weißes Segel gesetzt zur Einfahrt in den Hafen. »Doch wenn du Isolde nicht mitbringst, nimm das schwarze. Mehr hab ich dir nicht zu sagen, mein lieber Freund. Möge Gott der Herr dich geleiten und gesund und wohlbehalten zurückbringen.«

Isolde tut so, als hätte sie diese Unterredung nicht belauscht, sie nimmt freundlich Abschied, wartet aber nur auf die Gelegenheit, da sie »schreckliche Rache üben kann an ihm, den sie über alles liebt«.

Cahedin segelt nach England, fährt mit seinem Schiff in die Themsemündung und flußaufwärts; das Schiff wirft Anker in einem Hafen; die Fahrt wird fortgesetzt in einem Ruderboot; bei einer Brücke legt Cahedin, für diese Mission vorsichtshalber als Kaufmann getarnt, mitgebrachte Waren aus, vor allem: Artikel aus Seide. Ja, Seide wird als Köder ausgelegt, um mit Personen ins Gespräch zu kommen, die weiterhelfen könnten...

Verbindung zu Isolde wird hergestellt, Cahedin erstattet Bericht. »Wir fanden keinen Arzt, der seine Krankheit richtig behandeln kann; so viele Ärzte haben sich an ihm versucht, daß sich sein ganzer Körper in desolatem Zustand befindet.« Isolde ist zur Hilfe bereit. Die gemeinsame Segelfahrt zum Festland, zur Normandie, vorbei an Wissant, Boulogne, Trébort ... Tristan wartet auf sie, mit Schmerzen und voller Sehnsucht. In seiner Ungeduld läßt er sich zuweilen im Bett zum Strand tragen, hält Ausschau. Das Bett mit dem Todkranken am Meeresufer: ein Bild, auf das die zweitrangige Überlieferung verzichtet.

Was nun geschieht, »muß die Herzen aller Liebenden rühren«: das Schiff ist bereits in der Nähe der Küste, da treibt es ein heftiger Sturm weit hinaus aufs Meer. Isolde ist verzweifelt. Sie malt sich aus, sie würde sich ins tobende Meer stürzen und Tristan ebenfalls, und es käme ein riesiger Fisch und würde sie beide schlucken, und jemand würde diesen Fisch fangen und öffnen und gemeinsam würden sie beerdigt ... Der Sturm läßt nach, sie können wieder Richtung Festland segeln; als sie in der Ferne bereits die Küste sehen, setzt eine Flaute ein, für mehrere Tage. Isolde vergeht fast vor Ungeduld...

Hier wechsle ich wieder über zur anderen literarischen Version – sie hat das schönere Ende. Der Britanne hingegen, lapidar: »Hier beendet Thomas das Buch. Nun nimmt er Abschied von allen Liebenden, die diese Geschichte hörten.« Er verzichtet auf die Apotheose zum Schluß.

Bei Ulrich von Türheim nun fährt das Schiff, ohne Sturm und Windstille zuvor, ein im Hafen von Carhaix.

Als die Bevölkerung erfuhr,
daß sie bald schon landen würden,
forderte Isolde Weißhand
von Tristan einen Botenlohn:
seine Isolde sei gekommen!
　»Herrin, laßt mich bitte wissen:
welche Farbe hat das Segel?«
»Es ist so schwarz wie Kohle.«
Damit tat die Weißhand Schlimmes,
damit nahm sie ihm das Leben –
sie sah das Segel auf dem Schiff
gesetzt: es war so weiß wie Schnee!
Tristan traf die Nachricht tödlich –
er drehte sich zur Wand und starb.
　Isolde hat sich schwer versündigt,
sie hat ihn – ohne Not – getötet.
Und bald erfuhr Isolde la blonde,
er sei in den Tod getrieben worden.
Isolde dachte sich: »Mein Leben,
es soll mit Tristan enden.«

Die Totenbahre stand bereit,
man trug den Leichnam in die Kirche.
Großes Klagen der Gefolgschaft!
Isolde setzte sich zur Bahre –
der Weißhand waren alle feind,
denn sie war schuld an Tristans Tod.
Und nun kam Isolde la blonde
geschritten zu der Totenbahre,
auf der ihr Tristan lag…
Beim Anblick dieser Totenbahre –
daß ihr nicht vor Leid das Herz brach,
dies war ein großes Wunder.

Die hellen Wangen überströmte
eine Flut aus ihren Augen.
Isolde stellte der Isolde
schmerzerfüllt die Frage:
»Weshalb sitzt Ihr bei dem Toten,
den Ihr auf dem Gewissen habt?
In Gottes Namen: geht hier weg!
Meuchelmord habt Ihr verübt!
Geht und setzt Euch drüben hin.«
»Wie Ihr wünscht – dann eben dort.«
Sie legte sich auf seine Bahre
(nicht die mit den weißen Händen,
es war Isolde la blonde),
und so fand sie ihren Tod.
Isolde und Tristan waren tot –
er durch sie und sie durch ihn.
Mich schmerzt noch heute ihre Not,
weil treue Liebe es erzwang,
daß sie aus dem Leben schied.

Inzwischen hatte König Marke
viele große und kleine Schiffe
zur Eilfahrt auf dem Meer versammelt.
Während er auf hoher See war,
erreichte ihn die Nachricht,
Isolde sei gestorben –
und auch sein Neffe Tristan!
Er litt so sehr am Tod Isoldes,
daß er nur knapp am Leben blieb.
Er befragte diesen Boten,
was zu ihrem Ende führte.
»Herr, ist Euch denn unbekannt,
weshalb sie Leidenschaft beherrschte?
Der Grund ist der verfluchte Trank,
den ihr die eigne Mutter gab –
sie tranken ihn, von Durst gequält,

und liebten sich für immer.«
»Weh mir, weh mir, weh und ach!«
rief Marke voller Jammer aus,
»als dies Unheil sie ereilte,
weshalb nur sagte mir das keiner?!
Aus diesem Anlaß war ich Tristan
äußerst feind – doch ohne Grund.
Vor unserm Herrgott werde ich
nie mehr im Leben Gnade finden.
Ach, Isolde, Tristan,
fände ich euch noch am Leben –
alles, was euch Freude machte,
gestünde ich euch zu, für immer!«
Und mit großer Heftigkeit
schlug sich Marke an die Brust.
»Herr des Himmels, laß sie mich
vor der Beerdigung noch sehn!
Bis zu meinem Lebensende
werd ich ständig klagen müssen.«
Und er rang so fest die Hände,
daß die Gelenke dabei knackten.
Aus Trauer um den Sohn der Schwester
geriet er völlig außer Fassung.

Er war im Hafen eingelaufen,
bewegte sich in Richtung Stadt.
Als er in deren Nähe war,
vernahm er mächtiges Geläute.
Er kam zur Kirche, und er sah
die Toten auf der Bahre liegen.
»Ist das Isolde? Ist das Tristan?!
Ach, daß ich je geboren wurde!
Ach, ich habe sie verloren,
ach, ich armer Marke, ach!«
Er befahl, zwei Särge rasch
heranzuschaffen, aufzustellen;

die beiden wurden eingesargt.
Und man trug sie fort, zum Schiff.
Marke legte bald schon ab,
fuhr zurück auf hoher See;
seine Ehefrau, den Neffen
überführte er nach Cornwall.
   Als Marke nach Tintagel kam,
begann er mit der Totenklage.
Er ließ die Toten nach dem Ritus
zum Kloster der Familie schaffen.
Ich kann die Trauer kaum beschreiben,
die seine Leute überkam,
als die Toten dort bestattet wurden.
(Sie lagen nicht im selben Grab:
wenn stimmt, was mir die Quelle sagt,
so dürften es zwei Gräber sein.)
Der edle Marke schrie vor Trauer
auf und schluchzte sehr,
als man die edlen Toten
Tristan und Isolde
in die Erde senkte.
Es waren diese schönen Toten
auf ehrenvolle Weise
bestattet in zwei Marmorsärgen.
Tiefe Trauer trug der König
um die beiden Liebenden;
die übermäßige Traurigkeit,
in die er klagend sich versetzte,
sie hätt sein Herz zerreißen mögen.
»Ach!« so rief er oft und laut,
»darf ich euch denn nie mehr wieder
in dieser Welt zu sehn bekommen?
Herrgott, was habe ich
um diese Liebenden gelitten!
Worauf wartest du denn noch,
Tod, brich mir nur das Herz!

Ach und weh und ach – mein Glück
verdorrte nun zum Leid.
Ich sehe sie im Grabe –
ich habe nichts so sehr geliebt!
Empfange, Gott, was sie verließ,
wie Deiner Gnade dies geziemt,
befiehl dem Engel Michael,
sie in sein Geleit zu nehmen.
Hilf mir doch, barmherzger Gott,
daß sie das beßre Leben finden.«
Einen Weinstock, einen Rosenstock
befahl der König herzubringen,
und er pflanzte beides ein:
den Weinstock auf die hehre Frau,
den Rosenstock auf Tristan.
Als dies geschehen war, da warf man
Erde auf die beiden Särge,
es füllte sich das Grab mit Erde …

Tristan und Isolde:
es liebten sich die beiden noch,
als sie in der Erde lagen.
Hört euch an, auf welche Weise:
die Rose und die Rebe wuchsen
mit ihrem Wurzelwerk zusammen.
»Wie könnte so was je geschehn?!«
werden hier nun viele fragen,
»es ist doch ganz unmöglich,
daß sich noch die Toten lieben
und weiter zueinander wollen!«
Es ist als wahre Begebenheit
von Anfang an so überliefert,
daß es bei *diesem* Paar geschah.
Wenn ich nun behaupten wollte,
daß ich dies *selbst* gesehen hätte,
ich würde nicht die Wahrheit sagen –

die histoire bekundet es!
Dies Buch zum Höhepunkt der Liebe:
es mögen echte Liebende
den Roman entsprechend lieben…

Anhang

Zur Übertragung

Mit dem *Tristan*-Roman verbindet mich eine alte Liebe. Als Student der Germanistik, der vor dem Mittelhochdeutschen, erst recht vor dem Althochdeutschen zurückscheute, wollte ich nur die hier notwendigen Seminare absolvieren, die geforderten Scheine machen, um sofort danach (und zwar für immer) von der spröden Materie abzurücken. Dennoch, gleichsam hinter dem Rücken dieses Studenten, begann ich (ohne die äußere Motivation eines Gottfried-Seminars!) mit der Lektüre des mittelhochdeutschen Versromans. Dabei ließ ich mir helfen von der sehr guten Prosa-Übersetzung von Arthur T. Hatto. So habe ich damals das große Romanfragment bis zur letzten Zeile durchgearbeitet im Exemplar, das ich auch bei dieser Übertragung benutzte: in winziger Schrift Übersetzungen schwieriger Wörter, und: Bleistift-Markierungen von Textstellen, die mir besonders wichtig oder charakteristisch erschienen – und es meist heute noch sind.

Nach dieser ersten Durchquerung des literarischen Subkontinents kehrte ich dem Mittelalter für mehr als ein Jahrzehnt den Rücken – bis Oswald von Wolkenstein mein Interesse weckte ... Und über Oswald kam ich auf Neidhart ... Danach der Sprung zu Wolfram aus Eschenbach ... Zuweilen, zwischendurch, wieder Lektüre im Tristan-Roman, kapitelweise und (to be honest) in der englischen Übersetzung. Schließlich übertrug ich zwei Ausschnitte für das Neidhart-Buch: Vorübungen, wie sich im Rückblick zeigt. Es folgte eine Phase der Deklarationen: Eigentlich, ja eigentlich müßte ›man‹ noch den *Tristan* übersetzen ... Und ich schaute in ältere und neuere Übersetzungen; die Erfahrungen, die ich dabei machte, sie förderten entschieden meinen Entschluß, eine Neuübersetzung zu wagen.

Ich hätte dies freilich nicht unternommen ohne den Zuspruch und die Hilfe von Lambertus Okken, Mediävist der Rijksuniversiteit Utrecht.

Okken hatte mir bereits bei Übertragungen von Wolkenstein-Liedtexten geholfen, hatte das Typoskript des Neidhart-Buchs kritisch gegengelesen – hier aber war die Zusammenarbeit am entschiedensten.

Ich erarbeitete, nach der Edition von Ranke, eine erste Fassung der Übersetzung, benutzte dabei selbstverständlich den dreibändigen Kommentar von Okken. Ich schickte den Text (bereits im alternierenden metrischen Schema) sequenzweise nach Bilthoven; Okken arbeitete die

Vorlage durch, schrieb Korrekturvorschläge, Ergänzungen, Erläuterungen an den Rand. Auf dieser Grundlage erarbeitete ich eine zweite Fassung, danach eine dritte. Ich legte sie Okken nicht mehr vor, das war so vereinbart. Seine Ratschläge, Vorschläge habe ich durchweg befolgt, doch in einigen Punkten beharrte ich auf meinen Entscheidungen, wenn die Erzähllogik das erforderte. Die hier nun vorliegende vierte und letzte (!) Fassung habe ich ohne Rücksprache mit ihm erarbeitet, in erneutem, zeilengenauem Vergleich mit der Edition, jetzt noch entschiedener der Sprachlogik folgend und dem metrischen Schema.

Jedoch: ohne die Hilfe aus den Niederlanden wäre ich dem Tristan-Projekt ausgewichen. So wiederhole ich auch in dieser Ausgabe meinen herzlichen Dank.

Herausforderung eins. »Man darf nicht wünschen und kann nicht hoffen, im neuen Wortgebilde der Übertragung alle Eigenschaften und Merkmale des Urgedichtes zugleich verändert und doch nicht verändert wiederzufinden. Tatsächlich liefe es dann darauf hinaus, daß die derart ideale Übertragung – das Original selbst wäre; oder daß man diese Forderung am vollkommensten dann erfüllen würde, wenn man – überhaupt nicht übersetzte.« Hans Hennecke, *Übersetzung im Dienst der Weltliteratur*.

Einige Anmerkungen zum Vers – im Original und in der Übertragung.

Gottfried wurde viel gefeiert als Meister des eleganten, regelmäßigen, harmonischen Versbaus. Inzwischen sieht man deutlicher, daß dabei auch eine redigierte Fassung gefeiert wurde: die von Ranke – er hat vielfach das Metrum geglättet.

Man ging im 19. Jahrhundert und noch zu Beginn des 20. Jahrhunderts davon aus, daß ein Dichter des hohen Mittelalters im Metrum das gleiche Ordnungsdenken gezeigt hat wie ein deutscher Ordinarius. Weil Diskrepanzen zwischen der Heuslerschen Verslehre und den überlieferten Versen trotz aller Glättungen unübersehbar, unüberhörbar sind, hat man die angestrengtesten und skurrilsten Harmonisierungsversuche unternommen.

Die Normalform des Kurzzeilen-Verses der »mittelhochdeutschen Reimpaardichtung« sieht schematisiert so aus:

(x)/ x́ x/ x́ x/ x́ x/ x́ v

Das klassische Ebenmaß sehen Philologen wie Ranke vor allem dokumentiert in der Bewahrung der unbetonten Auftaktsilbe. Es schien ihm (und schien Vorgängern) offenbar unvorstellbar, daß Gottfried eine Verszeile mit einem Akzent begann und nicht mit höflichem Anlauf. Bei mündlichem Vortrag des Werkes waren solche Unregelmäßigkeiten kein Problem, nicht einmal, wenn ein Versroman im Sprechgesang vorgetragen oder womöglich gesungen wurde – Musiker können leicht ausgleichen. Dennoch, man ging davon aus, daß Gottfried die Auftaktsilbe heiligte. Damit wurden Fetischisten der Metrik zu phantastischen Konstrukten gezwungen. Bevorzugte Rettungsformel war dabei die »versetzte Betonung«, was bedeutet: Versakzent und Wortakzent sollen nicht mehr identisch sein.

Zwei Beispiele. Das erste: »aller der lantherren leben«. Ich würde das so betonen: »áller der lánthèrren lében«. Leicht schwingender Versrhythmus. Aber Metriker sehen das anders: »allér der lánthèrren lében«. Klingt reichlich verkrampft, das traue ich einem musikalischen Dichter wie Gottfried nicht zu.

Gleich das zweite Beispiel, ein kurzes: »hoeret« als Zeilenbeginn. Der Wortakzent liegt auf der ersten Silbe »hóeret«. Aber das wäre eine metrische Ursünde: Zeilenbeginn ohne Auftaktsilbe. Also nötigt man den Wortakzent, sich eine Silbe weiterzubegeben und so den Platz für die geheiligte Vorsilbe freizugeben: »hoerét«. Ich halte so was für Spuk. Hier wird starres Ordnungsdenken auf Gottfried rückprojiziert. Aber: ein metrischer Text bleibt im Klang lebendig, wenn Regelmäßigkeit angereichert wird mit kalkulierter Unregelmäßigkeit. Das heißt: Der Rhythmus darf nicht maschinenhaft gleichförmig wirken. Und schon erweitert sich der Spielraum des Metrums: Zeilen mit und Zeilen ohne Auftakt, alternierender und pulsierender Rhythmus …

»Hörét, lesét« einige Zwischenbemerkungen … Die Übertragung eines dichterischen Werks dokumentiert nicht nur den jeweiligen Stand philologischer Kenntnis, sie demonstriert auch Mentalität. Dies kann Mentalität des Übersetzers, Mentalität seiner (akademischen) Hauptberufs-Gruppe, Mentalität auch seiner Zeit, seiner Epoche sein. Das heißt: Das jeweilige Konzept, das Kunst-Ideal von Literatur kann stilisierend einwirken auf die Übertragung. Zum Beispiel: Hat der Übersetzer eine Vorliebe für klassisch ebenmäßige Dichtung eines konstant »hohen Tons«, so wird eingeebnet, geglättet, wird Widerspruch abgeschwächt, wird Dunkles aufgehellt, wird »Ungehöriges« retuschiert, wird vor allem Wert gelegt auf »klassische« Gleichförmigkeit des Verses.

Herausforderung zwei. Heimito von Doderer: »Eine Übersetzung muß nicht nur dem Original mit Liebe und Sorgfalt nachkommen und nahekommen: sie muß ihm voraus sein. Sie muß einen ganz neuen Reiz des Werkes sichtbar machen, der latent in ihm war, aber in der ursprünglichen Sprache nicht so sehr zur Geltung kommen konnte. Jede wirkliche und wirksame Übertragung muß in irgendeiner Hinsicht das Original übertreffen.« Hohoo!

Ich komme zu einer weiteren Spielregel dieser Übersetzung: Ich wollte Gottfrieds Silbenzahl pro Zeile möglichst nicht überschreiten. Im Idealfall hat eine Zeile neun Silben, aber Gottfried ist auch hier nicht so gleichmäßig oder gleichförmig, wie ihm das zugeschrieben wurde – die Zahl schwankt zwischen fünf und zwölf Silben pro Zeile. Dies sind freilich Extremwerte; der Durchschnitt liegt zwischen acht und zehn Silben. Ich gehe selten unter acht Silben, bin froh, wenn ich ein wenig »Stauraum« gewinne, denn, wie ich schon im Kleingedruckten zur Übertragung des *Parzival*-Romans schrieb: Wörter des Mittelhochdeutschen sind oft kürzer als Wörter des Neuhochdeutschen, und vielfach fehlten Flexionssilben – so brauche ich Platz zum Ausgleich. In meiner Übertragung gibt es denn auch etliche Zeilen mit fünf Hebungen, aber eine ähnliche Zahl von Zeilen mit nur drei Hebungen, und gelegentlich nur mit zweien. So hoffe ich, die Gesamtzahl der Silben des Originals nicht allzu sehr überschritten zu haben.

Herausforderung drei. »Ich sage nicht, daß eine wörtliche Übersetzung unmöglich ist, sondern lediglich, daß sie keine Übersetzung ist. Sie ist eine meist zeilengerecht angelegte Anordnung von Wörtern, die uns hilft, den Text in der Originalausgabe zu lesen. Sie steht dem Wörterbuch näher als der Übersetzung, die immer ein literarischer Vorgang ist. In jedem Fall impliziert die Übersetzung eine Umwandlung des Originals. Diese Umwandlung kann nur literarischer Natur sein.« Octavio Paz, *Übersetzung. Wortkunst und Wörtlichkeit.*

Weiteres Stichwort: der Reim. (Auch) diese Übertragung ist nicht durchgängig gereimt. Fehlt damit Entscheidendes?

Unser Verhältnis zum Reim ist anders als noch im 19. Jahrhundert. In der modernen Lyrik hat er weithin an Bedeutung verloren, andrerseits ist heute noch jeder Schlager gereimt, fast jede Tischrede bei Familienfesten. Und beim Aufsagen von gereimten Texten schwingt fast immer

Reim-Ironie mit. Der Reim ist für uns kaum noch Charakteristikum festlicher Sprach-Entfaltung, für uns entstehen eher Assoziationen an triviale Texte. Und Assoziationen an die Schule: Interpretieren und (früher) Auswendiglernen von vorwiegend gereimten Gedichten. Beim Auswendiglernen halfen die Reime – sie griffen ineinander wie Glieder eines Reißverschlusses. So konnte man, reimbetont, in früheren Generationen lange Balladen auswendig, von Schiller oder Uhland. Was bei der Länge einer Ballade noch möglich ist (selbst wenn es auf uns zuweilen komisch wirkt), das wird bei der Ausdehnung eines Versromans heute zur Crux. Wir würden bei einer gereimten Übersetzung des Tristan-Romans mit beinah 10 000 Reimpaaren konfrontiert!

Also: Verzicht auf den Reim. Und befreit vom Reimzwang, atmet die Erzählsprache auf. Dennoch: Unübersehbar, unüberhörbar tauchen Reimpaare auf. Wie in der *Parzival*-Übertragung sind sie Erinnerungs-Markierungen, die in unregelmäßigen Abständen bewußt machen sollen, daß auf den Reim prinzipiell verzichtet wurde. Ich habe gereimt, wo Reime sich von selbst ergaben – also eine Zufallsverteilung. Häufig sind freilich auch Reimpaare, die bewußt plaziert wurden. Beispielsweise, wenn Gottfried durch Reime betonte – etwa am Ende einer Handlungssequenz. Oder wenn er belehrend hervorhob – und der Meister hatte einen Hang zum Didaktischen. Durch Reime verhinderte Gottfried zuweilen auch, daß allzu großer Ernst entstand. (Siehe 9 239)

Auch ohne konsequentes Reim-Schema: Ich versuche, möglichst viele Klangqualitäten der Sprache des Straßburger Meisters zu reproduzieren im Neuhochdeutschen. Zahlreich seine Wortspiele, Sprachklangspiele. Dabei scheut auch Gottfried nicht immer vor dem Kalauer zurück. Als Übersetzer mußte ich konsequent bleiben: selbst wenn die Übertragung eines Wortspiels an den Rand der Albernheit führt – ich bin ihm hier nicht nur nachgefolgt, ich mußte ihm (nach einer Formulierung von Voß) zuweilen auch »nachstraucheln«.

Herausforderung vier. »In erster Linie ist der Übersetzungsvorgang also ein Erläuterungsmechanismus, er expliziert (oder genauer: macht explizit), soweit er kann, was dem Original semantisch implizit ist, und macht es graphisch sichtbar. Der Übersetzer versucht, an den Tag zu bringen, ›was schon da ist‹. Eine solche Explikation arbeitet notwendigerweise mit Zusätzen, das heißt, sie kann die jeweilige Einheit des Originals nicht einfach ersetzen, sondern sie muß sie in einen illustrativen Kontext stellen, in ein Feld aktualisierender und wahrnehmbarer Ver-

und Abzweigungen.« George Steiner, *Nach Babel. Aspekte der Sprache und der Übersetzung.*

Gottfrieds Sprachwitz, Sprachlust, Sprachbesessenheit zeigt sich auch im Umgang mit französischen Lehnwörtern. Wie in der Übertragung des *Parzival*-Romans setze ich für französische Wörter und Formulierungen des 13. Jahrhunderts französische Wörter und Formulierungen unserer Zeit ein – nach Möglichkeit aus demselben Wortstamm. Zum Teil jedoch haben sich die Bedeutungen der Wörter so sehr verändert, daß hier das scheinbar Nächstliegende am weitesten in die Irre führt.

Gottfried übernimmt nicht nur Wörter, er kombiniert französische Verben mit deutschen Endsilben, und auch hier gibt es für mich keinen faulen Kompromiß: Solche Verbindungen müssen rekonstruiert werden. Ein Beispiel: »saluieren«. Darin steckt die damalige französische Lautform des Verbs für »grüßen«, das heutige saluer; daraus aber wird, nach Gottfrieds Vorlage, ein »saluieren«. Wie käme ich dazu, derart Charakteristisches zu ignorieren oder: darüber hinwegzugehen, nivellierend? Die Übertragung darf nicht zum Service verkümmern. Bei Lesern, die mir auch in dieses Text-Abenteuer folgen, setze ich voraus, daß sie eine Wortbildung wie »saluieren« oder »criieren« nicht abschreckt, sondern erst einmal amüsiert. In den meisten Fällen vermittelt schon der Kontext den Sinn.

Das französische Lehnwort, das Gottfried am häufigsten verwendet, ist die »aventiure.«

Ich nehme es als Stichwort zur Erörterung eines weiteren Problems der Übersetzung: wie verfahren mit Begriffen, die einen weiten Bedeutungsfächer besitzen?

Dieses Wort wiederzugeben mit dem heutigen französischen »aventure« wäre mehr als nur irreführend, es würde vorsätzlich in die Irre führen. Denn »aventiure« kann zwischen A wie Abenteuer und Z wie Zufall sehr viel bedeuten. Soll ich, darf ich die jeweilige Bedeutung des französischen Worts mit einem deutschen Wort wiedergeben? Auch in diesem Fall: es ist ein bewußt, ein betont plaziertes französisches Wort, also kann ich nicht retuschieren. Hat »aventiure« die Bedeutung Geschichte, Erzählung, Quelle der Erzählung, so setze ich histoire ein (und historia, wenn Gottfried historje schreibt). Ist mit aventiure ein Ereignis gemeint, so heißt es: événement. Ist ein Wunder gemeint: merveille. Ist Erfahrung gemeint: succes. Ist Vergnügen gemeint: plaisir. Ist

Glück gemeint: bonheur. Ist der schiere Zufall gemeint: hasard. Und so weiter…

Französisch sind vielfach auch die Namen bei Gottfried. Wie im *Parzival*-Roman habe ich in einigen Fällen die überlieferten Namensformen heutiger Schreibweise zumindest angenähert.

Zum Beispiel: Tristans Mutter heißt in Handschriften des Romans oft Blanscheflur. Diese Form ist in der Fachliteratur festgeschrieben, aber ich übersetze nicht für die Fachwissenschaft (Hatto: »Was sich Gelehrte kaum je fragen: wie übersetzen wir das?«). Meinen Leserinnen und Lesern möchte ich derart verhunzte Namensformen nicht vorsetzen. Blanscheflur als besonders krasses Beispiel: In dieser Schreibversion steckt blanche fleur, die weiße Blume, und da assoziierte man im Mittelalter sofort: die Lilie. Blanchefleur: diesen wunderschönen Namen habe ich unter der Übermalung wieder freigelegt.

Von Blanscheflur zu Isot as blanschemains: auch hier liegt die Verballhornung auf der Hand. Dennoch, sie wird auch in modernen Übersetzungen in falscher Buchstabentreue reproduziert, obwohl jeder Wissenschaftler weiß, was hier gemeint ist: Isolde Weißhand. Auch die Verballhornung dieses Zusatznamens restituiere ich: Isolde aux mains blanches.

Schwieriger ist die Lage beim Namen des Liebhabers und späteren Ehemanns der Blanchefleur: Riwalin ist überliefert, auf der letzten Silbe betont. Dennoch: das Schriftbild weckt (ich habe es mehrfach bei potentiellen Lesern getestet) Assoziationen an eine Rivalin oder an eins der zahlreichen Heilmittel, deren Bezeichnungen auf -in enden. In Okkens Kommentar finde ich eine alte bretonische Variante des Namens: Rhiwallon. Und ich leite ab: Riwalon. Klingt (heute!) erheblich besser, liest sich vor allem schöner: Blanchefleur und Riwalon…

Kleine Korrekturen auch bei anderen Namen. Aus Brangäne mache ich in französisierender Schreibweise: Brangaine. Aus Floräte (sieht häßlich, gräßlich aus!): Floraite … Namenskorrekturen bis hin zum Feen-Schoß-Hündchen. Petitcrieu heißt es beispielsweise in Handschriften, und gemeint ist: Kleinwuchs oder Kleingewachsen, also: Petitcru.

Herausforderung fünf. »Der Übersetzer muß den impliziten ›Sinn‹, die denotative, konnotative, schlußfolgernde, intentionale und assoziative Reichweite der Bedeutungen aktualisieren, die im Original impliziert, aber nicht ausgesprochen oder nur teilweise ausgesprochen sind, weil der Leser und Hörer, aus dessen Muttersprache das Original stammt, sie unmittelbar mitversteht.« George Steiner.

Noch einmal: der weite Bedeutungsfächer einiger Wörter, Begriffe – diesmal im deutschen Sprachbereich.

Ein mittelhochdeutsches Wort, das im Erzähltext häufig auftaucht, ist »maere«. Ich übersetze es mit: Quelle, Bericht, Erzählung, Roman, mit: Gerücht, Unterhaltung, öffentliche Erklärung. Ich habe keine Liste geführt, es können weitere Entsprechungs-Begriffe hinzugekommen sein. Wenn man sich erst einmal entschlossen hat, den Bedeutungsfächer zu öffnen, darf man nicht zögerlich, nicht ängstlich sein.

Für solche Wörter, solche Begriffe mit weitem Bedeutungsfächer (im Fachidiom: polysem) gibt es in unserer Zeit nur wenige Beispiele. Die Entwicklung engt bei zunehmender Spezialisierung die Bedeutung ein. So sind nur einige polyseme Wörter übriggeblieben. Ein Wort, das schon in Gottfrieds Zeit polysem benutzt wurde, dessen neuhochdeutsche Entsprechung noch immer einen weiten Bedeutungsfächer zeigt, ist »dinc« oder »Ding«. Was dieses Ding jeweils zu bedeuten hat, wird bestimmt durch ein Verb oder Prädikat. Wird ein Ding gedreht, so geht etwas nicht mit rechten Dingen zu; wird jemandem ein Ding verpaßt, so ist das wahrscheinlich ein Fausthieb; steht jemand über den Dingen, so schwebt er beispielsweise über dem Alltag und seinen Querelen; ist ein Ding ein tolles Ding, so ist es ein rühmenswerter Gegenstand; es gibt aber auch die letzten Dinge, und hier kommen wir ins Eschatologische. Ein multifunktionelles Wort, das derart viele Bedeutungen hat, daß es für sich genommen fast gar nichts heißt, da bleibt das Ding in der Nähe des Dings oder Dingsbums.

In den letzten Jahren wurde ein neuer polysemer Begriff entwickelt: Philosophie. Hier hat sich allerdings der Begriff von seiner alten Bedeutung gelöst, er geriet ins Driften, wurde scheinbar beliebig verfügbar: es gibt eine Philosophie des Managements, eine Philosophie des Fußballs, eine Philosophie des Baus von »Triebwerken« für Autos – und so weiter. Im jeweiligen Kontext wird der Begriff eingefärbt; mit der Philosophie des Managements kann beispielsweise »sales promotion« gemeint sein, mit der Philosophie des Fußballs Taktik oder angewandte Psychologie, und im marketing der Automobilindustrie signalisiert der Begriff Philosophie fortschrittsorientiertes technologisches Bewußtsein. Vor allem unter dem Aspekt der Werbung, der Image-Pflege wurde die alte Festschreibung aufgehoben, wurde das Wort in seiner Bedeutung disponibel. Dabei macht dieses Beispiel einen Unterschied deutlich: Zu Gottfrieds Zeit waren polyseme Wörter noch nicht festgeschrieben, sie drifteten im Bewußtsein.

Wäre es also nicht angebracht, in der Übersetzung eines polysemen Worts konsequent bei einem Entsprechungs-Begriff zu bleiben und darauf zu vertrauen, daß sich die genauere Bedeutung jeweils aus dem Kontext erschließen läßt? Also: nicht immer die passende »Bedeutungsnuance«, »Bedeutungsschattierung« suchen, vielmehr mit der wiederholten Verwendung des jeweiligen Pauschalworts ein Korrelat schaffen zu Gottfrieds Verfahren? Als Antwort auf diese Frage zitiere ich einen Passus aus den Vorbemerkungen zur Übersetzung der *Cahiers* von Paul Valéry: »Starrheit wäre allerdings auch hier ein Übel gewesen – einen Begriff unbedingt immer mit demselben Äquivalent zu übersetzen wäre gegen den Geist der Sache. Valéry selbst hat dazu einen Hinweis gegeben: Ein Wort ist, was es ist, nur in seinem Satz. Sonst wäre es eine Chimäre, und oft genug eine gefährliche.«

Ich habe mich für ein komplementäres Verfahren entschieden: Den einen und anderen mittelhochdeutschen Leitbegriff gebe ich wieder durch einen neuhochdeutschen Leitbegriff – zum Beispiel in der Übersetzung von »tugent«. Das neuhochdeutsche Pendant hat eine stark moralische oder moralisierende Bedeutung, die besaß es im Mittelalter noch nicht, so habe ich mich für »(Vor)trefflichkeit« entschieden, und dabei bleibe ich – fast immer.

Wenn Gottfried aber nicht Werte, sondern – zum Beispiel – innere Zustände von Menschen beschreibt (dominiert der Verstand? dominiert das Gemüt?), so habe ich jeweils nach dem Kontext entschieden. Hier können und wollen wir auf das Ausdifferenzieren nicht mehr verzichten.

Das Wort »tugent«, das mit »Tugend« nicht angemessen übersetzt wäre: angloamerikanische Übersetzer nennen solche Homonyme »falsche Freunde«.

Ein weiteres Beispiel für solche trügerischen, irreführenden Ähnlichkeiten, für falsche Freunde in der Binnen-Übersetzung: »liute unde lant«. Die geläufige Übersetzung, bis in diese Zeit, auch von Germanisten, Mediävisten: »Land und Leute«. Das ist bequem, aber fatal. Und führt zu falschen Schlußfolgerungen.

Wenn es beispielsweise heißt, »liute unde lant« wüßten Bescheid über die ehebrecherische Beziehung zwischen Tristan und Isolde, so bedeutet das in der falsch-direkten Übersetzung (verleitet von der Formel »Land und Leute kennenlernen« …): Die Bevölkerung weiß darüber Bescheid. Die Geschichte von Tristan und Isolde ist zwar eine Skandalstory, oberflächlich gesehen, aber die war nur in der obersten Schicht der Feudalgesellschaft von Cornwall bekannt. »Lant« ist hier kein geographischer, sondern ein soziologischer Begriff. Gottfried selbst übersetzt ihn, deutet ihn in Vers 9261: »daz lant … die lantbarune die mein ich«.

»Liute unde lant« heißt also – zum Beispiel – nicht: Cornwall von Norden bis Süden, von Westen bis Osten mit seinen Bewohnern zwischen Adelsherr und Bauernknecht, es ist vielmehr die Gesellschaft der Großen im Lande – mit allen Abstufungen innerhalb der herrschenden Schicht. In einem »inner circle« also erörtert man die Liaison, die dem Ansehen der Krone schadet.

Hier ist (notwendige) Interpretation in die Übersetzung eingeschlossen, diese Übersetzung führt wiederum zu neuer Interpretation von Textstellen, beispielsweise der Zeile 11 528.

Der Kontext: Tristan bricht mit Isolde auf zur Reise nach Cornwall; Mutter Isolde und Vater Gormund haben ihre Tochter zum Hafen begleitet, auch viele hohe Herren des Hofs; das Schiff legt ab, und die beiden Reisenden verneigen sich vor dem »lant«. Das könnte schön sentimental oder sentimental schön sein: Ihr grünen Hügel, ihr braunen Flüsse von Irland, ihr Hochebenen und Steilküsten, wir verneigen uns vor euch, erflehen Gottes Segen für euch … Aber so etwas wäre einem Dichter und seinem Publikum im Mittelalter exotisch erschienen. Sie verstanden das so: Isolde und Tristan verneigen sich, Abschied nehmend, vor den Herren, den Großen des Landes.

Herausforderung sechs. »Das Ideal der Übersetzung von Dichtung ist, wie Valéry es einmal unübertrefflich formulierte, die Erzeugung analoger Wirkung mit anderen Mitteln.« Octavio Paz.

Entscheidend für die Qualität einer Übersetzung ist nicht nur das Herausarbeiten von Nuancen, von Valeurs, entscheidend ist der Stil. Die Übersetzung muß einen eigenen Ton oder »sound« haben, als Resonanz, als möglichst schwingungsgenaue Resonanz auf den Sprachklangkörper des Originals. Teilweise synonym mit diesem »sound«: der Sprachduktus. Gottfrieds Roman war erheblich schwerer zu übersetzen, als ich das erwartet hatte, war streckenweise sogar schwerer zu übersetzen als *Parzival*, und das liegt vor allem an Gottfrieds ironischen Brechungen und: an seinen oft komplexen Satzkonstruktionen. Ich habe sie getreulich nachgebaut – selbst dort, wo sie sich, gelegentlich, als Fehlkonstruktionen erweisen. Zuweilen suchte ich einen neuen Ansatzpunkt, um syntaktische Gebilde nachzuformen: Auch im Vers soll ein prosanaher Duktus sein, freilich kontrapunktiert durch Wortstellungen, Wortfolgen, die den Duktus gleichsam aufstauen. Hier, auch hier mußte austariert werden.

Und damit: In dieser Übertragung des großen Erzählgedichts mußten das Semantische und das Musikalische eine Balance finden.

Von wann bis wann Gottfried gelebt hat, wissen wir nicht, es gibt nur Schätzungen des Zeitraums, in dem er am *Tristan*-Roman gearbeitet haben wird: zwischen 1200 und 1210. In welchem Alter könnte Gottfried mit dieser Arbeit begonnen haben?

Zuerst: Leben hatte damals weniger Spielraum zur Entfaltung. Ich erinnere daran, daß die Lebenserwartung im 13. Jahrhundert sehr gering war: man wurde, im statistischen Durchschnitt, kaum vierzig Jahre alt. Auch in der Antike wären heutige europäische oder nordamerikanische Lebenserwartungen utopisch erschienen. Man lebte in früheren Epochen mit dem Bewußtsein, daß nur sehr wenige Menschen über sechzig Jahre alt werden, und nur Ausnahmen über siebzig und nur legendäre Figuren über achtzig – Menschen zwischen sechzig und achtzig aber gibt es in meinem Land zu Millionen. Hier muß also zurück-gedacht werden.

Geringe Lebenserwartung verdichtete die Lebensphasen. Die Schwertleite, mit der Knaben (oder Knappen) des Adels (oder der Aufsteiger) auch mündig erklärt wurden, diese Schwertleite feierte man ab vierzehn, fünfzehn. Zu Entfaltung, zum »Reifen« ließ man sich nicht soviel Zeit wie heute, konnte man sich nicht so viel Zeit lassen! Wenn ich die These aufstelle, Gottfried hätte etwa dreißigjährig (oder schon vorher) begonnen, am *Tristan*-Roman zu arbeiten, würde ich damit rückwirkend eine biographische Entwicklung forcieren? Vorsichtige Schätzung: Wenn Gottfried im ersten Jahrzehnt des dreizehnten Jahrhunderts am *Tristan*-Roman arbeitete, so könnte er um 1170 geboren sein.

Gottfried könnte im Alter von etwa vierzig Jahren gestorben sein: einige Anmerkungen zu dieser Altersstufe.

Knapp vierzigjährig wird Oswald von Wolkenstein eine große Altersklage schreiben, einen Lebensrückblick in sieben langen Strophen, in denen Autobiographisches benannt, angedeutet, umspielt, stilisiert wird. Ein Altersrückblick mit vierzig? Ich habe in meiner Wolkenstein-Biographie bereits angedeutet, dies sei kein Kokettieren gewesen – auch nicht, wenn Oswald zu jenem Zeitpunkt ein vitaler Mann war, der (schließlich) erst mit 68 starb, damit in sehr hohem Alter, für damalige Relationen.

Wir können, dürfen nicht davon ausgehen, daß ein Vierzigjähriger des 13. Jahrhunderts einem Vierzigjährigen des 20. Jahrhunderts in Erscheinungsbild und Lebensgefühl entspricht. Zu wissen, daß man kaum älter als 40 oder 50 wird, dies mußte Rückwirkungen haben bis ins physiologische Erscheinungsbild. Mit 40 an der Schwelle des Alters oder des Todes zu stehen – für dieses Lebensgefühl gibt es ein weiteres dichterisches Zeugnis: Shakespeares zweites Sonett. Es beginnt mit der Zeile: »When forty winters shall besiege thy brow«. Die erste Strophe nun in der Übertragung von Paul Celan:

> Wenn vierzig Winter deine Stirn umdrängen,
> der Schönheit Flur voll Furchen steht, verheert,
> und deiner Jugend Kleid, dran soviel Augen hängen,
> ist Plunder, Kram, und keinen Groschen wert...

Nein, auch das war kein Kokettieren! Auch wurde hier wohl nicht die Ausnahmesituation eines (zu) früh Gealterten heraufbeschworen, hier scheint individuelles und zugleich allgemeines Lebensgefühl literarischen Ausdruck zu finden. Dies knapp vier Jahrhunderte nach Gottfried, aber: nach seiner (und Wolframs und Neidharts und auch Oswalds) Ära hat sich ein halbes Jahrtausend lang wenig geändert in den Lebensverhältnissen der meisten Europäer. Ein Mann mit 40 konnte zu Gottfrieds wie zu Shakespeares Zeit in der Tat schon ein gebeugter, ein gealterter Mann sein, das ist nicht bloß literarische Fiktion, hier ist höchstens literarische Stilisierung von Realität. Zwar gab es zu Gottfrieds und Williams Zeit kaum, was wir heute als Streß bezeichnen, aber die Lebensumstände waren sehr viel härter: einseitige Ernährung, viele Krankheiten, miserable hygienische Verhältnisse, viele Infektionen, kaum Heilmittel ... Ich nenne diese Stichworte, um (erneut) bewußtzumachen: Ein Vierzigjähriger war nicht, wie heute im statistischen Durchschnitt, ein Mann in der Mitte seines Lebens, beruflich in seiner besten Leistungsphase, und er hat (zumindest im heutigen Westeuropa) viele Möglichkeiten, sich »fit« zu halten ... Ein Vierzigjähriger des 13. oder 16. Jahrhunderts könnte neben einem heutigen Vierzigjährigen wie dessen Vater gewirkt haben.

So war bei einem Menschen um die vierzig im Bewußtsein (oder im Hintergrund des Bewußtseins) das Wissen: Es kann nicht mehr lange dauern, und wenn es doch der Fall ist, so ist es ein (seltenes) Geschenk. Wenn Gottfried im Alter von etwa vierzig starb oder schon Mitte dreißig, wird man in seiner persönlichen Umgebung so reagiert haben: Er verschied im üblichen Alter, nur: für sein Werk war es zu früh.

Gottfried galt im Mittelalter als gelehrter Autor. Das setzt voraus: er war auf einer Schule, vielleicht sogar auf einer Universität.

Falls Gottfried in Straßburg aufwuchs, wird er hier die Schule besucht haben. Etwa die Schule einer der Klostergemeinden innerhalb der Stadtmauern (St. Stephan?) oder das Kollegiatstift St. Thomas oder die Schule des Domstifts. Wie auch immer diese (und andere?) Schulen bezeichnet wurden – die Unterscheidungen sind nicht sehr relevant, es gab noch keine klar abgegrenzten Schulformen, sehr viel hing jeweils ab vom Leiter der Schule, einem Kanoniker, einem scholasticus, und von den Lehrern. Fest aber stand: es war eine Einrichtung der Kirche – weltliche Schulen, städtische Schulen gab es noch nicht. Und: es war eine Lateinschule. In ihr wurden die septem artes liberales gelehrt. Die siebenfache Lehre galt als »frei«, weil diese »Studien nicht dem Gelderwerb dienen«, schreibt Ernst Robert Curtius, dessen Standardwerk *Europäische Literatur und lateinisches Mittelalter* ich hier konsultiere. Die artes liberales wurden also abgerückt von den artes lucrativae – zu denen beispielsweise die Medizin gehörte, aber auch die Theologie (lockend die geistlichen Pfründen ...)

Die heilige Siebenzahl der Unterrichtsfächer teilte sich auf in ein trivium, einen Dreiweg, und ein quadrivium, einen Vierweg. Zum Dreiweg gehörten die Fächer Grammatik, Rhetorik, Dialektik (Logik). Und der Vierweg der »mathematischen« Lehrbereiche: Arithmetik, Geometrie, Musik, Astronomie. Die Reihenfolge dieser Aufzählung war bereits im Mittelalter festgelegt.

Wer aus solch einer Schule kam, war litteratus, das heißt: er hatte Grammatik und Rhetorik gelernt. Dies läßt sich auch Gottfried zuschreiben – wie sehr sich im einzelnen die Schulen damals auch unterschieden haben mögen. Und wir können davon ausgehen, daß das trivium auf jeden Fall Priorität hatte vor dem quadrivium.

Welche Schulautoren wurden in Gottfrieds Zeit gelesen? Nummer eins, in jeder Hinsicht, war der Grammatiker Donatus. Seine *ars minor* mußte auch Gottfried auswendig lernen, das war damals üblich. Ihr Umfang: etwa zehn Druckseiten. Es folgte die *ars maior*, die Lehre für Fortgeschrittene. Fast ein halbes Jahrtausend blieb »der Donatus« Standardwerk des Lateinunterrichts.

Als nächstes wurde Priscians *Institutio grammatica* erarbeitet, heute »zwei stattliche Bände«. Und Curtius weiter: »Da es zahlreiche Musterbeispiele aus den klassischen Autoren bot, vermittelte es zugleich einen Grundstock literarischer Kenntnisse.«

Obenan im Kanon der lateinischen Schulautoren stand der Spruchdichter Cato. Lehrreiche Fabeln wurden von Aesop übernommen und von weiteren Autoren, deren Namen nur für den damaligen Schulbetrieb Bedeutung haben – mehr als die Hälfte der Schulautoren zu Gottfrieds Zeit ist heute vergessen. Gelesen wurden aber immerhin auch: Cicero, Sallust, Horaz, Vergil, Juvenal, Ovid. Und die (gekürzte) *Ilias latina* des »Homerus«. Von Ovids Werk wurden nur lehrreiche Texte im Unterricht durchgenommen, nicht aber die *Ars amatoria* und die *Metamorphosen*. Gegen Ende des 12. Jahrhunderts jedoch wurde, auch bei Ovid, der Kanon erweitert, die *Metamorphosen* durften gelesen werden und erst recht die *Remedia amoris* (Heilmittel gegen die Liebe).

Vorrangig war stets die »erzieherische Funktion der Poesie«. Und nicht die literarische Bedeutung der Texte – hier wertete man im Mittelalter nicht, man dachte noch nicht in Kategorien von Kunst; unter »ars« verstand man »Lehre«. Ein Autor war entweder Autorität oder nicht; *war* er Autorität, so blieb belanglos, ob sein Werk im Augusteischen Zeitalter entstanden war oder erst gegen Ende der römischen Ära oder im frühen Mittelalter – entscheidend war die Kategorie der (moralischen!) Nützlichkeit. Gottfried, als offenbar guter Schüler, wird auch in seinem späteren Versroman hervorheben: er sei nützlich.

Belehrung also. Ihr dienten vor allem Sinnsprüche und Sentenzen, die aus Werken der Schulautoren exzerpiert wurden. Auch lagen umfangreiche Sammlungen von Sentenzen vor. Sie waren überwiegend moralisch. Curtius hebt vier solcher Lehrsätze hervor, übernommen von Ovid, ich gebe zwei von ihnen wieder, übersetzt: »Schamhaftigkeit und Schönheit, sie liegen gewaltig im Streite«; »Was verboten,. gefällt, und das Verwehrte erstrebt man«. Auch diese Lehrsätze finden ihr Echo in Gottfrieds Roman: verkappte Zitate.

Ein Literaturwissenschaftler, ein Philologe wird sich vor allem mit dem Kanon lateinischer Schulautoren befassen; ein Theologe hingegen wird die Lektüre lateinischer Kirchentexte in den Vordergrund rücken. Ich kann hier keinen Namens-Proporz schaffen zwischen weltlichen und geistlichen Autoren, kann nur sagen: Selbstverständlich hat man neben den weltlichen Autoren der römischen Blütezeit und Spätzeit auch geistliche Texte gelesen. Hier vor allem das Buch der Bücher, in der lateinischen Übersetzung, die Hieronymus um 390 vollendet hat und die, nach mehreren offiziellen Textrevisionen, heute noch gültig ist: die Vulgata. Die Bibellektüre war systematisch, schloß auch apokryphe Texte ein. Nur – lag in Gottfrieds Schule eine komplette Abschrift der Vulgata vor? Oder gab es dort nur Evangeliare? Gelesen wurden auch Hymnen und Heiligenviten.

Soll ich nun versuchen, Ausgleich zu schaffen zwischen dem Kanon von römischen (also »heidnischen«) Dichtern und späteren christlichen Dichtern, und jedem Namen eines antiken Autors den Namen eines christlichen Autors gegenüberstellen, angefangen bei A wie Augustinus bis S wie Sedulius? Und stehen schließlich einem Kanon von beispielsweise neun römischen Dichtern neun christliche Autoren gegenüber? Ein heidnisch-christlicher Lektüre-Proporz war bestimmt nicht angestrebt! Welche Autoren bevorzugt »durchgenommen« wurden, hing jeweils ab von den Lehrern, auch von der Tradition der Schule. In Speyer, zum Beispiel, hatten klassisch-heidnische Autoren eindeutig das Übergewicht. So kann ich, vorsichtig, nur schreiben: In Straßburg wurden neben klassischen lateinischen Autoren auch christliche Autoren gelesen. Zu denen wird bestimmt Augustinus gehört haben. Vielleicht auch Boëthius. Aber weiter gehe ich hier nicht im Alphabet. Vermerke nur noch mal, daß sämtliche Texte in Latein gelesen wurden – und nicht in volkssprachlichen Übersetzungen. Auf Lateinisch wohl auch die Texterörterungen, wenigstens unter fortgeschrittenen Schülern. Die Interpretationen waren vorwiegend allegorisch: ein Text als Zeichensystem, das auf ein anderes Zeichensystem verweist – damals vor allem das Zeichensystem antiker Tugenden, in die christliche Welt tradiert, von ihr modifiziert adaptiert. Oder: das Zeichensystem einer von Gott geschaffenen, geordneten Welt. Zeichen hinter Schriftzeichen.

Ich weise darauf hin, weil Gottfried in seinem Versroman realisierte, was er in der Schule gelernt hat und wohl auch im Studium: mehrere allegorische Darstellungen im Roman, beispielsweise bei der Beschreibung des Gewands, das Tristan zur Schwertleite anlegt; ein Glanzstück allegorischer Ausdeutung ist die genaue Beschreibung des gekuppelten Höhlenbaus, in den sich Tristan und Isolde zurückziehen. In solcher Allegorisierung dokumentiert sich nicht primär eine didaktische Neigung unseres Dichters, hier ist Typisches seiner Epoche.

Vom trivium zum quadrivium. Hier hebe ich nur das vorletzte Fach der festgelegten Reihenfolge hervor: Musik.

Wie zu Gottfrieds Zeit Musik unterrichtet wurde, weiß ich nicht. Aber dies läßt sich mit Sicherheit sagen und schreiben: Das Singen erlernte auch er in der Liturgie, in gregorianischen Gesängen. Der musikalische Spielraum war zu Gottfrieds Zeit nicht allzu groß. Das Singen volkssprachlicher Liebes- und Minnelieder wird er in der geistlichen Institution nicht gelernt haben. Ebensowenig das Spielen eines Instruments, etwa der Harfe – obwohl sie das Instrument Davids war! In Straßburg wird sich aber bestimmt jemand gefunden haben, der den jungen Mann Gottfried auf diesem (oder einem anderen) Instrument unterrichtete.

Denn es läßt sich vermuten, daß Gottfried auch Liedtexte verfaßt hat – dazu gehörte damals ganz selbstverständlich, daß sie mit Melodien verbunden wurden, eigenen oder übernommenen, und dazu gehörte wiederum, daß man diese Lieder selbst vortrug, sich mit einem Instrument begleitend. Das gebräuchlichste Instrument war hier die Harfe, die Gottfried auch Tristan (und Isolde) zuschreibt.

Eine Harfe war damals entschieden kleiner als die heutige Konzertharfe: üblich war die Knieharfe, wie sie heute noch gespielt wird als celtic harp; auf den Knien abgesetzt oder zwischen die Knie geklemmt, reicht sie ungefähr ans Kinn. Keine sonderlich kühne Spekulation, daß Gottfried dieses Instrument gespielt haben könnte: Es gibt mehrere Textpassagen in seinem Versroman, in denen er kundig das Musizieren auf der Harfe beschreibt…

Nach der Schulzeit könnte Gottfried studiert haben – auch hier besteht weithin Konsens in der Wissenschaft. Im deutschsprachigen Bereich gab es noch (lange) keine Universitäten, man mußte nach Italien reiten oder wandern, nach Padua oder Bologna. Oder nach Paris. Diese Stadt dürfte sich einem Alemannen am ehesten angeboten haben – Paris war Zentrum der Bildung jener Zeit.

Von Universität in unserem Sinne läßt sich am Ende des 12. Jahrhunderts noch nicht sprechen – der Begriff »universitas« tauchte erst 1208 auf, und von der Sorbonne sprach und schrieb man erst ab der Jahrhundertmitte. Der Schlüsselbegriff war: studium generale – es blieb damals freilich konzentriert auf Grammatik und Rhetorik.

In Paris gab es höhere Lehranstalten im Rang einer Universität. Unterrichtet wurde nach festen Lehrplänen, und es wurde deutlich abgestuft in den akademischen Graden: Baccalaureus, Lizentiat, Magister, Doktor.

Beschäftigung vor allem mit Literatur, in weitestem Sinne. Aber wie schon betont: man dachte hier noch nicht in der Kategorie »Kunst«. Man sah ein poetisches Werk auch als Produkt der Rhetorik – die war von Poesie damals kaum abzugrenzen. So schrieb Gottfried später von »rede«, wo wir den Begriff »Dichtung« einsetzen würden.

Zusammenfassend: Gottfried lernte nicht nur lateinische Texte lesen, lateinische Texte allegorisch auslegen, er lernte auch lateinisch sprechen und schreiben – und dichten. *Ars dictandi* als Schulfach.

In Paris hätte Gottfried übrigens, wie nebenbei, auch Französisch gelernt oder dazugelernt. Daß er Französisch sprach und schrieb, läßt sich am Roman ablesen: seine Vorliebe für französische Lehnwörter, für eigenwillige Kombinationen französischer Lehnwörter mit deutschen Endungen, für französische Zitate.

Solche Einsprengsel als Sprachspuren, die nach Paris weisen? Französisch konnte er im Grenzbereich zum damaligen Burgund leicht auch ohne Universität gelernt haben.

Und weil hier schon der Ansatzpunkt ist zu einer biographischen Variante, gleich die Frage, ob ich mit der Verbindung Schule/Studium nicht schon im Schema eines heutigen Curriculum denke. Vorstellbar wäre ja auch, daß Gottfried nach der Schulzeit in eigener Initiative lateinische Texte weiterlas, weiterstudierte – dazu waren die Voraussetzungen in Straßburg sicherlich besser als in vielen anderen (durchweg kleineren) Städten. Dieser Mann, dessen Artikulation so unübersehbar, unüberhörbar eigenwillig ist, er könnte auch hier einen eigenen Weg gegangen sein – innerhalb des Spielraums seiner gesellschaftlichen Möglichkeiten.

Fest steht jedenfalls: Er konnte Französisch; er war belesen in lateinischer Literatur; er war versiert in der musikalischen Praxis. Das alles läßt sich vom Romantext ablesen.

Und, nebenbei, auch dies: daß Gottfried seinem Publikum nur sehr geringe Kenntnisse der Sprache des Nachbarlandes zutraute – selbst einfachste Formulierungen übersetzt er.

Niemand hat bisher die Ansicht geäußert, Gottfried sei ein Herr gewesen, der von Einkünften seiner Besitzungen leben konnte, seiner Lehen. Auch kann ich mir nicht vorstellen, daß er »dienestman«, sprich: Ministeriale war und damit der Dienstleistungs- und Aufsteigerschicht am Sockel der Adelspyramide angehörte. Und vom Dichten konnte man damals kaum leben, jedenfalls nicht als Epiker. Bei den reisenden professionellen Liederdichtern war das anders – ich habe ihre Lebensbedingungen im Buch über Neidhart zu rekonstruieren versucht. Das Verfassen von epischen Texten jedoch dürfte im 13. Jahrhundert kaum etwas eingebracht haben, ein Epiker zog ja nicht wie ein Fahrender umher von Auftritts-Burg zu Auftritts-Burg, man brauchte Konditionen, die kontinuierliches Arbeiten ermöglichten. Diese Lage konnte geschaffen werden durch einen Gönner. Sollte der sich sofort nach dem Studium (oder nach einer Zeit freien Studierens) eingestellt haben? Oder übte Gottfried erst mal einen Brotberuf aus?

In seinem großen Erzählgedicht verwendet Gottfried so häufig juristische Termini seiner Zeit, beschreibt er Rechtsverhandlungen, Gerichtssitzungen mit so vielen Detailkenntnissen, daß schon mehrfach von Literaturhistorikern die Vermutung geäußert wurde, er sei »Jurist« gewesen. Denkbar, daß Gottfried in der Kanzlei eines geistlichen oder weltlichen Herrn arbeitete, dort Verwaltungsarbeit leistete, daß er vielleicht auch als Rechtsberater tätig war.

Verwaltung: dieser Begriff hat heute ein fast unübersehbar weites Bedeutungsfeld mit oft negativ besetzten Assoziationen – hier muß entschieden reduziert, muß rigoros ausgegrenzt werden. Wenn Gottfried für einen Herrn in der Verwaltung arbeitete, so hieß das vor allem: Einkünfte aus Besitzungen kontrollieren – zwischen Lehen und Eigenbesitz war hier ein weites Spektrum. Entsprechend vielfältig die vertraglichen Vereinbarungen. Wer Vermögen, wer Besitzungen verwaltete, mußte auch einiges vom Erbrecht verstehen. Im Roman finden sich zahlreiche Belege für genaue Kenntnisse gerade auf diesem Gebiet.

Solche Kenntnisse erwarb damals kaum jemand in einem Studium der Jurisprudenz (es sei denn, man studierte in Bologna), die wuchsen einem weitgehend zu über die Praxis. Das hieß wohl auch: durch Vermittlung eines Vorgängers oder Mitarbeiters. Mit solchen erworbenen, sich erweiternden Kenntnissen hätte er dann einem geistlichen oder weltlichen Herrn gedient, beispielsweise dem Bischof von Straßburg (Konrad II. amtierte von 1190 bis 1202) oder einem der Mitglieder des Stadt- und Landadels.

Für solche Arbeit erhielt man Lohn und Lehen. In jener bargeldarmen Zeit bestand Lohn durchweg in Naturalien: Kleidung, Holz, Wein, Honig … Dazu wohl Pachterträge eines Hofs oder einiger Höfe: auch hier überwiegend Naturalabgaben, die sich zum Teil eintauschen ließen gegen Nahrungsmittel und Gegenstände des täglichen Bedarfs. Die Tätigkeit als Vermögensverwalter könnte Gottfried die Zeit gelassen haben, »nebenamtlich« als Dichter tätig zu sein. Arbeit (so wird dies heute wissenschaftlich erarbeitet) war im Mittelalter noch längst nicht Leit-Kategorie der Gesellschaft. Hier blieb freier Raum, damit: freie Zeit.

Das Wuchern juristischen Idioms, damit juristischer Denkweise und Mentalität, erscheint mir charakteristisch für unsere Zeit, auch das Denken in Strukturen von Institutionen, aber: Bei Gottfried wächst all dies hinein bis in privateste Beziehungen, juristisches Idiom zuweilen sogar in Bettgesprächen zwischen Isolde und Marke. Auch persönliche Abhängigkeitsverhältnisse (der feudalen Gesellschaft) werden wiederholt vergegenwärtigt – zum Beispiel in der Beziehung zwischen Marke und seinem Neffen Tristan.

Schlägt in solchen Passagen die Mentalität eines Dichters durch, der in einer Kanzlei arbeitete? Übertrug er die Kategorien des Denkens bei dieser Arbeit auf die Beschreibung der Beziehungen zwischen Personen? In seinem oft von juristischen Denkfäden durchschossenen Kommunikationsgewebe (Gesprächs-Stoff) ist uns jene Zeit fern und zugleich nah. Ist uns nah in entsprechenden Erfahrungen. Ist fern von unseren Erwartungen: als wäre Gesellschaft des Mittelalters noch leicht überschaubar gewesen…

Daß Gottfried in einer Kanzlei gearbeitet hat; dies behalte ich als biographische Option weiter im Blick, auch wenn ich eine andere Begriffs-Offerte aufgreife: den »meister«.

In der zweiten Hälfte des 13. Jahrhunderts wurde ein Dichterkatalog aufgestellt, und da hieß es: »meister Gotfrit und hêr Hartmann / von Eschenbach hêr Wolfram«. Damit wird offenbar sozial abgestuft: Hartmann von Aue und Wolfram von Eschenbach könnten der Ministerialität zugeschrieben sein, und von ihnen abgerückt der »meister«. Aber es muß gewarnt werden: auch diese Begriffe lassen sich sozial nicht eindeutig definieren – an klaren Abgrenzungen war man im Mittelalter kaum interessiert, vieles ging bei Begriffen wie bei Tätigkeiten ineinander über. Trotz aller Unbestimmtheiten haben beide Begriffe jedoch eine Bedeutungstendenz: der »herre« scheint sozial über dem »meister« zu stehen.

Nun könnte ich mir weitere Überlegungen sparen mit der Feststellung: Diese Aufzählung eines Konrad von Stoffeln (?) ist kein Dokument, hier wird mündliche Überlieferung fixiert. Aber muß die Aussage deshalb unzuverlässig, ja unglaubwürdig sein? Man hatte im Mittelalter erheblich weniger Informationen zu verarbeiten und zu speichern als heute, und so konnte man die wenigen Nachrichten wohl auch leichter, zuverlässiger behalten. Kaum ein Grund also, ernsthaft zu bezweifeln, was Konrad formulierte.

Demnach: Gottfried als »meister«. Was ist damit gemeint? Im Begriff »meister« steckt »magister«. Es könnte also bestätigt werden: Gottfried hat studiert, hat es zu einem Abschluß gebracht, ist magister geworden – und der war entschieden höher im Rang als der heutige Magister. Es kann aber auch (zusätzlich?) gemeint sein: er war Lehrer.

Also ein weiteres Denkmodell: Gottfried als Lehrer an einer Klosterschule oder Stiftschule. Ich gehe davon aus, daß Godefridus ein herausragender Schüler war – naheliegend, daß seine Schule daran interessiert war, ihn als Lehrer zu gewinnen. Da wäre er clericus gewesen; (geweihter) Geistlicher war er bestimmt nicht.

Gottfried als Lehrer: für diese biographische Möglichkeit einen Entwurf skizzieren? Dies schon, um im Rückblick auf Gottfrieds eigene Schulzeit die Suggestion zu neutralisieren, Schule sei damals eine Insel fröhlicher lateinischer Wissenschaft gewesen, eine vorakademische Ideallandschaft? Auch in einer (relativ) wohlhabenden Stadt wie Straßburg waren die Klassenräume klein, niedrig, düster. Und: Wissen wurde autoritär vermittelt. So war es im Mittelalter auch selbstverständlich, daß Schüler geschlagen wurden, dazu genügten kleinste Anlässe.

Also: entwerfen, wie Gottfried mit einer Klasse arbeitet oder wie er auf eine Klasse einwirkt? Die biographische Möglichkeit »Gottfried als Lehrer« setze ich gering an. Seine juristischen Termini, seine Fachkenntnisse machen es sehr viel wahrscheinlicher, daß er in einer Kanzlei gearbeitet hat.

Denkmodell drei: Gottfried war einige oder etliche Jahre berufstätig, konnte aber frühzeitig seine Tätigkeit aufgeben, konnte sich (so hieße es heute) ins Privatleben zurückziehen und aufs Dichten konzentrieren.

Noch einmal: Gottfried hat in der Schule (und eventuell auf der Universität) auch das Dichten gelernt, als Unterrichtsfach. Vielleicht ist in einem Handschriftenkonvolut eine lateinische Arbeit Godefridi überliefert, wenn auch nicht unter seinem Namen. Vielleicht etwas Lehrhaftes. Vielleicht etwas Erbauliches. Vielleicht schon ein Erzählstoff: Griechen als Römer mit griechischen Namen und Römer als Menschen des Mittelalters, in Sprechweise und Verhalten … Was immer er gedichtet haben mag: mit dem (oft bestöhnten!) Verfassen lateinischer Gedichte war die

Artikulation eher festgelegt als freigesetzt. Also führt kein konsequenter Weg von lateinischer Bildung zum Verfassen eines Romans in einer Volkssprache. So vieles Gottfried hierfür auch übernehmen konnte an Inhalten, an Schreibtechniken, an Formeln und Formen – für die Entscheidung, einen französischen Versroman im Deutschen nachzuerzählen, brauchte er einen Anstoß, einen starken Impuls. Bestand der im Auftrag eines Mäzens oder, wie wir heute sagen, eines Sponsors?

Liederdichter hatten es einfacher als Epiker: sie konnten ihre entschieden kürzeren Texte auswendig oder halfen der Erinnerung nach mit Aufzeichnungen auf Wachstäfelchen. Ein epischer Dichter dagegen brauchte einen Mäzen, der zumindest für die hohen Kosten des Pergaments aufkam, der weiter dafür sorgte, daß ein geistlicher oder weltlicher Schreiber eine erste Abschrift erstellte. Diesem Sponsor bezeugte der Dichter seine Dankbarkeit, indem er seinen Namen nannte – und pries.

Hat der Gönner nur die Vorlage besorgt, hat den Dichter bezahlt oder beschenkt, hat ihn sonst aber frei gewähren lassen? So daß sich in der Bearbeitung des Erzählgedichts nur die Mentalität des Dichters ausprägt, nicht aber (indirekt) auch die des Gönners?

In Werken eines Haydn und eines Mozart (die ja eigentlich *nur* Auftragsarbeiten komponiert, die kaum je ›für sich‹ geschrieben haben) konnten sich Wünsche des jeweiligen Gönners auswirken bis in die Besetzung, die Kompositionsweise. Was im 18. Jahrhundert noch selbstverständlich war, hätte das im 13. Jahrhundert nicht erst recht selbstverständlich sein können, sein müssen?

Ich bringe ein Beispiel, ein Stichwort: die Beschreibung eines tjost, eines Kampfs zwischen Rittern hoch zu Roß. Was mich beim Übertragen des *Parzival*-Romans des Wolfram von Eschenbach zuweilen geärgert hat: die, nach unserem Geschmack, allzu häufigen Wiederholungen detaillierter Berichte von tjosts, dies könnte dokumentieren: Wolfram, als Panzerreiter, kannte aus eigener Ausbildung und Erfahrung diverse Waffentechniken, konnte als Experte einen tjost beschreiben, und solche fachmännischen Darstellungen wurden von seinem ebenfalls fachmännischen Publikum goutiert, ja gefordert, und so hat Wolfram immer wieder tjosts beschrieben – sein Publikum konnte sich daran offenbar nicht satt hören! Bekannt war in dieser Hinsicht insbesondere das Publikum am Hof des Thüringer Landgrafen Hermann.

Hingegen könnte die Seltenheit von Kampfszenen in Gottfrieds Roman einen Dichter charakterisieren, dessen Publikum an der genauen (und vor allem: an der wiederholten) Beschreibung von Ritterkämpfen nicht sonderlich interessiert war.

Interpretation, die von Spekulation nicht zu trennen ist. Ich setze sie – probeweise – fort: Mäzen Dietrich dürfte kaum ein enthusiastischer Ritter (oder Wunsch-Ritter) gewesen sein, sonst hätte er Gottfried wohl gar nicht erst den Auftrag erteilt, einen ›Liebesroman‹ zu bearbeiten, oder er hätte nach Gottfrieds Rezitationen der ersten Erzählabschnitte Einspruch erheben, hätte Ergänzungen für den weiteren Verlauf des Romans verlangen und durchsetzen können: Unbedingt Zweikämpfe herausarbeiten, daran liegt mir … Jedoch keine Nachbesserungen solcher Art, es bleibt beim Kampf zwischen Tristan und Morold. Und bei der Beschreibung des Kampfes zwischen Ritter Tristan und Riese Urgan überzieht Gottfried bis zur Karikatur. Dichter und Auftraggeber werden sich in dieser Hinsicht ähnlich gewesen sein; geringes Interesse an militaria.

Wiederum: Gottfrieds Einstellung muß nicht nur als Reflex verstanden werden auf die Interessenlage, die Mentalität seines Publikums, auf die Haltung seines Gönners, hier mag sich auch Charakteristisches zeigen für seine Person: nach unseren Kategorien könnte Gottfried ein betonter Zivilist gewesen sein.

Dies könnte suggerieren: Ein souveräner, ein autonomer Dichter hat sich in seinem Text frei entfaltet … Dieser (mögliche) Eindruck muß gleich wieder korrigiert werden: der *Tristan*-Roman des Gottfried aus Straßburg entfaltete sich auf dem Grundriß eines französischen Romans.

Wie souverän Gottfrieds Bearbeitung dieser Vorlage ist, zeigt sich bei der Gegenüberstellung der 60 Zeilen des »Cambridger Fragments« mit den korrespondierenden 115 Zeilen des mittelhochdeutschen Romans. Diese Zeilen sind genau verglichen worden, und es zeigte sich vor allem: Gottfried hat differenziert. Deshalb auch brauchte er mehr Vers-Raum zur Entfaltung.

Man hat mehrfach versucht, hochzurechnen, wie umfangreich Gottfrieds gesamter Roman hätte werden können, kam dabei auf ein Minimum von etwa 30000, ein Maximum von rund 40000 Zeilen. Also für heutige Relationen: ein Tausendseitenroman.

Tristan: eine Portraitskizze. Hier ist als erstes sein Alter wichtig. Unser Bild von Tristan und Isolde wird auch geprägt von den Bühnenfiguren Tristan und Isolde. In Bayreuth oder New York sind dies vielfach Darsteller in reiferem Alter, mindestens dreißigjährig. Von ihren (auch durch Szenenfotos reproduzierten) Erscheinungsbildern müssen wir uns lösen.

Gottfried macht einige Angaben zum jeweiligen Alter von Tristan. Als er von norwegischen Händlern entführt wird, ist er 14; dreieinhalb Jahre lang sucht sein Pflegevater nach ihm; als sie sich am Hof Markes wieder sehen, ist Tristan demnach 17; es vergeht nicht viel Zwischenzeit bis zum Kampf mit Morold und damit zur Verwundung mit der giftkontaminierten Lanzenspitze. Bei seiner ersten Reise nach Irland, die Heilung suchend, ist er 17 oder 18. Knapp zwei Jahre später die zweite Irlandreise und der Beginn der Geschichte der Liebe von Tristan und Isolde. Zu dieser Zeit ist er also 19 oder 20.

In diesem Alter waren Philipp, der Staufer, und Otto, der Welfe, bereits König und Gegenkönig. In diesen frühen (für uns: frühen) Jahren war man nicht nur regierungsfähig, sondern auch im besten Alter für Kampfspiele und Kämpfe. Ritter, also Panzerreiter, waren nun auf dem Höhepunkt ihrer Kampfkraft – das Alter, in dem man heute im Sport vielfach Höchstleistungen erbringt.

Erfolge als Kämpfer (oder Händler oder Herrscher) mußten früh kommen; auf ungestörte, langfristige Entfaltung konnte nicht spekuliert, schon gar nicht gebaut werden. Also begann alles viel früher: in der privaten wie in der öffentlichen Entfaltung. In einem Alter, in dem man (in unseren Breitengraden) nach Abschluß eines Studiums berufstätig wird (eventuell!), in diesem Alter waren viele Zeitgenossen Gottfrieds bereits gestorben. Also: auch Tristan war früh schon gefordert, forderte sich früh schon. Aus den harten Kämpfen, die er führte, ging er offenbar ohne Lädierungen hervor. Das grenzt ans Wunder in diesem Roman, der vielfach und vielfältig Wundersames vermittelt.

Der harte Kämpfer erfüllte alle Erwartungen an einen Mann höfischer Sozialisation und höfischer Verhaltensmuster. In einem Aufsatz über höfische Kultur zählt Joachim Bumke auf: Redegewandtheit, Beachtung von Hygienevorschriften, Erlernen von Beizjagd und Schachspiel. Punkt für Punkt sehe ich dies erfüllt bei Tristan, schon in seinen jungen

Jahren. In dieser Erfüllung eines Wunschkanons ist Tristan aber keine kolorierte literarische Schablone, er ist eine Figur innerer Spannungen und Widersprüche, auch in Abweichungen von Verhaltensmustern höfischer Kultur. Vor allem in seiner Aggressivität, die übergehen kann in Brutalität. Er kennt da keine Kompromisse. Als Morgan (mit einigem Recht) bezweifelt, daß Tristan ein eheliches Kind sei, daß er deshalb auch keinen Anspruch auf ein (ruppig eingefordertes) Lehen habe, wird er von Tristan überfallartig niedergemacht: er spaltet ihm den Schädel, stößt ihm das Schwert ins Herz. Noch krasser sein Verhalten beim Kampf mit Morold: den verhöhnt er in dessen Niederlage, den massakriert und zerstückelt er, bietet die drei Teile des Besiegten den Gefolgsleuten Morolds als »Präsente« an.

Ein Aufsatz von Gerd Althoff macht mir bewußt, in welchem Punkt, vor allem, Tristan von der erwünschten (wohl aber selten realisierten?) Erziehungsnorm und Verhaltensform abrückt: in seinem Verzicht auf jede Form der Vermittlung, des Kompromisses, der gütlichen Einigung. Er ist im Kampf so kompromißlos wie in der Liebe.

Erzähltexte des hohen Mittelalters wecken vielfach die Vorstellung, bewaffnete Mitglieder der höfischen Gesellschaft wären gleichsam blindlings aufeinander losgeritten, sobald sie sich in Wald und Feld erspähten; sofern man die Kennzeichen von Helmschmuck und Schilddekor nicht identifizierte, fragte man sich zuweilen erst nach dem Kampf, wen man blindwütig attackiert hatte: Ach, du warst es, mein Cousin, pardon … Ein vom Mittelalter gefördertes Klischee vom Mittelalter. Herausgearbeitet werden muß hingegen die Rolle, die Bedeutung von Vermittlern, von Mediatoren, die im vorletzten oder letzten Moment auf gütliche Einigung drängten. Tristan hätte solch eine Autorität nicht anerkannt, aber: die Rolle eines Vermittlers wäre gesellschaftlich von hoher Akzeptanz gewesen.

Daß jene Zeit extrem gewaltbereit, gewalttätig war, dies wird von Althoff zunächst bestätigt. »In der Tat war das Mittelalter eine Epoche, in der das Recht auf Anwendung von Waffengewalt zum adligen Leben wesensmäßig hinzugehörte, was zu einer endlosen Zahl von Fehden und Gewalttaten führte.« Viele Konflikte aber wurden von Vermittlern vor der Eskalation bewahrt. Es wurde also »übersehen, daß mittelalterliche Konfliktführung zu einem Gutteil aus demonstrativen, ritualisierten Akten bestand. Mittelalterliche Fehden waren nur in seltenen Ausnahmen Aktivitäten, die auf Vernichtung des Gegners abzielten. Vielmehr kannte und praktizierte man vielfältige Formen des Drohens wie des

Einlenkens, das die Fehde auf gütliche Weise beendete, bevor Schlimmeres passierte, bevor, mit anderen Worten, die bewaffnete Auseinandersetzung überhaupt begann.«

Einen Staat in unserem Sinne gab es noch nicht, also auch nicht Staatsgewalt; geregelt wurde in Konfliktfällen demnach auch nicht von Repräsentanten eines Staates, der sich das Gewaltmonopol vorbehielt. Die Vermittler, die mediatores (Christus gleichsam als Supervisor der mediatores), sie mußten Autorität besitzen, sollten ihre Vorschläge, Ratschläge akzeptiert werden. Wie nun Satisfaktion geleistet wurde, wie sich Unterwerfung vollzog, das muß hier nicht rekapituliert werden, für uns ist nur wichtig: Es deutet sich ein Verhaltensmuster, ein in jener Zeit wichtiges Verhaltensmuster an, das für die literarische Figur Tristan offenbar keine Rolle spielte, keine Bedeutung hatte. Dabei ist der *Tristan*-Roman wohl von einem Mann verfaßt worden, den wir heute als Zivilisten bezeichnen würden – während der Kollege und Konkurrent Wolfram Wert darauf legte, zur waffentragenden, waffenführenden Ministerialität zu gehören. Wolframs Leser, seine Hörer konnten offenbar nicht oft genug von Kämpfen lesen und hören. Für den Stadtbürger Gottfried war das sicherlich nicht so, bei seinem Publikum waren die Akzente anders gesetzt. Um so erstaunlicher, daß Gottfried die Komponente der gütlichen Einigung im Roman völlig außer acht gelassen, völlig weggelassen hat – das kann nicht allein der Überlieferung der »matière« angelastet werden. Ohne nach rechts oder links zu blicken, geht Tristan auf in den Kampf. Und selbst, wenn zuletzt die Situation völlig zu seinen Gunsten entschieden ist, zeigt er nicht den geringsten Ansatz zu Kompromiß oder Versöhnung. Dagegen: »Fehden wurden nicht blindwütig, sondern häufig fast ritualisiert durchgeführt. Auf entsprechende Drohgebärden folgten Signale des Einlenkens; die Einschaltung von Vermittlern bewirkte das Aussetzen von militärischen Aktionen; die Auseinandersetzung wurde so auf den Weg der gütlichen Einigung gebracht.« Tristan dagegen kennt kein Pardon. Auf Vermittlungsangebote, auf Unterwerfungsgesten kann er nur höhnisch reagieren. Der Konflikt mit Morold, nicht einmal in eigener Sache, führt unausweichlich zum tödlichen Countdown. Beim späteren Kampf mit dem Riesen Urgan wird das Duell zum grausamen Slapstick; Sadismus spielt mit.

Bei diesem ebenso harten wie zynischen jungen Mann scheinen Aggressivität und Sexualität fast lehrbuchartig kombiniert zu sein. Beides lebt er aus.

Isolde: auch bei ihr ist das Alter wichtig. Als Tristan ihr beim ersten Aufenthalt in Irland Unterricht erteilt, wird sie als »kint« bezeichnet, also junges Mädchen also. Nach damaligem Altersschema (vorgeprägt von der römischen Antike) war sie höchstens 14. Knapp zwei Jahre später holt Tristan sie im Auftrag seines Onkels ab: jetzt ist sie 16, vielleicht auch erst 15. Das kanonische Mindestalter für eine Eheschließung war bei einem Mädchen 12, bei einem Jungen 14. Isolde war, nach damaligen Relationen, also alt genug für die Heirat, damit auch reif für eine »amour passion«.

Isolde, in bretonischer Tradierung als körperlich robust charakterisiert, sie war, wie wir heute sagen würden, körperbetont. Das wurde auch durch die damalige Mode gefördert, auf die Gottfried hinweist. Kleider im »französischen Schnitt« lagen am Oberkörper so eng an wie möglich, den Busen und die Taille betonend. Isolde war kein ätherisches Wesen sublimierter oder sublimer Erotik, sie ging aufs Ganze, rückhaltlos und rücksichtslos.

Von »Minne« kann hier die Rede nicht sein. Minne, wie sie sich im Minnesang feierte, sie war ein hochritualisiertes Rollenspiel. Ein Sänger, meist identisch mit dem Textdichter und Komponisten, trug an einem Hof einer hohen Dame (in Abwesenheit ihres Ehemanns) Lieder der Verehrung vor. Selbstverständlich durfte das literarische Werben nicht erhört werden, der zurückkehrende Ehemann wäre sonst rabiat, ja brutal geworden. So bedeutete des Minne-Werben für den Mann: Selbstbeherrschung, »Affektkontrolle«, »Triebverzicht«, »Selbstdisziplinierung«. Wer sich selbst beherrscht, der kann auch leichter beherrscht, kann im Beherrschtwerden leichter berechnet werden. Dieses Rollenverhalten, dieses Rollenspiel sicherte den gesellschaftlichen Status quo. Ob eine Burgherrin nicht doch, nach langer Abwesenheit des Hausherrn bei einem Feldzug oder Kreuzzug, mit einem Sänger ins Bett ging, der sie in den Himmel erhoben hatte, das muß offenbleiben: literarische Stilisierung und gesellschaftliche Realität waren nicht (immer) deckungsgleich.

Literarisch und gesellschaftlich konventionell aber wäre es gewesen: Tristan hätte die junge Frau zum Objekt der *Verehrung* gemacht. Aber sie wurde (auch unter Einwirkung und in der erstaunlich langen Nachwirkung des Liebestranks) zum Objekt seines *Begehrens*. Und Isolde begehrte ihn, tat alles, um ihre Lust zu erfüllen. Die Welt des Minnesangs und der Minne ist hier perdu, es ging nicht um Sublimierung, es ging um sexuelle Erfüllung – in einer äußerst intensiven persönlichen

Bindung, die für Isolde absoluten Vorrang hatte vor der Ehe mit dem älteren Mann. Andreas Capellanus hatte in seiner Liebeslehre einen Satz geschrieben, der Isolde bestimmt gefallen hätte: »Niemand kann sich mit Recht auf den Ehestand berufen, um sich der Liebe zu entziehen.« Erzählt wird von Gottfried also nicht die Geschichte einer Minne, erzählt wird die Geschichte einer Liebe, einer Leidenschaft.

In ihrer Leidenschaft entfaltet sich eine Energie, die sich fast als »kriminell« bezeichnen ließe. Wie trick- und fintenreich sie den älteren Ehemann betrügt, mit welcher Zielstrebigkeit sie hier vorgeht, das zeigt sich schon in der Hochzeitsnacht, als sie ihre noch nicht entjungferte Freundin, Cousine und Zofe Brangaine dem Ehemann gleichsam unterschiebt. Als das ehebrecherische Verhältnis mit Tristan sich gleichsam etabliert, gibt Isolde einen Mord in Auftrag: Brangaine weiß zuviel, sie soll als unbequeme (potentiell unbequeme) Mitwisserin beseitigt werden. Mit dieser Skrupellosigkeit könnte Isolde in ein elisabethanisches Drama passen! Ihre »kriminelle Energie« zeigt sich auch beim heiklen Gottesurteil, mit dem die Schuldige ihre Unschuld beweisen soll. Um in der eigentlich ausweglosen Lage einen Ausschlupf zu finden, entwickelt sie eine Eidesformel, mit der sie Gott und die hohe Welt austricksen kann – Isolde als geschickte Anwältin in eigener Sache. Eine neue Facette: Isolde erweist sich, nicht nur hier, als juristisch versiert. Ein Glanzstück ihrer Argumentationskunst sind ihre Ausführungen auf dem Londoner Konzil.

Es läßt sich wahrhaftig nicht sagten, daß Gottfried diese Figur idealisiert hätte! Auch in ihren inneren Spannungen und Brüchen entsprechen sich Tristan und Isolde. Der große Liebende auch als Brutalo, die große Liebende als trickreiche, fintenreiche und, wenn es drauf ankommt, als skrupellose junge Frau.

Die dritte Person in dieser Dreiecksgeschichte: *Marke.* Gottfried stilisiert ihn hoch zu einer großen, eindrucksvollen Gestalt. Ja, hier ist Pathos erlaubt: Marke als tragische Figur.

Zuerst wieder die Frage nach dem Alter. Als Onkel von Tristan dürfte er, in der damals kürzeren Generationenfolge, ein Mann um die 40 gewesen sein. Zwar ein Mann an der Grenze damaliger Lebenserwartung in gehobenen Kreisen, aber ein Mann, so würden wir heute sagen: (noch) im Vollbesitz seiner Kräfte. Man konnte ja auch, in gefeierten Ausnahmen, sehr alt werden damals.

Marke als Hahnrei – und das auch noch in der Position eines Königs!

Und der Ehebrecher gehört zum engeren Familienkreis, besitzt das Vertrauen, die Achtung, ja Hochachtung Markes; Tristan ist ein – wenn auch junger – Freund für ihn, erst einmal. Dieser Freund wird für Marke bald zum Freundchen, das ihm Hörner aufsetzt. Und nun die Frage: Wie reagiert Marke als König darauf? Nutzt er seine Machtmittel, um den Nebenbuhler auszuschalten?

In vielen Erzählungen des Mittelalters macht ein Mann in seiner Lage kurzen Prozeß: Er bringt seine Frau um und deren Liebhaber womöglich auch noch. Da konnte schon Verdacht genügen. Marie de France, die im 12. Jahrhundert auch »Tristran« zur Hauptfigur erzählender Gedichte gemacht hat, sie verfaßte das Erzählgedicht »Die Nachtigall«. Es geht um eine junge Ehefrau, die sich in einen Mann des Nachbarhauses verliebt. Bei der strengen sozialen Kontrolle der damals sehr dicht beisammen lebenden Gemeinschaft ist es ihr unmöglich, diesen Mann auch zu treffen, um sich »miteinander zu vergnügen«, es bleibt bei nächtlichen Gesprächen von Fenster zu Fenster. Eines Nachts wird der Ehemann wach, als seine Frau wieder einmal aufsteht, das Zimmer verlassen will, und sofort faßt er Verdacht, sofort ist er aufgebracht. Sie schützt sich mit der Behauptung, sie gehe nachts ans Fenster, um dem Gesang einer nahen Nachtigall zu lauschen. Schon das stimmt den Ehemann eifersüchtig: er läßt die Nachtigall einfangen, bringt sie seiner Frau ins Zimmer, bricht dem Vogel vor ihren Augen das Genick, schleudert den toten Vogel seiner Frau mit solcher Wucht gegen die Brust, daß Blut spritzt.

Wenn der »Nebenbuhler« nicht bloß eine Nachtigall, sondern ein Mann ist, so kann sehr viel mehr Blut fließen, vor allem, wenn das Paar in flagranti erwischt wird. Daß eifersüchtige Ehemänner zum Schwert greifen, das wird vielfach erzählt im Mittelalter. Dies war sicherlich ein Erzählmuster, ein bewährtes, ein Topos, damit wurde aber wohl auch vermittelt, was sicherlich Realitätsbezug hatte. Noch einmal, im Ansatz, ein Zitat von Georges Duby: »Die Lieder, die Erzählungen haben gefallen, sonst hätten sie uns nie erreicht. Und weil sie gefallen haben, ist gewiß, daß sie einen Widerschein der Wirklichkeit darstellten.«

Gottfried schildert das Verhalten der Ausnahme-Erscheinung Marke mit großer psychologischer Plausibilität. Wie dieser Mann die Wahrheit herausfinden will und wie er zugleich davor zurückschreckt, wie er in Erfahrung bringen will, bringen muß, was er letztlich doch lieber nicht erfahren will, wie er hin und her denkt, in seinem Verhalten schwankt – das ist grandios dargestellt. Für mich ist dies der emotionale Höhepunkt des Romanfragments: Wie Marke zum ersten Mal seinen Neffen und seine Frau auf dem Bett sieht, im Höhlenbau der Liebenden. Zwar liegt ein blankes Schwert zwischen den jungen Leuten, aber Isoldes Gesicht ist verdächtig gerötet – und Gottfried fragt scheinheilig, woher das wohl kommen mag. Auch von der Höhe des Kuppelbaus herab gesehen: die junge Frau erotisiert wieder den Ehemann, er verliebt sich, trotz der heiklen Konstellation, aufs neue in sie. Und weil von einem der Fensterchen in der »Laterne« dieser Kuppel ein Sonnenstrahl auf das Gesicht der Schlafenden fällt, deckt er das Fenster mit Ästchen ab, steigt weinend das Felsmassiv herab. Eine anrührende, eine bewegende Szene.

Die Liebesehe in unserem Sinne war noch nicht erfunden, damals. Doch wurde nicht ausgeschlossen, daß sich Liebe auch in einer Ehe entwickeln könnte. Das geschieht bei Marke. Und das beeinflußt sein Verhalten. Marke wächst gleichsam über sich hinaus, wächst zumindest hinaus über damals zeitgemäße Muster des Verhaltens beim Aufdecken eines Ehebruchs: er verzichtet auf Rache. Der Kodex der höfischen Gesellschaft hätte das rechtfertigt. Die Spielregeln waren hier rigide: der gehörnte Gemahl hatte das Recht, konnte sich das Recht nehmen, seine Frau zu töten, wenn er sie in flagranti ertappte. Und war sein Rache-Furor groß, den Liebhaber gleich noch dazu. Falls der nicht kastriert wurde. Überliefert ist auch, daß ein Ehebrecher gefoltert und an den Füßen aufgehängt wurde, den Kopf über einer oder: in einer Latrine. Auf einigen Bildern jener Zeit die Pfählung: die Frau hingestreckt und zwei Büttel treiben mit Vorschlaghämmern einen Pflock durch ihren Leib in den Boden. Auch dies wird abgebildet: ein ehebrecherisches Paar aufeinandergelegt und ein Pflock durch beide hindurchgetrieben. So hätte, in damalige Realität übertragen, die Geschichte der Liebe von Tristan und Isolde enden können.

Wäre da nicht König Marke! In einer Zeit des immer wieder realisierten *Alptraums* von Gewalt, Kampf, Zerstörung der *Traum*, der literarische, von einer schöneren, reicheren Welt verfeinerter Umgangsformen, vor allem in der Beziehung der Geschlechter. Als Marke erkennt, endlich, daß die Liebe, die Leidenschaft des jungen Paars stärker ist als alle gesellschaftlichen Muster und Tabus, da gibt er sie frei, in einer milden Form der Verbannung: Verlaßt den Hof, tut und treibt, was ihr wollt, lebt euer Leben, nur: ich möchte davon nichts mehr mitkriegen. Damit demonstriert Marke eine Haltung, die auch Jahrhunderte später nichts von ihrem hohen Anspruch verloren hat.

Zum Schluß noch einige Anmerkungen zum Prachtbau, in den sich das Liebespaar während der ›Verbannung‹ zurückzieht, in dem es ganz für sich allein ist. Das wird damaliges Publikum vor dem Hintergrund dessen rezipiert haben, was man erlebte und was man so hörte.

Wenn man den zweiten Band der *Geschichte des privaten Lebens* liest, den Georges Duby noch projektiert hat, so wird einem bewußt, wie unvergleichlich schwierig es in den damals engen und menschenwimmelnden Burgen war, Gelegenheit und Ort zu finden für ein Rendezvous. Auch Gottfried erzählt es so: keiner schlief für sich allein. Selbst das Ehebett des Burgherrn, des Königs, in einem Zimmer, in dem weitere Betten standen. In solchen Betten lag man, generell, nicht allein: ein Mann mußte das Bett mit einem anderen Mitglied des Hofgefolges teilen, bei den Frauen war eine Bettgenossin ebenfalls selbstverständlich. Dies wäre damals utopisch gewesen: Ein junger Mann, der ein Zimmer für sich hat, und er sucht unbeobachtet eine junge Frau auf, die ebenfalls ein Zimmer für sich hat – so etwas wäre nicht einmal in großen Burgen möglich gewesen, in einer Pfalz. Wenn man nicht, bei geeigneter Jahreszeit, in den Burggarten oder in ein Wirtschaftsgebäude ausweichen konnte, trieb es ein Paar, in der Not, in einem unbeachteten Winkel auf dem Boden und ein vorbeikommender Herr warf seinen Umgang über das kopulierende Paar – eigentlich durfte so etwas nur im Dunkeln stattfinden. Ein Beispiel dies, das in der umfangreichen Aufsatzsammlung des Bandes aufgeführt wird. Hier wird auch hingewiesen auf Geheimgänge: architektonische Voraussetzungen für heimliche Treffen. Trotz aller Erschwernisse: die Autoren machen bewußt, daß die Promiskuität hoch war – all die unverheirateten Geschwister der herrschenden Ehepaare wollten ja nicht, mehr oder weniger enthaltsam, in Klöstern leben.

Und hier nun: Tristan und Isolde haben eine prachtvolle Räumlichkeit ganz für sich allein. Dieser Raum in ein Felsmassiv gemeißelt. Ich stelle ihn mir nach Gottfrieds Beschreibung vor wie ein verkleinertes Pantheon, nur mit einer sogenannten Laterne statt der kreisförmigen Öffnung hoch oben in der Kuppel: kleiner, runder Aufbau mit Fenstern oder Fensterchen. In diesem märchenhaften Raum keine weiteren Betten rund um die zentrale, altarähnliche Liege aus Kristallgestein – sicherlich mit ausreichender Polsterung. Keine Matronen im Raum, die argwöhnisch beobachten, wie das in der *Geschichte des privaten Lebens* hervorgehoben wird – Matronen vor allem verkörperten die dichte soziale Kontrolle. Aus diesem System der »huôte« sind die beiden zeitweilig herausgenommen, herausgehoben, sie können, vorerst, ihrer Leidenschaft frönen. Verglichen mit damaligen Realitäten: geradezu traumhafte Konditionen.

Dennoch, das Paar wird sich zum Lieben wohl nie (ganz) ausgezogen haben. Das war damals offenbar nicht üblich. Was natürlich auch damit zusammenhängen konnte, daß es im Sommer in den Burgen kühl und im Winter sehr kalt war. Die Autoren der Geschichte der Privatheit sind (fast) sicher, daß man sich, in höheren Kreisen, auch in der Ehe nicht auszog, bevor man miteinander schlief.

Das Verhältnis zwischen Tristan und Isolde zieht sich offenbar über Jahre hin, und doch wird ihre Geschichte begleitet von ewigem Frühling, verläßlichem Sommer. Nur einmal, als eine Spur entdeckt werden soll, findet leichter Schneefall statt und Tristans Weg zu Isolde kann verfolgt werden, sonst aber: Frühling, Sommer, Frühling, Sommer … Immer scheint die Sonne oder leuchtet der Mond. Nie muß sich Tristan im Regen seiner Geliebten nähern. Nie muß er, nach dem Weg zu ihr oder nach dem Rückweg von ihr als erstes die Füße an einem Kamin aufwärmen – wie das auf mehreren Buchilluminationen des Mittelalters zu sehen ist. Es muß eine Epoche der kalten Füße gewesen sein – die Burgen fußkalt, und wetterfestes Schuhwerk war noch nicht entwickelt (auch nicht regenfeste Kleidung). Das Liebespaar ist auf solche praktischen Entwicklungen nicht angewiesen – es lebt unter klimatischen Sonderkonditionen.

Und noch eine Besonderheit muß hier erwähnt werden, am Rande: obwohl Tristan bei jeder Gelegenheit mit Isolde schläft, obwohl das auch Marke bei jeder Gelegenheit mit Vehemenz betreibt – sie wird nicht schwanger! Dabei hätte es Marke durchaus darauf anlegen können. Und daß Tristan und Isolde Vorsicht walten ließen, dies ist kaum vorstellbar. Es ist wirklich märchenhaft: die junge Frau wird nicht schwanger. Dafür hatte man damals eine simple Erklärung: Eine ehebrecherische Frau galt als unfruchtbar – Kinder wären ja Bastarde gewesen. Also keiner der Verhütungsversuche jener Zeit: Kräutersaft, danach, in die Scheide; coitus interruptus; der (damals häufige) Analverkehr.

Unbefangenes, unbelastetes Liebesleben in einem wie maßgeschneiderten Paradies: der antike »locus amoenus«, umgeben von Wildnis. In diesem Kleinparadies muß man nicht arbeiten, um sich ernähren zu können, man muß nicht einmal ernten, was Natur zu bieten hat, man lebt hier offenbar von der Luft und von der Liebe. Das erinnert an das biblische Paradies, in dem Düfte genügen und ab und zu eine Frucht.

Viel wichtiger als die Ernährungsfrage ist für Tristan und Isolde: sie können miteinander schlafen, wann immer sie wollen. Sie müssen dabei keine wachsame Umgebung im Auge behalten, müssen keine Nachstellung befürchten, keine spitzelnden Zwerge. Nicht mehr der geringste Ansatz zur üblichen sozialen Kontrolle in einer Welt, in der man sonst sehr eng beisammen lebt. Ihr riesiger Hohlbau ist gesichert durch eine Bronzetür – fast wie eine Tresortür. Kein Besucher kann sie überraschen, auch kein Wolf, kein Bär. Es herrschen absolut ideale Verhältnisse für die Liebenden. Sie fühlen sich (fürs erste) paradiesisch wohl. Sie machen Liebe, so oft sie wollen; zwischendurch ein kleiner Bummel in angenehmer Umgebung oder: Schach spielen, musizieren (zum ersten Mal gemeinsam!) und singen. Und, natürlich, ein bißchen jagen.

Die ›splendid isolation‹ im Höhlenbau der Liebenden kann freilich nicht von Dauer sein: das Paar will mit der kommoden Verbannung nicht verfemt sein, es will gesellschaftlich anerkannt bleiben, es braucht Gesellschaft und Geselligkeit. Eine der schlimmsten Befürchtungen damals: allein zu sein. Wer diese Lebensform ausnahmsweise realisierte, wurde als Einsiedler verehrt, gefeiert. Tristan und Isolde aber wollen nicht zum Einsiedlerpaar werden.

Nicht einmal die (vorerst) endgültige Trennung führt in die Isolation. Führt auch nicht zu dramatischen Konsequenzen: kein Selbstmord, kein Doppelselbstmord, vielmehr eine ›moderne‹ Lösung: Isolde führt nun ausschließlich das Leben einer Ehefrau, und Tristan findet eine andere Frau, die ebenfalls Isolde heißt. Wie er vor sich selbst den Beginn der neuen Beziehung rechtfertigt, das ist psychologisch äußerst spannend, aber an diesem Punkt, leider, bricht der Roman ab.

Ergänzungen

Meine Übertragung des Versromans ist vollständig. Allerdings habe ich sechs Textsequenzen, sechs Textblöcke herausgelöst, lege sie nun vor als Ergänzung und zur Dokumentation. So können Leserinnen und Leser ohne Umweg prüfen, ob ihnen meine Entscheidungen plausibel erscheinen.

Der fragmentarische Versroman ist zu Gottfrieds Zeit wohl nie in allen heute überlieferten Verszeilen vorgetragen oder vorgelesen worden. Selbst bei Gedichten (also: Liedtexten) gab es nicht eine jeweils ›kanonisierte‹ Fassung, an die man sich bei öffentlicher Darbietung strikt zu halten hatte, es gab Vortragsversionen. Ich habe das im Neidhart-Buch mit Beispielen dargelegt. Was bei überschaubaren Liedtexten selbstverständlich war, das wurde bei Epen unvermeidlich: jeweils Vortragsversionen zu arrangieren. Das heißt: außer dem Mäzen und seinem Anhang wird wohl kaum einer unter Gottfrieds Zeitgenossen den gesamten Text gehört haben – Marathonlesungen wie heute oder Veranstaltungsreihen mit Abonnement wird es kaum gegeben haben. Auf Festen vor allem wurden nur jeweils Teile eines entstehenden oder abgeschlossenen epischen Werks vorgetragen. Erst später dürfte vollständige Lektüre des kopierten und wieder kopierten Gesamttextes möglich geworden sein. Was aber noch nicht hieß, daß dann der komplette Roman öffentlich vorgelesen oder rezitiert worden ist. Es wird, es würde der Einstellung damaliger Literaturfreunde also kaum widersprechen, daß ich eine Lesefassung zusammenstelle. Ich habe mir dafür Zeit gelassen, lesend, gegenlesend und wieder gegenlesend, in ruhigen Urlaubsphasen auf dem Peloponnes, in der Bretagne, auf Usedom. So entstand die Lesefassung, die mir wichtig ist und die Leserinnen und Leser hoffentlich liebgewinnen.

Die erste Sequenz dokumentiert einen (ausnahmsweise) ausufernden Dichter Gottfried. Nachdem Tristan das vorbildliche Zerlegen, Zerwirken eines Hirschs vorgeführt hat, setzt er noch eins drauf und präsentiert waidmännische Neuigkeiten: die »curée« und die »fourchiée«. Entweder war Gottfried ein passionierter Jäger, oder er benutzte ein gutes Handbuch jener Zeit.

Tristan, fremd, und fern der Heimat:
»Meister, seht, dies ist die Bast,
so praktiziert man dies Verfahren.
Und nun tretet bitte näher,

Ihr und Eure suivants,
und macht die fourchiée.«
»*Fourchiée*?! Wie bitte, lieber Freund?
Was du mir nennst, das kenn ich nicht.
Du hast uns dieses Waidwerk *Bast*,
das fremd, doch sehr zu rühmen ist,
als großer Meister vorgestellt,
nun laß auch bitte dies noch folgen,
kröne deine Meisterleistung;
wir würden es dir ewig danken.«
Tristan sprang sogleich davon,
schnitt eine Zwiesel handgerecht,
die jeder, der die fourchiée
beherrscht, als fourche bezeichnet.
(Hier besteht kein Unterschied:
fourche und *Gabel* sind das gleiche.)
Kam mit dem Gabelstock zurück,
separierte gleich die Leber,
löste Magen (»Netz«) und Nieren,
schnitt darauf vom Wildpretstück
den Wedel ab, der an ihm saß.
Dann hockte er sich in das Gras,
nahm dort die drei Gabelhappen
und band sie, mit dem »Netz«,
fest an seine fourche,
verzurrte sie – ihr wißt schon wie –
mit einem frischen Rindenstreifen.
Drauf sagte er: »Ihr Herren, schaut!
Dies wird in unsrer Jägersprache
als die fourchiée bezeichnet:
die Happen hängen an der fourche,
und deshalb nennt man dies Verfahren
fourchiée, und das trifft zu,
denn dies gehört an eine fourche...
Die nehm ein Knecht nun in die Hand...
Das dauert aber! ... Laßt es euch
deshalb befehlen: die curée!«
»*Curée*?! Ah, Dieu bénie!«
so riefen sie, »was ist denn das?!

Dies kommt uns sarazenisch vor!
Was heißt *curée*, mein lieber Mann?
Sag nichts! Erklär uns nicht mit Worten,
was dies ist, führ uns das vor,
daß wirs mit eignen Augen sehn!
Sei so gut, als Mann des Hofs.«
Tristan war erneut bereit.
Die Luftröhre, die packte er
(ich mein das Stück zum Herzen hin),
und kappte, was an ihr noch hing.
Er schnitt das Herz zur Hälfte ab,
bis hin zum spitzen Ende
und nahm es in die Hände.
Er begann es aufzuteilen,
es überkreuz zu vierteln
und warf die Viertel auf die Decke.
Packte nun erneut die Röhre,
löste Milz und Lunge ab –
an der Röhre hing nichts mehr,
es lag dort alles auf der Decke –
kappte die Luft- und Speiseröhre,
dort oben, wo die Brust sich wölbt,
löste gleich darauf das Haupt
samt dem Geweih vom Hals, befahl,
dies alles zu der Brust zu tragen.
»Kommt schnell«, so rief er ihnen zu,
»schafft den Rücken rasch dorthin!
Und kommt ein armer Mensch vorbei,
der dies wünscht, der dies verlangt,
so gebt ihm hier den Rücken mit –
oder haltet es wie üblich.
Ich mache die curée wie folgt…«
Da traten die suivants heran
und schauten sein Verfahren an.
Tristan ließ sich bringen, was er vorher
hatte zubereiten lassen.
Schon lag dies alles auf der Stelle,
gut bereitet, zubereitet,
wie er ihnen das befohlen.

Es waren nun die quarts zu viert
(alle viere von dem Herzen)
auf der Decke abgelegt,
gemäß dem Brauch des Waidwerks;
so lagen sie denn auf der Haut...
Er zerschnitt nun Milz und Lunge,
danach den Pansen und den Dickdarm
(und was sonst die Hunde fressen)
zu derart kleinen Portionen,
wie dies angemessen ist,
verteilte alles auf der Decke.
Sogleich begann er, lautstark
die Hunde herzurufen: »Ça, ça, ça!«
Sie waren augenblicks zur Stelle,
standen über ihrem Fressen.
»Seht«, so sprach der Wortgewandte,
»zu Hause in Parmenien
bezeichnet man dies als curée,
und ich sage euch, weshalb.
Es wird dies als curée bezeichnet,
weil auf diesen cuir gelegt wird,
was die Hunde fressen sollen.
Das Waidwerk hat aus diesem Grund
das besagte Wort curée
abgeleitet von der cuire;
man führt curée auf cuire zurück.
Und dies, wahrhaftig, wurde
zum Vorteil der Hunde ersonnen,
dieser Brauch hat sich bewährt,
denn was man ihnen vorlegt,
das mögen sie, weils blutig ist.
Und es hält die Hunde scharf!
Ja, beschaut euch diesen Bast-Brauch,
es ist kein weitrer Trick dahinter.
Seht selber, ob euch das gefällt.«
»Ah, Herr«, so riefen alle,
»keine Frage, Kind des Glücks!
Wir sehen das durchaus:
dies Verfahren ist von Vorteil

für die Hunde, für die Bracken!«
Darauf sprach der gute Tristan:
»So schafft nun eure Decke fort –
mir fällt dazu nichts weiter ein.
Doch seid in diesem Punkt ganz sicher:
hätt ich euch besser dienen können,
so hätte ich das gern getan.
Nun schneide jeder Knecht sich Reiser,
umbündle seine Fleischportion;
tragt das Hirschhaupt auf den Händen,
überbringt es als présent
hofgerecht dem Herrn des Hofes –
ihr macht euch damit selber höfisch!
Doch ihr wißt ja selbst genau,
wie man ihn présentiert, den Hirsch –
drum présentiert ihn angemessen!«

Der folgende Exkurs ist, pardon, ein Filetstück der Gottfried-Philologie: die Introduktion der Schwertleite Tristans, überleitend zu einem Defilee damaliger Epiker und Liedtextdichter (also auch Komponisten). In dieser Literaturschau markiert Gottfried, vergleichend und wertend, seine Position, die stark beeinflußt ist von römischen Schreibverfahren, von antiker Poetik. Was Gottfried schreibt, läßt sich denn auch mit zahlreichen lateinischen Zitaten unterlegen.

Literaturkenntnisse, die Gottfried bei seinem Publikum offenbar voraussetzen konnte, sie haben sich weithin verloren. Über das Literaturstudium lassen sich diese Kenntnisse allerdings reaktivieren: Kommentare fallen bei diesem Exkurs besonders umfangreich aus. So ist meine Übertragung dieser Dichterschau ein Angebot an jene, die sich eingehend mit dem großen Romanfragment beschäftigen.

Abschließend, überleitend noch diese Anmerkung: Dichter, die von Gottfried hoch eingeschätzt wurden, sie sind auch nach heutiger Einschätzung ersten Ranges! Gottfried hat in diesem außerordentlichen, diesem unvergleichlichen Exkurs keine Moden gefeiert. Über viele Jahrhunderte hinweg: Konsens ist hier noch möglich!

Nun erörtre ich die Lebensalter,
das des Vaters, das des Sohnes,
denn man legt uns ein Problem vor:

Weil das Alter und die Jugend
wenig Qualitäten teilen
(wo die Jugend Geld verschleudert,
hält das Alter es beisammen ...) –
wie könnten sich die beiden Alter
dahingehend einig werden,
daß ein jedes dieser beiden
seine Wünsche so erfüllte,
wie dies zum Alter passen würde,
was denn hieße, daß Rual
beim Besitz dem Augenmaß,
daß Tristan seinem Ehrgeiz
in vollem Maß entsprechen würde?
Meine rasche, klare Lösung:
Die Neigung, die Rual und Tristan
zueinander fühlten,
war so völlig gleichgewichtig,
daß – im Guten, Bösen – keiner
zu etwas riet und raten wollte,
was der andre sich nicht wünschte.
Rual, bekannt durch reife Haltung,
machte Tristan Konzessionen,
und zwar mit Blick auf seine Jugend;
Tristan beugte sich dafür
vor der Weisheit des Rual.
Das führte sie zu *einem* Ziel
des Wünschens, das gemeinsam war:
daß jeder wie der andre wünschte.
So waren beide sich denn einig
in ihrem Willen, ihrem Wollen;
Alter, Jugend harmonierten
in der *einen* Qualität:
Ehrgeiz, Weisheit stimmten überein.
In diesem Ausgleich wahrte
Tristan seine Kraft im Ehrgeiz,
Rual das Augenmaß im Reichtum,
so daß in dieser Lage jeder
seinem Status ganz entsprach.

So gingen denn Rual und Tristan
mit Umsicht ihre Sache an,
wie es beiden auch entsprach:
sie schafften binnen dreißig Tagen
Gewänder her und Rüstungen,
die dreißig Ritter tragen sollten,
die der courtoise Tristan
sich zu Gefährten machen wollte.
Wer mich nach ihrer Kleidung fragt
und nach dem Festglanz ihrer Kleider,
wie man die zusammenstellte,
so muß ich mich nicht lang bedenken,
erzähl ihm, was die Quelle sagt.
Erzählte ich ihm etwas andres,
so widerlege er mich, ja
erzähle besser selbst davon.
Ihre Kleider waren vierfach
zugeschnitten auf Glanzentfaltung,
und dieser Glanz war vierfach groß
in seiner tieferen Bedeutung:
der erste war der Ehrgeiz,
der zweite war der reiche Fundus,
der dritte war das Augenmaß –
das schneidert eins und zwei zurecht;
der vierte war der Geist des Hofs,
der nähte für die drei zusammen.
Alle viere handelten
genau nach ihrem Wesen:
der Ehrgeiz stellte Forderungen,
der reiche Fundus lieferte,
das Augenmaß entwarf, schnitt zu,
der Geist des Hofes nähte Kleider
und dazu décorations,
Wimpel, caparaçons –
kurz alles, was ein Ritter braucht,
was sich gehört für einen Ritter.
Was auf seinem Roß den Mann
als einen Ritter zeigen kann,
dies Zubehör war äußerst prächtig,

war derart prächtig, daß es auch
zu einem König passen würde,
der darin zum Ritter wird.
Da der Anhang nun bereit ist
im Festglanz nach dem Augenmaß –
wo setz ich zum Erzählen an,
daß ich den werten Hauptmann Tristan
aus Anlaß seines Schwertleit-Festes
auf eine Weise ausstaffiere,
daß man gerne davon hört,
es der Erzählung würdig ist?
Ich weiß nicht, wie es euch erzählen,
daß es gefällt, zufriedenstellt
und gut zu der Geschichte paßt.
Man hat zu meiner Zeit und früher
von profaner Prachtentfaltung,
von herrlich reicher Rüstung
so Überzeugendes erzählt –
wär meine Formulierungskunst,
die ich besitz, mal zwölf genommen,
könnt ich die Künste spielen lassen,
und schiene es nicht übertrieben,
daß ich in diesem meinem Mund
ein Dutzend Zungen hätte,
von denen jede *so* erzählt,
wie *ich* erzählen kann,
so fänd ich dennoch keinen Ansatz,
wie ich von dieser Glanzentfaltung
derart gut erzählen könnte,
daß längst Erzähltes übertroffen würde.
Ja, die Pracht des Rittertums,
sie wurde schon so oft geschildert,
sie ist schon so zerredet worden,
daß ich hier nichts erzählen kann,
was irgendeinen freuen dürfte.

Hartmann von Aue:
oho, wie der Erzählungen
von außen wie von innen

mit Worten und Bedeutungen
durchfärbt, ja sie durchschmückt!
Wie er den Sinn einer histoire
durch Erzählung figuriert!
Wie klar, wie transparent
seine kleinen Wortkristalle
sind – und immer bleiben werden!
Bescheiden kommen sie zu einem,
schmiegen sich bei einem an,
die wahren Kenner schätzen sie.
Wer gute Dichtung gut erfaßt
und sie auch richtig deuten kann,
muß dem von Aue seinen Kranz
und seinen Lorbeerzweig vergönnen.
Doch wer es mit dem Hasen hält
und im offnen Land der Sprache
loswetzt, weitum Futter sucht
bei den Hüpf- und Würfelwörtern,
wer sich auf den Lorbeerkranz je
Hoffnung macht, die keiner stützt,
der lasse *uns* den Anspruch prüfen –
wir sprechen bei dem Urteil mit!
Wir, die Blumen lesen helfen,
mit denen jener Lorbeerzweig
blumenbunt durchflochten wird,
wir wollen hören, was er wünscht.
Wer hier was fordert, hüpfe her
und flechte seine Blumen ein;
an diesen Blumen zeigt sich uns,
ob sie so gut zum Lorbeer passen,
daß wir ihn dem Aue nehmen,
den Zweig dann *jenem* überreichen.
Doch trat bisher noch keiner auf,
der ihn mit größrem Recht verdiente;
drum soll er ihn, bei Gott, behalten.
Wir lassen diesen Zweig nicht tragen,
dessen Sprache nicht sehr klar ist,
nicht geglättet, nicht verständlich –
auf daß nicht einer, klar im Kopf,

besonnen, aufrecht vorwärtsschreitend,
dabei ins Straucheln gerät.
Dichter wildester Geschichten,
Geschichtenwilderer,
die mit Gauner-Ketten täuschen
und schwache Köpfe irreführen,
die Gold erzeugen für die Kinder
aus dem allerletzten Dreck,
die Perlenpulver, das nur Staub ist,
aus der Apothekerdose streuen,
die spenden uns den Schatten mit
dem Baumstumpf, nicht mit grünem Laub
des Mai, mit Zweigen und mit Ästen;
solch ein Schatten ist den Gästen
niemals Wohltat für die Augen.
Um die Wahrheit auszusprechen:
das erhebt nicht das Gemüt,
das beglückt auch nicht das Herz,
ihre Sprache ist nicht so,
daß noble Herzen zu ihr lächeln.
Die erwähnten Dunkelmänner,
sie brauchen Exegeten
als Begleiter der Geschichten –
unsereins versteht sie nicht,
wenn man sie nur hört und liest.
Wir haben freilich nicht die Muße,
nach dem Kommentar zu fahnden
in den schwarzen Zauberbüchern.
Doch gibt es andre Färbermeister!
Bligger von Steinach:
voller Anmut seine Sprache …
Die webten Damen an den Rahmen
aus Fadengold sowie aus Seide;
man könnte dies Gewebe mit
Borten aus Byzanz umfassen.
Erfüllung findet hier die Sprache.
Ihren Sinn, den klaren,
haben, glaube ich, die Feen
wunderschön gesponnen

und haben ihn in ihrer Quelle
gereinigt und geläutert –
er ist im wahrsten Sinn: *ge-feet*!
Seine Zunge, Harfe spielend,
besitzt zwei volle Gnadengaben:
es ist die Sprache, ist ihr Sinn.
Die beiden harfen miteinander
Geschichten wundersamer Pracht!
Schaut, wie dieser Meister der Sprache
inzwischen auf dem Gobelin
Wunder sichtbar werden läßt
als Erzählung voller Kunst;
wie er seine Messer wirft
mit dem Wirbelklang der Reime;
wie er Reime leimen kann
als wenn sie so gewachsen wären.
Ich bin sogar der Überzeugung,
daß er sich Lettern-Bücher
angebunden hat als Flügel;
seine Sprache schwebt als Adler,
wenn ihr ihn nur richtig seht…
Wen hebe ich jetzt noch hervor?
Reich an Sinn und reich an Sprache
sind – und waren – viele…
Heinrich von Veldeke:
er erzählte mit vollem Können.
Und wie schön besang er Liebe!
Und wie klar umriß er Sinn!
Ich glaub, er schöpfte seine Weisheit
aus dem Quell des Pegasus,
aus dem schon stets die Weisheit floß.
Persönlich habe ich ihn nie gesehn,
doch höre ich die Besten sagen
(die zu seiner Zeit und meiner
zu den Meistern zählten, zählen),
sie verliehen ihm den Preis:
den ersten Setzling pfropfte er
der deutschen Sprache auf;
der bildete dann Seitenzweige,

von denen all die Blüten stammten,
aus denen man die Künste sog
meisterhafter Inventionen.
Es hat sich dieses Können
am Spalier so ausgebreitet,
sich derart fein verästelt,
daß alle, die nun dichten,
sich dort nach Herzenswunsch
die Blüten holen und die Reiser
für Texte und für Melodien.
Nachtigallen gibt es viele,
von denen will ich jetzt nicht sprechen,
sie zählen nicht zu unsrer Gruppe.
Drum sage ich mit Blick auf sie
nur wieder, was ich sonst schon sagte:
sie sind Meister ihres Fachs
und singen wahrlich rühmenswert
ihre süßen Sommerweisen.
Klar und schön sind ihre Stimmen,
versetzen in Begeisterung,
sie tun den Herzen richtig gut.
Die Menschen wären ohne Schwung,
sie lebten einfach so dahin
ohne liebsten Vogelsang:
der ermuntert einen häufig
(wenn Gemüt zur Liebe fand)
zu Liebem und zu Schönem
und zu mancherlei Gefühlen,
die ein nobles Herz beglücken.
Es erweckt die zarte Regung,
lenkt das Denken gleich nach innen,
wenn liebster Vogelsang beginnt,
der Welt von Freude zu erzählen.
»Nun sprecht noch von den Nachtigallen!«
Die sind richtig eingestimmt
und können all ihr Sehnsuchtsleid
so gut benennen und besingen…
Doch welche soll ihr Banner tragen,
seit die von Hagenau,

die Dame, die sie alle führte
und die höchste Kunst des Singens
versiegelt trug in ihrer Zunge,
für die hohe Welt verstummt ist?
Ich denke oft und sehr an sie –
hier geht es mir um ihre Klänge,
die lieblichen, die schönen,
woher sie die so zahlreich nahm,
woher bei ihr das Wunder kam
so reicher Varianten.
Ich glaube fest, des Orpheus Stimme,
die über jeden Klang verfügt,
sie erklang aus *ihrem* Munde.
Doch weil man sie nun nicht mehr hat,
gebt uns das, was wir jetzt brauchen!
Ein Kenner spreche zu dem Thema:
»Wer leitet nun die liebe Schar,
wer führt dies Hofgefolge an?«
Ich glaub, ich finde sie bestimmt,
die hier das Banner tragen soll:
die kann dies gut, die Meisterin,
die von der Vogelweide.
Ah, wie sie übers offne Land
die helle Stimme klingen läßt!
Welche Wunder sie vollbringt!
Ihr Stimm-Organ, wie schön es singt!
Wie sie den Gesang verwandelt –
ich denke hierbei an die Form,
die von Cithaeron stammt,
wo die Göttin Venus herrscht
auf dem Gipfel, in der Höhle.
Sie ist am Hof dort Kammerherrin.
Sie führ die Nachtigallen an!
Die leitet sie bewundernswert,
die weiß, wo sie zu suchen ist,
die Liebesmelodie.
Sie und ihre compagnie,
sie mögen singen, und zwar so,
daß aus ihrer Sehnsuchtsklage,

aus ihrer Trauer Freude wird –
ich möchte so was noch erleben!

Nun habe ich genug der Worte
gemacht vor Leuten, die was gönnen,
über Leute, die was können,
und noch immer nicht ist Tristan
zum Schwertleit-Feste ausgestattet.
Wie statte ich ihn aus? Ich weiß nicht.
Es will der Geist hier nicht heran;
es weiß die Zunge nicht, was tun,
allein und ohne Rat des Geistes,
vom dem sie alle Vollmacht hat.
Was die beiden so verstört,
das will ich euch erklären:
die beiden hat beirrt,
was Tausende verwirrt!
Kommt ein Mann der Redekunst
zu einem, der schlecht reden kann,
so verstummt in dessen Mund
das Reden, das er noch beherrscht.
Ich fürchte, das geschah mit *mir*!
Ich erlebe und erlebte
so viele Dichter hohen Rangs,
daß ich nichts mehr dichten kann,
was mir nicht belanglos schiene
vor all dem, was man heute dichtet.
Man dichtet heute so gekonnt,
daß ich allen Anlaß habe,
auf meine Sprache achtzugeben,
zu sorgen, daß sie *so* geformt ist,
wie ich mir das wünschen würde
in Geschichten fremder Dichter –
nach dem Maßstab meiner Wertung
der Dichtkunst eines andren.
Doch weiß ich nicht, wie hier beginnen.
Meine Zunge und mein Geist,
sie können mir nicht helfen;
die Wörter, die auf mich noch hören,

sind mir aus dem Mund genommen,
liegen nicht mehr auf der Zunge.
Ich weiß wahrhaftig nicht, was tun,
es sei denn, ich tu grade *das*,
was ich bisher noch nie getan:
ich will mein Flehen, mein Gebet
zum allerersten Male
mit dem Herz und mit den Händen
zum Helikon hinübersenden,
hinauf zum Thron, der neunfach ist,
an dem die Quellen sprudeln,
aus denen alle Gaben fließen
der Sprache und des Geistes.
Der Herr und die neun Herrinnen:
Apollo und die Musen,
die neun Sirenen des Gehörs,
die dort am Hof der Gaben walten,
die Gnaden wägen, Gnaden spenden,
so, wie sie das den Menschen gönnen,
die schenken vielen derart reichlich
vom Wasser aus dem Quell des Geistes,
daß sie mir daraus einen Tropfen
in Ehren nicht versagen können!
Doch wenn ich den erhaschen kann,
so halt ich meine Stellung dort,
wo man sie als Dichter hält.
Der besagte *eine* Tropfen
(und sei er noch so klein!),
der würde mir den Geist, die Sprache,
in denen nichts mehr grade ist,
gerade machen müssen,
begradigend geradebiegen!
Er muß mir meine Sprache
im Tiegel schmelzen, der so glüht,
wie es die Musen wollen,
muß mir die Sprache darin läutern
zu einem neuen Wunderwerk
und wie das Gold Arabiens
bereiten in der reinsten Form.

Und diese Gottesgaben
des wahren Helikon,
des allerhöchsten Thrones,
von dem die Sprache fließt,
die durch das Ohr erklingt,
hineinlacht in das Herz,
die Dichtung transparent macht
wie den erlesnen Edelstein –
sie mögen meine Stimme
und mein Gebet erhören
droben in den Himmelschören –
wie ich das erbeten habe!
Nehmt an, dies alles sei geschehn,
und mir sei alles das gewährt,
was ich an Sprache mir gewünscht,
besäße das in reichem Maße,
schmeichelte damit den Ohren,
spendete den Herzen Schatten
mit allergrünsten Lindenblättern,
bewegte sprachlich mich so stet,
würde Schritt auf Tritt der Sprache
die Straße räumen, reinigen,
so daß auf dieser Straße nicht
ein Staubeskörnchen liegen bliebe,
ich dies sofort von ihr entfernte,
so daß die Sprache nur auf Klee
und lichten Blumen schritte –
nicht einmal in *diesem* Fall
(ich bin nun mal ein solcher Kleingeist!)
würd ich den Geist auf etwas richten,
woran sich schon so viele Menschen
versucht – und übernommen haben.
Ja, ich muß darauf verzichten!
Denn brächte ich mein ganzes Können
ein für Ritter-Zubehör
(was weiß Gott schon viele taten!),
und ich würde euch erzählen,
wie Vulkan, berühmt und klug,
der solide Mann des Handwerks,

das Maschenpanzerhemd für Tristan,
Schwert und Beinschutz und noch mehr,
was ein Ritter haben muß,
mit seiner Hände Arbeit schuf
in schöner, meisterlicher Weise,
wie er auf dem Schild den Eber,
dem es nie an Kühnheit fehlte,
für ihn entwarf und ziselierte,
wie er den Helm für ihn kreierte
und auf seine Kuppe
den Flammen-Pfeil montierte
als Emblem des Liebesleids,
wie er für Tristan Stück um Stück
wunderschön und wundersam
detailliert gestaltete
und wie Madame Kassandra,
die weise Frau aus Troja,
ihr Können, ihren ganzen Geist
nur darauf verwendete,
für Tristan die Gewänder
herzustellen, herzurichten,
und dies mit Zeichen ihrer Kunst
der Prophetie, zu der sie ja
in höchstem Maß berufen war
(wie ich gelesen habe, war ihr Geist
im Himmel von den Göttern ge-feet) –
brächte mich dies etwa weiter
als vorher, da ich die Gefährten
Tristans ausstaffierte
für dessen Schwertleit-Fest?
Pflichtet ihr mir hierin bei,
so vertrete ich die Meinung,
ja bin gewiß: Wenn man zum Reichtum,
zum Ehrgeiz auch noch Klugheit
hinzufügt, Geist des Hofes,
so werden diese vier so gut
wie niemand sonst zusammenwirken!
Ja, Kassandra und Vulkan, sie hätten
einen Ritter nie so exzellent

ausgestattet wie die vier.
Weil diese vier in ihrem Glanz
den Glanz des Schwertleit-Fests
derart accomplieren können,
vertrauen wir den vieren
Tristan, unsern Freund, an.
Sie mögen ihre Hände für ihn rühren,
den Edlen für uns ausstaffieren
(weil dies nicht *besser* werden kann!)
mit jenem Material und Zuschnitt,
mit dem auch seine Reitgefährten
bestens ausgestattet wurden.
So werde Tristan hingeführt
zum Thron und vor den Kreis:
in wirklich jeder Hinsicht
den Gefährten ebenbürtig,
ebenschmuck und ebenprächtig.
Ich spreche freilich nur von Kleidung,
die von Menschenhand genäht wird,
nicht von angeborner Kleidung,
die aus der Herzenskammer kommt,
die man als noblen Geist bezeichnet,
die Menschen enthusiastisch stimmt
und Leib und Leben würdig macht.
Solche Kleidung wurde den Gefährten
nicht gegeben, nur dem Herrn.
Ja, bei Gott, der hochgestimmte
Tristan, voller Ehrgeiz, trug
Kleidung, nur für ihn gemacht:
sie war überreich geschmückt
durch seine Haltung, seine Führung,
war nicht zu übertreffen
im Anstand, seiner Trefflichkeit.
Wiederum: an seiner Kleidung,
die von Menschenhand genäht war,
zeigte sich kein Unterschied,
da trug der edle Hauptmann
gleiche Kleidung wie sie alle.

Im Folgenden eine Schlachtbeschreibung und der Bericht über eine Intervention des Iren Morold: er fordert Tribut. Sehr ausführlich wird erörtert, wie es zu dieser Forderung gekommen war und: ob sie berechtigt ist. Mit seiner Ablehnung (im indirekten Auftrag Markes) begründet Tristan die Notwendigkeit des Zweikampfs.

Morgans compagnons,
die mutigen Britannen,
sie konnten nichts mehr für ihn tun,
konnten ihn durch rasche Hilfe
nicht vor dem Todessturz bewahren,
doch wehrten sie sich allesamt,
so gut es ging, für den Moment.
Sie wurden bald ein großes Heer;
die Kämpfer, noch nicht vorbereitet,
sie griffen ihre Feinde an
mit wilder Kampfentschlossenheit;
sich wappnen, Vorsicht walten lassen,
das tat dort keiner, vielmehr dies:
sie griffen Tristan an in Pulks,
sie trieben kämpfend alle Fremden
aus dem Wald ins offne Land.
Dort wurde laut geschrien,
viel geweint, geklagt.
So flog der Tod des Morgan
(als wenn er Flügel hätte ...)
mit sehr viel Klageleid umher
und gab die Trauerbotschaft weiter,
hinauf in Burgen, hinein ins Land.
Durch das ganze Land flog bald
nur noch dieser Klagesatz:
»Ah, notre Sire, il est mort! –
Gibt es noch Hilfe für sein Land?
Ihr stattlichen Helden, kommt heran
aus Städten und von Burgen,
um den Feinden heimzuzahlen
fürs Leid, das sie uns angetan!«
Sie griffen sie beim Rückzug an
mit unaufhörlichen Attacken,

stießen aber bei den Fremden
auf starke Gegenwehr –
die setzten an zu Gegenstößen
mit geschloßner formation,
brachten viele da zur Strecke,
und zogen sich dann stets zurück
und eilten gradenwegs dorthin,
wo sie ihren Haupttrupp wußten:
so holten sie die Ritter ein.
    Danach biwakierten sie
auf einem Hügel, gut geschützt,
blieben dort die ganze Nacht.
Es wurde in der Nacht das Heer
des Landes derart kampfesstark,
daß sie im ersten Morgengrau
die verhaßten Fremden wieder
im Angriff aus der Stellung trieben,
viele Kämpfer niederstachen,
mehrfach ihren Pulk durchbrachen
mit Lanzen und mit Schwertern,
die dabei nicht lange hielten.
Ja, das stimmt: die Lanzen, Schwerter
kamen nur sehr kurz zum Einsatz,
viele wurden da verbraucht
beim Keilstoß in die formation.
Doch war das kleinre Heer
so entschlossen in der Abwehr,
daß es sehr verlustreich war,
wo man in den Pulk eindrang.
Die Truppen beider Seiten
erlitten mehrfach, immer wieder
Verluste, schwer, ja überschwer –
erlitten Verluste, brachten sie
vielen Gegnern bei, verlustreich.
Sie setzten das gemeinsam fort,
bis der Trupp, umzingelt,
sich immer schwächer wehrte;
er wurde kleiner, jener größer:
den ganzen Tag verstärkten die

ihre Kampfkraft, ihre Anzahl,
so daß die Fremden noch am Abend
erneut umzingelt wurden
in einer Wasserburg, in der
die Fremden sich verteidigten;
sie hielten sich hier über Nacht.
Jedoch, ihr Trupp war eingekesselt,
von Heeresmacht umschlossen –
als stünden ringsum Palisaden!
»Die bedrängten Fremden,
Tristan und die Männer,
wie packten sie die Sache an?«
Ich erzähl euch, wie es ausging,
wie sie ihre Angst verloren,
wie sie von dort den Rückzug schafften,
den Sieg errangen über ihre Feinde.

Seit Tristan außer Landes war,
wie Rual ihm das empfohlen,
um sein Lehen zu empfangen
und schleunigst wieder heimzukehren –
seit dieser Zeit war für Rual
als Phantasiebild ständig
das im Herzen, ganz genau,
was Tristan jeweils so erlebte.
(Jedoch er hatte *nicht* empfohlen,
an Morgan Rache zu verüben!)
Hundert Ritter bot er auf,
und er reiste Tristan nach,
geradenwegs auf seiner Spur.
Bald, sehr bald darauf
kam er in der Britannie an
und erfuhr sofort genau,
wie es bisher gelaufen war.
Nach dem, was er im Lande hörte,
führte er, gezielt, den Trupp
zum Kessel der Britannen.
Als sich der Abstand so verkürzte,
daß sie die Feinde sehen konnten,

da setzte sich kein einziger
feige ab von seiner formation,
vorne nicht, auch hinten nicht:
sie *alle* kamen angeflogen
mit fliegenden Bannern!
Da gab es viel criieren
unter den suivants:
»Chevalier! Parmenie!
Parmenie! Chevalier!«
Banner um Banner galoppierte
durch die Schnüre ihrer Zelte:
Verluste und Verwüstungen!
Sie erledigten Britannen
durch Stiche in die tentes –
tödlich waren deren Wunden!
Sobald nun die Umschlossenen
die Banner ihres Lands erkannten,
die eignen Kampfparolen hörten,
durchbrachen sie den Kessel
und ritten raus ins Freie.
Tristan im Galopp zum Kampf!
Die Herren dieses Landes
erlitten schwere Verluste.
Gefangennehmen, töten,
erschlagen und erstechen –
dies begann den Kessel der Britannen
außen, innen aufzubrechen;
es machte die Belagrer mutlos,
daß die beiden groupes andauernd
den Kampfruf wiederholten:
»Chevalier! Parmenie!«
So gaben sie das Kämpfen auf:
nicht mehr Abwehr, nicht mehr Angriff!
Sie fochten überhaupt nicht mehr,
versteckten sich und flohen;
sie rannten, galoppierten
zurück zur Burg, zurück zum Wald;
Scharmützel wurden aus der Schlacht,
die beste Abwehr war die Flucht:

das stärkste Mittel gegen Tod...

Nach dieser défaitage saßen
die Ritter ab von ihren Rössern,
und schlugen rasch ein Biwak auf.
Die von ihrer Truppe
auf dem Feld gefallen waren,
die ließen sie zu Grabe tragen;
jene, die verwundet waren,
die ließen sie auf Bahren legen;
sie kehrten in ihr Land zurück.
Und damit hatte Tristan
sein separates Land, sein Leben
eigenmächtig übernommen –
Lehnsmann, Lehnsherr nun durch den,
von dem sein Vater *nichts* erhalten!
Auf solche Weise schuf er ›Ordnung‹,
dies war die ›Schlichtung‹ seines Rechtsstreits:
›geordnet‹ im Besitz,
›geschlichtet‹ im Gemüt.
Das Unrecht war zu Recht geworden,
der Druck war vom Gemüt genommen.
Über seines Vaters Erbe,
sein ganzes Land verfügte er
so unanfechtbar selbstverständlich,
daß damals keiner Anspruch stellte
auf Besitz in seiner Hand.
Und sein Gemüt, es führte ihn
sogleich zurück nach Cornwall,
wie dies sein Onkel ihm beim Abschied
empfohlen, ja geboten hatte.
Doch konnte er sich von Rual
nicht lösen im Gemüt:
mit väterlicher Treue
hatte ihm le très loyal
sehr viel Güte zugewendet.
Es hing sein Herz an Marke
und genauso an Rual;
sein Gefühl war ganz bei ihnen,

es schwankte zwischen diesen beiden.
Unser kluger Hörer frage:
»Wie stellt er das nur an,
unser kluger Tristan,
daß er *beiden* so gerecht wird
und jedem gibt, was ihm gebührt?«
Ihr alle wißt es ganz genau:
er kann es einfach nicht vermeiden,
sich zu lösen von einem der beiden
und zum anderen zu halten!
»Laßt hörn, wie soll das vor sich gehn?
Kehrt er zurück nach Cornwall,
so schmälert er Parmenien
in seinem öffentlichen Rang;
auch Rual wird dann geschmälert
in seinem Glücks- und Hochgefühl,
dazu in seinem ganzen Reichtum,
der Tristan doch erfreuen sollte.
Hingegen: bleibt er dort,
so wendet er sich nicht
der Ehre zu, die höher ist,
befolgt nicht Markes Rat,
an dem doch seine Ehre hängt.
Was soll er tun in dem Dilemma?«
Bei Gott, er muß zurück nach Cornwall!
Dies muß ihm zugestanden werden.
Wenn es sich für ihn zum Guten
wenden soll, zu seinem Heil,
so muß er reicher sein an Ehr-Besitz
und seinen Ehrgeiz steigern.
Ja, er soll mit vollem Recht
allen Ehr-Besitz begehren, fordern!
Wenn ihm Fortuna dies gewährt,
so erfüllt sie ihre Pflicht:
sein ganzes Denken will nur dies!

Tristan, der verständig war,
traf auf sehr verständige Weise
mit sich selbst die Übereinkunft,

sich für seine beiden Väter
derart glatt zu teilen,
als schneide man ihn durch:
wie ein Ei halbierte er
sich selbst – so gleich, so glatt
und gab denn jedem dieser beiden
das Stück, von dem er wußte,
daß es am besten zu ihm paßte.
Wer nie von einer Teilung hörte,
bei der ein Körper *ganz* bleibt,
dem sag ich, wie die Teilung geht.
Niemand hegt wohl einen Zweifel,
daß zweierlei den Mann ausmacht –
ich sprech von der Person, dem Reichtum.
Aus beidem kommen: nobler Sinn
und reichlich Ehr-Besitz der Welt.
Doch wer die beiden trennen will,
verwandelt Reichtum nur in Armut.
Die Person, der man nichts gönnt,
verliert damit auch ihren Namen;
es wird ein Mann ein halber Mann,
auch wenn sein Körper *ganz* bleibt.
Seht dies auch so bei einer Frau;
ob ein Mann, ob eine Frau,
es müssen stets Person und Reichtum
gemeinsam Sache machen, damit
einen guten Namen schaffen.
Werden sie jedoch getrennt,
ergibt sich für die beiden: nichts.
    Tristan ging die Sache an
mit großem Aufwand, generös,
und führte sie verständig durch.
Er ließ sich folgendes beschaffen:
schöne Rösser, feine Kleider,
Nahrungsmittel und so weiter,
alles, was man für ein Fest braucht,
denn er gab ein großes Fest.
Die Vornehmsten des Landes,
die das Land repräsentierten,

sie ließ er kommen, lud er ein.
Sie handelten als Standesgenossen
und folgten seinem Ruf.
Inzwischen hatte sich auch Tristan
in jeder Hinsicht vorbereitet.
Zwei junge Männer (Söhne seines Vaters
Rual), sie machte er zu Rittern;
er hatte sie zuvor als seine Erben
eingesetzt – sofern ihr Vater starb.
Womit er nun bei diesem Anlaß
aus seinen eignen Mitteln
ihr Ansehn, ihren Ehr-Besitz
fördern konnte, all das tat er
unablässig, herzlich gern,
als wenn sie seine Söhne wären.
Als man sie zu Rittern machte
(zugleich mit zwölf Gefährten),
war einer dieser zwölf Gefährten
Courvenal, der Mann des Hofs.
Tristan, der Vortreffliche,
nahm seine Brüder an die Hände
(denn dies war höfisch in der Lage)
und führte sie persönlich fort.
Seine Verwandten, Lehensleute
und jeder, der mit seinem Kopf
oder durch das Alter
(oder aus den *beiden* Gründen)
verständig und vernünftig war,
sie alle wurden denn sogleich
vor Tristan geladen und gebeten.
»Herr, nun sind sie alle da!«
Sogleich stand Tristan auf vor ihnen,
sagte: »Meine Herrn! Ihr alle,
denen ich für immer gern
mit Loyalität und Redlichkeit
und nach meinen besten Kräften
in jeder Hinsicht dienen will,
Verwandte, liebe Lehensleute,
mit deren Willen ich erhielt,

was Gott mir gab an Ehr-Besitz –
dank eurer Hilfe habe ich
alles das geordnet,
was ich mir von Herzen wünschte.
Dies wurde mir von Gott gewährt,
doch weiß ich wohl, daß es allein
dank eurer Tüchtigkeit gelang.
Ich kann dazu nichts weiter sagen…
Ihr habt mir in den wenigen Tagen
von eurer Ehre, eurer Güte
so viel zugute kommen lassen,
daß ich hier völlig sicher bin:
eher würde diese Welt
untergehen, als daß ihr
meinen Wunsch nicht unterstützt.
Standesgenossen, Lehensleute,
alle, die ihr hier seid,
auf meinen Wunsch, aus eignem Antrieb –
mög euch meine Rede
nicht allzusehr mißfallen.
Ich sage und verkünd euch allen,
wie es Rual, mein Vater hier,
gesehen und gehört hat:
Daß mein Onkel mir sein Land
zum Besitz gegeben hat;
er seinerseits will mir zuliebe
auf eine Ehefrau verzichten,
damit nur *ich* sein Erbe sei.
Er will, daß ich an seiner Seite bleibe,
wo er auch sei, wohin er gehe.
Ich hab mich hier dazu entschlossen.
Und wünsche mir von ganzem Herzen,
das zu tun, was er verlangt,
und zu ihm zurückzukehren.
Mein Zinsgut und mein Ehr-Besitz,
die ich in diesen Ländern habe,
die will ich meinem Vater Rual
zu Lehen geben – und als Erbe lassen
für den Fall, daß mir in Cornwall

etwas Schlimmes widerfährt;
falls ich dort sterbe oder falle,
erhält er dies als Erbes-Lehen.
    Nun zu seinen Söhnen hier
und damit zu all den Söhnen,
die künftig seine Erben sind:
sie sollen Erbrecht drauf besitzen.
Meine Dienst- und Lehensmänner
und deren Lehen hier im Land,
die sollen mir, auf Lebenszeit,
zur Verfügung stehen, völlig.«
    Darauf jammerten und klagten
alle Herren Ritter dort,
sie alle waren ganz entmutigt –
Sicherheit und Schutz: dahin!
»Ah, Herr«, so riefen sie vereint,
»besser wärs für uns gewesen,
wenn wir Euch nie gesehen hätten!
Dann blieb uns auch dies Leid erspart,
von dem wir jetzt durch Euch erfahren.
Unser Hoffen, Herr, auf Euren Schutz
war so an Euch gebunden,
als hättet Ihr das Leben uns geschenkt.
Nein wirklich, unser aller Leben,
das wir in Freude führen sollten,
das ist gestorben und begraben,
wenn Ihr uns hier verlaßt.
Herr, unser Leid, das habt Ihr
vergrößert, nicht verkleinert!
Es drehte sich für uns das Glücksrad
ein kleines Stück nach oben,
jedoch nun dreht es sich zurück.«
    Todsicher bin ich hier:
wie groß auch ihre Klagequal,
wie schwer auch die Belastung war
als Folge des Vertrags –
Rual, dem alles gut zu Buche schlug,
der großen Vorteil davon hatte,
viel Ehr-Besitz in den Domänen,

ihn traf dies im Gemüt
weitaus härter als sie alle.
Bei Gott, er hat noch nie zuvor
Lehen mit solchem Schmerz empfangen,
wie er dies Lehen hier empfing!
Als nun Rual und seine Söhne
aus Tristans, ihres Herren, Hand
Lehen, Erbe erhalten hatten,
empfahl der seine Landesherrn
dem Schutze Gottes an, zog fort.
Mit Tristan ging auch Courvenal,
der sein Erzieher war.
Ob bei Rual und überhaupt,
bei Tristans Lehnsherrn, Landesherren
das Leid des Herzens und die Klage
um den Verlust des lieben Herrn
womöglich klein gewesen seien...?
Dies, wahrlich, weise ich zurück!
Parmenien war voller
Klagen, Klagelieder!
Das Klagen war schon sagenhaft!
Des Marschalls Frau, Floraite,
die loyal war, ehrenhaft,
sie quälte sich so sehr,
wie sichs für eine Frau gehört,
der Gott die Form des Lebens gab,
die Frauenehre sicherstellt.

Was bring ich hier nun weiter ein?
Als Tristan-Ohneland
nach Cornwall heimgekehrt,
empfing ihn dort die Nachricht,
die er äußerst ungern hörte:
Der riesenstarke Morold
sei von Irland hergekommen
und fordere von Marke,
indem er mit dem Zweikampf drohe,
den Tribut von beiden Ländern:
von Cornwall wie von England.

Mit dem Tribut verhielt sichs so:
Der damals König war in Irland
(wie ich in der historia las,
und wie die wahre Version erzählt),
der hieß Gormund der Kühne
und war in Afrika geboren,
wo sein Vater König war.
Als der starb, da fiel das Land
an ihn und seinen Bruder,
der das gleiche Erbrecht hatte.
Doch Gormunds Ehrgeiz war so groß,
er wollte derart hoch hinaus,
daß er mit keinem anderen
gemeinschaftlich besitzen wollte.
Sein Herz bestand darauf:
er solle Herr sein, ganz für sich!
Er suchte und er wählte aus
die Starken und die Mutgestählten,
die Besten für den harten Kampf,
die überhaupt zu finden waren,
die Panzerreiter und troupiers,
die er mittels der Besoldung
und mit höfischer Gesinnung
für sich gewinnen konnte,
und übergab im Gegenzug
dem Bruder sein gesamtes Land.
Im Anschluß daran zog er fort
und erwirkte von den Römern,
den berühmten, herrschenden,
die Erlaubnis und die Vollmacht:
Was er im Kampf erobere,
das dürfe er für sich behalten,
wofür er ihnen seinerseits
bestimmte Summen zahlen müsse.
Nun gab es da kein Halten mehr!
Er zog mit einem starken Heer
über Land und übers Meer,
bis er nach Irland kam
und dieses Land besiegte

und seine Herren zwang,
ihn – gegen ihren Willen –
als Lehnsherrn, König anzunehmen;
es kam dann noch so weit mit ihnen,
daß sie ihm mehrfach helfen mußten,
durch militärische Aktionen
Nachbarländer zu besiegen.
   Es war in dem Zusammenhang,
daß er Cornwall wie auch England
seiner Herrschaft unterwarf.
Marke war da noch nicht mündig
(durfte noch nicht Waffen führen),
und so verlor er an Besitz,
weil er Tribut an Gormund zahlte.
Dies half nun Gormund sehr;
auch schenkte ihm Besitz und Ehre,
daß er Morolds Schwester nahm –
und so wurde er gefürchtet.
Morold war in Irland Herzog
und hätte leicht (er wußte, wo!)
für *sich* ein Land besitzen können,
hatte er doch großen Mut,
Grundbesitz und viel Vermögen,
Geist und Körper eines Helden,
doch blieb er Gormunds bester Kämpfer…

Woraus nun der Tribut bestand,
den man aus beiden Ländern
an Irland zu entrichten hatte,
das erklär ich euch genau:
man schickte für das erste Jahr
einhundertfünfzig Pfund in Bronze
und weiter nichts; fürs zweite Jahr
so viel an Silber, fürs dritte Gold;
im vierten Jahr kam jeweils Morold,
der Starke, von Irland her,
bereit zum Zweikampf wie zum Krieg.
In Cornwall und in England
wurden barons vor ihn zitiert

und andre gleichen Rangs.
In seiner Gegenwart sodann
bestimmten sie durchs Los,
wer ihm sein Kind übergeben sollte;
es mußte fähig sein zu Diensten,
es mußte körperlich
so schön sein, so gepflegt,
daß es zum Dienst geeignet wäre.
Nur Knaben, keine Mädchen –
jedoch, es mußten dreißig sein,
aus jedem dieser beiden Länder.
Wobei sich niemand dieser Schmach
erwehren durfte als nur so:
durch einen Zweikampf oder
durch Krieg mit Landesaufgebot.
Doch sie konnten sich das Recht
nicht durch offnen Krieg erkämpfen –
die beiden Länder warn geschwächt.
Zudem war Morold derart hart,
erbarmungslos, brutal,
da hätte es kein Mann gewagt
(der Morold ins Gesicht geschaut),
sein Leben auf das Spiel zu setzen –
kein bißchen mehr als eine Frau...!
War der Tribut nun auf den Weg
geschickt in Richtung Irland,
und es begann das fünfte Jahr,
so mußten jeweils beide Länder
stets zur Zeit der Sonnenwende
nach Rom Gesandte schicken,
die Rom auch akzeptierte,
damit sie dort entgegennahmen,
welche Empfehlung, Forderung
der Senat mit Machtbefugnis
einem jeden Land, das Roms
Regierung anerkannte,
entbieten, übermitteln ließe.
Denn man proklamierte dort,
teilte es auch schriftlich mit,

wie man Rom-konform die loies
mit Landesrechten austarieren
und das Recht verwalten sollte.
Man mußte alle Direktiven
sehr genau befolgen!
Präsentation und Zahlung der Steuer
erfolgten durch die beiden Länder
jeweils in dem fünften Jahr
an ihre Herrin, das würdige Rom –
jedoch erwies man Rom die Ehre
letztlich kaum, um so dem Recht
oder Gott Genüge zu leisten –
nur weil es Gormund so befahl.

Und nun zurück zu der Geschichte.
Tristan wußte längst Bescheid
über dieses Leid von Cornwall,
ihm war von früher her bekannt,
im Rahmen welcher Übereinkunft
der Tribut erzwungen wurde,
doch nun erfuhr er *jeden Tag*
(wohin sein Ritt auch führte,
vorbei an Städten, an châteaux)
durch Landesherrn-Berichte
von Schmach und Leid des Landes.
Und als er wieder in Tintagel
eintraf, bei dem Hofgefolge,
schaut, da hörte, da vernahm er
in Gassen wie in Straßen
solche Äußerungen des Schmerzes,
daß ihn das sehr bedrückte.
    Bald darauf erreichte Marke
die Nachricht (und mit ihm den Hof),
daß Tristan eingetroffen sei.
Das stimmte alle froh –
ich meine ›froh‹, soweit es ihnen
all ihr Leid erlaubte.
Es waren Männer höchsten Rangs
aus dem gesamten Cornwall

allesamt zu diesem Zeitpunkt
dorthin zum Herrschersitz gekommen,
zum Akt der Schande, den ihr kennt:
die noblen Herrn des Landes
entschieden durch das Los
über den Ruin der Söhne.
So fand sie Tristan alle
knieend vor und im Gebet,
das jeder einzeln sprach,
nicht verschämt und nicht versteckt –
mit Tränen in den Augen,
mit tief empfundnen Schmerzen
im Körper und im Herzen,
auf daß der liebe Gott
die Würde und dazu den Sohn
beschützen und behüten möge.
Während sie beim Beten waren,
kam Tristan hergeschritten.
Wie war nun der Empfang für ihn?
Darauf ist die Antwort leicht:
um euch die Wahrheit zu gestehen,
ward Tristan durch kein Menschenkind
des gesamten Hofgefolges
(Marke gleichfalls eingeschlossen)
so herzlich in Empfang genommen,
wie dies *bestimmt* geschehen wäre,
wenn sie dies Leid verlassen hätte.
Tristan nahm es keinem übel.
Er ging beherzt dorthin,
wo Morold und wo Marke saßen
und man die Lose zog.
»Ihr Herren«, sprach er, »allesamt –
ich red euch nicht persönlich an –,
die ihr beflissen Lose zieht
und eure Würde ausverkauft,
schämt ihr euch nicht der Schande,
die euch nun widerfährt, dem Lande?
So mannhaft ihr sonst allezeit
in allen Dingen alle seid,

so solltet ihr, wie sichs gehört,
euch selbst und euer Reich
in Rang und Glorie steigern
und in der Ehre fördern!
Statt dessen habt ihr eure Freiheit
mit schändlichen Tributen
euren Feinden ausgehändigt,
habt sie ihnen zu Füßen gelegt!
Und eure hochgebornen Söhnchen,
die eure Freude werden sollten,
eure Lust und euer Leben,
die gabt ihr und die gebt ihr weg
als Knechte und als Sklaven.
Und dies, obwohl ihr hier an Druck
nichts weiter nachzuweisen habt,
an Zwang, als diesen *einen* Mann
und seine Drohung mit dem Zweikampf.
Mehr Gewalt wird nicht geübt!
Dennoch könnt ihr unter euch
nicht mal auf den *einen* kommen,
der gegen *einen* Mann sein Leben
in die Schale wirft der Waage,
seis zum Sieg, zur Niederlage.
Vorausgesetzt, daß er dann fällt:
wahrhaftig, dieser kurze Tod
und diese Not, die lange währt,
sie sind im Himmel wie auf Erden
von sehr verschiednem Wert.
Doch angenommen, daß er siegt,
daß Unrecht auf der Strecke bleibt,
so hat er für die Zukunft
die Ehre *hier*, *dort* Gottes Lohn.
Ja, es sollen Väter für die Söhne
(mit denen sie *ein* Leben sind)!
ihr Leben geben – dies will Gott.
Doch ist es gegen Sein Gebot,
wenn man die Freiheit seiner Söhne
weggibt in die Sklaverei,
indem man sie in Knechtschaft schickt

und selber in der Freiheit lebt.
Wenn ich euch das empfehlen darf,
mit Blick auf Ehre und auf Gott,
so rate ich dazu, mit Nachdruck,
daß ihr einen Mann erwählt
(wo immer man den finden mag
in diesem Kreis von Herrn des Landes),
der zum Zweikampf fähig ist
und der sein Glück versucht,
ob er davonkommt oder nicht.
Fordert ihn zum Einsatz auf,
zuallererst im Namen Gottes,
auf daß ihm der Heilige Geist
Glück gewähre, Ehre lasse.
Er fürchte auch nicht allzusehr
die Riesengröße, Kraft des Morold.
Er setze sein Vertraun auf Gott,
der keinen je im Stiche ließ,
der Recht auf seiner Seite hatte.
Beratet euch sehr rasch darüber,
findet schnellstens eine Lösung,
wie ihr euch dieser Schmach erwehrt,
euch vor dem *einen* Manne rettet.
Macht eurem Adel, eurer Ehre
in Zukunft keine Schande mehr!«
»Ah, Herr«, so riefen alle, »ja,
bei diesem Mann ist alles anders!
Mit dem wird keiner fertig!«
Tristan rief: »Genug der Worte!
Bei Gott, besinnt euch eines Beßren!
Durch eure Herkunft seid ihr schließlich
jedem König ebenbürtig,
seid von kaiserlichem Rang,
und wollt doch eure noblen Söhne,
die von eurem noblen Rang sind,
verleugnen und verschachern
und sie zu Knechten machen?
Wenn es *so* ist, daß ihr keinen
Mann dazu bewegen könnt,

daß er wegen eures Leids
und des Elends dieses Landes
in der gerechten Sache und
im Namen Gottes gegen diesen
einen Mann zu kämpfen wagt,
und geruht ihr daraufhin,
dies Gott und mir zu überlassen,
wahrlich, meine Herrn, so setz ich
meine Jugend und mein Leben
in Gottes Namen der péril aus
und führe diesen Kampf für euch.
Gott mög ihn euch zum Guten wenden,
verhelfe euch erneut zum Recht!
Doch sollte dieser Kampf für mich
nicht gerade gut verlaufen,
so schmälert dies nicht euer Recht;
falle ich in diesem Zweikampf,
so wird für euch die schlimme Lage
nicht erleichtert, nicht erschwert,
nicht vermindert, nicht vermehrt –
alles bleibt beim alten Stand.
Geht es aber glücklich aus,
so ist es wahrlich Gottes Wille –
dankt dann einzig Gott dafür!
Denn dieser Mann, dem ich allein
entgegentreten soll, wie ich nun weiß,
und zwar genau, der hat sich längst
in seiner Kraft, in seinem Mut
bewährt, in Kampf und Krieg.
Dagegen stehe ich mit Kraft
und Kampfmut erst am Anfang,
bin ich doch im Ritterkampf
noch lange nicht so tüchtig,
wie wir das nun bräuchten.
Freilich habe ich im Kampf
zwei sieggewohnte Helfer
mit Gott und mit dem Recht –
die mögen mir zum Zweikampf folgen.
Auch zeige ich Entschlossenheit,

die gleichfalls gut ist für den Kampf.
Stehen diese *drei* mir bei
(so viel Erfahrung mir auch fehlt),
so baue ich auf diesen Beistand
und werd den *einen* überleben.«
»Herr«, so sagten alle Ritter,
»Gottes heilge Macht, die diese
ganze Welt erschaffen hat,
vergelte Euch den Rat, die Hilfe
und die Hoffnung, so beflügelnd,
die Ihr uns gegeben habt.
Herr, vernehmt das Resümee:
Unsre Mittel helfen wenig weiter.
Wär das Glück uns hold gewesen
(das wir so oft schon auf die Probe
stellten, dies bei jedem der Termine...)
so wär dies nicht bis heut verschoben!
Wir Männer von Cornwall haben
mehr als nur ein einziges Mal
über unsre Not beraten,
wir haben dies sehr oft erörtert,
doch fanden wir in unsrem Kreis
noch keinen, der den eignen Sohn
nicht lieber doch versklaven ließ,
als sein Leben zu verlieren
im Kampf mit diesem Teufelsknecht!«
Tristan rief: »Wie könnt ihr nur so reden!
Es sind doch Zeichen, Wunder geschehn!
Man hat es wiederholt gesehn,
daß bescheidne Stärke
dreisten Hochmut stürzen ließ!
Dies könnte sich auch jetzt erfüllen,
riskierte einer dieses Wagnis!«
Morold hörte zu, genau,
und es mißfiel ihm sehr, daß Tristan,
der ihm noch jugendlich erschien,
so lebhaft für den Zweikampf sprach;
er wurde ihm von Herzen feind.
Tristan weiter: »Meine Herren,

sagt hier alle eure Meinung –
was soll ich tun, was wünscht ihr nun?«
»Herr«, so sprachen allesamt,
»falls es dazu kommen würde,
daß die Hoffnung, die Ihr wecktet,
in Erfüllung gehen könnte,
so wär dies unser aller Wunsch.«
»Es ist euch recht?«, so fragte er.
»Weil dies bis jetzt und bis zu mir
aufgeschoben worden ist,
so will ich, falls es Gott gefällt,
doch auf die Probe stellen,
ob Gott – durch mich – für euch
noch etwas eingeplant an Glück
und ob ich selber Glück verdiene.«
Hier setzte König Marke an,
mit allen Mitteln, ihm das auszureden;
er hoffte, noch erreichen zu können,
ihm zuliebe davon abzulassen,
wenn er befehle, dies zu unterlassen.
Doch nein, bei Gott, er blieb dabei!
Nicht durch Bitte und Befehl
ließ Tristan sich dazu bewegen,
ihm zuliebe davon abzulassen.
Vielmehr, Tristan ging zum Platz
des Morold, führte die Verhandlung weiter.
»Herr«, so sprach er, »sagt mir schon,
Gott helfe Euch, was treibt Ihr hier?«
»Freund«, gab Morold gleich zur Antwort,
»was fragt Ihr das? Ihr wißt genau,
was ich hier mache und verlange!«
»Ihr Herren alle, hergehört –
mein Herr, der König, die Vasallen!«
so rief der kluge Tristan.
»Monsieur Morold, Ihr habt recht...
Ich weiß, erkenn es völlig an:
auch wenn es schändlich ist,
so ist dies doch ein Fall,
den niemand übergehen kann!

Man hat schon lange den Tribut
ohne Rechtsgrund hier aus Cornwall
und England hingeschickt nach Irland.
Dazu brauchte es viel Zeit
mit starkem Druck,
mit vielerlei Gewalt,
denn man zerstörte beiden Ländern
Burgen wie auch Städte
und fügte ihren Untertanen
so große, schwere Schäden zu,
bis das Unrecht, die Gewalt
zur übergroßen Belastung wurden
und zuletzt die tapfren Krieger,
die bis dahin überlebten,
sich jeder der Bedingungen
unterwerfen mußten,
denn sie fürchteten den Tod
und konnten nach der schweren Zeit
nicht anders handeln, auf die Dauer.
So ist dies alles großes Unrecht
(wie Ihr am heutgen Tage seht!),
seither stets begangen an den Ländern!
Es wäre längst schon Zeit gewesen,
der Erniedrigung der Länder
den Kampf, die Fehde anzusagen –
inzwischen wuchsen sie im Rang!
Ja, beide Länder sind gewachsen
an Menschen, eigenen und fremden,
an Städten und an Burgen,
an Reichtum und an Ehre.
Man drehe nun zurecht,
was bisher verdreht war,
denn unser aller Unterhalt
hängt künftig ab von der Gewalt.
Wenn wir überleben wollen,
so brauchen wir dafür den Kampf,
den Krieg. Die Ausgangslage
ist gut in puncto Untertanen:
in beiden Ländern sind sie zahlreich!

Was man uns das Leben lang
mit Gewalt genommen hat,
das gebe man uns nun zurück!
Wir kreuzen selbst bei ihnen auf –
in dem Moment, da Gott uns läßt!
Was man in Irland von uns hat,
es sei nun wenig oder viel
(wenn man meinen Wunsch erfüllen,
meinen Rat befolgen will) –
man muß es uns zurückerstatten
bis zum allerletzten Ring!
Noch immer gilt, daß unser Messing
zu rotem Golde werden kann …
Viele staunenswerte Dinge
sind auf Erden vorgekommen,
deren Chancen kleiner waren …
So könnten noble Herren-Söhne,
die man zu Knechten machte,
immer noch die Freiheit finden –
auch wenn sie so was nicht mal träumen …
Möge Gott mir dies gewähren,
ich wünsche es in Seinem Namen:
daß ich mit dieser meiner Hand,
gemeinsam mit den Herrn des Landes,
das Heeresbanner dort in Irland
aufpflanze, und zwar so,
daß jenes Land, daß jene Erde
von mir erniedrigt werde!«
Morold sprach: »Herr Tristan,
würdet Ihr Euch nicht so sehr
um diese Dinge und Geschichten kümmern,
ich glaub, es wäre gut für Euch …
Was immer hier verhandelt wird,
wir geben *nichts* von all dem auf,
worauf wir rechtlich Anspruch haben!«
Er erhob sich, trat vor Marke:
»König Marke, äußert Euch!
Laßt hören: Ihr und alle jene,
die hier zugegen sind, weil sie

mit mir verhandeln wegen Söhnen –
macht mir klar, worum es geht!
Entspricht es euer aller Willen,
ja, macht ihr euch zu eigen,
was Herr Tristan, euer Anwalt,
in seiner Rede ausgeführt?«
»Ja, Herr. Was er spricht und tut,
das ist auch unser aller Entschluß,
ist unser Wille, unsre Absicht!«
Morold wieder: »Damit brecht ihr
meinem Herrn und mir
Euren Treueeid
und jede Regelung dazu,
die zwischen uns getroffen wurde.«
Tristan sprach als Mann des Hofs:
»Einspruch, Herr! Was für ein Ton?!
Es klingt nicht gut, wenn man
Eidestreue in Frage stellt!
Keiner unter allen hier
bricht den Eid der Loyalität!
Ein Versprechen, ein Vertrag
hatte zwischen uns Bestand,
wird auch weiter gültig bleiben:
Daß von Cornwall wie von England
der Tribut, der auferlegte,
alljährlich – und dies ohne Einspruch –
nach Irland übermittelt wird,
es sei denn, daß man sich zur Wehr setzt
im Zweikampf oder mit dem Heer.
Stehn die Länder weiterhin dazu,
indem sie diesen Treue-Eid erfüllen
durch Tribut *beziehungsweise* Kampf,
verhalten sie sich ganz korrekt. –
Herr, denkt nach in dieser Sache!
Geht mit Euch zu Rate, sagt mir dann,
was Ihr von beidem lieber seht.
Worauf Ihr dann auch setzen wollt,
auf Zweikampf oder auf den Krieg,
wir werden jetzt wie auch in Zukunft

den Vertrag genau erfüllen.
Speer und Schwert, sie müssen es
entscheiden zwischen uns und Euch –
so trefft die Wahl denn zwischen beidem
und teilt sie uns dann mit.
Der Tribut wird abgelehnt!«
Morold wiederum: »Herr Tristan,
das ist für mich ein klarer Fall!
Ich weiß genau, was ich hier will.
Mein Anhang ist zur Zeit so klein,
da zöge ich in einen Krieg,
ohne recht gerüstet zu sein.
Ich fuhr von Irland übers Meer
mit einem Trupp zu meinem Schutz,
ich kam in friedlicher Gesinnung
hierher in diese Reiche,
wie ich das früher schon getan.
Ich hätte *so was nie* erwartet!
Sah nicht das Ärgernis voraus
mit diesen Herrn im Lande!
Mir schien, man würd mich ziehen lassen
in rechtlicher, gütlicher Einigung –
doch *Ihr* habt mir den Krieg erklärt!
Darauf war ich nicht gefaßt!«
Tristan sagte: »Herr, wenn Ihr
auf einen Länderkrieg hinauswollt –
so kehrt doch auf der Stelle um!
Reist heim, zurück in Euer Land!
Holt durch Boten Eure Ritter,
versammelt Eure Heeresmacht,
kommt wieder her! Dann sehen wir,
wie es läuft, was uns geschieht...
Solltet Ihr das freilich nicht
in diesem halben Jahr erfüllen,
so seid gewiß, daß wir bei Euch erscheinen.
Wir kommen mit voller Sicherheit!
Man hat uns früh schon klargemacht:
Gewalt verlangt nach der Gewalt,
ein Heer nach einem Heer!

Wenn man mit seinen Panzerreitern
ein Land und seine Rechte schänden,
aus Herren Knechte machen darf –
und so was soll dann rechtens sein,
nun, so traun wir Gott doch zu,
daß unser aller Schändung
auf Euch zurückschlägt, und zwar bald!«
Morold sprach: »Weiß Gott, Herr Tristan,
ich hörte läuten, daß ein Mann,
der solch Geschrei noch nie erlebte,
der solche Drohung nie vernahm,
durch Äußerungen dieser Art
in Furcht und Schreck geraten kann.
Ich schätz, daß ich das übersteh!
Ich war schon häufiger zugegen,
wo Prahlerei und Arroganz
auf solche Weise Ausdruck fanden.
Ich bin der festen Überzeugung,
daß Gormund sich vor Eurer Fahne,
vor Eurer Macht nicht sorgen muß
um seine Leute, um sein Land.
Diese Überheblichkeit, sie wird
Irland gar nicht erst erreichen!
Wenn Ihr Vertrag und Eid brecht –
wir wollen *hier* und eigenhändig,
wir beiden, ganz allein wir beiden,
auf einem Kampfesplatz entscheiden,
ob Ihr im Recht seid oder ich.«
Tristan sprach: »Dies werde ich
mit Gottes Hilfe klären –
Er lasse *den* zu Tode kommen,
der von uns im Unrecht ist.«
Er streifte seinen Handschuh ab
und reicht ihn dem Morold.
»Ihr Herren«, rief er nun, »gebt acht!
Mein Herr, der König, so wie alle,
die hier sind, mögen dies vernehmen:
Den Zweikampf mach ich zum Beweis
dafür, daß ich das Recht nicht breche.

Daß weder der Herr Morold hier
noch jener, der ihn hergeschickt,
noch irgendeiner an der Macht
von England und von Cornwall
Tribut zu Recht erhob:
dies will ich *eigenhändig*
zu Findung und Beweis der Wahrheit
vor Gott, der Welt erbringen
durch Kampf mit diesem Herrn hier,
der uns bis heut die ganze Schmach
und den Verdruß bereitete,
die beide Länder leiden mußten.«
Und gleich darauf erflehten
aus dem Herzen, mit dem Mund
viele noble Herrn von Gott,
Er möge sich doch ihrer Schmach
erbarmen, ihres Leids,
und sie befreien aus der Knechtschaft.
So sehr da allen dieser Zweikampf
Sorgen machte, so wenig ging er
bei Morold unter die Haut,
schon gar nicht griff er ihm an das Herz –
er blieb von alldem unberührt.
Dieser kampferprobte Mann,
er schlug nicht dies Verfahren nieder,
er reichte vielmehr Tristan
mit einer schroffen Geste,
à fière contenance, den Handschuh
als Pfand des Zweikampfs.
Dies risque entsprach so ganz
seinem Wunsch; er traute es sich zu,
es glanzvoll zu bestehn.
Dies alles wurde nun verbürgt;
der Zweikampf für die Herren wurde
auf drei Tage ausgesetzt.

Es folgt ein zweites ›Filetstück‹ der Gottfried-Exegese, der *Tristan*-Interpretation: die allegorische Ausdeutung des phantastischen Baus, der aus (offenbar weichem) Felsgestein gehauen wurde, wenn auch mit Riesenkräften. Bei diesem Exkurs Gottfrieds läßt sich interpretatorische Brillanz entwickeln, wenn auch auf kuriosem Begriffs-Fundament.

Die ständig weiterlaufende Interpretationsmaschinerie (mit angetrieben von Interpretationsmaschinerien noch des 19. Jahrhunderts) ist auch ein System zum unkritischen Transfer überalterter oder falscher Wörter. Eins der Haupt- und Staatswörter der *Tristan*-Interpretation ist die »Minnegrotte«. Gemeint ist mit diesem antiquierten Begriff diese grandios ausgestaltete Felshöhle, in die sich Isolde und Tristan nach der Verbannung vom Hof des Königs Marke zurückziehen, in der sie (weiter) Erfüllung finden ihrer leidenschaftlichen Liebe.

Schauen wir uns diesen Begriff an. Erster Bestandteil: Minne. In dieser neuhochdeutschen Form assoziiert das Wort, vor allem über die Gattung Minnesang: hohe (sublimierende!) Liebe unter Mitgliedern der höfischen Gesellschaft. In der Übertragung des *Parzival*-Romans habe ich für »minne« noch »hohe Liebe« eingesetzt. Gottfried aber erzählt von der gefühlsbestimmten, rational nicht beeinflußbaren oder steuerbaren leidenschaftlichen Beziehung zwischen einer Frau und einem Mann. Diese Leidenschaft will immer wieder die Erfüllung sexuellen Verlangens, Begehrens. Das kann sich für Isolde und Tristan offenbar nicht oft genug wiederholen. In der Intensität, der Sinnlichkeit der Beziehung zwischen Tristan und Isolde schmilzt der Begriff Minne gleichsam ein. Also habe ich in der Übertragung bewußt und betont den Begriff »Liebe« eingesetzt, der für uns ein weites Spektrum umschließt. Zwar hat Gottfried noch den Begriff »minne« benutzt, doch zeigt der *erzählerische* Kontext, daß er den Begriff weithin ablöste von damaligen Konventionen des Verstehens und Verhaltens. (Ich betone das Verb *erzählen*, denn: in Exkursen wird von Gottfried Erzähltes relativiert, da formuliert er abstrakt, was von der Erzählung selbst nicht immer eingelöst wird. Doch primär ist in einem Roman das *Erzählte*.) Von einer Minnegrotte kann also die Rede nicht sein. Wenn schon Grotte, dann höchstens: Liebesgrotte. Aber trifft wenigstens die zweite Worthälfte zu?

Der Höhlenbau im Felsmassiv, der architektonisch perfekt gestaltete Innenraum mit Kuppel, weißen Wänden, Marmorboden als »Grotte«?! Eine Naturgrotte, das zeigt sich nicht nur in Capri, hat eine permanente Öffnung. Eine Architekturgrotte (und dieses Phänomen gibt es erst seit der Zeit der Renaissance-Gärten) ist keine Höhle, sondern eine *Einhöhlung*. Grotten sind vielfach ausgestaltet mit Tuffstein, mit Muscheln, mit Wasserspielen ... Vereinfacht: eine Grotte ist kein verschließbarer

Raum; der Felshohlraum aber läßt sich mit einer Bronzetür verschließen. Also: *Felshohlbau*, keine Grotte!

Wie kam man eigentlich auf den Begriff »Minnegrotte«? Gottfried hat nie ein mittelhochdeutsches Pendant zu Grotte benutzt, konnte er auch gar nicht, diese Architektur-Spielform gab es ja noch längst nicht. Gottfried benutzt für die »hol« konsequent das französische Lehnwort »fossiure«. Dieses Wort hat heute (!) eher das Assoziationsfeld »Schlucht«, aber was gemeint ist, macht die Beschreibung klar. So setze ich für das damalige französische Wort das heutige französische Wort »caverne« ein: »Der Höhlenbau der Liebenden.«

Laßt euch nicht dadurch verstimmen,
wenn für euch entschlüsselt wird,
im Blick auf welcherlei Begriffe
die caverne im Felsgestein
so angelegt war, wie sie war.
Sie war, wie ich soeben vorlas,
weit und rund, im Aufriß hoch,
schneeweiß und überall poliert.
Das Innen*gewölbe* bedeutet:
edle Einfalt in der Liebe.
Einfalt paßt sehr gut zur Liebe,
die keine Winkel haben soll;
der Winkel, den die Liebe zeigt,
ist der Betrug, die Hurerei;
die *Weite* ist die Kraft der Liebe,
denn ihre Kraft ist unbegrenzt;
die *Höhe* ist der Höhenflug,
der sich hochschwingt in die Wolken;
dem ist freilich nichts zu schwer,
solange er nach oben strebt,
wo sich die höchsten Trefflichkeiten
zum Schlußstein wölben, im Metallguß.
Doch, nebenbei, trifft immer zu:
stets sind höchste Trefflichkeiten,
steingeschmückt und perlengranuliert,
so verziert mit Lobeswörtern,
daß wir, dem Irdischen verhaftet
(deren Geist nicht immer hoch

hinaus will, überm Estrich schwebt,
der nicht abhebt, auch nicht festklebt),
daß wir nach oben staunend blicken,
um dort das Kunstwerk zu erschauen
aus den Trefflichkeiten jener,
deren Ruhm herunterstrahlt,
die über uns in Wolken schweben
und ihren Glanz heruntersenden –
die staunen wir als Wunder an.
Und damit wachsen uns die Flügel,
mit denen das Gemüt dann flügge wird,
im Fluge Lob für Trefflichkeit erringt.
Die Wand war *weiß* und völlig *glatt*:
dies ist das Wesen der Lauterkeit;
deren Glanz und reine Helligkeit,
sie darf nicht fleckig sein von Farben;
es soll an ihr auch kein Verdacht
Beulen oder Mulden bilden.
Der *Estrich* aus Marmor
gleicht im Grün, in seiner Festigkeit
der inneren Beständigkeit;
von der Farbe, von der Glattheit her
paßt der Begriff zu ihr am besten;
es soll Beständigkeit zu Recht
übergrün sein wie das Gras,
glatt und klar wie Glas.
Mittendrin das Bett
der kristallnen Liebe,
mit Recht der LIEBE zugeeignet.
Er hat ihr Wesen wesenhaft erkannt,
der dies Kristallgestein für sie
zu ihrer Bettstatt schliff:
die Liebe soll ja auch kristallen,
durchsichtig und durchklart sein!
Innen an der Bronzetür
ließen sich zwei Riegel schieben;
eine Stange war von innen
mit großem Sachverstand
durch die Wand hinausgeführt –

dort war es, wo sie Tristan fand.
Ein Griff bewegte diese Stange,
die ging von außen her nach innen,
schob nach rechts und links die Riegel.
Kein Schloß, kein Schlüssel war hier dran,
ich erkläre euch, warum.
Dort war aus diesem Grund kein Schloß:
ein Werkstück an der Tür
(ich mein, an ihrer Außenseite),
um sie zu öffnen, sie zu schließen,
dies wär der Inbegriff der Falschheit.
Geht man hinein zur Tür der Liebe,
ohne *eingelassen* zu sein,
so zählt das nicht zur Liebe,
ist vielmehr Falschheit, ist Gewalt.
Deshalb ist dort das Tor der Liebe,
ist die Bronzetür davor,
die niemand öffnen kann,
der sie nicht mit Liebe öffnet.
Sie ist, ganz nebenbei, aus Bronze,
damit kein Werkstück möglich ist
(das durch Kraft wirkt, durch Gewalt,
durch Kunstverstand, durch List,
durch Unwahrheit, durch Falschheit),
mit dem sie sich lädieren ließe.
Und innen waren beide Riegel
(jeder als der Liebe Petschaft)
in entgegengesetzter Richtung
rechts und links in die Wand geschoben;
aus Zedernholz besteht der eine,
der andere aus Elfenbein.
Nun hört, was diese zwei bedeuten.
Das eine Petschaft, das aus Zeder,
das bedeutet in der Liebe
die Klugheit und die Weisheit;
das andere aus Elfenbein
die Reinheit und die Keuschheit.
Mit diesem Petschaft, so verdoppelt,
mit diesen lautren Riegeln

ist das Haus der Liebe geschützt,
Falschheit, Gewalt sind ausgeschlossen.
Der versenkte, der getarnte Griff,
der von außen rein die Stange
zum Übertragungshebel führte,
war eine kleine Spindel aus Zinn.
Aus Gold der Übertragungshebel,
ganz wie es sich gehört.
Griff und Übertragungshebel,
sie konnten für den hohen Zweck
nicht besser angefertigt sein.
Das Zinn ist die Gedanken-Richtung
auf die Herzensdinge.
Das Gold, es ist Erfolg;
Zinn und Gold, sie passen hierher gut.
Die Gedanken kann ein jeder
nach seinen Intentionen formen,
sie schmaler oder breiter,
kürzer oder länger machen,
sie erleichtern, sie belasten,
mal so, mal so, mal her, mal hin,
mit kleiner Mühe wie das Zinn;
der Schaden bleibt dabei gering.
Wer jedoch mit rechter Güte
Gedanken auf die Liebe richtet,
den bringt nun in der Tat der Griff
aus Zinn (das ja nicht teuer ist)
zum goldenen Erfolg,
zum schönen succès.
Es waren hoch in der caverne
drei Fensterchen (und keines mehr!)
in den massiven Fels präzis
und schlicht gemeißelt worden –
dort, wo das Sonnenlicht hereinkam.
Das erste Fenster ist die Güte,
das zweite ist die Demut,
das dritte nobles Benehmen;
es lacht durch diese drei herein
der schöne Glanz, der Segensglast

der Ehre, Krönung allen Lichts,
und beleuchtet die caverne
des irdischen bonheur.
Es hat auch tiefere Bedeutung,
daß die caverne so völlig einsam
in jener weiten Wildnis lag,
denn damit läßt sich gut vergleichen,
daß ihrem Wesen nach die Liebe
nicht einfach auf der Straße liegt
und auch nicht in dem offnen Land:
sie verbirgt sich in der Wildnis,
zu ihrer Klause sind die Wege
mühevoll und schwierig;
es liegen Berge um sie her,
kreuz und quer verteilt,
die zu weitem Umweg zwingen;
auf die Steige, rauf wie runter,
stürzten derart viele Felsen,
daß wir geschundnen Menschenkinder,
wenn wir den Pfad nicht recht verfolgen
und nur *einen* Fehltritt machen,
daß wir dann nie mehr wohlbehalten
nach Hause kommen können.
Wer jedoch so glücklich ist,
durch die Wildnis in die Höhle
zu kommen, dessen Mühe hat sich
gelohnt auf höchst beglückende Weise;
er findet, was sein Herz erfreut:
alles, was das Ohr zu hören verlangt,
und alles, was dem Aug gefallen muß,
das gibt es reichlich in der Wildnis.
Drum wär er ungern anderswo…

Ich weiß dies, schließlich war ich dort!
Ich habe gleichfalls in der Wildnis
dem Federwild, dem Rotwild,
dem Hirsch, dem Reh
an vielen waldigen rivières
nachgestellt auf weiten Wegen,

doch hab ich so nur Zeit vergeudet,
sah niemals beim Entbästen zu;
meinen Mühen und Strapazen
fehlte letztlich der succès.
Ich fand vor der caverne den Griff,
sah die Mechanik an der Tür,
ich bin sogar gelegentlich
zur Bettstatt aus Kristall geschritten,
bin oft auch zu ihr hingetanzt
im Reihen, oft auch von ihr weg –
ich habe nie auf ihr geruht.
Jedoch den Estrich um sie her
(obwohl er harter Marmor ist),
den habe ich so sehr zerschrammt:
hätt ihn die Grünheit nicht gerettet,
in der er trefflich sich erfüllt,
aus der er ständig sich erneuert,
so hätte man auf diesem Estrich
der Liebe wahre Spuren entdeckt.
Ich habe ferner an den hellen Wänden
häufig meine Augen weiden lassen
und habe zum Metallgebilde,
zum Schlußstein des Gewölbes
oft angestrengt hinaufgeblickt,
hab am Glanzstück dort hoch oben,
so bestirnt mit Lobeswörtern,
die Augen häufig müdgeschaut.
Die sonnenhellen Fensterchen,
die haben oft den Glanz des Lichts
in mein Herz hineingeschickt.
Ich kenne die caverne schon längst,
seit meinem elften Lebensjahr,
obwohl ich nie in Cornwall war.

Herausgelöst habe ich weiter den »hûote-Exkurs«. Hûote, die Aufsicht, die gesellschaftliche (moralische) Kontrolle, galt fast ausschließlich der Frau.

In dieser Textsequenz dokumentiert sich weithin historisches Gedankensubstrat. So gebe ich diese Reflexionen, diese Laienpredigt dort wieder, wo Exkurse heute meist gedruckt werden.

Zum Thema Aufsicht weiter dies:
Dort, wo man Aufsicht führt,
dort zieht sie nur das eine hoch:
jene Hecke, jenen Weißdorn.
Das heißt: der quälende Zorn,
der Ansehn, Ruf verletzt
und viele Fraun entehrt,
die Anspruch auf die Ehre hätten –
falls man sie recht behandeln würde.
Wenn man sie verkehrt behandelt,
läßt dies Gemüt und Ehre leiden.
So verdirbt sie denn die Aufsicht
in ihrer Ehre, im Gemüt.
Wie streng auch immer Aufsicht sei,
sie ist bei Frauen ganz umsonst,
weil kein Mann, kein einziger,
die böse Frau bewachen kann.
Die gute muß man nicht bewachen,
die bewacht sich selbst, so heißt es.
Wer dennoch sie bewacht,
beweist, wahrhaftig, Haß auf sie,
der wird die Frau in ihrem Wesen
verderben und in ihrem Ansehn,
und dies, mit Sicherheit, so sehr,
daß sie sich nie mehr wieder *so*
im Verhalten graderückt,
daß nichts mehr hängen bleibt
von dem, was jener Weißdorn trug.
Sobald der bittre Weißdorn
in einem derart süßen Boden
erst mal Wurzeln schlug,
ist er dort schwerer rauszureißen
als aus einem dürren Boden.
Ich weiß: das redliche Gemüt,
wird es so lange falsch behandelt,
bis es böse Unfrucht trägt,
so produziert es *viel* mehr Bosheit
als eins, das stets schon boshaft war.
(Das stimmt – ich las es oben vor!)

Deshalb sollt ein kluger Mann
(das heißt: wer Frauen Ansehn gönnt)
bei ihr (mit redlichem Gemüt)
keine andre Form der Aufsicht
führen im privaten Leben
als: lenken und lehren,
zärteln und güteln.
Damit soll er sie bewachen!
Hier mache man sich eines klar:
besser kann man nicht bewachen!
Kurzum: ob böse, gute Frau –
wird sie zu oft verkehrt behandelt,
entwickelt sie sehr leicht ein Mütchen,
auf das man gern verzichten würde!
Ja, ein jeder wackre Mann,
der männliches Gemüt gewann,
er sollte seiner Frau vertrauen
(freilich auch sich selber!),
daß sie jeden Seitensprung
unterläßt, weil sie ihn liebt.
Wie oft mans auch versuchen mag:
mit bedenklichen Methoden läßt sich
bei keiner Frau die Liebe
durch Zwang zum Vorschein bringen –
man löscht damit nur Liebe aus!
Aufsicht ist übler Liebesbrauch,
belebt nur unheilvollen Zorn,
es wird die Frau damit vernichtet.
Wenn man Verbieten unterließe,
so wär das, mein ich, wohlgetan –
es macht den Frauen doch nur Schande.
Weil verboten, tut man vieles;
man würd es völlig unterlassen,
wenn es nicht verboten wäre.
Diese Distel, dieser Dorn
ist, bei Gott, ja angeborn.
Die Damen, die sich so verhalten,
sind Töchter ihrer Mutter Eva:
die übertrat das erste Verbot.

Ihr erlaubte der Herr, unser Gott,
mit Früchten, Blumen, Gräsern
und was es sonst im Paradiese gab,
alles das zu machen,
was ihrem Wunsch entsprach;
nur *eines*, das verbot er ihr,
und zwar bei Strafe ihres Lebens:
hier erzählen uns die Priester,
daß es um die *Feige* ging.
Die brach sie, brach das Gott-Gebot,
gab sich selbst auf und auch Gott.
Noch heute bin ich überzeugt:
Eva hätt dies nie getan,
wär das *nicht* verboten worden.
Die erste Tat, die sie beging,
mit der pfropfte sie ihr Wesen:
sie tat, was ihr verboten war.
Überdenkt man diesen Fall,
so hätte Eva auf die *eine*
Frucht durchaus verzichten können;
schließlich waren alle andren
zu ihrer freien Verfügung
angeboten, doch sie wollte
keine andre Frucht als die,
mit der sie ihre Ehre aß.
So sind sie alle Evas Töchter,
die nach Eva ge-*eva*-t sind.
Ha, wenn einer hier verbieten könnte,
wie viele Evas würde der
heut noch finden, die für ein Verbot
sich selbst aufgäben und auch Gott.
Doch weil dies ganz ihr Wesen ist,
weil dies nature bei ihnen will,
hat die viel Lob und Preis verdient,
die sich trotz*dem* enthalten kann.
Wird eine Frau trotz ihres Wesens
trefflich und bewahrt ihr Ansehn,
bleibt Person trotz ihres Wesens,
so ist sie nur geschlechtlich Frau,

sie ist ein *Mann* in ihrer Haltung.
Man sollte bei so einer Frau
alles, was sie tut, in gutem
Sinne deuten, als löblich, ehrenvoll.
Denn wo auch immer eine Frau
die Weiblichkeit, ihr Herz ablegt,
das Herz des Mannes übernimmt,
da honigseimt die Tanne,
da balsamt der Schierling,
da rosenblütet überm Boden
das Wurzelwerk der Nesseln.
Wie kann wohl je so Reines
entstehen bei der Frau,
als wenn sie, mit der Ehre,
ankämpft gegen ihren Körper,
und dies, indem sie hier die Rechte
des Körpers *und* der Ehre wahrt?
Sie muß den Kampf so führen,
daß beiden sie gerecht wird
und jeweils darauf achtet,
daß nicht das eine unterdes
von ihr hintangesetzt wird.
Eine Frau, sie ist nicht achtbar,
gibt sie für den Körper ihre Ehre,
für die Ehre ihren Körper auf,
solang die Lage es erlaubt,
daß *beides* sie bewahren kann;
sie gebe keins von beidem auf,
sie soll im Glück die beiden
bewahren wie im Unglück –
wie immer sichs für sie ergibt...
Bei Gott, sie mögen alle
in ihrem Rang der Würde steigen –
vorausgesetzt, man strengt sich an.
Es möge eine Frau ihr Leben
dem rechten Maße widmen und ergeben,
damit umzingle sie die Sinne,
sie schmücke damit ihr Verhalten
und sich selbst; die schöne Mäßigung

verschönt nur die Person, das Ansehn.
Nichts von alledem,
das die Sonne je beschien,
ist derart glücklich wie die Frau,
die sich selbst, ihr Leben
der Mäßigung verschrieben hat,
sich selbst auf rechte Weise liebt;
für die Dauer dieser Zeit,
in der sie selbst sich lieb ist,
ist Der Gerechte mit dabei –
da ist sie aller Welt nur lieb.
Die Frau, die gegen sich agiert,
die ihr Gemüt drauf einstimmt,
daß sie sich selber feindlich ist –
wer sollte sie noch lieben können?
Die sich selbst verachtet,
dies der hohen Welt beweist –
welche Liebe, welche Ehre
läßt sich ihr entgegenbringen?
Man befriedigt das Begehren,
sobald es anfängt, Qual zu werden,
und will dies namenlose Leben
dem aufgeschönten Namen weihen.
Nein, nein, dies ist nicht Liebe,
dies ist die Widersacherin,
die verwerfliche, die schlimme,
die schlimme Zügellosigkeit!
Die macht dem Namen *Frau* nicht Ehre,
wie ein wahres Sprichwort sagt:
»Die Frau, die viele lieben möchte,
sie wird von vielen nicht geliebt.«
Die darauf sinnt, aus freien Stücken,
daß sie von hoher Welt geliebt wird,
die liebe erst einmal sich selbst,
die zeig die Fährte ihrer Liebe:
zeigt sich hier die echte Liebe,
so liebt die hohe Welt mit ihr.
Die Frau, die ihrer Weiblichkeit
(sich selber) Liebe entgegenbringt,

der Gesellschaft zu Gefallen,
die muß die ganze hohe Welt
mit täglich neuer Ehrung
preisen und rühmen,
bekränzen und krönen
und so die eigne Ehre mehren.
An wen sie sich heranwagt,
wem sie sich mit Leib und Sinnen,
mit Neigung und mit Liebe
zuwendet, rückhaltlos,
der wurde in das Glück geboren,
der ist in jeder Weise
zum Glück geboren, auserkoren,
der hat das lebendige Paradies
in seinem Herzen festgeschrieben.
Und der muß keine Sorge haben,
daß die Hecke ihn verletzt,
sobald er nach den Blüten greift,
daß der Dorn ihn sticht,
wenn er die Rose bricht,
denn es gibt dort keinen Weißdorn,
es hat dort disteliger Zorn
keinen Ansatz mehr –
die Versöhnung, rosenschön,
sie hat die alle ausgereutet:
Dorn und Distel und die Hecke.
In diesem Paradies
ergrünt und wächst,
ersprießt am Zweig nur dies,
was das Auge gerne sieht;
es steht in voller Blüte
durch weibliche Güte;
dort gibt es nur die Früchte
der Liebe und der Treue,
der Ehre und des Ruhms der Welt.
Hoho, ein solches Paradies,
das so mit Maienlaub geschmückt,
so reich an Freuden wäre –
es könnte hier ein Mann des Glücks

sein Herzensglück entdecken,
die Wonne seiner Augen sehn.
Wär er schlechter drangewesen
als Tristan und Isolde?
Ich sprech mit eurem Einverständnis:
Der müßte nicht sein eignes Leben
fürs Leben eines Tristan geben.
Wem auch eine Frau von Anstand
den Leib, die Ehre überläßt,
indem sie beides *ihm* nur widmet,
hei, wie ist sie für ihn da, von Herzen!
Wie liebevoll umhegt sie ihn!
Wie räumt sie seine Wege frei
von Disteln und von Dornen,
von allem Zorn der Leidenschaft!
Wie schützt sie ihn vor Herzensqual –
so gut, wie keinerlei Isolde
keinen Tristan schützen kann!
Ich bin hier völlig überzeugt:
Wenn einer suchte, was er müßte,
so lebten heute noch Isolden,
bei denen man das fände, alles,
nach dem man suchen könnte.

Zurück zum Thema Aufsicht!
Wie ihr gehört habt, brachte
dem Liebespaar Isolde–Tristan
die Aufsicht solche Pein,
das Verbot war solche Qual,
daß sie noch nie mit so viel List
ein neues Treffen eingeplant,
bis sie denn ein Ergebnis fanden,
das völlig ihrem Leid entsprach;
das Treffen brachte ihnen beides:
Schmerz und tödliches Leid.

Als letzte Sequenz dieser Dokumentation (zur Vollständigkeit meiner Übertragung) nun eine weitere Schlachtbeschreibung. Auch hier: beim

Lesen (erst recht beim Übersetzen) ist zu spüren, daß solche Sequenzen für Gottfried eher Pflicht als Kür waren.

Als man in Parmenien
Tristan unterrichtete,
es werde Krieg geführt
im Herzogtum Arundel,
da beschloß er, seinen Kummer
dort ein wenig zu vergessen.
Er reiste von Parmenien
alsbald nach Arundel,
und dort zu dem château,
wo er den Landesherrscher wußte –
es war Carhaix genannt.
Dorthin zog er zuallererst;
ihn empfingen Herrscher, Hofgefolgschaft
als Helden – üblich in bedrängten Lagen...
Sie kannten ihn sehr gut vom Hörensagen –
wie uns die Quelle hier berichtet,
war Tristan durch sein Heldentum
bekannt auf allen Inseln,
die im Ozean verteilt sind.
So war man glücklich über ihn.
Und es vertraute sich der Herzog
seinem Rat an, seiner Weisung;
er bat ihn, Land, Ressourcen
als Regent zu übernehmen.
Sein Sohn Cahedin, höfisch nobel,
war Tristan rückhaltlos ergeben;
worin er dessen Ansehn
gefördert sah und dessen Ehre,
darum bemühte er sich sehr,
sein Denken war darauf gerichtet.
Die beiden waren miteinander
zu jedem Zeitpunkt, allezeit
um die Wette und im Wettstreit
bemüht, sich Dienste zu erweisen;
die zwei gelobten sich gegenseitig
treue Waffenbrüderschaft

und hielten an ihr fest
bis an ihr beider Lebensende.

Tristan, hier ein Landesfremder,
traf sich mit Cahedin
und suchte dann den Herzog auf,
ließ sich genau von ihm berichten,
wie der Krieg mit seinen Feinden
im einzelnen verlaufen sei
und wie man ihm die allerschwersten
Verluste beigebracht,
die er zu erleiden habe.
Als ihm in allen Einzelheiten
zum Verlauf des Kriegs berichtet
und ihm genau beschrieben war,
in welche Gegenden die Feinde
mit ihrem Heer geritten waren –
nun verwaltete der Herzog
ein château, ein starkes,
das dem Feind im Wege lag.
In diese Burg zog Tristan ein
(auch Cahedin, sein Kampfgefährte)
mit einem kleinen Rittertrupp.
Sie waren nicht so ausgerüstet,
daß sie zu irgendeinem Zeitpunkt
eine Feldschlacht schlagen konnten,
es reichte grade mal dazu,
jeweils, zu bestimmter Zeit,
heimlich, ja verstohlen
mit Beutezügen, Brandanschlägen,
der Region des Feinds zu schaden.
Tristan schickte heimlich
einen Boten nach Parmenien,
ließ ihn den geschätzten suivants
(den Söhnen des Rual) vermelden,
daß es ihm an Rittern fehle
(die hätt er *nie* so sehr gebraucht!),
sie sollten *ihre* Trefflichkeit
und Ehre ihm zuliebe fördern,

indem sie ihm Verstärkung schickten.
Sie brachten ihm in *einem* Trupp
fünfhundert caparaçons dorthin,
auf beste Weise ausgerüstet,
mit großem Vorrat Proviant.
Als Tristan nun erfuhr,
aus seinem Land sei Hilfe eingetroffen,
ritt er ihnen selbst entgegen,
führte sie des Nachts die ganze Strecke,
brachte sie ins Land auf eine Weise,
daß keiner etwas davon merkte –
außer denen, die verbündet waren
und ihn hierbei unterstützten.
Er ließ die Hälfte in Carhaix.
Dort wies und ordnete er an,
diszipliniert da drinzubleiben
und alle die zu ignorieren,
die dorthin kämen, um zu kämpfen,
bis man erfahre, zuverlässig,
daß Cahedin und er dort kämpften;
dann erst sollten sie den Ausfall wagen,
und so ihr Glück versuchen.
Er übernahm die andre Hälfte,
führte sie weiter auf dem Marsch,
brachte diesen Trupp, zur Nacht,
in die Burg (ihm unterstellt),
befahl, daß sich der Trupp
genausogut verborgen halte
wie die Besatzung zu Carhaix.
    Am nächsten Morgen, als es tagte,
hatte Tristan unter seinen Kämpfern
wiederum die Wahl getroffen:
nicht weniger als hundert.
Die andren ließ er in der Burg.
Er bat nun Cahedin,
er solle seinen Männern sagen,
falls man ihn zur Burg verfolge,
möge man ihn unterstützen
und ihm zu Hilfe kommen –

von dort wie von Carhaix.
Dann ritt er Richtung Grenzgebiet;
er machte dort ganz offen
Beutezüge, Brandanschläge,
dort, wo er wußte, daß der Feind
Stellungen bezogen hatte.
Es flog noch vor der Nacht
die Nachricht durch das Land,
es sei der stolze Cahedin
in aller Offenheit
zu einem Feldzug losgeritten.
Roger von Dolde
und Nautenis von Hantes
und Rigolin von Nantes,
die die Feinde führten,
sie hörten ungern diese Nachricht.
Die gesamte Heeresmacht,
die sie durch Boten in der Nacht
sammeln konnten, sammelten sie.
Und sogleich am nächsten Tag,
etwa um die Mittagsstunde,
als ihr Heer versammelt war,
zogen sie in Richtung Carhaix.
An Kämpfern waren unter ihnen
vierhundert oder mehr;
die rechneten ganz fest damit,
in Carhaix zu biwakieren –
was schließlich schon des öfteren,
ja wiederholt geschehen war.
Tristan folgte ihrer Spur
mit dem Gefährten Cahedin.
Als jene völlig sicher waren,
daß zu diesem Zeitpunkt keiner
den Kampf mit ihnen wagen würde,
sprengten sie von überall heran.
Sie hatten keineswegs erwartet,
so früh schon auf den Feind zu stoßen.
Als die Feinde nun erkannten,
daß hier ein Kampf bevorstand,

begannen sie sogleich den Kampf:
sie kamen her als Gegenpulk.
Schon stießen Lanz und Lanze,
Roß und Roß, Mann und Mann
derart heftig aufeinander,
daß es zu schweren Verlusten kam.
Sie brachten hier wie dort Verluste bei:
hier Tristan, Cahedin,
dort Roger, Rigolin.
Wonach man mit dem Schwerte,
mit seiner Lanze auch begehrte,
das fand, das holte man sich dort.
Sie riefen sich Parolen zu –
dort: »Chevalier Hantes,
Dolde und Nantes!«,
hier: »Carhaix und Arundel!«
Als jene im château erkannten:
der Kampf hat seinen Platz gefunden,
ritten sie rasch zu den Toren raus
und von der Flanke in den Pulk.
In erbittertem Gefecht
trieben sie die Feinde hin und her:
durchbrachen nach sehr kurzer Zeit
die Einheit, einmal hin und her,
ritten keilend zwischen ihnen
wie der Eber zwischen Schafen.
Auf die Wimpel und die Wappen
die ihre größten Feinde führten,
setzten Tristan, sein Gefährte
Cahedin nun die Attacke an.
Dort nahm man Roger, Rigolin
und Nautenis gefangen;
es wurden deren suivants dabei
schwere Verluste zugefügt.
Tristan von Parmenien
und seine Herren ritten los
mit diesem Ziel: Gefangenschaft
und Sturz und Tod der Feinde.
Als die Feinde nun erkannten,

daß Gegenwehr ganz zwecklos wurde,
war jeder nur auf *eins* hinaus:
wie man sich in dieser Lage
durch Fliehen und mit Listen
retten konnte und sein Leben fristen.
Fliehen, flehen oder sterben
entschieden dort den Kampf.
Als des Feindes Streitmacht
völlig défaitiert war,
und die Gefangnen waren
an ihren Ort gebracht und dort bewacht,
da sammelten Tristan und Cahedin
alle ihre Reiterkämpfer,
den kompletten Trupp und ritten
erst richtig in das Land hinein.
Wo immer sie den Feind entdeckten
und Ressourcen von ihm kannten
(ob Stadt, ob Burg, ob Landbesitz),
das war verloren – wie es kam!
Ihre Opfer, ihre Beute
wurden nach Carhaix geschickt.
Als das Grenzgebiet der Feinde
völlig unterworfen war,
der Zorn gekühlt durch Rache,
das ganze Land in ihrer Macht,
da schickte Tristan unverzüglich
die suivants aus seinem Lande
wieder heimwärts nach Parmenien;
er sagte ihnen herzlich Dank,
weil er durch ihre Hilfe
victoire und Ruhm errungen hatte.
Als sie abgezogen waren,
riet Tristan, mit weiser Voraussicht,
man solle den Gefangenen
mit Achtung gegenübertreten,
und: daß sie von ihrem Herrn
das Lehen wieder übernähmen,
mit der Versichrung der Vergebung.
Sie besiegelten darauf,

daß diese Feindschaft, dieser Kriegsgrund
von ihrer Seite aus Arundel
künftig keinen Schaden bringe. –
  So kamen allesamt davon,
die Kommandeure, ihre Männer.
Und Tristan wurde nun erneut
am Hof dort, auf den Herrensitzen
mit Lob und Ehrung überhäuft;
es rühmten Hof und Landesherren
seine Weisheit, Tapferkeit.
Ihm standen beide Seiten
völlig zur Verfügung.

Bibliographie

Diese Bibliographie ergänzt die Auflistungen in den Bänden zu Wolfram und Neidhart. Ich habe erneut Bücher konsultiert, die ich dort im Anhang aufgeführt habe. Um nur ein Beispiel zu nennen, und gleich ein gewichtiges:

Bumke, Joachim: Höfische Kultur. Literatur und Gesellschaft im hohen Mittelalter. 2 Bde. München 1986.

Im folgenden nenne ich Beiträge und Bücher, die mir bei der Arbeit an diesem Band wichtig wurden oder die in jüngerer Zeit erschienen sind oder die ich erst bei Vorarbeiten für dieses Buch entdeckte.

Abaelard: Der Briefwechsel mit Heloisa. Übersetzt und mit einem Anhang herausgegeben von Hans-Wolfgang Krautz. Stuttgart 1989.

Althoff, Gerd: Genugtuung (satisfactio). Zur Eigenart gütlicher Konfliktbeilegung im Mittelalter. In: Modernes Mittelalter. Hg. Joachim Heinzle. Frankfurt/M. 1999.

Baum, Wilhelm: Joachim von Fiore und das kommende Reich Gottes. In: Jahrbuch der Oswald von Wolkenstein Gesellschaft. Hg. Sieglinde Hartmann und Ulrich Müller. Band 13. Frankfurt 2001/2002.

Bayard, Tania (Hg.): Ein mittelalterliches Hausbuch. Olten 1992.

Beutin, Wolfgang: Frühe sächsische Historiographie und Bischofsviten als mentalitätsgeschichtliche Quellen. In: Jahrbuch der Oswald von Wolkenstein Gesellschaft. Hg. Sieglinde Hartmann und Ulrich Müller. Band 10. Frankfurt/M. 1998.

Böhme, Horst W.: Neue Forschungen zur Spätantike. In: Menschen, Zeiten, Räume – Archäologie in Deutschland. Hg. Wilfried Menghin und Dieter Planck. Berlin 2002.

Czysz, Wolfgang: Der römische Gutshof. In: Menschen, Zeiten, Räume – Archäologie in Deutschland. Hg. Wilfried Menghin und Dieter Planck. Berlin 2002.

Deutsche Spielmannsdichtungen des Mittelalters. Nacherzählt und herausgegeben von Gretel und Wolfgang Hecht. Leipzig 1977.

Die römischen Bäder. Hans Joachim Schalles, Anita Rieche, Gundolf Precht. Köln 2000.

Dinzelbacher, Peter: Über die Körperlichkeit in der mittelalterlichen Frömmigkeit. In: Bild und Abbild vom Menschen im Mittelalter. Schriftenreihe der Akademie Friesach 6. Hg. Elisabeth Vavra.

Duby, Georges: Frauen im 12. Jahrhundert. Frankfurt/M. 1999.
Duby, Georges: Kunst und Gesellschaft im Mittelalter. Berlin 1998.
Einhard: Vita Karoli Magni. Das Leben Karls des Großen. Stuttgart 1981.
Europas Mitte um 1000. Beiträge zur Geschichte, Kunst und Archäologie. Hg. Alfried Wieczorek und Hans-Martin Hinz. 3 Bde. Stuttgart 2000.
Fehr, Horst: Römervilla. Archäologie an Mittelrhein und Mosel, Band 7. Koblenz 1993.
Flübler-Kreis, Dione: Er ist ein Schwarzer, daran ist kein Zweifel. Zur Darstellung des Mohren und zum Toleranzbegriff im Mittelalter. In: Bild und Abbild vom Menschen im Mittelalter. Schriftenreihe der Akademie Friesach. Hg. Elisabeth Vavra.
Fuhrmann, Horst: Einladung ins Mittelalter. München 1987.
Gebelein, Helmut: Alchemie. München 2000.
Gläser, Manfred und Mührenberg, Doris: Archäologie in den Hansestädten. In: Menschen, Zeiten, Räume – Archäologie in Deutschland. Hg. Wilfried Menghin und Dieter Planch. Berlin 2002.
Goetz, Hans-Werner: Leben im Mittelalter vom 7. bis zum 13. Jahrhundert. München 1996.
Gottfried von Straßburg: Tristan und Isold. Hg. Von Friedrich Ranke. Berlin 1963.
Gottfried von Straßburg: Tristan. Band 3: Kommentar, Nachwort und Register, von Rüdiger Krohn. Stuttgart 1991.
Gottfried von Straßburg: Tristan. Translated by Arthur T. Hatto. Harmondsworth 1960.
Haberey, Waldemar: Die römischen Wasserleitungen nach Köln. Kunst und Altertum am Rhein, Nr. 37. Bonn 1972.
Hutton, Patrick H.: Die Geschichte der Mentalitäten. Eine andere Landkarte der Kulturgeschichte. In: Vom Umschreiben der Geschichte. Neue historische Perspektiven. Hg. Ulrich Raulff. Berlin 1986.
Isenberg, Gabriele: Fortschritt aus dem Kloster. In: Menschen, Zeiten, Räume – Archäologie in Deutschland. Hg. Wilfried Menghin und Dieter Planck. Berlin 2002.
Kelperi, Evangelia: Die nackte Frau in der Kunst. Von der Antike bis zur Renaissance. München 2000.
Le Goff, Jacques (Hg.): Der Mensch des Mittelalters. Frankfurt/M, 1998.
Lea, Henry Charles: Geschichte der Inquisition im Mittelalter. Frankfurt/M. 1997.

Neumeister, Peter: Beatrix von Burgund. In: Herrscherinnen und Nonnen. Frauengestalt von der Ottonenzeit bis zu den Staufern. Hg. Erika Hitz, Barbara Pätzold, Gerald Beyreuther. Berlin 1990.
Okken, Lambertus: Das goldene Haus und die goldene Laube. Wie die Poesie ihren Herren das Paradies einrichtete. Amsterdamer Publikationen zur Sprache und Literatur. Amsterdam 1987.
Okken, Lambertus: Kommentar zum Tristan-Roman Gottfrieds von Straßburg. Amsterdamer Publikationen zur Sprache und Literatur. 2 Bde. Amsterdam 1984-1988.
Okken, Lambertus: Kommentar zur Artusepik Hartmanns von Aue. Amsterdamer Publikationen zur Sprache und Literatur. Amsterdam-Atlanta GA 1993.
Okken, Lambertus: Wurde die Räderuhr für das abendländische Kloster erdacht? In: Rheinisch-westfälische Zeitschrift für Volkskunde 32/33. Jahrgang 1987/88.
Shahar, Shulamith: Kindheit im Mittelalter. München, Zürich 1991.
Sommer, C. Sebastian: Neue Forschungen zu den Römern. In: Menschen, Zeiten, Räume – Archäologie in Deutschland. Hg. Wilfried Menghin und Dieter Planck. Berlin 2002.
Stone, Lawrence: Die Rückkehr der Erzählkunst. Gedanken zu einer neuen alten Geschichtsschreibung. In: Vom Umschreiben der Geschichte. Neue historische Perspektiven. Hg. Ulrich Raulff. Berlin 1986.
Symmetrie in Kunst, Natur und Wissenschaft. 2 Bde. Darmstadt 1986.
Tomasek, Tomas: Zur Poetik des Utopischen im Hoch- und Spätmittelalter. In: Jahrbuch der Oswald von Wolkenstein Gesellschaft. Hg. Sieglinde Hartmann und Ulrich Müller. Band 13. Frankfurt 2001/2002.
Vavra, Elisabeth: Menschen-Bilder. In: Bild und Abbild vom Menschen im Mittelalter. Schriftenreihe der Akademie Friesach 6. Hg. Elisabeth Vavra.
Volkert, Wilhelm: Kleines Lexikon des Mittelalters. München 2000.
Von Moos, Peter: Heloise und Abaelard. In: Gefälscht! Betrug in Politik, Literatur, Wissenschaft, Kunst und Musik. Hg. Karl Corino. Reinbek 1992.
Weber, Gottfried: Gottfried von Strassburg. Stuttgart 1962.
Wiedenau, Anita: Das Overstolzenhaus in der Rheingasse zu Köln. Bürgerliche Wohn- und Repräsentationsbauten zu Beginn des 13. Jahrhunderts. In: Stadtspuren, Band 4. Köln 1986.

Woledge, Brian (Hg.): The Penguin Book of French Verse. I. Harmondsworth 1961.
Wolters, Reinhard: Die Römer in Germanien. München 2002.

Begleitschreiben

Mit diesem Band erweitere ich die bisherige *Trilogie des Mittelalters* zum *Mittelalter-Quartett.* Dieses Quartett war nicht von Anfang an geplant, es entwickelte sich – über ein Vierteljahrhundert hinweg.

Begonnen hatte ich mit der Biographie über Oswald von Wolkenstein, die nun (in der äußeren Chronologie) den Abschluß bildet. Es folgte das Buch über einen Vorgänger, einen Vorläufer Oswalds: Neidhart – meist mit dem Namen »Reuental« in Verbindung gebracht. Wie nah sich Oswald und Neidhart vor allem in ihren erotischen Liedtexten waren, zeigt sich an falschen Zuschreibungen der Überlieferung. Zwei herausragende Dichter von Liedtexten, zwei Komponisten, zwei Vortragskünstler.

Es schloß sich an die neue Übertragung des *Parzival* des Wolfram von (oder: aus) Eschenbach; ihr vorangestellt ein VorBuch über Wolframs Leben, Werk und Zeit.

Die Aufteilung findet in diesem Buch ihre Entsprechung: ein völlig neu geschriebenes VorBuch über Gottfrieds Zeit im ersten, die erneut revidierte, vollständige Übertragung von Gottfrieds Tristan-Roman im zweiten Teil.

So ergibt sich, im Sinne des Mittelalters, eine symmetrische Grundstruktur der Buchfolge: alternierend zwei Dichter von Liedtexten und zwei Dichter von Versromanen.

Das Mittelalter-Quartett

Erstes Buch:
Der Parzival des Wolfram von Eschenbach

Zweites Buch:
Neidhart und das Reuental

Drittes Buch:
Tristan und Isolde des Gottfried von Strassburg

Viertes Buch:
Ich Wolkenstein

Inhalt

Erster Teil
In Gottfrieds Zeit und Stadt

Zweiter Teil
Tristan und Isolde des Gottfried von Straßburg

Anhang